Le Volum' L'ESSENTIEL EN FICHES BTS

Économie sociale familiale

Marie-Christine Parriat-Sivré
IA-IPR de STMS et biotechnologies santé-environnement

Catherine Fetz
Professeur de biotechnologies santé-environnement

Matthieu Degott
Professeur de biotechnologies santé-environnement

Christine Langlois
Professeur d'arts appliqués

Johann Lesire
Professeur de biotechnologies santé-environnement

Nadia Noël
Professeur agrégée de biochimie génie-biologique en BTS ESF

FOUCHER

Les ressources numériques

Au fil des pages, des QR codes à flasher vous renvoient à de nombreuses ressources : articles de presse, vidéos, quiz, corrigés...

Mode d'emploi

foucherconnect.fr

Votre Volum' Foucher s'enrichit de ressources numériques

Lorsque je rencontre un pictogramme ressource au fil des pages :

 # quiz
Des quiz pour réviser toutes les notions du programme
foucherconnect.fr/21vesf83

Des FLASHCODES permettent aussi d'accéder aux ressources depuis un smartphone

1. Je vais sur www.foucherconnect.fr
J'enregistre cette page dans mes favoris pour les prochaines fois.

2. Je saisis **le code de la ressource** indiqué dans le pictogramme.

3. **Je visualise** ma ressource.

ISBN 978-2-216-16130-0 (Nouvelle édition)
ISBN 978-2-216-12180-9 (1re édition)

Avant-propos

Cet ouvrage concerne l'expertise de la vie quotidienne, cœur de métier des techniciens supérieurs en économie sociale et familiale. Il a pour objet d'aider les étudiant.e.s de BTS ESF à synthétiser les apports multiples de disciplines connexes structurant leurs connaissances sur les thèmes majeurs de l'ESF que sont l'alimentation, l'hygiène, l'habitat, l'environnement et le design.

L'économie sociale familiale (ESF), héritière méconnue de « l'enseignement ménager » d'hier, a tout naturellement accompagné les mutations de la société contemporaine, en prenant en compte les conséquences de ses fractures, liées essentiellement à la montée de la précarité, dans un contexte général de crise économique. L'ESF a réussi l'exploit paradoxal d'être novatrice et innovante tout en conservant l'expertise propre aux sciences appliquées. Le pragmatisme, l'efficacité des professionnels de l'ESF se nourrissent de connaissances scientifiques précises doublées d'une capacité certaine à les transmettre à tout public en les vulgarisant.

Les titulaires du BTS ESF cumulent depuis plusieurs décennies des connaissances complémentaires (physique appliquée, micro-biologie, droit...) pour mieux gérer la vie quotidienne sous tous ses aspects (budget familial, conseils en consommation, santé, lutte contre les germes pathogènes...). Formé à de multiples activités, le TESF d'hier savait, entre autres, manager le personnel d'entretien dans un centre hospitalier, animer des groupes dans un centre social et enseigner. L'apport progressif des sciences humaines dans les formations a renforcé chez ces professionnels leur capacité à prendre en compte les potentialités des personnes et des groupes sociaux, à mobiliser les acteurs de terrain et à participer activement au développement social local.

La juxtaposition de l'héritage scientifique d'hier, de la rigueur transmise et de la prise en compte des sciences molles d'aujourd'hui font des conseillers en économie sociale familiale des travailleurs sociaux discrets et efficaces dont le pragmatisme et la transversalité sont de plus en plus appréciés par les décideurs de l'action sociale locale. Modernes, curieux, formés aux sciences appliquées et aux sciences sociales, les « ESF » sont avant tout éclectiques, dans la formation reçue comme dans les voies professionnelles envisagées. Aujourd'hui, le cœur de métier de l'ESF s'établit au croisement de multiples compétences, permettant d'assurer une expertise et des conseils technologiques ; d'organiser techniquement la vie quotidienne dans un service, un établissement ; d'animer, former, communiquer.

Les fiches de synthèse proposées dans cet ouvrage résultent d'une belle histoire de coopération transversale entre des formateurs de différentes disciplines, différentes académies, conscients de la solitude des étudiants face à la somme des savoirs engrangés dans leur formation. Je voudrais ici remercier pour leur disponibilité et leurs compétences les auteurs : Mesdames Fetz, Langlois, Noël et Messieurs Degott et Lesire, ainsi que Madame Amici pour la mise à disposition de ses ressources, pour son soutien et ses relectures amicales et attentives. Grâce à leur coopération sans faille, les étudiants vont disposer d'un outil essentiel.

Marie-Christine Parriat-Sivré
IA-IPR de Sciences et techniques médico-sociales
et biotechnologies santé-environnement

Sommaire

Partie 1 EXPERTISE EN ALIMENTATION, SANTÉ ET HYGIÈNE

Satisfaction des besoins : les groupes alimentaires

L'élaboration des menus

Hygiène

Pharmacologie et toxicologie

Partie 2 EXPERTISE EN HABITAT-LOGEMENT

Environnement et développement durable

Équipements liés au bâtiment

Matériels et appareils à usage domestique

Matériaux

Entretien

Aménagement du logement

Logement

Partie 3 ORGANISATION DE LA VIE QUOTIDIENNE

Démarche qualité

Aménagement des espaces de vie

Partie 1

EXPERTISE EN ALIMENTATION, SANTÉ ET HYGIÈNE

Prérequis de biologie

Fonction de relation

Fonction de nutrition

Maintien de l'intégrité de l'organisme

Dysfonctionnement

Reproduction et grossesse : maîtrise et prévention des risques

Les besoins nutritionnels

Satisfaction des besoins : les groupes alimentaires

L'élaboration des menus

Hygiène

Pharmacologie et toxicologie

 # quiz

Des quiz pour réviser toutes les notions du programme

foucherconnect.fr/21vesf83

Fiche 1

L'organisation des politiques de santé publique en France

La santé publique est une affaire d'État nécessitant la mise en place d'un système complexe dans les domaines de la prévention, de la planification des systèmes de soins, de l'évaluation des pratiques et de la surveillance des risques majeurs. La prévention et la promotion de la santé sont deux axes majeurs de la politique de santé publique en France, qui se déclinent en fonction des grands problèmes de santé publique, sous forme de plans nationaux.

1 Définitions

■ La **santé**, d'après l'Organisation mondiale de la santé (OMS), est un état complet de bien-être physique, mental et social incluant l'absence de maladie et d'infirmité.

■ **La santé publique** s'occupe de l'état sanitaire d'une collectivité et de la santé globale des populations sur les plans curatif, préventif, social et éducatif.

■ Les **politiques de santé publique** comprennent l'ensemble des choix stratégiques des pouvoirs publics pour améliorer l'état de santé des populations : il convient alors de déterminer les problèmes de santé publique, de préciser les objectifs à atteindre, de faire des choix judicieux en matière de priorités et de programmer les moyens pour atteindre les objectifs.

2 Déterminer les problèmes de santé publique

A. Les indicateurs de santé

■ Ce sont des **données quantitatives variables et mesurables** permettant d'évaluer l'état de santé des populations, d'identifier un problème sanitaire, de comparer la santé des populations entre elles et d'évaluer les actions mises en place.

■ On compte parmi les indicateurs de santé :
- la **mortalité**, qui est l'ensemble des décès d'une population pour une pathologie donnée, pour une année, rapporté à la population totale ;
- la **morbidité**, qui se définit comme étant le nombre de personnes malades ou le nombre de cas de maladies dans une population déterminée, à un moment donné ;
- **l'incidence**, qui est le nombre de nouveaux cas de malades pour une période, rapporté à la population à risque au même moment. Elle est utilisée dans le suivi des crises sanitaires ;
- la **prévalence**, qui est le nombre de personnes atteintes par une pathologie à un moment donné, rapporté à la population à risque au même moment. Elle est utilisée dans le suivi à long terme de l'état de santé des populations.

B. Les déterminants de santé

Ce sont des facteurs qui influencent l'état de santé d'une population soit isolément, soit en association avec d'autres facteurs et sur lesquels il est possible d'agir. Il existe plusieurs déterminants de santé :

- **les déterminants biologiques ou génétiques** : acquis ou présents, ils peuvent prédisposer à des pathologies ou s'en protéger ;
- **les déterminants liés aux comportements et au mode de vie** : sédentarité, activité physique… ;
- **les déterminants liés à l'état psychologique** : stress, bien-être… ;
- **les déterminants liés à l'environnement et au cadre de vie** : environnement et offre de services, équipements sociaux et de santé ;
- **les déterminants sociaux** : caractéristiques culturelles, sociales et économiques liées à la vie en société (catégorie socioprofessionnelle, niveau d'études, famille, pauvreté, cohésion sociale).

REMARQUE

Les déterminants biologiques sont significativement moins importants pour la santé des populations que les déterminants sociaux et ceux liés aux comportements et au mode de vie.

C. La veille sanitaire

C'est un système de surveillance basé sur la collecte et l'analyse régulières d'informations.

1. La veille sanitaire au niveau national

■ Créée en 2016 par la loi de modernisation du système de santé, l'agence **Santé publique France** a pour missions :
- la surveillance et l'observation permanentes de l'état de santé des populations ;
- l'analyse et l'actualisation des connaissances sur les risques sanitaires ;
- la gestion des alertes et des crises sanitaires.

Elle publie notamment un bulletin épidémiologique hebdomadaire (BEH).

 # info
Le site de Santé publique France
foucherconnect.fr/21vesf01

■ L'**ANSES** est l'Agence nationale de sécurité sanitaire de l'alimentation, de l'environnement et du travail. Elle contribue principalement à **assurer la sécurité sanitaire humaine** dans les domaines de l'environnement, du travail et de l'alimentation. Elle assure aussi la protection de la santé et du bien-être des animaux, la protection de la santé des végétaux et l'évaluation des propriétés nutritionnelles et fonctionnelles des aliments.

 # info
Le site de l'ANSES
foucherconnect.fr/21vesf02

2. La veille sanitaire au niveau régional

■ **L'ARS,** l'Agence régionale de santé, permet d'assurer la veille sanitaire au niveau des régions.

■ Le **projet régional de santé** de chaque ARS comprend un volet spécifique consacré à la veille, l'alerte et la gestion des situations d'urgence sanitaire avec l'existence d'une cellule de veille, d'alerte et de gestion sanitaire.

■ Dans le cadre de la gestion de la crise sanitaire liée à la Covid-19, chaque ARS publie quotidiennement un point de situation.

3. Les différents types de veille sanitaire

VEILLE SANITAIRE EN CAS DE CRISE OU D'ALERTE	VEILLE SANITAIRE SUR LE LONG TERME : ÉTUDE ET ENQUÊTE SUR L'ÉTAT DE SANTÉ DES POPULATIONS
· Épidémie de la Covid-19 · Épidémie de grippe saisonnière	**ESTEBAN** : étude nationale portant sur plusieurs aspects de la santé : l'exposition à certaines substances de l'environnement, l'alimentation, l'activité physique et certaines maladies chroniques ou facteurs de risque (diabète, allergies, maladies respiratoires, hypertension artérielle, hypercholestérolémie…)
Rappel de produits alimentaires	**ABEN** : étude sur l'alimentation et l'état nutritionnel des bénéficiaires de l'aide alimentaire

3 Agir sur les problèmes de santé publique

Une fois les problèmes de santé publique caractérisés, il convient de planifier les actions à déployer dans des plans nationaux et de mettre en œuvre les moyens de prévention adéquats.

A. Prévention et promotion de la santé

1. La prévention en matière de santé

La prévention est l'ensemble des mesures visant à éviter ou à réduire le nombre ou la gravité des maladies, des accidents ou du handicap. On distingue :

- la prévention **primaire** : elle vise à empêcher l'apparition de maladies (exemple de la vaccination) ;
- la prévention **secondaire** : une fois la maladie apparue, elle vise à stopper ou retarder son évolution par un dépistage précoce et un traitement approprié ;
- la prévention **tertiaire** : elle vise à réduire le risque de rechute et de chronicité, par exemple grâce à une réadaptation efficace.

EXEMPLE

Voici quelques actions de prévention :
· l'examen bucco-dentaire de prévention à 6 et 12 ans, mis en œuvre par l'Assurance maladie et les chirurgiens-dentistes depuis 2007 ;
· le dépistage du cancer du sein par mammographie tous les deux ans pour les femmes âgées de 50 à 74 ans.

2. La promotion de la santé

■ L'OMS définit la promotion de la santé comme le **processus** qui confère aux populations les moyens d'assurer un plus **grand contrôle sur leur propre santé et d'améliorer celle-ci.** Elle doit permettre à l'individu, dans et avec sa communauté, d'agir en faveur de sa santé. La notion de promotion de la santé va au-delà de la prévention classique en mettant la personne, avec son groupe de pairs, au cœur de l'action.

■ Dans le cadre de l'ESF, il s'agit de mettre en place des actions collectives adaptées au groupe de personnes et en co-construction avec lui, dans un but d'autonomisation du groupe (notion d'*empowerment*).

3. Les différents acteurs de prévention et de promotion de la santé

■ En plus de la veille sanitaire, Santé publique France :
- exerce une fonction d'expertise et de conseil en matière de prévention et de promotion de la santé ;
- assure le développement de l'éducation pour la santé et de l'éducation thérapeutique ;
- met en œuvre les programmes nationaux de prévention.

■ Santé publique France édite notamment la revue mensuelle *La Santé en action* consacrée à la prévention, l'éducation et la promotion de la santé. Elle s'adresse aux professionnels du social.

 # info
La Santé en action
foucherconnect.fr/21vesf03

■ **Les IREPS** sont les instances régionales d'éducation et de promotion de la santé. Leurs missions sont de participer à la **réduction des inégalités sociales et territoriales de santé** et d'améliorer la santé des populations par une offre de services de qualité et de proximité en promotion de la santé. Ils proposent une offre de formation et mettent à disposition des espaces au service des professionnels avec un accès gratuit à de la documentation :
- des outils de diffusion : brochures, dépliants, affiches ;
- des outils d'intervention : mallettes pédagogiques, vidéos, jeux ;
- des outils scientifiques : publications, rapports...

 # info
L'IREPS de Bretagne
foucherconnect.fr/21vesf04

B. Les plans d'action

■ L'ensemble des objectifs, mesures et actions à mener sont organisés dans des **plans nationaux**.

■ En mars 2018, le gouvernement a mis en place un plan d'action général pour prévenir et lutter contre les inégalités de santé : **le plan national de santé publique** qui doit permettre aux Français de naître, grandir, vivre et vieillir en bonne santé. Les principales mesures de ce plan sont :
- mieux prévenir les consommations à risque pendant la grossesse ;
- prévenir les risques auditifs chez les jeunes ;
- expérimenter le « Pass préservatif » pour les moins de 25 ans dans quelques régions à forte incidence d'infections sexuellement transmissibles ;
- rembourser directement les aides à l'arrêt du tabac ;
- introduire un programme national de dépistage du cancer du col de l'utérus.

■ Il existe aussi d'autres plans nationaux qui sont plus spécifiques :
- le PNNS (Plan national nutrition santé) ;
- le PNSE (Plan national santé environnement)...

■ La carte de la santé et de ses déterminants (ci-dessous) est présentée en quatre champs qui incluent tous les déterminants de la santé, dont les déterminants sociaux.

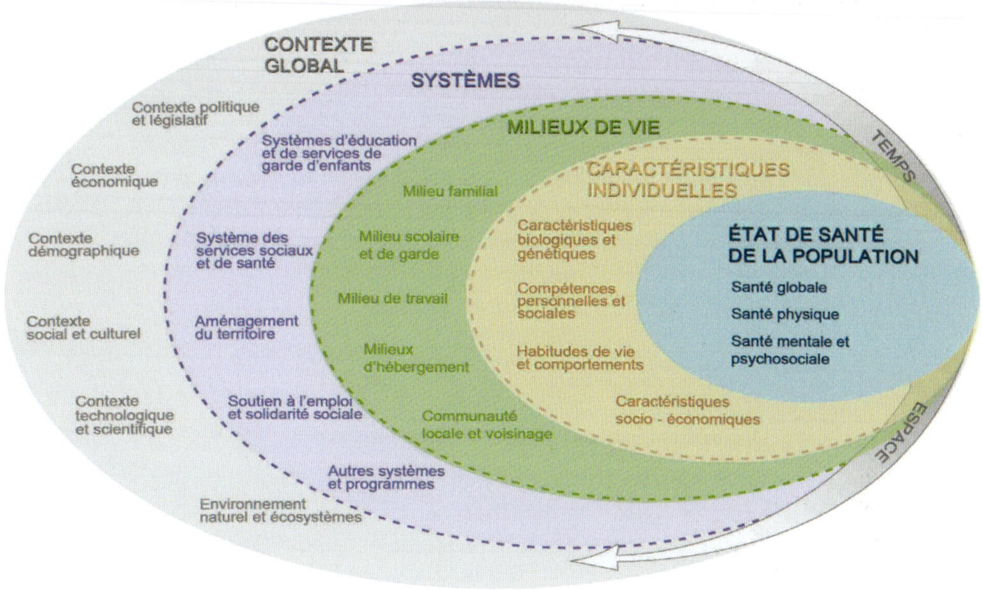

La carte de la santé et de ses déterminants

Fiche 2

La nutrition, un enjeu majeur de santé publique

L'amélioration de l'état nutritionnel de la population est un facteur de protection de la santé. A contrario, l'insuffisance d'activité physique et une alimentation déséquilibrée sont déterminantes dans l'apparition de nombreux cancers et de maladies cardio-vasculaires. L'amélioration de l'état nutritionnel de la population est devenue un enjeu majeur pour les politiques de santé publique en France.

1 Le lien entre santé et nutrition

A. Les études sur la population générale

■ De 1998 à 2015, les études **INCA** (études individuelles nationales des consommations alimentaires), **ENNS** (étude nationale nutrition santé) et **ESTEBAN** (étude de santé sur l'environnement, la biosurveillance, l'activité physique et la nutrition) ont été menées sur la population générale.

■ L'ensemble des résultats montre que la nutrition est un **facteur de protection** ou de **risque des maladies non transmissibles** les plus répandues en France, qu'il s'agisse du cancer, des maladies cardiovasculaires, de l'obésité, de l'ostéoporose ou du diabète de type 2.

B. Les études sur un public ciblé

L'étude **ABENA** (alimentation et état nutritionnel des bénéficiaires de l'aide alimentaire) de 2012 va plus loin en montrant une prévalence plus importante de certaines pathologies chez les plus démunis par rapport à la population générale, en lien avec une consommation faible de fruits et légumes et de produits laitiers. Cela se caractérise par :

- **l'hypertension** chez les hommes ;
- **l'obésité**, le **diabète**, le **déficit en fer et en vitamine D** pour les femmes.

2 Un plan d'action national, le PNNS

A. Aux origines du PNNS

■ Lancé en janvier 2001, le **programme national nutrition santé (PNNS)** a pour objectif général l'amélioration de l'état de santé de l'ensemble de la population en agissant sur la nutrition. Plusieurs objectifs initialement fixés ont été partiellement ou totalement atteints, comme :

- la réduction de la prévalence du surpoids et de l'obésité chez l'enfant ;
- la réduction de la consommation de sel ou de sucre ;
- l'augmentation de la consommation de fruits chez les adultes.

■ Ces améliorations n'ont pas concerné de façon homogène toute la population et les **inégalités sociales de santé** se sont creusées dans le domaine de la nutrition. Le PPNS a été reconduit pour 5 ans en 2019.

FOCUS

Le PNNS 2019 – 2023 en quelques mesures phares
· Agir sur les déterminants liés au comportement et au mode de vie :
- en mettant en place de nouvelles recommandations nutritionnelles et en assurant leur promotion ;
- en développant la pratique d'activités physiques adaptées.
· Agir sur les déterminants liés à l'environnement et au cadre de vie :
- en protégeant davantage enfants et adolescents d'une exposition à des publicités en faveur d'aliments non recommandés ;
- en passant à 50 % de produits issus de l'agriculture biologique dans les restaurations collectives ;
- en étendant l'éducation alimentaire de la maternelle au lycée.

B. Les recommandations nutritionnelles

- Augmenter la consommation d'aliments d'origine végétale riches en fibres comme les fruits et légumes, les légumes secs (2 fois par semaine) et les féculents complets (1 fois par jour).
- Consommer de préférence des produits de saison, locaux et biologiques.
- Privilégier la consommation de l'huile d'olive et d'aliments riches en oméga 3 : huile de colza, de noix, poissons gras (2 fois par semaine), fruits à coques (1 fois par jour).
- Réduire la consommation de viandes rouges, d'abats et de charcuterie (150 g par semaine) et privilégier la volaille.
- Réduire la consommation d'aliments gras, salés, sucrés et ultra-transformés. Privilégier le fait maison.
- Réduire la consommation de boissons sucrées (1 fois par jour y compris pour les jus de fruits) et alcoolisées (2 verres par jour et pas tous les jours).
- Limiter la consommation de sel et de produits laitiers (2 fois par jour).

#info
Le site mangerbouger.fr
foucherconnect.fr/21vesf06

C. La déclinaison du PNNS pour des publics spécifiques

1. Le plan obésité

Il a été spécifiquement mis en place suite à l'évaluation du second PNNS. L'obésité est responsable de maladies chroniques (diabète, maladies cardiorespiratoires, cancers et handicap moteur), d'inégalités sociales et de stigmatisation. Ce plan complète le PNNS à partir de 2011.

2. Le plan alimentation insertion (PAI)

Créé en 2003, le **PAI** constitue une démarche sociale visant à instaurer un lien social, améliorer l'état nutritionnel et développer les aptitudes culinaires des personnes vulnérables sur le plan financier ou psychosocial et qui ont recours à l'aide alimentaire. S'il n'existe plus en tant que tel depuis 2015, les outils mis en place restent utiles pour les futurs techniciens en économie sociale familiale avec :
- des affiches adaptées valorisant les recommandations du PPNS ;
- des outils à destination des professionnels pour l'animation d'ateliers culinaires « Tous à table ».

#info
Découvrez l'outil « Tous à table »
foucherconnect.fr/21vesf07

Fiche 3

Les constituants de l'organisme

L'organisme humain est constitué d'eau, d'éléments minéraux et de matière organique. Ces éléments se retrouvent aussi dans la constitution des aliments : on parle alors de nutriments. L'ensemble de ces éléments permet la construction et le renouvellement des cellules.

1 Les différents niveaux d'organisation du corps humain

Les atomes (ou éléments de base) s'associent pour former les différents constituants moléculaires des êtres vivants : **les biomolécules**. En s'associant, les biomolécules forment les composants cellulaires qui s'organisent en tissus, en organes et enfin en systèmes et appareils qui constituent les êtres vivants.

2 La diversité des constituants de l'organisme

A. Les constituants minéraux

Ce sont l'eau, les sels et les ions minéraux.

#exemple
Les constituants de l'organisme
foucherconnect.fr/21vesf08

1. L'eau

- **Structure** :
  - l'eau constitue 60 à 70 % du corps humain ;
  - elle est une molécule formée d'un atome d'oxygène et de deux atomes d'hydrogène.
- **Rôles** :
  - grâce à son grand pouvoir solvant, elle forme des solutions avec de nombreuses molécules. Elle dissocie les sels et permet la diffusion des ions obtenus ;
  - elle constitue un milieu réactionnel dans lequel se déroulent de nombreuses réactions biochimiques ;
  - elle intervient en tant que réactif chimique dans certains processus tels que l'hydrolyse ;
  - elle a également un rôle plastique en donnant de la consistance au corps humain et en jouant un rôle protecteur (protection du cerveau grâce au rôle amortisseur du liquide céphalo-rachidien).
- **Répartition** (elle s'effectue sur plusieurs secteurs, ou milieux) :
  - le **secteur intracellulaire** : il contient l'eau de constitution représentant 40 à 50 % du poids corporel ;
  - le **milieu interstitiel** : il contient l'eau de réserve (15 % du poids corporel) et constitue le milieu intérieur dans lequel baignent nos cellules ;
  - le **milieu circulant** constitué par le plasma sanguin et la lymphe canalisée : il contient l'eau de circulation (5 % du poids corporel) canalisée dans des vaisseaux très ramifiés.

2. Les éléments minéraux

Ils sont classés en deux catégories, en fonction de leur présence quantitative dans l'organisme : les **macroéléments** et les **oligoéléments**.

- **Les macroéléments** :
  – ils sont présents en grande quantité dans l'organisme (Références nutritionnelles pour la population française (RNP) exprimées en mg – ANSES 2017) ;
  – ils comprennent le calcium, le phosphore, le potassium, le sodium, le soufre, le chlore, le magnésium ;
  – ils sont présents sous forme de sels (ex. : NaCl ou cristaux de phosphate de calcium dans le tissu osseux) ;
  – d'autres macroéléments font partie de la structure des molécules organiques ;
  – ils sont aussi présents sous forme d'ions dans les liquides de l'organisme (lymphe canalisée, lymphe interstitielle et plasma).

- **Les oligoéléments** :
  – ce sont des nutriments constitués d'éléments minéraux purs nécessaires à l'organisme en quantité très faible, dont la masse doit être inférieure à 1mg/kg^{-1} (RNP exprimées en µg) ;
  – ils comprennent le fer, le zinc, le cuivre, le manganèse ;
  – ils sont associés à des molécules organiques et se retrouvent aussi sous forme de sels et d'ions dans les liquides de l'organisme.

B. Les constituants organiques

1. Les lipides, glucides et protéines

Leur composition et leurs propriétés sont expliquées dans les fiches suivantes.

2. Les vitamines

Elles sont essentiellement apportées par l'alimentation et se classent en deux groupes : **liposolubles** et **hydrosolubles**.

3. L'ATP (adénosine triphosphate)

L'ATP :
– est une molécule essentielle dans l'anabolisme et le catabolisme de certaines biomolécules (glucides, lipides et protéines) ;
– transfère l'énergie utilisable par nos cellules pour le renouvellement et la croissance cellulaire ;
– est une molécule instable et donc difficilement stockable ;
– est produite en continu.

À SAVOIR

- Les constituants organiques sont aussi appelés **biomolécules**.
- Les principales biomolécules sont les **glucides**, les **lipides**, les **protides**, les **vitamines**, l'**ATP** et les **acides nucléiques**.
- Ces biomolécules contiennent essentiellement du carbone, de l'oxygène, de l'hydrogène (lipides et glucides) et parfois de l'azote (protéines, vitamines, ATP et acides nucléiques).
- L'association entre les différents éléments est due à la formation de liaisons covalentes (liaisons chimiques « solides » à forte énergie).

4. Les acides nucléiques

- L'**ADN** (acide désoxyribonucléique) constitue le support des informations permettant la synthèse des protéines par nos cellules (biosynthèse). L'ADN intervient dans la transmission des caractères héréditaires.

DÉFINITION

Les acides nucléiques sont des polymères de nucléotides.

- L'**ARN** (acide ribonucléique) joue un rôle important dans la biosynthèse des protéines.

Fiche 4

PRÉREQUIS DE BIOLOGIE

Les biomolécules : les protéines

Les protéines sont des molécules organiques essentielles à toutes les cellules. Elles sont formées d'atomes de carbone, d'hydrogène, d'oxygène et d'azote et assurent l'apport d'azote à notre organisme. Les acides aminés sont leur unité de base.

1 Les acides aminés

Il y a présence d'un atome de carbone lié simultanément à un groupe carboxyle et à un groupe amine. Les protéines de notre organisme sont constituées à partir d'un groupe d'une vingtaine d'acides aminés. Parmi ces 20 acides aminés, 9 ne peuvent être synthétisés par l'organisme. On les appelle les **acides aminés indispensables**.

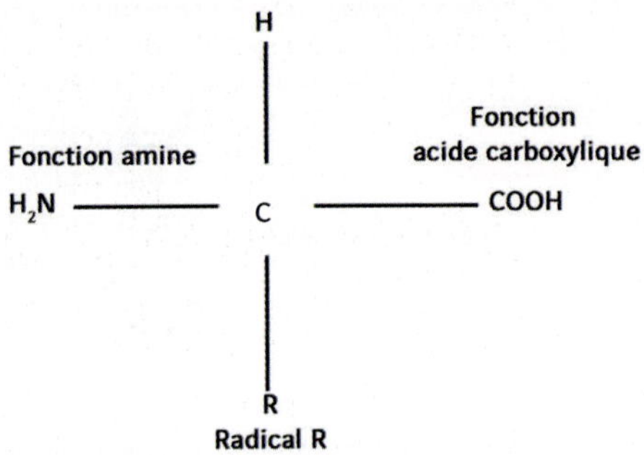

Structure des acides aminés

2 Les polypeptides et les protéines

- Les **acides aminés** se lient entre eux grâce à des liaisons peptidiques formant des peptides (ou chaîne peptidique). Cette **liaison peptidique** peut être détruite lors d'une réaction d'hydrolyse (par exemple lors du processus de digestion).
- Lorsque le nombre d'acides aminés est important, on parle de **polypeptides**. Les **polypeptides**, grâce à l'apparition de diverses liaisons chimiques, adoptent une configuration tridimensionnelle formant ainsi une **protéine**.

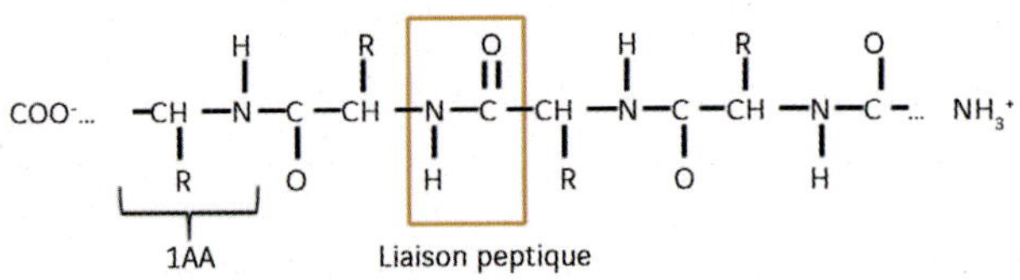

Structure d'un polypeptide

3 Les fonctions biologiques des protéines

Selon leurs fonctions, elles se répartissent en deux groupes : les **protéines de structure** et les **protéines fonctionnelles**.

A. Les protéines de structure

Elles assurent une fonction structurale au niveau des cellules ou de différents tissus. Ce sont le plus souvent des protéines fibreuses. On les retrouve dans la membrane des cellules, au niveau du tissu musculaire (actine et myosine), de la peau (kératine et collagène) ou des ligaments (élastine).

B. Les protéines fonctionnelles

Ce sont généralement des protéines globulaires. Elles interviennent dans différents processus biologiques :
- les **hormones** jouent le rôle de messager chimique pour réguler les différents métabolismes ;
- les **anticorps** assurent la lutte contre les éléments étrangers à l'organisme (virus, bactérie...) ;
- les **enzymes** augmentent la vitesse des réactions biochimiques ;
- certaines assurent une **fonction de transport**. Par exemple, l'hémoglobine achemine le dioxygène dans le sang et la transferrine permet le transport du fer au niveau sanguin.

 # info
Les protéines
foucherconnect.fr/21vesf09

4 Les principales protéines en alimentation et en biologie

On peut nommer :
- les caséines, la lactalbumine, la lactoglobuline dans le lait ;
- l'ovovitelline dans le jaune d'œuf, l'ovalbumine dans le blanc d'œuf ;
- l'actine, la myosine et la myoglobine, qui sont des protéines du tissu musculaire issues de la viande ;
- la gliadine et la glutéline qui constituent le gluten ;
- le collagène et l'élastine qui sont les protéines du derme de la peau, des ligaments et des tendons ;
- l'hémoglobine, protéine du sang.

5 Les propriétés physico-chimiques des protéines

A. La solubilité dans l'eau

Les protéines ne forment pas de véritables solutions lorsqu'elles sont mélangées à l'eau. Il y a formation d'une solution colloïdale présentant un aspect visqueux. Les protéines restent alors en suspension. Ainsi, les protéines contenues dans le blanc d'œuf (avec l'ovalbumine) restent en suspension lorsqu'elles sont mélangées à l'eau.

B. L'action d'un acide

Les acides provoquent la **coagulation des protéines**. La coagulation se traduit par la formation d'un gel.

EXEMPLE

• L'ajout d'un acide dans le lait provoque la formation d'un gel appelé le caillé. Ce phénomène s'explique par la coagulation de la principale protéine du lait, la caséine.
• Application culinaire : la fabrication d'un yaourt à partir de lait dans lequel on ajoute un ferment lactique (bactéries) va être à l'origine de la production d'acide lactique. Cet acide entraîne la coagulation de la caséine et donc la formation du gel.

C. L'action de la chaleur

■ Elle provoque la coagulation de la plupart des protéines (exception faite de la caséine), comme la coagulation du blanc et du jaune d'œuf ou des protéines de la viande. Chaque protéine a une température de coagulation spécifique.

■ Cette coagulation peut être contrôlée pour n'être que partielle. Cette coagulation partielle est exploitée pour l'élaboration de la crème anglaise.

D. L'action de l'alcool

L'éthanol provoque la coagulation des protéines. C'est pourquoi les protéines de la viande préparée en marinade sont mieux digérées et mieux assimilées par l'organisme, car elles sont sous forme coagulée.

E. L'action de la présure

La présure est une enzyme qui se trouve dans la poche digestive des ruminants (surtout les jeunes veaux) ainsi que dans l'estomac humain. Son action s'effectue spécifiquement sur la **caséine** en l'hydrolysant partiellement, provoquant ainsi sa coagulation. Cette réaction s'observe dans l'industrie fromagère où la coagulation de la caséine permet la formation du caillé qui servira à l'élaboration du fromage. Dans l'estomac humain, la caséine sous forme coagulée est mieux dégradée par les enzymes digestives et par conséquent, mieux assimilée par l'organisme.

Les biomolécules : les lipides

Les lipides sont des molécules organiques essentielles à toutes les cellules. Elles sont formées d'atomes de carbone, hydrogène et d'oxygène et ont une vocation essentiellement énergétique. Certains lipides ont aussi un rôle structural et fonctionnel fondamental pour notre organisme ; ils sont à puiser dans notre alimentation.

 # info
Les lipides
foucherconnect.fr/21vesf10

1 Les acides gras

Ce sont des molécules constituées d'une longue chaîne carbonée comprenant une fonction acide carboxylique (COOH). On distingue trois catégories : les **acides gras saturés** (AGS), **monoinsaturés** (AGM) et **polyinsaturés** (AGP).

A. Les acides gras saturés

1. Structure

Les acides gras saturés ne présentent que des liaisons simples entre les atomes de carbone de la chaîne carbonée.

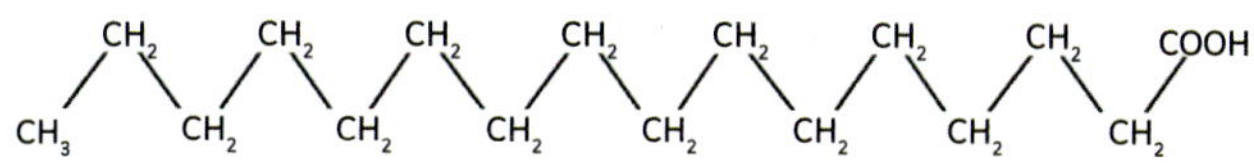

↑ *Structure d'un acide gras saturé : l'acide palmitique*

2. Sources alimentaires

Les sources d'acides gras saturés sont **les graisses d'origine animale** (produits laitiers, fromages, viandes, charcuterie, produits transformés, beurre, crème).

3. Rôles biologiques

Les acides gras saturés sont des molécules constitutives du tissu adipeux (sous forme de triglycérides). Ils permettent ainsi à ce tissu de jouer le rôle d'**isolant thermique** (il freine les pertes de chaleur de l'organisme). Leur oxydation au niveau cellulaire permet la **synthèse d'ATP** et ils interviennent dans l'**apparition des maladies cardiovasculaires**.

B. Les acides gras monoinsaturés

1. Structure

Les acides gras monoinsaturés présentent une liaison double au sein de leur chaîne carbonée et sont présents dans les corps gras d'origine végétale (huile, margarine).

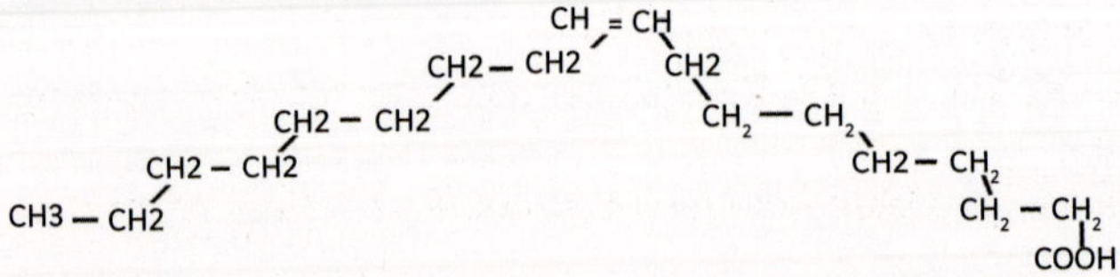

↑ *Structure d'un acide gras monoinsaturé : l'acide oléique*

2. Sources alimentaires

Les acides gras monoinsaturés sont présents en plus ou moins grande quantité dans les **aliments d'origine animale et végétale**.

3. Rôles biologiques

Ils sont identiques à ceux des AGS mais s'y ajoute la prévention des maladies cardiovasculaires.

C. Les acides gras polyinsaturés

1. Structure

■ Les acides gras polyinsaturés présentent au moins deux doubles liaisons au sein de leur chaîne carbonée. Parmi ce groupe, on identifie deux familles importantes : les **omégas 6** et les **omégas 3**. Ces appellations sont liées au numéro de l'atome de carbone sur lequel on trouve la première double liaison comptée à partir du groupement méthyle –CH3.

■ L'acide oléique appartient à la famille des omégas 9.

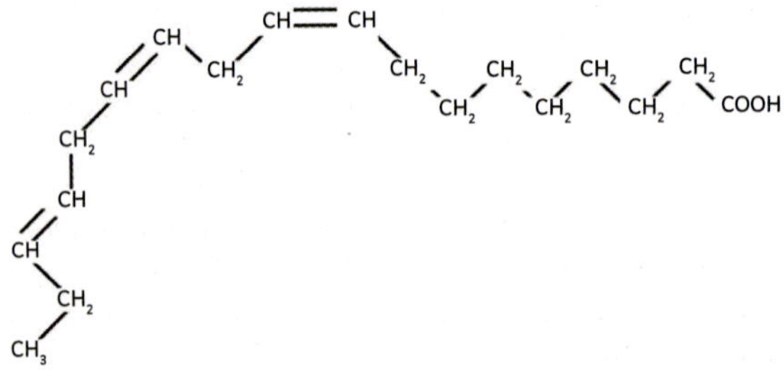

↑ *Structure d'un acide gras polyinsaturé : l'acide α-linolénique*

2. Sources alimentaires

Les sources d'acides gras polyinsaturés sont les **corps gras d'origine végétale**.

3. Rôles biologiques

Ils sont identiques à ceux des AGS et AGM mais jouent, en outre, un rôle dans la prévention des maladies cardiovasculaires.

4. Les acides gras essentiels

■ Ce sont des acides gras polyinsaturés non synthétisés par notre organisme et qu'il faut puiser dans notre alimentation car ils sont indispensables à son bon fonctionnement. Il s'agit de l'acide linoléique ou ω6 et acide α-linolénique ou ω3.

- Ils assurent des fonctions biologiques très importantes :
  – ce sont des constituants du tissu nerveux ;
  – des précurseurs de molécules qui régulent la fluidité du sang (thromboxane, prostacycline) ;
  – des précurseurs de molécules qui induisent la réaction inflammatoire (défense de l'organisme).

- Les acides gras essentiels sont présents dans les corps gras d'origine végétale (huiles surtout).

D. Les acides gras trans

1. Structure

Ce sont des acides gras insaturés ayant une forme spatiale spécifique qui leur confère des propriétés particulières.

2. Sources alimentaires

Ces AGS sont recherchés par les industriels de l'industrie agroalimentaire et sont présents dans tous les produits alimentaires transformés, les viennoiseries, les barres chocolatées, les plats cuisinés...

3. Rôles biologiques

Ce sont des acides gras insaturés se comportant comme des acides gras saturés et qui peuvent jouer un rôle dans l'apparition des maladies cardiovasculaires.

E. Propriétés physiques des acides gras

1. Solubilité

Ils sont insolubles dans l'eau et solubles dans les solvants organiques (benzène, éther).

2. Fusion

Le point de fusion correspond à la température au-delà de laquelle il y a **passage de l'état solide à l'état liquide** (ex. : point de fusion du beurre : 20 à 23 °C, point de fusion de l'huile de tournesol : 3 °C). La valeur de ce point augmente avec la longueur de la chaîne carbonée. Elle diminue avec le nombre de doubles liaisons.

3. Oxydation

L'oxydation est aussi appelée **rancissement**. C'est la rupture d'une ou plusieurs doubles liaisons qui permet la fixation d'oxygène et qui donne naissance à des molécules volatiles responsables de l'odeur de rance.

4. Hydrogénation

Son principe consiste en l'addition d'hydrogènes par fixation sur les doubles liaisons qui se transforment en liaison simple. En diminuant le nombre de doubles liaisons, on rend le produit moins liquide (augmentation du point de fusion) et on limite le phénomène de rancissement oxydatif.

5. Intérêts industriels

- La solidification des huiles permet d'obtenir de la margarine et d'augmenter la durée de conservation des corps gras.

■ Les corps gras hydrogénés se comportent pour l'organisme comme des AGS et favorisent l'apparition de maladies cardiovasculaires.

2 Les triglycérides (ou triacylglycérol)

A. Structure

Les triglycérides sont des esters de glycérol et d'acides gras. Ils résultent de l'association d'une molécule de glycérol avec trois molécules d'acides gras. Ils constituent la **forme moléculaire sous laquelle se présentent les acides gras dans nos aliments et dans notre corps.**

↑ *Structure d'un triglycéride*

B. Fonctions biologiques

Elles sont identiques à celles des différents acides gras.

C. Propriétés physiques

1. Solubilité, point de fusion, hydrogénation, oxydation

Ces propriétés découlent de la composition en acide gras des triglycérides et correspondent donc à celles des AG.

2. Hydrolyse

L'hydrolyse est assurée par les lipases, présentes dans certaines sécrétions digestives de l'organisme et permettant la digestion des triglycérides alimentaires. Elles sont aussi produites par certaines bactéries responsables de la dégradation des lipides alimentaires.

3. Action de la chaleur : cas des fritures

Les AG alimentaires sont en majorité associés à une molécule de glycérol et constituent des triglycérides. Au cours d'une friture, la température atteint 170 – 180 °C. Elle peut dépasser la température critique du corps gras utilisé, c'est-à-dire la température au-delà de laquelle les triglycérides subissent décomposition et transformation (beurre : 130 °C, margarine : 140 °C, végétaline : 180 °C, huile de friture : 210 °C). Il y a, entre autres, transformation du glycérol en acroléine (molécule volatile nauséabonde), formation d'espèce chimique nouvelle (ECN) ou produits d'altération thermo-oxydative (PATO). Leur consommation excessive peut réduire l'efficacité de la lipase pancréatique et entraîner des problèmes digestifs.

3 Les phospholipides

A. Structure

■ Les phospholipides sont composés d'une molécule de glycérol à laquelle sont liés 2 acides gras et un acide phosphorique lui-même lié à une autre molécule.

#doc
Organisation des phospholipides dans la membrane cytoplasmique
foucherconnect.fr/21vesf11

■ **Propriétés** : les phospholipides présentent 2 parties : une partie qui se lie aux molécules hydrophobes et une partie pouvant se lier aux molécules hydrophiles.

■ Dans l'organisme, ils sont constitutifs des membranes cellulaires et en alimentation, ils permettent, entre autres, le mélange de corps gras et de substances aqueuses (vinaigrette) : on parle de propriétés émulsifiantes.

B. Propriétés émulsifiantes

1. Définition d'une émulsion

■ Une émulsion correspond à la dispersion de très fines gouttelettes (1 µm) d'un fluide dans un autre fluide avec lequel il **n'est pas miscible** (ne se mélange pas). On distingue alors 2 phases : phase dispersante, phase dispersée. La dispersion s'effectue par action mécanique.

■ Pour que l'émulsion soit stable, on peut utiliser un stabilisant appelé émulsifiant et qui présente une affinité pour les 2 phases.

2. Applications

- La lécithine de soja : agent de texture du chocolat, pain sans gluten.
- La lécithine du jaune d'œuf : mayonnaise.

4 Le cholestérol

A. Structure et rôles biologiques du cholestérol

Le cholestérol est un alcool polycyclique. Il est précurseur des hormones stéroïdes, de la vitamine D, des sels biliaires. Il est un constituant membranaire. Le cholestérol est synthétisé par le foie et les glandes sécrétrices d'hormones stéroïdes (ovaires, testicules).

B. Distribution dans les aliments

Le cholestérol est présent seulement dans les aliments d'origine animale. 300 mg d'apports sont conseillés quotidiennement.

5 Les lipoprotéines

Elles résultent de l'**association de protéines et de phospholipides**. Elles constituent une forme de transport des lipides dans le plasma sanguin comme par exemple les chylomicrons, les lipoprotéines HDL et LDL :

- les **lipoprotéines HDL** assurent le transport sanguin du cholestérol des cellules vers le foie (où il sera dégradé et recyclé) : c'est le bon cholestérol car il limite les risques d'apparition de l'athérosclérose (maladie cardiovasculaire) ;
- les **lipoprotéines LDL** assurent le transport sanguin du cholestérol du foie vers les cellules : c'est le mauvais cholestérol car en excès, il favorise l'apparition de l'athérosclérose.

PRÉREQUIS DE BIOLOGIE

Fiche 6

Les biomolécules : les glucides

Les glucides sont des molécules organiques importantes dans le cadre de la fabrication d'énergie (synthèse d'ATP). Elles sont formées d'atomes de carbone, d'hydrogène et d'oxygène.

1 Les oses

Ce sont des molécules glucidiques simples comprenant de 3 à 7 atomes de carbone. Les hexoses sont des oses avec une structure à 6 atomes de carbone.

A. Structure

La catégorie étudiée est celle des hexoses. Ils présentent tous la même formule brute : $C_6H_{12}O_6$. En solution dans l'eau ou sous forme de cristaux, ils présentent une structure cyclique.

B. Principaux oses

1. Le glucose

Il est présent dans le miel, les fruits et le sucre sous forme de saccharose. C'est la molécule principale à partir de laquelle les cellules de l'organisme synthétisent l'ATP.

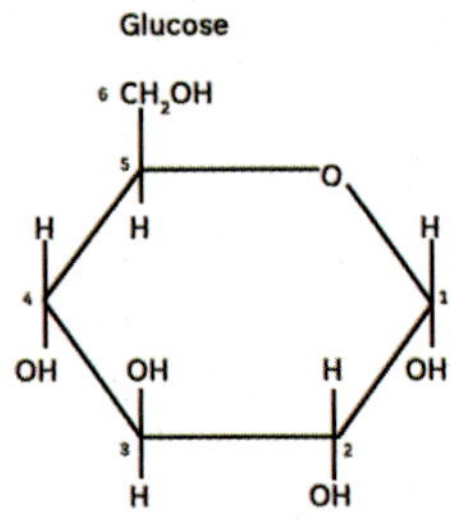

↑ *Molécule de glucose*

2. Le fructose

Il est présent dans le miel, les fruits et le sucre sous forme de saccharose. Une fois absorbé par l'organisme, il est transformé en glucose pour la production d'ATP.

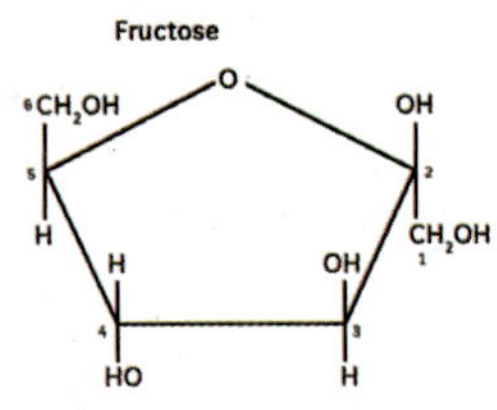

↑ *Molécule de fructose*

3. Le galactose

Le galactose est présent dans le lait sous forme de lactose. Une fois absorbé par l'organisme, il est transformé en glucose pour la production d'ATP. C'est aussi un constituant du tissu cérébral sous forme de molécules appelées cérébrosides.

2 Les diholosides

Ce sont des dimères d'oses simples.

A. Structure

Ils sont constitués par l'association de deux oses (hexoses pour les molécules étudiées) reliés entre eux par une liaison osidique. Ils présentent tous la même formule brute : $C_{12}H_{22}O_{10}$. En solution dans l'eau ou sous forme de cristaux, ils présentent aussi une structure cyclique.

B. Principaux diholosides

1. Le saccharose

Le saccharose résulte de l'association d'une molécule de glucose et d'une molécule de fructose. Il est présent dans le miel, la canne à sucre, la betterave sucrière et se présente principalement sous forme de sucre. Son rôle biologique est le même que celui du glucose et du fructose.

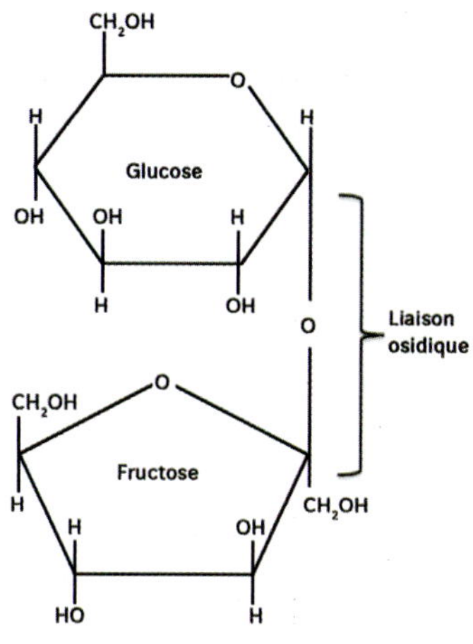

↑ *Molécule de saccharose*

2. Le maltose

Le maltose résulte de l'association de deux molécules de glucose. Il est obtenu à partir du malt (orge germée) et se retrouve dans les céréales pour petit-déjeuner, farine pour nourrisson, biscuits. Son rôle biologique est le même que pour le glucose.

3. Le lactose

Le lactose résulte de l'association d'une molécule de glucose et d'une de galactose. Il est présent dans le lait. Son rôle biologique est le même que celui du glucose et du galactose.

C. Propriétés physico-chimiques

1. Hydrolyse

L'hydrolyse se produit en milieu acide ou sous l'action d'une enzyme. Il y a rupture de la liaison osidique, consommation d'une molécule d'eau et obtention de deux hexoses. L'absence de ces enzymes dans l'organisme génère des intolérances à ces glucides.

2. Solubilité dans l'eau

Les diholosides sont solubles dans l'eau. La chaleur améliore cette solubilité.

3. Action de la chaleur humide

Le cas le plus étudié est celui du saccharose (ou sucre) pour lequel l'action de la chaleur humide aboutit à la formation d'un sirop de sucre. Si la chaleur appliquée est trop élevée, le sirop caramélise.

4. Action de la chaleur sèche

Le sucre caramélise. Une température trop élevée provoque la carbonisation.

5. Fermentation alcoolique

Sous l'action de la levure de bière (*saccharomyces cerevisiae*), le saccharose est transformé en éthanol et en CO_2. Au préalable, il subit une hydrolyse par le biais d'une enzyme microbienne. Cette réaction est exploitée dans le cadre de l'élaboration du pain et de la bière.

3 Les polyholosides

A. Structure

■ La structure générale d'un polyholoside comprend plusieurs oses (15 à plusieurs milliers) reliés par des liaisons osidiques. Certaines de ces liaisons peuvent être hydrolysées en milieu acide à température élevée ou par certaines enzymes.

■ Les principaux polyholosides sont l'amidon, le glycogène et la cellulose, produits de condensation du glucose (ou polymère du glucose) avec des agencements différents.

B. Principaux polyholosides

1. L'amidon

■ L'amidon constitue les réserves glucidiques des végétaux obtenues par photosynthèse à partir de l'énergie lumineuse et du CO_2. C'est une source d'énergie pour l'homme, présente dans les féculents (ou produits amylacés).

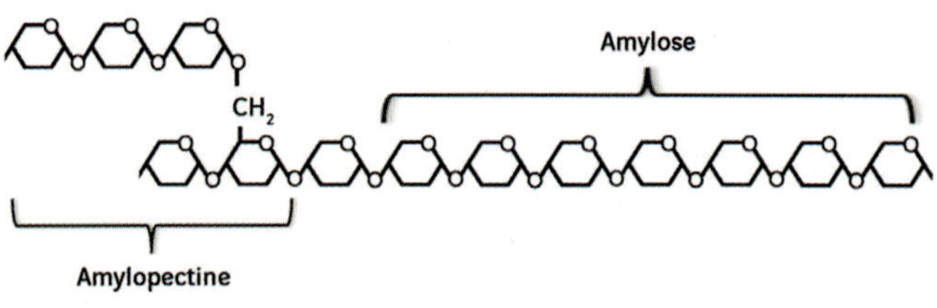

↑ *Molécule d'amidon*

■ **Structure** : l'amidon est une molécule constituée par une association de deux polymères du glucose : l'amylose et l'amylopectine.

■ **Rôle biologique** : l'amidon est dégradé lors de la digestion en molécules de maltose (par des amylases) puis en molécules de glucose (par des maltases) qui seront, entre autres, utilisées pour la production d'ATP.

■ **Propriétés physico-chimiques** : l'amidon est insoluble dans l'eau froide et forme un lait d'amidon :
- vers 70 °C, on obtient un gel appelé empois. Il y a **gélatinisation** : chaque grain d'amidon se gonfle d'eau et voit son volume augmenter jusqu'à 30 fois puis éclate, libérant les macro-molécules ;
- après refroidissement, il y a **gélification** ; c'est-à-dire formation d'un gel compact. Ce gel visqueux permet d'épaissir, de donner de la consistance et de l'onctuosité à certaines préparations culinaires. On parle alors de **liaison glucidique** (sauce Béchamel, potage, crème…) ;
- sous l'action de la chaleur sèche, des molécules d'amidon partiellement hydrolysées se forment. Elles sont appelées **dextrines** et permettent l'obtention d'un roux blond qui peut évoluer vers le brun si la cuisson se poursuit ;
- simultanément, on observe la présence d'une odeur agréable (odeur de biscuit, de pain chaud). Cet intérêt gustatif (organoleptique) est dû au caractère sapide des dextrines qui donnent de la saveur et du goût.

■ **Amidons modifiés** : ce sont des molécules d'amidon naturel sur lesquelles ont été greffés des groupements chimiques qui résistent ainsi mieux aux températures élevées. La rétrogradation est ainsi évitée et la gélification est plus rapide.

2. Le glycogène

Le glycogène est la forme sous laquelle le glucose est stocké dans l'organisme humain, dans le foie et les muscles.

3. La cellulose

La cellulose est une molécule glucidique d'origine exclusivement végétale, constituant de la paroi des cellules végétales sous forme cristalline et considérée comme une fibre alimentaire car elle est indigestible. La cellulose est un polymère du glucose avec des liaisons osidiques.

4. Les hydrocolloïdes

De nature glucidique (mais aussi protéique), appelés aussi gomme hydrosoluble, ils ont la propriété de fixer l'eau. Les principaux hydrocolloïdes sont les gommes arabiques, les gommes de xanthane, les extraits d'algues (agar-agar) qui ont un rôle épaississant et les pectines qui ont un rôle gélifiant.

PRÉREQUIS DE BIOLOGIE

La cellule

La cellule est la plus petite unité structurale et fonctionnelle du monde vivant : elle est capable de se nourrir, de respirer, de produire de l'énergie et des déchets, et de se multiplier. Les cellules ne fonctionnent généralement pas de manière autonome ; elles s'organisent en tissus pour exercer une ou plusieurs fonctions précises.

1 Les éléments constitutifs de la cellule

Caractéristiques et fonctions des éléments constitutifs de la cellule

ÉLÉMENTS CONSTITUTIFS DE LA CELLULE	CARACTÉRISTIQUES	FONCTIONS
La membrane plasmique	Elle est formée d'une bicouche de lipides appelés phospholipides dans laquelle s'insèrent des protéines, des glucides (glycoprotéines) et du cholestérol.	• La membrane plasmique délimite la cellule. • Elle intervient dans les échanges avec le milieu extra-cellulaire. • Elle est le support des sites de reconnaissance (groupe sanguin, HLA…).
Le cytoplasme	Il est constitué d'une substance gélifiée composant le milieu interne de la cellule.	Le cytoplasme comprend : – le cytosquelette qui permet le soutien et les mouvements de la cellule ; – les organites cellulaires.
Les organites cellulaires	Ce sont les compartiments cellulaires spécialisés dans des fonctions précises.	
Les mitochondries	• Ce sont des organites délimités par une double membrane de type plasmique formant des replis appelés « crêtes mitochondriales ». • Chaque mitochondrie possède son propre ADN.	Les mitochondries permettent la synthèse d'ATP essentiellement à partir de la dégradation du glucose et en présence d'oxygène.
Le réticulum endoplasmique rugueux (REG)	C'est un organite délimité par une simple membrane et possédant des ribosomes à sa surface.	Le REG joue un rôle important dans la synthèse des protéines.
Le réticulum endoplasmique lisse (REL)	C'est un organite délimité par une simple membrane sans ribosome sur sa surface externe.	Le REL joue un rôle dans le métabolisme des lipides.
L'appareil de Golgi	C'est un ensemble de petits sacs appelés « saccules » reliés plus ou moins directement avec le REG.	L'appareil de Golgi est le lieu de maturation des protéines permettant de les trier et de les emballer avant de les déverser dans la cellule.

ÉLÉMENTS CONSTITUTIFS DE LA CELLULE	CARACTÉRISTIQUES	FONCTIONS
Les ribosomes	• Ce sont des organites non délimités par une membrane contenant de l'ARN. • Ils sont libres ou fixés au réticulum endoplasmique.	Ils jouent un rôle dans la synthèse des protéines.
Les lysosomes	Ce sont des organites délimités par une simple membrane.	Ils interviennent dans le catabolisme des déchets cellulaires.
Le noyau	• Le noyau est délimité par la membrane nucléaire double en continuité avec le réticulum endoplasmique. • Il contient le nucléoplasme, phase liquide du noyau, le nucléole et l'ADN.	• La membrane nucléaire délimite le noyau et permet les échanges entre le noyau et le cytoplasme. • Le nucléole permet la synthèse des ARN ribosomaux et leur association avec des protéines pour former les ribosomes. • L'ADN détient l'information génétique et intervient dans la division cellulaire.
Le centrosome	Il est formé par 2 centrioles.	Il joue un rôle dans la division cellulaire.
Le cytosquelette	Le cytosquelette est un réseau filamenteux à l'intérieur d'une cellule.	Il confère ses propriétés mécaniques à la cellule.

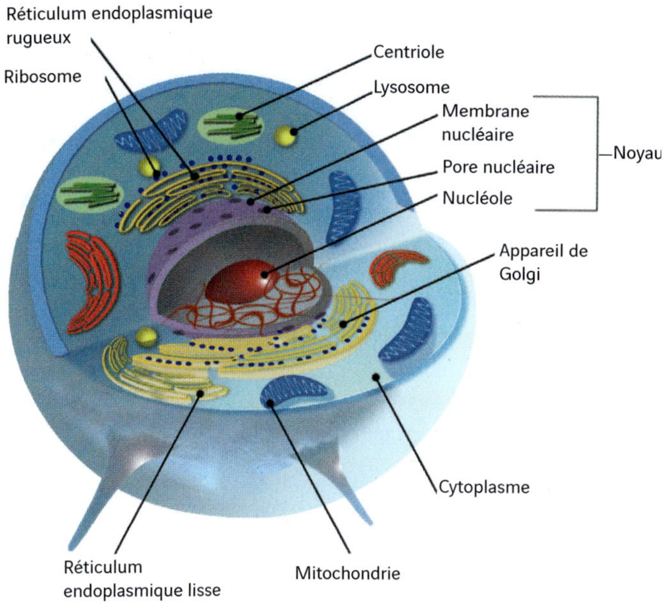

↑ *L'ultrastructure de la cellule animale*

 # vidéo
L'ultrastructure de la cellule animale
foucherconnect.fr/21vesf12

 # vidéo
Les besoins nutritifs des cellules
foucherconnect.fr/21vesf13

2 Les modalités des échanges cellulaires

Les échanges entre l'intérieur et l'extérieur de la cellule s'effectuent au niveau de la **membrane plasmique** et lui permettent de **recevoir des nutriments** (eau, glucose, minéraux) et d'**éliminer les déchets** (urée en particulier). L'eau diffuse selon les lois de l'osmose.

Fiche 8

PRÉREQUIS DE BIOLOGIE

La respiration cellulaire

La respiration cellulaire permet de comprendre comment la cellule produit de l'énergie à partir des biomolécules issues de la dégradation des aliments consommés et de leur absorption au niveau intestinal.

1 Définition de la respiration cellulaire

■ L'organisme a besoin d'**énergie** principalement pour réaliser les synthèses cellulaires, permettre le transport de molécules et la contraction musculaire. Cette énergie est contenue dans la **molécule d'ATP** et libérée lors de l'**hydrolyse** de ses liaisons phosphates.

■ La **respiration cellulaire** correspond à la **production (régénération) d'ATP** en présence d'oxygène et de substrats énergétiques, principalement le **glucose**. Elle se déroule surtout dans les mitochondries.

2 Les principales étapes de la respiration cellulaire

Le glucose a été choisi comme substrat énergétique pour illustrer les principales étapes de la respiration cellulaire.

ÉTAPES DE LA RESPIRATION CELLULAIRE	LIEU DE DÉROULEMENT DE CES ÉTAPES	TRANSFORMATIONS SUBIES
Étape n° 1 : la glycolyse	Le cytoplasme de la cellule	Dégradation du glucose qui conduit à la production de 2 molécules d'ATP et de 2 molécules de pyruvate.
Étape n° 2 : la transformation du pyruvate en acétylcoenzyme A	Dans la matrice mitochondriale	Transformation du pyruvate en acétylcoenzyme A grâce à un complexe enzymatique : le pyruvate déshydrogénase. Remarque : tous les substrats énergétiques sont transformés en acétylcoenzyme A.
Étape n° 3 : le cycle de Krebs ou cycle de l'acide citrique	Dans la matrice mitochondriale	Dégradation de l'acétylcoenzyme A avec production d'ATP, d'atomes d'hydrogène pris en charge par NAD et FAD et production de CO_2.
Étape n° 4 : la phosphorylation oxydative	Dans la membrane interne des mitochondries	Les ions H+ libérés permettent la régénération de l'ADP en ATP avec production de molécule d'eau.

3 Les éléments indispensables à la production d'ATP et leur rôle

*Rôle des éléments indispensables à la production d'ATP**

ÉLÉMENTS INDISPENSABLES À LA PRODUCTION D'ATP	RÔLES
Les mitochondries	Elles sont le lieu principal de la régénération d'ATP.
L'oxygène	Il permet la dégradation complète du glucose avec production maximale d'ATP comme accepteur final d'hydrogène et l'augmentation des mitochondries dans la cellule. Ces phénomènes induisent l'augmentation de la capacité de production de l'ATP.
L'adénosine diphosphate (ADP)	C'est un acide nucléique permettant la production d'ATP selon la réaction : ADP + P + ÉNERGIE → ATP + H_2O
Les substrats énergétiques	· La dégradation du substrat énergétique fournit l'énergie nécessaire à la production d'ATP. · Le principal substrat énergétique utilisé à cette fin est le glucose. Les acides gras, puis, à défaut les acides aminés, peuvent servir de substrat.
Les dérivés de vitamine B : le NAD et le FAD	Ils prennent en charge les atomes d'hydrogène produits au cours des réactions de dégradation subies et les transportent vers la chaîne respiratoire (membrane interne des mitochondries) : c'est le processus de phosphorylation oxydative qui produit 90 % de l'énergie transformée en liaison phosphate.

*Ce tableau est à lire en parallèle avec la figure suivante : « Vue d'ensemble de la respiration cellulaire ».

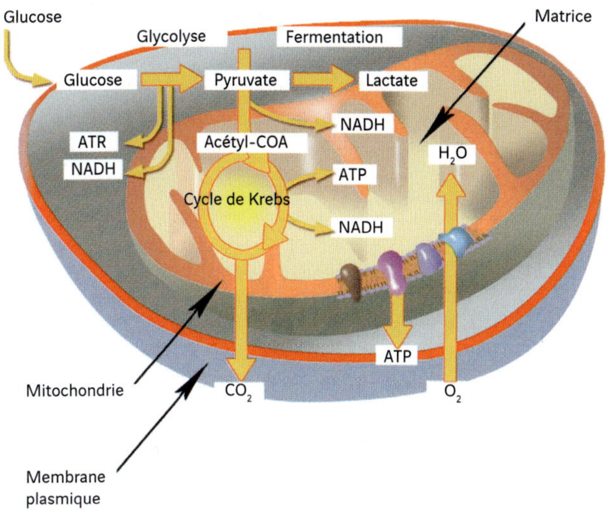

↑ *Vue d'ensemble de la respiration cellulaire*

MÉMO La dégradation d'une molécule de glucose permet la production de 36 molécules d'ATP associée à la production de molécules de dioxyde de carbone, de molécules d'eau et de chaleur.

 # vidéo
La respiration cellulaire
foucherconnect.fr/21vesf14

4 La mise en réserve des molécules énergétiques

Afin de pouvoir assurer la production d'ATP en permanence, l'organisme stocke les substrats énergétiques sous forme de polymères.

A. Le glucose

■ Sa mise en réserve s'effectue sous forme de glycogène dans les cellules musculaires et hépatiques → **glycogénogenèse**.

■ En cas de besoin (effort physique ou jeûne prolongé), le glycogène est transformé en glucose par ces mêmes cellules → **glycogénolyse**.

■ Lorsque la capacité des cellules musculaires et hépatiques à stocker le glucose en glycogène est dépassée, le glucose est alors stocké sous forme de triglycérides dans le tissu adipeux → **lipogenèse**.

B. Les acides gras (AG)

Leur mise en réserve s'effectue sous forme de triglycérides dans le tissu hépatique puis dans le tissu adipeux.

C. Les acides aminés

On les retrouve sous forme de protéines dans le tissu musculaire. Mais la fourniture d'énergie aux cellules n'est pas leur vocation première : ils ne sont sollicités qu'en cas de très faible disponibilité du glucose ou des AG.

PRÉREQUIS DE BIOLOGIE

Fiche 9

Les différents tissus de l'organisme

On distingue 4 grands groupes de tissus : les tissus épithélial, conjonctif, musculaire et nerveux. Cette fiche est consacrée à l'étude des deux premiers, les tissus musculaire et nerveux sont étudiés dans les fiches 9 et 12.

1 Le tissu épithélial

A. Structure générale

■ Les tissus épithéliaux sont constitués de **cellules jointives** fortement liées entre elles et présentant un côté exposé à l'extérieur, le **pôle apical** et un côté exposé à l'intérieur, le **pôle basal**.

■ Le pôle basal s'appuie sur la membrane basale (lame basale) qui repose sur du tissu conjonctif. Cette disposition assure la cohésion du tissu et facilite les échanges entre cellules.

■ Les tissus épithéliaux peuvent être aussi constitués de cellules spécialisées comme les :
- **cellules absorbantes de l'épithélium intestinal** qui possèdent un pôle apical formant de nombreux replis serrés appelés microvillosités. Les microvillosités permettent d'augmenter la surface de contact et facilitent l'absorption des nutriments au niveau intestinal ;
- **cellules ciliées qui possèdent des cils** sur leur pôle apical pour permettre le déplacement de substances à leur surface. Par exemple, l'épithélium de la trachée propulse le mucus chargé de poussières vers le pharynx ;
- **cellules à mucus ou cellules caliciformes**, présentes dans l'épithélium des voies digestives et respiratoires. Ce sont des cellules glandulaires permettant la production de mucus.

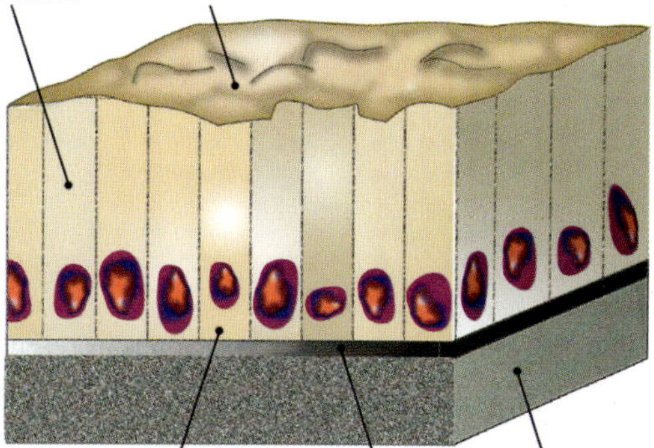

↑ *Composition du tissu épithélial*

B. Les tissus épithéliaux de revêtement

Les tissus épithéliaux de revêtement sont simples ou stratifiés suivant le nombre de couches cellulaires qui les composent. Ils protègent la surface de l'organisme (épiderme de la peau) et tapissent ses cavités internes ouvertes (cavités buccales, tube digestif...).

C. Les tissus épithéliaux glandulaires

■ Les cellules composant ces glandes élaborent leurs secrétions à partir des molécules et des minéraux provenant des capillaires sanguins présents dans le tissu conjonctif sous-jacent.

■ Il existe 3 types de glandes :
- les **glandes exocrines** qui déversent leurs secrétions dans un conduit (canal) ou dans la lumière des cavités de l'organisme (glandes à mucus de l'estomac) ;
- les **glandes endocrines** qui déversent leurs secrétions dans un conduit qui aboutit aux capillaires sanguins où elles rejoignent la circulation sanguine. Leurs secrétions sont des hormones (glande thyroïde, testicules, ovaires...) ;
- les **glandes mixtes** qui sont à la fois des glandes exocrines et endocrines (pancréas).

2 Le tissu conjonctif

A. Structure générale

■ Il comprend 3 composantes :
- la **substance fondamentale** constituée d'eau et de glycoprotéines ;
- les **fibres** : collagène et élastine qui confèrent souplesse et résistance aux tractions ;
- les **cellules** : cellules immunitaires, adipeuses, fibroblastes.

■ La proportion de ces 3 composantes détermine la classification :
- le **tissu conjonctif dense et élastique** qui contient de nombreuses fibres (ligaments, tendons...) ;
- le **tissu conjonctif lâche** qui comprend plus de cellules.

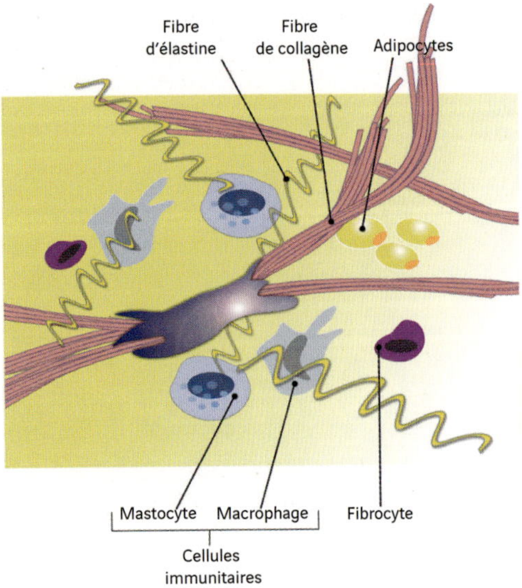

↑ *Composition du tissu conjonctif*

B. Fonctions

Le tissu conjonctif est le tissu le plus abondant de l'organisme. Il assure des fonctions de remplissage, de protection, d'isolation et de transport.

FOCUS

Cas particulier du tissu adipeux

- Il comprend des cellules adipeuses ou adipocytes possédant des vésicules de stockage des lipides sous forme de triglycérides lorsque les apports énergétiques alimentaires sont excessifs ou que la dépense énergétique est insuffisante.
- Ces vésicules fusionnent au sein de la cellule provoquant une augmentation de son volume et occasionnant un accroissement du tissu adipeux pouvant aboutir à un surpoids.
- Ce mécanisme est réversible.

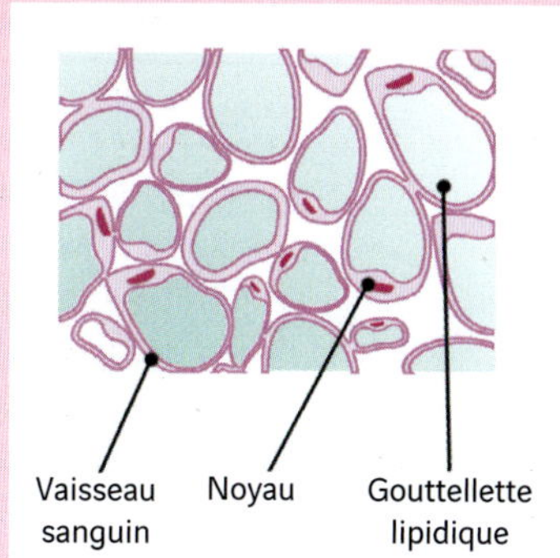

↑ *Composition du tissu adipeux*

 # vidéo
Les différents tissus de l'organisme
foucherconnect.fr/21vesf15

Fiche 10

FONCTION DE RELATION

Le système nerveux

Les connaissances de base du système nerveux permettent d'effectuer de la prévention relative à son développement, son vieillissement, aux rythmes du sommeil, à la gestion du stress. Ces connaissances doivent aussi permettre de comprendre et prévenir les toxicomanies et de mettre en relation le système nerveux et la perception sensorielle.

1 L'organisation du système nerveux

Système nerveux

Système nerveux central
C'est le cerveau et son prolongement naturel, la moelle épinière, située au centre de la colonne vertébrale :
– il gère la vie de relation ;
– il est sous l'influence de notre volonté ;
– il commande toutes nos actions.

Système périphérique
Certains nerfs du système nerveux périphérique recueillent de l'information et d'autres donnent des ordres.

Système nerveux somatique
Les nerfs du système nerveux somatique participent à la vie de relation de l'organisme avec son milieu extérieur et transmettent au cerveau de l'information en provenance des différents récepteurs sensoriels.

Système nerveux végétatif
Les nerfs du système nerveux végétatif interviennent dans la régulation des fonctions vitales internes.

2 Le tissu nerveux

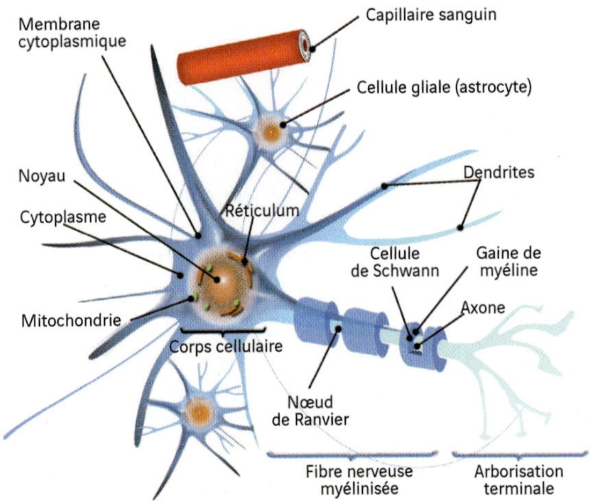

Neurone et cellules gliales

Le tissu nerveux est composé de 2 types de cellules :
- les **neurones** formés d'un corps cellulaire, de dendrites et d'un axone ;
- les **cellules gliales** qui entretiennent et nourrissent le tissu nerveux. Parmi celles-ci figurent les **cellules de Schwann** dont les couches successives qui s'enroulent autour de l'axone constituent la **gaine de myéline**. Les neurones dotés de gaine de myéline s'appellent des **fibres myélinisées**.

3 La fonction des neurones

A. Leur rôle

Les neurones ont pour rôle de **transmettre l'influx nerveux** de la périphérie vers les centres nerveux et des centres nerveux vers la périphérie. L'influx nerveux est une onde qui se propage toujours dans le même sens, c'est-à-dire, des dendrites vers l'axone en passant par le corps cellulaire, grâce à un échange d'ions à travers la membrane cytoplasmique du neurone.

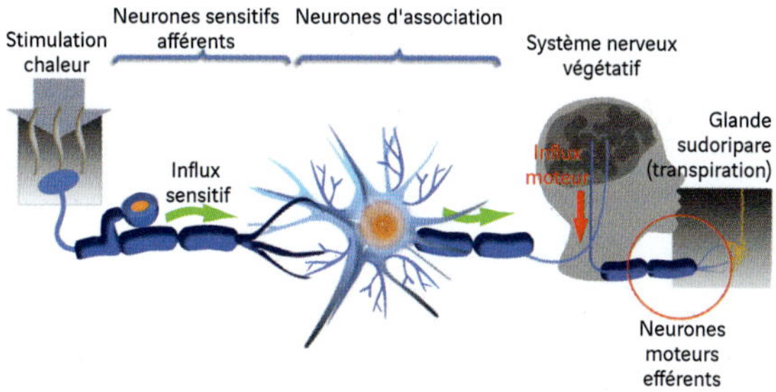

↑ *Transmission de l'influx nerveux*

B. La classification fonctionnelle des neurones

Rôles des différents types de neurones

TYPES DE NEURONES	RÔLES
Les neurones sensitifs afférents	Ils conduisent l'influx nerveux de la périphérie (récepteurs sensoriels) vers les centres nerveux.
Les neurones moteurs efférents	Ils conduisent l'influx nerveux des centres nerveux vers la périphérie (muscles, glandes).
Les neurones d'association	Ils relient entre eux 2 neurones.

C. Le développement des neurones

Le développement des neurones a lieu avant la naissance au cours du développement du fœtus. Leur durée de vie est variable après la naissance.

4 La communication nerveuse : la synapse et les neurotransmetteurs

La communication nerveuse entre 2 neurones ou entre un neurone et une cellule musculaire s'effectue au niveau des synapses par l'intermédiaire de neurotransmetteurs qui stimulent ou inhibent le fonctionnement de la cellule cible.

A. La synapse

- La **synapse** correspond à la jonction entre deux cellules consécutives d'un circuit nerveux.
- Le **neurone pré-synaptique** est celui qui transmet l'information. Le **neurone post-synaptique** est celui qui reçoit l'information.
- La **fente synaptique** est le mince espace entre l'élément pré-synaptique et l'élément post-synaptique.

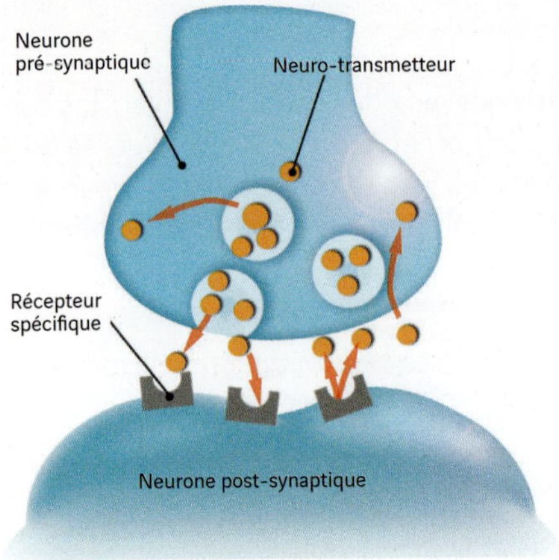

↑ *La synapse*

À SAVOIR

Les synapses sont modifiables. Certaines peuvent disparaître à la suite d'une inaction prolongée, d'autres peuvent apparaître lors d'apprentissages nouveaux. Il est donc important de stimuler son système nerveux à tout âge.

B. Les neurotransmetteurs

 # vidéo
Le support du message nerveux
foucherconnect.fr/21vesf16

- Ce sont des **messagers chimiques de l'influx nerveux** synthétisés par le neurone et libérés dans la fente synaptique à l'arrivée de l'influx nerveux. La plupart des neurones produisent et libèrent un seul neurotransmetteur.
- Ils agissent sur l'élément post-synaptique en modifiant la perméabilité de la membrane et en permettant le passage de l'influx nerveux. Ils sont soit détruits, soit recapturés par les boutons terminaux. Ils peuvent induire 2 types d'action : soit **inhibitrice**, soit **excitatrice**.
- Il existe de nombreux neurotransmetteurs dont par exemple l'**adrénaline** ou la **dopamine** qui agissent sur de nombreuses synapses du système nerveux central ou l'acétylcholine qui a une action excitatrice sur les muscles squelettiques.

5 Le système nerveux et les toxicomanies

 # info
Toutes les questions sur les drogues
foucherconnect.fr/21vesf17

La toxicomanie correspond à un état de **dépendance psychique et physique** vis-à-vis d'un produit utilisé de façon périodique ou continue.

A. Le mode d'action des drogues

Les drogues et certains médicaments sont des substances qui agissent au niveau des synapses en perturbant le fonctionnement des neurotransmetteurs. Ceci entraîne la diminution ou l'arrêt du passage de l'influx nerveux et provoque des **troubles dans la transmission des messages** qui sont alors faussés ou transformés.

B. Les drogues et le système de récompense

Les drogues stimulent les neurones d'une zone du cerveau impliquée dans les sensations de plaisir. Il s'ensuit la libération d'un neurotransmetteur à l'origine des sensations de plaisir : la **dopamine**. C'est cette sensation de bien-être qui est recherchée par les toxicomanes jusqu'au point où l'individu perd peu à peu sa liberté de choix :

- **accoutumance** : on observe une diminution des effets pour une même dose. Le produit devient une nécessité pour se sentir bien, il se produit une **dépendance physique** ;
- **état de manque** : lorsque la dépendance physique s'installe, l'organisme manifeste des signes cliniques en l'absence du produit ;
- **dépendance psychique** : besoin de renouveler la prise d'un produit sous peine d'être dans un état d'angoisse incontrôlable ;
- **tolérance au produit** : nécessité d'augmenter les doses pour obtenir la même sensation de bien-être : c'est l'escalade qui résulte de l'accoutumance.

6 Les éléments d'hygiène du système nerveux

Quelques règles d'hygiène de vie permettent de favoriser un bon équilibre nerveux.

A. Le sommeil

■ Un bon sommeil est indispensable. Il est qualifié ainsi lorsque toutes ses phases sont respectées :

- **la phase d'endormissement** : en début de nuit, l'activité électrique du cerveau ralentit, la respiration devient de plus en plus régulière, les yeux bougent légèrement sous les paupières, les muscles se relâchent mais pas encore totalement ;
- **la phase de sommeil lent léger** : les ondes électriques du cerveau deviennent plus lentes, les muscles poursuivent leur relâchement ;
- **la phase de sommeil profond** : les rythmes cardiaque et respiratoire ralentissent ;
- **la phase de sommeil paradoxal** : relâchement maximum mais l'enregistrement des ondes électriques montre une activité importante. Les rythmes cardiaque et respiratoire deviennent irréguliers ; c'est la phase correspondant aux rêves.

■ Nous effectuons **4 à 5 de ces cycles par nuit**. En début de nuit, les cycles sont plus riches en sommeil lent et profond et en fin de nuit, ils concernent surtout le sommeil paradoxal. C'est en phase de sommeil lent et profond que l'organisme refait le plein d'énergie. C'est également pendant cette phase que les cellules nerveuses du cerveau se reposent.

■ Il semble aussi que les rêves et la phase de sommeil paradoxal permettent de sélectionner et de classer les acquisitions de la journée pour ne garder que celles qui sont importantes.

B. L'alimentation

Une **alimentation équilibrée** participe au bon fonctionnement du cerveau et à l'entretien du système nerveux. Celui-ci nécessite surtout l'apport d'acides aminés et de minéraux, mais aussi d'acides gras polyinsaturés qui permettent le bon entretien des membranes des neurones et de glucose, source d'énergie des cellules cérébrales.

C. L'activité physique et intellectuelle

Une **activité physique régulière** permet une bonne oxygénation du cerveau et l'entretien, voire l'acquisition de nouvelles connexions nerveuses.

Fiche 11

FONCTION DE RELATION

L'activité nerveuse

L'activité nerveuse permet une mise en relation de l'organisme avec son environnement (sa perception, son interaction avec lui...), mais aussi une relation interne, entre les différents organes qui le constituent.

1 Les différents types d'activité nerveuse

Même si le fonctionnement nerveux est très complexe, on peut distinguer globalement deux types d'activité nerveuse : **l'activité volontaire** et **l'activité réflexe**. L'activité sensorielle, ici présentée à part, peut intégrer l'activité volontaire comme l'activité réflexe.

Activités volontaire, réflexe et sensorielle : les 3 composantes de l'activité nerveuse

ACTIVITÉ VOLONTAIRE	ACTIVITÉ RÉFLEXE	ACTIVITÉ SENSORIELLE
• Acte mettant en jeu la volonté et la conscience. • Le centre nerveux est toujours le cortex cérébral.	• Réponse motrice involontaire et automatique, immédiatement suite à une stimulation. • Le circuit nerveux mis en jeu est l'arc réflexe qui comprend toujours : – un récepteur ; – un neurone sensitif ; – un centre nerveux (moelle épinière, tronc cérébral...) ; – un neurone moteur ; – un effecteur (muscle, glande).	• Activité liée aux organes des sens (vue, ouïe, toucher, goût, odorat). • Peut être volontaire ou réflexe.

 # vidéo
L'arc réflexe
foucherconnect.fr/21vesf18

2 Les différentes phases de l'activité nerveuse

Quel que soit le type d'activité nerveuse étudié, on trouve toujours, après une stimulation, un message « afférent », un centre nerveux de traitement de l'information, et le plus souvent une phase « efférente », qui permet la réponse à la stimulation.

Les différentes phases de l'activité nerveuse

	ACTIVITÉ VOLONTAIRE	ACTIVITÉ RÉFLEXE	ACTIVITÉ SENSORIELLE
1. Phase sensorielle	Stimulation d'un récepteur sensoriel par l'intermédiaire d'un conducteur : le nerf sensoriel.	Le récepteur capte la stimulation interne ou externe.	Stimulation des récepteurs sensoriels.
2. Phase centrale	Sensation perçue et analysée au niveau du système nerveux central (SNC).	L'influx nerveux produit est conduit par voie sensitive jusqu'à la moelle épinière.	L'influx nerveux produit circule par voie nerveuse jusqu'au SNC qui analyse la sensation et permet sa perception (parfois simple information : exemple : le ciel est bleu).
3. Phase motrice	Le SNC émet une réponse sous forme d'un influx nerveux qui se propage par un nerf conducteur moteur jusqu'à l'effecteur et qui provoque la réponse de l'effecteur.	La moelle épinière répond par voie nerveuse motrice en envoyant l'influx nerveux jusqu'à un effecteur qui répond à la stimulation.	Parfois réflexe (exemple : dilatation de la pupille quand la lumière est insuffisante).
Remarques	Les lésions cérébrales entraînent des troubles fonctionnels et comportementaux qui dépendent de la zone du cerveau atteinte (exemple : tétraplégie consécutive à une lésion de la moelle épinière au niveau cervical).	Les réflexes peuvent être innés (réactions automatiques inscrites dans le patrimoine génétique, comme le fait de saliver) ou acquis, résultant de la répétition (freiner en voiture devant un obstacle).	L'intégration sensorielle correspond au passage de la réception des informations sensorielles par le système nerveux central et à leur interprétation consciente : la perception.

Fiche 12

FONCTION DE RELATION

L'appareil squelettique

Le système osseux permet le maintien du corps et la protection des organes sensibles. Il participe aux mouvements, à la formation des cellules sanguines et constitue une réserve de calcium et de phosphore pour l'organisme. Un des objectifs prioritaires du plan national nutrition santé est la prévention de l'ostéoporose et l'augmentation de la consommation de calcium. Dans ce cadre, une bonne connaissance de la physiologie osseuse permet de comprendre et d'adapter les messages de prévention.

 # vidéo
L'appareil squelettique
foucherconnect.fr/21vesf19

1 L'organisation du squelette

Il est constitué par :
- **le squelette axial** : crâne et colonne vertébrale (rachis) ;
- **le squelette appendiculaire** : membres et ceintures (points d'attache des membres au rachis).

2 Le tissu osseux et ses spécificités

A. Les 4 types d'os

■ Ce sont :
- les **os longs** : os des membres constitués aux extrémités de 2 épiphyses recouvertes de cartilage articulaire et contenant la moelle rouge osseuse. Entre les 2 épiphyses se trouve une partie nommée diaphyse qui comprend la cavité médullaire contenant la moelle jaune ;
- les **os courts** : os des mains et des pieds ;
- les **os plats** : os du crâne, scapula (omoplates) ;
- les **os irréguliers** : les vertèbres. Elles sont séparées entre elles par des disques intervertébraux qui servent d'amortisseurs.

■ La superposition des trous vertébraux forme le **canal rachidien** dans lequel passe la **moelle épinière**, point de départ des **nerfs rachidiens**. Les vertèbres sont constituées d'un corps vertébral et de différentes apophyses.

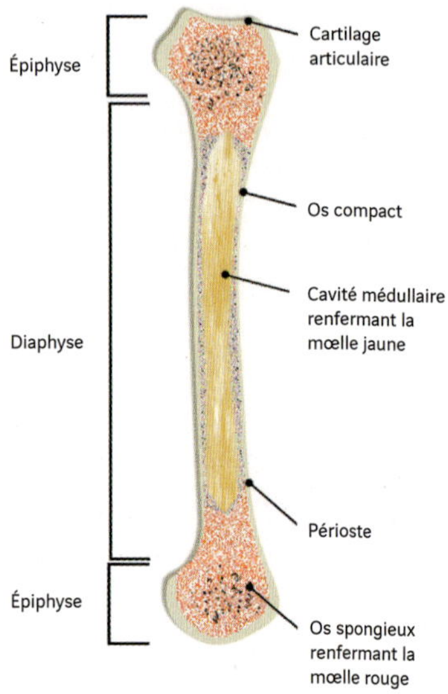

↑ *Structure d'un os long*

FOCUS

Une zone particulière : les articulations
Les articulations sont des zones de contacts entre 2 os, constituées des surfaces articulaires au niveau des épiphyses de 2 os voisins. Entre les 2 cartilages articulaires se trouve un liquide lubrifiant, le liquide synovial. Les os sont reliés entre eux par des ligaments.

B. La composition du tissu osseux

Le tissu osseux est composé de 45 % d'eau, de 20 % de matière organique dont 15 % de collagène et de 35 % de sels minéraux sous forme de phosphates et de calcium essentiellement.

C. La structure du tissu osseux

Le tissu osseux est constitué par :
- du **tissu conjonctif** modifié comprenant des fibres de collagène sur lesquelles se déposent les sels de calcium ;
- de la **substance fondamentale** qui est minéralisée donc rigide grâce aux dépôts de calcium ;
- des **cellules spécifiques** :
  - des **ostéoblastes**, cellules qui contribuent à la minéralisation osseuse et donc aux dépôts de calcium,
  - des **ostéocytes**, cellules qui sont emprisonnées dans la trame osseuse,
  - des **ostéoclastes**, cellules permettant la destruction de la trame osseuse.

D. Les propriétés de l'os

1. Le remaniement osseux

■ L'os constitue, entre autres, la **réserve de calcium de l'organisme**. Le taux de calcium sanguin (calcémie) doit rester constant. Pour cela :
- **si le taux de calcium sanguin diminue**, du calcium osseux peut être rejeté dans la circulation sanguine grâce aux ostéoclastes qui permettent sa libération : c'est l'**ostéolyse** ;
- **si le taux de calcium sanguin augmente** de façon trop importante, du calcium sanguin peut être fixé sur les os grâce aux ostéoblastes : c'est l'**ostéogenèse**.

REMARQUE

Le fait de solliciter les os plus spécifiquement grâce à l'activité physique stimule les ostéoblastes, ce qui favorise le maintien de la densité osseuse car la fixation de calcium sur l'os est accrue.

■ Pour que cet équilibre dynamique soit maintenu, un système de régulation existe.

2. La régulation de l'équilibre entre ostéogénèse et ostéolyse

■ Le remaniement osseux et la bonne santé de l'os sont sous la dépendance de **facteurs hormonaux et nutritionnels**.

■ Le bilan osseux est la résultante entre ostéogénèse et ostéolyse :
- il est positif lors de la croissance, de l'adolescence, de la gestation ;
- il est négatif lors de l'allaitement, de la ménopause, de la vieillesse.

Facteurs favorisant l'ostéolyse et l'ostéogénèse

	FACTEURS FAVORISANT L'OSTÉOLYSE	FACTEURS FAVORISANT L'OSTÉOGÉNÈSE
Facteurs hormonaux : – hormones féminines – hormones thyroïdiennes	· Parathormone (PTH) · Manque d'œstrogènes	· Œstrogènes (hormones produites par les ovaires jusqu'à la ménopause). · Calcitonine (hormones parathyroïdiennes). · Hormones thyroïdiennes T3 et T4.
Facteurs alimentaires	Pas de facteurs favorisant l'ostéolyse	· Apport en calcium optimal. · Vitamine D : permet la diminution de parathormone et favorise la bonne absorption du calcium et sa fixation sur l'os. · Vitamine C : nécessaire à la synthèse des fibres de collagène support du calcium.
Hygiène de vie	Sédentarité	L'activité physique permet l'augmentation de l'activité des ostéoblastes favorisant l'augmentation de la masse osseuse.

3 Le développement osseux, la croissance osseuse, le remaniement osseux

En période de croissance (enfance, adolescence), l'os se construit à travers des stades successifs.

A. L'ossification primaire

L'ossification primaire correspond à l'ossification au niveau de la diaphyse à partir du cartilage (on parle de modèle cartilagineux de l'os).

B. L'ossification secondaire

L'ossification secondaire se réalise au niveau des épiphyses. Lors de la croissance, une partie non différenciée appelée cartilage de conjugaison subsiste entre épiphyse et diaphyse. Le développement de la croissance osseuse en longueur se poursuit jusqu'à 20 ans environ.

C. L'ossification tertiaire

Voir le paragraphe 2. D. 1. **Le remaniement osseux**.

4 Les atteintes et l'hygiène de l'appareil squelettique

Types d'atteintes de l'appareil squelettique et des articulations

TYPE D'ATTEINTES	APPAREIL SQUELETTIQUE	ARTICULATIONS
Les déformations	• Au niveau de la colonne vertébrale : cyphose, lordose, scoliose. • Éléments de prévention : éviter les cartables trop lourds, les mauvaises postures, apprendre à porter les charges lourdes, dormir sur une literie ferme…	
Les traumatismes	• Fracture (rupture de l'os). • Éléments de prévention : – chez les enfants, prévoir le port de protections adaptées en cas de sports ou de loisirs à risque (vélo, roller, ski) ; – chez les personnes âgées : lutte contre l'ostéoporose qui fragilise les os et mesures pour éviter les chutes.	• L'entorse : étirement, voire déchirure d'un ou plusieurs ligaments qui maintiennent l'articulation. • La luxation : entorse avec déboîtement des surfaces articulaires les unes des autres.
Les pathologies	• L'ostéoporose : maladie osseuse caractérisée par une réduction de la masse osseuse et une détérioration de la structure du tissu osseux responsable de nombreuses fractures du poignet, du col du fémur, de nombreux tassements vertébraux. • Éléments de prévention : se constituer un capital osseux le plus important possible dès son plus jeune âge par un apport en calcium et en vitamine D en quantité suffisante et maintenir ces apports tout au long de la vie. • Chez la femme à partir de la ménopause, la prise d'un traitement hormonal substitutif qui s'oppose à la chute du taux d'œstrogènes peut limiter l'apparition de l'ostéoporose. • À tout âge, l'activité physique régulière est un bon moyen de prévention.	• L'arthrose : dégénérescence non inflammatoire du cartilage. Elle engendre des douleurs et limite les mouvements. • L'arthrite : inflammation de l'articulation aiguë et chronique qui atteint la synoviale, les cartilages et parfois les tissus environnants. Elle engendre douleur et limitation des mouvements. • La fréquence de cette pathologie augmente avec l'âge.

FONCTION DE RELATION

L'appareil musculaire

Le système musculaire constitue la partie active de l'appareil locomoteur. Grâce à leur capacité à se contracter, les muscles assurent l'ensemble des mouvements de l'organisme. Cette contraction est contrôlée par le système nerveux. Le tissu musculaire squelettique, qui forme les muscles rattachés au squelette, est constitué de cellules allongées, les myocytes ou fibres musculaires.

 # vidéo
L'appareil musculaire
foucherconnect.fr/21vesf20

1 L'organisation du tissu musculaire strié squelettique

Le muscle est composé de fibres musculaires regroupées en **faisceaux**.

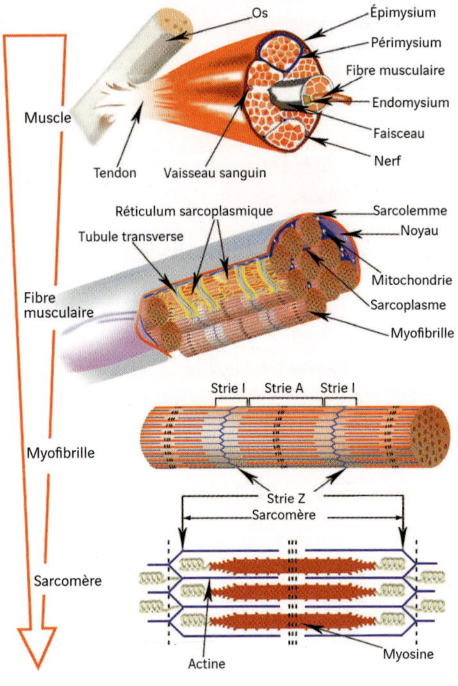

↑ *Schéma de l'organisation du muscle strié squelettique*

A. La fibre musculaire

■ Chaque fibre correspond à une cellule musculaire géante encore appelée **myocyte**. Le myocyte est délimité par une membrane plasmique appelée **sarcolemme** et contient plusieurs noyaux, du cytoplasme appelé sarcoplasme, de nombreuses mitochondries.

■ Le sarcolemme se replie à l'intérieur de la membrane en plusieurs endroits du myocyte, ce qui constitue des tubules transverses. Chaque fibre est constituée de **myofibrilles**.

B. Les myofibrilles

■ La myofibrille s'étend sur toute la longueur de la fibre musculaire. Elle est formée de 2 types principaux de filaments protéiques : des **filaments épais de myosine** et des **filaments fins d'actine** qui s'encastrent les uns dans les autres et qui sont responsables de l'aspect strié de la myofibrille marqué par l'alternance de bandes claires (strie I) et de bandes sombres (strie A).

■ Transversalement, la myofibrille est divisée par des stries Z. L'espace compris entre 2 stries Z forme le **sarcomère** qui est la plus petite unité contractile de la fibre musculaire.

■ La fibre musculaire est une cellule qui ne se divise pas. Elle peut cependant se développer et s'hypertrophier avec un travail musculaire régulier.

2 La physiologie musculaire : la contraction musculaire

■ Autour de la fibre musculaire, de nombreux capillaires sanguins permettent son approvisionnement en oxygène et en glucose. Les fibres sont en contact avec de nombreux nerfs moteurs : la zone de jonction entre le nerf et la fibre musculaire (synapse) s'appelle la **plaque motrice**. Le muscle se contracte sous l'influence d'une stimulation nerveuse.

■ Au niveau de la synapse neuro-musculaire, il y a libération d'acétylcholine. L'acétylcholine induit la libération de calcium au niveau des tubules transverses. C'est cette libération de calcium associée à la rupture de molécules d'ATP qui permet le glissement des filaments d'actine et de myosine les uns sur les autres. Ceci engendre le raccourcissement des sarcomères et correspond à la contraction musculaire.

■ La contraction musculaire nécessite l'apport de calcium, l'apport de glucose permettant la synthèse d'ATP (voir métabolisme cellulaire) et l'apport d'oxygène nécessaire à la synthèse d'ATP en grande quantité.

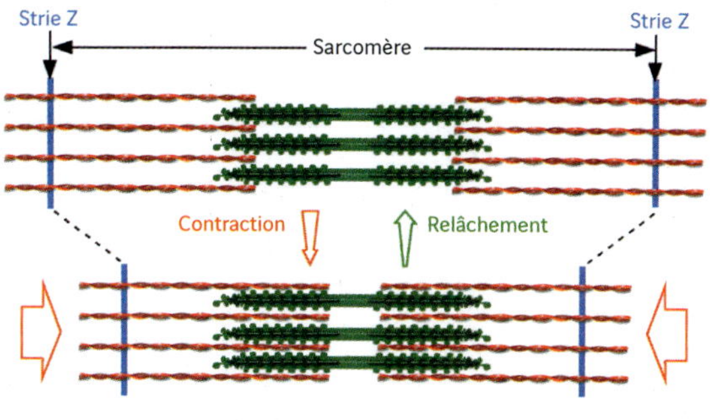

↑ *Raccourcissement des sarcomères lors de la contraction*

■ **Lors d'efforts d'endurance**, les muscles puisent l'essentiel de leur énergie de la respiration cellulaire aérobie.

■ **Lors d'exercices de grande intensité**, l'approvisionnement en O_2 peut devenir insuffisant, la respiration aérobie dans les mitochondries n'est plus possible. Le glucose est alors transformé en acide lactique ce qui fournit de l'ATP au muscle. La production d'acide lactique acidifie le muscle et provoque souvent l'apparition de crampes à l'effort

Fiche 14

FONCTION DE RELATION

L'activité physique

L'activité physique et sportive régulière est un déterminant majeur de l'état de santé des individus et des populations à tous les âges de la vie. Elle diminue la mortalité et augmente la qualité de la vie. C'est un facteur de prévention des principales pathologies chroniques (cancer, maladies cardiovasculaires, diabète...). La pratique régulière d'une activité physique permet entre autres d'assurer une croissance harmonieuse chez l'enfant et l'adolescent, de maintenir l'autonomie des personnes âgées, d'améliorer la santé mentale.

1 Les différents types d'activité physique

■ Selon l'OMS, l'activité physique désigne tous **les mouvements corporels** produits par la **contraction des muscles squelettiques** entraînant une **augmentation de la dépense énergétique** au-dessus de la dépense de repos.

■ Elle comprend tous les mouvements de la vie quotidienne :
- activités de travail ;
- activités de déplacement ;
- activités domestiques ;
- activités de loisirs, dont éventuellement le sport.

2 La pratique de l'activité physique

■ D'après les données 2018 de l'OMS, au niveau mondial, 1 adulte sur 4 manque d'exercice. Plus de 80 % des adolescents n'ont pas une activité physique suffisante.

■ En France, en 2018, 1 adulte sur 3, 4 enfants sur 5, 1 adolescent sur 2 sont en dessous des recommandations d'activité physique.

 # info
État des lieux de l'activité physique et de la sédentarité en France
foucherconnect.fr/21vesf21

3 Les recommandations d'activité physique

■ En se basant sur l'unité MET (voir 4.), on peut **classer les activités physiques** en différents niveaux :

ACTIVITÉS SÉDENTAIRES	AP < 1,6 MET
ACTIVITÉS DE FAIBLE INTENSITÉ	1,6 MET ⩽ AP < 3 METs
ACTIVITÉS D'INTENSITÉ MODÉRÉE	3 METs ⩽ AP < 6 METs
ACTIVITÉS D'INTENSITÉ ÉLEVÉE	6 METs ⩽ AP < 9 METs
ACTIVITÉS D'INTENSITÉ TRÈS ÉLEVÉE	AP ⩾ 9 METs

■ Le **seuil d'activité physique** recommandé par l'ANSES est de 30 minutes d'activité d'intensité modérée, au moins 5 fois par semaine ou de 25 minutes d'activité d'intensité élevée au moins 3 jours par semaine pour les adultes. L'ANSES reprend les recommandations de l'OMS de 2010.

■ C'est ce seuil qui permet, s'il est atteint ou dépassé, une **meilleure espérance de vie**. Le PNNS (2000-2016) recommande 30 minutes minimum par jour d'activité physique modérée, ce seuil est donc presque le même.

 # info

Rapport de l'OMS : recommandations mondiales sur l'activité physique pour la santé

foucherconnect.fr/21vesf22

ATTENTION

Il ne faut pas confondre **inactivité et sédentarité** : les notions se superposent, mais sont différentes :
- l'**inactivité** caractérise un niveau insuffisant d'activité physique d'intensité modérée ou élevée, ne permettant pas d'atteindre le seuil (ANSES) ;
- la **sédentarité** ou « comportement sédentaire » (du latin *sedere*, être assis) caractérise un mode de vie principalement assis (voiture, bus, bureau, TV...).

4 Mesurer la dépense d'énergie due à une activité physique

A. Le « Metabolic Equivalent of Task » ou MET

■ Chaque activité physique est référencée sous forme d'un multiple du métabolisme de base. Un MET correspond à 1 kcal par kg et par heure (Cal./kg-h), soit à 4,18 $kJ.kg^{-1}.h^{-1}$.

■ La dépense en énergie pour une activité précise peut être estimée :

Dépense en énergie = MET × poids de l'individu × temps

EXEMPLE

Julie (65 kg) hésite entre deux hypothèses :

UNE DEMI-HEURE DE MARCHE 5 JOURS SUR 7	45 MINUTES DE JOGGING LE DIMANCHE
Marche : 3 METs	Jogging léger : 8 METs
Dépense hebdomadaire : $3 \times 4{,}18 \times 65 \times 5 \times 0{,}5 =$ **2 038 kJ**	Dépense hebdomadaire : $8 \times 4{,}18 \times 65 \times 1 \times 0{,}75 =$ **1 630 kJ**

B. Le niveau d'activité physique (NAP)

Le **niveau d'activité physique (NAP)** est une estimation – pour une heure ou une journée – du niveau de l'activité physique et est utilisé comme un **multiplicateur de la dépense énergétique au repos DER** (= métabolisme de base, ou MB).

SIGLES
- **DER** : dépense énergétique au repos.
- **DE** : dépense énergétique.
- **MB** : métabolisme de base.

CATÉGORIES	NAP	ACTIVITÉS
A	1	Position allongée : sommeil, sieste et repos.
B	1,5	Position assise : repos, bureau, télévision, lecture, ordinateur, écriture, couture, repas, transport…
C	2,2	Position debout : travail ménager, toilette, cuisine, activité professionnelle…
D	3,0	• Femmes : marche, jardinage, gymnastique, yoga • Hommes : activités manuelles d'intensité moyenne
E	3,5	Hommes : marche rapide, activités professionnelles intenses (bâtiment, mécanique…).
F	5,0	Sport, activités professionnelles très intenses (terrassiers, bûcherons…).

EXEMPLE

Pour un homme de 85 kg mesurant 1,85 m et âgé de 30 ans, le MB est 7,98 MJ/j. Cet homme est employé de bureau, se déplace en tram ou métro, et chez soi passe beaucoup de temps devant les écrans. Ceci fait à peu près 8 heures d'activité A, 13 heures d'activité B, 2 heures d'activité C et 1 heure d'activité D.

NAP = $(8 \times 1 + 13 \times 1{,}5 + 2 \times 2{,}2 + 1 \times 3) / 24 = 1{,}45$.

La dépense énergétique de la journée est alors :

DE = NAP × DER

DE = 1,45 × 7,98 = 11,6 MJ/j.

5 Les bienfaits pour la santé au niveau individuel

	INTÉRÊTS	LIMITES
Pour les muscles	• Augmentation de **force** et de **volume**, par augmentation de la taille des fibres musculaires (plus de myofibrilles, mais pas plus de cellules musculaires qui ne peuvent plus rentrer en mitose). • Augmentation de **l'endurance**, par augmentation du nombre des mitochondries, des grains de glycogène, des molécules de myoglobine…	• Un exercice mal préparé peut entraîner des crampes, par accumulation d'acide lactique (voie 2 se prolonge, car voie 3 non facilitée par échauffement, voir schéma page suivante). • Un exercice trop brutal peut amener à des accidents mécaniques, comme une élongation ou une déchirure musculaire. • Une tendinite résulte souvent d'une traction musculaire excessive ou d'une sollicitation trop répétitive.
Pour les articulations	• Entretien de la souplesse des ligaments. • Pourrait prévenir l'arthrose en stimulant le rôle nourricier de la synovie.	• Des mouvements brutaux ou mal faits peuvent entraîner des entorses. • Des chocs excessifs ou répétitifs peuvent abîmer le cartilage articulaire.
Pour les os	La mise en charge des travées osseuses stimule les ostéoblastes, d'où le maintien de la **densité osseuse** par ostéogenèse accrue.	Risque de fractures en cas de sport dangereux.

➜

	INTÉRÊTS	LIMITES
Pour le reste de l'organisme	· **Mobilisation et consommation des réserves énergétiques**. · **Stimulation de toutes les fonctions vitales** : circulation, respiration, coordination neuromusculaire… · Favorise le développement de l'enfant. · Synthèse d'endorphines : plaisir, effet psychologique positif. · Insertion sociale dans le cas de la pratique de sport collectif.	· Diminue la perception des signes d'alerte : soif, fatigue, douleur… · À l'extrême, possibilité d'un comportement addictif.

6 Une bonne préparation à l'activité physique

A. Manger

Il faut faire le plein de **nutriments énergétiques**. Un Français ordinaire qui prend ses trois repas par jour a déjà fait le stock maximum de glycogène hépatique et musculaire. Sauf pour le sport de haut niveau, il n'a pas besoin de modifier son alimentation si elle est raisonnablement équilibrée, ni de se surcharger en sucres avant l'effort.

B. Boire

Pendant l'effort, l'organisme transpire pour **évacuer l'excès de chaleur**. Il est logique de commencer l'effort dans un état d'hydratation maximum, donc de bien boire avant l'effort et de continuer à écouter sa soif pendant l'effort.

C. S'échauffer

Il est nécessaire de s'échauffer pour plusieurs raisons.

- Les muscles ont un meilleur rendement à une température de 38-39°C. S'échauffer avec des exercices doux permet une **élévation de la température interne des muscles**, et donc une meilleure **efficacité de la contraction musculaire**.

- **Les ligaments des articulations s'assouplissent**, ce qui diminue le risque d'étirement et d'entorse.

- Cet échauffement crée un **stress biologique favorable**. Le cœur bat plus vite, les artères et les bronches se dilatent, ce qui permet une meilleure **oxygénation des tissus**. Les tendons, déjà assouplis par l'élévation de la température, seront mieux irrigués, nourris, ce qui évitera une tendinite. Les muscles, mieux oxygénés, passeront plus rapidement de la voie 2 (fermentation lactique) à la voie 3 (respiration aérobie), ce qui évitera un excès d'acide lactique avec crampes, « point de côté » ou courbatures.

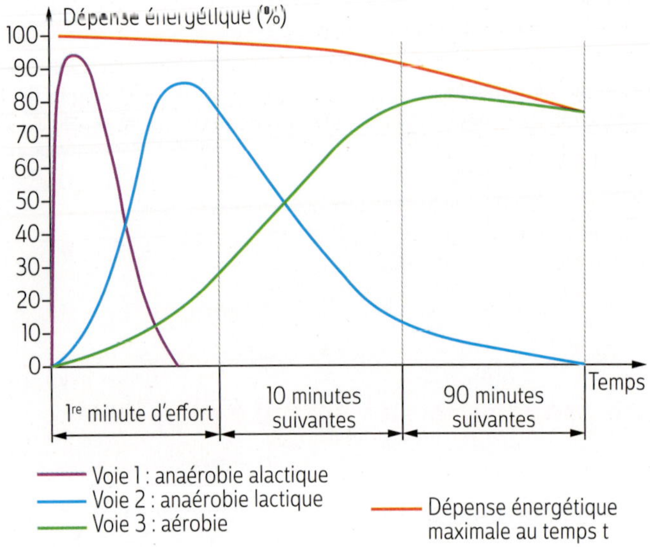

↑ Mise en jeu des voies énergétiques pendant la contraction musculaire

7 La prévention des pathologies

■ L'OMS estime à **1,6 million le nombre de décès** annuels par insuffisance d'activité physique.

■ Les études nationales et internationales surabondent et ne laissent aucun doute possible sur le fait que l'activité physique est un puissant **facteur de protection** contre les maladies cardiovasculaires athéromateuses, le surpoids et l'obésité, certains cancers (côlon, sein, utérus...), le diabète de type II, l'ostéoporose, et même (selon l'OMS), les comportements à risque comme le tabac, l'alcool, les drogues, la violence...

8 Les déterminants de l'activité physique

■ Plusieurs facteurs conditionnent, de manière positive ou négative, la pratique d'une activité physique. Connaître ces facteurs permet d'identifier les possibles interventions visant à augmenter l'activité physique, mais également à **réduire la sédentarité**. Le schéma page suivante est une classification dite « écologique » qui regroupe à la fois les déterminants du comportement alimentaire et de l'activité physique.

■ Pour réaliser une activité physique, un minimum de **volonté** est nécessaire, et celle-ci est plus grande quand on est informé objectivement des conséquences de ses actes pour sa santé, mais aussi pour la planète. En effet, « bouger » c'est souvent refuser un autre choix qui serait consommateur d'une énergie fossile.

EXEMPLE

Exercer une activité physique, c'est souvent faire des choix très simples : marcher ou faire du vélo plutôt que prendre la voiture ou un transport en commun, prendre l'escalier plutôt que l'ascenseur, pratiquer la marche, la natation ou une autre activité sportive peu chère et régulière, jardiner, bricoler…

Un **environnement favorable** est important pour réaliser une activité physique, et le rôle des collectivités locales est primordial avec la mise en place de pistes cyclables, de voies piétonnes confortables, d'équipements de sports et de loisirs en quantité suffisante et bien répartis sur le territoire, avec une localisation et une politique tarifaire qui les rendent accessibles à tous, des transports en commun qui permettent de sortir facilement des centres-villes ou des quartiers...

REMARQUE

Il faut noter par exemple l'intérêt du **PDU** (plan de déplacements urbains), qui planifie les déplacements de tous modes, y compris pédestres et à vélo. Il est obligatoire depuis 2017 dans les communes de plus de 100 000 habitants et il doit être intégré à toutes les révisions du **PLU** (plan local d'urbanisme).

Une activité physique adaptée est possible pour tout le monde, y compris pour les personnes âgées (marche, natation, danse, ménage, chi-kong...), pour les personnes à mobilité réduite (danses assises, ping-pong, tir à l'arc...) ou pour les autres formes de handicap.

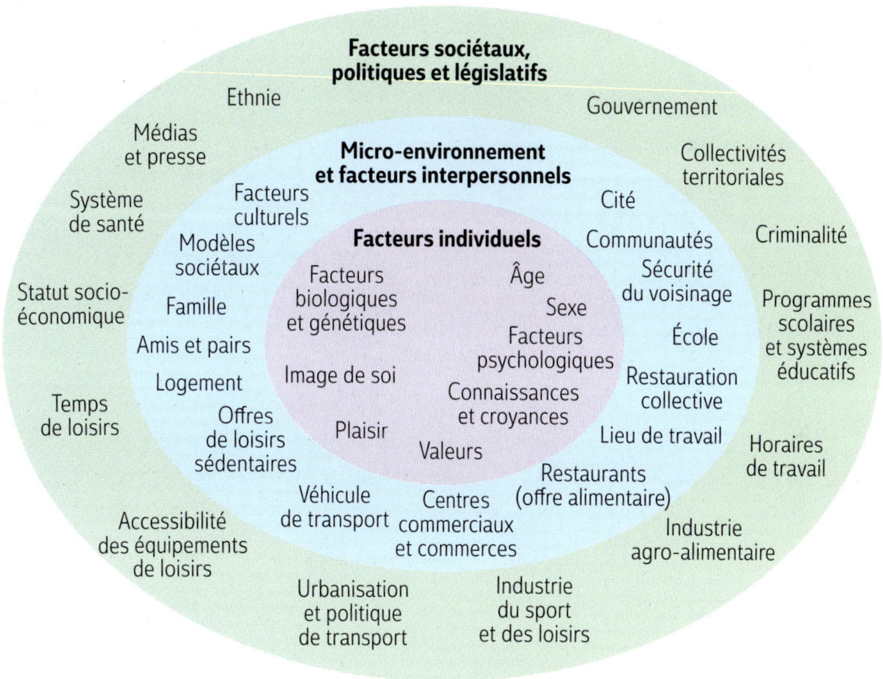

Source : d'après Booth et coll., 2001 ; Davison et Birch, 2001.

↑ *Les déterminants de l'activité physique*

Fiche 15

FONCTION DE NUTRITION

L'appareil respiratoire

L'appareil respiratoire comprend un ensemble d'organes qui assurent les échanges gazeux entre l'air et le sang. Ces échanges ont lieu au niveau des poumons et correspondent à une entrée de dioxygène (O_2) dans le sang et à une sortie de dioxyde de carbone (CO_2).

1 L'organisation générale de l'appareil respiratoire

L'appareil respiratoire comprend les **voies respiratoires** et les **poumons**.

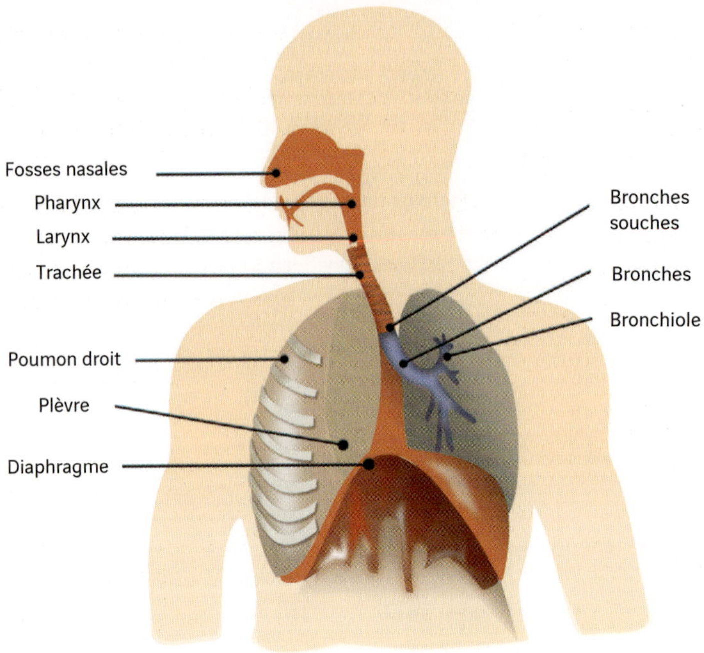

↑ *Schéma général de l'appareil respiratoire*

A. Les voies respiratoires

■ Les voies respiratoires sont les conduits qui assurent le transport de l'air jusqu'aux zones d'échanges pulmonaires. Ces voies sont constituées des **fosses nasales**, du **pharynx**, du **larynx**, de la **trachée**, des **bronches souches**, des **bronches lobaires** et des **bronchioles**. Chaque bronchiole se termine par des petits sacs : les **alvéoles pulmonaires** qui sont entourées d'un réseau de **capillaires**. C'est à ce niveau que se déroulent les **échanges gazeux**.

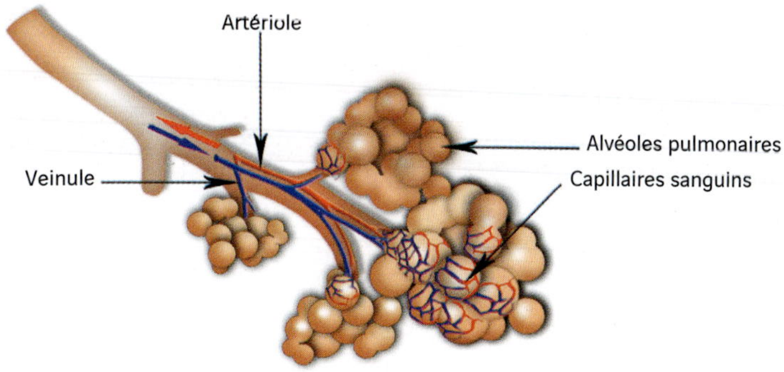

↑ *Zone d'échanges entre l'air et le sang*

■ Les voies respiratoires comprennent :
- les **voies aériennes supérieures : fosses nasales, pharynx, larynx** dont le rôle est d'arrêter les grosses particules (rôle des poils, du réflexe d'éternuement) et d'humidifier l'air entrant ;
- les **voies aériennes inférieures : trachée, bronches**. Elles sont constituées d'un **épithélium cilié** tapissé de **mucus**. Leur rôle est d'arrêter les particules de taille moyenne (5 à 8 microns) et de les éliminer en 2 à 4 heures en les conduisant de bas en haut jusqu'au **pharynx** (tapis roulant muco-ciliaire). Le mucus séquestre les particules permettant ainsi leur rejet à l'extérieur.

■ Le poumon profond contient des cellules qui ont un rôle de nettoyage et d'élimination des substances étrangères à l'organisme (macrophages : cellules immunitaires). Son rôle est d'arrêter les particules de petites tailles (2 microns) qui ne sont pas stoppées par les systèmes précédents. Les particules qui pénètrent dans le poumon profond sont éliminées en 1 à 3 mois.

■ Les voies respiratoires permettent également de réchauffer, d'humidifier et d'épurer l'air inspiré.

B. Les poumons

■ Ils sont divisés en **lobes** : 3 pour le poumon droit et 2 pour le poumon gauche. Les poumons sont logés dans la **cage thoracique** et sont solidaires de celle-ci grâce à une double membrane appelée la **plèvre** et contenant le **liquide pleural**.

■ La **barrière alvéolo-capillaire** est formée de la paroi des alvéoles et de celles des capillaires sanguins (**endothélium**). La paroi des alvéoles représente une surface de 80 m^2 pour les deux poumons. Elle est composée d'une **fine muqueuse** dont l'épithélium est formé de **pneumocytes**.

■ Certains de ces **pneumocytes** sécrètent le **surfactant**, une substance qui stabilise les alvéoles en position ouverte. Le **tissu conjonctif** de cette muqueuse est riche en **capillaires sanguins**.

2 La physiologie de l'appareil respiratoire

A. Les échanges gazeux ou hématose

■ Les **échanges gazeux** s'effectuent au niveau des **alvéoles pulmonaires** par diffusion (dite « **alvéolo-capillaire** ») grâce à un mécanisme appelé la **ventilation pulmonaire**. Ce mécanisme correspond à l'ensemble des mouvements respiratoires assurant le renouvellement de l'air passant par les poumons grâce aux **muscles respiratoires intercostaux** et le **diaphragme** (muscle fin à la base des poumons qui sépare la cage thoracique de l'abdomen).

■ Lors de **l'inspiration**, le diaphragme s'abaisse, l'air présent dans les poumons occupe un plus grand volume et donc sa pression diminue. Quand elle devient inférieure à la pression de l'air extérieur, l'air pénètre dans les poumons par différence de pression.

■ Lors de **l'expiration**, le diaphragme remonte, l'air est comprimé et donc sa pression augmente. Quand la pression de l'air à l'intérieur des poumons est supérieure à la pression de l'air extérieur, l'air chargé en dioxyde de carbone est expulsé à l'extérieur.

1. Les échanges gazeux au niveau pulmonaire

■ La pression partielle en oxygène dans les alvéoles étant supérieure à la pression partielle en oxygène dans le sang, celui-ci diffuse des alvéoles pulmonaires vers le sang à travers la barrière alvéolo-capillaire. L'oxygène se fixe sur l'hémoglobine du sang et est véhiculé ainsi jusqu'aux cellules.

■ La pression partielle en dioxyde de carbone étant supérieure dans le sang à la pression partielle en dioxyde de carbone dans les alvéoles pulmonaires, celui-ci diffuse du sang vers les alvéoles pulmonaires et est éliminé lors de l'expiration.

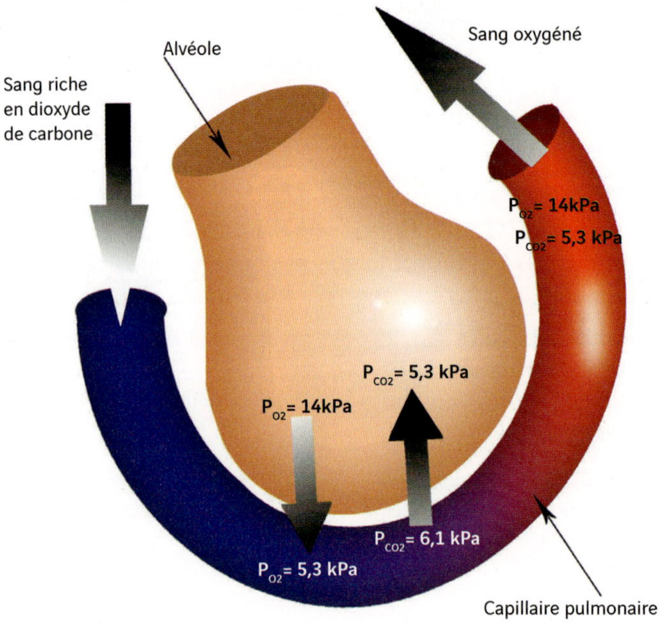

↑ *Les échanges gazeux au niveau pulmonaire*

2. Les échanges gazeux au niveau tissulaire

La pression partielle en oxygène du sang étant supérieure à celle des cellules, l'oxygène diffuse du sang vers les cellules. Il se passe le phénomène inverse pour la diffusion du dioxyde de carbone.

 # vidéo
Les échanges gazeux entre les alvéoles et le sang
foucherconnect.fr/21vesf23

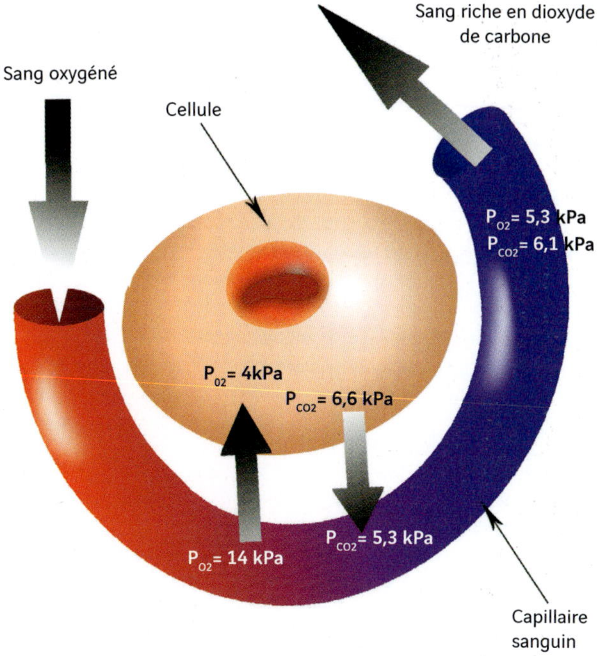

↑ *Les échanges gazeux au niveau tissulaire*

B. Le transport des gaz respiratoires

1. Le transport du dioxygène

Dans le sang, l'oxygène est transporté fixé sur l'**hémoglobine** contenue dans les **globules rouges**. L'hémoglobine fixe l'oxygène grâce au fer qu'elle contient.

2. Le transport du dioxyde de carbone

Le dioxyde de carbone produit par l'activité cellulaire est en majorité dissous et transporté dans le sang vers les poumons.

FOCUS

Une pathologie respiratoire : l'asthme

• L'asthme est une **maladie inflammatoire** des bronches se manifestant par des difficultés à respirer (crises de dyspnée). Elle se caractérise par la **diminution du diamètre des bronches** (due à la contraction des fibres musculaires de la paroi bronchique) et est suivie d'une **inflammation de la muqueuse** avec hypersécrétion de mucus provoquant l'obstruction des bronches.

• La plupart des asthmes ont une **origine allergique**. La qualité de l'air inhalé intervient dans l'apparition des crises.

• Les bronches peuvent réagir à de nombreuses substances, comme des **pneumo-allergènes** (pollens, moisissures, acariens, poils et plumes d'animaux), des **substances irritantes** présentes dans la fumée de cigarette ou des polluants de l'atmosphère ou des **pollens**.

• Les signes cliniques de la crise d'asthme comportent une **toux sèche** suivie d'**une toux grasse** avec expectorations, une **difficulté à respirer** (dyspnée) avec sifflements, une **oppression thoracique**.

• La prévention passe par l'éviction des agents allergiques et le traitement est symptomatique : prise de médicaments broncho-dilatateurs et d'anti-inflammatoires.

Remarques :

• Les **pollens** et en particulier les **pollens de graminées** sont la cause du rhume des foins. Beaucoup d'asthmatiques y sont également sensibles. La grande saison des pollens se situe de mai à juillet. Les personnes sensibilisées aux pollens doivent s'informer du calendrier des pollens dans la région où ils habitent mais aussi celle où ils passent leurs vacances.

• Pendant la saison pollinique, il convient d'éviter les contacts avec les herbes et le foin, porter lunettes et chapeau, ne pas aérer la maison aux heures de la journée où la concentration de pollens est la plus importante. Les graminées interviennent aussi comme agresseurs des voies respiratoires à l'intérieur des maisons. On retrouve souvent une quantité importante de pollens dans les habitations des asthmatiques.

• En cas d'allergie aux **poils et aux plumes d'animaux** (5 % des cas), il faut se méfier des édredons et oreillers en plumes, ainsi que des matelas de laine. À défaut de les supprimer, on pourra les envelopper dans une housse plastique. Les animaux domestiques (chat, hamster, lapin, chien) peuvent être une source d'asthme sévère, surtout le chat. Les animaux doivent être gardés à l'extérieur de la chambre à coucher.

FONCTION DE NUTRITION

Fiche 16

L'appareil circulatoire et la circulation sanguine

Pour fonctionner, toutes les cellules de l'organisme ont besoin d'un apport en oxygène, en nutriments (acides aminés, acides gras, glucose) et doivent pouvoir éliminer les déchets du métabolisme (dioxyde de carbone). Ce double rôle est assuré par le sang et la lymphe mis en circulation dans les vaisseaux grâce au cœur.

1 Le sang et la lymphe : composition et rôles

A. Le sang

■ Le sang est un liquide rouge composé d'une phase liquide, le **plasma**, et de **cellules** (appelées aussi **éléments figurés**). Chez l'adulte, le volume sanguin est d'environ **5 à 6 litres**.

■ Le **plasma**, qui compose le sang, est constitué d'eau à 90 % et de substances organiques.

■ Les **éléments figurés** sont représentés par les **hématies** (**globules rouges**) qui transportent les gaz respiratoires, les **leucocytes** (**globules blancs**) qui participent à la défense de l'organisme et par les **thrombocytes** (**plaquettes**) qui interviennent dans la **coagulation sanguine**.

B. La lymphe

C'est le liquide qui se forme à partir du sang. Sa composition est voisine de celle du sang sans les globules rouges ni les thrombocytes. La lymphe a 3 rôles :
- un **rôle nutritif** pour les cellules ;
- un **rôle de drainage et d'épuration du sang** ;
- un **rôle de défense** essentiellement dévolu aux ganglions lymphatiques.

2 Les vaisseaux sanguins : structure et rôles

A. La diversité des vaisseaux sanguins

Les organes et les régions du corps sont vascularisés par des **artères** et des **veines** :
- les **artères** sont des vaisseaux qui conduisent le sang du cœur vers les organes ;
- les **veines** sont des vaisseaux qui transportent le sang des organes vers le cœur ;
- les artères se ramifient en petites artères appelées **artérioles** qui elles-mêmes se ramifient en vaisseaux microscopiques au sein des tissus : les capillaires ;
- les **réseaux capillaires** donnent naissance à de petites veines : les **veinules**, celles-ci fusionnent pour former les veines.

B. La structure et le rôle des vaisseaux

La paroi des vaisseaux sanguins présente toujours la même organisation en 3 couches circulaires superposées :

– l'**intima** est la couche la plus interne en contact avec la lumière du vaisseau. Elle est formée d'un endothélium (épithélium) et d'une couche conjonctive ;
– la **média** est la couche moyenne. Elle est riche en fibres élastiques ou en fibres musculaires ;
– l'**adventice** est la tunique la plus externe.

Caractéristiques et rôles des différents types de vaisseaux

TYPE DE VAISSEAUX	CARACTÉRISTIQUES	RÔLES
Les artères	• La paroi des artères est formée de 3 tuniques : – l'intima très fine ; – la média riche en fibres musculaires et élastiques ; – l'adventice composée de fibres élastiques. • Leur élasticité permet de supporter les hautes pressions. • Leur motricité permet de moduler la tension artérielle. • Le sang exerce une pression sur les artères : il s'agit de la pression sanguine ou tension artérielle.	Les artères véhiculent le sang du cœur vers les organes.
Les veines	• La média des veines contient des fibres musculaires lisses et une lumière large. • L'intima des grosses veines des membres inférieurs possède des valvules qui facilitent la remontée du sang vers le cœur en position verticale. Cette remontée sanguine est également favorisée par la compression des veines par les muscles squelettiques des membres lors de leurs contractions.	Les veines véhiculent le sang chargé en dioxyde de carbone des organes vers le cœur (sauf pour les 4 veines pulmonaires).
Les capillaires	Ce sont des vaisseaux de très petit diamètre, à paroi très fine : cette finesse de la paroi associée à l'extrême lenteur de la circulation à ce niveau explique la possibilité d'échanges entre le sang et les tissus.	• Les capillaires permettent les échanges entre le sang et les tissus. • Les réseaux capillaires donnent naissance à de petites veines : les veinules ; celles-ci fusionnent pour former les veines.

3 Le cœur

A. Anatomie

■ Le cœur est un muscle creux qui propulse le sang dans les artères, le retour sanguin se fait par les veines. Le cœur est une double pompe, formée de :
– **2 oreillettes** : une oreillette droite et une oreillette gauche ;
– **2 ventricules** : un ventricule droit et un ventricule gauche.

■ Le cœur est totalement cloisonné en un cœur droit et un cœur gauche par une **cloison interventriculaire**.

■ La circulation du sang dans le cœur est régie par un **système de valvules** situées entre les deux cavités et entre les cavités et les vaisseaux sanguins.

■ Le muscle cardiaque est appelé **myocarde**. L'approvisionnement en oxygène et éléments nutritifs du muscle cardiaque est assuré par les **artères coronaires**.

■ L'élimination des déchets de son métabolisme est assurée par les veines coronaires.

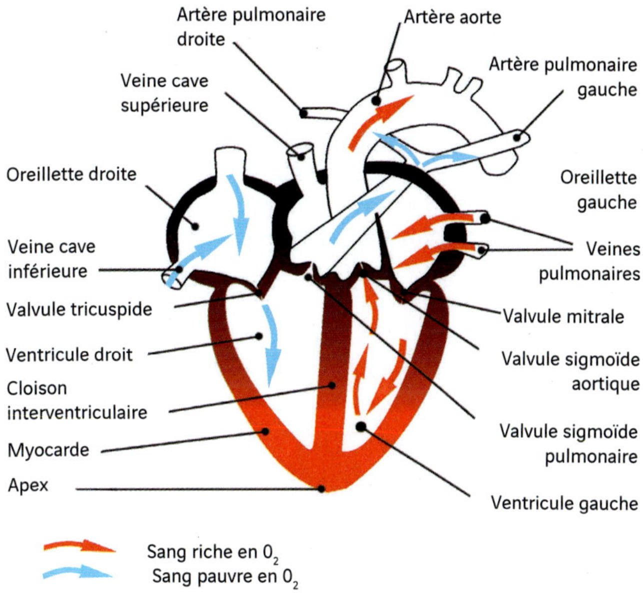

↑ *La circulation du sang*

B. L'activité cardiaque ou révolution cardiaque

■ Les contractions rythmiques du cœur, au rythme moyen de 70 pulsations par minute chez l'adulte au repos, permettent de propulser le sang dans les vaisseaux.

■ Il se produit une succession de contractions, **systoles**, et de relâchements, **diastoles**, constituant les différentes phases du cycle cardiaque encore appelées **révolution cardiaque**.

C. La notion de pression artérielle

■ La pression artérielle est la résultante de deux pressions : celle impulsée par la contraction du cœur mais aussi celle des artères exercée sur le sang.

■ La mesure de la pression artérielle est un examen clinique courant. On l'exprime couramment par 2 mesures :

- la **pression maximale au moment de la systole** ;
- la **pression minimale au moment de la diastole**.

Si on énonce la tension sous la forme d'un seul chiffre, il s'agit alors de la pression systolique.

FONCTION DE NUTRITION

Fiche 17

La circulation sanguine et les maladies cardiovasculaires

Le système cardiovasculaire permet d'alimenter l'ensemble des cellules de l'organisme en oxygène et en nutriments et de les débarrasser de ses déchets.
Son bon fonctionnement peut être perturbé par des maladies cardiovasculaires dont certaines, grâce à la prévention, pourraient être évitées.

1 La circulation sanguine

On distingue la **circulation pulmonaire** et la **circulation systémique**.

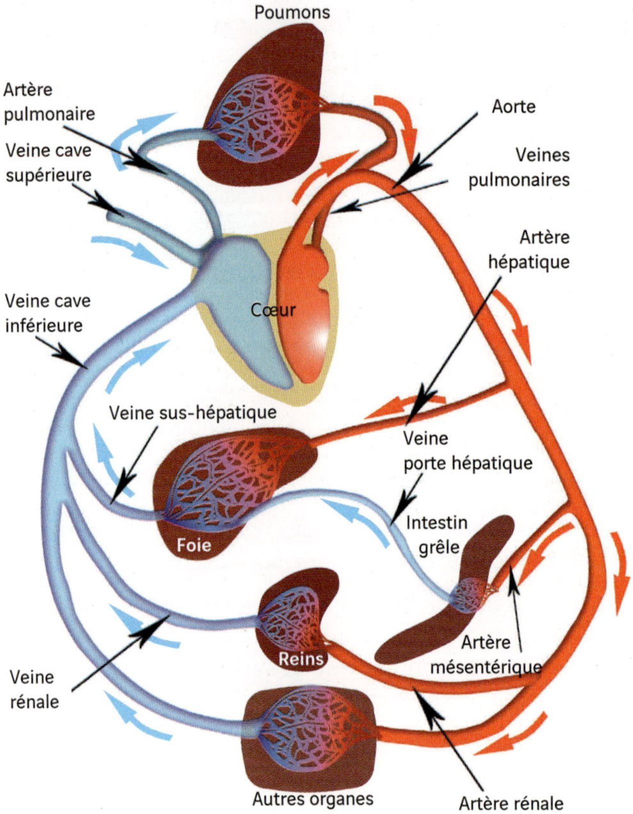

↑ *La double circulation sanguine*

A. La circulation générale

La circulation générale conduit le sang oxygéné du ventricule gauche vers l'ensemble de l'organisme par l'aorte et ses ramifications. Il ramène le sang chargé en CO_2 à l'oreillette droite par les veines caves inférieure et supérieure.

B. La circulation pulmonaire

- La circulation pulmonaire conduit le sang chargé de dioxyde de carbone du ventricule droit vers les poumons (artère pulmonaire).
- Au niveau pulmonaire, le sang est débarrassé du dioxyde de carbone, produit de dégradation du métabolisme cellulaire, et enrichi en oxygène. Ce sang oxygéné rejoint l'oreillette gauche par le biais des veines pulmonaires.

2 Les principales maladies cardiovasculaires

Les maladies cardiovasculaires sont des maladies du cœur et des vaisseaux. Elles sont dues à un certain nombre de facteurs, dits **facteurs de risque**, qui favorisent leur apparition.

A. Les facteurs de risque

Ils sont de deux types : **ceux que l'on ne choisit pas** : l'âge, le sexe, les gènes, et **ceux sur lesquels on peut agir** : le tabagisme, une élévation permanente de la tension artérielle (hypertension artérielle), une élévation du taux de cholestérol sanguin, de la glycémie, un excès de poids, une mauvaise hygiène de vie (mauvais équilibre nutritionnel, sédentarité).

B. L'athérosclérose

C'est une maladie qui atteint les artères de l'organisme progressivement, par dépôts de lipides formant une plaque d'athérome. On parle alors d'**athérosclérose**.

1. Évolution d'une plaque d'athérome

- **Formation de la plaque d'athérome** : l'athérosclérose correspond au dépôt de cholestérol sur la paroi interne des artères entre média et intima. Ce dépôt, appelé **plaque d'athérome**, entraîne le rétrécissement du diamètre de l'artère, c'est-à-dire que l'artère s'obstrue peu à peu et gêne la circulation du sang : l'obstruction partielle d'une artère est encore appelée **sténose**.

 # vidéo
L'athérosclérose
foucherconnect.fr/21vesf24

- **La thrombose** : la plaque d'athérome peut entraîner la lésion de l'endothélium vasculaire donnant lieu à un processus de cicatrisation. Se forme alors un caillot sanguin qui risque de boucher totalement l'artère endommagée : l'obstruction totale d'une artère est appelée **thrombose**.
- **L'embolie** : elle se caractérise par le déplacement d'une partie d'un caillot emporté par le flux sanguin qui va obstruer une artère en aval.

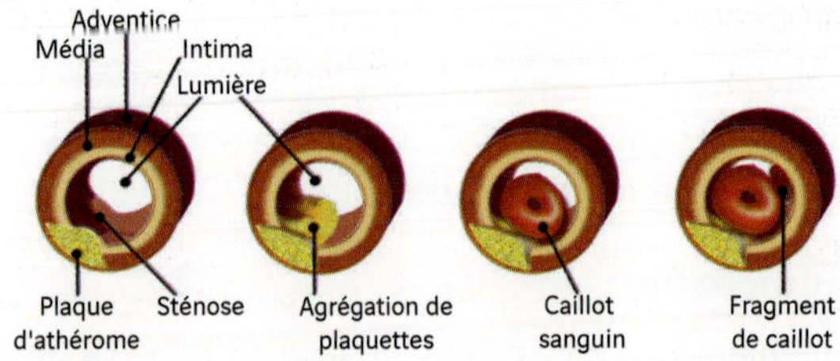

↑ *Obstruction d'une artère par un caillot sanguin*

2. Les conséquences de l'athérosclérose

L'athérosclérose peut altérer différentes artères. Lorsque les artères coronaires sont atteintes, plusieurs stades d'altération sont observables. Ils sont listés ci-dessous.

■ **L'angine de poitrine :**

- elle est également appelée angor ;
- elle est due à une oxygénation insuffisante du muscle cardiaque en raison d'athérosclérose au niveau des coronaires (artères qui irriguent le myocarde) ;
- c'est la toute première étape de l'infarctus du myocarde ;
- elle se manifeste par une douleur vive au niveau du sternum avec une sensation d'oppression dans la poitrine et survient généralement lors d'un effort ;
- l'angor est réversible ;
- toute crise d'angor doit être traitée sérieusement afin de limiter le risque de survenue d'infarctus.

REMARQUE Certains signes peuvent donner l'alerte : le plus caractéristique est une douleur violente dans le thorax.

■ **L'infarctus du myocarde :**

- il est dû à l'occlusion brutale d'une artère coronaire par un caillot piégé par une plaque d'athérome. Une partie du muscle cardiaque n'est plus oxygénée et se nécrose. **Cette situation est irréversible** ;
- la douleur peut être ressentie dans le thorax mais également dans le bras gauche, le dos et la mâchoire. Elle peut durer de quelques minutes à quelques heures. C'est une situation d'**extrême urgence** ;
- l'objectif est de disloquer le caillot avant qu'il ne provoque des dégâts irrémédiables ;
- il est impératif d'appeler immédiatement le SAMU (15), les pompiers (18 ou 112, numéro d'urgence européen).

ATTENTION Lorsque les artères carotides et cérébrales sont atteintes, il s'agit de l'**infarctus cérébral** ou **accident vasculaire cérébral (AVC)** dont les symptômes les plus fréquents sont la paralysie, les troubles du langage, la cécité ou le décès. Ils varient selon la zone du cerveau touché. Il arrive que les AVC soient précédés d'accidents transitoires : perte provisoire de la parole, de la vision ou de l'engourdissement d'un membre... Ce signal d'alarme doit immédiatement être pris en compte.

■ **L'atteinte des artères fémorales :** l'atteinte des artères fémorales est due à l'oblitération progressive des artères des membres inférieurs. Au stade ultime, la partie non irriguée finit par se nécroser et se gangrener, ce qui peut nécessiter une amputation.

3. L'hypertension artérielle

■ L'hypertension artérielle correspond à une pression trop élevée du sang dans les artères, soit parce qu'elles perdent de leur élasticité, soit car le débit cardiaque est augmenté.

■ Cette maladie évolue longtemps de façon silencieuse et se traduit parfois par de petits signes comme des vertiges, des maux de tête nocturnes, des bourdonnements d'oreille, un petit essoufflement, une simple fatigue... Mais généralement, elle évolue sans symptômes apparents jusqu'à ce que des complications surviennent brutalement. C'est pourquoi il est important de faire contrôler sa tension régulièrement pour dépister le problème avant qu'il ne se manifeste.

■ L'hypertension, en endommageant l'intérieur des artères, favorise l'athérosclérose.

■ Les effets de l'hypertension se manifestent sur plusieurs organes essentiels : le cœur (insuffisance cardiaque), le cerveau (rupture d'anévrisme), les reins (insuffisance rénale), mais également les jambes (artérites) et les yeux.

3 La prévention des maladies cardiovasculaires

Les principales mesures recommandées pour limiter les facteurs de risque sont les suivantes :
- **arrêter de fumer** ;
- **adopter une meilleure hygiène de vie** en luttant contre la sédentarité, en adoptant un meilleur équilibre nutritionnel, en réduisant sa consommation d'alcool. Ceci conduit également à limiter le surpoids ;
- **corriger l'hypercholestérolémie** par un régime alimentaire le plus équilibré possible et pauvre en graisses d'origine animale. Si nécessaire, un traitement médicamenteux peut y être associé ;
- **soigner correctement son diabète** par un régime alimentaire adapté et le respect du traitement médical.

FONCTION DE NUTRITION

L'appareil digestif et la digestion

Pour assurer ses apports en nutriments, l'être humain consomme un à deux kilos de nourriture par jour. La plupart des aliments sont constitués de macromolécules dont la taille empêche l'entrée directe dans le milieu intérieur. Ces macromolécules doivent donc être digérées (c'est-à-dire fragmentées), puis absorbées. L'appareil digestif assure la digestion et l'absorption.

1 Organisation de l'appareil digestif

L'appareil digestif est formé de deux parties :
- le **tube digestif**, série d'organes creux qui vont de la bouche à l'anus ;
- les **glandes annexes**, liées au tube digestif, dont les sécrétions assurent la digestion des aliments.

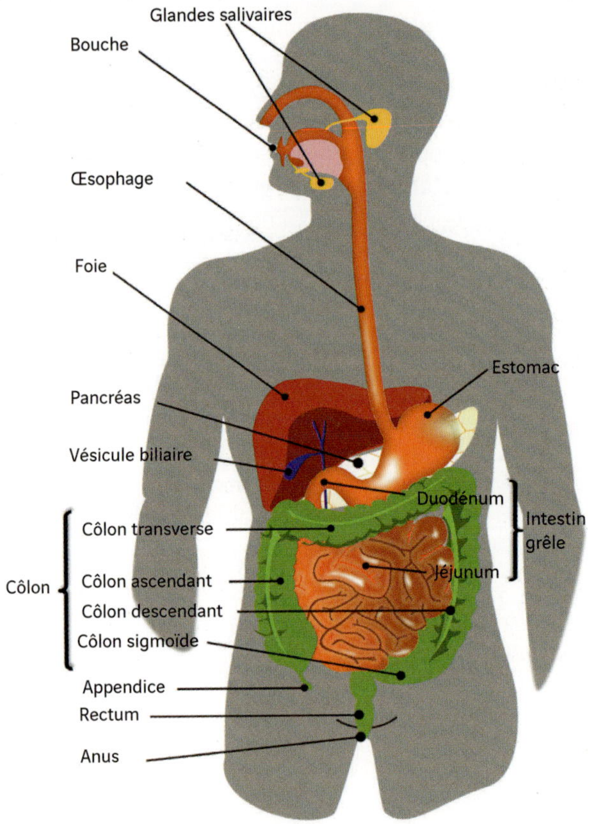

↑ *Organisation de l'appareil digestif*

A. Le tube digestif

Le tube digestif est constitué par 7 organes creux qui s'abouchent les uns aux autres en un canal alimentaire. Dans l'ordre anatomique, ces organes sont :

- la **bouche** ou **cavité buccale** : elle reçoit les aliments et les prépare à la déglutition. Elle renferme les dents (32 chez l'adulte) et la langue. La langue est l'organe du goût : sa muqueuse est recouverte de papilles gustatives ;
- le **pharynx** : il constitue le carrefour des voies aériennes et digestives. Lors de la déglutition, la luette permet la fermeture de la trachée, ce qui permet le passage des aliments dans l'œsophage ;
- l'**œsophage** : conduit musculaire permettant le passage des aliments vers l'estomac ;
- l'**estomac** : poche digestive stockant les aliments avant leur passage dans l'intestin. Il peut être distingué du reste du tube digestif par deux sphincters, le cardia situé en partie haute et le pylore en partie basse ;
- l'**intestin grêle** : long canal de 2 à 3 cm de diamètre et d'environ 7 mètres de long. Il est divisé en trois parties : le duodénum, le jéjunum et l'iléon. Il est formé de nombreux replis en forme de U appelés anses intestinales ;
- le **côlon** : canal de 5 cm de diamètre et d'environ 1,5 m de long. Il est divisé en quatre parties : le côlon ascendant (il porte une excroissance : l'appendice), le côlon transverse, le côlon descendant et le côlon sigmoïde ;
- le **rectum** : il constitue la partie terminale du tube digestif. Il débouche vers l'extérieur par l'anus.

B. Les glandes annexes

■ Les glandes annexes ont une fonction exocrine. En effet, leurs sécrétions digestives sont déversées dans la lumière du tube digestif par l'intermédiaire de canaux sécréteurs.

■ On distingue 3 groupes :
- les **glandes salivaires** qui sécrètent la salive dans la cavité buccale ;
- le **foie** qui assure la production de la bile. Cette substance est stockée dans la vésicule biliaire avant d'être déversée dans le duodénum par l'intermédiaire du canal cholédoque ;
- le **pancréas** qui produit le suc pancréatique qui transite par le canal pancréatique avant d'être déversé dans le duodénum.

2 La digestion

■ La digestion est l'ensemble des mécanismes qui aboutissent à la simplification des aliments en molécules utilisables par les cellules : les **nutriments**.

■ La digestion commence dans la bouche, se poursuit dans l'estomac et se termine au niveau de l'intestin grêle. Deux types de phénomènes concourent à la digestion :
- des phénomènes **mécaniques** ;
- des phénomènes **biochimiques**.

MÉMO
Certaines molécules ne subissent aucune digestion et sont absorbées directement par la paroi intestinale : les vitamines, les sels minéraux, l'eau.

#exemple
La digestion
foucherconnect.fr/21vesf25

A. Les phénomènes mécaniques

Fonction des différents organes dans le processus de digestion

	LOCALISATION DES PHÉNOMÈNES MÉCANIQUES			
	LA BOUCHE	L'ŒSOPHAGE	L'ESTOMAC	LES INTESTINS
Type d'action au niveau de chacun des organes	Fragmentation des aliments par mastication et imprégnation par la salive.	Péristaltisme permettant la progression du bol alimentaire après déglutition.	Contractions de la paroi de l'estomac permettant la fragmentation et le brassage du bol alimentaire.	Segmentation et brassage du chyme qui se mélange aux sécrétions digestives et progresse par péristaltisme dans l'intestin.
Contenu dans chacun des organes	Les aliments deviennent le bol alimentaire.	Bol alimentaire.	Le bol alimentaire devient le chyme.	Le chyme devient le chyle prêt à être absorbé.
Durée de l'action	30 secondes.	5 à 10 secondes.	Quelques heures.	Plusieurs heures.

B. Les phénomènes biochimiques

■ Les phénomènes biochimiques de la digestion agissent au niveau **moléculaire** : ils coupent les macromolécules alimentaires et les transforment en molécules de plus petite taille, qui pourront ainsi être absorbées à travers la paroi du tube digestif. Ces phénomènes sont réalisés par des enzymes contenues dans les sécrétions digestives.

■ Les **enzymes** sont des protéines qui catalysent les réactions chimiques. Les enzymes possèdent quelques propriétés : elles sont **spécifiques**, c'est-à-dire qu'une enzyme ne réalise qu'un type de réaction (ex. : une hydrolyse) et une enzyme n'agit que sur une molécule donnée (= son substrat) ; elles sont **sensibles aux conditions du milieu**, elles n'agissent de façon optimale qu'à une température et à un pH donné, ces conditions dépendent de chaque enzyme.

MÉMO
Pour nommer une enzyme, on donne le nom du substrat sur lequel elle agit, suivi du suffixe « ase ». Exemple : la maltase est l'enzyme qui hydrolyse le maltose.

Action des enzymes digestives

	TYPES D'ENZYMES MISES EN JEU	CONSÉQUENCES DE L'ACTIVITÉ DES ENZYMES
La bouche	Amylase salivaire	Elle hydrolyse l'amidon en maltose.
L'estomac	Pepsine	Elle hydrolyse les protéines en peptides.
Les intestins	Peptidases et amylases pancréatiques	Elles hydrolysent les peptides en acides aminés.
	Maltases	Elles hydrolysent le maltose en glucose.
	Lactase	Elle hydrolyse le lactose en glucose et en galactose.
	Saccharase	Elle hydrolyse le saccharose en glucose et fructose.
	Lipase pancréatique	Les sels biliaires émulsionnent les lipides et facilitent l'action de la lipase qui hydrolyse les triglycérides en glycérol et en acides gras.

3 L'absorption

L'absorption est le passage des nutriments à travers la paroi de l'intestin grêle vers le sang et la lymphe. Ce phénomène est possible grâce à la structure particulière de la muqueuse intestinale et aux mouvements de l'intestin.

A. La structure de la paroi intestinale

■ **L'épithélium de la muqueuse intestinale** est composé de nombreux replis, les valvules conniventes, elles-mêmes pourvues de petites saillies, les villosités intestinales.

■ **La surface des villosités** est constituée de cellules absorbantes pourvues de microvillosités qui forment la bordure en brosse. Elle augmente la surface de contact avec le chyle et facilite ainsi l'absorption des nutriments.

■ Les villosités sont vascularisées par un réseau de capillaires sanguins et un capillaire lymphatique modifié en vaisseau chylifère.

B. L'absorption intestinale

Les molécules issues de la digestion et contenues dans la lumière intestinale diffusent à travers les cellules absorbantes, soit vers les capillaires sanguins pour les acides aminés et le glucose, soit vers les vaisseaux chylifères pour les acides gras (la lymphe rejoint la circulation générale au niveau de la veine cave).

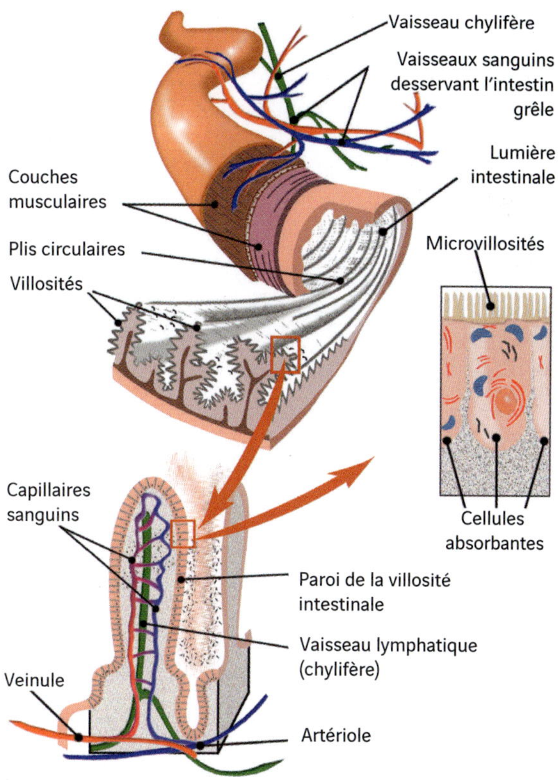

↑ *Conséquences de l'absorption intestinale*

1. Réabsorption de l'eau

Le côlon réabsorbe une partie de l'eau et des ions au niveau de l'iléon où ils passent dans le sang. Les déchets, d'abord liquides, durcissent progressivement en avançant dans le côlon grâce aux mouvements péristaltiques. Les fibres alimentaires augmentent le volume des selles, ce qui diminue la constipation.

2. Après l'absorption des nutriments

Les nutriments sont distribués par le système cardiovasculaire vers les cellules où ils sont assimilés.

4 Le développement et le vieillissement de l'appareil digestif

La maturation de l'appareil digestif n'est pas terminée à la naissance. Les organes digestifs subissent des modifications au cours de la vie.

A. L'appareil digestif du nouveau-né et l'alimentation adaptée

■ L'appareil digestif du nouveau-né présente les particularités suivantes :
- absence de dents et d'amylase salivaire ;
- œsophage court ;
- petit volume de l'estomac, cardia mal fermé, mouvements péristaltiques lents, faible acidité gastrique, production de présure abondante ;
- foie volumineux (réserve de fer) ;
- intestin court, pas d'amylase pancréatique, pas de maîtrise du sphincter anal.

■ Du fait de ces caractéristiques, **l'alimentation du nouveau-né doit être adaptée**. Le lait est soit du lait maternisé, soit du lait maternel. Les repas sont fréquents et de petit volume dans les premiers mois de la vie.

B. L'évolution de la denture

À la naissance, les dents sont en bourgeon dans la mâchoire et n'apparaissent que vers l'âge de 6 mois. La denture est constituée de 20 dents de lait qui tombent entre 6 et 10 ans et qui sont remplacées par 32 dents permanentes.

C. Le vieillissement de l'appareil digestif

Le vieillissement de l'appareil digestif traduit par :
- la diminution de la sensation de soif et de la perception des saveurs ;
- l'altération de la denture et des gencives ;
- la baisse des sécrétions digestives et l'atrophie des villosités intestinales qui retardent l'absorption des nutriments ;
- la diminution de la lactase si la consommation de lait n'est pas entretenue.

Fiche 19

La régulation du milieu intérieur et le système endocrinien

De nombreux paramètres sont constants dans notre organisme, comme la glycémie. Cette constance suppose des mécanismes de régulation très fins, dont la perturbation engendre des pathologies lourdes, comme le diabète.

1 Équilibre du milieu intérieur : l'homéostasie

A. Définition

L'homéostasie est le maintien à une valeur normale des différentes constantes physiologiques de l'individu : composition du sang, pH sanguin, tension artérielle, température corporelle...

B. Le principe de maintien de l'homéostasie

Pour qu'une constante physiologique soit maintenue à sa valeur optimale, il existe un système de régulation performant. Tout paramètre lié à une constante de l'organisme (par exemple le taux de glucose sanguin) peut subir des variations. Ces variations sont détectées par des **capteurs** qui transmettent l'information à un **effecteur** lequel agit sur le **paramètre** pour le ramener à une valeur normale.

À SAVOIR

La teneur en eau de l'organisme, la température corporelle, la teneur en glucose du sang (glycémie) et le contrôle des déchets de l'activité cellulaire sont des constantes à réguler.

2 Le système endocrinien

A. Les glandes endocrines

Ce sont des cellules ou groupe de cellules qui déversent les substances qu'elles ont élaborées, les hormones, dans le sang.

B. Les hormones

1. Définition

Les hormones sont des messagers chimiques. Elles sont élaborées par des glandes endocrines, véhiculées par le sang jusqu'aux cellules qui les reconnaissent de façon spécifique grâce à des récepteurs spécifiques, les cellules cibles, dont elles modifient l'activité physiologique.

2. Nature chimique des hormones

Il existe 2 catégories d'hormones :

- les **hormones stéroïdes** formées à partir du cholestérol comme par exemple les hormones sexuelles (testostérone, œstrogène, progestérone) et les hormones de la corticosurrénale (cortisol) ;
- les **hormones protéiques** constituées à partir d'acides aminés.

3. Caractéristiques des hormones

■ Les hormones ont un rôle particulier s'exerçant sur un type de cellule en particulier. La fabrication des hormones se fait en continu puis elles sont stockées. Leur libération varie selon les besoins de l'organisme. Les hormones agissent à faible dose.

■ Au cours du vieillissement, la production hormonale diminue.

4. Mode d'action des hormones

Les hormones sont synthétisées à distance des cellules sur lesquelles elles agissent. Le mode d'action est le même quel que soit le type d'hormone. Les différentes étapes sont les suivantes :

- la **sécrétion hormonale** : un stimulus interne ou externe induit la libération d'hormones, produites en continu par les glandes endocrines dans le sang ;
- le **transport de l'hormone** s'effectue dans la totalité de l'organisme par voie sanguine ;
- la **réception de l'hormone** est assurée par les cellules cibles, cellules qui sont équipées de récepteurs spécifiques d'une hormone ;
- la **réponse de la cellule cible** modifie son activité physiologique sous l'influence de l'hormone et permet la régulation du paramètre impliqué ;
- la **régulation de la sécrétion hormonale** se réalise par la modification de l'activité cellulaire : c'est le phénomène de rétrocontrôle.

3 Un exemple de système homéostasique : la régulation de la glycémie

A. Définition

■ La glycémie est la concentration de glucose dans le sang (on parle aussi de taux de glucose sanguin). Sa valeur normale varie entre 0,9 et 1 g/L de sang. Lorsque sa valeur est inférieure, il y a **hypoglycémie**. Lorsque sa valeur est supérieure, il y a **hyperglycémie**.

■ Le glucose est directement utilisable par la plupart des cellules auxquelles il fournit la principale source d'énergie.

B. Le rôle du pancréas dans la régulation de la glycémie

Le pancréas est un organe constitué de 2 types de tissus distincts :

- le **pancréas exocrine** qui sécrète les enzymes digestives (protéases, amylases, lipases) : ces sécrétions sont déversées au niveau de l'intestin grêle donc dans le milieu extérieur ;
- le **pancréas endocrine** situé au niveau des îlots de Langerhans. Le pancréas endocrine sécrète les hormones qui interviennent dans la régulation de la glycémie. Il contient 2 types de cellules : les **cellules** β qui sécrètent l'insuline, **hormone hypoglycémiante** et les **cellules** α qui sécrètent le glucagon, **hormone hyperglycémiante**.

C. La variation de la glycémie et la régulation

■ **En situation post-prandiale**, c'est-à-dire après un repas, la **glycémie augmente**. Ce stimulus informe les cellules β du pancréas qu'il faut revenir à un taux normal de glucose sanguin. Les cellules β sécrètent alors une hormone, l'**insuline**. L'insuline se fixe sur les récepteurs :

– des **cellules hépatiques et musculaires** qui stockent alors le glucose sanguin sous forme de glycogène : c'est la **glycogénogénèse** ;
– des **adipocytes** qui captent le glucose et le transforment en lipides : c'est la **lipogénèse**.

■ **En période de jeûne**, par exemple au réveil, l'organisme est en **hypoglycémie**. Ce stimulus informe les cellules α du pancréas qu'il faut revenir à une valeur normale de la glycémie et ces cellules libèrent alors dans le sang du **glucagon**. Le glucagon se fixe sur des récepteurs spécifiques :

– des **cellules hépatiques et musculaires** qui hydrolysent le glycogène en glucose : on parle de **glycogénolyse** ;
– des **cellules adipeuses** qui hydrolysent les lipides en **glycérol** et **acides gras**. Le glycérol est utilisé par les cellules pour fabriquer des glucides : on parle de **néoglucogénèse**.

INFO

En cas de jeûne très prolongé, l'organisme peut utiliser les protéines des muscles pour synthétiser du glucose. Cette situation est à éviter à tout prix.

 # vidéo

Qu'est-ce que la régulation de la glycémie ?

foucherconnect.fr/21vesf26

Fiche 20

Une maladie endocrine : le diabète

Le diabète se définit comme correspondant à un excès de glucose permanent dans le sang avec un taux supérieur à 1,26 g par litre, chez une personne à jeun. Il existe deux types de diabète : le diabète de type I, dit insulinodépendant, et le diabète de type II, non insulinodépendant.

1 La prévention des facteurs de risque

La compréhension des facteurs de risque à l'origine du diabète non insulinodépendant permet de participer à la prévention primaire et d'en limiter l'apparition. Si les facteurs de risque environnementaux et génétiques sont encore à l'étude, les **facteurs nutritionnels** sont identifiés avec certitude : principalement l'excès de poids et l'insuffisance d'activité physique.

2 Les deux types de diabète

Étude comparée des deux types de diabète

	DIABÈTE DE TYPE I OU DIABÈTE INSULINODÉPENDANT OU DIABÈTE MAIGRE	DIABÈTE DE TYPE II OU DIABÈTE NON INSULINODÉPENDANT OU DIABÈTE GRAS
Définition	Hyperglycémie due à une insuffisance de la production d'insuline consécutive à la destruction des cellules β des îlots de Langerhans.	· Hyperglycémie due à une diminution des récepteurs membranaires spécifiques de l'insuline (insulinorésistance). · La sécrétion d'insuline est normale.
L'âge d'apparition	Avant 20 ans.	Chez la personne d'âge mûr (40/50 ans) et particulièrement chez la personne obèse ou en surpoids.
Les signes cliniques	· Polydipsie (soif permanente). · Polyphagie (besoin de manger en grande quantité). · Polyurie (augmentation du volume des urines).	· Maladie silencieuse. · Le diabète de type II est le plus souvent révélé à l'occasion d'une prise de sang ou de complications qu'il provoque.
Les pathologies associées	**Complications vasculaires** : – atteinte des petits vaisseaux de l'œil ou des reins : micro-angiopathies ; – atteinte des gros vaisseaux du cœur, du cerveau, des membres inférieurs : macro-angiopathies à l'origine d'artérite, infarctus… C'est un facteur majeur d'athérosclérose ; – complications nerveuses : lésions nerveuses consécutives à une mauvaise circulation sanguine.	
Le traitement	Apport d'insuline en injection.	· Médicaments hypoglycémiants. · Hygiène alimentaire rigoureuse. · Activité physique.
La prévention	Dépistage des sujets à risque ou dès l'apparition des premiers symptômes.	· Éducation alimentaire (en particulier chez les sujets obèses). · Activité physique, hygiène de vie.

Fiche 21

Une maladie à virus : la Covid-19

L'épidémie liée au coronavirus SARS-CoV-2 s'est propagée dans le monde depuis décembre 2019. La recherche s'est mobilisée pour accélérer la production des connaissances sur ce virus, sur la maladie qu'elle provoque (Covid-19 ce qui signifie Corona Virus Disease 2019) ainsi que sur les moyens de la guérir et de la prévenir.

1 Les acteurs de santé publique impliqués dans la gestion de la Covid-19

■ En situation de crise sanitaire nationale, voire internationale, c'est le **Centre opérationnel de régulation et de réponse aux urgences sanitaires et sociales (CORRUSS)** du ministère des Solidarités et de la Santé qui est mobilisé.

■ L'équipe, composée de médecins, pharmaciens, ingénieurs spécialisés en santé publique et gestionnaires de crise, bénéficie de l'appui de communicants de crise, de juristes et autres experts du ministère. Ensemble, ils définissent et coordonnent la réponse aux urgences sanitaires identifiées à partir des signalements et des informations transmises par un vaste réseau de partenaires tels que :

- **les agences régionales de santé** (ARS) ;
- **les agences de sécurité sanitaire nationales :** Santé publique France, l'Agence nationale de sécurité du médicament et des produits de santé (ANSM), l'Établissement Français du Sang (EFS), l'Agence de la biomédecine (ABM), l'Agence nationale de sécurité sanitaire de l'alimentation, de l'environnement et du travail (Anses) ;
- les **ministères contribuant à la sécurité sanitaire des Français** sur le territoire ou à l'étranger : ministères des Solidarités et de la Santé, de l'Intérieur, des Affaires étrangères, de l'Environnement, des Transports, des Armées… ;
- **les institutions internationales :** l'Organisation mondiale de la Santé (OMS), l'ECDE (European Centre for Disease Prevention and Control), le Conseil de l'Europe, la Commission européenne.

2 L'origine du virus

Les coronavirus constituent une famille de virus dont certains peuvent infecter les êtres humains, entraînant le plus souvent des symptômes bénins de type rhume. Cette famille de virus comprend des coronavirus **émergents**, hébergés par des animaux et soudain transmis à l'homme : les SRAS-CoV et le MERS-CoV.

3 Les caractéristiques du virus

Les caractéristiques suivantes sont les caractéristiques connues à l'hiver 2021.

VIRUS/MALADIE	SARS-COV-2/COVID-19
Modes de transmission	Par **voie respiratoire** *via* les gouttelettes émises principalement lors de toux, crachats, éternuements, postillons.
Modes de contamination	• **Par exposition directe** du visage aux gouttelettes contaminantes (portes d'entrée du virus : nez, bouche, yeux). • **Par exposition indirecte**, principalement par les mains contaminées par l'environnement en les portant à son visage.
Contagiosité	• Une personne contaminée peut en moyenne en contaminer **3 autres**. • Il semble que le **R0 soit variable et augmente** pour le variant de la Covid-19 (le R0 est le taux de reproduction d'un virus. Il s'agit du nombre moyen de nouveaux malades causés par une personne infectée dans une population sans immunité).
Signes cliniques	• Les signes cliniques sont **variables**, de modérés à critiques. Un ou plusieurs de ces signes peuvent être observés : fièvre, myalgie, maux de tête, courbatures, perte brutale du goût et de l'odorat, toux, dyspnée. • Dans les cas les plus graves, des difficultés respiratoires se manifestent, pouvant conduire à l'hospitalisation, voire à la réanimation ou au décès. • Des cas positifs à la Covid-19 peuvent être des porteurs sains, c'est-à-dire sans symptômes. Ils n'en restent pas moins contagieux.
Mortalité	• La mortalité varie selon les pays. Son taux ne sera connu qu'à l'issue de l'épidémie. • 2,38 % des cas confirmés en France début février 2021, soit 78 603 cas sur 3 296 747 cas positifs, ont mené au décès. Les personnes âgées de plus de 75 ans ou les personnes vulnérables atteintes de la Covid-19 sont les plus à risques en termes de mortalité.

4 Le dépistage

Dépister, c'est effectuer une **détection « directe »** par prélèvement sur les surfaces, muqueuses nasales ou respiratoires ou encore grâce à une sérologie. La **sérologie** permet, grâce à une analyse sanguine, de déterminer si la personne a développé des anticorps anti-coronavirus.

A. Les tests de détection directe du virus : les tests RT-PCR

■ Ces tests de détection directe reposent sur la technique de RT-PCR (*polymerase chain reaction*). Ils sont relativement rapides et bien maîtrisés par les laboratoires.

■ Ils sont réalisés à partir d'un **prélèvement biologique**, le plus souvent naso-pharyngé avec un petit écouvillon inséré profondément dans le nez. Le résultat de cet examen est obtenu en 3 à 5 heures.

B. Les tests sérologiques

■ Les tests sérologiques permettent de rechercher **dans le sang la présence d'anticorps** dirigés contre le SARS-CoV-2 et permettent de déterminer si la personne a été infectée par le virus au cours des semaines précédentes. Ces tests ne permettent pas de faire un diagnostic précoce de l'infection puisque la production d'anticorps spécifiques par le système immunitaire prend un certain temps, qui peut varier de quelques jours à quelques semaines.

■ Il existe, à l'hiver 2021, deux techniques de tests sérologiques :
- la première nécessite des **analyses et une prise de sang** par du personnel qualifié. Elle permet de mesurer de façon précise le taux et la nature des anticorps ;
- la seconde est un **test rapide sur une goutte de sang**. Elle ne nécessite pas de se rendre dans un laboratoire spécialisé. Ce test permet seulement de préciser la présence ou l'absence d'anticorps. Cela donne peu d'informations sur l'avancée de la maladie.

5 La prévention

A. Les gestes barrières

La prévention passe impérativement par la mise en place des gestes barrières :
- se laver régulièrement les mains ou utiliser une solution hydroalcoolique ;
- tousser ou éternuer dans son coude ou dans un mouchoir à usage unique ;
- se moucher dans un mouchoir à usage unique puis le jeter ;
- porter un masque quand la distance d'un à deux mètres ne peut pas être respectée et partout où cela est obligatoire ;
- respecter une distance d'au moins un mètre avec les autres ;
- limiter au maximum ses contacts sociaux (6 personnes maximum) ;
- éviter de se toucher le visage ;
- aérer les pièces 10 minutes, minimum trois fois par jour ;
- saluer sans serrer la main et arrêter les embrassades ;
- utiliser les outils numériques de prévention (application TousAntiCovid).

 # info
L'application gouvernementale TousAntiCovid
foucherconnect.fr/21vesf27

B. Le port du masque

Il existe 3 types de masques disponibles à l'heure actuelle.
- **Les masques FFP2** sont destinés au personnel soignant et filtrent 94 % des particules d'environ 0,6 micromètres. Ils empêchent donc d'entrer en contact avec les postillons ou des gouttelettes potentiellement contaminés par le virus.
- **Les masques chirurgicaux** sont destinés à protéger les autres et non pas à se protéger des autres. Ils arrêtent les aérosols porteurs de virus et empêchent la projection des gouttelettes ou des postillons du porteur du masque mais ne permettent pas à celui-ci de se protéger des particules présentes dans l'air. Si deux personnes portent le masque chirurgical, les risques de transmission sont diminués.
- **Les masques en tissu** vendus dans le commerce ont un pouvoir de protection plus faible que les masques chirurgicaux.

> **ATTENTION**
> Le masque doit être manipulé de manière hygiénique pour être protecteur, sans quoi il peut devenir un élément à risque plutôt qu'un élément de protection. Il faut donc veiller à se laver et se désinfecter les mains avant de le positionner et avant de le retirer et à ne pas le manipuler lorsqu'il est en place. Il faut éviter également de se toucher le visage.

C. La distanciation sociale

■ La règle de distanciation sociale – variant selon les pays – est efficace pour les personnes qui restent immobiles à l'intérieur d'un espace clos, si une bonne aération existe, ou à l'extérieur dans certains cas.

> **À SAVOIR**
> Si quelqu'un expire, tousse ou éternue en marchant, en courant ou en faisant du vélo, la plupart des microgouttelettes sont entraînées dans le sillage ou le couloir de fuite derrière le coureur ou le cycliste. Une personne placée dans son sillage se déplace alors à travers ce nuage de gouttelettes. Les distances doivent donc être augmentées entre les personnes pour éviter les contaminations. Ceci explique la nécessité du port du masque à l'extérieur dans les villes à forte densité de population.

■ Il est également important de limiter au maximum ses contacts avec les autres (6 personnes au maximum).

D. L'hygiène des mains : l'efficacité du savon

■ La Covid-19, mais aussi les virus de la grippe, le VIH et d'autres encore, possèdent une enveloppe **lipidique**. Lorsque nous nous lavons les mains, la queue hydrophobe des molécules libres du savon cherche à éviter l'eau, elle se fixe alors sur l'enveloppe lipidique des virus et la désorganise. Un virus enveloppé sans enveloppe lipidique fonctionnelle n'est plus infectieux.

> **INFO**
> Le savon est obtenu à partir d'un mélange d'acide gras et d'une base forte (hydroxyde de sodium ou de potassium). Les molécules le composant sont **hydrophobes**.

■ Il faut donc se laver les mains après avoir fréquenté un lieu public, après avoir été en contact avec une personne malade ou une surface potentiellement contaminée, avant et après manger.

■ Les **solutions hydroalcooliques** peuvent être utilisées quand il n'est pas possible de se laver les mains avec du savon. Elles contiennent de l'alcool et ont un effet similaire au savon, mais ne sont pas aussi efficaces. Elles **désinfectent** mais ne nettoient pas les mains. De plus, certaines possèdent des agents antibactériens qui n'ont aucun effet sur les virus.

E. Les bonnes pratiques au quotidien

Il est également indispensable de respecter les règles fondamentales d'hygiène à la maison, surtout dans les familles avec enfants. Le respect de ces règles réduit considérablement le risque de transmettre ou de contracter le virus au sein de la maisonnée ; il protège aussi de la transmission d'autres virus (grippe, rhume, gastro-entérites…) et de bactéries pathogènes.

Source : LP/infographie – 21/03/2020.

↑ *Les bonnes pratiques au quotidien*

6 Traitement et vaccination

A. Le traitement

■ À ce jour, il semble qu'il n'y ait pas d'antiviral dont l'efficacité soit attestée officiellement sur la Covid-19. Des études sont en cours sur certains médicaments.

■ À défaut d'un traitement, la stratégie pour maîtriser l'évolution de l'épidémie en France est celle du **triptyque : tester, alerter et protéger**. Il faut donc :
- **se faire tester** en priorité en cas de signes de la maladie ou si l'on est identifié comme personne contact ;
- si le test est positif, **communiquer la liste de tous ses contacts** récents à son médecin traitant et à l'Assurance maladie, pour qu'ils soient alertés rapidement afin de freiner la propagation du virus ;
- protéger les autres, si je suis une personne contact ou si j'ai des signes de la maladie, en **m'isolant pendant 7 jours** et au moins jusqu'au résultat du test.

B. La vaccination

> **INFO** Pour comprendre l'intérêt de la vaccination dans la lutte contre le virus, reportez-vous à la fiche 22 Le système immunitaire.

■ La vaccination permet de se protéger et de protéger les autres. Couplé avec les mesures barrières, le vaccin contribue à **maîtriser l'impact de l'épidémie** de la Covid-19 sur le long terme.

■ Le lancement des campagnes de vaccination contre la Covid-19 à travers le monde a débuté en janvier 2021. Les plus récents (Pfizer/BioNTech, Moderna, Spoutnik...) ont été produits en 12 à 18 mois, ce qui est exceptionnellement rapide pour un vaccin. Les vaccins contre la Covid-19 sont de plus en plus nombreux. Selon le REACTing, un réseau collaboratif de centres de recherches français coordonné par l'Inserm, on pourrait bientôt en compter une cinquantaine.

 # vidéo

Des vaccins, et après ?

foucherconnect.fr/21vesf28

Fiche 22

MAINTIEN DE L'INTÉGRITÉ DE L'ORGANISME

Le système immunitaire

Comprendre et connaître les modalités de mise en place de l'immunité non spécifique et spécifique à médiation cellulaire et humorale doit permettre de comprendre le principe de la vaccination, le déclenchement des allergies et les maladies du système immunitaire comme le SIDA. Ainsi, ces connaissances permettent d'informer quant à l'importance de la vaccination et de son suivi, de prévenir au mieux les conséquences des allergies et de mettre en place des actions de prévention du SIDA.

1 La fonction du système immunitaire

■ Le système immunitaire assure la **défense de l'organisme** et permet de maintenir son intégrité (absence de maladie) en cherchant à éliminer les substances étrangères, les agents infectieux, ses propres constituants s'ils sont altérés. La **fonction d'immunité** est assurée par des organes, des cellules et des molécules.

■ Le système immunitaire distingue les propres constituants de l'organisme, le **soi**, des éléments étrangers à l'organisme (bactéries, virus...) ou défectueux (cellules cancéreuses), le **non-soi**. Cette distinction se fait grâce à la présence de **marqueurs moléculaires** situés à la surface des cellules et des molécules. Ils sont spécifiques pour chaque individu. Une molécule qui ne porte pas les marqueurs du soi est considérée comme un **antigène**.

2 L'organisation du système immunitaire

Rôles des différents éléments du système immunitaire

ORGANISATION DU SYSTÈME IMMUNITAIRE	RÔLES DES DIFFÉRENTS ÉLÉMENTS
Les organes de l'immunité	
La moelle osseuse	Elle produit les globules blancs (leucocytes dont les macrophages, les lymphocytes B et T).
Le thymus	C'est le lieu de maturation des lymphocytes T.
Les organes lymphoïdes secondaires : amygdales, ganglions lymphatiques, rate, plaque de Payer dans l'intestin	Ils stockent les cellules immunitaires et sont le lieu de déclenchement de l'immunité spécifique acquise.
Les vaisseaux lymphatiques	Par filtration de la lymphe circulant dans ces vaisseaux, il y a facilitation de la mise en contact des cellules de l'immunité et des antigènes.

ORGANISATION DU SYSTÈME IMMUNITAIRE	RÔLES DES DIFFÉRENTS ÉLÉMENTS
Les cellules de l'immunité	
Les cellules phagocytaires : – les granulocytes – les monocytes – les macrophages	Elles permettent la phagocytose : – elles phagocytent les bactéries ; – elles phagocytent les parasites ; – elles phagocytent les tissus dégradés et deviennent des cellules présentatrices d'antigènes.
Les lymphocytes : – les lymphocytes T – les lymphocytes B	• Ils interviennent dans l'immunité spécifique à médiation cellulaire. • Ils interviennent dans l'immunité spécifique à médiation humorale en produisant des anticorps.
Les molécules de l'immunité	
Le lysozyme et le complément	Ce sont des molécules antimicrobiennes qui interviennent dans l'immunité innée.
Les anticorps	Ce sont des molécules produites par les lymphocytes B transformées en plasmocytes qui neutralisent les antigènes en formant un complexe antigène – anticorps (immunité spécifique).

3 L'immunité innée ou immunité acquise

A. L'immunité innée ou naturelle ou non spécifique

■ C'est la première ligne de défense de l'organisme contre les infections qui permet de réagir rapidement aux agressions extérieures. Les moyens mis en jeu sont :
- une **protection mécanique** assurée par la peau et les muqueuses ;
- la **réaction inflammatoire** qui se déclenche lorsque la barrière cutanéo-muqueuse est franchie. Elle est caractérisée par quatre signes : rougeurs, chaleur, œdème, douleur.

■ La mise en place de ces moyens conduit à la phagocytose : réaction permettant de débarrasser les tissus lésés des agents pathogènes.

B. L'immunité spécifique

■ L'immunité spécifique se met en place quand l'immunité innée est insuffisante pour lutter contre les microbes. C'est un système de défense plus complexe et plus lent.

■ La réponse immunitaire est spécifique à chaque antigène. L'antigène est mis en mémoire pour réagir rapidement lors d'un deuxième contact avec le même antigène : c'est grâce à l'immunité spécifique que l'on ne contracte certaines maladies qu'une seule fois (varicelle, oreillons, toxoplasmose…). Deux mécanismes sont possibles :
- l'**immunité à médiation cellulaire** : les lymphocytes T cytotoxiques détruisent directement l'antigène ;
- l'**immunité à médiation humorale** : les lymphocytes B synthétisent des anticorps qui neutralisent l'antigène.

1. L'immunité spécifique à médiation cellulaire

■ Les **cellules de l'immunité spécifique à médiation cellulaire** sont :
- les **lymphocytes T8** ou **lymphocytes cytotoxiques** qui détruisent les cellules infectées ;

– les **lymphocytes T4** qui sécrètent des interleukines et stimulent la production de lymphocytes T8 ;
– les **lymphocytes T mémoire** qui sont des cellules à durée de vie longue et qui peuvent réagir rapidement lors d'un 2e contact avec l'antigène.

■ Les **étapes de mise en place de l'immunité spécifique à médiation cellulaire** sont les suivantes :
– présentation de l'antigène aux lymphocytes T grâce aux cellules présentatrices d'antigène ;
– multiplication et différenciation en lymphocytes T4, T8 et T mémoire ;
– adhésion des lymphocytes cytotoxiques à l'antigène et destruction.

2. L'immunité spécifique à médiation humorale

L'immunité spécifique à médiation humorale met en jeu des anticorps, immunoglobulines, synthétisés par les lymphocytes B et correspondant chacun à un type d'antigène donné. La mise en place de l'immunité spécifique à médiation humorale se fait en différentes étapes :
• une partie des antigènes détruits lors de la phagocytose subsistent dans les macrophages et deviennent des cellules présentatrices d'antigène (CPA) ;
• au niveau des **ganglions lymphatiques**, on observe :
– la présentation de l'antigène aux lymphocytes B ;
– l'activation des lymphocytes B et la transformation d'une partie d'entre eux en plasmocytes et l'autre partie en lymphocytes B mémoire à durée de vie longue et capables de produire des quantités importantes d'anticorps lors d'un nouveau contact avec l'antigène ;
– la production d'anticorps spécifiques de l'antigène par les plasmocytes ;
– la libération des anticorps dans le plasma ;
– la fixation des anticorps sur les antigènes et la formation du complexe immun ;
– la fixation du complexe immun sur les macrophages ;
– la destruction de l'antigène par phagocytose.

3. La coopération cellulaire

L'immunité spécifique, dans ses deux versants à médiation cellulaire ou humorale, est très finement coordonnée par de nombreux messages chimiques (interleukines, lymphokines) qui font « travailler ensemble » les lymphocytes T, B, les CPA. On dit qu'il y a **coopération cellulaire**.

4 Application de la réponse immunitaire spécifique au principe de la vaccination

■ La vaccination permet d'acquérir une immunité spécifique artificielle vis-à-vis d'un antigène donné. Elle consiste à introduire chez un individu une préparation antigénique qui a perdu son pouvoir pathogène en conservant ses sites antigéniques. Cette préparation provoque une réaction immunitaire capable de protéger l'individu lors d'un deuxième contact avec l'antigène.

■ Les rappels de vaccination entretiennent la **mémoire immunitaire** en maintenant une population de lymphocytes B mémoire suffisante et par conséquent, un taux d'anticorps suffisant.

 # vidéo
La mémoire immunitaire
foucherconnect.fr/21vesf29

A. Les différentes étapes de la vaccination

#vidéo
Le principe de la vaccination
foucherconnect.fr/21vesf30

■ La première injection de la préparation antigénique entraîne une réaction lente. Puis, on observe une réaction immunitaire acquise à médiation humorale comprenant les étapes suivantes :
- les macrophages devenus cellules présentatrices d'antigène présentent une fraction de l'antigène aux lymphocytes B ;
- l'activation des lymphocytes B : une partie est transformée en plasmocytes, l'autre en lymphocytes B mémoire ;
- la production d'anticorps spécifiques de l'antigène par les plasmocytes et la libération des anticorps dans le plasma.

■ Lors du **rappel de vaccination** :
- le taux d'anticorps fabriqués lors de la première injection est encore présent mais en quantité moins importante ;
- l'antigène est reconnu rapidement par les lymphocytes B mémoire qui produisent rapidement une quantité importante d'anticorps. Le taux d'anticorps est de nouveau très important et la protection contre l'agent source de maladie, efficace.

B. Les vaccins

Les vaccins sont développés selon diverses techniques.

■ Les vaccins **vivants atténués** sont constitués de germes vivants (virus, bactérie) qui ont été modifiés afin qu'ils puissent perdre leur pouvoir infectieux en gardant leur capacité à induire une protection chez la personne vaccinée. Par exemple, il s'agit des vaccins ROR (rougeole-oreillons-rubéole) et ceux contre la varicelle. Ce type de vaccins est très efficace ; mais, parce qu'ils contiennent un agent infectieux vivant, ils sont contre-indiqués chez les femmes enceintes et les personnes immunodéprimées (sauf exception).

■ Les vaccins **inactivés** ne contiennent pas d'agents infectieux vivants comme par exemple les vaccins contre la grippe, la poliomyélite ou l'hépatite A. Ils peuvent contenir :
- soit un fragment de l'agent infectieux (sa paroi ou sa toxine), c'est le cas des vaccins contre l'hépatite B ou le tétanos ;
- soit la totalité de l'agent infectieux qui est inactivé (vaccin contre la coqueluche) ;
- soit une toute petite partie seulement d'un virus, une protéine ou son acide nucléique génétiquement modifié (vaccin AstraZeneca contre la Covid).

■ Les vaccins à **ARN messager** sont une technologie innovante. On injecte dans l'organisme des brins d'instructions génétiques appelées ARN messager. L'ARN messager du vaccin est fabriqué en laboratoire. Il est programmé pour faire fabriquer des protéines ou antigènes spécifiques du coronavirus. C'est une méthode très ciblée. Les vaccins contre la Covid-19 de Moderna et Pfizer en font partie.

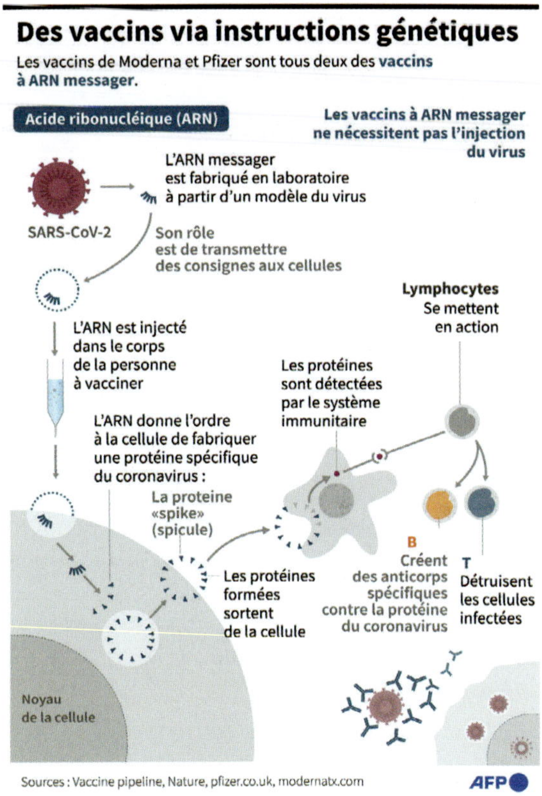

Source : © AFP

↑ *Des vaccins* via *instructions génétiques à ARN messager*

C. La vaccination et la santé publique

■ La vaccination assure une protection individuelle mais aussi **collective** puisqu'elle permet d'éviter de transmettre l'infection. Ainsi, la vaccination participe à la lutte contre les épidémies.

■ En France, la vaccination peut être :

- **obligatoire pour tous** : devant une couverture vaccinale insuffisante pour certaines vaccinations et la réapparition d'épidémies, la loi rend 11 vaccins obligatoires depuis le 1er janvier 2018 pour les enfants de moins de 2 ans (diphtérie, tétanos, poliomyélite, coqueluche, *Haemophilus influenzae b*, hépatite B, pneumocoque, méningocoque, rougeole, oreillons, rubéole) ;
- **obligatoire pour certaines personnes** comme les personnels de santé (hépatite B) ;
- **recommandée pour certains selon l'âge** : après 65 ans, vaccin contre la grippe recommandé (principalement pour les personnes âgées, selon leur état de santé et leurs déplacements). Certains voyages exposent à des risques d'infection particuliers (fièvre jaune, hépatite A).

RAPPEL

- Il est important et nécessaire d'assurer le suivi de la vaccination pour garantir une protection efficace et continue des individus.
- Dans ce but, il est primordial de conserver à vie son carnet de vaccination.

DYSFONCTIONNEMENT

Fiche 23

Les dysfonctionnements du cycle cellulaire

La division cellulaire, ou mitose, est régulée en fonction des besoins de l'organisme (par exemple la cicatrisation). Si cette régulation est perturbée, on peut voir apparaître un processus tumoral : anomalie de développement d'un tissu caractérisée par une prolifération cellulaire anormale (néoplasie) aboutissant à la formation d'une masse cellulaire (hyperplasie) appelée tumeur.

1 Les caractéristiques des différents types de tumeurs

■ Une **tumeur bénigne** est caractérisée par des cellules qui demeurent regroupées et qui ne se séparent pas : la tumeur est circonscrite. Une **tumeur maligne** est caractérisée par des cellules qui se détachent de la tumeur principale et forment d'autres tumeurs dans le corps. La tumeur maligne forme des foyers secondaires appelés les **métastases**. Selon l'anomalie génétique, les facteurs environnementaux et l'état de santé, une tumeur bénigne peut se transformer en tumeur maligne.

■ Les **facteurs exogènes**, provenant du milieu et du mode de vie tels que le tabac, l'alcool, l'alimentation trop riche en lipides et trop pauvre en fibres alimentaires, les UV... sont des facteurs de risque bien connus. Les **facteurs endogènes** sont liés à la génétique de l'individu, aux perturbations hormonales, à la vieillesse.

2 Les étapes de la cancérogenèse

Les différents stades du processus tumoral

LES STADES DE LA CANCÉROGENÈSE	ÉVOLUTION DE LA TUMEUR	REPRÉSENTATION SCHÉMATIQUE
Transformation de cellules normales en cellules cancéreuses	· La croissance cellulaire n'est plus contrôlée. · La cellule se multiplie anormalement et forme des clones cellulaires (néoplasme).	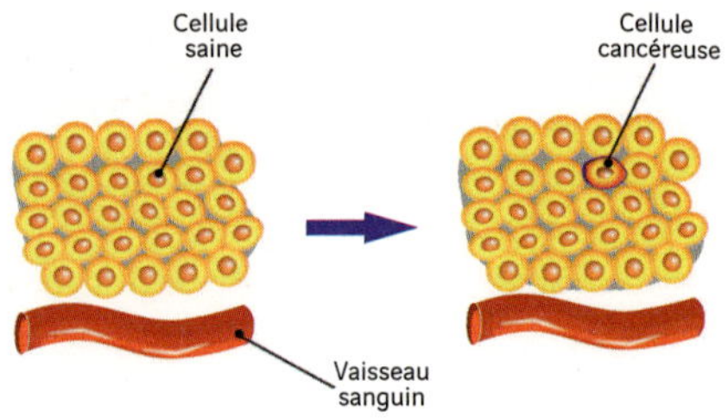

LES STADES DE LA CANCÉROGENÈSE	ÉVOLUTION DE LA TUMEUR	REPRÉSENTATION SCHÉMATIQUE
Extension tumorale locale	• La prolifération des cellules s'accélère et se rapproche des vaisseaux sanguins. • De nouveaux vaisseaux sanguins se forment et irriguent la tumeur (néoangiogenèse).	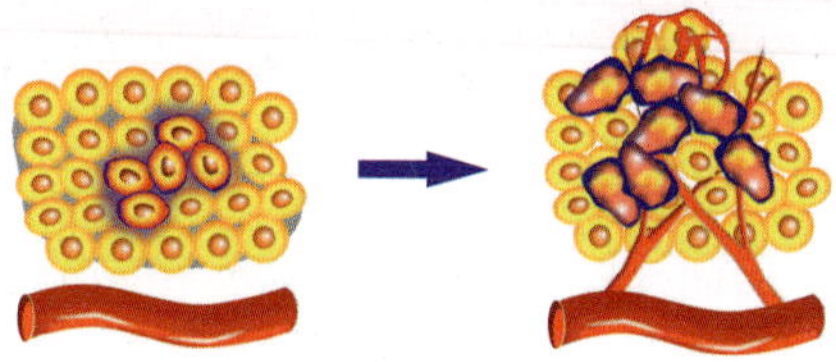
Extension tumorale à distance	• Les vaisseaux permettent la migration de cellules tumorales jusqu'à des tissus plus lointains. • Des tumeurs cancéreuses dites secondaires ou métastases se forment.	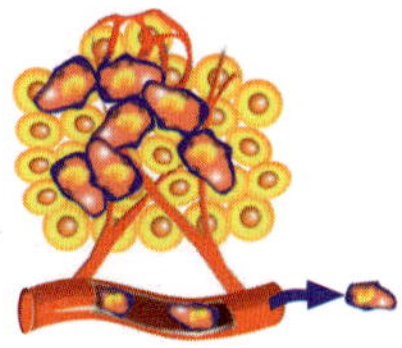

 # vidéo
Le cancer : de la cellule saine à la cellule malade
foucherconnect.fr/21vesf31

3 La prévention des cancers

Comme pour de nombreuses pathologies, la prévention des cancers est de 3 types :
- **la prévention primaire** qui a pour objectif la suppression des causes du cancer et qui passe souvent par une bonne hygiène de vie ;
- **la prévention secondaire** dont le but est le dépistage et le suivi des traitements précancéreux ;
- **la prévention tertiaire** dont le but est de réduire les complications liées à l'extension du cancer.

 # vidéo
L'alimentation : une alliée contre le cancer
foucherconnect.fr/21vesf32

Fiche 24

DYSFONCTIONNEMENT

Le dysfonctionnement de la mémoire immunitaire

Le dysfonctionnement de la mémoire immunitaire peut être à l'origine de réactions d'hypersensibilité ou allergiques et parfois aussi de maladies auto immunes (réaction de l'organisme contre ses propres constituants).

1 La réaction allergique

A. Les origines des allergies

Elles peuvent être très diverses. Les origines les plus courantes sont les pollens, les graminées, les poils d'animaux, le latex, certains aliments (œuf, gluten, kiwi, fraises, farine...), les piqûres d'insectes...

B. Les modalités de la réaction allergique

La réaction allergique a lieu en 2 temps.

- **1er temps : la sensibilisation** qui correspond à :
  - l'activation des lymphocytes B par l'allergène ;
  - la formation d'anticorps spécifiques ;
  - la fixation des anticorps sur les cellules spécifiques de la réaction allergique : les mastocytes sanguins (cellules riches en granules d'histamine).

 # vidéo
Les réactions allergiques
foucherconnect.fr/21vesf33

- **2e temps : la réaction allergique** pendant laquelle on observe :
  - la fixation de l'allergène sur les anticorps eux-mêmes fixés sur les cellules sensibilisées ;
  - l'éclatement de ces cellules avec libération de l'histamine, responsable de l'inflammation. La libération d'histamine peut entraîner :
    - une **réaction locale** avec œdème et se traduisant par la libération d'une grande quantité de mucus provoquant rhinites et/ou crises d'asthme,
    - une **réaction généralisée** appelée choc anaphylactique lorsque l'antigène pénètre directement dans le sang (piqûre d'insecte par exemple) se traduisant par une gêne respiratoire importante, voire une défaillance cardiaque pouvant rapidement entraîner la mort.

ATTENTION

En cas de réponse allergique forte, il est important d'alerter rapidement les secours. Les numéros d'urgence permettent de joindre les secours 24 h/24 et 7 j/7 (**15** : SAMU ; **18** : pompiers ; **112** : numéro d'appel des urgences, partout en Europe).

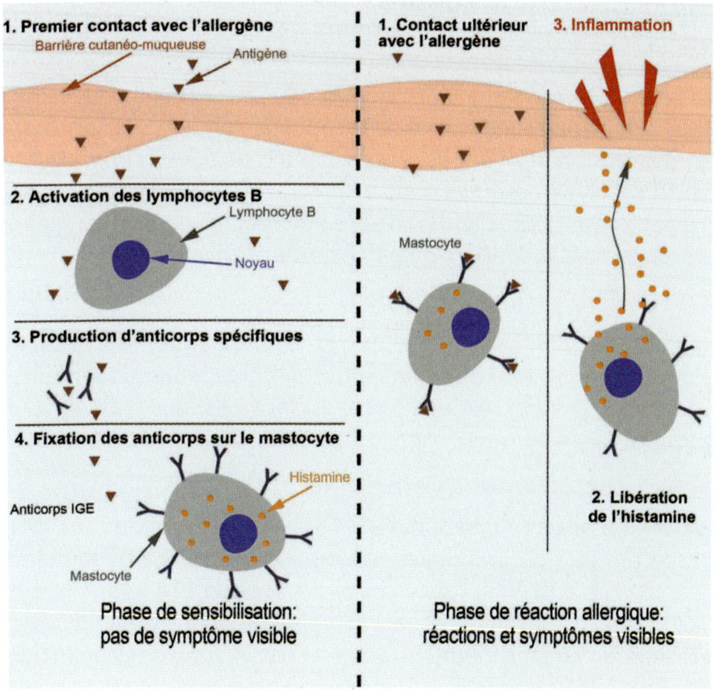

Les étapes de la réaction allergique

C. Les traitements

■ **Lorsque la réponse allergique est faible ou moyenne**, le traitement consiste en l'administration d'un anti-histaminique.

■ **Lorsque la réponse allergique est forte** (choc anaphylactique) le traitement consiste en l'injection d'adrénaline (broncho-dilatateur) et d'anti-histaminique.

2 Les maladies auto-immunes

Elles correspondent à une rupture de la tolérance immunitaire où **le système immunitaire réagit contre ses propres constituants**. Le diabète de type I est une maladie auto-immune : le pancréas est infiltré par des lymphocytes qui produisent des anti-anticorps détruisant les cellules β des îlots de Langerhans. S'ensuit une diminution importante de l'insuline ne permettant plus la régulation de la glycémie.

3 Une maladie illustrant un déficit immunitaire : le sida

A. L'origine du sida

Le SIDA, ou syndrome de l'immunodéficience humaine acquise, est une infection virale. L'agent infectieux est le virus de l'immunodéficience humaine qui infecte les lymphocytes T4 (LT4) et provoque donc une diminution de l'immunité.

B. Les différentes phases de la maladie

1. La phase 1 de primo-infection

Cette première phase correspond à l'introduction du virus dans l'organisme qui provoque une réponse immunitaire non spécifique et une réponse immunitaire spécifique à médiation cellulaire avec intervention des lymphocytes T4 et à médiation humorale avec production d'anticorps anti-VIH. Les symptômes sont discrets avec éventuellement apparition d'un état pseudo-grippal. Les anticorps anti-VIH sont détectables dans le sang par prise de sang environ 22 jours après contamination, on parle de séroconversion.

2. La phase 2 dite « phase asymptomatique »

Le taux d'anticorps anti-VIH reste important et permet de limiter la quantité de virus présent dans l'organisme. Le taux sanguin de LT4 diminue progressivement, les LT4 étant détruits petit à petit par le VIH. C'est une phase asymptomatique mais au cours de laquelle le sujet est contagieux.

3. La phase SIDA

Lors de cette phase, on observe une diminution très importante du taux de LT4 qui induit une diminution de la réaction immunitaire à médiation cellulaire et humorale et donc une chute des anticorps anti-VIH. Cette chute du taux de LT4 induit une diminution de l'immunité spécifique face à de nombreuses maladies. Le sujet est en mauvais état général. Il perd l'appétit, subit un amaigrissement rapide et est victime de l'apparition de maladies opportunistes.

C. Dépistage

Le dépistage de l'infection par le VIH est un acte volontaire gratuit et anonyme dans les centres de dépistage (ou remboursé à 100 % par la Sécurité sociale) dans les laboratoires d'analyses médicales. Il se réalise sur un prélèvement de sang. Le résultat est communiqué dans un délai de 3 à 7 jours.

D. Le traitement

- Le traitement actuel repose sur la prise de 3 médicaments en association : on parle de **trithérapie**. Sous trithérapie, le virus développe moins de formes mutantes et la charge virale semble contrôlée, ce qui permet de retarder la phase SIDA. La trithérapie est contraignante : nombre important de pilules à prendre à des horaires stricts ; nombreux effets secondaires, et ce n'est pas un traitement curatif.

- Un **traitement post-exposition** peut être prescrit en urgence suite à une contamination supposée par le VIH associé à une trithérapie. Aujourd'hui, il n'existe toujours pas de vaccin.

 # info
La prévention contre le SIDA
foucherconnect.fr/21vesf34

Fiche 25

L'anatomie des appareils génitaux

La compréhension du cycle ovarien et sa régulation hormonale permettent de former et d'informer au sujet des moyens de contraception. Il est également nécessaire de connaître le rôle des hormones dans les modifications physiologiques et morphologiques au cours de la vie dans un but d'information.

1 L'organisation de l'appareil reproducteur masculin et féminin

Rôle et fonction des différents constituants de l'appareil génital masculin et féminin

ORGANISATION DE L'APPAREIL GÉNITAL	APPAREIL GÉNITAL MASCULIN	APPAREIL GÉNITAL FÉMININ
Les gonades = organes de production des gamètes : cellules à *n* chromosomes	Les gonades sont les testicules où sont produits les spermatozoïdes (gamètes mâles) et la testostérone.	Les gonades sont les ovaires où sont produits les ovocytes I (gamètes femelles) et les hormones ovariennes : œstrogènes et progestérone.
Les voies génitales	Ce sont les canaux qui collectent les spermatozoïdes et les secrétions des glandes annexes : – épididymes : ils collectent les spermatozoïdes qui y finissent leur maturation ; – canaux déférents : ils permettent le transport des spermatozoïdes ; – canal éjaculateur prolongé par l'urètre : qui transportent du sperme et de l'urine.	Ce sont : – les trompes utérines qui chapeautent chaque ovaire et permettent la progression de l'ovocyte (ovule) vers l'utérus ; – l'utérus : organe creux tapissé d'un épithélium appelé endomètre sous lequel se trouve une épaisse enveloppe musculaire appelée myomètre. C'est le lieu de développement de l'embryon ; – le vagin : organe de l'accouplement.
Les organes génitaux externes	Le pénis, qui est l'organe de l'accouplement, permet le dépôt du sperme dans le vagin.	La vulve est l'ouverture externe du vagin.
Les glandes annexes	Ce sont : – les vésicules séminales qui sécrètent le liquide séminal indispensable aux spermatozoïdes ; – la prostate qui sécrète le liquide prostatique fluidifiant le sperme et facilitant le déplacement des spermatozoïdes ; – la glande bulbo-urétrale qui sécrète un liquide alcalin avant le passage du sperme.	Il s'agit du vagin.

2 La gamétogenèse

La gamétogenèse correspond à l'ensemble des étapes conduisant à la fabrication des gamètes (spermatozoïdes et ovocytes). Elle permet d'obtenir, à partir de cellules 2*n* chromosomes (**cellules diploïdes**) des cellules *n* chromosomes (**cellules haploïdes**).

A. La spermatogenèse

Elle correspond à la **fabrication des spermatozoïdes** dont la moitié sont porteurs du chromosome X et l'autre moitié du chromosome Y, dans les testicules. Elle débute à la puberté et persiste de façon continue jusqu'à la fin de la vie avec un déclin progressif de la fonction des testicules : l'**andropause**.

B. L'ovogenèse

1. Définition

Elle correspond à l'élaboration par les ovaires des ovocytes tous porteurs du chromosome X. L'ovogenèse se produit de façon cyclique de la puberté jusqu'à la ménopause : c'est le **cycle ovarien**.

2. Les ovaires et la production d'ovocytes

Les ovaires renferment les follicules ovariens qui contiennent chacun un ovocyte. Les ovaires présentent plusieurs follicules à différents stades de maturation. Un seul follicule arrive à maturation chaque mois et évolue en corps jaune.

3. Le cycle ovarien

■ Il correspond aux modifications cycliques qui se produisent dans l'ovaire. Il est sous l'influence de l'**hormone hypothalamo-hypophysaire** : *gonadotropin releasing hormone*, la **GnRH**. Celle-ci contrôle la production de FSH et LH, hormones qui maîtrisent elles-mêmes l'activité des hormones ovariennes : les œstrogènes et la progestérone. La structure du follicule évolue sous l'action des hormones pour conduire à un gamète fécondable.

■ Le cycle ovarien dure environ **28 jours** et se divise en **3 phases** :
- la **phase folliculaire** d'une durée de 14 jours qui permet le passage d'un follicule primaire à un follicule de De Graaf qui sécrète des œstrogènes ;
- l'**ovulation** au 14e jour du cycle qui correspond à la libération de l'ovocyte sous l'influence de l'hormone LH ;
- la **phase lutéinique** du 14e au 28e jour qui correspond à la formation du corps jaune après expulsion de l'ovocyte. Le corps jaune sécrète alors 2 hormones : des œstrogènes et surtout de la progestérone avant de dégénérer.

 # vidéo
Au cœur des organes : le cycle ovarien
foucherconnect.fr/21vesf35

La régulation hormonale du cycle ovarien et ses conséquences

	ÉTAPES DU CYCLE OVARIEN			
	LES RÈGLES	**LA PHASE FOLLICULAIRE**	**L'OVULATION**	**LA PHASE LUTÉINIQUE**
Jour du cycle	1er jour du cycle	Du 1er au 14e jour du cycle	14e jour du cycle	Du 14e au 28e jour
Évolution du taux d'hormones hypothalamo-hypophysaires	Taux faible de FSH et LH	Augmentation de la quantité de FSH qui permet le développement et la maturation d'un follicule par cycle en follicule de De Graaf	Le taux de FSH et LH est maximum	Chute du taux de FSH et LH
Évolution du taux d'hormones ovariennes	Taux faible d'œstrogènes et de progestérone	Production d'œstrogènes par le follicule de De Graaf	Diminution du taux d'œstrogènes et augmentation du taux de progestérone	• Augmentation progressive du taux de progestérone • Augmentation du taux d'œstrogènes
Évolution du follicule ovarien	Follicule primaire renfermant un ovocyte I	Développement et évolution d'un follicule primaire en follicule de De Graaf	Expulsion de l'ovocyte II	Transformation du follicule en corps jaune qui produit la progestérone et les œstrogènes
Évolution de la muqueuse utérine	Épaisse muqueuse en cours de destruction	Épaississement progressif de la muqueuse	Épaississement progressif de la muqueuse	La chute du taux de progestérone et d'œstrogènes provoque les règles
Température rectale avant le lever	Température inférieure à 37 °C	Température inférieure à 37 °C	Passage d'une température bien inférieure à 37 °C à une température supérieure à 37 °C	Température supérieure à 37 °C

Rôles des hormones dans les modifications physiologiques et morphologiques au cours de la vie

	APPAREIL GÉNITAL MASCULIN	APPAREIL GÉNITAL FÉMININ
Organes des sécrétions hormonales	Les testicules	Les ovaires
Hormones secrétées	La testostérone	• Pendant la phase folliculaire, il y a sécrétion d'œstrogènes. • Pendant la phase lutéinique, il y a sécrétion d'œstrogènes et de progestérone.
Rôles des hormones chez l'homme et la femme adulte	Chez l'homme, la testostérone contrôle la formation des spermatozoïdes et entretient l'activité des organes sexuels.	Les œstrogènes et la progestérone ont un rôle dans l'évolution du cycle ovarien et de la muqueuse utérine.
Rôles des hormones dans les modifications physiologiques et morphologiques au cours de la vie	• Chez l'embryon, les hormones participent à la différenciation du sexe et à la descente des testicules dans les bourses. • À la puberté, on observe une augmentation de la testostérone responsable du développement des caractères sexuels primaires (volume des testicules, taille du pénis) et des caractères sexuels secondaires (pilosité, mue, développement de la masse musculaire).	• À la puberté, l'hypothalamus libère une neurohormone appelée *gonadotropin releasing hormone*, la GnRH. Sous l'effet de l'augmentation de cette hormone, les œstrogènes permettent la croissance des organes génitaux qui deviennent fonctionnels et le développement des caractères sexuels secondaires : la pilosité et le développement des seins. • À la ménopause, on observe une diminution du taux d'œstrogènes qui induit : – l'atrophie des ovaires et l'arrêt progressif des règles ; – une perte de la masse osseuse pouvant être à l'origine d'ostéoporose ; – des troubles de l'humeur ; – l'amincissement de la peau ; – la perte éventuelle des cheveux.
Mode de contrôle des hormones sexuelles	• L'hormone GnRH induit la production de FSH et LH. • FSH et LH induisent la production de testostérone. • L'augmentation de production de testostérone ralentit la production de FSH et LH ce qui induit une diminution de la production de testostérone. • Le taux de testostérone est ainsi régulé.	• L'hormone GnRH induit la production de FSH et LH. • En phase folliculaire : l'augmentation de FSH permet l'augmentation d'œstrogènes grâce au développement du follicule. • La production d'œstrogènes induit la production d'un taux important de FSH et LH (ovulation). • La production de progestérone par le corps jaune induit une chute de la production de FSH et LH. • La chute du taux d'œstrogènes et de progestérone en fin de cycle induit l'augmentation de FSH nécessaire à la maturation d'un nouveau follicule.

Fiche 26

La reproduction et la grossesse

Pour former et informer de futures mamans sur le bon déroulement de la grossesse, il est important d'en connaître toutes les étapes, les modifications physiologiques de l'organisme maternel et les adaptations nécessaires. La connaissance des risques liés aux infections à transmission fœto-maternelle permet aussi une meilleure prévention.

1 Les différentes étapes de la grossesse

A. La période embryonnaire : de la reproduction à la nidation

1. La fécondation

La fusion entre un ovocyte II et un spermatozoïde (cellules à n chromosomes) est possible lors d'un rapport sexuel ayant lieu durant une période de fertilité. Cette fusion a lieu dans une des trompes où est libéré l'ovocyte et conduit à la formation d'une cellule unique à 2*n* chromosomes (2 × 23 = 46 chromosomes).

2. La segmentation

La multiplication de cette cellule en 2 puis 4 puis 16… cellules permet la formation d'un embryon et migre de la trompe utérine jusque dans la cavité utérine environ 6 jours après la fécondation.

3. La nidation

- Les cellules embryonnaires commencent à se différencier et forment un blastocyste entouré de cellules périphériques qui constituent le trophoblaste.
- Le trophoblaste s'implante en profondeur dans la muqueuse utérine de la mère, ce qui conduit en quelques jours à la mise en place du placenta. Dès les premiers temps, le trophoblaste sécrète l'hormone chorionique gonadotrope (HCG) qui maintient le corps jaune sécrétoire et donc l'aménorrhée.

4. Le placenta

- **Définition et caractéristiques :** le placenta est le lieu d'échange entre le sang maternel et le sang fœtal sans qu'il y ait contact entre le sang maternel et fœtal. Le placenta est constitué à partir de tissus embryonnaires et de l'endomètre utérin.

■ Les différents rôles du placenta :

Rôles et fonctions du placenta

LES RÔLES DU PLACENTA	EXPLICATIONS
Rôle nutritionnel et respiratoire	· Le placenta permet les apports en nutriments indispensables à la synthèse des tissus et en dioxygène par le sang artériel maternel. · Les nutriments et le dioxygène diffusent à travers les lacunes vers les capillaires du fœtus.
Rôle dans la prise en charge des déchets	Les déchets et le dioxyde de carbone véhiculés par les artères ombilicales sont éliminés par le sang veineux maternel.
Rôle de protection vis-à-vis de la pénétration de certains micro-organismes	La barrière placentaire s'oppose au passage de la plupart des micro-organismes mais certains peuvent aussi franchir cette barrière.
Rôle immunologique	La barrière placentaire laisse passer certains des anticorps maternels qui protègent le nouveau-né jusqu'aux 3 premiers mois de sa vie.
Rôle de glande endocrine du placenta	· Le placenta synthétise l'hormone HCG pendant les 2 premiers mois de grossesse. · À partir du 3e mois de grossesse, le placenta synthétise aussi des œstrogènes et de la progestérone.

■ Durant la **période embryonnaire** (jusqu'à la 8e semaine), les principaux systèmes s'élaborent. Le système nerveux se forme, le système cardiovasculaire est fonctionnel, les membres apparaissent.

B. La période fœtale (de la 9e à la 40e semaine)

■ Elle correspond à une croissance rapide des structures mises en place lors de la période embryonnaire, à une différenciation des tissus, à la finalisation des caractéristiques externes.

■ Vers la 30e semaine, le fœtus se retourne de façon à ce que sa tête appuie sur le col de l'utérus.

C. L'accouchement

Le fœtus arrivé au terme de son développement envoie un message hormonal qui induit le déclenchement de l'accouchement. L'accouchement se divise en 3 phases :

- la **phase de travail**, pendant laquelle les contractions entraînent la dilatation du col utérin ;
- la **phase d'expulsion** ;
- la **phase de délivrance** au cours de laquelle le placenta se détache et est expulsé.

2 Le rôle des hormones dans la grossesse

A. L'hormone chorionique gonadotrope (HCG)

■ Elle est fabriquée par le blastocyste puis par le placenta pendant 2 mois et empêche la survenue des règles.

■ Elle permet une hypertrophie du corps jaune stimulant ainsi la production d'œstrogènes et de progestérone.

■ Elle peut être dosée dans le sang une semaine avant le retard des règles, ou détectée dans les urines quelques jours après le retard des règles.

B. Les œstrogènes et la progestérone

■ En début de grossesse, le corps jaune et les ovaires synthétisent œstrogènes et progestérone. À partir du 3e mois, le placenta prend le relais.

■ La progestérone limite les contractions de l'endomètre et les œstrogènes permettent le développement des glandes mammaires et leur chute participe au déclenchement de l'accouchement.

3 Les modifications physiologiques de l'organisme maternel

Au cours de la grossesse, on observe :

- une **augmentation du volume de l'utérus** qui passe de 50 g et 6,5 cm de haut en début de grossesse à 150 g et 33 cm de haut en fin de grossesse ;
- une **augmentation du volume des seins** qui correspond au développement d'alvéoles sécrétoires, de canaux galactophores et de vaisseaux sanguins ;
- une **adaptation des contractions cardiaques et de la circulation sanguine** avec augmentation du volume de sang circulant ;
- une **adaptation de la respiration** avec accélération du rythme respiratoire ;
- une **adaptation du fonctionnement rénal** avec une sollicitation accrue des reins pour éliminer les déchets produits par la mère et le fœtus ;
- une **compression des organes** à partir du milieu de grossesse pouvant occasionner des difficultés de digestion et des problèmes de constipation ;
- en fin de grossesse, le corps se prépare à l'accouchement, les articulations qui relient les os du bassin se relâchent et le vagin se modifie.

4 Le suivi médical de la grossesse

■ **8 examens médicaux** remboursés à 100 % par la Sécurité sociale et nécessaires pour bénéficier des allocations familiales doivent être effectués. Le premier examen doit être pratiqué par un médecin avant la fin du 3e mois de grossesse. Il confirme la grossesse, précise le terme probable, permet de déterminer les facteurs de risque. Le médecin fait pratiquer en laboratoire un examen d'urine (recherche de sucre et d'albumine) et un examen de sang permettant de préciser le groupe sanguin, le degré d'immunité vis-à-vis de la rubéole et de la toxoplasmose.
Les 7 autres examens ont lieu une fois par mois à compter du 4e mois de grossesse et peuvent être pratiqués par un médecin ou une sage-femme.

■ **2 échographies** sont réalisées pour dépister un certain nombre de malformations (une première vers 10 semaines de grossesse, une seconde vers la 20e semaine). Une troisième échographie a lieu après la 32e semaine de grossesse pour contrôler la position du fœtus, la qualité du placenta et le bon fonctionnement des organes.

> FOCUS
>
> **L'amniocentèse**
> Cet examen est réalisé à 11 ou 12 semaines de grossesse et consiste à prélever du liquide amniotique afin de détecter des risques de malformations chromosomiques. Il est proposé surtout aux femmes de plus de 38 ans ou aux femmes ayant des antécédents familiaux.

5 Les maladies de la grossesse et les infections

A. Les principales maladies de la grossesse

- **Le diabète gestationnel** : il se traduit par une hyperglycémie constante et peut engendrer des risques de surpoids pour la mère et le fœtus, des complications à l'accouchement et une souffrance fœtale importante. Le respect d'un régime adapté parfois associé à des injections d'insuline permet de limiter les risques.
- **La toxémie gravidique** : c'est une maladie détectée par la présence d'albumine dans les urines. Elle traduit un dysfonctionnement rénal et une forme d'hypertension gravidique qu'il faut traiter rapidement. Les risques sont une hypotrophie (poids inférieur à 2,5 kg) avec souffrance fœtale car les tissus du fœtus ne bénéficient pas d'une bonne nutrition placentaire. Le fœtus ne grossit pas et ne grandit pas suffisamment.

B. Les principales infections à transmission fœto-maternelle

Présentation des principales infections et des incidences sur la grossesse

	LA RUBÉOLE	LA TOXOPLASMOSE	LA LISTÉRIA
Types de micro-organismes	Virus	Parasite	Bactérie psychrophile
Mode de transmission	Mode de transmission inter-humain	· Transmission possible par les chats · Présence possible dans la viande crue ou peu cuite et dans les légumes crus mal lavés	· Peut être contenue dans les aliments d'origine animale ne subissant pas de cuisson · Peut se transmettre par des animaux domestiques
Symptômes chez la mère	· Le plus souvent pas de symptôme · Possibilité de présence de taches rosées sur le corps et de fièvre	· Les symptômes peuvent passer inaperçus car ils ne sont pas spécifiques · Possibilité de fièvre, fatigue musculaire	· Symptômes grippaux · Infection urinaire
Dépistage	Dépistage par prise de sang	Dépistage par prise de sang	Dépistage par prise de sang
Incidence sur le fœtus	Malformations graves du fœtus surtout si infection lors du 1er trimestre	· 1er trimestre : mort de l'embryon · 2e trimestre : lésions cérébrales et oculaires · 3e trimestre : pas d'atteinte du fœtus	Accouchement prématuré entraînant le plus souvent la mort du fœtus
Prévention et traitement	· Vaccination avant d'être enceinte · Pas de traitement médicamenteux · Pas de contact avec des personnes malades	· Établir un sérodiagnostic tous les mois · Ne consommer que des viandes bien cuites, des légumes crus lavés très soigneusement · Éloigner les chats · Si détection : traitement médicamenteux immédiat · Attention : il n'existe pas de vaccin	· Nettoyer et désinfecter régulièrement le réfrigérateur car la listéria se multiplie à des températures comprises entre 3 et 10 °C · Ne pas consommer de charcuteries, produits au lait cru, coquillages et crustacés crus, viande crue ou mal cuite · Si dépistage : traitement antibiotique immédiat

Fiche 27

La maîtrise de la procréation

Il est nécessaire de connaître les différentes méthodes actuellement à disposition des couples pour leur permettre de choisir ou non de procréer et de comprendre le mode d'action de chaque contraceptif afin de conseiller au mieux le public.

1 Les techniques déterminant la période d'ovulation

■ Ces techniques basées sur la connaissance du fonctionnement du cycle ovarien permettent de savoir de façon plus ou moins précise à quel moment un rapport sexuel peut être **fécondant**. Le problème est que l'ovulation ne se ressent pas et qu'elle n'a pas toujours lieu de façon régulière au milieu du cycle, le cycle étant lui-même de durée variable.

■ Il est à noter que ces méthodes dites « naturelles » sont contraignantes et peu fiables (jusqu'à 30 % d'échec).

Principes des différentes techniques de détermination de l'ovulation

TECHNIQUES PERMETTANT DE DÉTERMINER LA PÉRIODE D'OVULATION	PRINCIPE ET REMARQUES
Le calcul du cycle	C'est une technique basée sur le postulat que l'ovulation a lieu entre le 12e et le 16e jour du cycle. Ce sont donc les jours de fertilité pendant lesquels un rapport sexuel peut être fécondant.
La courbe de température	• C'est une technique consistant à relever la température chaque jour du cycle. • La température doit être prise le matin toujours à la même heure, avant le lever. • Elle s'élève de 0,5 °C au moment de l'ovulation et reste élevée jusqu'à l'apparition des règles. • On peut considérer que la période d'ovulation dure environ 3 à 4 jours après cette élévation de température.
Méthode de la glaire cervicale	C'est une technique basée sur l'observation de la glaire cervicale qui devient abondante et filante pendant la période ovulatoire.

2 La contraception hormonale

C'est la méthode la plus utilisée en France et la plus efficace si elle est correctement employée.

RAPPEL
- Les moyens de contraception hormonale ne permettent pas de se protéger des infections sexuellement transmissibles.
- Seul le préservatif protège des infections sexuellement transmissibles.

A. Le mode d'action des contraceptifs hormonaux

Les hormones œstro-progestatives agissent par rétrocontrôle négatif sur le complexe hypothalamo-hypophysaire, interfèrent avec le cycle ovarien naturel de la femme et agissent à trois niveaux en provoquant :

- **une diminution de la sécrétion des hormones hypophysaires** (FSH et LH) et donc la suppression de l'ovulation. Cet effet est dit « central » ;
- **un épaississement de la glaire cervicale** qui devient moins perméable aux spermatozoïdes ;
- **une diminution de l'épaisseur de l'endomètre** qui ne permet plus la nidation.

Ces deux derniers effets sont dits « périphériques ».

B. Les différents types de contraceptifs hormonaux

Présentation, modalités et effets des différents types de contraceptifs hormonaux

CONTRACEPTIFS HORMONAUX	PRÉSENTATION ET MODALITÉS D'UTILISATION	EFFETS DES CONTRACEPTIFS HORMONAUX
La pilule œstro-progestative	• Contient 2 dérivés de l'œstrogène et de la progestérone • Comprimé à prendre quotidiennement	Effets central et périphérique
La micropilule	• Ne contient qu'un progestatif • Comprimé à prendre quotidiennement	Effet seulement périphérique
La pilule du lendemain	• Contient des doses massives de progestatifs • C'est un comprimé qui doit être pris dans les 3 jours suivant un rapport supposé fécondant et suivi d'une deuxième prise 12h après	Effet périphérique anti-nidatoire
Le patch contraceptif	• Délivre des œstrogènes et de la progestérone durant une semaine • Le patch se colle sur la peau	Effets central et périphérique
L'anneau vaginal	• Libère pendant 3 semaines œstrogènes et progestérone • L'anneau vaginal est placé à l'intérieur du vagin	Effets central et périphérique
L'implant contraceptif	• Délivre un dérivé de progestérone en continu pendant 3 ans • L'implant est inséré sous la peau	Effet périphérique
La piqûre contraceptive	• Injection d'hormones contraceptives ayant un effet sur 12 semaines • C'est une injection sous-cutanée	Effets central et périphérique

3 Les différents types de contraception non hormonale

Ils regroupent les contraceptifs ayant un rôle de **barrière physique** dont seuls les préservatifs féminins et masculins permettent de se protéger des infections sexuellement transmissibles.

Mode d'action des différents types de contraceptifs non hormonaux

CONTRACEPTIFS NON HORMONAUX	MODE D'ACTION
Le préservatif féminin	Il se place dans le vagin et retient le sperme qui ne peut pénétrer dans l'utérus.
Le préservatif masculin	Il se place sur le pénis et retient le sperme qui ne s'écoule pas dans le vagin.
Le diaphragme	• C'est une cupule de silicone appliquée sur le col de l'utérus. • Empêche la montée des spermatozoïdes dans l'utérus. • Ne pas confondre avec l'anneau vaginal.
Le dispositif intra-utérin (populairement stérilet)	C'est un petit élément en plastique, (parfois entouré d'un fil de cuivre ou imprégné de progestérone) qui empêche la nidation d'un éventuel œuf.
Les spermicides : gel, mousse, pommade, éponge…	Ils contiennent des molécules toxiques pour les spermatozoïdes.

 # vidéo
Les différentes méthodes contraceptives
foucherconnect.fr/21vesf36

4 La maîtrise des risques et la prévention des IST

■ Les infections sexuellement transmissibles (IST) sont des maladies infectieuses provoquées par des virus (hépatite B, herpès, papillomavirus, VIH…), des bactéries (gonocoques, troponémes, Chlamydia…), des champignons (*Candida albicans*…) ou des parasites (*Trichomonas vaginalis*…).

■ Pour certaines, elles sont contractées uniquement au cours d'un rapport sexuel. Pour d'autres, il existe des modes de transmission différents, comme la voie sanguine ou la voie transplacentaire.

■ **La seule prévention passe par l'utilisation du préservatif** et pour l'hépatite B par la vaccination.

À SAVOIR

Voici quelques liens utiles pour se renseigner sur les IST :
- www.info-ist.fr;
- www.preventionist.org ;
- www.sida-info-service.org/categorie/les-infections-sexuellement-transmissibles-ist/

Fiche 28

Les besoins énergétiques

La connaissance des besoins énergétiques et de ses composantes permet de réaliser les rations adaptées aux différents publics.

1 Qu'est-ce que la bioénergétique ?

■ Dans le règne animal, la seule source d'énergie utilisable est l'énergie chimique potentielle des aliments et des réserves énergétiques stockées dans l'organisme. Ces réserves se constituent grâce à l'énergie excédentaire apportée par les aliments lorsque le bilan énergétique est positif. À ce moment, l'apport énergétique dépasse les besoins d'énergie.

■ Lorsque l'apport énergétique est inférieur à la consommation d'énergie, l'organisme utilise des réserves. Lorsque l'apport énergétique est égal aux besoins en énergie, le bilan est équilibré.

A. Quelques définitions

■ **Les besoins nutritionnels** : ils représentent la moyenne des besoins d'un groupe d'individus pour le maintenir en bonne santé.

■ **Les références nutritionnelles pour la population française (RNP)** : ce sont les quantités indicatives de nutriments préconisées par des experts pour couvrir les besoins du plus grand nombre au sein d'un groupe de personnes à peu près homogène (âge, sexe, activité).

B. Les unités utilisées pour évaluer le besoin énergétique

■ L'unité légale à utiliser est le **Joule**, unité mécanique.

■ Les différentes formes d'énergie sont interconvertibles.

■ 1 kcal correspond à 4,18 kJ.

C. La satisfaction des besoins en énergie

■ Les besoins en énergie de l'homme sont satisfaits par la consommation d'aliments qui contiennent eux-mêmes des nutriments, protéines, lipides, glucides, vitamines et minéraux ; c'est pourquoi on utilise le terme de **besoins nutritionnels**.

■ Les **nutriments** sont des molécules complexes qui, après digestion, donneront des molécules simples et assimilables.
Seuls les protides, lipides, glucides participent de façon plus ou moins importante à la couverture du besoin énergétique.

MÉMO
- 1 g de glucides fournit 17 kJ ou 4 kcal
- 1 g de protides fournit 17 kJ ou 4 kcal
- 1 g de lipides fournit 38 kJ ou 9 kcal

2 Les composantes du besoin énergétique

A. Le métabolisme de base (MB) ou dépense énergétique de repos (DER)

1. Définition

■ Le métabolisme de base est la quantité d'énergie dépensée par un sujet, mesurée dans des conditions standard :
- au repos ;
- à jeun ;
- à une température d'environ 22 °C pour un sujet vêtu ;
- dans un état émotionnel neutre.

■ Le MB correspond aux dépenses :
- de réparation tissulaire chez l'adulte ;
- de croissance et de réparation tissulaire chez le jeune ;
- de gestation chez la femme enceinte ;
- du travail nécessaire à la vie cellulaire ;
- du fonctionnement des appareils circulatoire, respiratoire, excréteur, glandulaire, du système nerveux ;
- du travail musculaire irréductible (tonus musculaire lié à la position).

2. Les facteurs de variation du métabolisme de base

■ Les **facteurs de variation** pris en compte sont :
- le sexe ;
- l'âge : le MB diminue de 2 % par décennie à partir de l'âge de 20 ans ;
- l'état physiologique : le métabolisme augmente pendant la grossesse jusqu'à être majoré de 20 %.

■ **Le MB diminue** :
- si la sous-alimentation est habituelle ;
- si la température extérieure habituelle est élevée ;
- légèrement pendant le sommeil.

■ **Le MB est augmenté** :
- si la suralimentation est habituelle ;
- si la température extérieure habituelle est basse ;
- si l'exercice physique est fréquent et important.

■ En moyenne, le métabolisme de base de l'homme adulte est de 100 kJ par kg de poids idéal par jour.

B. Les dépenses énergétiques dues à la thermorégulation

La thermorégulation correspond à l'énergie nécessaire au **maintien de la température interne** (constante) : elle correspond à la lutte contre le froid et contre le chaud.

C. Les dépenses énergétiques dues à la thermogenèse alimentaire

■ 2 facteurs de dépenses principaux interviennent :
- le travail digestif ;
- l'assimilation métabolique des aliments. Elle libère de l'énergie stockée sous forme d'ATP directement transformée en énergie thermique qui se manifeste sous forme de chaleur.

■ Il y a donc accroissement de la dépense energétique pendant l'utilisation d'une ration alimentaire de :
- +3 % pour les glucides ;
- +10 % pour les lipides (sur ces 10 %, 3 % sont dus au travail digestif, 7 % sont dus aux transformations métaboliques) ;
- +30 % pour les protéines (3 % dus au travail digestif, 7 % sont liés aux transformations métaboliques et 20 % liés à la stimulation du système neuro-endocrinien).

D. Les dépenses énergétiques dues à l'activité physique

La dépense énergétique varie selon l'intensité de l'activité : on parle de **niveau d'activité physique (NAP)** (voir Fiche 14. L'activité physique).

 # doc
La détermination du niveau d'activité physique
foucherconnect.fr/21vesf37

E. Le besoin énergétique

C'est un paramètre strictement individuel. Le métabolisme de base et le besoin énergétique s'expriment en **méga joules (MJ)**. Compte tenu de tous ces facteurs, le besoin énergétique est déterminé par la formule : **BE = MB × NAP**

FOCUS

Apports énergétiques conseillés pour les adultes

Apports énergétiques	Homme adulte d'activité habituelle (20 à 60 ans)	Femme adulte d'activité habituelle (20 à 60 ans)
En MJ	10,9	8,8
En kcal	2 600	2 100

3 L'indice de masse corporelle (IMC)

■ La notion de poids souhaitable pour un adulte en bonne santé est définie par l'indice de masse corporelle (IMC) :
- si l'IMC est inférieur à 18,5, le sujet est considéré comme **maigre** ;
- si l'IMC est compris entre 18,5 et 25, le sujet a un **poids médicalement correct** ;
- si l'IMC est compris entre 25 et 30, le sujet est en **surpoids**. Ce surpoids peut être responsable de troubles de santé tels que l'hypercholestérolémie, l'hypertension... Il est alors préférable de perdre quelques kilos pour préserver son capital santé ;
- si l'IMC est supérieur à 30, le sujet est **obèse**.

■ Le surpoids est suffisamment important pour entraîner de nombreux problèmes comme le diabète, des troubles cardiaques et des difficultés respiratoires. La perte de poids est indispensable : il est préférable de se faire suivre médicalement.

REMARQUES

- L'indice de masse corporelle (IMC) correspond au terme anglais *Body Mas Index (BMI)*.
- L'IMC permet de situer son poids sur une échelle de valeur.
- L'indice de masse corporelle est la valeur correspondant au poids exprimé en kg divisé par la taille exprimée en mètre carré.

Fiche 29

Les besoins en eau et en éléments minéraux

La connaissance des éléments de la balance hydrique et des sources alimentaires du calcium, magnésium, sodium et fer permet de former et informer différents publics sur leurs besoins en eau et en éléments minéraux en fonction de différentes situations (activité sportive, température extérieure…) et des besoins spécifiques (enfants, femmes enceintes, personnes âgées…).

1 L'importance des besoins en eau

■ **L'eau est le constituant le plus important de notre organisme** : elle imprègne tous nos tissus et la plupart des phénomènes chimiques et des réactions biologiques ont lieu en milieu aqueux. On peut également noter que le métabolisme de l'eau est étroitement lié à celui des électrolytes, en particulier à celui du sodium.

■ Chez l'adulte, l'eau représente environ **60 % à 70 % du poids corporel**. Chez le jeune nourrisson, l'eau représente 70 à 75 % du poids corporel.

2 La balance hydrique : déperdition et apports en eau

A. Les déperditions en eau

Pour un adulte, les déperditions peuvent être présentées ainsi :
- pertes d'eau par les **urines** : 1 300 à 1 500 mL par jour ;
- pertes d'eau par les **matières fécales** : 100 à 200 mL par jour ;
- pertes par **voies cutanées** (sudation et évaporation transcutanée insensible) et **pertes respiratoires** : 800 mL.

B. Les apports en eau

1. Les apports pour un adulte d'activité moyenne

■ Pour un adulte vivant dans un pays tempéré comme la France et ayant une activité physique moyenne, les apports en eau sont les suivants :
- liquides ingérés (boissons) : 1 200 mL environ ;
- eau de constitution des aliments : 900 mL par jour.

■ Les besoins sont donc environ de **2,4 L par jour**. Normalement, les pertes d'eau sont compensées par les apports et la balance est équilibrée.

■ Les besoins hydriques sont accrus chez les individus effectuant un travail musculaire intense et avec l'augmentation de la température.

2. Les besoins hydriques chez les nourrissons

Chez les nourrissons, les entrées et les sorties sont proportionnelles au poids corporel et sont par conséquent beaucoup plus élevées que chez l'adulte ou le grand enfant.

3. Le rôle de la soif dans la régulation des apports en eau

La soif permet la régulation des besoins en eau chez le nourrisson et chez l'enfant. La sensation de soif s'émousse avec l'âge et intervient avec retard par rapport aux besoins réels chez l'adulte et encore davantage chez la personne âgée. Afin que l'apport en eau corresponde aux besoins, les adultes et personnes âgées doivent **boire avant d'avoir soif**.

3 Les éléments minéraux

Les éléments minéraux ont un **rôle plastique et fonctionnel** (voir Fiche 3. Les constituants de l'organisme). Ils n'ont pas de rôle énergétique. Les dépenses ou pertes en éléments minéraux (dans les urines, les matières fécales, la sueur) doivent être compensées par les **apports nutritionnels**.

Rôles, sources et références nutritionnelles pour la population de quelques éléments minéraux

ÉLÉMENTS MINÉRAUX	RÔLES PARTICULIERS	SOURCES ALIMENTAIRES	RNP
Le calcium	• Le calcium joue un rôle dans la minéralisation des os et des dents. • Il intervient dans la contraction musculaire et joue un rôle dans la circulation sanguine.	• Le calcium est essentiellement apporté par les produits laitiers, c'est-à-dire le lait, le fromage, les desserts lactés. • Il est à noter que les fromages sont plus riches en calcium que le lait et les desserts lactés. • Les fruits et légumes frais et secs sont la deuxième source de calcium. • Les eaux de boisson riches en calcium (Hépar, Contrex, Courmayeur) permettent aussi un apport intéressant en calcium.	• RNP pour les adolescents et les personnes âgées : 200 mg par jour. • RNP pour les femmes enceintes et allaitantes : 1 000 mg par jour • RNP pour les adultes : 950 mg par jour • La couverture des besoins en calcium permet de la prévention de l'ostéoporose.
Le magnésium	Il joue un rôle dans la contraction et la relaxation musculaire.	• Les céréales complètes, le cacao, le chocolat. • Les graines oléagineuses (noix, noisettes...) sont des sources intéressantes en magnésium.	RNP pour les adultes : environ 400 mg par jour.
Le chlorure de sodium (sel de table)	Il est présent dans tous les liquides de l'organisme, intervient dans la régulation de l'eau intra et extra-cellulaire et dans la propagation de l'influx nerveux.	On trouve le chlorure de sodium dans tous les aliments mais il est présent en grande quantité dans : – la charcuterie ; – les fromages ; – les conserves ; – les plats préparés du commerce.	Le PNNS recommande de diminuer sa consommation de sel.
Le fer	Il est indispensable à la synthèse de l'hémoglobine qui assure le transport des gaz respiratoires.	• Le fer est essentiellement contenu dans la viande, le poisson, les œufs. • Le fer contenu dans ces aliments est dit héminique et est particulièrement bien absorbé. • Les légumes secs sont aussi source de fer mais il s'agit de fer non héminique moins bien absorbé que celui des viandes, poissons, œufs.	• RNP pour l'homme adulte et la femme ménopausée : 11 mg par jour. • RNP pour la femme adulte non ménopausée : 16 mg par jour. • La couverture des besoins permet la prévention de l'anémie ferriprive.

Fiche 30

Les références nutritionnelles pour la population française (RNP)

La connaissance des apports en nutriments énergétiques doit être abordée selon deux axes : l'aspect qualitatif et l'aspect quantitatif.

1 Les RNP en protéines

Les aliments permettant un bon apport en protéines sont les viandes, les poissons, les œufs, les légumes secs, les céréales, les produits laitiers.

A. Les recommandations en % de l'AET

Les RNP en protéines sont de 10 à 20 % de l'apport énergétique total.

B. La qualité des protéines en fonction de leurs sources

■ Il existe **9 acides aminés indispensables** appelés ainsi car ils doivent être apportés simultanément et quotidiennement par l'alimentation, l'organisme ne sachant pas les synthétiser.

SIGLE
AET : apport énergétique total

■ Certaines protéines alimentaires contiennent des **facteurs limitants**, c'est-à-dire un ou des acides aminés indispensables absents ou présents en quantité inférieure à l'optimum physiologique :

- **les protéines d'origine animale** ne possèdent pas de facteurs limitants : ce sont des protéines de bonne qualité ou de bonne valeur biologique ;
- **les protéines d'origine végétale** contiennent des facteurs limitants et il est alors nécessaire de réaliser une complémentarité pour améliorer leur qualité.

■ D'un point de vue alimentaire, cette complémentarité se réalise en associant les céréales et les légumineuses comme, par exemple, l'association semoule de blé et pois chiches ou riz et lentilles ou maïs et haricots rouges.

2 Les RNP en lipides

Parmi les sources alimentaires de lipides, on distingue les **lipides d'assaisonnement visibles** comme les corps gras et les **lipides de constitution, dits « cachés »**, qui se trouvent dans de nombreux aliments tels que les viandes, charcuteries, produits laitiers, fromages, pâtisseries, viennoiseries, plats préparés…

A. Les recommandations en % de l'AET

Les RNP en lipides représentent 35 à 40 % de l'apport énergétique total.

B. La qualité des lipides en fonction de leurs sources

Les lipides alimentaires apportent trois types d'acides gras à l'organisme : les acides gras saturés (AGS), les acides gras mono-insaturés (AGM) et les acides gras polyinsaturés (AGP).

1. Les acides gras saturés

■ Ils sont présents essentiellement dans les aliments et les corps gras d'origine animale tels que les viandes, les produits laitiers, le fromage et les charcuteries. Ils doivent représenter 12 % maximum de l'apport énergétique total.

■ Ils ont essentiellement un rôle énergétique et sont athérogènes, il est donc conseillé de les limiter dans l'alimentation.

2. Les acides gras mono-insaturés

■ Ils sont présents essentiellement dans certaines viandes, certaines margarines, certaines huiles végétales telles que l'huile d'olive, l'huile d'arachide, l'huile de colza. Ils doivent représenter 20 % de l'apport énergétique total.

■ Outre leur rôle énergétique, ils diminuent la cholestérolémie.

3. Les acides gras polyinsaturés

■ Ils sont contenus dans certaines margarines, le poisson, les huiles végétales (huile de tournesol, maïs...). Parmi les acides gras polyinsaturés, les ω6 et les ω3 sont dits « **essentiels** » car ils doivent être apportés par l'alimentation, l'organisme ne sachant pas les synthétiser.

■ Les ω6 sont représentés par l'**acide linoléique** que l'on trouve en particulier dans l'huile de tournesol, maïs, soja, pépins de raisins et l'**acide arachidonique**, présent dans les produits animaux. Ils participent au maintien de l'épiderme, à la fonction reproductrice, à la fonction plaquettaire et ont un rôle anti-inflammatoire et hypocholestérolémiant. Les RNP sont donc de 4 % de l'apport énergétique total.

■ Les ω3 sont représentés par l'acide α linolénique que l'on trouve majoritairement dans l'huile de colza, noix, soja et les acides gras EPA et DHA, particulièrement présents dans les poissons gras. Ils participent au développement et à la physiologie du système nerveux, ont un rôle anti-inflammatoire et contribuent à la prévention des maladies cardio-vasculaires. Les RNP sont de 1 % de l'apport énergétique total (RNP en EPA et DHA = 500 mg).

4. Les stérols

■ Dans la nature, on trouve deux types de stérols selon leur origine : le **cholestérol** d'origine animale et les **phytostérols** d'origine végétale.

■ Le cholestérol alimentaire est contrôlé en cas d'hypercholestérolémie et on limite dans ce cas les lipides d'origine animale.

■ Il est recommandé de consommer des phytostérols contenus dans les fruits et légumes, les graines oléagineuses, les huiles végétales, pour leur rôle dans la prévention des maladies cardio-vasculaires.

3 Les RNP en glucides

On distingue les **glucides simples** apportés par les fruits et légumes, les produits sucrés, les boissons sucrées, des **glucides complexes** présents dans les légumes secs et les produits céréaliers.

A. Les recommandations en % de l'AET

Les glucides doivent représenter 40 à 55 % de l'apport énergétique total.

B. La qualité des glucides en fonction de leurs sources

■ Les **glucides simples ajoutés**, c'est-à-dire ceux apportés par le sucre et les boissons sucrées :
- doivent être limités à 100 g maximum par jour ;
- doivent être limités, pour les sodas, à 1 verre par jour maximum, y compris les jus de fruits ;
- sont cariogènes et source de calories vides ;
- sont à consommer de préférence au sein d'un repas structuré ;
- ne doivent pas être consommés hors des repas (éviter le grignotage).

■ Les **glucides simples des fruits et légumes** n'en font pas partie car les fruits et légumes ont une haute densité nutritionnelle grâce à leur apport en fibres, vitamines et minéraux.

■ Les **glucides complexes** sont à privilégier.

■ On peut classer les aliments glucidiques selon leur index glycémique, c'est-à-dire selon leur pouvoir hyperglycémiant. Par définition, l'index glycémique (IG) est une valeur correspondant au pouvoir glycémiant d'un aliment, c'est-à-dire sa capacité à augmenter la glycémie, comparé au pouvoir glycémiant d'un aliment de référence : le glucose ou le pain blanc qui ont par définition un index glycémique de 100.

■ Les aliments sont ainsi classés en 3 catégories :
- **IG bas** pour les aliments présentant un IG < 50 (légumes, flageolets, yaourts, fruits rouges…) ;
- **IG moyen** pour les aliments présentant un IG entre 50 et 74 (fruits secs, bananes, farine complète, pâtes complètes, riz complet…) ;
- **IG élevé** pour les aliments ayant un IG > 75 (pâtisseries, glaces, sodas, féculents raffinés…).

■ Plus l'index glycémique est bas, moins la glycémie augmente rapidement et plus l'effet de satiété est durable.

 # doc
L'index glycémique, c'est quoi ?
foucherconnect.fr/21vesf38

4 Les fibres

On les trouve dans les fruits et légumes, les céréales complètes, les légumineuses, le pain complet. Elles augmentent la masse fécale en accroissant la masse aqueuse présente dans le côlon et stimulent la motricité intestinale. Les RNP sont de **25 à 30 g/jour**.

 # doc
Les références nutritionnelles en protéines, lipides, glucides et fibres
foucherconnect.fr/21vesf39

Les références nutritionnelles en vitamines

Les vitamines sont des substances organiques indispensables à l'organisme et qui agissent à très faible dose. Hormis la vitamine D, l'organisme ne peut pas synthétiser. Elles doivent donc être présentes dans l'alimentation.

1 Rôles et caractéristiques des vitamines

A. Rôles

Les vitamines ont un rôle fonctionnel car ce sont des catalyseurs (accélérateurs) des réactions chimiques ayant lieu dans l'organisme. Chaque vitamine a des rôles spécifiques, mais les vitamines n'ont ni rôle plastique ni rôle énergétique.

B. Caractéristiques

■ Selon leur solubilité, les vitamines sont classées en 2 groupes :
- les **vitamines liposolubles**, c'est-à-dire solubles dans les lipides : vitamines A, D, K, E ;
- les **vitamines hydrosolubles**, c'est-à-dire solubles dans l'eau : vitamines du groupe B et vitamine C.

> **INFO** En France, on parle souvent d'intoxication médicamenteuse par surdosage ; c'est le cas notamment pour les vitamines liposolubles D et A.

■ Cette distinction est très utile car elle permet en pratique :
- **de déterminer les types d'aliments où se trouvent les vitamines** : par exemple les vitamines liposolubles ne peuvent être présentes que dans un aliment gras (ce qui ne veut pas dire que tous les aliments gras renferment toutes les vitamines liposolubles) ;
- **de mieux comprendre leur conservation** : les vitamines hydrosolubles passent dans l'eau dès que l'aliment s'y trouve en contact (pertes de vitamines par trempage, cuisson). Certaines sont également sensibles à la lumière, à l'oxydation, à la chaleur ;
- **d'être attentif à leurs effets sur la santé** : si les apports en vitamines hydrosolubles sont supérieurs aux besoins, l'excès est éliminé par les urines. Si les apports de vitamines liposolubles sont en excès, elles sont stockées dans l'organisme et dans ce cas, elles peuvent être toxiques.

2 Les RNP en vitamines

Elles visent à couvrir les besoins en vitamines :
- **les références nutritionnelles en vitamine C** : 110 mg/jour pour l'homme adulte. Ces besoins sont accrus chez les fumeurs ;

> **SIGLE** **RNP** : références nutritionnelles pour la population

– **les références nutritionnelles en plusieurs vitamines** (A, D, E, B1, B2, B3, B6, B9, B12) sont accrues chez les **femmes enceintes** et les **femmes allaitantes**, chez les **enfants** en période de croissance et les **adolescents** ; ce qui conduit à indiquer des apports conseillés un peu plus élevés pendant ces différentes périodes ;
– **les références nutritionnelles en vitamine D** sont accrues chez les personnes très peu exposées au soleil (personnes âgées ou hospitalisées). La vitamine D est la seule vitamine que l'organisme sait synthétiser si la peau est exposée au soleil.

 # doc
Vitamine D : pourquoi et comment assurer un apport suffisant ?
foucherconnect.fr/21vesf40

3 Les facteurs de variation de la teneur en vitamines des aliments

A. Procédés de transformation et de cuisson

Les **pertes de vitamines** par les procédés de transformation et de cuisson résultent d'un ensemble de facteurs tenant à leurs propriétés de solubilité, d'oxydation et de transformation à la lumière.

Les deux groupes de vitamines se comportent de façon différente :
– **les vitamines liposolubles** sont stables à la chaleur, ne passent pas dans l'eau de cuisson et sont bien conservées par les procédés usuels ;
– **les vitamines hydrosolubles** subissent une perte par oxydation proportionnelle au temps de chauffage, aux conditions de pH et perte par diffusion d'où l'intérêt de consommer l'eau de cuisson et de préférer les cuissons vapeur (au-dessus d'un bain de vapeur) et à l'étuvée (cuisson dans l'eau de constitution). La cuisson à l'autocuiseur est également intéressante car le temps de cuisson étant diminué, les pertes sont également diminuées.

B. Cas particulier de la vitamine C

L'apport en vitamine C est meilleur si on respecte certaines conditions d'utilisation et de stockage. En raison de sa sensibilité à l'oxydation, de son hydrosolubilité et de sa photosensibilité, une consommation rapide après récolte des fruits et légumes et de préférence sous forme crue, un lavage à l'eau courante ou dans une petite quantité d'eau, un stockage à l'obscurité et une cuisson rapide dans peu d'eau (autocuiseur) permettent de conserver au mieux la vitamine C.

ESF1 / ESF2 fini

Le lait et les produits laitiers : le lait

Sans autre précision, le terme « lait » désigne le lait de vache. C'est un liquide complexe comprenant trois phases : phase aqueuse (petit lait), phase grasse (crème et beurre) et phase protéique (lait caillé).

1 Les trois phases du lait

■ **La phase aqueuse**, le lactosérum, contient des éléments solubles - le lactose-, des protéines solubles, une partie des vitamines hydrosolubles et des éléments minéraux. Il constitue le petit-lait.

■ **La phase grasse** est représentée par les matières grasses qui se trouvent dans des globules enveloppés d'une couche hydrophile grâce à laquelle ils se maintiennent dans la phase aqueuse. Cette phase permet l'obtention de la crème et du beurre.

■ **La phase protéique** est constituée par la protéine majeure du lait, la caséine, qui se condense dans des microparticules appelées « micelles » recouvertes de composants hydrophiles et associées, entre autres, à du calcium (phosphocaséinate de calcium). Les caséines précipitent en milieu acide et forment le caillé qui est à l'origine du fromage.

2 La composition, les caractéristiques et les intérêts nutritionnels du lait

Le lait contient :
- **90 % d'eau** ;
- **3,2 % de protéines** constituées essentiellement de caséines et d'excellente valeur nutritionnelle car elles sont riches en acides aminés indispensables. La fabrication des yaourts, des crèmes desserts, des fromages est permise entre autres par la capacité des caséines à coaguler ;
- selon l'écrémage, la teneur en **lipides** est de 3,6 % pour le lait entier, 1,8 % pour le lait demi-écrémé et 0 % pour le lait écrémé. Les lipides du lait sont riches en acides gras saturés, pauvres en acides gras essentiels et contiennent du cholestérol ;
- **5 % de glucides** essentiellement représentés par le lactose qui joue un rôle important dans la technologie des produits laitiers ;
- **125 mg de calcium pour 100 g**. La teneur en calcium reste la même quelle que soit l'intensité de l'écrémage. Le calcium du lait est particulièrement bien absorbé ;
- des **vitamines hydrosolubles** en bonne quantité et des **vitamines liposolubles** éliminées au prorata de l'écrémage ;

REMARQUE
Dans le cadre de la prophylaxie des maladies cardio-vasculaires et du surpoids, il est conseillé de limiter le lait entier et préférer lait demi-écrémé ou écrémé..

– des **vitamines hydrosolubles** en bonne quantité et des **vitamines liposolubles** éliminées au prorata de l'écrémage.

3 Les différentes formes de commercialisation et de conservation du lait

Conditionnement, fabrication et modalités de conservation des différents types de lait

FORMES DE COMMERCIALISATION	ÉLÉMENTS DE TECHNOLOGIE	MODALITÉS DE CONSERVATION
Lait cru entier : présenté en bouteille à bouchon jaune ou en sachet barré de jaune au rayon frais.	• Il est réfrigéré à 4 °C à la ferme immédiatement après la traite puis est conditionné sur place. • Ce lait n'est ni standardisé ni écrémé.	Conservation à + 3 °C pendant 48 heures.
Lait frais pasteurisé entier ou demi-écrémé	Il est chauffé pendant environ 20 secondes à une température comprise entre 72 et 85 °C.	Il se conserve 7 jours à +4 °C.
Lait micro-filtré entier ou demi-écrémé	• Il est filtré à travers des membranes extrêmement fines qui retiennent les bactéries. • Ce lait n'est pas chauffé et conserve donc toutes ses propriétés organoleptiques.	Il se conserve 15 jours à +3 °C avant ouverture.
Lait stérilisé entier, demi-écrémé ou écrémé : vendu en bouteilles rigides et opaques hors rayon froid	Il est porté à 115 °C pendant 20 minutes environ dans sa bouteille hermétiquement close.	Il se conserve à température ambiante 150 jours avant ouverture.
Lait stérilisé UHT entier, demi-écrémé ou écrémé : vendu le plus souvent en briques hors rayon froid	Il est chauffé à 140 – 150 °C pendant quelques secondes seulement puis mis en emballage aseptique.	Il se conserve 90 jours à température ambiante avant ouverture.
Lait concentré sucré ou non	Lait dont environ 60 % de l'eau a été évaporée sous vide.	Il se conserve plusieurs mois à température ambiante avant ouverture.

4 Les intérêts de la consommation de lait

La consommation de lait présente plusieurs types d'intérêts :
- **organoleptique** car il est utilisable pour de nombreuses préparations sucrées et salées ;
- **pratique** car ses différentes formes de commercialisation permettent une conservation et un stockage faciles ;
- **économique** car c'est un aliment peu onéreux ;
- **nutritionnel** car il est une source de nutriments très intéressante, en particulier concernant l'apport protéique et calcique.

 # info
Les produits laitiers
foucherconnect.fr/21vesf41

Fiche 33

ESF 2 fini

Le lait et les produits laitiers : les laits fermentés et les crèmes dessert

Pour ceux qui n'aiment pas boire de lait, il est possible de trouver des équivalents nutritionnels parmi les laits « gélifiés », laits fermentés et autres desserts lactés, toujours riches en calcium et en protéines animales.

1 Les yaourts

A. Composition

■ Le yaourt est un lait pasteurisé fermenté, c'est-à-dire un lait ayant subi une coagulation par l'intermédiaire de 2 micro-organismes spécifiques encore appelés « levain » :
- *Streptococcus thermophilus* ;
- *Lactobacillus bulgaricus.*

■ La réglementation autorise l'adjonction au yaourt, dans des proportions contrôlées, de poudre de lait, crème, sucre, fruits, céréales, miel, confiture, aspartame, arômes, certains minéraux et vitamines.

B. Modalités de fabrication

■ Après pasteurisation, le lait est ensemencé avec le levain. Puis, le lait ensemencé subit un étuvage de 2 à 3 heures à environ 45 °C. Lors de l'étuvage, les bactéries lactiques transforment le lactose en acide lactique.

■ L'acidification du lait provoque la coagulation des caséines conduisant à la formation d'un gel ou de caillé qui se sépare du lactosérum. L'ensemble caillé et lactosérum constitue le yaourt conditionné en pot et réfrigéré.

C. Intérêt nutritionnel du yaourt par rapport à celui du lait

- La teneur en **protéines** du yaourt est augmentée dans le yaourt par apport de lait écrémé en poudre. Les protéines coagulées par l'acide lactique présentent un meilleur CUD que celui du lait.
- La teneur en **lipides** dépend de celle du lait utilisé pour la fabrication. La composition en acides gras est la même que celle du lait.
- La quantité de **glucides** est légèrement diminuée par rapport à celle du lait car une partie du lactose est transformée en acide lactique.
- Les **bactéries lactiques** produisent des vitamines du groupe B.
- Le **calcium** est mieux absorbé que celui du lait car il est solubilisé par l'acide lactique.
- Les **ferments lactiques** ont un effet bénéfique sur le système immunitaire de l'intestin.

SIGLE
CUD : coefficient d'utilisation digestive

2 Les autres laits fermentés

■ Ce sont des laits coagulés par l'intermédiaire de bactéries lactiques qui peuvent être les deux bactéries spécifiques du yaourt auxquelles viennent s'ajouter des bactéries telles que les bifidobactéries ou autres. Les laits fermentés au bifidus ou au kéfir sont des exemples d'autres laits fermentés.

■ Certaines de ces bactéries telles que les bifidobactéries permettent de rééquilibrer la flore digestive et ont un rôle régulateur du transit intestinal. Outre leurs propriétés spécifiques, les laits fermentés présentent les mêmes intérêts nutritionnels que le yaourt.

3 Les desserts lactés

A. Composition

■ Ce sont des produits à base de lait auxquels peuvent être ajoutés du sucre, des arômes, des fruits, du cacao, de la crème et différents additifs alimentaires (colorants, émulsifiants, conservateurs...).

■ Ils regroupent les laits emprésurés aromatisés, les laits gélifiés avec ou sans crème fouettée, les crèmes dessert, les mousses et assimilées, les crèmes brûlées, les îles flottantes, les gâteaux de riz et de semoule, les œufs au lait, les flans aux œufs, les crèmes caramel, les crèmes aux œufs...

B. Technologie

Les desserts lactés s'obtiennent à partir de lait stérilisé auquel peuvent être ajoutés des additifs (gélifiants, émulsifiants, épaississants...). Ce lait subit une cuisson avant conditionnement.

C. Valeur nutritionnelle

■ La valeur nutritionnelle est fonction de la composition, elle est donc très variable. On notera cependant que les desserts lactés sont souvent **riches en glucides à index glycémique élevé et en lipides à acides gras saturés**. Ils ne contiennent pas de bactéries bienfaisantes pour l'organisme.

■ Le calcium est un peu moins bien absorbé que celui des yaourts en l'absence d'acidité lactique favorisant l'absorption.

 # vidéo
La fabrication d'un yaourt
foucherconnect.fr/21vesf42

SATISFACTION DES BESOINS : LES GROUPES ALIMENTAIRES

Le lait et les produits laitiers : les fromages

ESF2 fini
ESF1

Les fromages sont produits par coagulation d'un lait assorti d'un égouttage ; ils peuvent être affinés ou non. Les différentes modalités de coagulation, d'égouttage et d'affinage expliquent la grande variété des fromages possible.

1 Les modalités de fabrication des fromages

La fabrication des fromages peut se décomposer en 5 étapes principales.

- **La coagulation du lait**, qui induit la formation du caillé. Deux méthodes de caillage sont possibles :
  - **le caillage lactique** au cours duquel des bactéries lactiques transforment le lactose en acide lactique. Ceci permet la coagulation des caséines qui forment un gel ou caillé. Dans ce cas, une partie du calcium est perdue dans le lactosérum ;
  - **le caillage par emprésurage :** la présure est une enzyme protéique qui provoque la coagulation des caséines. Le gel formé a la particularité d'emprisonner le calcium, qui, dans ce cas, n'est pas perdu.
- **L'égouttage**, qui permet la séparation du caillé et du lactosérum. Plus l'égouttage est accéléré, moins les pertes en calcium sont importantes.
- **Le moulage** au cours duquel le fromage adopte sa forme définitive.
- **Le salage du caillé** qui permet l'obtention d'un fromage frais salé, une conservation accrue et une sélection de la flore microbienne.
- **L'affinage**, qui correspond à l'ensemencement des fromages avec une flore microbienne spécifique et à l'entreposage des fromages dans des conditions adaptées, d'une durée plus ou moins longue. Au cours de cette étape se forment des composés aromatiques caractéristiques de chaque fromage affiné.

2 La valeur nutritionnelle des fromages

■ La valeur nutritive des fromages peut varier fortement d'un produit à l'autre en fonction de sa technologie. Plus le fromage est égoutté, moins il contient d'eau et plus il est concentré en protéines, lipides et calcium. Ainsi, plus un fromage a une pâte ferme, plus il est riche en protéines, lipides et calcium.

■ Le lactose est éliminé lors de l'égouttage.

■ Les fromages sont riches en acides gras saturés et en cholestérol mais aussi en sodium.

REMARQUE

La législation en vigueur précise que la teneur en lipides indiquée pour chaque fromage doit l'être en % du produit fini. La teneur en vitamines du groupe B synthétisées lors de l'affinage est intéressante.

3 La classification des fromages selon le mode de fabrication

A. Les fromages blancs ou fromages frais

Ce sont des caillés lactiques consommés immédiatement après égouttage. Ces fromages sont très humides et contiennent 70 à 80 % d'eau, la conservation est donc courte. Ils sont obligatoirement fabriqués avec du lait pasteurisé. Fromages blancs battus, petits suisses et demi-sel font partie des fromages blancs ou frais.

B. Les fromages affinés

Il est d'usage de classer les types de fromages affinés selon leur aspect et leur mode de fabrication. On distingue ainsi par ordre d'humidité décroissante :

- les **fromages à pâte molle avec moisissures externes** : brie, camembert, carré de l'est, coulommiers... ;
- les **fromages à pâte molle à croûte lavée** : munster, livarot, Pont l'Évêque ;
- les **fromages à pâte persillée** : roquefort, bleu d'Auvergne, bleu de Bresse, fourme d'Ambert, gorgonzola... ;
- les **fromages à pâte pressée non cuite** : cantal, fromage de Hollande, Port Salut, reblochon, Saint-Paulin, Saint-Nectaire, tomme de Savoie... ;
- les **fromages à pâte pressée cuite** : comté, emmental, gruyère ;
- les **fromages fondus** : ils sont constitués par des fromages divers, broyés puis fondus pour constituer une pâte homogène. Ils contiennent des sels de fonte et font l'objet d'une addition importante de matières grasses issues du lait.

4 La conservation des fromages

■ Les fromages renfermant des moisissures et des bactéries réclament des conditions de conservation rigoureuses si l'on veut en suivre l'évolution. Les fromages vendus en libre-service présentent sur leur emballage une date limite d'utilisation optimale (pâtes fondues) ou une date limite de consommation. Les fromages à la coupe se conservent 5 jours en moyenne.

■ Pour une bonne maîtrise de l'hygiène, il est nécessaire de :

- respecter la chaîne du froid lors de l'achat ;
- conserver les fromages à l'abri des autres aliments pour éviter les contaminations croisées ;
- conserver les fromages frais entre 0 et 4 °C ;
- conserver les autres fromages entre 6 et 8 °C par exemple dans le bac à légumes.

 # vidéo
La fabrication du fromage
foucherconnect.fr/21vesf43

Les viandes, poissons et œufs

ESF 2 fini
ESF 1

Les viandes sont très consommées par les Français, bien qu'ils ne sachent pas toujours tenir compte de leurs inconvénients nutritionnels. Il peut être avantageux pour la santé de les remplacer plus régulièrement par leurs équivalents : produits de la pêche et œufs.

1 Les viandes

A. Définition

Dans son sens général, le terme viande correspond à la chair musculaire des animaux et peut désigner la viande de boucherie (bœuf, veau, porc, agneau), les volailles, le gibier et les abats.

B. La composition des viandes

Elle est variable d'une espèce à l'autre et selon les morceaux mais on dégage les tendances suivantes :

- **eau** : 55 à 78 % ;
- **protéines** : 15 à 22 % ;
- **lipides** : 2 à 25 % en surface du morceau (sous la peau des volailles par exemple) ou intercalées dans les fibres musculaires ;
- **glucides** : 1 à 2 % donc de quantité négligeable ;
- **éléments minéraux** : leur teneur est intéressante surtout pour l'apport en fer présent en quantité importante dans les viandes rouges mais aussi dans les viandes blanches ;
- **vitamines** : ce sont surtout des vitamines du groupe B.

C. Les catégories des morceaux de viandes et leur mode de cuisson

■ **Les morceaux de 1re catégorie** correspondent aux parties postérieures (cuisses) et lombaires (dos). Ils sont riches en fibres musculaires et pauvres en tissus conjonctifs ce qui permet une cuisson rapide sous forme de sautés, grillades, rôtis. La cuisson à l'eau est possible pour certaines viandes (bœuf ficelle). Les morceaux de première catégorie sont les plus chers, ont le moins de déchets et nécessitent une cuisson courte.

■ **Les morceaux de 2e catégorie** correspondent aux parties antérieures (épaules) et costales. Ils sont riches en fibres musculaires et pauvres en tissus conjonctifs. Ils nécessitent une cuisson plus longue et dans un liquide, soit sous forme de braisés ou de ragoûts.

> **MÉMO**
> • La catégorie est en rapport avec l'emplacement anatomique du morceau et détermine son mode de cuisson.
> • Les morceaux de 2e et 3e catégories sont les moins chers mais aussi souvent les plus gras (dégraisser les sauces après cuisson) et les plus longs à cuire.

■ **Les morceaux de 3e catégorie** se situent au niveau du collier, de la poitrine, de la tête, de la queue, des muscles abdominaux et des extrémités des membres. Ce sont de petits muscles, riches en tissu conjonctif, en os, en tendons et en graisse qui nécessitent une cuisson longue dans l'eau telle que les ragoûts.

À SAVOIR

Le tissu conjonctif se trouve entre les fibres musculaires. Il est constitué d'adipocytes et de collagène.
Le collagène est une protéine hydrolysée seulement dans l'eau chaude.

D. La qualité des viandes

■ La qualité dépend de plusieurs facteurs tels que l'âge, le sexe, la race, le mode d'élevage et d'alimentation, les conditions d'abattage, l'état de santé, le respect des règles d'hygiène.

■ La lecture des mentions obligatoires en matière d'étiquetage ainsi que la vue, le toucher, l'odorat permettent d'identifier une viande de bonne qualité.

E. Le conditionnement des produits carnés et le mode de conservation

On peut acheter la viande sous différents conditionnements :

- **à la coupe**, c'est-à-dire sans conditionnement, ce qui permet un choix facilité des morceaux. Il est nécessaire de les conserver à une température inférieure à 3 ou 4 °C et de les consommer dans les 48 heures suivant l'achat. Il est fortement conseillé de consommer la viande hachée dans la journée ;
- **préemballée sous film**, c'est-à-dire sous pellicule plastique imperméable à l'air. Ce mode de conservation maintient la coloration rouge vif de la viande en surface. La durée de conservation est de 15 jours pour les viandes de boucherie, 7 jours pour les abats, entre 0 et 4 °C ;
- **emballée sous vide**, ce qui permet d'inhiber la prolifération des germes putréfiants. Cependant, les germes anaérobies peuvent se développer, d'où l'importance d'une qualité bactériologique initiale excellente et de bonnes conditions de conservation. Ce mode de conservation limite les pertes de poids, les phénomènes d'oxydation et rend possible l'achat de grandes quantités (90 % de la viande vendue en supermarché est à l'origine conditionnée sous vide). La durée de conservation est de 2 à 6 semaines entre 0 et 3 °C.

F. Les précautions à prendre lors de l'achat

Comme tous les produits réfrigérés, les produits carnés et en particulier les abats et leurs dérivés, ne doivent subir **aucune rupture de la chaîne du froid**. Le consommateur doit acheter ces produits à la fin de ses courses, les transporter dans un sac isotherme et les ranger rapidement dans la zone la plus froide du réfrigérateur immédiatement en rentrant chez lui.

ATTENTION

En cas de stockage mal conduit, la viande peut présenter un aspect et une odeur putrides mais il est à noter qu'un produit sain peut aussi porter des germes dont la présence est indétectable, comme les salmonelles.

EF 2 fini

2 Les charcuteries

A. Définition

#info
Recommandations du PNNS
foucherconnect.fr/21vesf44

Les charcuteries sont :
– les produits de salaison tels que les saucissons secs, les jambons crus... ;
– les préparations à base de viande hachée (porc, bœuf), additionnée de graisses et d'aromates ayant subi ou non une cuisson (pâté, saucisses...).

B. La composition des charcuteries

■ Les charcuteries contiennent de nombreux **additifs** dans un but organoleptique (couleur, saveur) et dans un but hygiénique (conservation). Ce sont des aliments vecteurs de sel dans notre alimentation. Le sel ajouté diminue l'activité de l'eau et inhibe donc la croissance des bactéries pathogènes tout en sélectionnant les bactéries responsables de la saveur caractéristique de ces produits.

■ Les produits fumés contiennent des substances irritantes pour la muqueuse digestive et certains sont cancérigènes.

■ La composition nutritionnelle des charcuteries est très variable :
– **eau** : de 15 à 65 % ;
– **protides** : de 15 à 40 % ;
– **lipides** : en moyenne 20 à 30 % sauf pour le jambon blanc (5 %). Les lipides sont en majorité des acides gras saturés.

REMARQUE
Dans la ration alimentaire, les produits de charcuterie doivent rester des aliments de consommation occasionnelle car hormis les jambons cuits, ils sont riches en acides gras saturés et en sel.

3 Les poissons

A. La composition nutritionnelle des poissons

La composition des poissons varie selon l'espèce et la saison. La teneur en lipides permet de distinguer :
– les **poissons maigres** dont la teneur en lipides est inférieure à 2 % tels que le cabillaud, le colin, le lieu ;
– les **poissons demi-gras** dont la teneur en lipides est de 5 à 7 % tels que la lotte, les sardines, l'alose ;
– les **poissons gras** dont la teneur en lipides est supérieure à 10 % tels que le saumon, le thon, le flétan.

REMARQUES
• Les lipides des poissons sont riches en acides gras polyinsaturés.
• La teneur en protéines, de 18 à 20 %, est importante. Ce sont des protéines de bonne valeur biologique.
• Il est recommandé de consommer du poisson deux fois par semaine, dont un poisson frais tel que la sardine, le maquereau...

B. Les différentes présentations du poisson

■ Le poisson peut être vendu **entier**, **en filets** (parties charnues situées de part et d'autre de l'arête centrale), **en darnes** (coupe transversale dans la chair des poissons ronds et d'une certaine taille tels que le saumon, le cabillaud, le thon).

■ La partie comestible varie en fonction des espèces et de la présentation du poisson : de 0 % de déchets pour les filets à 50 % pour les poissons entiers à grosse tête : en tenir compte pour établir les portions et évaluer le coût.

C. La fraîcheur et la conservation du poisson

1. Les critères de fraîcheur des poissons

Les critères de fraîcheur du poisson frais sont déterminés de façon réglementaire et concernent l'examen de la peau, de l'œil, des branchies, de la chair et des organes.

2. La conservation des poissons

Les poissons sont plus sensibles que les viandes à la croissance bactérienne du fait de l'abaissement du pH après la mort plus faible que pour les viandes. Il est donc nécessaire de pouvoir évaluer l'état de fraîcheur des produits frais et de maintenir la chaîne du froid lors de l'achat. Les poissons frais doivent être conservés entre 0 et 2 °C et les poissons surgelés à – 18 °C.

4 Les œufs

A. La structure de l'œuf

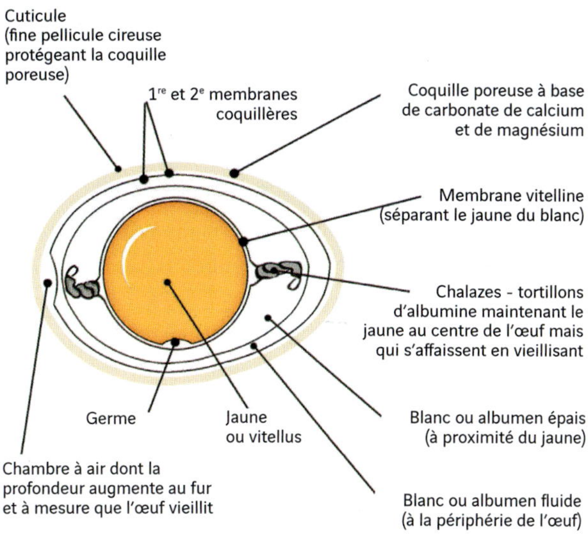

↑ *La structure de l'œuf*

ESF 2 fini

B. Les critères d'achat

#vidéo
Étiquetage des œufs : mode d'emploi
foucherconnect.fr/21vesf45

Lors de l'achat des œufs, plusieurs critères sont à prendre en compte :
- le **calibre de l'œuf** qui peut être petit, moyen ou gros ;
- le **mode d'élevage des poules**. Chaque œuf comporte un chiffre permettant d'identifier le type d'élevage ;
- le **prix** qui dépend des critères précédents mais aussi de la marque, du label ;
- l'**information sur la date de ponte** : elle doit être imprimée sur chaque œuf. Les œufs sont garantis extra jusqu'à 9 jours après la date de ponte. Ce sont ceux qui doivent être utilisés s'ils sont consommés crus ou peu cuits (mayonnaise, œufs coque, mousse au chocolat…). Le jaune des œufs extra-frais est plus globuleux et centré et le blanc est très visqueux.

MÉMO
Les différents types d'élevage sont les suivants :
- 0 pour les œufs de poules élevées en plein air et ayant une alimentation biologique ;
- 1 pour les œufs de poules élevées en plein air ;
- 2 pour les œufs de poules élevées au sol ;
- 3 pour les œufs de poules élevées en cage.

C. Les conditions de conservation

Il est conseillé de :
- conserver les œufs au frais pour limiter le vieillissement, le bout pointu en bas ;
- nettoyer et désinfecter régulièrement les alvéoles de stockage ;
- éviter les écarts brusques de température pour éviter la condensation propice au développement des micro-organismes.
- respecter la date limite de consommation, soit 28 jours après la date de ponte.

D. Les conditions d'utilisation

■ Pour une utilisation optimale des œufs, penser à **vérifier l'état de la coquille** et ne pas consommer les œufs dont la coquille est fêlée. D'une manière générale, ne pas mettre en contact l'intérieur de l'œuf avec la coquille ; ceci permet de limiter les risques de contaminations par les salmonelles.

■ Pour une utilisation crue, il est préférable de choisir des œufs extra-frais.

■ Toutes les préparations à base d'œuf doivent être manipulées dans des conditions d'hygiène irréprochables et stockées à +3 °C le plus rapidement possible, ceci afin de limiter les risques de contaminations bactériennes et les intoxications alimentaires qui peuvent en découler.

E. Les ovoproduits

■ Ce terme désigne des **œufs hors coquille** propres à la consommation humaine qui peuvent différer par :
- **leur état** : solide, liquide, en poudre ;
- **leur mode de conservation** : pasteurisés (pour détruire les salmonelles, surgelés, concentrés, déshydratés, lyophilisés…) ;
- **leur composition** : œufs entiers, jaunes seuls, blancs seuls, mélange de jaune et de blancs.

■ Ces produits présentent une garantie sanitaire et ont l'avantage de se stocker facilement. Ils permettent une utilisation rationnelle et pratique.

Les féculents

ESF 1
ESF 2

Le groupe des féculents réunit les aliments qui ont un apport en amidon notable et un apport en protéines intéressant compte tenu des quantités consommées. Il regroupe les céréales, les tubercules amylacés et les légumes secs.

1 La composition des féculents

- **Les céréales** : seigle, avoine, blé, orge, riz, maïs, millet ainsi que leurs produits de transformation comme les farines, la semoule pour le blé, le pilpil ainsi que les produits de fabrication tels que les pâtes, le pain, les céréales du petit-déjeuner, les biscottes et le pain grillé.
- **Les tubercules amylacés** : pommes de terre, ignames et patates douces.
- **Les légumes secs** qui sont en réalité des graines de légumineuses déshydratées : lentilles, pois cassés, haricots verts, rouges, blancs et pois chiches.

2 Les céréales et produits céréaliers

Les céréales sont la première source d'amidon et de protéines végétales de la ration alimentaire. Les aliments de ce groupe peuvent aussi apporter des fibres, des minéraux et des vitamines du groupe B.

A. Le blé et les produits dérivés du blé

1. Le grain de blé

Le grain de blé comprend 3 parties :
- l'**écorce**, qui lors de la transformation du grain de blé, donne le son de blé essentiellement constitué de fibres ;
- l'**amande** ou **albumen**, essentiellement constituée d'amidon et de protéines (gliadine et gluténine qui forment le gluten lors du pétrissage) et à partir de laquelle est issue la semoule ;
- le **germe**, riche en lipides à acides gras polyinsaturés et à partir duquel on peut faire de l'huile.

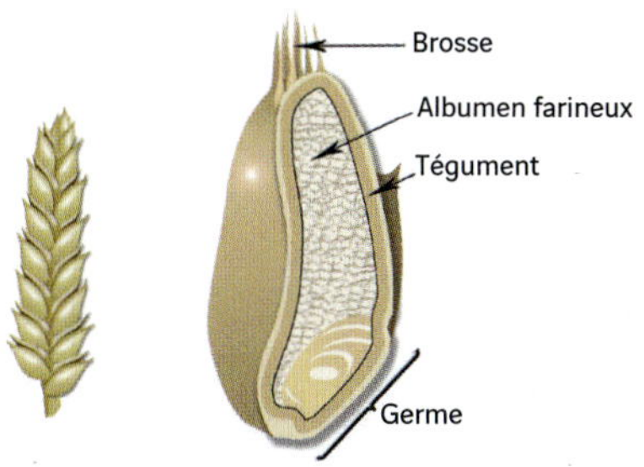

↑ *Structure d'un grain de blé*

2. La farine de blé

Elle est obtenue par la mouture du grain de blé. On distingue deux types de farine :

- la **farine complète** : la mouture de la totalité du grain de blé en permet l'obtention ;
- les **farines blanches** : l'amande peut être moulue avec une partie plus ou moins importante de l'enveloppe extérieure. Moins la part d'enveloppe extérieure est importante, plus la farine est blanche. C'est le cas des farines de type 45 qui sont plus blanches que les farines de type 55 ou 150. D'un point de vue nutritionnel, plus la farine est blanche, moins elle contient de fibres et de vitamines et plus elle contient d'amidon et de protéines issues de l'albumen. Les farines de types 45 conviennent bien à la panification car elles sont riches en gluten (voir 5. Le pain).

3. La semoule et le pilpil

Ce sont des particules grossières de l'amande du grain de blé. Elles peuvent contenir ou non des parties de l'écorce. Plus elles en contiennent, plus elles sont complètes et plus l'apport en fibres et en minéraux est important.

4. Les pâtes alimentaires

Elles sont préparées à partir de semoule, d'eau et éventuellement d'œuf. Elles sont forées et les pâtes sèches subissent un séchage ; ce n'est pas le cas pour les pâtes fraîches.

5. Le pain

■ Il est fabriqué par pétrissage d'un mélange de farine, d'eau, de levure de boulanger, de sel. Lors du pétrissage de la pâte se forme un réseau de gluten. Les levures fermentent le glucose issu de l'amidon, ce qui induit la production de dioxyde de carbone. Le dioxyde de carbone pousse la pâte et reste prisonnier du réseau de gluten, ce qui confère au pain une mie alvéolée.

■ Il existe différents types de pain selon la farine utilisée et la méthode de panification employée. Le pain contenant environ 30 % d'eau est moins riche en nutriments que les farines dont il est issu.

6. Les biscottes

Grillées et déshydratées, elles sont réalisées à partir de farine, de sel, de sucre et de matières grasses. Leur teneur en eau moins importante que celle du pain et leur richesse en sucre et en lipides les rend plus énergétiques que le pain.

7. Les céréales pour le petit-déjeuner

Elles peuvent subir différents traitements afin d'obtenir des formes et consistances variées. L'ajout fréquent de sucre, de matières grasses et autres ingrédients change la valeur nutritionnelle et implique un classement dans les produits sucrés plutôt que dans les produits céréaliers.

B. Le riz

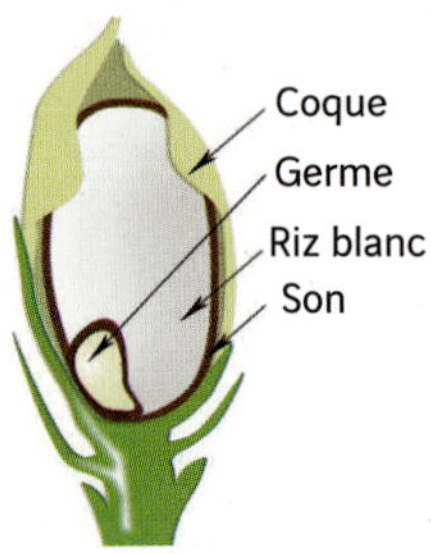

↑ *Structure d'un grain de riz*

Différents types de riz sont commercialisés :
- le **riz complet**, comprenant l'amande riche en protéines et en amidon, le germe (riche en lipides) et les enveloppes extérieures. Le riz complet est riche en fibres ;
- le **riz demi-complet**, comprenant l'amande riche en protéines et en amidon ainsi qu'une partie des enveloppes extérieures qui apportent une richesse en fibres (toutefois moins que le riz complet) ;
- le **riz blanc**, ne comprenant que l'amande et donc très riche en amidon et en protéines ;
- le **riz étuvé** correspond à du riz blanc ayant subi un traitement vapeur sous pression puis un séchage. Ce traitement permet d'enrichir l'amande en minéraux et vitamines et de rendre l'amidon peu collant.

C. Les autres céréales

L'apport nutritionnel des autres céréales est sensiblement le même que pour le blé. Toutefois, l'avoine est plus riche en fibres solubles et le maïs ne contient pas de gluten.

3 Les légumes secs

Les légumes secs sont les graines de légumineuses ayant perdu une partie de leur humidité par séchage. Il existe différentes familles de légumes secs :
- les **pois** : pois cassés, pois chiches ;
- les **lentilles** : blanches, brunes, vertes, corail ;
- les **haricots secs** : haricots verts (flageolets), haricots blanc coco ou lingots du Nord ou paimpolais, haricots rouges ;
- les **fèves**.

#info
Les produits céréaliers et les légumineuses
foucherconnect.fr/21vesf46

A. Intérêts nutritionnels des légumes secs

■ Les légumes secs sont pauvres en eau (10 %) et riches en protéines de faible valeur biologique (20 %).

■ Il est nécessaire d'associer les légumes secs aux céréales pour avoir un apport en acides aminés essentiels optimal :
- pauvres en lipides (1,5 %) ;
- riches en glucides à index glycémique faible (60 %).

■ Les légumes secs ont donc un effet de satiété important. Ils sont :
- riches en fibres (15 %), ce qui augmente l'effet de satiété ;
- riches en vitamines du groupe B ;
- riches en calcium, magnésium et en fer non héminique.

B. Autres intérêts des légumes secs

1. Intérêt pratique

Les légumes secs se stockent et se conservent un an au maximum, à l'abri de l'humidité, de la poussière, des insectes et des rongeurs. Ils sont de préparation simple.

2. Intérêt économique

Les légumes secs sont très peu chers en conserve ou en boîte.

ESF 1
ESF 2

Les fruits et les légumes

Deux paramètres constituent le premier des neuf objectifs nutritionnels prioritaires en termes de santé publique du PNNS : augmenter la consommation de fruits et légumes, réduire de 25 % le nombre de petits consommateurs de fruits et légumes. D'autre part, plusieurs enquêtes épidémiologiques montrent qu'une consommation importante de fruits et légumes est associée à une diminution du risque de maladies cardio-vasculaires et de cancers.

1 La classification des fruits et légumes

A. Définition

Dans le langage courant, on appelle :

– légumes, les végétaux consommés en salade ou en accompagnement du plat protidique ;

– fruits, les végétaux sucrés consommés en tant que dessert. Cette définition du fruit ne se superpose pas avec la définition botanique (fleur botanique).

B. Les différentes sortes de fruits et légumes

■ Pour les **fruits**, on distingue :
- les **fruits aqueux** riches en eau (75 à 95 %) parmi lesquels les fruits acides, agrumes, baies rouges, fruits sucrés (pommes, poires, pêches, abricots), les fruits exotiques (ananas, litchis, papaye...), la banane, riche en amidon ;
- les **fruits oléagineux** pour lesquels la teneur en lipides est importante (22 %). Ce sont les olives, la noix de coco, l'avocat et les graines oléagineuses telles que les noix, les noisettes, les amandes ;
- les **fruits secs** qui dérivent des fruits frais par déshydratation. Ils sont concentrés en nutriments, en particulier en minéraux et vitamines, sauf en vitamine C. Ce sont les abricots secs, les raisins secs, les bananes séchées, les figues sèches, les dattes...

■ Les **légumes** se répartissent selon la classification suivante :
- les **légumes racines** : carottes, radis, navets, betteraves, céleri rave... ;
- les **légumes bulbes** : bourgeons souterrains portant de nombreuses feuilles très rapprochées comme les oignons, ail, échalotes et poireaux ;
- les **légumes feuilles** : épinards, endives, salade, bettes, persil... ;
- les **légumes fleurs** : choux fleurs, artichauts, brocolis ;
- les **légumes « fruits »** : tomates, courgettes, potiron, aubergines...
- les **légumes tiges** : asperges ;
- les **végétaux inférieurs non chlorophylliens** : champignons.

2 La valeur nutritionnelle des fruits et légumes

A. Les intérêts nutritionnels

■ Les fruits et légumes sont riches en **eau** avec une teneur de 80 à 95 %. Leur teneur en **glucides** est variable mais faible. Les fruits ont une teneur moyenne en glucides de 12 %, les légumes de 5 %.

■ Les fruits et légumes ne contiennent pas de protéines et très peu de lipides hormis des phytostérols. Ils sont une source importante de **calcium** et de **magnésium**.

■ Leur teneur en **vitamine C** est intéressante mais variable selon les fruits et légumes et leur mode de traitement de la récolte jusque dans l'assiette. Leur teneur en **vitamine B9** est intéressante ainsi que leur teneur en **provitamine A** pour les fruits et légumes colorés.

■ Les fruits et légumes sont riches en **fibres**, 1 à 4 %, au regard des quantités consommées. Ils contiennent des acides organiques qui favorisent l'absorption des minéraux tels que le calcium et le magnésium et des polyphénols qui ont un rôle préventif dans la cancérogenèse et les maladies cardio-vasculaires.

À SAVOIR

D'une manière générale, les végétaux sont très intéressants d'un point de vue nutritionnel pour leur apport en eau et en fibres qui en font des aliments à fort pouvoir rassasiant et apportant peu d'énergie ainsi que pour leur apport en minéraux, en vitamines et en antioxydants.

 # info

Fruits et légumes : combien par jour ?

foucherconnect.fr/21vesf47

B. Les fruits et graines oléagineux

Ils sont riches en lipides et donc très énergétiques (10 à 20 fois plus que les fruits frais), ainsi qu'en fibres, en minéraux et en vitamines du groupe B.

C. Les fruits secs

Ils sont très pauvres en eau, concentrés en nutriments sauf en vitamine C qui est détruite par la chaleur et ils sont également très énergétiques.

3 L'influence de différents facteurs sur la valeur nutritionnelle

■ La variété, les facteurs climatiques et l'état de maturité jouent un rôle sur la **qualité nutritionnelle** des fruits et légumes. Par exemple, la maturation des fruits et légumes sur la plante permet d'obtenir un meilleur goût : davantage de sucre est présent dans le fruit, des composés organiques responsables du goût se forment, le taux de vitamine C est optimal.

■ D'autre part, lors de la conservation, on observe une perte de poids par déshydratation ainsi qu'une perte de vitamine C à la lumière et à la chaleur. La respiration cellulaire conduit à la dégradation des composés organiques.

■ Il faut privilégier une **conservation courte au frais et en milieu aéré** pour limiter la respiration cellulaire. En milieu familial, il est donc intéressant de conserver les fruits et légumes dans le bac du réfrigérateur. Il est également préférable d'acheter les fruits et légumes en petites quantités et plus souvent, afin d'en conserver toutes leurs propriétés.

ESF 1
ESF 2

Les corps gras

Les corps gras sont des aliments au pourcentage lipidique très élevé, donc très énergétiques. Dans le cadre de la prévention des maladies cardio-vasculaires, il est intéressant de connaître l'origine, la composition et les modalités de stockage et d'utilisation des corps gras.

1 Les différentes catégories de corps gras

- On distingue **3 catégories de corps gras** :
  - les **corps gras d'origine animale**, en particulier les corps gras d'origine laitière ;
  - les **corps gras d'origine végétale**, les huiles ;
  - les **corps gras d'origine mixte**, les margarines.
- Les corps gras sont utilisés en tant que :
  - **produits d'assaisonnement** : ils augmentent le goût des aliments en dissolvant les arômes ;
  - **agents de texture** présents dans les pâtes, les sauces (liaison, émulsion) ;
  - **fluides caloporteurs** : ils sont vecteurs de chaleur dans la cuisson des aliments (friture plate et profonde) ;
  - **agents de conservation** (confits).

2 Les corps gras d'origine laitière

A. La crème

■ La matière première est le **lait**. Le principe de fabrication de la crème consiste à concentrer la phase lipidique en éliminant au maximum la phase aqueuse. Des ferments lactiques, qui permettent de modifier la texture, sont ajoutés à cette phase et l'ensemble subit une maturation avant refroidissement et conditionnement.

■ La crème se conserve entre 4 et 6 °C si elle est fraîche et à température ambiante avant ouverture si elle est stérilisée.

■ Il est préférable de l'utiliser à froid ou à faible température.

■ On parle de crème entière si la teneur en lipides est de 30 %, de crème allégée ou légère si la teneur en lipides est comprise entre 12 et 30 %. La crème est source d'**acides gras saturés** et de **cholestérol**.

B. Le beurre

■ La matière première est la **crème maturée**. Le principe de fabrication du beurre consiste à inverser l'émulsion et à concentrer les lipides. Ceci est permis grâce au barattage qui correspond à l'agitation de la crème.

■ Le beurre se conserve dans un emballage opaque et à une température inférieure ou égale à +6 °C pour éviter le rancissement dû à l'oxydation des lipides et l'altération des vitamines.

■ Le beurre ne supporte pas une température élevée (formation d'oxystérols indigestes et altération des vitamines), il est donc conseillé de le consommer cru ou fondu sur les aliments.

■ Par définition, le beurre contient 82 % de matière grasse exclusivement d'origine laitière, le beurre allégé a une teneur en matière grasse comprise entre 41 et 62 % et le beurre léger une teneur en matière grasse comprise entre 39 et 41 %. Il contient des acides gras saturés et du cholestérol en quantité non négligeable.

3 Les corps gras d'origine végétale : les huiles

■ Les huiles sont extraites à partir des graines et des fruits sans aucun ajout et contiennent 100 % de lipides. Les **huiles vierges première pression à froid** sont obtenues par pression des fruits et centrifugation. Les **huiles raffinées** subissent différents traitements physico-chimiques ayant pour but d'éliminer les impuretés et d'obtenir une qualité organoleptique satisfaisante.

■ Les huiles peuvent être classées selon les acides gras caractéristiques qu'elles contiennent. On distingue ainsi :

- les **huiles riches en acides gras saturés** telle que l'huile de palme et de coprah ;
- les **huiles riches en acides gras mono-insaturés** dites « huiles oléiques » telles que l'huile d'arachide et de tournesol oléique ;
- les **huiles riches en acide oléique et alpha-linolénique** telle que l'huile de colza ;
- les **huiles riches en omégas 6 et omégas 3** telles que les huiles de soja et de noix.

REMARQUES

- Les huiles vierges sont source de vitamine E et que les huiles raffinées contiennent des acides gras « trans » athérogènes.
- Il est intéressant de varier les huiles dans l'alimentation pour améliorer les apports en acides gras essentiels.

FOCUS

La réglementation des huiles

- La réglementation précise l'usage des huiles en fonction de leur teneur en acide alpha-linolénique. En effet, cet acide gras est particulièrement sensible à la chaleur.
- Les huiles utilisées en friture doivent avoir une teneur en acide alpha-linolénique inférieure à 2 % dans le produit fini et leur température critique ne doit pas être dépassée.
- Ainsi, les fritures profondes nécessitent l'utilisation d'huile supportant des températures de cuisson jusqu'à 180 °C, telle que l'huile d'arachide. Pour limiter la dégradation des huiles de friture on recommande de limiter la température à 180 °C, de limiter le nombre de bains de friture, de ne pas saler au-dessus du bain de friture, de filtrer l'huile après chaque bain et de nettoyer la friteuse.
- Les huiles dont la teneur en acide alpha-linolénique est supérieure à 2 % dans le produit fini ne peuvent être utilisées que pour les assaisonnements c'est-à-dire sans cuisson. Il s'agit en particulier de l'huile de colza et de l'huile de noix.
- Les huiles doivent être stockées à température ambiante et à l'abri de la lumière. Pour les huiles riches en acide alpha-linolénique, une conservation au réfrigérateur est conseillée de manière à limiter au mieux l'oxydation.

4 Les corps gras d'origine mixte : les margarines

Les margarines sont des émulsions de type eau dans huile, obtenues par mélange d'huiles végétales et parfois de graisses animales avec de l'eau et/ou du lait. La teneur en matière grasse d'origine laitière n'excède pas 3 % de la teneur en matière grasse totale.

La composition des margarines est très variable selon la proportion de chacun des ingrédients utilisés pour la fabrication. D'un point de vue quantitatif, leur teneur en matière grasse est très variable et il convient de bien lire les étiquettes. D'un point de vue qualitatif, on peut noter que :

- les margarines contiennent des acides gras trans qui présentent les mêmes caractéristiques que les acides gras saturés ;
- les margarines pour cuisson sont riches en acides gras saturés et mono-insaturés pour mieux supporter la chaleur ;
- les margarines de table à tartiner sont constituées en majorité d'acides gras polyinsaturés ;
- les margarines végétales sont fabriquées avec des huiles hydrogénées, ce qui diminue les insaturations ;
- les margarines diététiques possèdent des teneurs importantes en acides gras essentiels, sont enrichies en vitamines liposolubles et parfois en stérols végétaux.

MÉMO

• En ce qui concerne l'utilisation des margarines, il convient de bien lire l'étiquetage. Les indications « pour tartines » indiquent une utilisation à cru. Les margarines pour tartines et cuisson peuvent être chauffées modérément.

• Les margarines doivent être stockées à une température inférieure à +6 °C. Il est nécessaire de bien refermer le conditionnement après cuisson.

À SAVOIR

• Cette étude permet de dire que le choix d'un corps gras se fait en tenant compte de l'aspect nutritionnel mais aussi de l'aspect pratique.

• Afin de se rapprocher au mieux des recommandations nutritionnelles, il est conseillé d'utiliser chaque jour :

– une huile d'assaisonnement qui permet l'apport d'acides gras essentiels, par exemple l'huile de colza ;

– une huile de cuisson riche en acides gras mono-insaturés, par exemple l'huile d'olive ;

– une portion de beurre consommé sur des tartines ou fondu pour l'apport en vitamine A ;

– de la margarine si nécessaire, par exemple comme agent de texture dans les pâtes à tarte, à gâteaux...

• Les fritures sont à limiter compte tenu de l'apport important en lipides qu'elles occasionnent et de la mauvaise digestibilité de ces lipides.

 # info

Les matières grasses

foucherconnect.fr/21vesf48

Fiche 39

Les boissons

esf 2

Les boissons sont très variées (eau, thé, café, boisson avec ou sans alcool...). De toutes, seule l'eau est indispensable pour le bon fonctionnement de l'organisme.

1 Les eaux

■ L'eau est la boisson la plus adaptée pour répondre au besoin hydrique. Pour compenser les pertes, il est nécessaire d'en consommer **1,5 litre par jour**, réparti au cours de la journée.

■ L'eau consommée peut être celle du robinet ou bien celle commercialisée en bouteilles, à savoir l'eau de source ou l'eau minérale.

A. L'eau du robinet

■ L'eau potable de distribution publique, ou eau du robinet, est sous la responsabilité de la mairie et de la préfecture. Elle est soumise à **réglementation** afin d'en améliorer la sécurité sanitaire. Des contrôles rigoureux sont effectués en permanence afin de maintenir une qualité optimale.

■ Pour être reconnue potable et propre à la consommation humaine, l'eau doit satisfaire de multiples **paramètres de sécurité**, dont la teneur en plomb qui ne doit pas dépasser 10 microgrammes par litre, la teneur en nitrates qui doit être inférieure à 50 microgrammes par litre ainsi que des paramètres de qualité tels que la couleur, la saveur, l'odeur... La composition de l'eau du robinet est variable selon la région d'où elle provient.

■ Son coût est très peu élevé comparativement à celui de l'eau en bouteilles.

B. L'eau de source

■ L'eau de source préemballée est une **eau d'origine souterraine**, microbiologiquement saine et protégée des risques de pollution.

■ Elle est embouteillée à la source sans traitement par autorisation préfectorale et est soumise à la même réglementation que l'eau de distribution publique.

■ Sa composition minérale peut varier dans le temps.

C. L'eau minérale

L'eau minérale, embouteillée à la source, est reconnue par le ministère de la Santé comme ayant des **propriétés favorables pour la santé**. Elle est caractérisée par sa pureté originelle et sa teneur constante en minéraux.

esf 1 ok

2 Les boissons aromatiques stimulantes : le thé et le café

A. Le café

■ Le café est obtenu par torréfaction du grain de café vert, c'est-à-dire par séchage du grain de café à très haute température (230 °C) qui permet la coloration du grain et le développement des arômes.

■ Le café est source de **caféine** qui, consommée à faible dose, peut provoquer l'accélération du rythme cardiaque et l'activation des sécrétions gastriques. Consommé à forte dose, le café peut être à l'origine d'une nervosité excessive, d'anxiété et d'irritabilité ainsi qu'à l'origine de troubles du sommeil et du rythme cardiaque. En outre, la caféine passe la barrière placentaire et passe dans le lait maternel ; il est donc recommandé de consommer du café décaféiné en cas de grossesse ou d'allaitement.

■ Deux types de café sont commercialisés, l'arabica et le robusta. Le robusta a une teneur en caféine plus élevée que l'arabica et une saveur plus amère.

B. Le thé

■ Les feuilles de thé sont soit séchées pour le thé vert, soit fermentées et séchées pour le thé noir. Le thé est également source de caféine mais dans des proportions moindres que le café.

■ Les tanins contenus dans le thé peuvent limiter l'absorption du fer. Il est conseillé de limiter la consommation de thé après le repas en cas de carences en fer.

fait ESF 1.

3 Les boissons rafraîchissantes sans alcool (BRSA)

fait

A. Présentation des BRSA

■ Les BRSA sont très nombreuses et regroupent les colas, les limonades, les jus de fruits, les boissons aux fruits, les tonics, les eaux aromatisées et les boissons au thé.

■ La consommation de BRSA est en constante augmentation. Les industriels proposent de multiples variétés et essayent de toucher un public de plus en plus important. Ceci va à l'encontre des recommandations du PNNS qui visent à diminuer la part des produits sucrés dans la ration alimentaire quotidienne.

■ La teneur en **glucides** de ces boissons est variable. L'étiquetage peut mentionner les allégations suivantes :
- sans sucre, c'est-à-dire sans saccharose ;
- sans sucre ajouté, c'est-à-dire sans saccharose ajouté ;
- réduit ou allégé en glucides, c'est-à-dire avec un apport en glucides inférieur à un produit similaire ;
- sans apport énergétique, c'est-à-dire avec un apport en énergie < à 4 kcal pour 100 mL ;
- valeur énergétique réduite, c'est-à-dire présentant une diminution de la valeur énergétique par comparaison avec un produit similaire.

#info
Les boissons sucrées
foucherconnect.fr/21vesf49

B. Quelques particularités concernant les jus de fruits

1. Les jus de fruits

Les jus de fruits sont obtenus à partir d'une simple pression des fruits mûrs et sains. Les ingrédients autorisés sont le sucre, le jus de citron, la pulpe, les minéraux et vitamines. Aucun additif n'est autorisé, ni colorant, ni conservateur. La mention sucrée doit être inscrite en cas d'ajout de sucre.

2. Les jus de fruits à base de concentré

Ce sont des jus de fruits pressés dont on a retiré 80 % d'eau. La reconstitution se fait au moment du conditionnement. La restitution d'arôme est autorisée. La mention « à base de concentré » doit être claire et lisible.

3. Les nectars de fruits

Ce sont des jus de fruits ou purée de fruits (25 à 50 %) additionnés d'eau et de sucre (jusqu'à 20 % du produit fini). L'indication de la teneur en fruits doit être précisée.

4 Les boissons alcoolisées

ø fait

Les boissons alcoolisées sont caractérisées par un apport en alcool variable. Une consommation limitée est souhaitable compte tenu des conséquences néfastes de l'alcool sur la santé. Il convient de ne pas dépasser 2 verres de vin de 10 cL ou 2 demis de bière ou 6 cL d'alcool fort par jour.

A. Les boissons fermentées

1. Le vin

Le vin est obtenu par fermentation alcoolique du jus de raisin. Du vin titrant à 10° contient 10 % d'alcool soit pour 100 mL environ 10 g d'alcool. Le vin rouge est source de vitamines B et de tanins.

2. La bière

La bière est obtenue par fermentation du moût de malt (orge germé puis torréfié), aromatisé par des extraits de houblon, ensemencé par des levures. Sa teneur en alcool est variable, de 3 à 12 %. Elle est source de vitamines B et contient du sucre.

B. Les apéritifs et digestifs

1. Les apéritifs

Ils sont obtenus par adjonction d'essences végétales aromatiques à des vins enrichis en alcool ou à des alcools de distillation (apéritifs anisés). Leur teneur en alcool est comprise entre 15 à 25 %.

2. Les eaux-de-vie

Les eaux-de-vie sont produites par distillation de jus sucré fermenté qui peut être soit du vin (cognac, armagnac), soit des fruits (mirabelles, poire), soit des graines de céréales (whisky). Leur teneur en alcool est très élevée, comprise entre 35 à 42 %

Le sucre et les produits sucrés

Aliments-plaisir par excellence et largement plébiscités par les enfants, les sucres sont biologiquement non nécessaires et une consommation excessive est un facteur de risque dans plusieurs processus pathologiques.

1 La place des produits sucrés dans la ration alimentaire

Le groupe sucre et ses dérivés sont les principaux pourvoyeurs de **glucides à index glycémique élevé** devant les fruits, les produits laitiers et les boissons. Un des objectifs du PNNS est de réduire de 25 % l'apport en glucides à index glycémique élevé du fait d'une consommation excessive de ces sucres, qui favorisent le **surpoids**, l'**obésité** et les **caries dentaires**. La contribution des glucides à l'apport énergétique total doit être de 40 à 55 %.

 # info
Les sucres dans l'alimentation
foucherconnect.fr/21vesf50

A. Le sucre

Le sucre alimentaire est le **saccharose**. Il est issu des plantes qui ont la capacité de le stocker : c'est-à-dire la canne à sucre ou la betterave sucrière. Le sucre blanc est fait à 100 % de saccharose.

B. Les produits sucrés

Les produits sucrés correspondent au groupe d'aliments dont l'apport en glucides simples est important (de 30 à 100 %) : le sucre, le miel, les confitures, le cacao et le chocolat, les glaces et sorbets, ainsi que les confiseries.

1. Le miel

Le miel est issu du nectar des fleurs ayant subi des transformations enzymatiques. Il contient 70 % de glucides (glucose, fructose) associés à des vitamines et minéraux.

2. Les confitures

Les confitures sont obtenues par cuisson de fruits et de sucre conduisant à une gélification. Elles contiennent en moyenne 65 % de glucides (saccharose) associés à des fibres (pectines).

3. Les produits chocolatés

- **Le cacao** : les fèves de cacao sont issues du cacaoyer. La torréfaction des fèves qui sont ensuite broyées et séchées conduit à la production de poudre et de beurre de cacao. Le cacao est source de lipides d'origine végétale et de magnésium.
- **Le chocolat** : il s'agit d'un mélange de beurre de cacao, de pâte de cacao, de sucre et de lait en poudre, dans des proportions variables. Les ingrédients sont mélangés, pétris

et chauffés à 45 °C pendant 24 heures. La teneur en sucre est variable et les lipides sont souvent riches en acides gras saturés. Le chocolat est source de magnésium.

4. Les glaces

■ **Les crèmes glacées** : il s'agit d'un mélange de lait, crème, sucres et parfum. Les ingrédients sont pasteurisés avant mélange et foisonnement, puis congelés. Les crèmes glacées sont source de lipides riches en acides gras saturés et de sucre.

■ **Les sorbets** : ils sont obtenus par mélange de purée de fruits et de sucre et subissent le même procédé de fabrication que les crèmes glacées. Ils sont essentiellement source de sucre.

5. Les confiseries

Les ingrédients principaux sont le saccharose et le glucose qui subissent une cuisson à différentes températures selon le produit fabriqué. Les confiseries sont essentiellement source de sucre.

À SAVOIR

- Les produits sucrés contribuent à la notion de plaisir de manger et il n'est pas nécessaire de les supprimer. Cependant, pour la majorité, ils sont source de **calories vides**, n'apportent ni vitamines ni minéraux et sont de plus cariogènes.
- Ils sont à limiter dans l'alimentation à hauteur de 10 % de l'apport énergétique total.
- Ils sont à consommer de préférence au sein d'un repas structuré.

2 Les édulcorants

A. Les édulcorants naturels

Le sucre, le miel, le fructose, le lactose et le maltose sont des substances naturellement présentes dans les aliments et ayant un certain pouvoir sucrant. Le pouvoir sucrant est déterminé par rapport à une référence. En général, une solution de saccharose a un pouvoir égal à 1 (par définition).

B. Les édulcorants non naturels

■ Quand on parle des édulcorants, dans la vie courante, on fait en général référence aux édulcorants non naturels. Ils sont non cariogènes et il ne faut pas les donner aux enfants de moins de 3 ans.

■ Les édulcorants non naturels sont de 2 types :
- les **édulcorants de charge ou de masse** tels que les polyols qui ont un apport calorique certain avec 2,5 kcal/g. Leur pouvoir sucrant est de 0.6. Leur absorption digestive est incomplète et peut provoquer des troubles intestinaux en cas de consommation excessive ;
- les **édulcorants intenses** qui ont un très fort pouvoir sucrant sans apporter de calories. L'aspartame présente un pouvoir sucrant de 200 mais perd son pouvoir à la chaleur. L'acésulfame de potassium a un pouvoir sucrant de 150 et est stable à la chaleur. La saccharine a un pouvoir sucrant équivalent à 400 fois celui du saccharose et est peu stable à la chaleur.

Des références nutritionnelles à l'élaboration des menus

Les 7 groupes d'aliments et la place de chaque groupe dans l'alimentation quotidienne permettent d'établir des menus équilibrés, et de respecter au mieux les recommandations du PNNS.

1 Définitions

■ La **ration** correspond à la liste d'aliments classés par groupe avec les quantités moyennes à consommer dans la journée pour suivre les ANC.

■ Les **menus** sont la liste précise des aliments avec leur mode de cuisson présentée dans l'ordre de consommation pour un repas.

■ Le **plan alimentaire** correspond à une structure de repas prévue sur une période de 4 jours à 1 mois à partir duquel on peut concevoir des menus.

2 Les groupes d'aliments

■ Les aliments ayant une valeur nutritionnelle proche font partie d'un même groupe. En alimentation, les aliments sont classés en 7 groupes auxquels est associé pour chacun un code couleur.

#info
Groupes et sous-groupes d'aliments
foucherconnect.fr/21vesf51

■ Il est possible de remplacer un aliment par un autre du même groupe sans conséquence sur l'équilibre alimentaire. C'est ce qu'on appelle une **équivalence alimentaire**. Cette classification permet donc d'élaborer facilement des menus équilibrés.

FOCUS

Quelques équivalences alimentaires
· **Équivalences protéiques :** 100 g de viande apportent autant de protéines que 100 g de poisson ou que 2 gros œufs.
· **Équivalences calciques :** 1 verre de lait (120 mL) apporte autant de calcium qu'un yaourt ou que 60 g de fromage à pâte molle (brie) ou que 30 g de fromage à pâte dure (emmenthal).

Classification des groupes d'aliments : les préconisations scientifiques

LES GROUPES D'ALIMENTS	LES CARACTÉRISTIQUES NUTRITIONNELLES DE CHAQUE GROUPE	LA PLACE DES DIFFÉRENTS GROUPES DANS L'ALIMENTATION
Lait et produits laitiers Lait, yaourts, fromages et desserts lactés	Apports intéressants en : – calcium ; – protéines d'origine animale de bonne qualité ; – vitamines A et D.	Les apports ne sont pas mentionnés dans les nouveaux repères nutritionnels. Cependant, afin de conserver une alimentation équilibrée, on peut recommander 3 portions par jour.
Viande, poisson, œuf	Apports intéressants en : – protéines d'origine animale de haute valeur biologique ; – fer héminique ; – vitamines du groupe B.	Les apports recommandés sont de 1 à 2 portions par jour. Il est recommandé de ne pas consommer plus de 70 g par jour (hors volaille).
Féculents/Légumineuses Pain, riz, pâtes, semoule, pilpil, blé, farines, lentilles, haricots blancs, pois chiches	Les féculents permettent un apport intéressant en : – glucides à faible index glycémique ; – protéines végétales ; – vitamines du groupe B ; – fibres végétales.	Il est recommandé de consommer 1 portion de féculents ou de légumineuses à chaque repas, soit 3 à 4 portions par jour, et de privilégier les féculents les moins raffinés.
Fruits et légumes frais crus et cuits	Les fruits et légumes permettent un apport intéressant en : – vitamines hydrosolubles et notamment vitamine C pour les légumes crus ; – éléments minéraux dont du calcium ; – fibres ; – eau.	Les recommandations sont de 5 portions de fruits et légumes par jour soit 1 à 2 portions par repas (≈ 400 g par jour).
Corps gras • Corps gras d'origine animale : beurre, crème • Corps gras d'origine végétale : huiles, margarines végétales • Corps gras mixtes : margarines	Très riches en lipides. • Les corps gras d'origine animale permettent un apport en vitamines A et D et sont source d'acides gras saturés. • Les corps gras d'origine végétale permettent un apport en vitamine E et en acides gras mono et polyinsaturés.	Les recommandations concernant les apports en corps gras sont les suivantes : – beurre : 15 à 20 g par jour soit 1 à 2 portions ; – l'huile d'olive (riche en acide gras monoinsaturés et en oméga 6) : environ 2 cuillères à soupe par jour ; – l'huile de colza (riche en oméga 3) : environ 2 cuillères à soupe par jour.
Produits sucrés Bonbons, gâteaux, glaces, barres chocolatées, boissons sucrées	Les produits sucrés sont essentiellement source de glucides à index glycémique élevé.	Il est recommandé de ne consommer que 100 g de produits sucrés par jour au maximum (soit 1 verre de soda).
Boissons L'eau est la seule boisson indispensable	L'eau peut être une source non négligeable de minéraux selon son type.	La consommation doit représenter au moins 1 à 1,5 L par jour sous forme de thé, café, soupe…
Sel		Limiter la consommation.

3 Des RNP à la ration

À partir des RNP, plusieurs **rations-type** ont été établies pour des profils de population différents. Un exemple de ration équilibrée pour un homme ou une femme d'activité habituelle entre 20 et 40 ans est donné dans le tableau suivant.

Exemples de ration équilibrée pour un homme et une femme

	RATION À 10,9 MJ POUR UN HOMME ENTRE 20 ET 40 ANS	RATION À 8,8 MJ POUR UNE FEMME ENTRE 20 ET 40 ANS
Groupes d'aliments	Quantités en grammes	Quantités en grammes
Lait ½ écrémé Fromage	250 70	250 60
Viande, œufs, poisson	150	130
Pain Pomme de terre	275 300	200 250
Légumes Fruits	400 400	350 350
Beurre Huile	25 40	20 30
Sucre Confiture Chocolat	25 30 15	20 20 10

4 Les étapes de la transposition de la ration en menu

A. La notion de portion

Transposer une ration en menus, c'est passer d'une étude théorique chiffrée à une pratique quotidienne où on ne compte plus des grammes de nutriments mais des portions de groupes d'aliments. Afin d'établir des menus ou des plans alimentaires, il faut pouvoir utiliser la notion de portion de ces différents aliments.

1. Pour le groupe des produits laitiers

250 mL de lait représentent un yaourt ou un verre de lait ou 60-70 g de fromage ou ¼ de camembert. On peut faire jouer les équivalences, mais on arrive bien à 3 produits laitiers par jour environ.

2. Pour le groupe des viandes, poissons, œufs

Une portion de viande équivaut à environ 100 à 120 g. Une seule est insuffisante, 2 seraient de trop. On conseille de consommer une portion, à midi par exemple, à laquelle peut s'ajouter un complément protidique ou une demi-portion (le soir). La recommandation « 1 à 2 par jour » correspond donc assez bien aux quantités de la ration.

3. Pour le groupe des féculents

Les équivalences glucidiques données par une table de composition des aliments indiquent que 370 g de pommes de terre sont équivalents à 100 g de pain ou 70 g de riz cru d'un point de vue glucidique. Les quantités indiquées dans la ration représentent donc environ 3 portions plus ou moins importantes de féculents. La recommandation « un féculent à chaque repas » convient.

4. Pour le groupe des fruits et légumes

Un apport de 700 à 800 g de fruits et légumes par jour est préconisé. Un fruit moyen pèse environ 150 g, une portion de légumes aussi. Donc 700 à 800 g de fruits et légumes représentent entre 4,6 et 5,2 portions. Le repère de 5 fruits et légumes par jour concorde.

5. Pour les groupes des graisses et des sucres et produits sucrés

- Il n'y a pas besoin de compter de portions. Dans un contexte de surconsommation, il est suffisant de vérifier que les sucres sont apportés en quantité raisonnable dans les desserts et de faire attention à leur apport au cours des petits déjeuners, collations, grignotages.
- Pour les graisses, la consommation doit rester modérée avec une alternance de graisses végétales et animales. Ainsi, on retrouve les repères du Plan national nutrition santé.

B. La répartition de la ration sous forme de portions

Les quantités d'aliments figurant dans la ration sont réparties au cours des repas consommés par le rationnaire. Le tableau ci-dessous montre comment peut se faire cette répartition sur 3 repas. Les choix faits dans ce tableau sont des exemples qui pourraient être modifiés.

Exemple de répartition de la ration sous forme de portions pour un homme de 20 à 40 ans d'activité habituelle

GROUPES D'ALIMENTS	QUANTITÉS DU RATIONNAIRE (G)	PETIT-DÉJEUNER	DÉJEUNER	DÎNER
Lait entier	250	150	100	–
Fromages	70	–	30	40
Viande, poisson, œuf	150	–	100-120	50-30
Pain Pommes de terre	280 300	150 –	65 –	65 300
Légumes Fruits	400 400	– 100	200 150	200 150
Beurre Huiles	25 35	15 –	5 20	5 15
Sucre ou équivalent	55-60	40	5-10	10-5

C. La structure des repas

■ Les 3 principaux repas de la journée sont le petit-déjeuner, le déjeuner et le dîner auxquels peuvent s'ajouter une collation le matin et un goûter l'après-midi. Afin de conserver au mieux l'équilibre nutritionnel de la ration, il est vivement conseillé de structurer ces repas de la façon suivante :

- le **petit-déjeuner :** il devrait se composer d'un produit laitier, d'un féculent, d'un fruit et d'une boisson ;
- le **déjeuner** et le **dîner :** ils devraient être constitués d'un plat protidique (VPO), d'un plat d'accompagnement, de féculents ou légumes cuits, d'un produit laitier et d'un fruit ou légume cru ;
- et/ou la **collation** ou le **goûter :** ils complètent le déjeuner et le dîner et peuvent être constitués d'un féculent, d'un fruit et/ou d'un produit laitier à adapter en fonction de la composition des repas principaux.

■ Ainsi structurés, les repas permettent de recouvrer les repères du PNNS.

D. Les composantes d'un repas

■ C'est le nombre de plats composant un repas ainsi que leur succession au cours du repas. Les groupes d'aliments représentés pour les menus du déjeuner et du dîner peuvent être apportés par 5 plats appelés « composantes » ou bien par 3 ou 4 composantes.

■ Quel que soit le nombre de composantes du repas, il est nécessaire de maintenir la structure des repas afin de maintenir l'équilibre nutritionnel. Le tableau ci-dessous propose un exemple de menus réalisés en ce sens en fonction du nombre de composantes.

Exemples de menus réalisés en fonction du nombre de composantes

NOMBRE DE COMPOSANTES DU MENU	COMPOSANTES DU REPAS DÉTERMINÉES EN FONCTION DE LEUR NOMBRE	EXEMPLES DE MENUS
5 composantes : crudités, viande, poisson, œuf, féculent, produit laitier	Hors-d'œuvre Viande, poisson, œuf Accompagnement Fromage Dessert	Salade verte Sauté de dinde, sauce tomate Torsettes Emmental Fraises au sucre
4 composantes	Hors-d'œuvre Viande, poisson, œuf Plat d'accompagnement Dessert	Salade verte Sauté de dinde, sauce tomate Torsettes Fromage blanc aux fraises
3 composantes	Hors-d'œuvre Plat complet Dessert	Salade verte Lasagnes à la bolognaise (gruyère) Fraises au sucre

#info
Des repas équilibrés au fil de la semaine
foucherconnect.fr/21vesf52

Fiche 42

Les menus et le plan alimentaire

La maîtrise des modalités d'élaboration des menus et du plan alimentaire est intéressante tant pour organiser les repas en milieu familial qu'en collectivité. En effet, cela permet de respecter au mieux les recommandations nutritionnelles du PNNS.

1 Les modalités d'élaboration des menus pour le déjeuner et le dîner

Différentes étapes entrent en compte dans l'élaboration des menus.

■ **Déterminer les différents plats** : il faut déterminer les différents plats dans l'ordre chronologique suivant :
- le plat protidique ;
- l'accompagnement (légumes cuits ou féculents) ;
- un produit laitier ;
- une entrée et un dessert parmi les groupes alimentaires non représentés.

■ **Adapter le menu en fonction du nombre de composantes (3 ou 4).**

■ **Vérifier que la structure des repas est conforme à l'équilibre alimentaire** : il faut éviter d'avoir 2 fritures ou 2 crudités, ou 2 cuidités dans le même menu. Mieux vaut une crudité et une cuidité.

■ **Indiquer le mode de cuisson et la préparation** : il convient d'indiquer le nom de chaque préparation qui doit laisser comprendre le mode de cuisson et la spécificité de l'aliment. Par exemple : « filet de merlan sauté sauce citron » et non pas « poisson en sauce » ou « concombres sauce fromage blanc » et non pas « crudités »...

■ **Prendre en compte certaines caractéristiques** : pour élaborer les menus, il convient de tenir compte de la saison, du budget, du goût des consommateurs et des conditions de réalisation des repas.

2 L'évaluation d'un menu

■ Pour vérifier la conformité des menus à l'équilibre alimentaire, il est possible de réaliser un tableau qui permet de vérifier la fréquence des portions de chaque groupe d'aliments en fonction du nombre de composantes du repas. Ce tableau permet de faire une analyse quantitative et qualitative des menus.

Exemple de tableau d'évaluation

	GROUPES D'ALIMENTS						
	Produits laitiers	Viande Poisson Œuf	Féculent	Fruits et légumes crus	Fruits et légumes cuits	Corps gras	Produits sucrés
Plat protidique							
Accompagnement							
Produit laitier							
Entrée							
Dessert							
Bilan							

■ Au niveau de la ligne Bilan, **chaque groupe doit être représenté une fois par une croix**. La présence de produits sucrés est facultative, et les corps gras doivent être représentés en petite quantité.

REMARQUE

Un repas déséquilibré peut être rééquilibré par le repas suivant. L'équilibre nutritionnel s'évalue au minimum sur une journée, voire une semaine, d'où l'intérêt d'analyser l'ensemble des menus d'une journée ou d'une semaine.

3 Le plan alimentaire

A. Définition et objectifs

Le plan alimentaire correspond à l'élaboration de structures de menus pour une durée de 1 à 4 semaines. Il est le préalable à l'élaboration des menus et permet de planifier l'alimentation pour respecter les impératifs de gestion et l'équilibre nutritionnel des menus proposés. Il doit être élaboré en fonction d'un nombre de composantes déterminées au préalable.

B. Constitution du plan alimentaire

■ **Tous les groupes d'aliments doivent être représentés pour une journée donnée** mais il faut veiller à vérifier horizontalement l'alternance viandes/poissons/œufs en plat principal, cuidités et féculents en accompagnement, crudités et cuidités en entrée et en dessert, fromages et yaourts pour le groupe des produits laitiers.

■ Pour chaque composante, ce sont les groupes d'aliments qui sont indiqués et non pas des noms de plats ; le type de viande et de fromage peut être précisé.

C. Exemple de plan alimentaire

Exemple de menus du déjeuner à 5 composantes sur 5 jours

	LUNDI	MARDI	MERCREDI	JEUDI	VENDREDI
Entrée	Crudités	Légumes cuits	Féculent	Complément protidique	Crudités
Plat protidique	Viande de bœuf 1re catégorie	Poisson	Viande de porc 3e catégorie	Œuf	Volaille
Accompagnement	Légumes cuits	Féculents	Légumes cuits	Légumes cuits	Féculents
Produit laitier	Yaourt	Fromage	Produit laitier	Yaourts	Fromage
Dessert	Pâtisserie	Fruits crus	Fruit cru	Dessert à base féculents	Fruit cuit

D. Exemple de réalisation de menus

Exemple d'un menu hebdomadaire confectionné à partir du plan alimentaire précédent

	LUNDI	MARDI	MERCREDI	JEUDI	VENDREDI
Entrée	Salade de tomates	Betteraves et maïs en salade	Salade de riz	Assiette de charcuterie	Salade de carottes sauce citron
Plat protidique	Brochettes de bœuf	Saumon grillé	Palette à la diable	Œufs durs à la florentine	Poulet basquaise
Accompagnement	Ratatouille	Tagliatelles	Choux fleurs vapeur	Épinards et béchamel	Riz créole
Produit laitier	Yaourt nature	Comté	Fromage blanc	Yaourt aux fruits	Brie de Meaux
Dessert	Tarte aux prunes	Pêche jaune	Fraises	Madeleine	Compote pomme rhubarbe

Fiche 43

L'étiquetage des produits alimentaires

Fev TBF 1er2

L'étiquetage des produits alimentaires préemballés est régi par le Code de la consommation et par le règlement européen dit INCO du 22 novembre 2011. Ces produits doivent présenter dans leur étiquetage une série d'informations qui renseignent objectivement le consommateur afin de ne pas l'induire en erreur sur les caractéristiques, les propriétés ou les effets de l'aliment.

1 Les mentions obligatoires

- La réglementation prévoit **12 mentions obligatoires :**
  - la **dénomination de vente** qui correspond à la dénomination légale du produit (yaourt) ou à un nom descriptif (spécialité laitière fermentée) ;
  - la **liste comprenant tous les ingrédients** dans **l'ordre décroissant de leur importance pondérale** ;
  - les **allergènes** (voir Fiche 51. La toxicité) doivent être affichés dans la liste des ingrédients, en évidence par rapport aux autres constituants ;
  - la **quantité de certains ingrédients** ou catégories d'ingrédients s'ils sont mis en évidence dans la dénomination ou l'image du produit ;
  - la **quantité nette** ;
  - la **date de consommation** ;
  - les **conditions particulières de conservation et/ou d'utilisation**, si nécessaire ;
  - le **nom ou la raison sociale et l'adresse de l'exploitant** ;
  - le pays d'origine ou le **lieu de provenance** (notamment pour la viande) ;
  - un **mode d'emploi** si nécessaire ;
  - le **taux d'alcool** (pour les boissons titrant plus de 1,2 % d'alcool) ;
  - la **déclaration nutritionnelle**.
- Ces dispositions sont aussi valables pour la **vente à distance**.

À SAVOIR

La date de consommation

On distingue :

- la **date de durabilité maximale** : « à consommer de préférence avant le... » ou « à consommer de préférence avant fin... ». Au-delà de ce délai, l'aliment peut perdre ses qualités gustatives ou nutritionnelles ;
- la **date limite de consommation** : « à consommer jusqu'au... ». Elle apparaît sur les produits périssables. Une consommation au-delà de cette date entraîne un danger pour le consommateur ;
- la **date de congélation**.

2 Évaluer la qualité nutritionnelle d'un produit

La qualité nutritionnelle est l'aptitude de l'aliment à nourrir, c'est-à-dire à **apporter de l'énergie et des nutriments en quantité et en qualité satisfaisantes.**

A. L'étiquetage nutritionnel

■ La déclaration nutritionnelle est obligatoire depuis 2016. Les éléments qui doivent apparaître sont :
- la valeur énergétique ;
- les glucides dont les sucres ;
- les lipides (ou les graisses) dont les acides gras saturés ;
- les protéines ;
- le sel (chlorure de sodium ou NaCl).

■ Les teneurs doivent être indiquées pour 100 g ou pour 100 mL de produit. La teneur en vitamines, en minéraux, en polyols, en fibres, en acides gras poly ou mono-insaturés peut apparaître de manière facultative.

B. Le Nutri-Score

■ Le **Nutri-Score** est un logo qui a été choisi par les pouvoirs publics afin d'améliorer l'accès à une **alimentation équilibrée** (loi de modernisation du système de santé de 2016). Il fait partie de l'étiquetage facultatif. Il fournit au consommateur une information lisible et facilement compréhensible sur la qualité nutritionnelle globale des produits et permet ainsi de les comparer.

■ Le score est basé sur le calcul d'une **composante positive** prenant en compte les **nutriments de bonne qualité nutritionnelle** (protéines, fibres, teneur en fruits et légumes, en fruits à coques et en légumineuses) et d'une **composante négative** prenant en compte les **nutriments à éviter** (acides gras saturés, sel, sucre et densité énergétique).

C. Comparer la qualité nutritionnelle de deux produits sans Nutri-Score

En l'absence du logo Nutri-Score, on peut comparer la qualité nutritionnelle de deux produits en s'appuyant sur la déclaration nutritionnelle.

NUTRIMENTS MARQUEURS DE BONNE QUALITÉ NUTRITIONNELLE	NUTRIMENTS À LIMITER
· Protéines · Acides gras poly-insaturés (AGPI), acides gras mono-insaturés (AGMI) · Fibres · Toutes les vitamines · Certains minéraux dont le calcium, le magnésium, le fer, l'iode, le potassium…	· Acides gras saturés · Sucre (ou glucides simples) · Sel (sodium)

D. Les produits ultra-transformés

REMARQUE

Un produit est trop gras quand il contient plus de 10 g de matière grasse pour 100 g de produit.

■ La classification **NOVA**, proposée en 2009, permet de classer les aliments en 3 catégories suivant la nature, le degré et le type de transformation appliqués aux aliments.

■ Les aliments ultra-transformés sont des produits avec des formulations industrielles qui contiennent en général **plus de 4 ou 5 ingrédients différents** (attention, 7 légumes dans un potage ne comptent que pour un ingrédient) et qui peuvent comporter des additifs alimentaires, des protéines hydrolysées, des amidons modifiés et/ou des huiles hydrogénées. Le caractère ultra-transformé des aliments n'est pas pris en compte dans le calcul du Nutri-Score, toutefois le PNNS recommande de limiter leur consommation.

3 Les autres signes de qualité alimentaire

■ Les signes de qualité alimentaire font partie des mentions facultatives sur l'étiquetage. Ils couvrent un champ assez vaste de la qualité alimentaire :
- qualité gustative et sensorielle ;
- respect des traditions typiques d'un terroir ;
- origine des produits ;
- production respectueuse de l'environnement.

■ Parmi tous ces signes, certains sont des signes de qualité officiels français ou européens (dont l'utilisation est soumise au respect d'un cahier des charges strict et de vérifications) ou des marques déposées. D'autres encore sont simplement des mentions ou des expressions réglementées aussi appelées allégations.

A. Les signes officiels de qualité

■ On parle de l'**appellation d'origine contrôlée** (AOC) et de l'**appellation d'origine protégée** (AOP).

■ Officialisée en 1935, l'AOC garantit une provenance géographique stricte, un savoir-faire local, un climat, des animaux de race, une notoriété et des critères de production précis. Elle est remplacée depuis 2012 par l'AOP, son équivalent européen.

↑ *Logos de l'AOC et de l'AOP*

■ L'**indication géographique protégée** (IGP) est un label européen. Il signifie qu'au moins une étape de fabrication est réalisée sur un territoire bien précis.

↑ *Logo IGP*

■ La **spécialité traditionnelle garantie** (STG) est une attestation européenne qui met en valeur un mode de production traditionnel. Les produits qui en bénéficient peuvent être fabriqués dans n'importe quel pays de l'Union européenne.

↑ *Logo STG*

■ Créé en 1960, le **Label rouge** atteste que le produit possède une qualité supérieure qui le distingue des produits similaires non labellisés. Il répond à un cahier des charges précis et à une démarche qualité qui subit des contrôles, à chaque étape de la production, par un organisme certificateur. Il doit prévoir notamment une dégustation avec un panel de consommateurs.

↑ *Logo Label rouge*

■ Le **label européen agriculture biologique** repose sur un cahier des charges promouvant le respect de la biodiversité, des ressources naturelles, l'assurance du bien-être animal, l'interdiction des pesticides de synthèse, des OGM...

↑ *Logo européen agriculture biologique*

■ Le **commerce équitable** est un partenariat commercial fondé sur le dialogue, la transparence et le respect. Il contribue au développement durable en offrant de meilleures conditions commerciales et en garantissant les droits des producteurs et des travailleurs marginalisés, en particulier ceux du Sud. **Le label Fairtrade/Max Havelaar** est le plus répandu en France.

↑ *Logo Fairtrade Max Havelaar*

B. Les marques déposées

■ La marque « **Reconnu saveur de l'année** » permet une reconnaissance gustative d'un produit. C'est une démarche volontaire payante basée sur **l'analyse sensorielle d'un jury de consommateurs**. L'attribution d'une note de 12 ou 14/20 suffit pour obtenir le droit de payer le logo et de l'afficher sur l'emballage. Ce logo est avant tout publicitaire et n'apporte pas de garantie de qualité supérieure aux autres produits comparables.

■ **« C'est qui le patron ?! »** est une marque de consommateur créée en 2016 par une société coopérative d'intérêt collectif ouverte aux consommateurs. Les objectifs sont de permettre aux consommateurs de décider collectivement du cahier des charges des produits, de les faire fabriquer et de les commercialiser au juste prix pour les producteurs. Cette marque s'inscrit dans le **respect du développement durable**.

■ **L'agriculture biodynamique** est un système de production agricole issu du courant ésotérique de l'anthroposophie proposé par Rudolf Steiner en 1924. **Le label Demeter** peut être obtenu par les agriculteurs déjà certifiés en agriculture biologique. Ils doivent ensuite respecter un cahier des charges propre à la **biodynamie** en utilisant des préparations spécifiques pour le sol à base de plantes et/ou de restes et de viscères d'animaux. Les plantations doivent aussi respecter les rythmes lunaires et planétaires. En pratique, ce label n'apporte pas grand-chose de plus que la certification agriculture biologique.

C. Mentions, allégations et expressions réglementées

- **« Naturel »** : produit non transformé, non traité, tel qu'on le trouve à l'état naturel.
- **« Maison » ou « fait maison »** : produit préparé sur le lieu de vente, de manière non industrielle.
- **« À l'ancienne » ou « traditionnel » :** produit fabriqué selon des usages anciens répertoriés sans additifs.
- **« Du terroir » :** signifie l'utilisation de matières premières obtenues à partir de procédés de fabrication issue d'une aire géographique restreinte.
- **« Artisanal » :** produit fabriqué par un artisan, inscrit au registre des métiers.

Fiche 44

L'alimentation des adolescents

À l'âge de l'émancipation, le comportement alimentaire de l'adolescent se modifie. Mais il faut veiller à ce que le besoin d'affirmation de soi ne se fasse pas au détriment des besoins nutritionnels très spécifiques de cette période sensible.

1 Les spécificités nutritionnelles des adolescents

La spécificité nutritionnelle de l'adolescent par rapport à l'adulte est essentiellement liée à :
- une **croissance rapide** : le jeune peut doubler son poids en 5 ans et grandir en moyenne de 8 à 12 cm par an, donc les apports en énergie augmentent considérablement et dépassent ceux des adultes ;
- l'**apparition de la puberté** qui, chez les filles, augmente le besoin en fer ;
- le **développement osseux et musculaire** qui induit des besoins en protéines et en calcium spécifiques.

À SAVOIR

• L'équilibre alimentaire ne se réalise pas sur un repas mais sur les repas d'une journée, voire d'une semaine : il est donc possible de manger varié et équilibré tout en faisant des digressions occasionnelles.
• De plus, une alimentation saine et équilibrée doit être accompagnée de préférence par la pratique d'une activité physique pour favoriser le bien-être et un bon état de santé.

2 Les besoins énergétiques et les références nutritionnelles

■ On peut calculer les **besoins énergétiques** comme ceux des adultes en multipliant le métabolisme de base par le niveau d'activité physique, mais il existe de telles disparités de taille et de poids pour les adolescents du même âge qu'il est difficile de donner une valeur moyenne unique.

■ Les **références nutritionnelles** pour la population (RNP) en nutriments énergétiques correspondent à celles d'une ration équilibrée :
- les **protéines** représentent 12 à 20 % de l'apport énergétique total (AET). Elles permettent en particulier l'entretien des tissus et la croissance ;
- les **lipides** représentent 35 à 40 % de l'AET. On constate cependant que la consommation des lipides des adolescents est trop élevée en France et en particulier la consommation des lipides riches en AGS. Il est conseillé de favoriser les corps gras d'origine végétale et de diminuer les corps gras cachés (chips, charcuteries, pâtisseries…) ;
- les **glucides** représentent 50 à 55 % de l'AET. Il est conseillé de limiter les glucides à index glycémique élevé, boissons sucrées, sucreries, pâtisseries… au profit des aliments riches en glucides à index glycémique faible, féculents, pain, céréales ;

– l'apport en **eau** doit être au moins équivalent à 1,5 L par jour et celui en **fibres** de 30 g par jour ;
– la référence nutritionnelle en **calcium** doit être de 1 200 mg par jour, nécessaires à la minéralisation de l'os. La constitution du capital osseux à l'adolescence est importante pour toute la vie, et offre la meilleure protection contre l'ostéoporose du 3e âge, avec le risque de fracture qui en découle. Or, l'apport en calcium des adolescentes est souvent inférieur de 50 à 60 % par rapport aux RNP. Il est donc indispensable d'informer ce public des risques encourus à long terme et des possibilités d'apport en calcium ;
– la référence nutritionnelle en **fer** doit représenter, par jour, 13 mg pour les adolescents et 16 mg pour les adolescentes. On observe une augmentation de la masse musculaire, surtout chez les garçons, et du volume sanguin ainsi qu'une perte de fer liée aux règles chez les filles ;
– l'apport en **vitamine D** permet une bonne utilisation du calcium ;
– l'apport en **vitamine B9** participe à la synthèse des globules rouges accrue, par l'augmentation du volume sanguin.

3 La fréquence de consommation des différents groupes d'aliments

La fréquence de consommation des adolescents est semblable à celle des adultes :
– **produits laitiers** : au moins 3 par jour ;
– **viande ou poisson ou œuf** : 1 ou 2 fois par jour ;
– **produits céréaliers** : un à chaque repas ;
– **fruits et légumes** : au moins 5 portions par jour ;
– **matières grasses ajoutées** : limiter la consommation en privilégiant les matières grasses d'origine végétale ;
– **produits sucrés** : limiter la consommation de boissons sucrées, d'aliments gras et sucrés tels que les pâtisseries, les gâteaux, les barres chocolatées… ;
– **boissons** : l'eau est la seule boisson indispensable ;
– **sel** : limiter la consommation de sel.

Fiche 45

L'alimentation des personnes âgées

Leur nombre et leur âge étant toujours en augmentation, le problème de la malnutrition chez les personnes âgées doit être connu et, autant que possible, prévenu. Ce problème concerne 10 % des personnes âgées autonomes et 70 % des personnes âgées vivant en institution.

1 Le processus de vieillissement

■ Le vieillissement est un processus physiologique et psychologique qui modifie les fonctions de l'organisme et le comportement alimentaire au fur et à mesure de l'avancée en âge.

■ Cependant, les personnes âgées représentent une population très diverse en fonction de :
- l'**activité physique** et l'**état de santé** qui peuvent être très différents, allant de la personne jeune retraitée active à la personne très âgée en institution ;
- le **lieu de vie** qui peut être le domicile ou l'institution ;
- le **degré d'autonomie** de la personne.

■ Pour retarder le vieillissement biologique naturel et afin de prévenir un certain nombre de pathologies et le maintien de l'autonomie des personnes âgées, une alimentation équilibrée et appropriée est nécessaire.

■ Les risques nutritionnels chez le sujet âgé peuvent être liés à plusieurs facteurs :
- des **apports excessifs** particulièrement en corps gras riches, en acides gras saturés ou en glucides à index glycémique élevé ;
- des **carences** le plus souvent dues à des apports protéino-énergétiques insuffisants et à des carences calciques.

2 Les besoins énergétiques et les références nutritionnelles

A. Les besoins et apports en énergie

■ Avec l'âge, les dépenses énergétiques diminuent légèrement du fait de la diminution du métabolisme de base, due essentiellement au remplacement de la masse maigre par la masse grasse et de la diminution fréquente de l'activité physique.

 # info
Des conseils nutritionnels adaptés aux seniors
foucherconnect.fr/21vesf53

■ Certaines personnes âgées font de petits repas et dans ce cas, il est intéressant de répartir les apports sur 4 à 5 repas dans la journée. Il est conseillé de favoriser la variété et d'adapter la texture aux capacités masticatoires.

B. Les références nutritionnelles en macronutriments, vitamines et minéraux

Voici les RNP en nutriments énergétiques correspondant à ceux d'une ration équilibrée.

Références nutritionnelles pour les personnes âgées

NUTRIMENTS	RNP	NUTRIMENTS ET PRÉVENTION
Énergie	Les besoins en énergie sont variables selon le sexe, la tranche d'âge et l'activité physique.	L'apport énergétique doit être suffisant pour couvrir l'ensemble des besoins en nutriments.
Protides	• Ils doivent représenter au moins 15 à 20 % de l'apport énergétique total (AET). • Il est souhaitable que l'apport soit au moins de 1 g/kg/jour.	• Les protéines apportées en quantité suffisante sont facteur de prévention de la fonte musculaire. • Les besoins sont plus élevés que chez l'adulte car il existe un déséquilibre entre la synthèse et la dégradation des protéines musculaires. • La masse musculaire peut être maintenue au mieux par une activité physique régulière. • Les protéines animales de bonne valeur biologique sont à privilégier.
Lipides	35 à 40 % de l'AET	• L'apport en acides gras mono et polyinsaturés joue un rôle dans la prévention des troubles cutanés, métaboliques (maladies cardio-vasculaires) oculaires et cérébraux. • Le vieillissement modifie le métabolisme des acides gras et donc l'apport en acides gras mono et polyinsaturés doit être maintenu ou accru par rapport aux besoins de l'adulte.
Glucides	40 à 55 % de l'AET	• Favoriser l'apport en glucides à index glycémique faible. Les produits sucrés sont à consommer avec modération et dans le cadre d'un repas structuré. • Ce sont souvent des aliments « plaisir » qui jouent un rôle important pour certaines personnes chez qui il y a absence d'appétit.
Eau	Au moins 1,5 L par jour	Il faut éviter tout phénomène de déshydratation. Le seuil de perception de la soif diminue avec l'âge. Il est donc nécessaire de boire avant d'avoir soif, voire de se forcer à boire, en particulier en cas de forte chaleur.
Fibres	Au moins 20 g/J	• L'état de la dentition influence la consommation de fruits et légumes. • Il faut veiller à maintenir au mieux les apports en consommant des fruits et légumes cuits si nécessaire et des céréales complètes.
Calcium	1 200 mg/J	• Un apport optimal en calcium est un facteur de prévention de l'ostéoporose. • Le calcium étant mieux absorbé en présence de vitamine D, il est conseillé de ne pas négliger les apports alimentaires, ni l'exposition au soleil qui permet la synthèse de la vitamine D, en particulier pour les personnes âgées en institution.
Fer	11 mg	Les apports sont en principe satisfaits si la consommation de viande, poisson, œuf reste suffisante.
Vitamines et minéraux	Seule une alimentation équilibrée et suffisamment énergétique permet de couvrir les besoins.	Un apport suffisant permet la prévention de l'apparition de pathologies ainsi que la prévention de la diminution des défenses immunitaires.

Fiche 46

L'alimentation de la femme enceinte et de la femme allaitante

Chez la femme enceinte, le développement du fœtus et des annexes entraîne une augmentation progressive des besoins nutritionnels de la mère, variable selon sa morphologie et ses activités.

1 L'évolution du poids au cours de la grossesse

■ La prise de poids est faible - voire nulle - le premier trimestre. Elle est d'environ 6 kg au deuxième trimestre et atteint généralement entre 9 et 12 kg au troisième trimestre.

■ Cette augmentation est due au poids du fœtus et de ses enveloppes, au poids du liquide amniotique et de l'utérus qui augmente de volume, à une partie de l'eau retenue dans les tissus, et à un stockage dans les tissus adipeux.

■ La production de lait de la femme allaitante nécessite également une adaptation des besoins nutritionnels.

2 Les besoins énergétiques et les références nutritionnelles

On peut adapter les références nutritionnelles de la femme adulte à celles de la femme enceinte et allaitante.

Comparaison des différents besoins en fonction de la situation spécifique de la femme

RÉFÉRENCES NUTRITIONNELLES	FEMME ADULTE	FEMME ENCEINTE	FEMME ALLAITANTE
Besoins énergétiques quotidiens	8 800 kJ (2 100 kcal)	L'augmentation des apports est fonction de l'appétit, sous réserve d'une prise de poids entre 9 et 12 kg au total. • On notera une augmentation des rendements digestifs.	• L'augmentation du métabolisme de base est due à la production de lait quotidienne. Les apports sont moindres que le coût énergétique réel, car l'organisme exploite les réserves accumulées pendant la grossesse.
En protides	10 à 20 % de l'AET, soit environ 69 g/j	15 à 20 % de l'AET. Veiller à un apport de protéines de bonne qualité.	• 15 à 20 % de l'AET. • L'apport énergétique étant augmenté, les apports protéiques le sont aussi, ils correspondent aux besoins d'entretien et de production du lait.

RÉFÉRENCES NUTRITIONNELLES	FEMME ADULTE	FEMME ENCEINTE	FEMME ALLAITANTE
En lipides	35 à 40 % de l'AET, soit environ 80 g	• 35 à 40 % de l'AET dont 4 % d'acide linoléique et 1,2 % d'acide alpha linolénique. • Les lipides participent au développement des membranes cellulaires et au développement du système nerveux du fœtus et de l'embryon.	• 35 à 40 % de l'AET. • Privilégier les corps gras d'origine végétale et particulièrement ceux riches en omégas 6 et en omégas 3 pour compenser les besoins liés à la production de lait.
En glucides	40 à 55 % de l'AET soit environ 280 g de glucides dont environ 50 g de glucides à index glycémique élevé	• 50 à 55 % de l'AET. • Limiter à 10 % de l'AET l'apport en glucides à index glycémique élevé.	
En minéraux	• **Calcium** : 900 mg • **Fer** : 16 mg	• **Calcium** : 900 à 1 000 mg. Augmentation de l'absorption intestinale chez la mère, donc les apports sont peu augmentés. • **Fer** : 30 mg nécessitant une supplémentation médicamenteuse. Cette augmentation importante est due au fait, entre autres, de l'augmentation importante du volume sanguin.	• **Calcium** : 1 000 mg L'augmentation des besoins correspond aux besoins de production pour le lait maternel. • **Fer** : 15 mg Les besoins sont faibles car la femme allaitante n'a pas de menstruations.
En vitamines	Vitamine D : 15 microgrammes	Les besoins sont augmentés en vitamines A et D et surtout en vitamine B9 indispensable pour toutes les divisions cellulaires – présente en particulier dans les légumes feuilles, les viandes, les œufs.	• **Vitamine C** : 130 mg, elle stimule le système immunitaire. • **Vitamine D** : 15 microgrammes. Les apports sont importants pour obtenir un lait de bonne qualité.
En eau	Au moins 1,5 L par jour	L'eau joue un rôle dans la prévention de la constipation, des infections urinaires. Elle est nécessaire au développement des nouveaux tissus, liquide amniotique, augmentation du volume sanguin.	Les besoins sont estimés à 3 L en raison du rôle de l'eau dans la production de lait.
En fibres	25 à 30 g pour favoriser le transit digestif et prévenir la constipation fréquente chez la femme enceinte.		

3 L'adaptation de la ration de la femme enceinte et de la femme allaitante

■ Les repères de consommation sont les mêmes que pour l'adulte bien portant pour tous les groupes d'aliments, sauf pour le lait et les produits laitiers qui peuvent être augmentés et passer de 3 à 4 portions par jour. La différence majeure repose sur la qualité de chaque choix afin d'augmenter la densité nutritionnelle.

■ Il convient de faire **4 à 5 repas équilibrés par jour** (petit-déjeuner, déjeuner, dîner, + 1 ou 2 collations), ceci afin que l'ensemble des aliments soient apportés en quantité suffisante et, chez la femme enceinte, pour pallier les nausées du premier trimestre et éviter les surcharges gastriques (ne pas oublier que le fœtus occupe de plus en plus de place et comprime l'estomac).

4 L'hygiène alimentaire

A. L'hygiène alimentaire de la femme enceinte

■ Pour limiter les troubles liés à la grossesse, tels que les nausées, les vomissements, les brûlures d'estomac, il est souhaitable d'avoir une alimentation facile à digérer et donc d'éviter les aliments à goût fort, les graisses cuites, les fritures, les boissons gazeuses, les plats épicés...

■ De même, il est conseillé de ne pas sauter de repas, mais de **fractionner l'alimentation** : ceci permet de diminuer les volumes et d'éviter les brûlures d'estomac.

■ Une prise hydrique régulière, le maintien d'une activité physique, couplés à un bon apport en fibres, contribuent à prévenir la constipation. Il est important de supprimer le café et l'alcool qui traversent la barrière placentaire.

■ Le **respect des règles d'hygiène de base permet d'éviter les infections alimentaires** telles que la listériose, la salmonellose et d'éviter la toxoplasmose. Pour prévenir ces pathologies, veiller à un lavage régulier des mains, un bon lavage des fruits et légumes, une cuisson suffisante des viandes.

B. L'hygiène alimentaire de la femme allaitante

Le rythme alimentaire de la femme allaitante est modifié pour s'adapter aux besoins de l'allaitement. Il est conseillé de **fractionner l'alimentation** pour apporter de l'énergie régulièrement pour les tétées. On conseillera donc 5 prises alimentaires sous forme de 3 repas principaux et 2 collations.

 # doc

Le guide nutrition pendant et après la grossesse

foucherconnect.fr/21vesf54

Fiche 47

Les différents micro-organismes

Un micro-organisme est un être vivant dont l'observation ne peut être faite à l'œil nu, et dont les cellules ne sont pas différenciées ni assemblées en tissus. Un micro-organisme peut être uni ou pluricellulaire ; sa taille peut varier de 1 à 100 µm environ, son type cellulaire peut être eucaryote ou procaryote. Les eucaryotes ont un noyau bien délimité par une membrane nucléaire pouvant entrer en mitose, et d'autres organites cytoplasmiques comme l'appareil de Golgi, les mitochondries…

 # info
Bactéries et microbes en tout genre
foucherconnect.fr/21vesf55

1 Classification

Caractéristiques des différents micro-organismes par familles

FAMILLES	CARACTÉRISTIQUES	EXEMPLES
Protozoaires (parfois appelés parasites unicellulaires)	· Cellules eucaryotes sans chloroplaste (animal). · Taille : 10 à 100 µm environ.	*Plasmodium falciparum* (paludisme), *entomoebia histolytica* ou amibe (amibiase), *toxoplasma gondii* (toxoplasmose).
Mycètes (champignons microscopiques)	· **Moisissures :** – cellules eucaryotes ; – forment des assemblages filamenteux pluricellulaires.	*Penicillium camenberti* ou *roqueforti* ou *notatum aspergillus flavus.*
	· **Levures :** – cellules eucaryotes ; – forment des assemblages filamenteux unicellulaires. · Taille : 10 à 100 µm environ.	*Candida albicans* (candidose), *saccharomyces cerevisiae* ou levure de bière.
Bactéries	· Êtres unicellulaires, procaryotes : présence d'une membrane plasmique, d'un cytoplasme contenant des ribosomes et un filament d'ADN. Toujours entourées d'une paroi plus ou moins épaisse (Gram + ou -). · Les bacilles sont de forme ovoïde, les coques de forme arrondie. · Taille : 1 à 10 µm environ.	*Clostridium tetani* (tétanos) ou *clos. botuli* (botulisme) *staphyloccocus aureus* ou staphylocoque doré, *mycobactérium tuberculosis* ou bacille de Koch (tuberculose), etc.
Virus	· Particule centrée sur un matériel génétique (ARN ou ADN), et entourée d'une capside protéique. · Obligée d'infecter une autre cellule pour détourner à son profit le matériel cytoplasmique dont elle est dépourvue : ce sont des parasites intracellulaires obligatoires. · Taille : 0,01 à 0,2 µm environ.	*Poliovirus* (poliomyélite), *influenzavirus* (grippe), etc. Certaines infections virales peuvent faire le lit d'un cancer : *papillomavirus* et infection, puis cancer du col de l'utérus, ou virus de l'hépatite B et cancer du foie.

2 La multiplication des bactéries

#vidéo
La croissance bactérienne
foucherconnect.fr/21vesf56

A. Multiplication et croissance

1. Manifestations des populations bactériennes

Quand les conditions sont favorables, on observe le développement de masses compactes appelées **colonies**, dont la taille, la forme, la couleur est caractéristique de l'espèce bactérienne en question (exemple : colonies jaunes du staphylocoque doré). D'autres bactéries se développent en nappe ou en **film bactérien** (exemple : la plaque dentaire).

2. Croissance des populations bactériennes

Les bactéries se multiplient par scissiparité et donc le nombre d'individus double à chaque division :

NOMBRE DE SCISSIONS	NOMBRE DE BACTÉRIES	
	UNE SEULE...	PLUSIEURS...
0	1	N = No
1	2	2 × No
2	4	4 × No
...	...	...
n	2^n	$N = 2^n \times No$

n le nombre de scissions
N le nombre de bactéries
No le nombre initial de bactéries
En dénombrant les bactéries et le nombre n de divisions pendant un temps t, on peut définir :
G le temps de doublement ou de génération,
et **μ** la vitesse spécifique de croissance.
G = t / n et s'exprime en minutes par division,
μ = n / t et s'exprime en divisions par heure.
Ex. : pour *Eschericia coli*, μ = 2 divisions par heure et G = 0,5 h soit 30 minutes.

3. Facteurs d'influence de la croissance bactérienne

- La **température** : les bactéries **mésophiles** ont une température de développement optimum autour de 35 °C dans un intervalle entre 15 et 40 °C : à 10 °C, elles sont bloquées, à 20 °C, elles se développent lentement, à 60 °C, elles sont tuées. Les bactéries **psychrotrophes** ont une température optimum de 15 °C.
- L'**oxygène** ou les **types respiratoires** : si l'oxygène est nécessaire, la bactérie est **aérobie**. Si l'oxygène l'empêche de vivre, elle est **anaérobie**. Certaines bactéries sont aérobies-anaérobies facultatives, c'est-à-dire indifférentes à la présence ou non d'oxygène.
- Le **pH** : la plupart des bactéries ont un pH optimum autour de 7, et sont dites **neutrophiles**. Les autres sont **basophiles** ou **acidophiles**.
- L'**Aw** ou **activité de l'eau** : ce paramètre exprime la disponibilité de l'eau. Si l'eau augmente, Aw augmente. Si la quantité de substances dissoutes augmente, Aw diminue, et la croissance bactérienne aussi.

B. Sporulation

C'est une **réaction de survie de certaines bactéries** quand un ou plusieurs paramètres de son environnement lui deviennent défavorables. La sporulation consiste en une condensation du matériel nucléaire en une extrémité de la cellule, puis en un enroulement à l'intérieur de plusieurs enveloppes épaisses et solides. La spore résiste remarquablement au temps, au froid, à la chaleur, aux rayons X ou UV, aux antiseptiques. Quand les conditions extérieures redeviennent favorables, la spore germe. La **germination**, c'est le retour à la forme végétative de la bactérie, qui peut à nouveau croître et se diviser.

Fiche 48

HYGIÈNE

Les infections

L'organisme humain entretient, dans des conditions normales, de « bonnes relations » avec de nombreux micro-organismes (MO). Mais si les résistances de la personne faiblissent ou si le MO est très pathogène, la relation devient défavorable pour l'hôte. On parle alors d'infection.

1 Les modalités des maladies infectieuses

- **Infection aiguë** : les signes sont brutaux et le conflit est de courte durée. Il se termine par la guérison, le décès ou le passage en mode chronique. Exemples : grippe, botulisme, méningite...
- **Infection chronique** : le conflit dure plus longtemps, avec des signes moins violents. Exemples : hépatite C, tuberculose...
- **Infection asymptomatique** : c'est un mode d'infection sans aucun symptôme clinique. La sérologie (dosage sanguin des anticorps) est le seul moyen d'établir le diagnostic. Exemples : la toxoplasmose (parfois), SIDA en phase de seule séropositivité...

ATTENTION

Ne pas confondre portage sain avec infection asymptomatique.
Un porteur sain héberge un MO pathogène sans développer la maladie, sans conflit immunitaire, mais en étant néanmoins contagieux.

 # info
L'agent infectieux
foucherconnect.fr/21vesf57

2 Les facteurs du pouvoir pathogène

A. Virulence ou pouvoir invasif

C'est la capacité pour un MO à **pénétrer et à se propager à l'intérieur de l'organisme**, à s'y multiplier et à occasionner des destructions cellulaires.

B. Toxinogenèse ou pouvoir toxique

■ C'est la capacité du MO à **produire des toxines**, c'est-à-dire des substances pouvant dérégler le fonctionnement de l'organisme-hôte. Leur pouvoir toxique peut être très violent.

■ Elles ont aussi un **pouvoir antigénique** : les toxines sont la cible d'anticorps spécifiques appelés antitoxines. La plupart sont neutralisantes et utilisées en sérothérapie (antitoxine tétanique...).

REMARQUES

- Certaines toxines résistent assez bien à la chaleur, et même mieux que les bactéries qui les ont synthétisées, comme le staphylocoque doré dans une crème pâtissière que la cuisson peut tuer, alors que ses toxines résistent...
- Une bactérie pathogène peut combiner les deux types de pouvoir pathogène.

3 Le rôle du terrain

■ Le terrain présente aux bactéries une **résistance**, c'est-à-dire une défense organisée en lignes successives : flores bactériennes locales (voir ultra), barrière cutanéo-muqueuse, leurs sécrétions, le tissu conjonctif, les cellules de l'immunité. Ces résistances sont d'autant plus fortes que la personne est bien immunisée (vaccins) et en bon état général (état nutritionnel, peu de stress, etc.).

■ Si les résistances sont faibles (prématurité, SIDA, dénutrition, vieillissement…), certains MO commensaux deviennent pathogènes du fait de la diminution des résistances de l'organisme-hôte. On parle alors de MO pathogènes **opportunistes**.

4 La transmission des maladies infectieuses

A. Notions d'épidémiologie

■ L'épidémiologie a pour objet l'étude de l'apparition et de la distribution dans le temps et dans l'espace des maladies transmissibles et non transmissibles, ainsi que l'étude des facteurs favorisant leur apparition et leur régression.

■ Si la maladie survient de manière isolée avec peu ou pas de transmission dans la population alentour, on parle de **cas sporadiques**. Si la maladie se développe dans la population et qu'apparaît un certain nombre de cas nouveaux dans un lieu géographique défini, on parle d'**épidémie**. Notons qu'une épidémie qui se propage à toute la surface de la planète s'appelle une **pandémie**.

■ Si la maladie persiste dans le même lieu et que des cas sont enregistrés de façon régulière, on parle d'**endémie**. Exemple : le SIDA, d'abord pandémique, est devenu endémique dans la plupart des continents de la planète.

B. Analyse de la transmission des micro-organismes

■ L'analyse peut être intéressante pour comprendre (et briser) une chaîne de transmission.

■ Le **réservoir d'un germe** est le milieu de vie ou de conservation de ce germe, vivant (homme, animal, insecte, plante) ou non (terre, eau, linge, canalisations…). **Exemple** : sphère ORL humaine pour le staphylocoque doré, terre pour le *clostridium botuli* (spore).

■ La **contamination** depuis le réservoir peut être **directe**, sans intermédiaire. Plus fréquemment, la contamination est **indirecte**, et fait intervenir un **vecteur** (ou plusieurs), c'est-à-dire un support de MO faisant le lien entre le réservoir et l'hôte. Ces vecteurs peuvent être vivants (humain, animal…) ou inanimés (objet, aliment, eau, air…).

> **EXEMPLES**
> • **Contamination directe** : terre pleine de spores de *clostridium tétani* sur une peau blessée pendant le jardinage.
> • **Contamination indirecte** : réservoir = terre / poussière mobilisée pendant un balayage à sec / se dépose sur un aliment / contamine un consommateur. Ici, la **chaîne de transmission** fait intervenir 2 vecteurs : l'air et un aliment.

■ **Voies de pénétration** :
- par effraction (plaie, piqûre…) ;
- par ingestion : eau souillée (péril fécal), aliments contaminés (TIAC…) ou contenant des parasites (larves de vers, amibes…) ;
- par inhalation : bacilles de Koch (tuberculose), virus influenza (grippe), virus SARS-Cov-2 (Covid-19)… ;
- par contact sexuel (IST)… ;
- par voie placentaire (VIH, VHB, VHC, toxoplasme) et par l'allaitement (VIH)…

HYGIÈNE

Les micro-organismes et l'environnement

Les bactéries sont capables de coloniser tous les milieux de la biosphère planétaire, où elles jouent en tant que décomposeurs un rôle fondamental dans les cycles du carbone, de l'azote, etc. Seule une infime partie d'entre elles sont pathogènes pour l'homme, mais ceci exige de sa part des actions de prévention individuelles ou collectives.

1 La nature des relations des micro-organismes avec le milieu de vie

- **Saprophytisme** : mode de vie des micro-organismes (MO) qui se développent sur de la matière organique morte. Exemples : humus, matières en décomposition...
- **Symbiose** : association entre êtres vivants, indispensable à la survie de l'un ou des deux êtres concernés. La symbiose (au sens large) regroupe deux cas de figure :
  - **le mutualisme** : coopération indispensable aux deux êtres vivants, ou relation à bénéfice partagé (symbiose au sens restreint). Exemple : certaines bactéries de notre côlon, qui bénéficient des éléments nutritifs, de la chaleur et de l'abri, et qui produisent en retour de la vitamine K ;
  - **le parasitisme** : relation dont un seul membre de l'association tire profit. Le plus souvent, ce sont les MO qui tirent un profit de l'hôte qui les héberge.

REMARQUES

- Si l'hôte ne subit pas de nuisance, le MO sera dit **commensal**.
- Si l'hôte subit un dommage, le MO sera considéré comme **pathogène**.

2 La notion de flore

■ Les bactéries et les autres MO se développent dans les milieux qui satisfont à leurs exigences nutritionnelles. Différentes espèces de MO se retrouvent ainsi simultanément, en compétition équilibrée, formant ce qu'on appelle une **flore microbienne** caractéristique d'un milieu.

■ Ces flores ne sont pas immobiles et des espèces peuvent passer d'une flore à l'autre, comme les bactéries telluriques mobilisées dans les poussières se retrouvant dans la flore d'altération des aliments ; ou la flore digestive se retrouvant sur les mains, etc., d'où la notion de **flore résidente** et de **flore transitoire**.

Flore résidente et flore transitoire

FLORE RÉSIDENTE	FLORE TRANSITOIRE
Flores de milieux naturels	
Terre	Flore riche et variée. Jusqu'à 10^9 MO par gramme. Présence de spores (Exemple : *clostridium tetani*).

	FLORE RÉSIDENTE	FLORE TRANSITOIRE
Air	Sur des particules en suspension (poussières, gouttelettes...).	Nombreux MO en provenance des flores telluriques ou humaines.
Eau	Flore abondante, en fonction de la température et de la propreté de l'eau.	Possible présence de MO fécaux pathogènes : c'est le péril fécal. Exemple : hépatite A, choléra, typhus...
Flores humaines		
Côlon	Flore riche et variée. Jusqu'à 10^{11} MO par gramme.	25 % des humains seraient porteurs sains de salmonelles pathogènes !
Sphère ORL	Nombreuses espèces commensales.	30 % des adultes seraient porteurs sains de staphylocoques dorés pathogènes !
Mains	Très nombreuses espèces de MO dans les plis, la profondeur des glandes cutanées où elles demeurent inexpugnables.	Provient des manipulations diverses, dont toucher des objets souillés, cheveux, nez, WC... Les mains deviennent vecteurs de contamination.

3 La maîtrise des flores microbiennes dans l'environnement humain

 # doc
La flore cutanée et ses caractéristiques
foucherconnect.fr/21vesf58

A. Freiner leur développement

Il est possible de freiner leur développement en jouant sur les conditions de vie des MO :

– **en limitant les ressources nutritionnelles des MO**. Aucune désinfection ne peut se faire sans un nettoyage préalable, d'autant plus que les souillures protègent les MO. Ceci vaut pour les mains, les surfaces, le traitement de l'eau potable... ;
– **grâce au froid**, par exemple en utilisant des locaux réfrigérés.

B. Éliminer les micro-organismes par des agents physiques ou chimiques

Il est aussi possible d'éliminer les MO en mettant en jeu différents agents.

- **Action des agents physiques** :
  – la **filtration** : elle s'effectue à travers des filtres à matériel fibreux ou des filtres-membranes à pores très fins. Elle s'utilise pour l'air ou l'eau ;
  – la **chaleur sèche ou humide** : la chaleur tue les MO par destruction des structures moléculaires. La destruction des spores demande des températures plus élevées ;
  – les **rayonnements** : rayons X ou gamma à partir d'une source radioactive. Les UV altèrent aussi la structure chimique des microbes, mais ils sont peu pénétrants, et ne détruisent pas les spores.
- **Action des agents chimiques** :
  – **antiseptique** : produit dont l'application sur une surface **vivante** réduit le nombre de micro-organismes (action bactéricide). L'activité antiseptique fait l'objet d'une norme AFNOR ;
  – **désinfectant** : idem, mais sur une surface **inerte**.

C. Se laver les mains

L'hygiène des mains est fondamentale pour freiner le développement des MO. La finalité est double : éviter le développement de MO pathogènes pour soi-même, et éviter la contamination des autres personnes par contact manuel direct ou indirect.

Comparaison des actions des différents types de lavage des mains

	LAVAGE SIMPLE	LAVAGE ANTISEPTIQUE	ANTISEPSIE SIMPLE
Objectifs	Éliminer les souillures, réduire la flore transitoire	Éliminer les souillures, réduire la flore transitoire	Réduire la flore transitoire
Zones cibles	Mains et poignets sans bijoux, ongles courts sans vernis		
Produits	Savon, eau du réseau	Savon antiseptique, eau du réseau	Solution hydro-alcoolique
Technique et durée	*Cf.* protocole ci-dessous, 30 à 60 secondes	60 secondes sans le rinçage	60 secondes minimum
Séchage	Tamponnement par textile ou papier (usage unique)		Spontané
Élimination souillures	Oui	Oui	Non
Élimination flore résidente	Aucune action	À 50 %	À 90 %
Élimination flore transitoire	À 90 %	À 99,9 %	À 99,99 %

À SAVOIR

- L'usage d'une solution hydro-alcoolique n'a de sens que sur des mains préalablement propres. Sinon, il ne s'agit que d'un pis-aller.
- La réduction des MO sur les mains, même importante, ne peut être que momentanée.

 # diapo
L'hygiène des mains
foucherconnect.fr/21vesf59

FOCUS

Exemple de protocole de lavage des mains

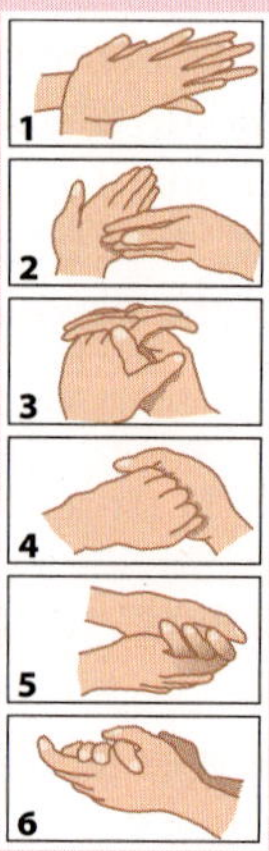

1. Paume contre paume.
2. Paume de la main droite contre le dos de la main gauche et inverser.
3. Paume contre paume doigts entrelacés.
4. Dos des doigts contre la paume opposée avec des doigts emboîtés.
5. Friction circulaire du pouce droit pris dans la paume gauche et vice versa.
6. Regrouper la pointe des doigts de la main droite et frotter la paume de la main gauche, et inverser…

Ce protocole a l'avantage d'insister sur les zones des mains les plus riches en MO.

Fiche 50 Les micro-organismes et les aliments

Les aliments sont rarement stériles. Ils portent à leur surface une flore d'altération, qui sera limitée ou éliminée lors des procédés de conservation. Ils portent parfois une flore pathogène d'origine exogène, responsable de toxi-infections alimentaires. Mais certains micro-organismes (MO) sont nécessaires pour la fabrication de certaines denrées alimentaires.

1 Les procédés de conservation des aliments

A. Techniques de conservation par la chaleur

	PRINCIPE	AVANTAGES	LIMITES ET INCONVÉNIENTS
Appertisation-stérilisation	Conditionnement puis traitement thermique > 100 °C (barèmes de temps-température).	Élimination totale des MO, d'où une conservation longue.	Modification des couleurs, du goût, de la valeur nutritionnelle (vitamines C, B...).
Stérilisation UHT	Température plus élevée (140 °C), mais temps plus court (quelques secondes).	Idem.	Modifications moindres.
Pasteurisation	Température < 100 °C. Exemple : lait, jus de fruits…	Produit assaini (action sur flore pathogène mésophile) mais non stérile. Goût très proche du cru.	Conservation courte, et seulement si réfrigération.

B. Techniques de conservation par le froid

	PRINCIPE	AVANTAGES	LIMITES ET INCONVÉNIENTS
Réfrigération	Ralentissement des MO et des enzymes de l'aliment.	Stabilisation de quelques jours.	· DLC à contrôler. Ranger selon les zones de froid.
Congélation	Arrêt de toute activité microbienne, enzymes très ralenties.	· Conservation longue. · Bonne conservation des valeurs nutritives et organoleptiques.	· DLUO, car rancissement possible (produits gras). · Décongélation à maîtriser.
Surgélation	Congélation ultra-rapide (-40 °C).	Moins de pertes par exsudation lors de la décongélation.	Impossible avec les appareils domestiques, même 4 étoiles.

C. Techniques de conservation par absence d'humidité

Ces techniques regroupent le **séchage artisanal**, la **déshydratation** et la **lyophilisation** (déshydratation à l'état congelé). **Saumures** et **confitures** ne fonctionnent pas par perte d'eau, mais par diminution de l'eau disponible (activité de l'eau ou Aw).

D. Techniques de conservation par absence d'oxygène

Ces techniques concernent la **conservation sous vide** (aucun gaz), l'**atmosphère contrôlée** (gaz neutre) : impossibilité pour les MO aérobies de se développer et réfrigération indispensable pour limiter les anaérobies.

 # info
Les modes de conservation des aliments
foucherconnect.fr/21vesf60

2 Les micro-organismes en production alimentaire

Certaines fermentations transforment les produits alimentaires d'origine en une denrée alimentaire nouvelle (pain, brioches...), parfois de conservation assez longue (vins, bières, vinaigres, choucroute, fromages...).

3 Les toxi-infections alimentaires collectives (TIAC)

- On parle de TIAC lorsqu'**au moins 2 personnes** ayant consommé le même repas présentent des symptômes digestifs (parfois neurologiques) similaires. Elles relèvent toujours d'un **problème d'hygiène des denrées alimentaires** : contamination initiale des denrées, contamination pendant les préparations, multiplication des MO pendant un stockage ou un transport non-conforme.
- Les foyers de TIAC (plus de 1 300 en 2017) sont identifiés en milieu familial, restauration sociale ou commerciale, institutions médico-sociales, etc. Certains cas sont mortels.

 # info
Les TIAC
foucherconnect.fr/21vesf61

Mode de contamination et maladies développées par les principales infections bactériennes alimentaires

	RÉSERVOIR	MODE DE CONTAMINATION	ALIMENTS	MALADIE
Salmonellose *(salmonella enteritidis)*	Intestins humains ou animaux, malades ou porteurs sains.	· Œufs, coquilles, viandes. · Contamination fécale par les mains mal lavées.	· Œufs, crèmes aux œufs pas ou peu cuites. · Produits carnés…	Fièvre, diarrhées… Potentiellement mortelle pour les personnes fragiles.
Staphylococcose *(staphylococcus aureus)*	· Sphère ORL humaine : salive, nez, gorge · Infections cutanées.	· Éternuements, gouttelettes de salive · Dégustation malpropre… · Panaris…	Nombreux plats où le bacille a pu produire sa toxine : viande hachée mal cuite, crèmes, PCEA mal gérées.	Début rapide et violent (maladie des banquets), mais pas mortelle.
Botulisme *(clostridium botuli)*	Spores de la terre.	Poussière venant du sol, denrées malpropres.	Conserves ou salaisons : la bactérie est anaérobie, se développe au centre du produit et produit sa toxine.	Toxine neurotrope : risque de paralysie et d'asphyxie. Devenue rare mais toujours redoutable.

> **MÉMO**
> Autres infections bactériennes alimentaires : *Escherichia coli, listeria, clostridium perfringens, shigella…*

4 Les préparations culinaires élaborées à l'avance (PCEA)

> **# info**
> **Liaison chaude et liaison froide : différences et ressemblances**
> **foucherconnect.fr/21vesf62**

■ L'hygiène des préparations culinaires élaborées à l'avance est réglementée par le **Paquet Hygiène** et l'arrêté du 21 décembre 2009, qui définit les températures et les temps de stockage des denrées alimentaires en restauration collective et les déplacements en **liaison chaude ou froide**.

■ La finalité de ces lois est d'**éviter les TIAC** en limitant autant que possible les intervalles de temps-température où une bactérie pathogène (le plus souvent mésophile) pourrait se développer :

- **refroidissement d'un plat chaud** : **de + 63 °C à + 10 °C en moins de 2 heures** ;
- **conservation d'un plat froid ou refroidi** : entre 0 et +3 °C, pendant maximum 3 jours après celui de fabrication, sauf étude spécifique ;
- **réchauffage** : **de + 10° à + 63 °C en moins d'une heure** ;
- **conservation d'un plat chaud ou réchauffé** : minimum + 63 °C, à consommer dans la journée ;
- **obligation d'étiquetage** : désignation du plat, dates de fabrication et de péremption, températures de conservation au froid, numéro d'agrément ;
- **obligation de conserver un plat témoin** (5 jours à + 3 °C maximum) pour les contrôles d'hygiène.

La toxicité

La toxicité d'une substance est sa capacité à induire sur un organisme des effets néfastes, réversibles ou non. Elle dépend de la dose (quantité absorbée) et de la durée de l'exposition. Plus la dose induisant des effets est faible et plus la substance est toxique. Les molécules toxiques sont appelées xénobiotiques car elles sont étrangères à l'organisme. Les micro-organismes, même pathogènes, ne rentrent pas dans cette catégorie.

1 L'origine des substances toxiques

Elles peuvent être diverses :
- **origine chimique** (plomb, mercure, arsenic, monoxyde de carbone, radon...) ;
- **origine biologique** (toxines bactériennes, venins de serpent, poisons fabriqués par des plantes ou des champignons...) ;
- **origine physique** (rayonnements radioactifs).

2 La structure et le mode d'action

La toxicité d'une substance dépend de sa structure atomique et moléculaire. Elle doit avoir la capacité de ressembler à une molécule bénéfique et utilisée par l'organisme. C'est en prenant sa place dans un processus biologique, de façon réversible ou non, qu'elle va entraîner des perturbations qui seront néfastes à l'organisme.

EXEMPLE
La toxine botulique va empêcher la libération de l'acétylcholine au niveau de la plaque motrice, rendant la contraction musculaire impossible.

3 L'évaluation de la toxicité

Une même substance, suivant la **dose administrée** et la **durée de l'exposition**, pourra entraîner des effets différents.

A. La toxicité aiguë

■ La **toxicité aiguë** est caractérisée par l'altération irréversible des fonctions vitales de l'organisme après une dose unique de substance toxique. Elle est caractérisée par la **DL 50** (dose létale 50), qui est la dose unique entraînant la mort de 50 % des animaux traités.

■ Cette mesure permet de classer les substances en 4 catégories :
- I_a extrêmement dangereux ;
- I_b très dangereux ;
- II modérément dangereux ;
- III peu dangereux.

B. La toxicité à long terme

1. Étude de toxicité chronique

À SAVOIR

Dans les études de **toxicité chronique**, la substance est administrée de façon répétée sur une longue période. Ces études permettent de déterminer la **dose maximale n'induisant pas d'effet toxique** appelée **NOAEL** (*No Observable Adverse Effect Level*).

- **Détermination de la dose journalière tolérable (DJT) :** la **DJT** correspond à la dose susceptible d'être absorbée, en une journée et de façon quotidienne, par un individu sans entraîner d'effets toxiques. Elle est exprimée en mg ou µg de substance par kg de masse corporelle. Elle est utilisée pour **les composés dont la présence, dans l'alimentation, n'est pas souhaitée**, mais inévitable, pour des raisons de contamination de l'environnement. Elle est déterminée en divisant la NOAEL par un facteur de sécurité de 100.
- **Détermination de la dose journalière admissible (DJA) :** la **DJA** concerne les **additifs alimentaires**. Elle est déterminée comme la DJT.

2. Toxicité génétique et cancérogenèse

■ Les études de toxicité génétique ont pour but de mettre en évidence l'effet mutagène d'une substance sur l'organisme. Les mutations peuvent avoir lieu sur une petite partie de l'ADN ou bien sur des chromosomes entiers et sont transmises aux cellules de la lignée suivante.

■ Suivant le type de mutations détecté, la substance peut induire des cancers et va être classée **cancérogène potentiel**. Les études de cancérogenèse (au moins 18 mois) permettent de conclure quant au potentiel cancérogène de la substance qui pourra être classée **cancérogène avérée**.

3. Toxicité sur la fonction de reproduction

Certaines substances peuvent avoir une toxicité augmentée notamment pendant l'embryogenèse (développement de l'embryon durant la grossesse). Cette toxicité particulière peut entraîner des malformations plus ou moins importantes pour le futur nouveau-né (**effet tératogène**).

4 Le devenir des substances toxiques dans l'organisme

A. Les voies de pénétration

Suivant la nature chimique de la substance toxique, elle pénétrera dans l'organisme par une voie privilégiée :
- la **voie orale** permet la pénétration de la plupart des composés. Ces derniers traversent la barrière intestinale et se retrouvent dans la circulation sanguine ;
- la **voie pulmonaire** permet l'entrée des gaz et des fines particules en suspension (fumées de la combustion des cigarettes, monoxyde de carbone, radon…) ;
- la **peau et les muqueuses** sont une voie d'entrée privilégiée pour certaines substances hydrophobes (paraben…).

B. Les mécanismes de détoxification

■ Les molécules absorbées par l'intestin gagnent directement le foie. Là, elles vont subir un certain nombre de modifications enzymatiques afin d'augmenter leur hydrophilie et faciliter leur excrétion. Ces réactions enzymatiques vont, dans la plupart des cas, diminuer la toxicité des molécules. Parfois, cette étape libère une nouvelle molécule encore plus toxique.

■ Les molécules transformées sont libérées sous formes de sels biliaires dans l'intestin où elles vont être excrétées par les fèces. Un certain nombre franchit de nouveau la barrière intestinale pour rejoindre la circulation sanguine. Elles seront éliminées, *via* le rein, dans les urines.

C. Le stockage

Malheureusement, certaines substances très hydrophobes ne peuvent être éliminées aussi facilement. Elles vont être stockées dans le tissu adipeux. Lors de la lipolyse, ces molécules peuvent être libérées dans le sang et se retrouver dans le lait maternel ou en contact avec des tissus sensibles comme le tissu nerveux.

5 L'information du consommateur et du salarié

Afin de prémunir les populations des effets néfastes des substances toxiques, les pouvoirs publics mettent en place des stratégies de gestion du risque pour limiter l'exposition de ces dernières. Quand le risque n'est pas certain mais que le doute persiste, **le principe de précaution** est appliqué. En France, l'évaluation scientifique du risque est réalisée par **l'ANSES** (Agence nationale de sécurité sanitaire de l'alimentation, de l'environnement et du travail)**.**

A. Les produits alimentaires

L'information au consommateur passe par l'étiquetage des substances préoccupantes ou toxiques.

1. Les additifs alimentaires

Les additifs alimentaires (conservateurs, édulcorants, texturants, arômes, gélifiants...) doivent obtenir une autorisation d'utilisation. Ils doivent avoir fait la preuve de leur innocuité pour la santé à court et à long termes. Ils font l'objet d'une DJA et doivent être mentionnés dans la liste des ingrédients.

2. Les organismes génétiquement modifiés (OGM)

Le règlement n° 1829/2003/CE prévoit l'obligation d'étiquetage des OGM ainsi que des produits obtenus à partir de tels organismes (encore appelés dérivés d'OGM).

3. Les allergènes

La directive européenne 2003/89/CE, confortée par le règlement n°1169/2011 dit INCO, oblige les industriels à mentionner dans la liste des ingrédients toutes substances ou dérivés appartenant aux 14 allergènes à étiquetage obligatoire (céréales contenant du gluten, crustacés, œufs, poissons, arachides, soja, lait, fruits à coques, céleri, moutarde, sésame, anhydre sulfureux et sulfites, lupin et mollusques).

> **REMARQUE**
> Le bisphénol A (BPA) est reconnu comme un perturbateur endocrinien. Il est désormais interdit dans les contenants alimentaires (biberons, emballages alimentaires...).

B. Les produits d'entretien

1. L'étiquetage

Les produits d'entretien peuvent contenir des substances dangereuses. Dans ce cas, l'étiquette doit comporter, en plus du nom de la substance dangereuse :

– une **mention d'avertissement « danger » ou « attention »**, le mot danger étant associé aux produits les plus dangereux ;
– des **mentions de danger** : « peut provoquer le cancer » ;
– des **conseils de prudence** : « ne pas respirer les vapeurs » ;
– les **pictogrammes de danger**.

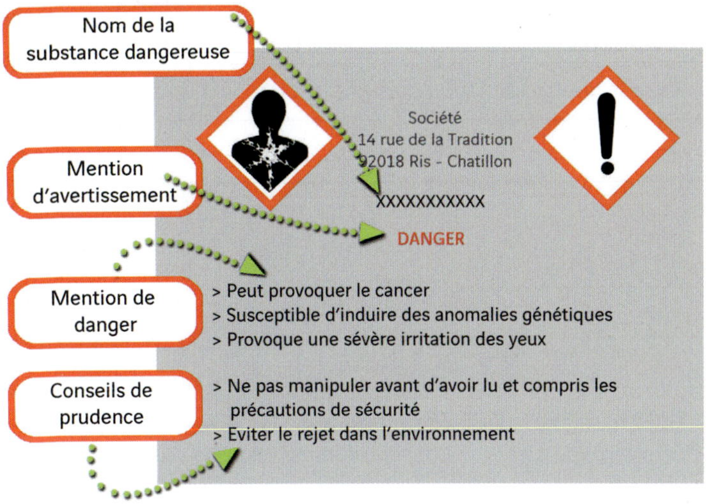

↑ *Exemple d'étiquette de produit chimique contenant une substance dangereuse*

2. La fiche de données de sécurité

Ce document de quelques pages complète l'étiquette. Il doit être fourni avec les produits professionnels et doit rester à la consultation du personnel. Le portail substances chimiques de l'INERIS (Institut national de l'environnement industriel et des risques) centralise, dans une seule et même base, toutes les données sur les substances chimiques.

6 Le saturnisme, un problème de santé publique sous-estimé

■ Le saturnisme est le nom de l'**intoxication au plomb**. Il a longtemps été considéré en France uniquement comme une maladie professionnelle liée à l'industrie. Cependant, depuis une vingtaine d'années, c'est une problématique de santé publique. Le saturnisme touche les enfants et les femmes enceintes vivant dans des logements anciens.

■ La contamination se fait principalement par l'ingestion et l'inhalation de particules des anciennes peintures contenant du plomb. Les enfants de 1 à 3 ans sont les plus exposés.

■ Le plomb va mimer des métaux essentiels à l'organisme comme le calcium, le fer ou le zinc et ainsi inhiber le fonctionnement de certaines enzymes et le transport de l'oxygène. 80 à 95 % du plomb absorbé se fixent dans les os en s'y substituant au calcium. Les enfants sont particulièrement sensibles car ils sont en pleine croissance et ont un besoin énorme en calcium notamment.

■ L'intoxication chronique par le plomb peut entraîner de nombreuses complications : troubles sanguins (anémie), atteintes du système nerveux (neuropathie), provoquant de graves séquelles chez l'enfant, notamment un retard mental irréversible.

Fiche 52

Les médicaments

Un médicament est une préparation contenant au moins un principe actif. Il est utilisé pour prévenir, soigner une infection ou un traumatisme. Il peut être utilisé pour corriger ou modifier des fonctions organiques. Le principe actif, souvent issu du monde végétal ou animal, est synthétisé chimiquement afin de garantir la pureté et la sécurité du produit.

1 La réglementation

■ Pour pouvoir être mis en vente, les nouveaux médicaments doivent subir des tests sur l'animal et l'homme, afin d'évaluer leur efficacité et leurs éventuels effets secondaires. L'évaluation d'un médicament, avant son autorisation de mise sur le marché, dure plusieurs années.

■ Les dispositifs médicaux ne sont pas soumis à la même réglementation (pansements, prothèses, stérilet, préservatifs...). Leur mise sur le marché est placée sous la responsabilité du fabricant.

2 Le classement des médicaments

A. La dénomination des médicaments

■ Le nom du **principe actif** (dénomination commune internationale) est établi par l'Organisation mondiale de la santé (OMS), par exemple le **paracétamol**.

■ Un principe actif peut être commercialisé sous différentes **dénominations commerciales**, par exemple Dafalgan©, Doliprane©...

B. Le mode d'action

■ Les médicaments sont classés en fonction de l'action attendue sur l'organisme. Voici quelques exemples :

- **antalgique** : supprime ou atténue la douleur ;
- **antipyrétique** : fait diminuer la fièvre ;
- **antispasmodique** : diminue les contractions musculaires ;
- **antibiotique** : lutte contre les infections bactériennes.

■ Suivant la dose administrée, le médicament peut avoir des effets bénéfiques ou toxiques. Son devenir dans l'organisme est le même que pour n'importe quelle autre substance toxique.

3 L'étiquetage

L'étiquette, ainsi que la notice d'utilisation du médicament, doivent permettre de donner aux patients une information claire et précise sur ce dernier afin d'en permettre une utilisation correcte (directive 92/27/CEE).

A. L'étiquette

Voici les différents renseignements que l'on retrouve sur un emballage de médicament :

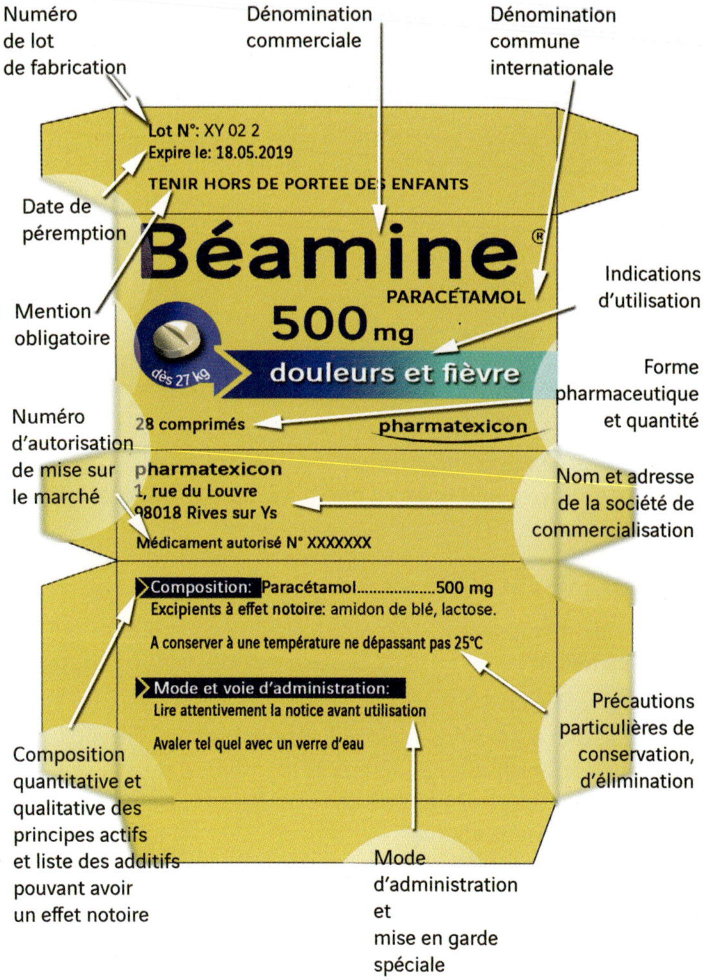

↑ *Informations contenues sur un emballage de médicament*

B. La notice d'utilisation

Elle complète l'étiquette et **doit être lue et conservée**. Elle apporte des informations complémentaires à l'étiquette :

- les contre-indications (médicaments, maladie chronique…) ;
- les précautions à prendre en cas de prise d'autres médicaments ;
- les précautions à prendre en cas de grossesse et d'allaitement ;
- les précautions à prendre en cas de conduite de véhicules et d'utilisation de machines ;
- la posologie ;
- les effets indésirables éventuels ;
- le mode de conservation détaillé.

4 Les médicaments à la maison

A. Le stockage

Les médicaments doivent être stockés dans une **armoire fermée à clé hors de portée des enfants**.

> **ATTENTION**
> Certains médicaments doivent être conservés à l'abri de la lumière ou à des températures particulières. Certaines spécialités, comme les collyres, ne se conservent pas plus de quelques jours après l'ouverture.

B. La pharmacie de base

À la maison, il est conseillé d'avoir toujours sous la main :
- un antiseptique à la chlorexidine pour désinfecter les plaies superficielles ;
- un antiseptique à l'hypochlorite de sodium pour désinfecter les plaies sous-cutanées ;
- des compresses, des pansements et du sparadrap ;
- du sérum physiologique en dosette pour nettoyer le nez ou les yeux ;
- un antalgique, antipyrétique, prescrit par le médecin (paracétamol, ibuprofène...) adapté à l'âge de chacun.

C. Les déchets de soins et médicaments périmés

■ Les emballages de médicaments en carton sont à trier avec les autres emballages. Les **médicaments périmés** et ceux qui n'ont pas été utilisés sont **à rapporter à la pharmacie**. Ils ne doivent surtout pas être jetés dans les ordures ménagères classiques.

■ Les **déchets d'activité de soins à risque infectieux** (aiguilles usagées...) doivent être conditionnés dans des **conteneurs spéciaux** et identifiés par le logo « danger biologique ». Ils doivent être apportés dans les lieux de collecte (pharmacie, mairie...). Ils seront incinérés dans une filière spécialement adaptée.

5 Du bon usage des antibiotiques

■ Les antibiotiques sont des spécialités pharmaceutiques destinées à lutter contre les **infections bactériennes**. Leur mode d'action est varié :
- destruction de la paroi de la membrane plasmique ;
- inhibition des processus de réplication de l'ADN ;
- inhibition des activités enzymatiques essentielles à la vie de la bactérie.

■ L'utilisation d'antibiotiques en dehors d'une infection bactérienne peut entraîner, en plus du fait que le traitement est inefficace sur l'infection, une perturbation de l'équilibre de la microflore de l'homme et la sélection de bactéries résistantes aux antibiotiques. En effet, les bactéries sont capables d'échanger du matériel génétique codant pour les gènes de résistance aux antibiotiques, de façon très rapide et entre bactéries d'espèces différentes, si elles sont soumises à une pression trop importante de ces derniers.

Partie 2

EXPERTISE EN HABITAT-LOGEMENT

Environnement et développement durable

Équipements liés au bâtiment

Matériels et appareils à usage domestique

Matériaux

Entretien

Aménagement du logement

Logement

 # quiz

Des quiz pour réviser toutes les notions du programme

foucherconnect.fr/21vesf83

Fiche 53

L'évolution des politiques en matière d'environnement

L'environnement est défini comme « l'ensemble des éléments qui entourent un individu ou une espèce et dont certains contribuent directement à subvenir à ses besoins ».
En France, les premières lois ont concerné la préservation des monuments historiques et l'aménagement du territoire.

1 1970-1992 : les prémices de la protection de l'environnement

A. Au niveau mondial

En 1972, la prise de conscience de la nécessité de protéger l'environnement devient mondiale. La première conférence des Nations unies sur l'environnement a lieu à Stockholm. Elle permet l'élaboration du **plan des Nations unies pour l'environnement**. L'objectif est l'utilisation des **ressources naturelles** dans l'intérêt des générations présentes et futures. **Le protocole de Montréal** est signé (1987) afin d'interdire l'usage des gaz provoquant la destruction de la couche d'ozone.

B. En France

En 1971, le **ministère de l'Environnement** est créé. Quelques années plus tard, la loi de conservation du littoral et des espaces lacustres, celle sur l'élimination des déchets et celles sur la protection de la nature et les installations classées pour la protection de l'environnement sont votées.

2 1992-2007 : le renforcement des dispositifs de protection de l'environnement

A. Au niveau mondial

- En 1992, lors du sommet de la Terre de Rio, le concept de développement durable est introduit. Le **développement durable** est une conception de l'intérêt public appliquée à la croissance économique et prenant en compte les aspects environnementaux et sociaux.
- En 1997, le protocole de Kyoto est proposé à la signature. Il engage les pays signataires à diminuer leurs émissions de **gaz à effet de serre** afin de limiter le **réchauffement climatique**.

B. En France

Les lois sur l'eau, sur l'air et pour la lutte contre le bruit sont votées. Celles sur les déchets et sur la protection de la nature sont renforcées avec l'apparition du principe pollueur-payeur.

3 2007 à nos jours : une accélération de la coopération internationale

A. Au niveau mondial : la COP 21 et l'accord de Paris

Le 12 décembre 2015, 195 délégations présentes à la conférence de Paris sur le climat (COP 21) ont signé le premier accord universel sur le climat : l'accord de Paris. Cet accord prévoit de contenir le réchauffement climatique à +1,5 °C en désinvestissant les énergies fossiles. L'objectif est d'atteindre la **neutralité carbone** d'ici à la seconde moitié du siècle.

B. En France

■ En 2007, la **loi Grenelle environnement** est votée. Elle comporte cinq axes majeurs : l'amélioration énergétique des bâtiments, la diminution de l'émission des gaz à effet de serre liés au transport et à la consommation d'énergie, le développement des énergies renouvelables, la préservation de la biodiversité, l'amélioration du traitement des déchets et la préservation de la santé.

■ En 2015, la **loi de transition énergétique pour la croissance verte (LTECV)** permet à la France de contribuer plus efficacement à la lutte contre le réchauffement climatique. Les objectifs sont ambitieux :
- diviser les émissions de gaz à effet de serre (GES) par 4 entre 1990 et 2050 ;
- diminuer la consommation énergétique primaire d'énergies fossiles de 30 % en 2030 ;
- augmenter la part des énergies renouvelables à 32 % en 2030 tout en diminuant la part du nucléaire dans la production d'électricité à 50 % en 2025.

■ À venir en 2021, la loi climat et résilience issue des travaux de la convention citoyenne pour le climat.

4 Les organismes d'information et de protection de l'environnement

ORGANISME	NIVEAU D'INTERVENTION	TYPE D'ORGANISME	MISSIONS
GIEC (groupe d'experts intergouvernemental sur le climat)	Mondial	Organisme intergouvernemental	· Évaluer les causes et les conséquences du réchauffement climatique. · Proposer des solutions.
Greenpeace	Mondial	Organisation non gouvernementale	Lutter contre les menaces sur l'environnement et la biodiversité.
Ministère de la Transition écologique	National	Ministère d'État	Mettre en œuvre la politique du gouvernement.
ADEME (Agence de l'environnement et de la maîtrise de l'énergie)	National et régional	Établissement public	Participer à la mise en œuvre des politiques sur l'énergie et la protection de l'environnement.
FAIRE (faciliter, accompagner et informer pour la rénovation énergétique)	National et local	Service public	Informer et conseiller les particuliers et les professionnels sur la rénovation énergétique.

ENVIRONNEMENT ET DÉVELOPPEMENT DURABLE

Fiche 54

Les grands problèmes environnementaux

Le programme des Nations unies pour l'environnement a fixé 90 objectifs pour lutter contre les grands problèmes environnementaux. Si aujourd'hui certains sont presque atteints (élimination des substances détruisant la couche d'ozone) ou en bonne voie (réduction de la pollution marine, lutte contre la déforestation), d'autres comme la préservation de la biodiversité ou la diminution des émissions de gaz à effet de serre (GES) ont évolué dans le mauvais sens.

1 La détérioration de la couche d'ozone

A. Le rôle protecteur de l'ozone stratosphérique

■ **L'ozone stratosphérique** est une **couche protectrice** contre les **rayonnements ultraviolets (UV)** solaires. Elle permet de filtrer en totalité les UVC (les plus dangereux) et en partie les UVB. Sans elle, la vie ne serait possible qu'au fond des océans.

■ La molécule d'ozone est constituée de **trois atomes d'oxygène**. Quand un rayonnement UV frappe une molécule d'ozone (O_3), il libère une molécule de dioxygène (O_2) et un radical libre d'oxygène hautement réactif (O).

$$O_3 + UV \longrightarrow O_2 + O^{\bullet}$$

↑ *Réaction des UV avec une molécule d'ozone*

■ L'ozone est capable de se **renouveler naturellement**. Le radical libre d'oxygène est instable :
- au contact d'une molécule d'ozone, il produit deux molécules de dioxygène ;
- au contact d'une molécule de dioxygène, il produit de l'ozone.

$$O^{\bullet} + O_3 \longrightarrow O_2 + O_2$$

$$O^{\bullet} + O_2 \longrightarrow O_3$$

↑ *Régénération de la molécule d'ozone*

■ Sans intervention extérieure, la **quantité d'ozone reste constante**.

B. La destruction de l'ozone

■ Les activités humaines récentes ont libéré dans la stratosphère des molécules capables de réagir avec l'ozone pour la détruire. Il s'agit surtout :
- des **chlorofluorocarbones (CFC)** utilisés comme gaz propulseur et comme fluide frigorigène (réfrigérateur, congélateur, climatisation…) ;
- du **bromure de méthyle** utilisé dans la culture des fruits ;
- de **l'oxyde d'azote** libéré lors de la combustion du kérosène.

■ Les CFC sont les molécules les plus dangereuses :
- dans des conditions atmosphériques particulières et au contact des UV, un radical libre de chlore (Cl.) hautement réactif est libéré ;
- il peut réagir avec une molécule d'ozone pour former du dioxygène et du monoxyde de chlore hautement réactif (ClO.) ;
- deux molécules de monoxyde de chlore hautement réactif réagissent ensemble pour former du peroxyde de chlore (Cl_2O_2) ;
- sous l'effet des UV, le peroxyde de chlore libère du dioxygène et des radicaux libres de chlore.

$$FCCl_3 \left[\begin{array}{l} \text{Conditions} \\ \text{particulières} \\ \text{atmosphériques} \end{array} \right] \longrightarrow Cl_2 + UV \longrightarrow 2Cl^{\bullet}$$

$$Cl^{\bullet} + O_3 \longrightarrow ClO^{\bullet} + O_2$$

$$2\,ClO^{\bullet} \longrightarrow Cl_2\,O_2$$

$$Cl_2\,O_2 \longrightarrow O_2 + 2Cl^{\bullet}$$

↑ *Hypothèse de l'action des CFC sur l'ozone*

■ **Le brome et le chlore restent des décennies dans la stratosphère.** Un radical libre de chlore peut détruire plusieurs centaines de molécules d'ozone.

C. Les conséquences sur l'homme

La destruction de la couche d'ozone a surtout lieu au niveau des pôles où les basses températures sont plus propices. Les UV, qui ne sont plus arrêtés, entraînent :
- des **mutations de l'ADN des cellules** provoquant une augmentation des cas de **cancers de la peau** ;
- la **raréfaction du phytoplancton** dans l'Antarctique et le **bouleversement de l'écosystème marin**.

D. Les réponses législatives et les petits gestes quotidiens

■ En 1987, le **protocole de Montréal** interdit, à terme, l'utilisation du bromure de méthane et des CFC. Ces derniers sont remplacés, dès 1995, par des **hydrofluorocarbones (HFC)** qui ne dégagent pas de chlore dans la stratosphère, mais qui sont de puissants gaz à effet de serre. Aujourd'hui, les CFC ne sont plus utilisés dans la production industrielle, mais ils sont encore présents dans de vieux appareils de production de froid ou de climatisation.

■ Au quotidien, il faut :
- faire entretenir les appareils de climatisation par un professionnel ;
- déposer réfrigérateurs et congélateurs en déchetterie pour un recyclage approprié.

■ Aujourd'hui, **les émissions de produits toxiques pour la couche d'ozone ont diminué de 80 %.** Cependant, il faudra attendre 2050 pour un début de retour à la normale.

2 Le réchauffement climatique

A. L'effet de serre

L'effet de serre est un **processus naturel** dû à l'accumulation de GES dans l'atmosphère. Les rayonnements solaires qui frappent la surface de la terre sont absorbés, transformés en **rayonnements infrarouges (IR)** et émis dans l'atmosphère. La couche de GES réfléchit une partie de ces IR vers la Terre, ce qui permet de la réchauffer et de maintenir une température moyenne de +15 °C.

B. Les gaz à effet de serre

Les principaux GES naturels sont la **vapeur d'eau**, le **dioxyde de carbone (CO_2)**, le **méthane (CH_4)**, le **protoxyde d'azote (N_2O)**. Il existe un équilibre naturel, pour chacun de ces gaz, entre la forme gazeuse inorganique et des formes liquides ou solides organiques ou non. Cet équilibre permet de maintenir un niveau constant et suffisant de GES. 70 % de l'effet de serre naturel est dû à la vapeur d'eau.

C. L'augmentation de l'effet de serre

1. Les causes

L'effet de serre additionnel est dû aux **activités humaines**. 70 % sont imputables à la **combustion des énergies fossiles** (pétrole, charbon) et de la **biomasse** qui libèrent du CO_2 dans l'atmosphère, ce qui perturbe le cycle du carbone. En effet, ce dernier met des millions d'années pour se fixer dans le sol sous forme de roches calcaires ou de pétrole.

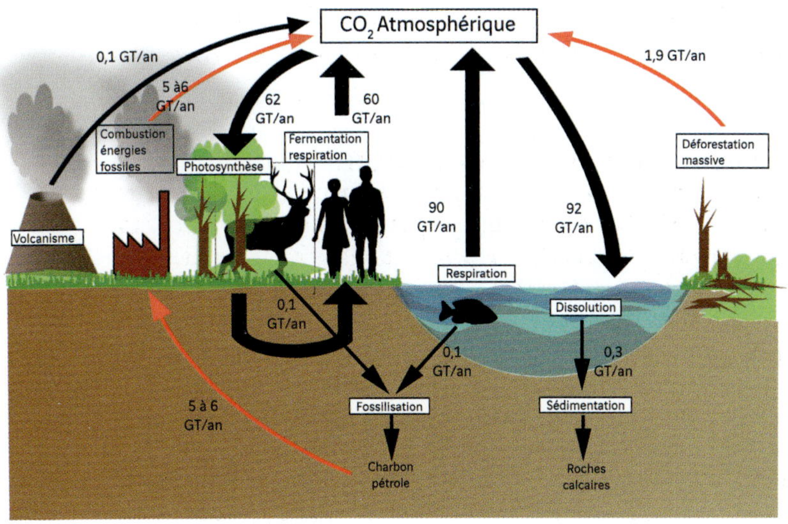

Impact des activités humaines sur le cycle du carbone

> **À SAVOIR**
> - **Le protoxyde d'azote** représente 16 % des émissions (activités agricoles et produits chimiques).
> - **Le méthane** ne représente que 13 % des émissions (agriculture et élevage).
> - Enfin, les **gaz fluorés** (dont les HFC) représentent 2 % des émissions, mais ils ont un pouvoir de réchauffement 1 300 à 24 000 fois supérieur à celui du CO_2 et une très longue durée de vie. C'est pourquoi ils représentent un réel danger.

2. Les conséquences

■ L'augmentation de la couche de GES entraîne une **augmentation de la proportion des rayonnements infrarouges** réfléchis vers la Terre et une **élévation de la température moyenne** de celle-ci. Cette augmentation (évaluée entre +2 °C à +6 °C), selon les hypothèses majoritaires, va entraîner une **fonte des glaces polaires**, une **élévation du niveau des eaux côtières**, une

perturbation des courants marins (*gulf stream*) et des **courants venteux**. Ces bouleversements peuvent engendrer un changement rapide et brutal du climat (100 ans ou moins).

■ Les conséquences seront d'autant plus insurmontables qu'elles seront rapides :
- **diminution brutale de la biodiversité** et des **ressources en eau potable** ;
- **perturbations socio-économiques et agricoles** importantes ;
- **augmentation de la malnutrition et de la famine**, des pandémies et de la mortalité ;
- **apparition de réfugiés climatiques**.

D. Les réponses législatives et les petits gestes quotidiens

■ Afin de contenir le réchauffement climatique à +1,5 °C, **l'accord de Paris** sur le climat a été signé par 195 délégations en 2015. L'objectif est d'atteindre la **neutralité carbone** d'ici à la seconde moitié du siècle.

■ En France, le bonus-malus écologique, mis en place en 2007, permet l'attribution d'une prime pour l'achat de véhicules à faible émission de GES. Le remplacement ou l'installation de nouvelles chaudières au fioul sera interdit en 2022.

■ Plusieurs mesures permettent aux particuliers d'améliorer la performance énergétique de leur habitation (isolation à 1 € par exemple).

■ Des petits gestes quotidiens peuvent faire changer les choses :
- préférer les transports en commun ou le vélo ;
- choisir un mode de chauffage utilisant des énergies renouvelables ;
- isoler davantage sa maison et éviter le gaspillage énergétique ;
- consommer des produits locaux ou régionaux et des fruits et légumes de saison ;
- trier correctement ses déchets et recycler au lieu de jeter.

3 La pollution de l'air

■ Si les CFC et le CO_2 sont inoffensifs pour l'homme, d'autres polluants de l'air ont un impact direct sur sa santé. La pollution atmosphérique est responsable d'environ 40 000 morts par an. Le transport routier est l'une des principales sources, notamment les véhicules diesel. L'État a décidé de mettre en place un classement des véhicules en fonction de leur contribution à la pollution (vignettes Crit'air). En fonction des pics de pollution, les collectivités compétentes peuvent limiter la circulation des véhicules les plus polluants.

■ Le site Prev'air permet d'informer les particuliers sur la pollution atmosphérique près de chez eux (www2.prevair.org).

Origine et conséquences de divers polluants

POLLUANT	ORIGINE	CONSÉQUENCES
Ozone troposphérique	Combustion	Asthme, problèmes respiratoires
Dioxyde de soufre		Pluie acide
Oxydes d'azote		Pluie acide, GES, irritant des muqueuses, formation d'ozone troposphérique
Particules fines	Combustion et travaux publics	Augmentation des maladies cardio-respiratoires
Métaux lourds (arsenic, plomb, mercure…).	Productions industrielles diverses	Impact sanitaire (intoxication)

ENVIRONNEMENT ET DÉVELOPPEMENT DURABLE

L'adduction en eau potable

Contrairement à l'industrie ou l'agriculture, les habitants demandent une eau potable, quand bien même l'usage qu'ils en font ne le nécessite pas (jardin, WC, lavage du linge...).

1 L'eau potable

A. Définition

■ Une eau potable est une eau que l'on peut boire sans risque pour la santé.

■ Afin de définir précisément une eau potable, des normes ont été établies qui fixent notamment les teneurs limites à ne pas dépasser concernant un certain nombre de paramètres. En France, c'est surtout le décret du 20 décembre 2001, en cohérence avec la directive 98/83/CE du 3 novembre 1998, qui définit des **limites de qualité LQ** (à ne pas dépasser pour être conforme) et des **références de qualité RQ** (indicateurs témoins d'un bon fonctionnement des installations de production et de distribution).

B. Le contrôle sanitaire de l'eau

■ Il est en premier lieu de la compétence de l'ARS, **agence régionale de santé**, et porte sur l'ensemble du système de distribution : points de captage, stations de traitement, réservoirs et réseaux de distribution. Les échantillons sont analysés par des laboratoires agréés. La nature et la fréquence de ces analyses sont fixées par le ministère de la Santé. Les régies municipales ou sociétés déléguées doivent également y participer.

■ **Il n'y a pas de produit alimentaire plus contrôlé que l'eau !**

C. Un problème parmi d'autres : les nitrates

 # info

Normes pour l'eau potable

foucherconnect.fr/21vesf63

■ Les nitrates sont toxiques au-delà d'un certain seuil : ils peuvent entraîner une méthémoglobinémie (incapacité pour l'hémoglobine de fixer l'oxygène), redoutable chez le jeune enfant, ou la formation de nitrosamines cancérigènes.

■ Ce seuil peut être dépassé par la consommation d'une eau riche en nitrates conjointement à une alimentation dépassant la DJA (3,65 mg/kg/jour, soit 219 mg de nitrates par jour pour un adulte de 60 kg), avec trop de charcuteries ou de légumes (surtout ceux poussant en terre : carottes, raves, radis, qu'ils soient « bio » ou non). La limite de qualité pour les nitrates dans l'eau potable a été fixée à 50 mg/L, de façon à tenir compte de l'alimentation.

■ Le problème est que beaucoup de nappes phréatiques sont déjà polluées par les nitrates (déjections des animaux d'élevage ou humaines) et qu'il faut alors soit dépolluer l'eau en amont de sa consommation, soit forer plus profondément, soit tolérer des dépassements de LQ (par arrêté préfectoral). Le problème est désormais bien circonscrit, puisque désormais, les prélèvements sont conformes et inférieurs à la LQ pour les nitrates. Mais pour préparer des biberons, par exemple, mieux vaut être vigilant.

2 L'adduction d'eau potable dans la ville

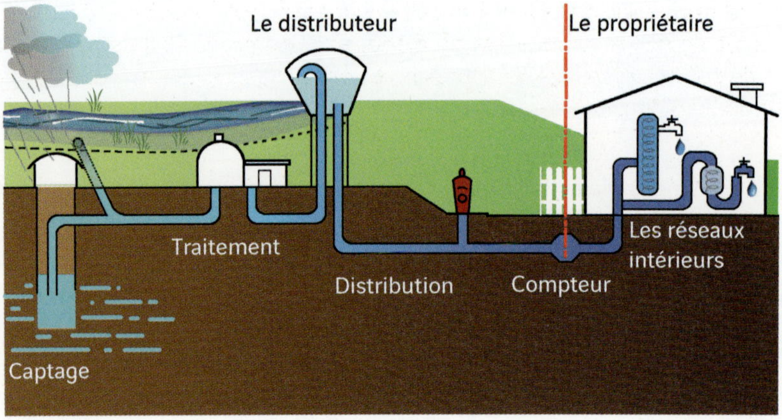

↑ *La distribution de l'eau potable*

A. Les prélèvements d'eau

■ Ils sont effectués dans le milieu naturel. En France, les prélèvements sont faits pour moitié dans les **eaux souterraines** et pour moitié en **eaux de surface** (jamais dans une station d'épuration des eaux usées).

■ Les captages, la distribution de l'eau potable, ainsi que la collection des eaux usées sont de la compétence des communes. Elles peuvent assumer cette responsabilité en régie directe, soit individuellement, soit par un syndicat de communes. Elles peuvent aussi confier la gestion de l'eau à une société d'exploitation.

B. Le traitement de l'eau

■ La plupart des usines de traitement de l'eau reprennent les procédés classiques.

Procédés classiques de traitement de l'eau

CLARIFICATION	• Dégrillage et tamisage • Floculation • Décantation • Filtration sur sable	**Rendre l'eau limpide (si nécessaire)** • Filtrer les grosses particules • Ajouter un produit agglomérant les petites particules • Laisser sédimenter les flocs • Achever de clarifier l'eau
AFFINAGE	• Filtration sur charbon actif • Désinfection (chlore, ozone ou UV)	**Rendre l'eau potable** • Éliminer les molécules dissoutes ayant échappé à la clarification • Éliminer les micro-organismes

■ Il existe aussi les **traitements par membranes** ou **ultrafiltration**, d'une efficacité remarquable, mais les ouvrages sont coûteux, et très consommateurs d'énergie. Ils peuvent servir à dépolluer, mais aussi à dessaler l'eau prélevée.

#info
Le traitement de l'eau potable
foucherconnect.fr/21vesf64

C. La distribution collective de l'eau

Une fois prélevée et rendue potable, l'eau doit être délivrée sous pression aux clients. Elle peut partir de réservoirs placés sur un relief. Sinon, il faut la pomper dans des châteaux d'eau. L'intérêt de ces réservoirs est de disposer d'une grande quantité d'eau disponible aux heures de pointe, et de la mettre sous pression. La hauteur de ces réservoirs détermine la pression de livraison, et peut limiter la hauteur des constructions à usage d'habitation (contrainte d'urbanisme). À partir de ces réservoirs partent des canalisations qui empruntent les rues et se ramifient vers les habitations.

3 L'adduction d'eau potable dans l'habitat isolé

A. Le prélèvement

Si le particulier se trouve en dehors du réseau public de distribution d'eau, 2 solutions sont possibles :

- **il faut prélever l'eau dans un puits ou une nappe phréatique** : si l'installation est neuve, il faut faire une demande préalable d'autorisation auprès de la mairie. Il faudra par ailleurs s'assurer de la potabilité de l'eau par des analyses régulières, à la charge du propriétaire du logement. Le prélèvement se fait par une électropompe, qui aspire l'eau et la met sous la pression nominale de 3 bar ;
- **on peut aussi utiliser l'eau de pluie** : mais l'eau qui ruisselle sur un toit et qui est stockée dans un réservoir, enterré ou non, n'est pas potable (avis de la DGS, Direction générale de la santé). Il s'agit plus d'un problème de micro-organismes que de pollution de la pluie par l'air. L'eau est utilisable pour les WC, le lave-linge ou le nettoyage des surfaces, mais pas pour la cuisine ou les toilettes corporelles. Il faut alors imaginer un double réseau d'arrivée d'eau dans la maison :
  - un **réseau d'eau non potable d'origine pluviale**, simplement filtrée (voir figure ci-dessous),
  - un **réseau d'eau potable venant du réseau collectif**, ou bien de **l'eau pluviale filtrée** et secondairement rendue potable par ultrafiltration, ozonation ou osmose inverse.

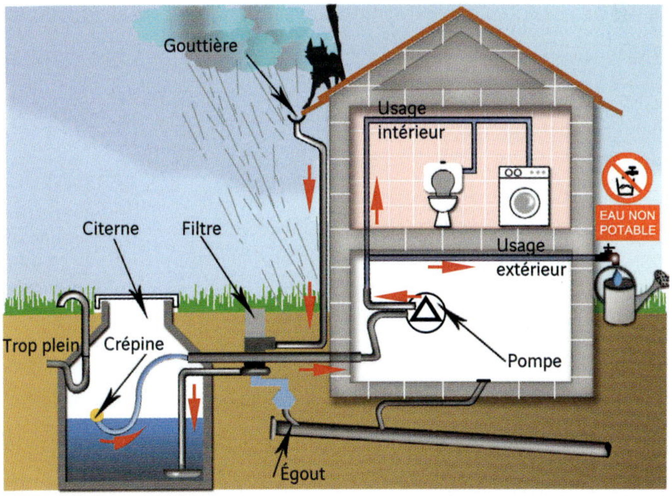

↑ *La récupération de l'eau non potable*

B. Rendre l'eau potable

■ Seul un **laboratoire agréé** peut affirmer, au regard de la réglementation, si une eau est potable ou non. On peut néanmoins décider de sa propre initiative de procéder à des corrections, soit pour la **stérilisation**, soit pour la **dépollution**.

■ **Stériliser une eau** signifie tuer ou retenir les micro-organismes (MO). On peut utiliser :
- les appareils à UV ou à ozone : efficaces, ils sont un investissement raisonnable, de l'ordre d'une centaine d'euros ;
- l'ultrafiltration : le système fait passer l'eau à travers des pores si petits qu'ils retiennent les particules inférieures à 0,01µ. Elle est clarifiante, stérilisante mais pas dépolluante.

■ **Dépolluer une eau** signifie en retenir les nitrates, le plomb, les pesticides et les MO :
- l'eau passe par des cartouches en non-tissé de cellulose, charbon actif, etc. Il faut changer régulièrement ces cartouches (même principe que les carafes filtrantes) ;
- il existe aussi des filtres en porcelaine poreuse, qu'il faut nettoyer régulièrement ;
- le système le plus efficace est l'osmoseur inverse : une pompe force l'eau à traverser (dans le sens contraire de l'osmose) une membrane semi-perméable qui retient les substances dissoutes et les micro-organismes. L'investissement est assez coûteux.

4 L'eau dans la maison

MÉMO
L'équipement minimum est décrit dans la loi SRU de 2002.

A. L'arrivée d'eau avant usage

■ L'eau arrive normalement à une **pression de 3 bar**. En dessous de 0,5, il faut un surpresseur ; au-dessus de 3,5, il faut un réducteur de pression. Les installations sont conçues pour fonctionner au mieux à cette pression nominale.

■ **Le compteur d'eau** est un compteur volumétrique, qui compte le volume d'eau utilisé. Il est entouré de deux robinets d'arrêt. Comme pour les compteurs de gaz ou d'électricité, il marque la délimitation des responsabilités : une fuite d'eau en aval est du ressort du propriétaire. Le compteur reste la propriété de la société de distribution, mis en location par contrat au souscripteur. Celui-ci s'engage à le protéger des destructions, notamment le gel.

■ **Un robinet d'arrêt** est à la disposition du distributeur à l'extérieur du logement.

■ **Un robinet de vidange ou de purge** est à la disposition des habitants au point le plus bas de l'installation (pas forcément près du compteur).

■ **Les tuyaux** peuvent être en différents matériaux, mais en aucun cas en plomb. L'usage du plomb est interdit en France depuis 1995. Le remplacement des canalisations existantes en plomb est censé être fait depuis 2013. En dehors de ce problème de toxicité par le plomb, les canalisations posent aussi le problème des biofilms bactériens (intérêt du cuivre bactéricide) et de l'entartrage.

 # info
Poser ou refaire ses canalisations d'alimentation en eau potable
foucherconnect.fr/21vesf65

■ Chaque **point de puisage** est équipé d'un robinet d'usage et d'un robinet d'arrêt pour permettre les travaux d'installation ou de remplacement.

B. Le problème du calcaire et du tartre

Une **eau dure**, c'est-à-dire riche en ions Ca^{++} et Mg^{++}, n'est pas un problème pour la santé et n'est donc pas un critère de potabilité (voir Fiche 60. L'adoucisseur).

ENVIRONNEMENT ET DÉVELOPPEMENT DURABLE

Le traitement des eaux usées

La loi sur l'eau de 1992 et la loi sur l'eau et les milieux aquatiques (LEMA) de 2006 indiquent que toutes les eaux usées issues des logements doivent être traitées, qu'elles soient collectées ou non par un réseau public.

1 L'évacuation de l'eau

■ Les **eaux pluviales** correspondent à l'eau qui ruisselle sur les toits. Elles peuvent être réutilisées pour certains usages.

■ Les **eaux usées** représentent l'eau amenée à la maison, mais après utilisation. Elles correspondent à deux types de rejet :
- les **eaux de vannes**, qui proviennent des WC. Elles sont riches en matières organiques fermentescibles, en micro-organismes fécaux (parfois pathogènes) en cellulose, colorants, chlore. C'est donc une pollution principalement microbiologique, carbonée et azotée ;
- les **eaux ménagères**, ou domestiques, qui proviennent des lavabos, éviers, bidets, baignoires, lave-linge, lave-vaisselle. Elles contiennent des graisses, des détergents, des matières organiques. C'est une pollution moins forte, moins microbiologique, mais plus hétérogène.

■ Tous les points d'eau doivent être pourvus d'un **siphon avec une garde d'eau**, de façon à empêcher les reflux d'odeurs. Le réseau doit être muni d'évents (protégés contre les insectes), qui dégagent les odeurs en hauteur et empêchent les variations de pression.

2 Le traitement collectif des eaux usées

Quand il existe, il est obligatoire de **se raccorder au réseau public**.

A. La collecte

On distingue deux types de réseaux d'évacuation des eaux sales : le **réseau unitaire**, ou tout-à-l'égout, qui collecte les eaux de pluie avec les eaux usées, et le **réseau séparatif**, qui collecte d'une part les eaux usées et d'autre part les eaux de pluie :
- le **réseau unitaire ou tout-à-l'égout** est plus simple, mais il amène toutes les eaux pluviales à la station d'épuration qui est perturbée à chaque orage ;
- le réseau séparatif est plus coûteux à mettre en place, mais il donne un débit constant d'eaux usées à la **station d'épuration** (donc fonctionnement optimum), car les eaux de pluie sont rejetées directement, sans traitement, dans le milieu naturel.

B. Le fonctionnement d'une STEP (STation d'EPuration)

■ La mesure de la pollution est complexe, avec de nombreux **paramètres techniques**. La notion d'**équivalent-habitant** est intéressante : elle donne une quantité-type de pollution par habitant, ce qui permet de mesurer non seulement la pollution globale mais aussi la capacité de dépollution d'une station d'épuration.

■ La STEP de Marseille peut traiter 1,8 million d'équivalents-habitants. Le principe est de réaliser la même chose que ce qui se passerait dans un milieu naturel : les bactéries de l'environnement consomment la pollution et la rendent ultérieurement assimilable pour les végétaux. Ce traitement, dit secondaire ou biologique, est une véritable mise en culture de ces bactéries. C'est le principe des **boues activées**.

 # info
Le fonctionnement d'une station d'épuration
foucherconnect.fr/21vesf66

Traitement des eaux dans une station d'épuration

TRAITEMENT PRIMAIRE	REND L'EAU SALE HOMOGÈNE, APTE AU TRAITEMENT SECONDAIRE
· Dégrillage · Dessablage · Déshuilage par insufflation	· Retient les gros déchets, les corps flottants · Les sables sédimentent · Les graisses surnageantes sont raclées
TRAITEMENT SECONDAIRE	**CONVERTIT LES MATIÈRES ORGANIQUES DISSOUTES EN MATIÈRES DÉCANTABLES**
· Décantation 1 · Aération des boues activées · Décantation 2 ou clarification	· Une première sédimentation de boue a lieu qui est ôtée · Entretient les flores aérobie et anaérobie qui consomment les matières organiques. C'est le traitement biologique · Les boues activées sédimentent à leur tour. L'eau dépolluée est évacuée par débordement

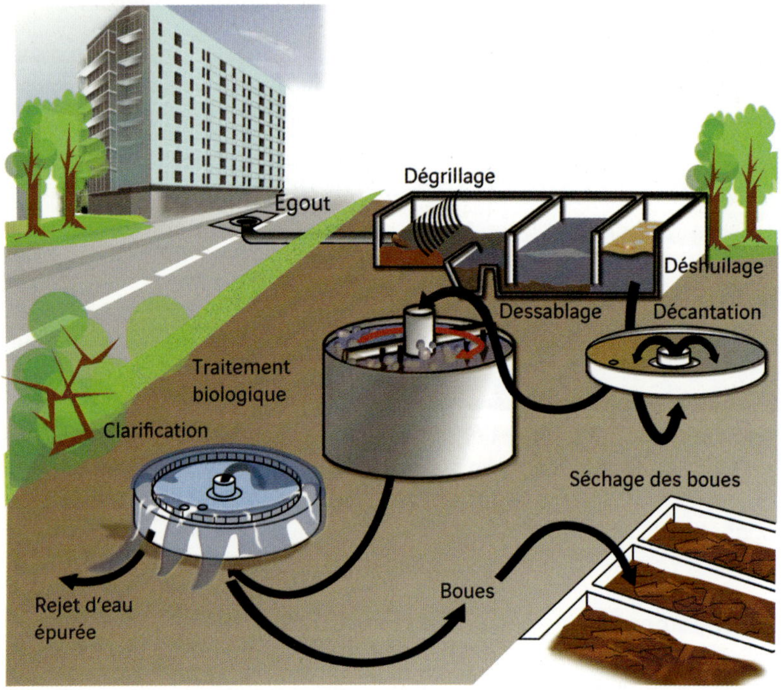

↑ *Fonctionnement d'une station d'épuration*

■ Beaucoup de variations sur ce principe de boues activées sont possibles. Il reste en fin de traitement :
- une **eau dépolluée**, le plus souvent à environ 95 % de sa pollution d'origine qui est alors rejetée dans le milieu naturel (rivières, jamais les nappes profondes) ;
- des **boues de décantation 1 et 2** qui seront déshydratées. Ces boues peuvent servir d'engrais (après désinfection).

C. Le rôle des citoyens

Tout ce qui est rejeté dans un évier ou un caniveau peut passer par une station de ce type. Toutefois, les graisses en quantité gênent le fonctionnement normal du traitement primaire. Les produits antibactériens (médicaments antibiotiques, eau de Javel) perturbent les bactéries et les produits toxiques (solvants, peintures, huiles de vidange) polluent les boues, les rendant impropres à un usage agricole.

3 Le traitement des eaux usées en habitat isolé

Lorsqu'on ne dispose pas d'une collecte publique des eaux sales, il faut obligatoirement envisager un **système de traitement autonome**, dont le descriptif doit être fourni à la mairie avec le permis de construire. Le projet est soumis à l'avis du **SPANC**, **Service public d'assainissement non collectif**. Les eaux de vannes et les eaux ménagères doivent être traitées ensemble depuis mars 1982.

A. La fosse toutes eaux

Anciennement appelée « **fosse septique** », elle est située à proximité de l'habitation. Elle permet de retenir les matières solides, de dégraisser les effluents et de liquéfier par fermentation anaérobie les boues qui se déposent au fond. Cette fermentation dégage du méthane, du CO_2, des gaz azotés. Il est indispensable de la ventiler par une canalisation munie d'un extracteur statique ou éolien, placé plus haut que la toiture de l'habitation. Le volume de la fosse est fonction du nombre de pièces de l'habitation, c'est-à-dire du nombre possible d'habitants. La fosse doit être vidangée tous les 5 ans par un spécialiste. Il peut être utile, quoique non obligatoire, de la réensemencer régulièrement, surtout si on utilise de l'eau de Javel pour l'entretien de la maison.

B. L'épandage par les drains

■ Il achève l'épuration et l'évacuation dans le milieu naturel. Il s'agit ni plus ni moins de répartir dans le sol les effluents prétraités et de laisser les micro-organismes du sol terminer la consommation des polluants carbonés.

■ Ce système de traitement autonome est assez satisfaisant pour la pollution carbonée, mais peu pour la pollution azotée. Il peut devenir une source de nitrates, ce qui justifie la distance réglementaire de 35 m par rapport à un éventuel puits ou forage.

REMARQUE

Il existe des mini-stations d'épuration, basées sur le principe des boues activées et clarifiées, et dont la capacité est variable, de 5 à 2 000 équivalents-habitants. Ces équipements sont électriques, efficaces mais chers. Il faut les vidanger régulièrement.

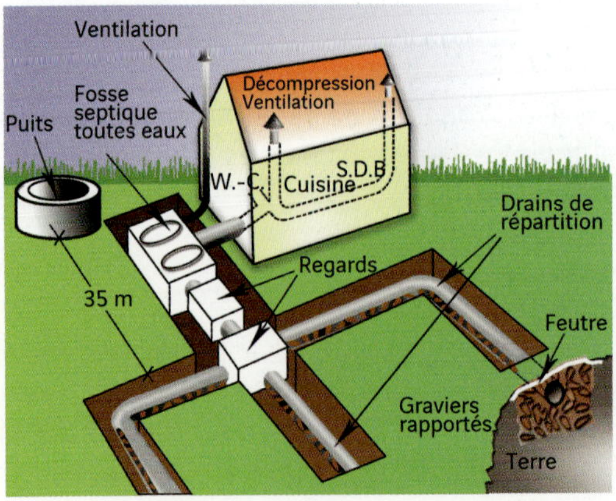

↑ *Assainissement autonome*

#info
Le traitement des eaux usées en habitat non-raccordé
foucherconnect.fr/21vesf67

4 Les acteurs de l'eau

La gestion de l'eau implique un grand nombre d'acteurs - pouvoirs publics, collectivités et élus locaux, acteurs économiques, associations - et s'exerce sur une multiplicité d'échelles géographiques : le **cadre européen** (avec les directives), le **cadre national**, les **7 grands bassins versants**, les **13 régions**, les **101 départements** et les **34 965 communes** (au 1er janvier 2021). Parmi les acteurs, sont à connaître :

- l'**Agence de l'eau** : pour le compte de l'État et du Comité de bassin, son objet est de contribuer au bon état des eaux, par la préservation des ressources, et à la satisfaction des besoins des usagers, par la recherche de l'équilibre entre les ressources et les utilisations rationnelles de l'eau. Elle atteint ces objectifs par des interventions financières (redevances et aides), par la construction et le développement d'outils de planification (SDAGE et Programme d'interventions). Elle a aussi une mission d'information du public ;
- le **maire** : il est responsable de la distribution de l'eau potable, de la collecte et du traitement des eaux usées de sa commune. Cette responsabilité peut s'organiser dans un cadre intercommunal. Il est responsable des décisions d'investissements pour lesquels il peut bénéficier de l'appui technique et financier de l'Agence de l'eau, et/ou de la région et/ou du département. Il est également responsable du choix du mode de gestion, qui peut être confiée soit aux services municipaux ou syndicaux (régie), soit à des groupes industriels privés (Lyonnaise des eaux, Générale des eaux, SAUR, etc.).

5 Le prix de l'eau

En France, le prix moyen de l'eau se situe aux environs de 3,50 euros le mètre cube. Mais étant une ressource locale, il peut subir de fortes variations d'une commune à une autre (contrairement à l'électricité). Le prix de l'eau résulte de 2 tarifications distinctes :

#info
Comprendre la facture d'eau
foucherconnect.fr/21vesf68

- les **taxes et redevances**, pour aider les communes à investir dans la dépollution ;
- la part des communes correspond au financement des équipements et des services nécessaires au prélèvement, au traitement et à la distribution de l'eau potable, la collecte et la dépollution des eaux usées.

Fiche 57

La gestion des déchets

Sont considérés comme déchets tout résidu issu d'un processus de production, de transformation ou d'utilisation, toute substance, matériau, produit ou plus généralement tout bien, meuble abandonné ou que son détenteur destine à l'abandon.

1 L'évolution de la législation sur les déchets

■ Depuis 1975, la loi oblige les communes à **éliminer les déchets** des habitants. Le code de l'environnement de 1992 prévoit leur valorisation. Pour la première fois, les conditionneurs de produits de consommation sont obligés de participer à cette élimination.

■ La **mise aux normes des incinérateurs est obligatoire depuis 2003**. Les types de recyclage doivent être de plus en plus diversifiés.

■ Depuis 2010 (loi Grenelle 2) et 2015 (loi LTEVC), l'objectif est de diminuer les déchets enfouis et incinérés, de diminuer la quantité d'ordures ménagères et d'augmenter le recyclage et la valorisation organique. Depuis 2016, les sacs plastiques à usage unique sont interdits pour l'emballage des marchandises.

■ La **loi anti-gaspillage pour une économie circulaire** (2020) axe désormais les efforts sur la prévention des déchets avec :
- l'interdiction des produits en plastique à usage unique ;
- la lutte contre le gaspillage alimentaire et non-alimentaire ;
- l'augmentation du réemploi et du recyclage ;
- l'allongement de la durée de vie des produits et les démarches d'écoconception.

2 Les déchets

A. La répartition et l'évolution des déchets

■ En 2017, 326 millions de tonnes de déchets ont été produites (+ 0,4 % par rapport à 2015) dont 9 % par les ménages, ce qui représente 440 kg par habitant. Le recyclage a permis d'économiser 23 millions de tonnes de CO_2.

■ Sur les 254 kg par habitant d'ordures ménagères résiduelles on retrouve : 83 kg de déchets putrescibles, 43 kg de textiles et textiles sanitaires (couches...), 38 kg de papiers et cartons, 22 kg de verre et métaux, 37 kg de plastiques, 30 kg d'autres déchets. Il y a donc encore une marge de progression en recyclage et valorisation organique.

B. Les différents types de déchets

Les déchets sont classés suivant la filière de valorisation.

1. Les déchets biodégradables

■ Ce sont tous les **déchets organiques** qui peuvent se décomposer en présence de micro-organismes (épluchures, marc de café, restes alimentaires...).

■ Quelques communes mettent en place la collecte de ces ordures. Pour les autres usagers qui ne font pas de compost, ces déchets grossissent la quantité des ordures ménagères.

2. Les déchets recyclables

Ils sont collectés au porte à porte ou amenés dans des points de collecte volontaires. Ce sont :

- les **emballages en plastique** : ils contiennent souvent plusieurs types de plastiques comme du PEHD (polyéthylène haute densité) qui est dur et cassant (bouchon de bouteilles...) et du PET (polyéthylène téréphtalate) qui est léger et translucide (bouteille d'eau...). Pour être réutilisés, les plastiques doivent être séparés par famille, par qualité (souple rigide...) par couleur... D'ici 2022, l'extension des consignes de tri à tous les emballages en plastique (pots de yaourts, films...) sera étendue à tout le territoire ;
- les **emballages en verre**, hormis les miroirs, le verre des lampes ou le verre culinaire (vaisselle) ;
- les **emballages métalliques** (surtout l'aluminium et l'acier des conserves), mais pas encore l'aluminium en feuille ou en barquette ;
- le **papier** et le **carton** : tous les papiers sont recyclables (enveloppes à fenêtre comprises).

3. Les déchets inertes

Ils ne peuvent plus subir aucune transformation physique, chimique ou biologique importante. Ce sont essentiellement les gravats ou les mâchefers issus de l'incinération (ils sont utilisés pour l'élaboration des routes). Ils sont collectés en déchèterie.

4. Les déchets d'équipements électriques et électroniques (DEEE)

Il s'agit des appareils possédant une prise, une pile ou un accumulateur (gros et petits électroménagers, écrans, lampes à basse consommation, piles et accumulateurs). Ils sont riches en composés toxiques pour l'environnement (métaux lourds, fluide frigorigène...) et en matériaux valorisables (métaux...). Ils doivent être apportés en déchèterie ou dans les points de collecte chez les commerçants.

5. Les déchets dangereux hors DEEE

Les déchets sont considérés comme dangereux s'ils présentent une ou plusieurs des propriétés suivantes : explosif, comburant, inflammable, irritant, nocif, toxique, cancérogène, corrosif, infectieux, toxique pour la reproduction, mutagène, écotoxique. Ce sont les huiles de vidange, les pesticides, les peintures et les vernis, les produits contenant de l'amiante... Ils doivent absolument être apportés à un point de collecte ou dans une déchèterie.

6. Les médicaments et les déchets d'activités de soins

Il s'agit des seringues usagées, des médicaments et leur emballage, des radiographies. Il convient de les apporter à la pharmacie ou dans des points de collecte car leur enfouissement ou leur incinération avec les ordures ménagères peut être une source de pollution.

3 Le devenir des déchets

A. Les différents types de collectes

- La **collecte au porte-à-porte** est réalisée pour les ordures ménagères, parfois pour la collecte séparée des emballages, du verre et du papier.

- La **déchèterie** est un point d'apport volontaire pour les DEEE, les déchets inertes, les déchets dangereux et les déchets verts (tontes et tailles de haies).
- Les **points d'apport volontaires** (bacs de collecte ou conteneurs) sont disponibles sur la voie publique pour les emballages, le verre, les papiers...
- La **collecte** est réalisée dans certains magasins pour les piles, cartouches d'encre d'imprimantes, lampes à basse consommation et les médicaments dans les pharmacies. La collecte des DEEE est réalisée chez les détaillants selon le principe du « un pour un » (un produit acheté, un produit collecté).

B. Les filières de traitement

La valorisation des déchets nécessite le respect scrupuleux des consignes de tri qui sont différentes d'une commune à l'autre.

DÉCHETS	FILIÈRE	AVANTAGES	INCONVÉNIENTS
Ordures ménagères, déchets d'activités de soins à risques	Incinération avec valorisation énergétique : traitement basé sur la combustion des déchets. La chaleur dégagée est récupérée pour être directement utilisée (chauffage urbain) ou transformée en énergie électrique.	• Production d'énergie thermique ou électrique. • Valorisation d'une partie des cendres (mâchefers) pour faire du remblai. • Diminution de la quantité de déchets enfouis.	• Émission de GES (CO_2). • Risque de pollution de l'air. • Production de déchets ultimes dangereux qui doivent être enfouis (résidus d'épuration des fumées d'incinération des ordures ménagères).
Ordures ménagères, déchets inertes, déchets dangereux	Enfouissement : les déchets sont enterrés sans aucun traitement.	Nécessaire pour les déchets ultimes qui ne peuvent plus être valorisés.	• Aucune valorisation des déchets. • Fermentation des déchets biodégradables et dégagement de CH_4. • Risque de pollution du sol et des eaux.
Matières biodégradables	Compostage : traitement aérobie, en présence de micro-organismes et de petits animaux (lombrics, insectes...) qui conduit à la production d'engrais organique : le compost.	• Fabrication de compost pour le jardin. • Diminution de la quantité de déchets enfouis ou incinérés.	• Nécessite de la place en extérieur. • Nécessite un savoir-faire et du temps sinon production de GES (N_2O) et de mauvaises odeurs.
	Méthanisation : procédé de fermentation des déchets organiques qui produit un résidu solide et du biogaz contenant du méthane. Ce gaz peut être valorisé sous forme de chaleur, d'électricité ou de carburant. La partie solide peut être traitée par compostage.	• Diminution de l'utilisation des énergies fossiles. • Diminution de la quantité de déchets enfouis ou incinérés.	• Procédé rare en France. • La combustion du méthane libère du CO_2.
Emballage en plastique et en aluminium, papier, carton, verre	Recyclage en matière première.	• Préservation des ressources naturelles. • Diminution des émissions de GES.	Tous les emballages ne sont pas encore recyclables.

4 Quel est l'intérêt de trier ses déchets ?

Certes, le tri des déchets prend du temps, de la place, oblige à une certaine rigueur et coûte cher aux usagers, cependant :

– la fabrication de matière première à partir de ressources naturelles émet beaucoup plus de GES (CO_2) que celle qui est réalisée à partir des déchets recyclés (verre, carton…) ;
– trier ses déchets permet de limiter l'enfouissement et l'incinération, qui, même si elle est couplée à une valorisation énergétique, émet des GES (CO_2) ;
– trier correctement ses déchets les plus toxiques permet de limiter la pollution des eaux, du sol et de l'air ;
– le recyclage crée de l'emploi.

#info
Plus d'astuces sur www.casuffitlegachis.fr.
foucherconnect.fr/21vesf69

5 Comment limiter ses déchets ?

- Limiter l'achat de produits suremballés, privilégier le réutilisable ou le recyclable.
- Faire soi-même ses produits d'entretien, ses cosmétiques…
- Mettre en place un compost pour les déchets biodégradables.
- Lutter contre le gaspillage alimentaire.
- Louer le matériel plutôt que de l'acheter.
- Faire réparer ce qui est cassé, faire don des objets et vêtements encore en bon état.
- Acheter d'occasion.

6 Bien comprendre les étiquettes pour mieux jeter

Signification des différents pictogrammes figurant sur les étiquettes des produits

PICTOGRAMMES	SIGNIFICATION
	Le producteur contribue financièrement à un dispositif (Eco-Emballages ou Adelphe) aidant les communes à développer des collectes séparées des déchets d'emballages pour les valoriser. Il ne présume donc pas du recyclage effectif du produit qui le porte.
EU Ecolabel www.ecolabel.eu — NF ENVIRONNEMENT	Le produit a un impact moins important sur l'environnement tout au long de son cycle de vie.
65 %	· L'anneau de Möbius signifie que l'emballage est recyclable. Mais celui-ci ne le sera effectivement que si les consignes de tri sont respectées. · Si le logo est accompagné d'un pourcentage, par exemple « 65 % », cela signifie que 65 % de matières recyclées entrent dans la composition de l'emballage.
	Le produit contient des substances dangereuses, il ne doit pas être jeté avec les ordures ménagères mais apporté dans un point de collecte spécifique.

Fiche 58

Les réponses urbanistiques

L'urbanisme étudie le phénomène urbain, l'organisation et le développement des villes. Il lui faut gérer les fonctions « d'habiter, de circuler, de travailler, de se récréer » (Charte d'Athènes 1933), tout en préservant la qualité de vie, la mixité sociale, le développement économique, l'environnement, la sécurité, et ce pour des populations toujours grandissantes.

1 L'urbanisme réglementaire

■ Le droit de l'urbanisme est complexe, hiérarchisé et participatif : une large part est faite aux collectivités territoriales et aux associations, à côté de l'État, pour établir des règlements locaux.

■ Les **lois solidarité renouvellement urbain ou SRU (2000)** et **Grenelle Environnement II (2010)** développent le concept d'urbanisme durable : le fait de concentrer l'habitat (lutter contre l'étalement urbain) permet de préserver les paysages, la ressource en eau, mais aussi de diminuer la consommation en énergie des logements, celle des déplacements, et la production des gaz à effet de serre.

A. Au niveau supra-communal : le SCOT

Pour un groupement de communes, le **schéma de cohérence territoriale (SCOT)** concrétise un projet global de planification afin de préserver un équilibre entre zones urbaines, industrielles, touristiques, agricoles et naturelles dans un souci de développement durable. Établi après une large concertation entre l'État, le département et les communes, il est soumis à enquête publique. Il est « opposable » aux **plans locaux d'urbanisme (PLU)**, qui doivent s'y conformer.

B. Au niveau communal : le PLU

■ Le **plan local d'urbanisme** définit, avec plus de précisions, les dispositions réglementaires applicables dans chaque zone de la commune. Une fois élaboré après étude d'impact, diverses concertations et enquête publique, il est « opposable aux tiers », ce qui signifie qu'il a force de loi. Il comprend obligatoirement 5 types de pièces.

#info
Consulter le PLU de sa commune
foucherconnect.fr/21vesf70

- **1. Le rapport de présentation** expose le diagnostic du territoire (aspects économiques, démographiques, climatiques, environnementaux, état de l'habitat, etc.).
- **2. Le projet d'aménagement et de développement durable (PADD)** fixe les objectifs des politiques publiques d'urbanisme, de développement économique, de protection et de mise en valeur des espaces naturels, de préservation ou de valorisation des ressources naturelles.

- **3. Le règlement** définit pour chaque zone les règles applicables pour construire : type d'occupation ou d'utilisation du sol interdites, ou soumises à des conditions particulières ; accès et voirie ; desserte par les réseaux (eaux, assainissement, électricité…) ; caractéristique des terrains ; implantation des constructions par rapport aux voies et emprises publiques ; implantation des constructions par rapport aux limites séparatives (prospect) ; implantation des constructions les unes par rapport aux autres sur une même propriété ; emprise au sol ; hauteur maximum des constructions ; aspect extérieur ; stationnement ; espace libre et plantations, espaces boisés classés ; coefficient d'occupation des sols ou COS. L'emprise au sol correspond à la projection verticale d'une construction. Il s'exprime en m^2. Le COS exprime le rapport entre la « surface de plancher » et l'aire du terrain. Pour une même emprise au sol, un COS de 3 permet de construire un immeuble 6 fois plus haut qu'un COS de 0,5 (la « surface de plancher » remplace depuis le 1er mars 2012 les SHON et SHOB, c'est-à-dire Surfaces hors œuvre nette et brute).
- **4. Les documents graphiques** délimitent les zones : zones agricoles « A », urbaines « U », à urbaniser « AU », naturelles « N », et leurs sous-classifications. Exemple : « Npa » est une zone d'intérêt écologique ou paysager. « Npai » aussi, mais inondable.
- **5. Les annexes** : zones de préemption, zones d'aménagement concerté (ZAC), plans de prévention des risques naturels, etc.

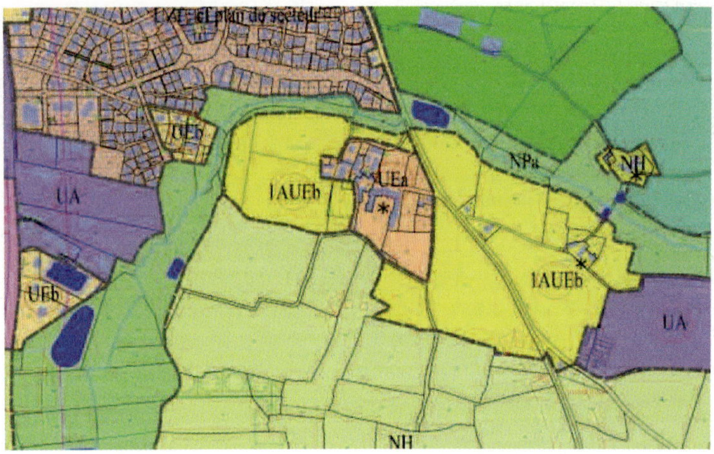

Avec l'aimable autorisation de la commune de Vitré

↑ *Plan local d'urbanisme de la ville de Vitré*

■ Outre le SCOT, le PLU doit être compatible avec d'autres outils d'« urbanisme prévisionnel » comme :
- le **PDU** : Plan de déplacements urbains. Il planifie les déplacements en transports collectifs, bicyclette, automobiles, poids-lourds, le passage d'un mode de transport à un autre, dans un but de sécurité et de moindre pollution ;
- le **PLH** : Plan local de l'habitat. Il programme une politique locale du logement : part du logement social, des éco-quartiers, des logements individuels ou collectifs ;
- le **SAGE : Schéma d'aménagement et de gestion des eaux**.

> **MÉMO**
> En l'absence de PLU, c'est le RNU (Règlement national d'urbanisme) qui s'applique, éventuellement par le biais d'une carte communale (RNU adapté).

■ Le SCOT et le PLU doivent également être en cohérence avec les lois sur le littoral, sur la montagne, et les chartes des parcs nationaux ou régionaux.

2 L'urbanisme opérationnel

L'urbanisme prévisionnel prévoit, l'urbanisme réglementaire légifère, et l'urbanisme opérationnel agit : il concerne l'ensemble des actions conduites pour la construction de bâtiments ou le traitement de quartiers et immeubles existants (réhabilitation, résorption de l'habitat insalubre).

A. Qui est « opérateur » ?

■ Tout constructeur fait une opération d'urbanisme. Il peut s'agir d'un simple **particulier** assumant seul la maîtrise d'œuvre de son projet, d'un constructeur ou d'un **architecte** prenant en charge la maîtrise d'œuvre pour le compte d'un maître d'ouvrage, qu'il s'agisse d'une personne physique ou morale.

■ Un **aménageur** est un maître d'ouvrage, public, semi-public (sociétés d'économie mixte) ou privé, qui a en charge la recherche, l'étude, l'acquisition, la viabilisation et la vente de terrains urbanisables (terrains équipés et constructibles) pour l'habitat ou la vie économique, ou encore assumant la maîtrise d'œuvre d'une opération de réhabilitation.

B. La maîtrise du foncier

■ Comme tout particulier, une collectivité locale peut **acheter** des terrains selon l'offre du marché. À l'extrême, elle peut **exproprier**, mais cette mesure rapide, brutale et impopulaire se fait dans des conditions très précises : seulement pour des travaux déclarés d'utilité publique par l'État (ce qui exige une enquête publique), en compatibilité avec la réglementation (SCoT, PLU ou sinon RNU), et contre juste et préalable indemnisation.

■ Un moyen plus doux et efficace est de **préempter**, ce qui consiste à se substituer prioritairement à l'acheteur quand le propriétaire veut vendre. Le **droit de préemption urbain ou DPU** s'institue lors de la validation des PLU, et permet ainsi à la collectivité de constituer sur le long terme des réserves foncières ou des **ZAD, zones d'aménagement différé**.

C. Les opérations d'urbanisme

1. Les demandes d'autorisation d'urbanisme

> **MÉMO** Elles sont nécessaires avant toute opération. Les modalités en sont précisées, avec les formulaires téléchargeables sur www.service-public.fr.

- **Certificat d'urbanisme** : il informe le propriétaire ou l'acheteur des règles d'urbanisme, limitations au droit de propriété conformément au PLU et le régime des taxes applicables à un terrain, ainsi que l'état des équipements publics. La demande se fait en mairie et il est délivré gratuitement.
- **Permis de construire** : il donne les moyens à l'administration de vérifier qu'un projet de construction respecte bien les règles d'urbanisme en vigueur. La demande est déposée à la mairie. Le recours à un architecte est obligatoire si la surface de plancher ou l'emprise au sol du projet dépasse 170 m^2. Le dossier est accompagné de différents documents : plan de masse, plan en coupe, façades, notice de description...
- **Autres demandes** : pour les lotisseurs et les aménageurs, il existe des formulaires type : permis de lotir, permis d'aménager. Noter, pour toute opération ou construction non soumise à permis (si modeste soit-elle), l'obligation de procéder à une **déclaration préalable**, qui donne les moyens à l'administration de vérifier qu'un projet respecte bien les règles en vigueur.

2. Les opérations d'aménagement

- **Les zones d'aménagement concerté (ZAC)** : elles succèdent aux Zones à urbaniser en priorité (ZUP), qui ont fortement et négativement marqué les franges de nos villes, dans les années 1950-1960, à l'époque d'une forte demande de logements. Le projet de ZAC est établi sur un programme de construction et d'équipements publics précis (activités, équipements tels que eau potable, assainissement, routes, écoles... qui avaient manqué aux ZUP). Depuis la loi SRU de 2000, les règles d'urbanisme des nouvelles ZAC sont désormais incluses dans le plan local d'urbanisme (PLU) et non plus dans un plan d'aménagement de zone (PAZ) spécifique.
- **Les lotissements** : ce sont des morcellements volontaires d'une propriété foncière par lots, en vue de construire des habitations. Les parcelles sont viabilisées (accès routier, eau, égouts, énergies, espaces verts), puis revendues pour construction à des particuliers ou un promoteur. Sans être une copropriété, les lotissements sont soumis à un cahier des charges qui définit l'usage des parcelles. De nombreux urbanistes reprochent aux lotissements d'avoir une empreinte écologique et énergétique très mauvaise, de contribuer à l'étalement urbain et à la consommation de sols agricoles.
- **Les éco-quartiers** : ils ne sont pas à proprement parler un type d'opération d'aménagement à part entière. Ils peuvent être créés neufs, ou en rénovation, en réhabilitation, en ZAC... Ils répondent aux principes du développement durable : habitat dense mais « végétalisé », forte isolation thermique, énergies renouvelables, récupération d'eau, faible emprise de l'automobile, etc. Un label spécifique « éco-quartier » existe depuis 2012.

3. Les opérations de renouvellement urbain

Globalement, elles visent à transformer des quartiers. Elles incluent plusieurs interventions, qu'elles soient de démolition ou de reconstruction. Elles comprennent aussi les changements d'usage, les aménagements nécessaires, mais aussi les équipements nécessaires aux habitants du quartier :

- **la réhabilitation** : elle désigne la réalisation de travaux importants dans un bâtiment existant pour le remettre en bon état ;
- **la rénovation** : c'est l'action de détruire pour reconstruire neuf. Ce terme est souvent confondu avec celui de réhabilitation ;
- **la reconstruction** : elle signifie en principe une rénovation à l'identique. Ex. : la ville de Saint-Malo après la Seconde Guerre mondiale.

4. L'amélioration de l'habitat

■ L'amélioration de l'habitat peut être stimulée de façon diffuse et permanente par des aides d'État auprès des propriétaires, grâce à **l'ANAH** (Agence nationale pour l'amélioration de l'habitat).

■ Elle peut aussi se faire de façon renforcée, dans un temps et un lieu précis, selon des objectifs spécifiques. Par exemple, avec en plus de l'ANAH, des aides de l'ADEME pour des travaux d'économies d'énergie, ou la DDE, la commune, etc. Il s'agit alors d'**OPAH**, ou Opérations programmées d'amélioration de l'habitat. Il en existe plusieurs types. Par exemple :

- l'OPAH de renouvellement urbain (**OPAH-RU**) traite les situations d'insalubrité, de forte dégradation et de dysfonctionnement urbain les plus difficiles ;
- l'OPAH programmes sociaux thématiques (**OPAH-PST**) : en contrepartie d'une subvention majorée de l'ANAH pour les travaux, le propriétaire s'engage à respecter un loyer conventionné pendant neuf ans et à loger des personnes en difficulté sociale.

Fiche 59

ÉQUIPEMENTS LIÉS AU BÂTIMENT

La production d'eau chaude sanitaire

Le technicien supérieur en ESF doit connaître le fonctionnement des systèmes de production d'eau chaude sanitaire (ECS) afin de conseiller au mieux les familles lors du remplacement d'un appareil usagé ou pour l'acquisition d'une nouvelle habitation. Il faut tenir compte de la taille du foyer, de ses habitudes de vie, de la configuration du logement et même, dans certains cas, du système de chauffage.

1 Les besoins en eau chaude

La consommation journalière moyenne par personne est de l'ordre de 50 litres d'eau chaude à 60 °C (source : Ademe).

ÉQUIPEMENTS	NOMBRE DE PERSONNES	BESOINS
E + L	1	30 – 50 L
E + L + D	1	50 – 80 L
E + L + B	2	100 – 150 L
E + L + B + D	3	150 – 200 L
E + L + B + D	4	200 – 250 L
E + L + L + D + D + B	6	250 – 300 L

E : Évier L : Lavabo D : Douche B : Bain

2 Le principe

Il existe 2 systèmes pour produire de l'eau chaude : la **production instantanée** et l'**accumulation**.

A. La production instantanée

Dans ce système, l'eau est chauffée au fur et à mesure des soutirages sans limitation de volume. Le débit dépend de la puissance de l'appareil.

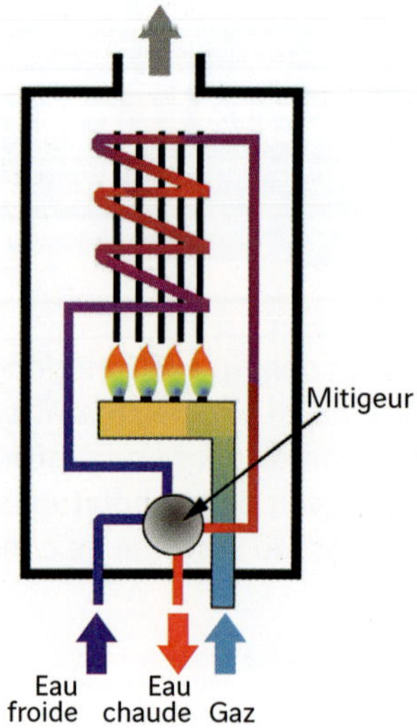

Chauffe-eau gaz à production instantanée

B. L'accumulation

Ici, un volume d'eau est préalablement chauffé et les soutirages sont limités à la contenance de l'accumulateur (appelé couramment « ballon d'eau chaude »).

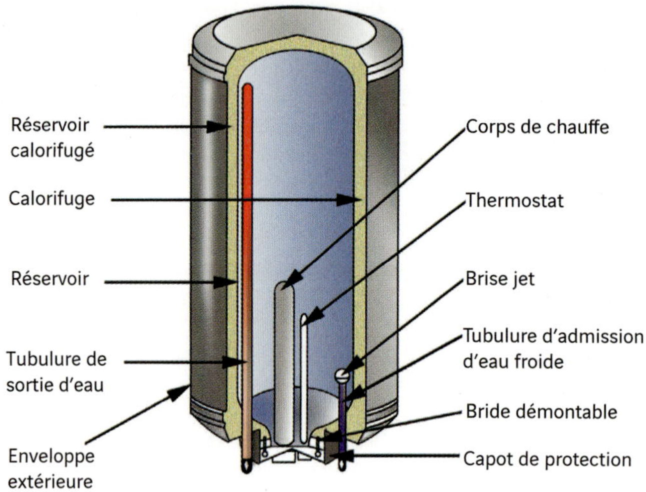

Chauffe-eau électrique à accumulation

3 L'énergie

A. L'électricité

Cette énergie est particulièrement adaptée pour des systèmes à accumulation permettant ainsi la chauffe du volume d'eau pendant les heures creuses. Elle présente également d'autres intérêts.

AVANTAGES	INCONVÉNIENTS
· Consommation d'énergie plus faible que la production instantanée car chauffe lente et continue. · Aucun réglage, pas de surveillance. · Fonctionnement propre. · Aucun entretien. · Silencieux. · Robuste. · Durée de vie proche de 10 ans.	· Encombrant. · Une fois le volume puisé, il faut attendre que l'eau chauffe à nouveau. · Le coût de l'électricité et le surcoût de l'abonnement heures creuses/heures pleines.

B. Le gaz

Ce combustible convient bien pour la production instantanée mais peut aussi être utilisé en accumulation.

AVANTAGES	INCONVÉNIENTS
· Équipé de dispositifs de sécurité. · Production à la demande tout au long de la journée possible donc pas de manque d'eau chaude. · Coût du kWh moins élevé avec le gaz naturel.	· Consommation d'énergie relativement élevée. · Entretien annuel. · Évacuation des gaz brûlés qui nécessite un raccordement sur l'extérieur (cheminée ou ventouse).

C. Le solaire

Exclusivement à accumulation, les chauffe-eau solaires fonctionnent avec une énergie complémentaire (résistance électrique ou une mise en parallèle avec une chaudière fonctionnant avec une énergie fossile) pour pallier un manque d'ensoleillement.

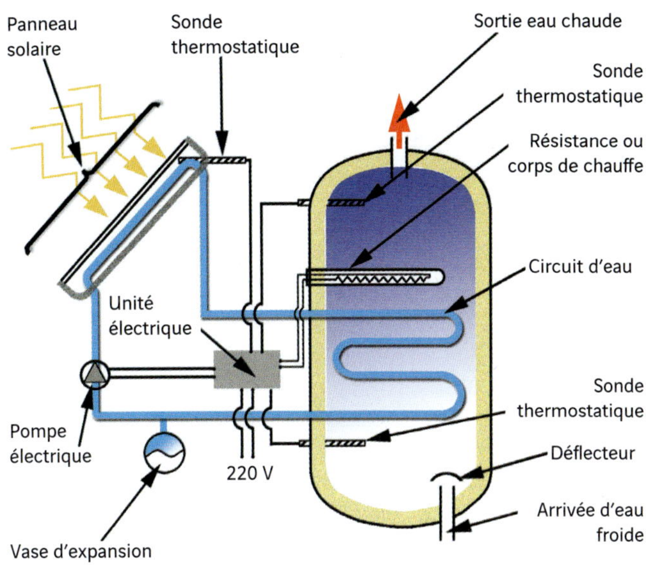

↑ *Chauffe-eau solaire*

AVANTAGES	INCONVÉNIENTS
• Énergie propre. • Coût de fonctionnement.	• Coût de l'installation. • Manque de régularité de la production.

D. Les autres énergies

On utilise ici une chaudière double service (chauffage des locaux et production d'ECS) avec un combustible (bois, fioul, gaz...). Cette installation est rentable si le logement comporte de nombreux points d'eau et que le combustible est bon marché car cela nécessite le maintien en fonctionnement d'une grosse installation.

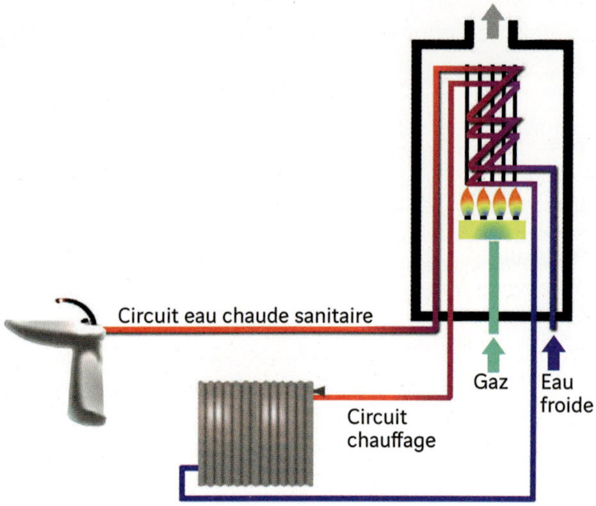

Chaudière double service

4 La configuration du logement

■ Si la place est suffisante, on optera pour un seul chauffe-eau à accumulation électrique afin de bénéficier du tarif heures creuses ou une chaudière double service gaz naturel avec ballon d'eau chaude.

> **MÉMO** Régler la température de l'eau chaude à plus de 55 °C pour lutter contre la légionellose.

■ Si la place est réduite, on envisagera un chauffe-eau à production instantanée.

■ Si les postes d'eau sont proches, un appareil est suffisant. En revanche, si les points d'eau sont éloignés, l'achat de deux appareils peut se justifier.

Fiche 60

L'adoucisseur

Les démarchages pour ce type de matériel sont assez fréquents. Il est donc important pour le technicien supérieur en ESF de connaître son fonctionnement, ses intérêts et limites afin de ne conseiller l'installation de cet appareil que lorsqu'il est réellement justifié pour le public.

1 La dureté de l'eau

A. Le principe

- Elle se mesure en degré hydrotimétrique ou français (°TH ou °f). 1 degré °f équivaut à 4 mg pour le calcium et 2,43 mg pour le magnésium par litre.
- La dureté de l'eau dépend de la nature du sol et varie donc d'une région à l'autre.
- La classification des eaux correspond à la dureté totale, imputée à tous les sels dissous. Il faut distinguer :
  - **la dureté temporaire** : due aux ions hydrogénocarbonate (HCO3-) formant des sels qui précipitent à chaud. Cette dureté disparaît après une ébullition prolongée ;
  - **la dureté permanente** : due aux chlorures et sulfates de Ca 2+ et Mg 2+ solubles après ébullition. Elle subsiste après ébullition prolongée.

MÉMO
Dureté totale
= Dureté temporaire
+ Dureté permanente

- Pour connaître le degré de dureté de l'eau de son logement, il convient de :
  - se renseigner auprès du service de l'eau de sa commune ;
  - le mesurer à l'aide de bandelettes-test vendues en pharmacie par exemple.

REMARQUES
- L'installation d'un adoucisseur ne se justifie que si la dureté est supérieure à 30°TH (ou °f).
- Un adoucisseur d'eau sert à diminuer les problèmes de tartre mais n'a aucun effet sur les substances (nitrates, pesticides, bactéries...).

B. La formation du tartre

Lors du chauffage de l'eau, un dépôt constitué d'un précipité de carbonate de calcium ($CaCO_3$) ou de magnésium se forme. Il est responsable de l'entartrage :

$$2\,(HCO_3^-) + Ca^{2+} \xrightarrow{T° > 50\,°C} CO_2 + H_2O + CaCO_3$$

$$2\,(HCO_3^-) + Mg^{2+} \longrightarrow CO_2 + H_2O + MgCO_3$$

C. Les conséquences

Selon les lieux de dépôt de ce précipité, on observe plusieurs inconvénients :

- **sur une canalisation d'eau chaude** (sanitaire, chauffage) : réduction du diamètre, et par conséquent du débit. Dans les courbes, il peut y avoir formation d'un bouchon ;
- **au niveau des orifices des appareils** utilisant de la vapeur d'eau (fer à repasser, cafetière électrique) : réduction du diamètre des orifices de sortie, mauvaise conduction de la chaleur car l'appareil doit fournir un travail supplémentaire : baisse du rendement de l'appareil ;
- **au niveau des résistances électriques** (lave-linge, chauffe-eau) : diminution du rendement de l'appareil. Dépôt dans les canalisations mêmes de l'appareil ;
- **sur la vaisselle** : taches blanchâtres ;
- **lors de la cuisson des légumes** : les sels de Ca^{2+} et Mg^{2+} se fixent sur les cellules et entraînent un durcissement ;
- **lors de l'utilisation de savon** : en présence de Ca^{2+} et Mg^{2+}, les savons forment des précipités de Ca et de Mg insolubles. Ils ne peuvent être dissous et agir que lorsque tous les ions ont été précipités. Auparavant, ils n'ont pas de pouvoir détergent (mousse absente).

2 Le principe d'un adoucisseur

■ L'adoucisseur modifie les caractéristiques chimiques de l'eau en éliminant le calcium (Ca^{2+}) et le magnésium (Mg^{2+}) pour diminuer la dureté et par conséquent éviter la formation de calcaire et de tartre. Dans le même temps, l'eau se charge de sodium (Na^+) : c'est un mécanisme d'échange ionique.

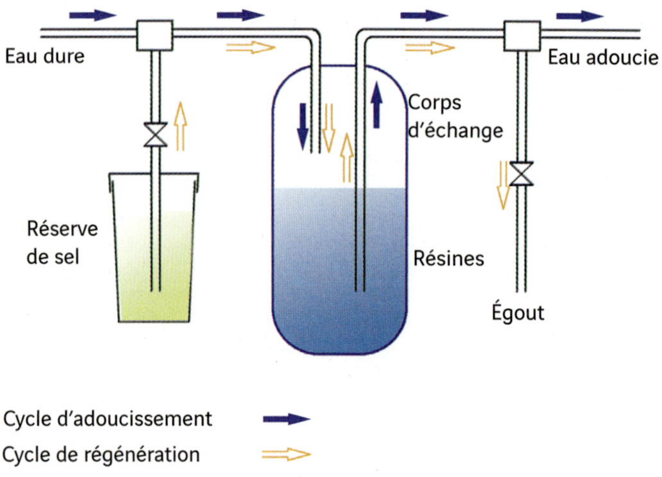

↑ *Le principe de l'adoucisseur*

■ L'eau passe dans la résine (R-Na) qui retient les ions calcium et magnésium et libère en échange des ions sodium. Pendant cette **phase d'adoucissement**, l'équation de la réaction est :

$$2R\text{–}Na + Ca^{2+} \longrightarrow R_2Ca + 2Na^+ \quad \text{ou} \quad 2R\text{–}Na + Mg^{2+} \longrightarrow R_2Mg + 2Na^+$$

Une fois que tout le sodium est passé dans l'eau et que la résine est saturée de calcium et de magnésium, elle doit être rechargée à l'aide d'une solution concentrée en sodium, c'est la **phase de régénération** dont l'équation est :

$R_2Ca + 2Na^+ \longrightarrow 2R\text{–}Na + Ca^{2+}$ ou $R_2Mg + 2Na^+ \longrightarrow 2R\text{–}Na + Mg^{2+}$

3 Les intérêts d'un adoucisseur

- Diminuer la consommation des produits d'entretien.
- Limiter l'entartrage des équipements de production d'eau chaude.
- Préserver les canalisations d'eau chaude du tartre.
- Améliorer le pouvoir moussant du savon.
- Augmenter la durée de vie des thermoplongeurs des appareils ménagers (lave-linge, cafetière...).
- Diminuer la quantité d'énergie nécessaire pour la production d'ECS.

REMARQUE

Si une habitation est équipée d'un adoucisseur, il n'est plus nécessaire de mettre de sel régénérant dans le lave-vaisselle.

4 Les limites

- Surconsommation d'eau : chaque phase de régénération nécessite, en moyenne, 130 L d'eau rejetée directement dans les égouts.
- Une eau adoucie en dessous de 15 °f n'est plus potable, maintenir un minimum de 15 °f est donc une obligation légale.
- Une eau trop douce est corrosive pour les tuyauteries, entraînant des risques de fuites.
- Le prix d'achat de 1 800 € à 2 100 € pour une famille de 4 personnes.
- Les recharges de sel (environ 1 kg pour 30 m³ d'eau adoucie).
- La maintenance (environ 15 €/mois).
- L'adoucisseur provoque une surconsommation d'eau à chaque opération de régénération et des rejets importants de saumure.
- L'impact environnemental lié au rejet d'eau salée.

CONSEILS ET ASTUCES

Pour le **bon entretien d'un adoucisseur**, il faut :
- désinfecter la résine plusieurs fois par an si le système n'est pas équipé d'une désinfection automatique ;
- nettoyer régulièrement les filtres afin d'éviter les risques infectieux ;
- régler la température de l'eau chaude à moins de 60 °C pour limiter l'effet corrosif ;
- installer l'adoucisseur en le réservant exclusivement au circuit d'eau chaude sanitaire ;
- conserver au moins une canalisation d'eau froide non traitée dans le logement ;
- préférer l'eau non adoucie pour l'eau de boisson, car l'eau riche en sodium est déconseillée pour les personnes hypertendue et cardiaques, les femmes enceintes, les nourrissons et les personnes soumises à un régime sans sel ;
- engager un recours collectif auprès de sa mairie et de son distributeur d'eau pour demander que l'eau de réseau soit légèrement adoucie avant distribution quand les niveaux de dureté sont exceptionnellement hauts.

Les énergies

Les dépenses d'énergie dans l'habitat sont réparties pour 70 % au chauffage, 15 % à l'éclairage et aux appareils électroménagers, 10 % à l'eau chaude sanitaire (ECS) et 5 % à la cuisson des aliments. Les dépenses d'énergie liées au logement et au transport représentent, selon l'INSEE, 9 % du budget des ménages en 2018.

1 Les différentes énergies

A. Les énergies fossiles

L'énergie fossile est produite à partir de roches issues de la fossilisation des êtres vivants : pétrole, gaz naturel et charbon. Elles sont présentes en **quantité limitée et non renouvelable**, leur combustion produit des **gaz à effet de serre** (GES). Les énergies fossiles représentent aujourd'hui plus des trois quarts de la consommation mondiale d'énergie (transport, industrie, chauffage, production d'électricité...).

B. Les énergies renouvelables

> MÉMO
> Les énergies renouvelables (EnR) peuvent être consommées sans diminution de la ressource naturelle à l'échelle humaine.

- **L'énergie solaire pour la production d'ECS**. Elle nécessite l'installation de capteurs qui captent l'énergie thermique solaire permettant la production ECS ou de chaleur. La production étant très variable, ce choix nécessite un couplage à un autre système.
- **L'énergie solaire pour la production d'électricité**. Elle nécessite l'installation de panneaux solaires photovoltaïques. L'électricité produite ne sert pas à alimenter le logement (sauf dans le cas de site isolé non relié au réseau électrique), elle est réinjectée dans le réseau électrique national et rachetée par EDF. Le niveau de production dépend de la zone géographique et de l'orientation des panneaux. Le recyclage de ces panneaux reste un problème du fait de leur complexité et des nombreuses substances dangereuses utilisées.
- **La combustion de biomasse**. La plus utilisée est le bois sous forme de bûches, de plaquettes ou de granulés. Les systèmes de chauffage type cheminée sans insert sont à proscrire du fait de leur faible rendement. L'utilisation de poêles performants (label flamme verte) et d'inserts permet de chauffer l'air ambiant. L'utilisation d'une chaudière centrale à bois permet, en plus, la production d'ECS.
- **Les pompes à chaleur (PAC)**. Les calories sont captées dans le milieu ambiant pour être redistribuées à l'intérieur du logement, sous forme d'énergie thermique, grâce à une pompe à chaleur (fonctionnement semblable au climatiseur et réfrigérateur). Cette dernière consomme de l'énergie électrique. Les PAC utilisant la géothermie (récupération des calories du sol), nécessitent une surface de terrain importante et des canalisations enterrées à environ 2 m de profondeur, ou un forage horizontal. Les PAC qui récupèrent les calories de l'eau ont besoin d'une nappe phréatique. Les calories peuvent aussi être

récupérées dans l'air ambiant, cependant ce système est peu performant dans les zones ou les températures hivernales peuvent atteindre – 15 °C.

- **L'énergie éolienne**. L'implantation d'une éolienne nécessite un permis de construire si sa hauteur dépasse 12 m. Son installation doit se faire dans un site suffisamment venteux. L'utilisation chez l'usager est encore limitée par le coût, l'encombrement et le manque d'esthétisme de l'appareil. Cependant, elle est intéressante en site isolé où l'énergie électrique générée peut être stockée dans des batteries.

C. La production d'énergie par combustion et les effets sur la santé et l'environnement

■ La combustion d'un composé carboné (pétrole, gaz, charbon ou biomasse) en présence d'oxygène entraîne la production d'énergie thermique, de vapeur d'eau, de CO_2 (GES) et d'autres composés en fonction de la nature de la source de carbone. Le carbone libéré par la biomasse (bois, paille, éthanol...) va être réintégré, grâce à la photosynthèse, dans la biomasse sous forme de composé carboné organique. Le bilan carbone est donc nul si la biomasse est correctement gérée (un arbre replanté pour un arbre abattu).

■ Si la combustion est incomplète, en raison d'une quantité d'oxygène insuffisante (aération insuffisante, mauvais entretien de la chaudière...), du monoxyde de carbone (CO) est produit en quantité suffisante pour provoquer l'asphyxie (environ 100 morts par an en France).

D. Le cas particulier de l'énergie nucléaire

■ L'énergie nucléaire est obtenue grâce à la fission d'atome, par exemple l'uranium enrichi. Cette réaction dégage énormément de chaleur qui va permettre de chauffer un fluide caloporteur jusqu'à l'état de vapeur. Cette dernière va entraîner une turbine qui produit de l'énergie électrique.

■ L'énergie nucléaire n'est ni une énergie fossile, ni une EnR puisque la ressource naturelle en matériaux fissibles n'est pas reconstituée. Bien qu'elle ne produise pas de GES, et qu'elle puisse être envisagée pour lutter contre le réchauffement climatique, elle produit des **déchets radioactifs hautement et durablement toxiques** pour l'environnement et l'homme. En 2018, plus de 70 % de l'électricité française produite provient de l'énergie nucléaire.

2 Choisir un type d'énergie

A. Les critères de choix

- Quel est le coût de l'énergie ? Ce coût est-il soumis à des variations prévisibles ?
- L'équipement matériel pour utiliser, produire ou transformer l'énergie est-il onéreux ?
- L'énergie est-elle facilement disponible sur le lieu d'habitation, la production est-elle régulière ?
- Quel est le bilan écologique (production de GES, principalement le CO_2) ?
- L'énergie considérée nécessite-t-elle un lieu et des conditions de stockage particuliers ?
- Doit-on payer un abonnement en plus du coût de l'énergie ?
- Y a-t-il des risques pour la santé (production de CO) ?
- La facturation est-elle faite avant ou après la consommation ? Y a-t-il une quantité minimale de livraison ?
- Doit-on prévoir un surcoût dû à l'entretien par un spécialiste (chaudières à combustion, mise en service des appareils nécessitant des fluides frigorigènes) ?
- Enfin, il est important de pouvoir substituer une énergie par une autre sans investissement important en cas d'augmentation importante du prix.

B. Tableau comparatif des différentes énergies

ÉNERGIE	FIOUL	GAZ NATUREL (MÉTHANE)	BUTANE ET PROPANE	BOIS *	ÉLECTRICITÉ	SOLAIRE	PAC (AIR/AIR OU EAU/AIR)	PAC ET GÉOTHERMIE
Coût de l'énergie en cents €/kWh **	7,5 à 9,5	6,5 à 8	14 à 15,5	3 à 6,5	16 à 17,5	/	0,05	7,5
Évolution prévisible du coût	En forte hausse			Assez stable	En hausse	/		
Abonnement à prévoir	Non	Oui	Location citerne	Non	Oui	Non		
Coût de l'équipement	Important				Faible	Important		Très important
Facturation avant ou après consommation	Avant, livraison minimale	Après	Avant, livraison minimale pour les citernes de gaz		Après	/		
Surcoût dû à l'entretien	Oui				Non	Oui		
Disponibilité	Très bonne	Que dans les villes reliées au réseau de gaz	Très bonne			Production irrégulière, nécessite une source d'énergie complémentaire		
Stockage nécessaire	Oui	Non	Oui		Non			
Risque pour la santé	Production de CO				/			
Bilan écologique global	Mauvais : 206 à 282 g de CO_2/kWh			Assez bon : 40 g de CO_2/kWh	Mauvais : 180 à 600 g de CO_2/kWh***. Déchets radio-actifs.	Bon, mais nécessite la prise en compte du bilan de la source d'énergie complémentaire		

* Bois en bûches, granulés ou plaquettes.
** Coût hors amortissement et maintenance de l'installation.
*** Émissions plus importantes de CO_2 pendant les pics hivernaux de consommation (centrales thermiques).

3 La politique énergétique française

A. La réglementation

■ La loi de programmation fixant les orientations de la politique énergétique française (loi POPE 2005) prévoit le développement des énergies renouvelables et l'utilisation rationnelle de l'énergie pour, d'une part, diminuer la dépendance énergétique de la France et d'autre part réduire les émissions de GES (qui doivent être divisées par 4 d'ici à 2050).

■ Le plan France relance de 2020, mis en place suite à la crise du Covid-19, intègre de nouvelles mesures pour aider la rénovation énergétique.

B. Les incitations financières

■ Les incitations financières sont de trois ordres :
- pour le **développement des énergies renouvelables** ;
- pour l'**achat de système de chauffage plus performant** ;
- pour les **travaux permettant d'améliorer la performance énergétique des bâtiments**.

■ Les différentes aides possibles sont :
- **MaPrimeRénov'** pour l'aide à la rénovation énergétique ;
- la **prime à la conversion** des chaudières au fioul ou au gaz peu performantes par un équipement utilisant des énergies renouvelables ;
- le **crédit d'impôt** pour la transition énergétique ;
- la **TVA** à taux réduit ;
- le **dispositif des certificats d'économie d'énergie** ;
- le **programme Habiter mieux de l'ANAH**, les aides des collectivités locales ;
- l'aide de certaines **caisses de retraite**, les **aides d'action logement**.

REMARQUE Ces différentes aides sont soumises à des conditions qui changent chaque année (www.faire.fr).

4 Les différents tarifs

A. Les tarifs régulés et offres de marché

Les marchés de l'électricité et du gaz sont ouverts à la concurrence depuis 2007. Cependant, les opérateurs historiques (EDF et Engie) proposent une offre à un tarif réglementé.

MÉMO Le 30 juin 2023, les tarifs réglementés de vente de gaz naturel vont totalement disparaître au profit des offres de marché.

 # info
Comparer les différents tarifs afin de faire son choix
foucherconnect.fr/21vesf71

B. Les tarifs sociaux

Les tarifs sociaux de l'électricité (TPN : tarif de première nécessité) et du gaz (TSS : tarif de solidarité spécial) ont été remplacés par le **chèque énergie**. C'est une aide au paiement des factures d'énergie du logement. Il est attribué sous conditions de ressources sans démarche à faire pour l'usager. Il peut être utilisé pour payer une facture de gaz ou d'électricité mais aussi pour une facture de fioul domestique ou d'autres types de combustibles de chauffage. Il peut aussi permettre de payer des dépenses d'énergie comprises dans les charges du logement ou encore des travaux de rénovation sous certaines conditions (www.chequeenergie.gouv.fr/beneficiaire/info).

Le chauffage

Le chauffage représente dans le foyer environ 60 % de la facture énergétique (source : INSEE 2017). Ce poste budgétaire est donc très important et le technicien supérieur en ESF doit maîtriser les différents systèmes de chauffage et la réglementation thermique pour conseiller au mieux les ménages.

1 Les systèmes de chauffage

A. Le chauffage central

Un fluide caloporteur (généralement de l'eau) est chauffé au niveau d'une chaudière et est ensuite envoyé vers des émetteurs (radiateurs, planchers chauffants, convecteurs...) situés dans les pièces à chauffer.

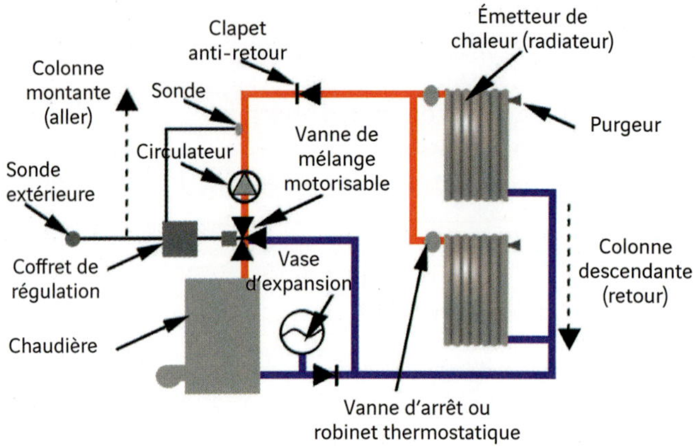

Système du chauffage central

AVANTAGES	INCONVÉNIENTS
• Système performant. • Un seul point de chauffe à gérer et contrôler. • Coût d'utilisation assez faible (avec des variations suivant l'énergie choisie). • Nécessite peu d'entretien.	• Pertes thermiques (chaufferie et transport) réduisant le rendement de l'installation. • Installation coûteuse. • Mise en régime assez lente.

FOCUS

Exemple : la chaudière à condensation

Cette chaudière récupère une partie de l'énergie calorifique (chaleur) perdue dans la vapeur d'eau issue de la combustion en condensant cette dernière. Ce principe améliore nettement le rendement par rapport à une chaudière classique.
Les fumées émises par cette installation ont une température voisine de 50 °C contre 200 °C ordinairement. Cette récupération d'énergie est située au niveau du condenseur récupérateur en cuivre dans lequel circule l'eau de retour du circuit du chauffage central.

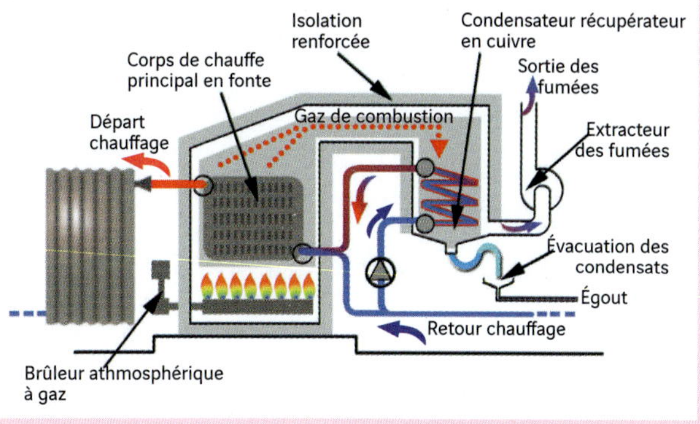

↑ *La chaudière à condensation*

B. Le chauffage divisé

Dans ce cas, l'appareil est à la fois générateur et émetteur de chaleur. Il est localisé dans la pièce à chauffer (ex. : convecteur électrique, cheminée, poêle...). Les énergies couramment utilisées sont l'électricité, le gaz, le fioul et le bois.

AVANTAGES	INCONVÉNIENT
• Absence de pertes lors du transport de la chaleur. • Absence de tuyaux. • Installation peu coûteuse.	Son coût d'utilisation est assez élevé (avec des variations suivant l'énergie choisie).

2 Le chauffage solaire

Il s'agit du système solaire combiné permettant de couvrir 20 à 40 % des besoins en chauffage, le complément étant apporté par une chaudière classique (bois, fioul, gaz, électrique). Il existe deux systèmes :

– l'**hydro-accumulation** : on chauffe un volume d'eau (500 à 2000 L) lorsque le soleil est présent et ensuite on puise suivant les besoins. Des émetteurs (radiateurs basse température et plancher) diffusent cette chaleur ;
– le **plancher solaire direct** : il est l'émetteur de la chaleur mais aussi le lieu de stockage du fluide caloporteur.

3 Le chauffage par une pompe à chaleur (PAC)

Les PAC fonctionnent sur le principe du cycle frigorifique en captant la chaleur au niveau de l'évaporateur et en la diffusant ensuite au niveau du condenseur.

A. Les différents systèmes

Par convention, on note le vecteur utilisé pour transmettre la chaleur : en premier, celui où l'on capte la chaleur et en deuxième, celui où l'on diffuse.

> **EXEMPLES**
> - **PAC Air/Air** : cela signifie que la chaleur est captée au niveau de l'air extérieur au logement et que l'on chauffe ce dernier avec un système de ventilation.
> - On trouve aussi des **PAC Air/Eau** où le système de ventilation est remplacé par un circuit d'eau.
> - Des **PAC Eau/Eau** où la chaleur est captée dans une nappe phréatique sont également disponibles mais l'on trouvera très rarement des PAC Eau/Air.

B. Le coefficient de performance (COP)

Il s'agit du nombre de kWh produits par kWh consommés, c'est-à-dire qu'une PAC ayant un COP de 2 restitue 2 kWh pour 1 de consommé.

C. La PAC géothermique

Appelé communément « chauffage par géothermie horizontale », ce dispositif récupère la chaleur du sol grâce à un réseau de tuyaux enterré dans le terrain à une profondeur hors gel et dans lequel circule un fluide frigorigène. Ce système est généralement couplé avec un plancher chauffant afin d'optimiser la diffusion de chaleur dans le logement. Il convient parfaitement à un chauffage individuel.

4 Le chauffage urbain par géothermie

Attention à ne pas confondre ce système avec le précédent car le chauffage urbain par géothermie nécessite la collecte de l'eau chaude dans le sous-sol par forage. Par l'intermédiaire d'un échangeur thermique, la chaleur est transmise vers les logements raccordés au chauffage urbain. On parle ici de chauffage par géothermie « verticale ». Ce système est adapté pour du chauffage collectif du fait du coût de l'installation.

5 La réglementation thermique (RT) et la réglementation environnementale (RE)

Elle impose des règles pour l'ensemble des bâtiments avec pour objectif de réaliser des économies d'énergie. La consommation moyenne des logements existants est de l'ordre de 300 kWh/m²/an.

A. La RT 2012

Applicable au 1er janvier 2013, pour tous les bâtiments neufs résidentiels, la réglementation thermique 2012 exige une consommation moyenne d'énergie primaire inférieure à 50 kWh/m²/an avec pour le chauffage 18 kWh/m²/an, la production d'eau chaude 22 kWh/m²/an, l'éclairage 5 kWh/m²/an et la ventilation 5 kWh/m²/an. Les appareils de chauffage actuels doivent donc avoir un bon rendement et se conformer à ces exigences.

B. La RE 2020

À partir de 2021, tous les bâtiments neufs doivent être à énergie positive, c'est-à-dire que les habitations devront produire plus d'énergie qu'elles n'en consomment. Ce sont les **bâtiments à énergie positive** (Bepos). Le principe repose sur celui des maisons passives qui se passent de chauffage. Ceci imposera davantage une expertise sur les systèmes d'isolation et de ventilation du logement que sur les systèmes de chauffage. La RE 2020 ne contrôle plus seulement la consommation énergétique des bâtiments neufs, mais aussi leur bilan carbone, en incluant l'analyse du cycle de vie des matériaux employés.

CONSEILS ET ASTUCES

Pour **limiter la consommation d'énergie**, il convient de :
– fermer les volets et les rideaux pendant la nuit ;
– diminuer la température d'un degré permet de diminuer la facture de 7 % ;
– baisser la température du chauffage en cas d'absence prolongée (un ou plusieurs jours) ou mettre le chauffage en mode « hors-gel » ;
– faire entretenir le système de chauffage annuellement pour augmenter la longévité, la sécurité et réduire le risque de panne. De plus une chaudière entretenue représente 8 à 12 % d'énergie consommée en moins. Ceci permet aussi de prévenir les risques d'incendie et de production de monoxyde de carbone, de plus les professionnels délivrent une attestation parfois demandée par le bailleur ou l'assurance ;
– régler la chaudière à une température entre 50 °C et 60 °C max ;
– installer un thermostat d'ambiance qui gère les heures de la journée, voire les jours de la semaine, et permet des économies non négligeables.

FOCUS

Les détecteurs de fumées

- Tous les lieux d'habitation doivent être équipés d'au moins un détecteur de fumée normalisé (muni du marquage CE et être conforme à la norme européenne harmonisée NF EN 14604) depuis le 8 mars 2015.
- Le détecteur doit être installé de préférence dans la circulation ou le dégagement desservant les chambres. Il doit être fixé solidement en partie supérieure, à proximité du point le plus haut et à distance des autres parois ainsi que des sources de vapeur. Si le logement est occupé par un locataire, une alternative est offerte au bailleur qui peut soit fournir le détecteur à son locataire, soit lui rembourser l'achat. Dans ces 2 cas, il appartiendra au locataire de procéder à la pose du détecteur.

Fiche 63

La climatisation

Tout comme le chauffage, la climatisation relève de la notion de confort, assure la fraîcheur en été et certains appareils peuvent chauffer en hiver. Le technicien supérieur en ESF doit maîtriser les différents systèmes et la réglementation thermique pour conseiller au mieux les ménages.

1 Le principe

Le climatiseur capte l'air chaud de la pièce au niveau de son évaporateur, ce qui a pour conséquence directe de refroidir le local. La chaleur est extraite par le condenseur situé à l'extérieur. Le principe est similaire à celui d'un réfrigérateur (voir le principe du cycle frigorifique).

2 Les différents appareils

A. Les appareils mobiles monoblocs

Ces appareils ne nécessitent aucune installation hormis un branchement électrique. Parfaitement adaptés à une climatisation ponctuelle, ils peuvent être déplacés d'une pièce à l'autre grâce à la présence de roulettes. Ils sont généralement encombrants et bruyants. De plus, ces appareils nécessitent de laisser une fenêtre entrebâillée afin de laisser passer le tuyau d'évacuation de l'air chaud. Leur prix varie de 300 à 1 000 €.

↑ *Appareil mobile monobloc*

B. Les appareils fixes monoblocs

Aussi appelés « window », ces appareils sont formés d'un seul élément encastré dans un mur ou une fenêtre. Ils nécessitent peu de travaux mais sont généralement inesthétiques et bruyants. Ils sont à ce jour délaissés pour les appareils « splits ».

C. Les appareils mobiles splits

Ce sont des appareils composés de deux unités distinctes : à l'extérieur, le condenseur évacue la chaleur et à l'intérieur, l'évaporateur rafraîchit le local. Dès que l'on change le climatiseur de pièce, il faut déplacer deux unités et disposer d'une ouverture pour installer l'unité extérieure. Le prix de ces appareils varie de 800 à 1 300 €.

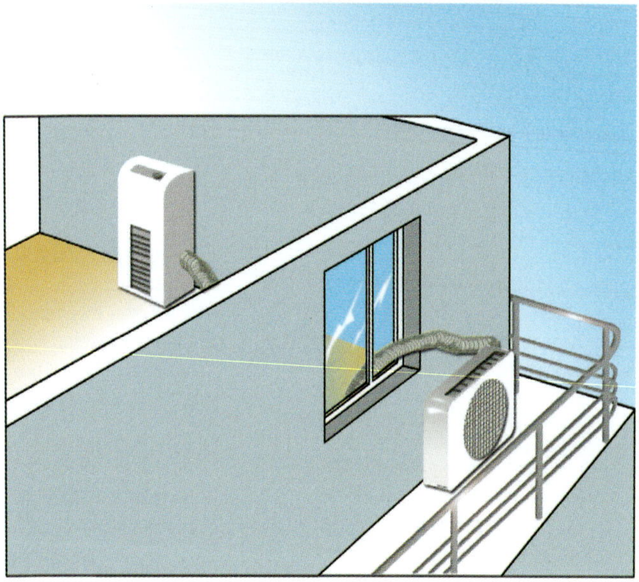

↑ *Appareil mobile split*

D. Les appareils fixes splits

Comme les précédents, ils se composent de deux unités distinctes. La première unité, composée du compresseur et du condenseur, est placée à l'extérieur et la seconde est fixée au mur ou au plafond du local à rafraîchir pour limiter l'encombrement au sol. L'avantage de ce système est que le bruit est imperceptible car le compresseur est situé à l'extérieur du local à climatiser. Leur prix est supérieur à 1 000 € (hors frais d'installation).

E. Les appareils fixes multisplits

À la différence des précédents, ils se composent de plusieurs unités intérieures permettant ainsi la climatisation de différentes pièces en même temps. Leur prix est supérieur à 1 000 € (hors frais d'installation).

3 La réversibilité

Les appareils ci-dessus peuvent être réversibles ou non. Cela signifie qu'en période estivale, ils rafraîchissent le logement mais aussi qu'en hiver, ils ont la capacité de le chauffer. C'est le principe de la pompe à chaleur.

4 Les critères de choix

Critères de choix liés au climatiseur et au logement

CRITÈRES DE CHOIX	CARACTÉRISTIQUES TECHNIQUES	REMARQUES
Critères de choix liés au climatiseur		
Débit d'air (m^3/h)	Prévoir un renouvellement d'air horaire équivalent à 2 ou 3 fois le volume de la pièce	
Puissance (en W)	Elle doit être adaptée au volume à rafraîchir. En général, il faut compter 40 W/m^3	Soit 100 W/m^2 pour une pièce avec une hauteur standard de 2,50 m
Niveau sonore	Niveau sonore intérieur de préférence inférieur à 45 dB (25 dB appréciables)	
Coefficient d'efficacité	• Rapport puissance frigorifique/ puissance absorbée : doit au minimum être de 2.5. • Étiquetage des performances à prendre en compte	Plus le coefficient est élevé, plus l'appareil est performant, c'est-à-dire plus l'appareil est économe en énergie tout en diminuant rapidement le temps nécessaire pour abaisser la température
Présence de filtres	Filtres à particules, filtres désodorisants, enrichis en O_2...	
Accessoires	La présence d'une télécommande, d'un déshumidificateur et/ou d'un système programmation...	Ils peuvent améliorer le confort d'utilisation de ces appareils
Volets de distribution d'air	Orientation et vitesse du flux d'air à prendre en compte pour éviter toute gêne	
Réversibilité	Permet d'utiliser le climatiseur pour chauffer sur le principe d'une pompe à chaleur	• Si les conditions climatiques hivernales sont douces, une climatisation réversible peut assurer la totalité des besoins en chauffage • Sinon, pour les climats rigoureux, il peut être judicieux de prévoir un appoint en chauffage intégré au système (résistance électrique par exemple)
Le marquage de certification Eurovent atteste de la conformité du produit aux caractéristiques énoncées par le constructeur (http://www.eurovent-certification.com)		
Installation et utilisation	• Unité extérieure : dehors dans un jardin, sur un toit, sur un balcon • Unité intérieure : en console (comme un radiateur), en haut d'un mur, dans un faux plafond	• Faire appel à des professionnels qualifiés pour l'installation • Tenir compte des critères suivants : discrétion, circulation d'air facile, accessibilité pour l'entretien, niveau sonore • Esthétique, discrétion, élimination des condensats, facilité d'entretien • Programmation éventuelle

CRITÈRES DE CHOIX	CARACTÉRISTIQUES TECHNIQUES	REMARQUES
Critères de choix liés au climatiseur		
Entretien	• Filtres : à changer ou à nettoyer tous les 6 mois • Bouches d'air : à dépoussiérer souvent à l'eau savonneuse • Circuits frigorifiques : faire entretenir par un professionnel • Gaines de circulation d'air : à faire nettoyer tous les 3 ans	• Contrat de maintenance possible • L'encrassement des gaines peut présenter un risque sanitaire
Prix de revient	• Climatiseur monobloc : inférieur à 1 000 € • Climatiseur split : supérieur à 1 000 €	Y ajouter le coût de l'installation par un professionnel et le coût de la maintenance (souscription d'un contrat de maintenance possible)
Critères de choix liés au logement		
Nature de l'habitat	Neuf ou ancien	Monobloc plus adapté aux logements anciens
Isolation thermique	Moins le logement est isolé, moins l'efficacité du climatiseur sera grande	Prévoir le renforcement de l'isolation
Volume du local	Détermine la puissance et le coefficient d'efficacité à choisir	
Orientation et efficacité des parois vitrées	Déterminent le choix de la puissance de l'appareil	
Les possibilités d'installation	• Installation d'unités murales ou plafonniers pour limiter l'encombrement au sol • Privilégier un appareil mobile s'il doit être déplacé de pièce en pièce	
Nature des travaux engendrés		Travaux nécessaires pour des climatiseurs splits, plus faciles à intégrer dans des logements neufs

CONSEILS ET ASTUCES

• Ne pas dépasser 7 °C d'écart entre intérieur et extérieur pour le confort des occupants.
• Appareil relativement énergivore donc l'utilisation doit être limitée et justifiée.
• Le logement doit être parfaitement isolé pour une efficacité optimale.
• Se renseigner en mairie, auprès de la copropriété ou du syndic pour s'assurer de pouvoir fixer une unité extérieure sur son habitation.

Fiche 64

La ventilation

Les signes caractéristiques d'une mauvaise aération du logement sont : une concentration en CO_2 trop élevée dans l'atmosphère, des mauvaises odeurs, une teneur élevée en vapeur d'eau dans l'air qui se manifeste par de la condensation. À ce jour, il existe six moyens pour renouveler l'air de son logement.

1 La ventilation naturelle

C'est le procédé le plus simple et le plus ancien. L'air froid reste dans les parties basses alors que l'air chaud s'élève. L'air « neuf » froid pénètre par les parties basses du local au travers de grilles d'aération ou des interstices et l'air chaud vicié est évacué par les parties hautes grâce à des grilles d'évacuation.

MÉMO

Ce procédé est plus efficace en hiver du fait des grandes différences de températures.

AVANTAGES	INCONVÉNIENTS
· Procédé simple · Peu onéreux	· L'air vicié évacué entraîne des pertes de chaleur considérables · Pour éviter le refoulement de l'air vicié dans le local, les ouvertures ne doivent pas être exposées au vent · Procédé incontrôlable au niveau de l'hygrométrie

2 La ventilation mécanique contrôlée (VMC) simple flux à extraction

La circulation de l'air résulte d'un tirage qui est obtenu par l'action d'un ventilateur contenu dans un caisson d'extraction mécanique. L'air neuf pénètre par les pièces principales (salle à manger, séjour, chambre) et l'air vicié est évacué dans les pièces de services (cuisine, salle de bains, WC, buanderie) par des bouches d'extraction.

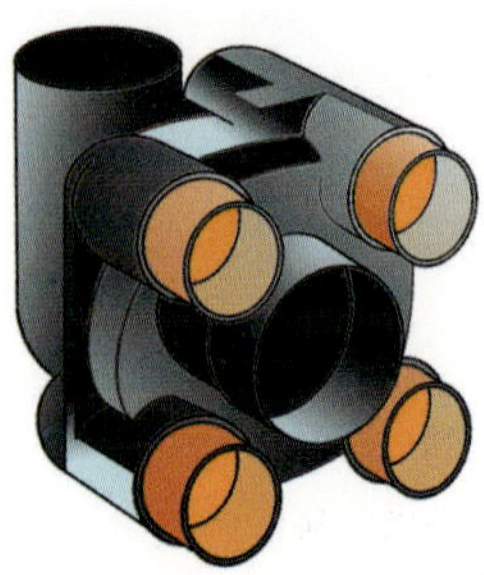

↑ *Caisson d'extraction mécanique*

↑ *Bouche d'extraction*

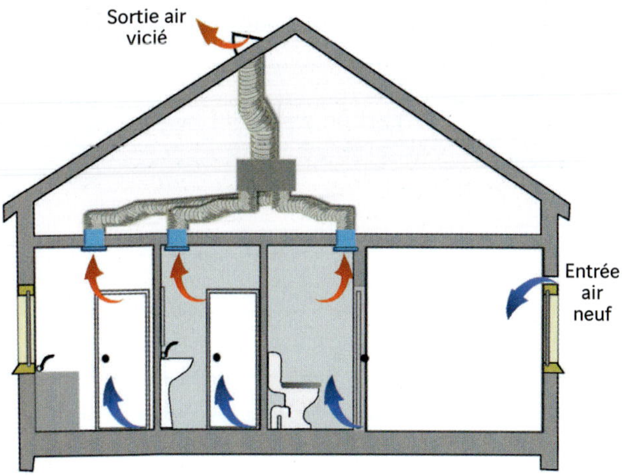

La ventilation mécanique contrôlée

AVANTAGES	INCONVÉNIENTS
• Ventilation permanente • Limite les déperditions de chaleur • Pas d'influence des conditions climatiques	• Nécessite un espace suffisant au niveau des combles • Parfois bruyant

REMARQUE

À l'inverse, il existe aussi la VMC simple flux par insufflation (VMI) qui fonctionne sur un principe de mise en surpression du logement par injection d'air.

3 La VMC hygroréglable (référence RT 2005)

Le débit d'extraction d'air varie en fonction du taux d'humidité de l'air. Il existe deux types de VMC hygroréglables.

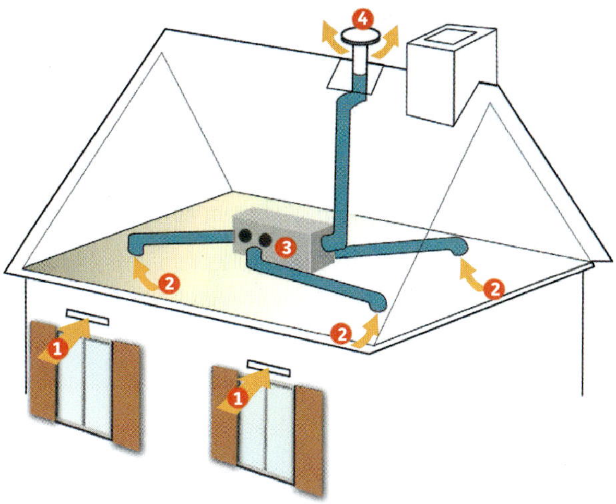

La VMC hygroréglable

• **VMC hygro A** : les bouches de sortie d'air sont hygroréglables :
– **1.** Bouches d'entrée de l'air extérieur **autoréglables** dans les pièces principales ;

– 2. Bouches de sortie de l'air intérieur **hygroréglables** dans les pièces d'eau ;
– 3. Extracteur ;
– 4. Évacuation de l'air vicié.

• **VMC hygro B** : les bouches d'entrée et d'extraction d'air sont hygroréglables :
– 1. Bouches d'entrée de l'air extérieur **hygroréglables** dans les pièces principales ;
– 2. Bouches de sortie de l'air intérieur **hygroréglables** dans les pièces d'eau ;
– 3. Extracteur ;
– 4. Évacuation de l'air vicié ;

INFO
L'avantage de ce procédé est qu'il contrôle l'hygrométrie.

4 La VMC double flux avec échangeur thermique (référence RT 2012)

■ Ce système est applicable, au 1er janvier 2013, pour toutes les constructions neuves. Il permet une récupération partielle de la chaleur contenue dans l'air vicié extrait par la ventilation.

■ Ce système permet des économies de chauffage de 20 à 25 %.

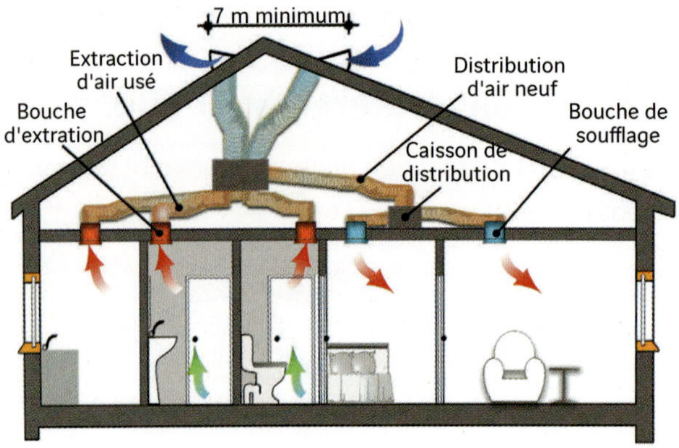

La VMC double flux avec échangeur thermique

■ La RE 2020 impose l'utilisation intelligente de l'énergie. C'est là qu'intervient la domotique avec des systèmes de ventilation connectée permettant d'ajuster l'utilisation de cette VMC en fonction des besoins (vacances, cuisine, etc.) et de la qualité de l'air intérieur.

5 La VMC gaz

Elle nécessite des bouches d'extraction augmentant le débit à extraire lorsque la chaudière fonctionne ainsi qu'un dispositif de sécurité (interrupteur thermique pour les chaudières classiques ou pressostatiques pour les chaudières à condensation).

6 La ventilation mécanique répartie (VMR)

■ C'est le même principe que la VMC simple flux sauf qu'ici il n'y a pas de gaines mais des extracteurs indépendants dans les pièces de services.

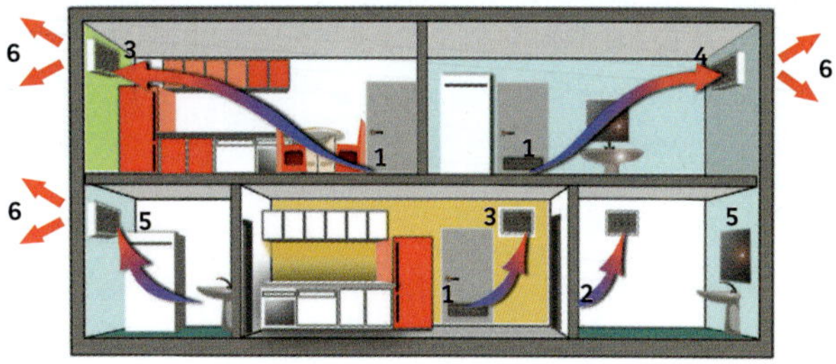

1. Entrée d'air
2. Passage d'air à travers les locaux
3. Aspiration à partir de l'appareil en cuisine ; aérateurs à 2 vitesses
4. Aspiration à partir de l'appareil en salle de bains
5. Aspiration à partir de l'appareil en toilettes
6. Sortie d'air

↑ *La ventilation mécanique répartie*

■ Les avantages de la VMR sont que les aérateurs directs, sans réseau de gaines, consomment moins (de 5 à 9 Watts seulement par extracteur) et garantissent un silence de fonctionnement optimal. L'avantage d'un aérateur spécifique par pièce est qu'il n'y a pas de réseau de gaine à entretenir.

■ Solution de ventilation conforme à la réglementation, économique, ouvrant droit à des aides, facile à mettre en œuvre pour l'installateur.

FOCUS

Le puits canadien

On peut équiper les constructions neuves d'un puits canadien pour l'arrivée d'air. C'est un moyen très naturel et peu coûteux de préchauffer l'air entrant l'hiver et de le rafraîchir l'été.

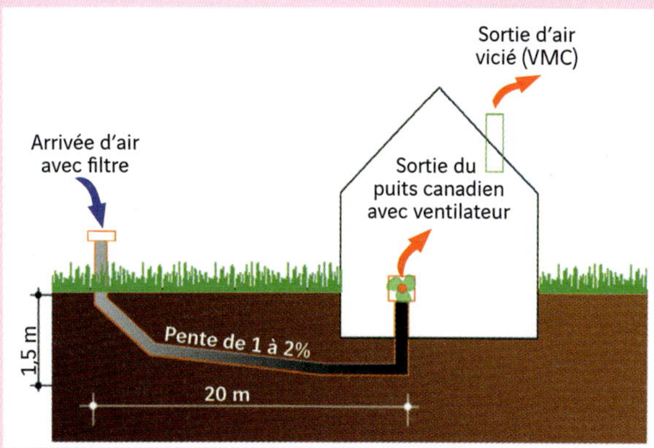

↑ *Principe du puits canadien*

Fiche 65

Fonctionnement et réglementation de l'électricité

Le technicien supérieur en ESF doit connaître le fonctionnement de l'installation électrique intérieure ainsi que la réglementation en vigueur (NF C 15-100) afin de pourvoir mettre en place des interventions de conseil, d'information ou de formation dans ce domaine.

1 Le raccordement et les branchements électriques

Du transformateur de quartier jusqu'au compteur, le raccordement est assuré par ENEDIS (anciennement ERDF) ou une entreprise locale de distribution. Ce réseau est soit aérien soit souterrain. Le courant d'alimentation des habitations se caractérise par une tension de 220 V et une fréquence de 50 Hz.

2 La réglementation électrique

■ Elle a pour objectif la **protection des biens** (dégradation des fils électriques, court-circuit, incendie, foudre) et des personnes (électrisation et électrocution).

■ L'installation électrique de l'habitation doit respecter la norme NF C 15-100 depuis 1972. Des modifications régulières de cette norme permettent de l'adapter à l'évolution de la réglementation. L'installation électrique peut être décomposée en six :
- le compteur ;
- le disjoncteur de branchement ;
- le tableau de répartition ;
- les circuits électriques ;
- les liaisons équipotentielles ;
- la prise de terre.

A. Le compteur

Il permet de mesurer la consommation électrique (exprimée en kWh). Il appartient à la société de distribution qui le loue aux abonnés. Actuellement, on peut trouver trois types de compteurs. Pour les appareils électroniques, ceux-ci sont souvent équipés :
- d'un **système de télérelevé** qui permet aux agents de relever à l'extérieur des bâtiments en l'absence des abonnés ;
- d'un **système de télé-information** donnant par exemple la couleur du jour pour les abonnements tempo.

B. Le disjoncteur de branchement

Il appartient à la société de distribution et a plusieurs rôles :
- servir d'interrupteur général ;

– protéger l'installation des surintensités ;
– limiter la puissance au niveau souscrit auprès du distributeur ;
– une protection différentielle de 500 mA.

C. Le tableau de répartition

Le tableau de répartition comporte les éléments ci-dessous.

- La **protection différentielle** : la protection de tous les circuits doit être assurée par un dispositif différentiel haute sensibilité 30 mA (c'est-à-dire en cas de différence d'intensité entre phase et neutre de 30 mA). Ce dispositif protège l'utilisateur en cas de courant de fuite (appareil défectueux) et en présence d'une mise à la terre.
- Les **coupe-circuits** : ils protègent les circuits contre les surintensités ou les courts-circuits. Il en existe deux types :
  – les cartouches fusibles (ou fusibles) remplacent les « plombs » ;
  – les disjoncteurs divisionnaires. Ils sont calibrés suivant le circuit à protéger (exemple : 16 A) et la section des fils (exemple : 2,5 mm^2). L'avantage des disjoncteurs divisionnaires est qu'en cas de dysfonctionnement, le circuit est facilement identifiable car il s'abaisse. Pour les fusibles, l'identification est plus délicate sauf en présence d'un voyant lumineux. De plus, le fusible doit être changé après chaque disjonction. Ce dispositif protège les biens.
- Le **parafoudre** : il est dorénavant obligatoire dans les régions françaises où le niveau kéraunique est élevé (nombre de jours où le tonnerre est entendu). Il protège des surtensions pouvant détériorer les appareils.
- Le **délesteur** : c'est un dispositif facultatif de commande électrique qui a pour rôle de limiter la puissance globale consommée afin de ne pas dépasser la puissance souscrite auprès du fournisseur. Ceci permet de minimiser son abonnement sans risquer des disjonctions intempestives car il priorise la mise en fonctionnement des appareils. Cet appareil est utile pour les habitations utilisant le chauffage électrique.
- **Les télérupteurs** : ils fonctionnent grâce à des impulsions électriques et permettent la commande d'un circuit d'éclairage par de multiples boutons poussoirs.
- **Autres appareils** : le tableau électrique peut contenir d'autres dispositifs comme la commande de volets roulants ou un système d'alarme, etc.

D. Les circuits électriques

Un circuit électrique se compose d'un coupe-circuit, de conducteurs électriques (fils électriques) et d'un système de connexion. On rencontre 4 types de circuits dans une installation électrique.

1. Les circuits d'éclairage

NOMBRE ET SPÉCIFICATIONS DES CIRCUITS IMPOSÉS PAR LA NORME	
Logement < 35 m^2	1 circuit
Logement > 35 m^2	2 circuits
Nombre de points maxi par circuit	8 (y compris prises commandées)
Câble	1,5 mm^2
Protection	10 ou 16 A par circuit
Points de centre obligatoires	Chambres, séjour, cuisine
Résistance des points de centre	25 kg minimum

NOMBRE ET SPÉCIFICATIONS DES CIRCUITS IMPOSÉS PAR LA NORME	
Particularité des points de centre	Socle DCL
Extérieur	Un éclairage à chaque point d'accès

2. Les circuits de prises

NOMBRE DE CIRCUITS IMPOSÉS PAR LA NORME	
Pièces	**Nombre de prises de courant (2P + T) Ne sont pas comptées les prises commandées et les prises spécialisées**
Cuisine	6 dont 4 sur le plan de travail
Séjour	1 tous les 4 m^2 ; 5 au minimum
Chambre	3
Autres pièces > 4 m^2	1
WC	0

- **Les circuits spécifiques à un appareil** : ils sont obligatoires pour les appareils de forte puissance (CE électrique, cuisinière, table de cuisson, four, LV, LL et congélateur). Il doit y en avoir 3 minimum.
- **Les circuits de chauffage** : la section des câbles des circuits de chauffage électrique dépend de la puissance installée sur les lignes correspondantes.

REMARQUE
Un schéma de l'installation électrique du logement est obligatoirement réalisé et est à disposition des occupants du logement.

E. La prise de terre

■ Son rôle est d'évacuer les courants de fuite ou de défaut transmis par les conducteurs de protection à la terre. La résistance doit être < 100 ohm si la protection est assurée par un dispositif différentiel 500 mA. La fonction de sécurité de l'inter différentiel ne peut être assurée que par une bonne mise à la terre.

■ De façon à éviter une différence de potentiel entre les éléments conducteurs dans le bâtiment, il faut réaliser une liaison équipotentielle entre ceux-ci et la borne principale de terre.

- **La liaison équipotentielle principale** va relier la borne de terre principale aux :
  - canalisations métalliques principales : chauffage, alimentation en eau, gaz... ;
  - huisseries métalliques ;
  - appareils sanitaires métalliques au sol ;
  - tout autre conducteur du bâtiment.
- **Une liaison équipotentielle locale** doit être réalisée dans les salles d'eau. Elle doit relier entre eux :
  - les canalisations métalliques (eau, chauffage, évacuation...) ;
  - les éléments métalliques tels que les huisseries, les éléments au sol, les conducteurs de protection.

Cette liaison équipotentielle locale doit être raccordée à la borne de terre du tableau électrique.

F. La réglementation des salles d'eau

■ La sécurité est assurée par la mise à la terre associée au dispositif différentiel mais aussi par une réglementation particulière de l'installation électrique de la salle d'eau.

■ Cette pièce se compose de plusieurs volumes (0, 1, 2 et 3). À chaque volume correspond un matériel électrique interdit ou autorisé, l'objectif étant de réduire au maximum le risque d'électrisation en fonction de l'humidité probable du corps humain.

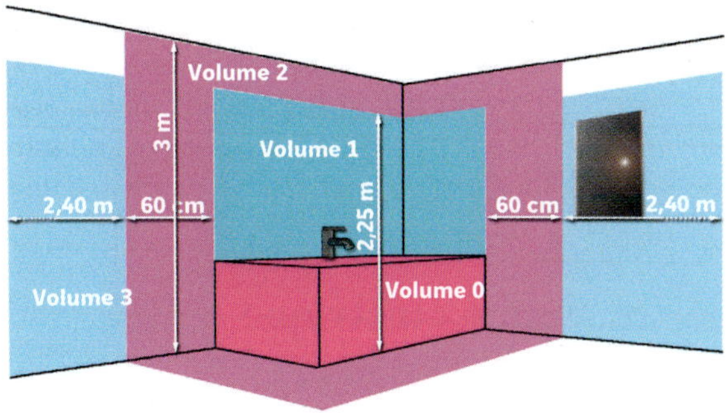

↑ *La réglementation des salles d'eau*

ÉQUIPEMENTS DANS LES VOLUMES	
Volume 0	Matériel électrique interdit, sauf spa ou douche avec spots intégrés. IP × 7 minimum (IP67, par exemple)
Volume 1	· Chauffe-eau instantané Classe I · Chauffe-eau à accumulation Classe I horizontal · Éclairage très basse tension (12 V) IP × 4 minimum
Volume 2	· Appareils de chauffage Classe II · Éclairage Classe II (à double isolation) · IP × 3 minimum
Volume 3	· Lave-linge Classe I · Éclairage Classe I · IP × 1 minimum · Interrupteurs · Prises 2 P + T · Transfo de séparation

IP : Indice de protection qui détermine le degré de protection du matériel contre la pénétration du matériel solide (premier chiffre) et liquide (deuxième chiffre).

Fiche 66

La prévention des risques électriques

Le technicien supérieur en ESF doit pouvoir faire de la prévention des risques électriques en tenant compte des documents techniques (exemple : diagnostic électrique). En tant qu'intermédiaire entre les structures et les professionnels du bâtiment, il doit aussi être capable de définir une implantation des points électriques et connaître les différents organismes. Il est également important de maîtriser le contenu d'une facture afin de pouvoir informer le public.

1 La prévention du risque électrique

A. Définitions

- **Électrisation** : c'est le passage de courant électrique dans le corps humain pouvant entraîner un choc électrique et des brûlures.
- **Électrocution** : c'est lorsque l'électrisation entraîne le décès.

B. L'électrocution

Le risque d'électrocution dépend de l'intensité du courant qui traverse le corps et de la durée de passage. Il dépend aussi de la résistance corporelle (peau fine) et de celle des surfaces (sol humide), ce qui signifie que plus la résistance augmente, plus l'intensité diminue.

MÉMO

En résumé, toute condition qui conduit à augmenter l'humidité de la peau augmente le danger d'électrocution.

2 Le diagnostic électrique

Une vérification périodique est recommandée pour diminuer la dangerosité des installations (environ tous les 10 ans). Il est obligatoire depuis le 1er janvier 2009 pour toutes les ventes de logements de plus de quinze ans et inclus dans le dossier de diagnostic technique que le vendeur doit fournir à l'acquéreur. Ce document est produit « pour évaluer les risques pouvant porter atteinte à la sécurité des personnes ».

3 L'implantation des points électriques

Pour le confort et la sécurité des usagers, le nombre et le choix de l'emplacement des prises électriques sont importants à étudier en prenant en compte les besoins des occupants, les fonctions des pièces et leur équipement ainsi que leur facilité d'utilisation.

4 Des organismes incontournables

A. Le Consuel

C'est une association loi 1901 qui a une mission de service public. Pour la mise sous tension d'une installation par le distributeur électrique, l'installateur doit obligatoirement établir une **attestation de conformité visée par le Consuel** (en 2020, le coût pour un non-professionnel en France métropolitaine s'élevait à 125 €).

B. L'association Promotelec

Cette association a pour but la promotion de la sécurité et du confort électriques dans le bâtiment regroupant les professionnels de l'électricité (http://www.promotelec.com).

C. Le fournisseur historique : EDF

Il met à la disposition des particuliers un ensemble d'informations sous forme de brochures ou sur son site internet (https://www.fournisseur-energie.com/edf/).

5 La facturation de l'énergie

A. La législation en vigueur

■ **La loi du 7 décembre 2006** relative au secteur de l'énergie, a conduit à l'ouverture du marché de l'énergie à la concurrence pour les particuliers depuis le 1er juillet 2007.

■ **La loi NOME** (Nouvelle organisation du marché de l'électricité). À la demande des associations de consommateurs, une fiche de présentation standardisée a été réalisée pour favoriser la comparabilité des offres commerciales. 10 points y sont présentés :
- prix ;
- caractéristiques de l'offre et options incluses ;
- durée du contrat ;
- facturation et modalités de paiement ;
- conditions de révision des prix ;
- prestations techniques ;
- conditions de résiliation à l'initiative du client ;
- conditions de résiliation à l'initiative du fournisseur ;
- incident de paiement ;
- service client et réclamations.

MÉMO
Pour faire jouer la concurrence, le consommateur doit savoir comparer les offres.

■ De plus, le bon fonctionnement du marché est contrôlé par la commission de régulation de l'énergie (CRE) qui a conçu un site internet d'information (www.energie-info.fr).

B. La facture

 # exemple
Facture, compteur et contrat
foucherconnect.fr/21vesf82

■ Elle contient :
- les informations administratives ;
- le service de distribution, le client, les modalités de paiement… ;
- des données indicatives ;
- la date du prochain relevé, l'évolution de la consommation… ;
- des données financières ;
- le détail du montant de la facture.

■ Ce détail fait apparaître :
- le montant de l'abonnement souscrit HT ;
- la consommation exprimée en kWh (différence entre l'ancien index et le nouvel index) selon les tarifs appliqués ;
- les coûts de consommation calculés en fonction des prix HT du kWh selon l'option choisie ;

– le coût de l'acheminement qui, non soumis à la concurrence, est reversé au gestionnaire de réseau ;
– les services souscrits, à savoir un délai de préavis de résiliation du contrat et la date d'échéance si le contrat est à durée déterminée.

■ Les taxes :
– la TVA appliquée à l'abonnement de 5,5 % et appliquée à la consommation et aux taxes locales de 20 % ;
– la contribution aux charges de service public de l'électricité (CCSPE) qui finance les obligations de services publics (tarif social, surcoût des DOM, obligation d'achat de l'énergie produite par cogénération et énergies renouvelables) ;
– les taxes locales dont le pourcentage est déterminé au niveau des municipalités et des départements. Environ 12 % ; calculé sur 80 % du montant HT de la facture.

C. L'abonnement

- **Puissance à souscrire** : pour minimiser le montant de la facture, il est important d'évaluer la puissance à souscrire, puisqu'en dépend le montant de l'abonnement. Elle est fonction des appareils électriques qui fonctionnent simultanément. En fait, les abonnements proposent des puissances par palier de 3 kW (ou kVA) : 3, 6, 9, 12, 15, 18 kW.... Le choix se fait particulièrement en fonction des « gros appareils » électroménagers qui ont une puissance qui avoisine 3 kW sauf la cuisinière qui est de l'ordre de 8 kW.
- **Tarif de base** : ce tarif est favorable économiquement lors de l'absence de plusieurs appareils électroménagers (chauffe-eau) ou quand ceux-ci ne fonctionnent pas en heures creuses.
- **Tarif heures pleines/heures creuses** : ce tarif convient aux habitations « tout électrique » en assurant le chauffage de l'eau sanitaire en période heures creuses ainsi que les appareils dont le fonctionnement peut être différé (lave-linge, lave-vaisselle...).
- **Tarif tempo** : en raison du coût élevé du kWh en jours rouges, il peut être intéressant à condition d'avoir une énergie de chauffage de substitution lors des jours les plus froids (jours rouges).

D. Les économies d'électricité

Deux aspects doivent être pris en compte :
– **à l'achat** (ex. : deux appareils assurant la même fonction d'usage peuvent avoir des consommations d'énergie différentes) ;
– **à l'utilisation** (ex. : la présence d'une veilleuse sous tension permanente consomme de l'énergie).

E. Le chèque énergie

INFO — Le montant du chèque énergie varie selon le type de bénéficiaire.

■ Les tarifs sociaux de l'énergie (« tarif de première nécessité » (ou TPN) pour l'électricité – créé en 2005 et le « tarif spécial de solidarité » (ou TSS) pour le gaz – créé en 2008) ont disparu le 1er janvier 2018. Ils ont été remplacés par le chèque énergie.

■ Ce dernier est distribué automatiquement par un organisme dédié, l'Agence de services et de paiement (ASP). Il a pour vocation d'aider l'ensemble des 4 millions de ménages qui consacrent aujourd'hui plus de 10 % de leur budget à payer leur facture d'énergie.

#info
Le site chequeenergie.gouv.fr
foucherconnect.fr/21vesf79

■ L'article R124-3 du Code de l'énergie détermine la valeur du chèque en fonction du nombre de personnes composant le foyer et des revenus déclarés aux impôts.

Fiche 67

Les appareils à production de froid

Les appareils à production de froid (réfrigérateur et congélateur) arrivent au premier rang pour la consommation d'électricité dans l'habitat (32 %). Il est donc important que le technicien supérieur en ESF puisse conseiller l'usager afin qu'il choisisse ses appareils de façon judicieuse et éclairée.

1 La consommation d'électricité dans l'habitat

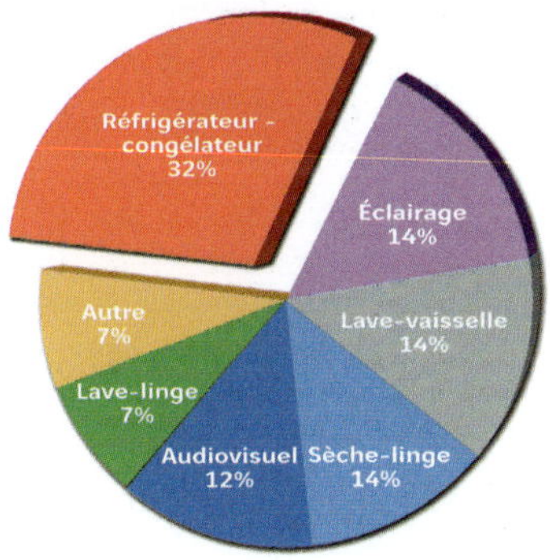

↑ *Répartition de la consommation d'électricité dans l'habitat*

2 La réfrigération

La réfrigération est un mode de conservation des aliments dans leur état normal. Abaisser la température entre 0 °C et 4 °C permet de les conserver quelques jours car le froid ralentit l'activité microbienne de la flore d'altération des aliments.

A. Le principe

■ Un moto-compresseur assure la circulation du fluide frigorigène (voir figure suivante). Il comprime le gaz et l'envoie dans le condenseur (en rouge), le gaz se condense progressivement car il se refroidit (en vert).

■ Le liquide sous pression ainsi obtenu est injecté par l'intermédiaire du détendeur (ou tube capillaire) dans l'évaporateur (en violet). Soumis à l'aspiration du compresseur, le liquide s'évapore progressivement en absorbant de la chaleur au niveau de l'évaporateur (en bleu). Puis il retourne vers le compresseur pour un nouveau cycle.

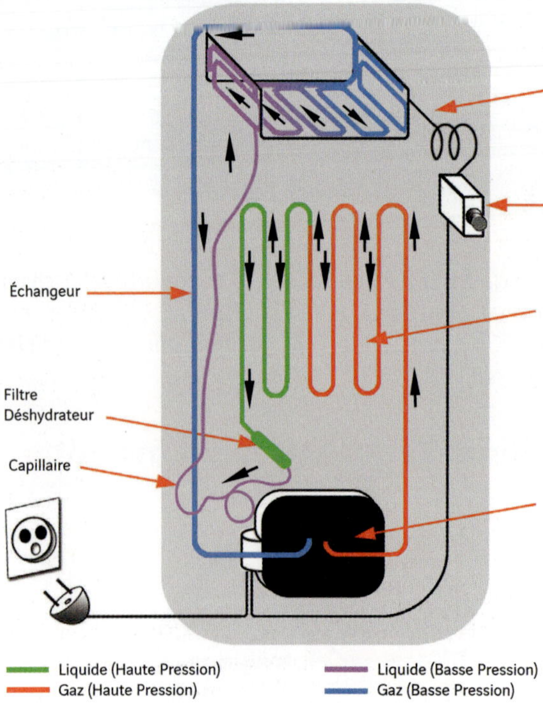

↑ *Principe de la réfrigération*

B. Le dégivrage

1. Le dégivrage manuel

Il s'agit de couper l'alimentation du compresseur, soit en débranchant l'appareil, soit en mettant le thermostat sur « arrêt » durant le temps nécessaire à l'élimination de la glace fixée sur l'évaporateur. Pour évacuer la glace, il convient d'utiliser un objet non tranchant (exemple : spatule en bois ou en plastique).

2. Le dégivrage semi-automatique

Le dégivrage est enclenché manuellement en agissant sur la partie centrale du thermostat. La remise en route se fera automatiquement dès que la température sera supérieure à 5 °C.

3. Le dégivrage automatique

Le dégivrage est enclenché automatiquement. Deux systèmes sont possibles :
- à chaque cycle de fonctionnement, une température de réenclenchement est fixée, imposant un dégivrage à chaque cycle ;
- une horloge impose un temps de dégivrage toutes les n heures de fonctionnement (ex. : 30 min toutes les 7h30).

C. Les normes du froid

1. La classification des différents types d'appareils selon les températures

- Dans le conservateur (– 6 °C à – 18 °C), on stocke les produits surgelés.
- Dans le congélateur (– 24 °C à – 30 °C), on congèle soi-même des produits frais. Lorsque le thermostat du congélateur est ramené à – 18 °C, celui-ci joue le rôle de conservateur.

Conservation des aliments selon le type de réfrigérateur

MODÈLES	TEMPÉRATURES		DURÉES D'ENTREPOSAGE OU DE CONSERVATION DES PRODUITS SURGELÉS
Le réfrigérateur classique 1 porte, Pas d'étoile	Environ – 3 à – 4 °C dans le compartiment à glace	0 °C à 5 °C dans le reste du réfrigérateur	Entreposage de très courte durée : maximum 3 jours
Le réfrigérateur 1 porte, 1 étoile ★	Environ – 6 °C dans le compartiment à glace	0 °C à 5 °C dans le reste du réfrigérateur	Entreposage de courte durée : maximum 1 semaine
Le réfrigérateur 1 porte, 2 étoiles ★★	Environ – 12 °C dans le compartiment à glace	0 °C à 5 °C dans le reste du réfrigérateur	Entreposage de courte durée : maximum 1 mois
Le réfrigérateur 2 portes, 3 étoiles ★★★	Environ – 18 °C dans le compartiment conservateur	0 °C à 5 °C dans le reste du réfrigérateur	Entreposage de courte durée : maximum 3 mois
Le réfrigérateur 2 portes, 4 étoiles ★★★★	Environ – 18 °C dans le compartiment conservateur et congélateur	0 °C à 5 °C dans le reste du réfrigérateur	Entreposage de courte durée : maximum 3 mois pour les produits surgelés du commerce, plus pour les produits congelés à la maison

MÉMO Ne pas confondre conservateur et congélateur.

2. La classe climatique

■ Elle permet de déterminer les variations de température supportées par le réfrigérateur :
- SN (tempérée élargie) : de 10 à 32 °C ;
- N (tempérée) : de 16 à 32 °C ;
- ST (subtropicale) : de 18 à 38 °C ;
- T (tropicale) : de 18 à 43 °C.

■ Ce classement est à respecter si l'appareil est soumis à des écarts importants de température : maison non chauffée en hiver ou inversement, implantée dans une région très chaude.

D. La démarche d'une utilisation rationnelle

- **1.** Ranger directement : lait, beurre, yaourts et œufs.
- **2.** Emballer (papier métallisé, boîtes plastiques) : viande, fromage, melon…
- **3.** Nettoyer, puis emballer : poisson, salade, légumes…
- **4.** Des emplacements plus ou moins froids sont assignés aux provisions en fonction de leur nature.
- **5.** Ne jamais surcharger les appareils. L'air doit pouvoir circuler autour des denrées.
- **6.** Ne jamais y ranger des préparations encore chaudes.
- **7.** Certaines denrées courantes ne doivent pas être entreposées au froid : oignons, ail, pommes de terre, fruits exotiques : oranges, bananes, citrons…
- **8.** L'utilisation d'un congélateur fait appel à des techniques très précises portant sur le choix de produits, l'emballage, les temps de congélation, le rangement et la tenue d'un fichier.

F. Le rangement rationnel

Ici, l'évaporateur est dit « horizontal » ; la partie la plus froide est donc en haut. En revanche, s'il est vertical, alors il est placé au fond du réfrigérateur, la partie la plus froide serait cette fois en bas, au-dessus du bac à légumes. Ceci car l'air froid est plus dense et « coule » dans le fond de l'appareil.

REMARQUE Ceci ne s'applique pas pour les appareils à froid ventilé « no frost » où l'air refroidi circule dans l'appareil et où la température est quasi homogène.

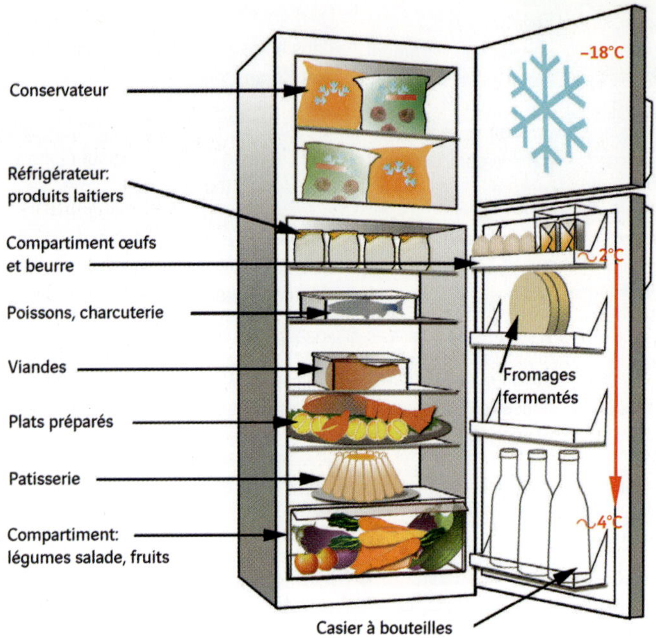

↑ *Classification des différents types d'aliments selon les températures*

3 La congélation

A. Le principe

■ L'eau est le principal constituant de la majorité des aliments. Congeler consiste donc à transformer cette eau en cristaux de glace. Plus le refroidissement est rapide, plus on est sûr de conserver la qualité du produit.

■ À partir de –24 °C, on congèle à cœur, c'est-à-dire à l'intérieur des cellules : cela permet de conserver l'intégrité des tissus. Si la température est supérieure, la congélation est possible car les premiers cristaux de glace se forment à partir de –1 °C. Cependant, la congélation n'est pas optimale et il y a une destruction partielle des tissus.

■ Pour bien congeler, il faut une température très basse (< –18 °C au cœur de l'aliment en moins de 24 h) et pratiquer celle-ci avec des petites quantités de denrées.

B. Le pouvoir de congélation

Il s'exprime en kilogrammes et détermine la quantité de denrées qu'un appareil est capable de congeler en 24 heures à la température requise, c'est-à-dire à un minimum de –18 °C à cœur.

(La norme correspondant aux 4 étoiles impose la règle suivante : il faut pouvoir congeler au minimum 6,5 kg de produit à cœur en moins de 24 heures pour un volume de 100 litres utile.)

C. L'intérêt de la congélation

- Conservation des propriétés des produits (saveur, aspect, vitamines, qualité biologique, valeur nutritive).
- Économie de temps.
- Production personnelle.
- Achats en grosse quantité.

D. La démarche d'une congélation réussie

- Sélectionner des produits au point optimal de maturité.
- Préparer les produits (éliminer les déchets, blanchir les légumes verts...).
- Conditionner en portion.
- Emballer dans un sachet étanche, imperméable et spécial congélation.
- « Chasser » l'air pour éviter l'oxydation (*cf.* biologie).
- Inscrire la date et la nature du produit.
- Ne pas introduire trop d'aliments à la fois.
- Maintenir l'appareil à une température inférieure à –18 °C pendant 24 h (touche « super froid » de certains appareils).

MÉMO
Pour la décongélation, privilégier le réfrigérateur ou le micro-ondes.
La décongélation à température ambiante est fortement déconseillée.

E. Les appareils

Comparaison des différents types de congélateurs

	CONGÉLATEUR COFFRE	CONGÉLATEUR ARMOIRE
Avantages	• Volume de stockage important • Consommation électrique réduite	• Inventaire facile grâce aux tiroirs • Peu encombrant
Inconvénients	• Encombrement au sol • Produits congelés les uns sur les autres (difficulté de faire un inventaire)	À volume égal, il conserve moins de provisions

4 Les critères de choix

- **La consommation en énergie** : l'étiquette « énergie » indiquera si l'appareil est gourmand en énergie (la lettre D) ou consomme très peu (lettre A++). Les classes E, F et G ne sont plus commercialisées depuis 1999.
- **Le niveau sonore** (en dB).
- **Le type d'appareil** (pour les congélateurs, coffre ou armoire par exemple).
- **Le pouvoir de congélation**.
- **La capacité** (en L).
- **Le prix** : réfrigérateur (de 260 € à 1 600 €), congélateur coffre (500 € à 800 €), congélateur armoire (300 € à 850 €).

5 L'entretien

- **Vérifier les joints d'étanchéité** régulièrement (ils peuvent multiplier par deux la consommation).
- **Procéder à un bio-nettoyage** en 3 points si nécessaire, notamment si les personnes sont fragiles (personnes âgées, femmes enceintes ou enfants).
- **Ôter les salissures apparentes.**
- **Laver** d'abord avec de l'eau additionnée de détergent doux alimentaire.
- **Rincer.**
- **Désinfecter** avec de l'eau froide + eau de javel et laisser agir 5 minutes.
- **Rincer.**
- **Sécher.**
- **Dégivrer** si la couche de givre est supérieure à 5 mm dans le compartiment à glace.

FOCUS

Bien lire et comprendre les étiquettes « énergie » pour un choix averti

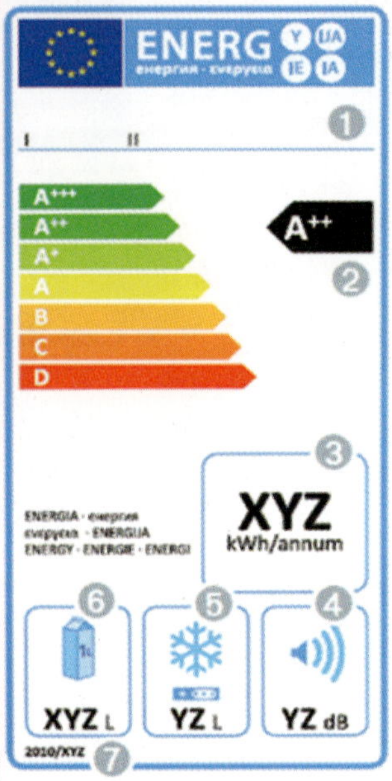

1. Nom et logo du fabricant et référence du modèle
2. Classe d'efficacité énergétique
3. Consommation annuelle d'énergie en kWh (basée sur les résultats de tests standard pour 24h)
4. Niveau sonore en décibels
5. Volume total de stockage dans les compartiments de surgélation
6. Volume total de stockage dans les compartiments de réfrigération
7. Identification

↑ *Les éléments d'une étiquette « énergie »*

Fiche 68

Les fours

1 Le four traditionnel

Le four traditionnel a pour principale fonction la cuisson des préparations culinaires. Plusieurs critères de choix entrent en compte lors de l'achat selon les besoins spécifiques du foyer.

A. Étude fonctionnelle du four

- **Fonction d'usage** : cuire les préparations culinaires.
- **Domaine d'utilisation** : collectif et familial.

Fonctions techniques, fonctionnement et utilisation du four

FONCTIONS TECHNIQUES	SOLUTIONS TECHNIQUES	CONTRAINTES/COMMENTAIRES
Généralités		
Installer	Faire un choix entre un four encastrable ou indépendant des murs de la cuisine ?	• Budget à définir • Pas de possibilité de déménagement (four encastrable) • Place disponible
Alimenter en énergie	• Voir si énergie gaz et/ou électrique • Raccordement avec un câble d'alimentation	• Raccordement avec un tuyau en cuivre rigide ou flexible aux normes • Raccordement avec un câble d'alimentation
Produire de la chaleur	En fonction de l'alimentation, la production de la chaleur se fait : – par résistance (électricité) – par brûleur (gaz)	Les éléments de chauffe sont situés en haut (la voûte) et en bas (la sole) du four
Fonctionnement principal du four		
Mettre en marche	Bouton/marche-arrêt	Bouton à touche sensitif ou bouton manuel
Régler le temps de cuisson	Minuterie	• Déterminer le temps de cuisson des préparations • Commande par bouton ou touche sensitive
Sélectionner le temps de cuisson	Programmateur	Régler début et fin de cuisson
Contenir les aliments	Dimension de l'enceinte	Variable selon la capacité du four
Répartir la chaleur	Convection naturelle (cuisson grâce à 2 résistances placées en dessous et au-dessus du plat)	Répartition par la différence de densité entre l'air chaud et l'air froid

FONCTIONS TECHNIQUES	SOLUTIONS TECHNIQUES	CONTRAINTES/COMMENTAIRES
Répartir la chaleur	· Convection forcée ou chaleur tournante (homogénéisation de température grâce à une turbine ou un ventilateur qui propulse l'air) · Multifonction (plusieurs possibilités de répartition de la chaleur)	· Possibilité de cuire plusieurs plats à hauteur différente · Possibilité de limiter le temps de préchauffage · Naturelle · Chaleur tournante · Grilloir/convection forcée · Micro-ondes
Réguler la production de la chaleur	· Thermostat · Bouton de commande à plusieurs positions	Affichage numérique de … à … ou d'une graduation en degrés Celsius (1 = 30 °C°, 2 = 60 °C°)
Garder la chaleur	· Paroi épaisse · Joints d'étanchéité (les changer si défectueux)	Ne pas ouvrir la porte lors de la cuisson pour ne pas provoquer une perte de chaleur
Commodité du four		
Nettoyage et entretien	Manuel : utilisation d'un produit spécial four et écologique au bicarbonate	Lire le mode d'emploi, utiliser l'éponge et les grattoirs
	Pyrolyse : chauffe jusqu'à 500 °C et réduit les saletés en cendres	· Durée de vie allongée · Pas d'utilisation de produit · Coûteux · En dehors du temps de cuisson 1 à 2 heures
	Catalyse : nettoyage automatique pendant la cuisson à condition que la température soit élevée (supérieure à 200 °C)	· Paroi du four auto-nettoyante · Coût moindre · Ne dégraisse que les parois · Changer les parois régulièrement
Conseils pour garder un four propre	· Placer une feuille d'aluminium sur la sole en cas de débordement de la préparation ou sur la lèche-frite placée sur la grille plate lors de l'écoulement de la graisse · Nettoyer les parois intérieures et les accessoires si nécessaire	
Veiller à la bonne utilisation du four	· Lors de l'utilisation d'un four à gaz, vérifier la présence de la flamme au niveau du brûleur avant de refermer la porte · Utiliser des maniques pour récupérer les préparations	
Surveiller	· Porte en verre et métal · Éclairage intérieur	Permet la vérification de la cuisson
Informer	· Affichage digital des voyants · Sonnerie de fin · Notice	· Repère du temps restant ou fin de la cuisson · Sonnerie répétitive en cas d'oubli
Accessoires	Lèche-frite	Sert à recueillir le jus et les graisses des grillades lorsque la lèche-frite est placée sous la grille plaque
	Grille plaque	Support pour les plats et moules contenant les aliments à cuire et à gratiner
	Tôle à pâtisserie	Support de cuisson pour les pâtisseries cuites sans moule tel que fond de tarte, éclair, choux
	Tourne broche	Support de cuisson pour la volaille (ex. : poulet, pintade…)

FONCTIONS TECHNIQUES	SOLUTIONS TECHNIQUES	CONTRAINTES/COMMENTAIRES
Économiser/ Énergie	Conduite à tenir lors de l'utilisation du four	· Lors de la préchauffe, retirer la lèche-frite ou la tôle de pâtisserie · Vérifier la fermeture de la porte · Couper la source de chaleur dès la cuisson terminée

B. Les critères de choix

- L'installation : encastrable ou à poser.
- La consommation en énergie : l'étiquette énergie indiquera si l'appareil est gourmand en énergie (la lettre D) ou consomme très peu (lettre A).
- Les modes de cuisson : la convection naturelle (cuisson/chaleur classique) ou convection forcée (chaleur tournante).
- Les modes de nettoyage : manuel, catalyse ou pyrolyse.
- La programmation du four : électronique ou électromécanique.
- Le niveau sonore : à tester en chaleur tournante, le bruit provient principalement du ventilateur.
- La présence d'une porte « froide » : une véritable sécurité contre les brûlures de contact.
- Le prix : entre 150 € et 1 200 €.

CONSEILS ET ASTUCES

· Placer le four loin du réfrigérateur et dans un meuble qui peut supporter la chaleur.
· En l'absence de prise de courant, le raccordement électrique doit être effectué par un technicien professionnel qualifié, conformément à la réglementation et aux recommandations du constructeur (plaque signalétique et notice d'emploi). Un dispositif de coupure manuel est indispensable afin de respecter les prescriptions de sécurité. L'installation électrique doit être reliée à la terre.
· Après l'installation, le câble ne doit pas être en contact avec les parties chaudes du four ou rester coincé dessous.

2 Le four à micro-ondes

Le mode de cuisson par micro-ondes a révolutionné la préparation des repas. La majorité des foyers en sont équipés. Dans un four à micro-ondes, la chaleur est produite par l'agitation des molécules polaires contenues dans les aliments (principalement l'eau) sous l'effet des ondes.

A. Étude fonctionnelle du micro-ondes

Fonctions, fonctionnement et utilisation du micro-ondes

FONCTIONS TECHNIQUES	SOLUTIONS TECHNIQUES	CONTRAINTES/COMMENTAIRES
	Fonctions principales	
Cuire, réchauffer et décongeler rapidement	· Émettre des micro-ondes (MO) · Conduire les MO · Homogénéiser les MO · Réceptionner les MO	· Magnétron · Guide d'ondes · Agitateur · Enceinte + aliments
	Fonctions secondaires	
Contrôler la cuisson	· Régler la durée · Régler l'énergie · ($W = P \times t$)	Commandes électromécaniques/électroniques : – minuteur/niveaux de puissance – régimes de cuisson – mode de cuisson/décongélation

FONCTIONS TECHNIQUES	SOLUTIONS TECHNIQUES	CONTRAINTES/COMMENTAIRES
Maintenir la sécurité vis-à-vis de l'utilisateur	· Retenir les MO dans l'enceinte durant le fonctionnement · Stopper automatiquement le fonctionnement de l'appareil lors de l'ouverture de la porte	· Joints + piège à ondes, parois réfléchissantes · Contacteur de sécurité

B. Les critères de choix

- La capacité de l'appareil (9 à 40 L).
- La consommation en énergie : l'étiquette énergie indiquera si l'appareil est gourmand en énergie (la lettre G) ou consomme très peu (lettre A).
- La programmation du micro-ondes : électronique ou électromécanique.
- Le revêtement de la cavité (inox ou céramique-émail).
- Le prix : de 50 € (four à micro-ondes simple) à 600 € (four à micro-ondes combiné).

CONSEILS ET ASTUCES

· Ne pas installer le four près d'une source de chaleur afin de ne pas gêner le refroidissement du magnétron.
· Utiliser des accessoires spéciaux destinés aux fours à micro-ondes.
· Il est strictement interdit d'utiliser du papier d'aluminium et des ustensiles métalliques dans le four à micro-ondes car cela peut l'endommager.

3 Le four vapeur

A. Étude fonctionnelle du four vapeur

De l'eau contenue dans un réservoir est acheminée grâce à une électrovanne vers un générateur de vapeur (source de chaleur). L'eau y est chauffée à une température de 100 °C où elle se vaporise. Une sonde permet ensuite dans l'enceinte du four de réguler la température ou le pourcentage d'humidité en fonction du mode de production de vapeur et des différentes préparations culinaires.

B. Les différents types de fours vapeur

- **Le four à vapeur basse pression (de 40 à 100 °C)** : c'est le plus vendu et le moins cher. On peut tout cuire dans ce type de four.
- **Le four à vapeur haute pression (de 40 à 120 °C)** – principe de l'autocuiseur : la température est supérieure à 100 °C, il convient pour les aliments supportant bien la chaleur.
- **Le four à vapeur combiné** : en plus de la cuisson vapeur, il possède les cuissons à chaleur tournante et à micro-ondes ce qui permet de réaliser une grande variété de plats.
- **Le four à vapeur sèche** : plutôt utilisé par les professionnels pour garder un ou plusieurs plats à température sans consommer trop d'énergie.

AVANTAGES	INCONVÉNIENT
· Cuisson homogène, rapide. · Les vitamines, sels minéraux et oligo-éléments sont préservés, ainsi que le poids, les couleurs et les saveurs (qualités organoleptiques). · Pas d'apport de matière grasse. · Plusieurs mets peuvent être cuits en même temps sans mélange d'odeurs. · La décongélation ou régénération des aliments est facilitée.	Ne permet pas de griller.

Fiche 69

Les tables de cuisson

Le technicien supérieur en ESF doit connaître les différents types de table de cuisson afin d'être capable de conseiller au mieux une structure ou un public donné lors de l'achat, mais aussi lors de son utilisation. Ces appareils se différencient principalement par le nombre de foyers de cuisson, la nature de ces foyers (gaz ou électrique) et leur principe de régulation.

1 Les tables de cuisson gaz

A. Description

Les tables de cuisson au gaz sont composées d'une plaque en forme de cuvette en tôle émaillée ou en acier inoxydable, ou plate en vitrocéramique. Cette dernière est surmontée ou non d'une grille en inox, éventuellement en métal émaillé. Les brûleurs à gaz présents se composent d'un robinet qui règle l'arrivée de gaz et d'un injecteur qui propulse le gaz à une certaine vitesse dans un mélangeur. C'est dans ce dernier que le gaz injecté aspire l'air primaire par des orifices réglables. Ensuite, ce mélange air-gaz s'embrase au niveau de la tête du brûleur en présence d'une arrivée d'air secondaire.

REMARQUE

En fonction du type de gaz (méthane, propane et butane), il faudra changer l'injecteur (communément appelé gicleur) pour adapter l'admission d'air primaire ainsi que la quantité de gaz injecté au pouvoir calorifique de ce dernier.

B. Les brûleurs à gaz

- Pour assurer une bonne stabilité de la flamme, on trouve 2 types de brûleurs :
  - le **brûleur à flamme pilote** : cette flamme, située à la base de la flamme principale, la réchauffe et permet de la rallumer en cas d'extinction accidentelle ;
  - le **brûleur à flamme auto-stabilisée** : la configuration spéciale des orifices de sortie air/gaz permet de stabiliser les flammes. Un rebord a pour but d'accrocher la flamme.
- Il existe aussi des brûleurs particuliers, par exemple le brûleur séquentiel. Ce dernier a un fonctionnement discontinu permettant de faire mijoter, de mieux répartir la chaleur et de diminuer la surveillance.

C. Les allumages automatiques

Il existe différents systèmes d'allumage automatique :

- l'**allumage piézo-électrique** (de moins en moins utilisé) ;
- l'**allumage à production discontinue d'étincelles** (coups à coups) ;
- l'**allumage à production continue d'étincelles** (à train d'étincelles).

D. Les systèmes de sécurité

Les systèmes de sécurité ont pour objectif de couper l'arrivée de gaz en cas d'extinction accidentelle du brûleur. Il existe :

- le système à thermocouple ;
- le système à ionisation de flamme.

2 Les tables de cuisson électriques

A. La table de cuisson à plaques en fonte

Les plaques sont constituées de trois éléments chauffants en chrome-nickel qui sont noyés dans un ciment réfractaire recouvert de fonte. Ces plaques sont généralement circulaires. La disposition concentrique des éléments chauffants assure une bonne répartition de la chaleur. Il en existe de différents diamètres qui sont fonction de la puissance de chauffe de la plaque.

B. La table de cuisson vitrocéramique

1. Description

C'est une plaque de verre teintée mais transparente d'environ 1 cm d'épaisseur obtenue par traitement thermique du verre assurant une grande résistance mécanique et thermique (jusqu'à 700 °C).

2. Les éléments chauffants pouvant l'équiper

- **Foyers radiants**. Des résistances en spirales en alliage métallique (Fe, Cr, Al) sont placées dans un bac (« gamelle ») en matériau réfractaire isolant empêchant la diffusion de la chaleur hors de la gamelle. Elles présentent une faible inertie et rougissent au bout de 30 secondes La transmission de la chaleur se fait par conduction (80 %) et par rayonnement (20 % IR). C'est ce rayonnement qui permet de chauffer plus vite le fond des casseroles.
- **Foyers halogènes**. La transmission de la chaleur se fait par rayonnement infrarouge à 80 % et par conduction à 20 %. Les résistances sont des filaments de tungstène enfermés dans une gaine en verre de silice (quartz) contenant un gaz inerte et un halogène (fluor, iode, brome). Le mélange de gaz empêche les particules métalliques du filament de se déposer sur l'enveloppe en la noircissant et les fait retomber sur le filament. La durée de vie est accrue (5 000 heures soit environ 10 ans d'utilisation).
- **Foyers à induction**. Le foyer est constitué d'une bobine en spirale alimentée par un courant alternatif haute fréquence qui crée un champ magnétique. Ce champ magnétique est transformé en courant induit quand un récipient en métal magnétique (fer, fonte, acier) est placé au-dessus ce qui génère de la chaleur par effet Joule. La casserole s'échauffe et chauffe le contenu par conduction. La table reste froide mais peut s'échauffer un peu localement par contact avec le récipient. Le rendement est très intéressant. En revanche, il faut utiliser une batterie de cuisine spéciale plaque à induction.

3 Les systèmes de régulation

- **Régulation de puissance**. Le principe repose ici sur des couplages différents entre les éléments chauffants (résistances électriques) faisant ainsi varier la puissance et donc l'allure de chauffe.

- **Régulation d'énergie**. Le principe ici est de faire varier le temps de mise sous et hors tension d'un élément chauffant. La puissance de ce dernier étant fixe, pour réguler l'énergie, il faut agir sur le temps.
- **Régulation de température**. On sélectionne une température et l'arrivée du courant électrique est coupée par un thermostat lorsque le fond du récipient atteint cette température. Les plaques à palpeur sont équipées de ce dispositif.

4 Les critères de choix

- **Le type d'énergie** : gaz ou électrique.
- **L'installation** : encastrable ou à poser.
- **La consommation en énergie** : l'étiquette énergie indiquera si l'appareil est gourmand en énergie (la lettre G) ou consomme très peu (lettre A).
- **Les manettes de commande** : boutons, touches sensitives.
- **Le prix** : plaque de cuisson (150 € à 950 €).

CONSEILS ET ASTUCES

- Utiliser des récipients dont le diamètre est adapté à celui de la plaque et au volume à cuire.
- La table de cuisson à plaque en fonte ne doit pas être entretenue avec des produits abrasifs et des objets pointus. En cas de non-utilisation prolongée, les graisser. Dans tous les cas, éviter l'humidité car elle a tendance à rouiller.
- La table de cuisson vitrocéramique est lisse, donc facile à nettoyer, limite les risques de renversements et s'intègre bien dans un plan de travail. En revanche, il faut éviter l'utilisation de produits abrasifs car elle est sensible aux rayures. Pour son entretien, privilégier un produit spécialisé efficace ainsi qu'une lame de vitrier. Les récipients utilisés sur ce type de plaques doivent être plats et contenir des matériaux magnétiques « Class Induction » spécifiques aux foyers à induction.

L'autocuiseur

On appelle « autocuiseur » tout récipient de contenance nominale inférieure à 25 litres permettant de cuire les aliments en vase clos à une température supérieure à 100 °C sans excéder 125 °C par augmentation de la pression interne.

1 Les différents types d'autocuiseur

Il existe différents types d'autocuiseur que l'on peut différencier par leurs systèmes d'ouverture. La contenance nominale est le volume effectif de liquide que peut contenir le corps de l'appareil. La contenance utile représente les 2/3 de la contenance nominale.

↑ *Autocuiseur à étrier*

↑ *Autocuiseur à baïonnette*

↑ *Autocuiseur à clipser*

2 Description

Il est constitué d'une cuve en aluminium ou en acier inoxydable. Ces matériaux ne doivent pas modifier les caractéristiques organoleptiques des aliments. Il possède un couvercle avec un joint et une soupape. Certaines soupapes tournent et émettent un sifflement (voir la description complète d'un autocuiseur sur la notice d'un constructeur).

3 Utilisation

- Mettre de l'eau et les aliments dans l'appareil.
- Fermer et porter à feu vif jusqu'à l'échappement de la vapeur par la soupape puis réduire la source de chaleur. Respecter le temps de cuisson indiqué par le fabricant.
- Une fois le temps de cuisson écoulé, à décompter à partir du moment où la soupape tourne, on éteint la source de chaleur et l'on atteint l'évacuation de la vapeur avant d'ouvrir l'autocuiseur.

AVANTAGES	INCONVÉNIENTS
• Économie d'énergie et de temps. • Cuisson à l'abri de l'air, donc moins d'oxydation des vitamines. • Les aliments n'étant pas en contact avec l'eau moins de dissolution des vitamines et des minéraux.	• Impossibilité de contrôler l'avancement de la cuisson ce qui implique de respecter les temps de cuisson conseillés. • Les aliments ayant une saveur marquée (par exemple, le chou) devront subir un blanchiment préalable.

4 Les systèmes de sécurité

■ Le premier est le système normal d'évacuation de la vapeur, c'est-à-dire que la vapeur fuit par la soupape dès que la température d'utilisation est atteinte.

■ Le second est un système qui permet en cas de non-fonctionnement de la soupape d'empêcher la pression de dépasser une pression « critique ». Il en existe deux principaux :
- la **sécurité à bouchon** (ou à pastille de caoutchouc éjectable) : si la pression est trop importante, le bouchon ou la pastille « saute » ce qui ouvre un orifice de quelques millimètres pour laisser s'échapper la vapeur ;
- la **sécurité à bille** : en cas de surpression, une bille obturant un orifice est poussée par la pression libérant l'excès de vapeur.

5 Les critères de choix

Les critères de choix reposent essentiellement sur la capacité de l'appareil :
- 4-6 litres → 2-3 personnes ;
- 6-8 litres → 4-5 personnes ;
- 8-10 litres → 6 personnes et +.

6 L'entretien

Pour préserver la durée d'un autocuiseur, il convient de l'entretenir ainsi :
- utiliser de l'eau et du produit vaisselle pour la cuve ;
- laver le couvercle avec de l'eau propre et ne pas faire tremper pour ne pas obstruer les orifices ;
- ne jamais ranger un autocuiseur fermé hermétiquement (risque de moisissures) ;
- vérifier l'état du joint régulièrement. Il convient le changer en moyenne tous les ans mais cela varie avec la fréquence d'utilisation.

Le lave-vaisselle

Cet appareil permet de faire des économies importantes du fait de sa faible consommation en eau et en électricité. Actuellement, un lave-vaisselle consomme 15 L pour 12 couverts contre 50 L si l'on faisait cette même vaisselle à la main.

1 Étude fonctionnelle

- **Fonction d'usage** : éliminer les salissures de la vaisselle.
- **Domaine d'utilisation** : collectif et familial.

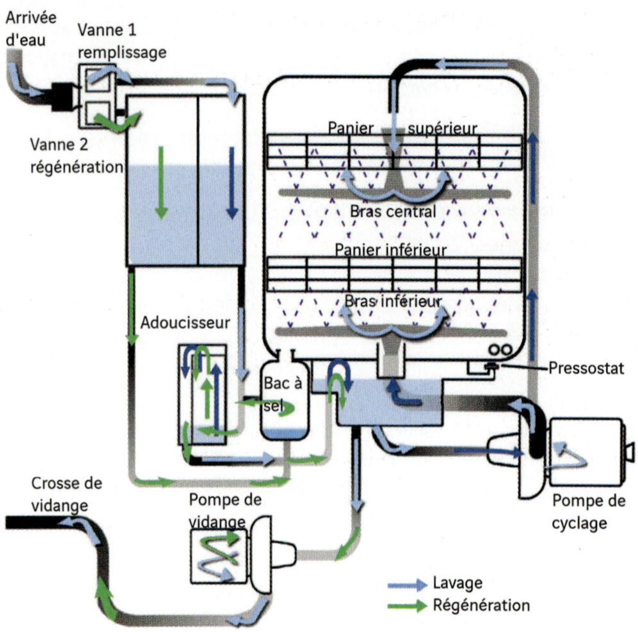

Fonctionnement d'un lave-vaisselle

FONCTIONS PRINCIPALES	SOLUTIONS TECHNIQUES
Recevoir la vaisselle	Paniers
Alimenter en eau	Électrovanne ; raccordement au réseau
Faire circuler l'eau	Moteur-pompe ; canalisation
Chauffer l'eau de lavage	Résistance (thermoplongeur)
Distribuer les produits	Distributeurs
Évacuer les eaux usées	Tuyau de vidange

FONCTIONS SECONDAIRES	SOLUTIONS TECHNIQUES
Réguler : – les températures – la distribution d'eau	 Thermostat Pressostat
Améliorer la qualité de l'eau	Adoucisseur
Enchaîner les différentes opérations	Programmateur
Retenir les déchets	Filtre
Protéger l'utilisateur	Mise à la terre
Protéger l'appareil	Composants, matériaux répondant aux normes (UTE, NF)
Protéger l'environnement	Isolants thermiques, phoniques

2 Les critères de choix

- La consommation en énergie : l'étiquette énergie indiquera si l'appareil est gourmand en énergie (la lettre G) ou consomme très peu (lettre A+).
- La consommation en eau.
- La programmation du lave-vaisselle (normal, économique, intensif, demi-charge, rapide, départ différé).
- Le niveau sonore (en dB).
- Le nombre de couverts.
- Le type d'appareil (en pose libre, encastrable, intégrable).
- Les systèmes de sécurité (sécurité anti-inondation, le flotteur au fond de la cuve, système « Aquastop »).
- L'ergonomie (coulissement des paniers, réglable en hauteur, robustesse).
- Le prix : de 250 € à 1 200 €.

3 L'entretien

L'entretien régulier consiste à vérifier l'état des tuyaux d'arrivée et de sortie d'eau, nettoyer le filtre de la cuve, surveiller le niveau de sel, et vérifier, lors de vibrations excessives, le réglage des pieds de l'appareil. Les doses de détergent doivent être respectées.

CONSEILS ET ASTUCES

- Éviter l'utilisation de pastilles « trois en un » qui ont une moins bonne efficacité car l'appareil utilise les trois produits à des moments différents. Il est donc judicieux d'utiliser un détergent, un liquide de rinçage (facilitant l'écoulement de l'eau et donc éviter les traces) et du sel régénérant (pour limiter les dépôts de calcaire).
- Deux lavages en demi-charge consomment plus qu'un lavage en charge pleine.
- La touche « éco » n'entraîne pas systématiquement une économie d'eau. Cependant, laver en cycle « éco » plutôt que « normal » entraîne en moyenne un gain de 1,2 L/cycle (soit 219 L/an sur la base d'une vaisselle tous les deux jours, soit 182 lavages). De plus, l'appareil est moins énergivore car 80 % de l'énergie sert à chauffer l'eau.

Fiche 72

Le lave-linge

Plus de 96,4 % des Français sont équipés d'un lave-linge (source : INSEE). Cet appareil est de plus en plus sophistiqué mais son utilisation reste relativement « basique ». Pourtant, en adoptant de nouveaux gestes d'utilisation, le lavage peut être plus performant et les économies intéressantes.

1 Étude fonctionnelle

- **Fonction d'usage** : éliminer les salissures du linge et supprimer les odeurs tout en respectant les fibres textiles de manière à ce qu'il retrouve son esthétique.
- **Domaine d'utilisation** : collectif et familial.

Fonctions et solutions techniques du lave-linge

FONCTIONS PRINCIPALES	SOLUTIONS TECHNIQUES
Recevoir le linge	Tambour
Alimenter en eau	Électrovanne Pressostat Raccordement au réseau
Chauffer l'eau de lavage	Résistance (thermoplongeur)
Distribuer les produits	Réservoir Distributeurs
Rincer et essorer	Électropompe Moteur Électrovanne Pressostat Suspension
Entraîner le tambour	Moteur Courroie Inverseur
Évacuer les eaux usées	Tuyau de vidange
FONCTIONS SECONDAIRES	**SOLUTIONS TECHNIQUES**
Assurer la sécurité hydraulique	Sécurité anti-débordement Pressostat
Assurer la sécurité de l'utilisateur	Verrouillage du hublot Coupure électrique à l'ouverture de la porte Matériaux aux normes NF Prise de terre

FONCTIONS SECONDAIRES	SOLUTIONS TECHNIQUES
Choisir le programme	Programmateur
Retenir les déchets	Filtre
Régler la température	Thermostat
Soutenir et suspendre la cuve	Ressorts
Informer l'utilisateur	Voyants lumineux et sonores
Déplacer	Roulettes

2 Les critères de choix

- La consommation en énergie : l'étiquette énergie indiquera si l'appareil est gourmand en énergie (la lettre G) ou consomme très peu (lettre A+).
- La consommation en eau.
- La programmation du lave-linge : électronique ou électromécanique.
- Le mode de chargement : par le dessus (top) ou de face (frontal).
- Le niveau sonore (en dB).
- Le volume du tambour (en L).
- Le poids (en kg).
- Le prix : de 200 € à 650 €.

3 L'entretien

- Vérifier les joints d'étanchéité régulièrement.
- Nettoyer régulièrement les bacs à produits lessiviels afin que l'eau et le détergent se mélangent correctement.
- Nettoyer régulièrement les filtres en les mettant sous l'eau du robinet.
- Enlever le surplus de calcaire. Une cuillère de bicarbonate de soude dans le bac à détergent ralentit la création de calcaire.
- Nettoyer l'extérieur du lave-linge avec un chiffon doux humide, mais ne pas utiliser de produits abrasifs, qui pourraient rayer la carrosserie du lave-linge. Appliquer une fine couche de cire permet de mieux protéger l'appareil.

CONSEILS ET ASTUCES

- Privilégier les lavages à 60 °C, voire 30 °C pour du linge peu sale. Le lavage à 90 °C ne se justifie que pour du coton vraiment souillé !
- En fonction de la dureté de l'eau, la quantité de lessive nécessaire peut varier de un à trois. Il faut se renseigner auprès de la compagnie des eaux ou de la mairie.
- Une pièce de monnaie oubliée ou une vis peuvent endommager le lave-linge. Il faut toujours penser à faire les poches des vêtements avant la lessive.
- Les lave-linge font partie des « D3E », c'est-à-dire des déchets d'équipements électriques ou électroniques. À ce titre, ils relèvent depuis novembre 2006 d'une filière de récupération, qui est financée par une éco-contribution obligatoire prélevée sur les ventes d'appareils neufs. En contrepartie, les particuliers ont le droit, quand ils achètent un lave-linge, de demander au distributeur de prendre en charge leur ancien appareil.

Fiche 73

Le sèche-linge

Lorsque le linge est étendu à l'air libre, il sèche sous l'action de la chaleur émise par le soleil qui transforme progressivement en vapeur l'eau retenue dans les fibres. C'est la circulation de l'air qui entraîne cette vapeur d'eau produite au fur et à mesure. Ainsi, le séchage artificiel repose sur le principe de la circulation d'air chaud au contact du linge pour provoquer l'évaporation de l'eau qu'il contient.

1 Étude fonctionnelle

- **Fonction d'usage** : sécher rapidement une masse de linge humide selon la qualité des fibres textiles et la destination. Il sert aussi à aérer et désodoriser du linge déjà sec.
- **Domaine d'utilisation** : collectif et familial.

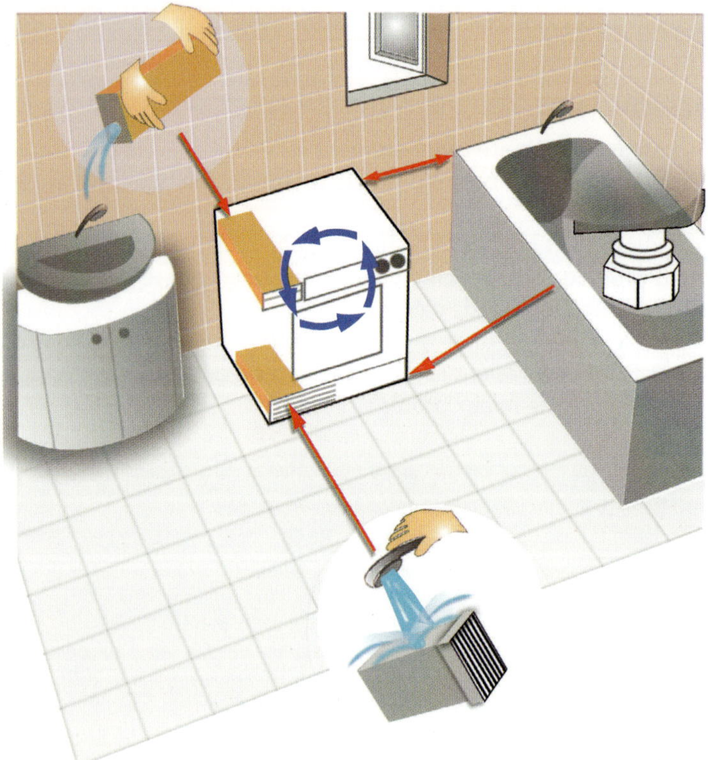

↑ *Sèche-linge à condensation*

Fonctions et solutions techniques du sèche-linge

FONCTIONS PRINCIPALES	SOLUTIONS TECHNIQUES
Recevoir le linge	Tambour
Pulser l'air	Ventilateur
Chauffer l'air	Résistance
Entraîner le tambour	Moteur Inverseur
Évacuer l'humidité (sèche-linge à évacuation)	Bouche de sortie d'air saturé en vapeur Entrée d'air Ventilateur
Évacuer l'humidité (sèche-linge à condensation)	Condenseur (paroi froide ou échangeur thermique) Tiroir réservoir Bac récepteur Entrée d'air Ventilateur
FONCTIONS SECONDAIRES	**SOLUTIONS TECHNIQUES**
Choisir le programme	Programmateur
Choisir la température	Thermostat
Enregistrer le degré d'humidité	Sonde
Défroisser le linge	Ventilateur Inverseur
Retenir les peluches et poussières	Filtre
Protéger l'utilisateur	Normes NF Prise de terre Sécurité de la porte
Informer l'utilisateur	Voyants lumineux ou sonores
Protéger l'appareil	Thermostat Limitateur de température Carrosserie
Déplacer	Roulettes

REMARQUE

La durée de l'opération de séchage est proportionnelle à la quantité d'eau qu'il faut évacuer. Dans la pratique, plus la vitesse de l'essorage est grande, plus le séchage sera rapide.

↑ *Sèche-linge à évacuation*

2 Les critères de choix

- La consommation en énergie : l'étiquette énergie indiquera si l'appareil est gourmand en énergie (la lettre G) ou consomme très peu (lettre A+).
- La programmation du sèche-linge : électronique ou électromécanique.
- Le mode de séchage : par évacuation ou condensation.
- Le mode de chargement : par le dessus (top) ou de face (frontal).
- Le niveau sonore (en dB).
- Le volume du tambour (en L).
- Le poids (en kg).
- Le prix : sèche-linge à évacuation (environ 300 €) moins cher que le sèche-linge à condensation (environ 600 €).

3 Innovation

Certains appareils sont maintenant équipés d'une pompe à chaleur qui permet de récupérer une partie de la chaleur évacuée du tambour et de la transférer à l'air entrant dans l'appareil. Ce système est relativement économique car il permet d'éviter l'utilisation d'une résistance électrique très énergivore.

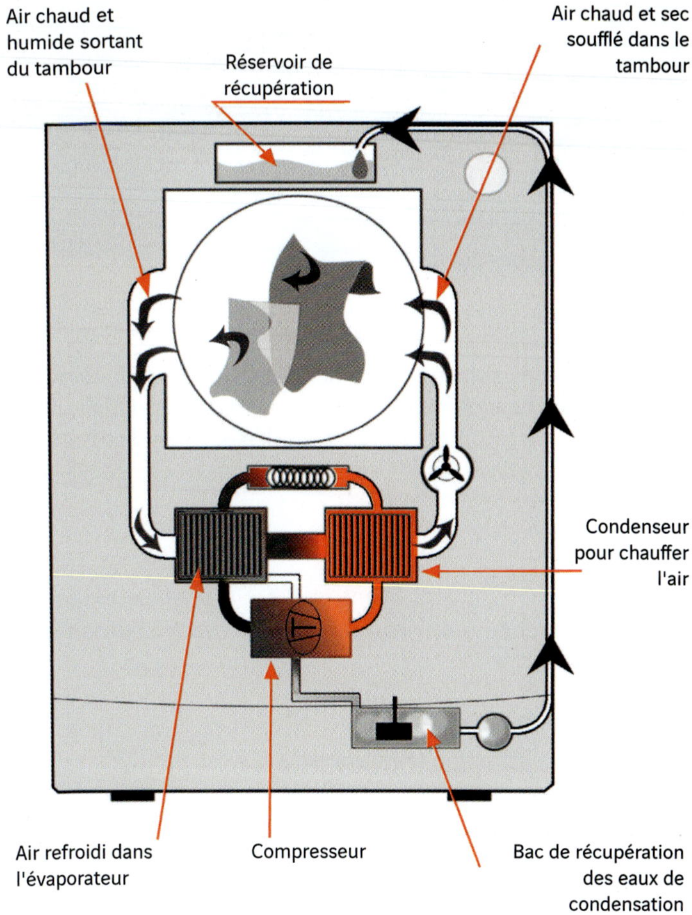

Système avec pompe à chaleur

CONSEILS ET ASTUCES

· Certains types de linge ne supportent pas le traitement de séchage du sèche-linge. Il s'agit en l'occurrence des lainages, des vêtements en maille, les collants et les bas en nylon, les textiles qui contiennent de l'élasthanne, les textiles délicats tels que la soie ou l'acétate ainsi que la lingerie fine.
· Le filtre du sèche-linge doit être nettoyé régulièrement.
· Pour un gain de place, il est possible de superposer le lave-linge et le sèche-linge.

MATÉRIAUX

Fiche 74

Les matériaux de construction : exigences, garanties, labels

Les matériaux de construction sont des produits destinés à être incorporés de façon durable dans un bâtiment. Les matériaux de gros œuvre (maçonnerie, charpente, toiture...) et de second œuvre (plomberie, électricité, isolation...) ont un impact sur l'environnement. Des labels garantissent certaines qualités des constructions.

1 Les exigences

Les matériaux de construction doivent avant tout satisfaire aux **exigences techniques**. Mais, de plus en plus, **l'impact sur l'environnement** et la **santé humaine** sont des critères à prendre en compte.

A. Les performances techniques

■ Pour les **matériaux** de construction **traditionnels**, il existe un document technique unifié (**DTU**) qui présente les règles de l'art pour l'utilisation et la mise en œuvre d'un produit.

■ Les **produits innovants** sont soumis à des évaluations volontaires afin d'estimer leurs potentialités techniques. Elles permettent d'obtenir l'agrément technique européen (**ATE**), qui peut être complété par un **ATec** (avis technique) et un **DTA** (document technique d'application). Ils font office de DTU et attestent des aptitudes à l'emploi, de la durabilité et de la conformité à la réglementation française en vigueur.

■ Ces documents sont indispensables pour obtenir le **marquage CE** qui garantit le respect des exigences de la directive européenne sur les matériaux de construction. Les matériaux certifiés sont disponibles sur le site www.evaluation.cstb.fr. Une démarche volontaire auprès du Centre scientifique et technique du bâtiment (CTSB) permet d'obtenir la marque QB (signifiant qualité pour le bâtiment) de certification du CTSB.

#exemple
Les matériaux certifiés
foucherconnect.fr/21vesf72

B. L'impact sur l'environnement

■ L'évaluation de l'impact sur l'environnement des matériaux de construction est délicate, aucun cahier des charges ne permet de les comparer entre eux. Cependant, il existe quelques certifications comme :

- les **écolabels officiels** qui garantissent la qualité d'usage du produit en garantissant des qualités écologiques supérieures aux produits non certifiés : écolabel européen ou label français NF environnement ;

– les **certifications** favorisant la **gestion durable des forêts européennes** (PEFC pour Plan European Forest Certification) et tropicales (FSC pour Forest Stewardship Council) : label PEFC ou label FSC.

■ Pour les produits non certifiés, les fiches de déclaration environnementales et sanitaires (FDES) disposent d'indicateurs environnementaux et sont disponibles sur le site www.inies.fr.

C. L'impact sur la qualité de l'air intérieur

■ Différents polluants peuvent entrer dans la composition des matériaux de construction et affecter durablement la qualité de l'air intérieur. Les plus préoccupants sont les composés organiques volatils (COV), les pesticides, les particules et les fibres.

■ Pour faire un choix éclairé, il convient de :
- consulter les fiches de déclaration environnementales et sanitaires (FDES) qui disposent d'indicateurs sanitaires et de confort ;
- comparer les produits grâce à l'étiquetage sanitaire (ci-dessous) sur les COV (étiquetage obligatoire pour les produits de construction et de décoration au 1er janvier 2013).

2 Caractéristiques de quelques matériaux

A. Le béton

■ Le béton est un mélange de sable et de ciment. Il sert à la réalisation de plancher coulé ou de parpaing (appelé communément « agglos ») qui seront assemblés avec un mortier colle pour construire des murs.

■ Il s'est démocratisé au siècle dernier et a permis de remplacer la chaux et la pierre. Il a des qualités de résistance et de durabilité supérieures et permet la réalisation plus facile des différents ouvrages à moindre coût. Il n'offre aucune isolation thermique (λ = 1,6 à 2,1 W/m*K), mais il est incombustible.

B. La terre cuite

Elle est utilisée traditionnellement dans certaines régions françaises pour la réalisation des murs extérieurs et de façon plus répandue pour la toiture. Elle ne permet pas la construction de grands ensembles du fait de sa résistance mécanique limitée. Elle est incombustible et offre des propriétés thermiques légèrement supérieure à celles du béton sans pouvoir être qualifiée d'isolant thermique (λ = 0,84 W/m*K).

C. Le bois

Le bois est utilisé depuis toujours, soit pour la réalisation des murs extérieurs, soit pour la réalisation des planchers et de la structure de la toiture. Les propriétés thermiques sont variables suivant les essences de bois (λ = 0,13 à 0,2 W/m*K). Le bois doit être traité pour résister aux insectes xylophages (mangeurs de bois), aux moisissures (surtout à Paris) et au feu.

3 La construction dans sa globalité

A. Les garanties légales

Elles s'appliquent aux constructions neuves et à certains travaux lourds de rénovation et engagent l'entrepreneur dès la date de réception des travaux :

- **la garantie de parfait achèvement** (un an) engage l'entrepreneur à réparer tous les désordres signalés ;
- **la garantie biennale** (deux ans) couvre les éléments neufs non concernés par la garantie décennale ;
- **la garantie décennale** (10 ans) couvre les désordres graves compromettant la solidité de l'ouvrage ou le rendant impropre à sa destination.

REMARQUE

L'assurance contractée par l'entrepreneur pour ces garanties n'est valable que pour les produits possédant le marquage CE.

B. Les labels et les certifications

1. La certification NF Habitat – NF Habitat HQE (haute qualité environnementale)

Elle atteste d'un niveau de qualité supérieure des logements sur les critères de qualité de vie, de performances environnementales et économiques.

2. La certification Pro Perméa

Elle permet la certification de l'étanchéité à l'air du bâti. Elle s'applique aux maisons individuelles et aux bâtiments collectifs d'habitation.

3. Le label E+ C-

Le label d'État **Bâtiments à énergie positive et réduction carbone** ou label E+C-, a été lancé par le ministère du Logement en novembre 2016. Il allie performance énergétique, capacité du bâtiment à consommer l'énergie qu'il produit et performance environnementale (prise en compte du bilan carbone des matériaux).

4. Le label BBCA

Le label BBCA, **Bâtiment bas carbone**, atteste de l'exemplarité d'un bâtiment en matière d'empreinte carbone au niveau des matériaux de construction et des énergies utilisées pour le chauffage et la production d'eau chaude. C'est un label privé qui s'applique aux constructions neuves.

INFO

Dans le cadre de l'évaluation volontaire des produits innovants, des matériaux de construction à base de paille sont désormais utilisables dans la construction.

#exemple

D'autres labels et leurs services

foucherconnect.fr/21vesf73

Fiche 75

MATÉRIAUX

Les matériaux de revêtement des surfaces intérieures

Dans le cadre d'un aménagement, le technicien supérieur en ESF doit être capable, en tenant compte des contraintes techniques, réglementaires et fonctionnelles, de proposer des revêtements adaptés. Les matériaux de revêtement des surfaces intérieures comprennent les revêtements de sol et les revêtements muraux (sans distinction ici entre murs et plafonds).

1 Les matériaux de revêtement de sol

A. Les principales catégories

Caractéristiques, avantages et inconvénients des différents revêtements de sol

REVÊTEMENT	CARACTÉRISTIQUES	AVANTAGES	INCONVÉNIENTS
Plastique	· Thermoplastique · Thermodurcissable	· Bon marché · Bonne acoustique · Facilité d'entretien · Bonne isolation	Souvent d'aspect froid
Parquet	· Parquet massif collé ou cloué · Parquet flottant clipsé ou collé avec sous-couche isolante	· Bonne isolation thermique et phonique · Bonne résistance à l'usure	· Prix · Entretien délicat surtout pour les parquets massifs
Carrelage	· En pierre · En céramique	· Durable · Solide · Facilité d'entretien	· Prix · Sonore
Moquette	· Tuftée, bouclée, aiguilletée… · En laine, sisal, polyamide polypropylène…	· Bonne isolation thermique et phonique · Qualité visuelle	· Entretien délicat · Risque d'allergies

B. Leur comportement en fonction de leur usage

■ Les matériaux de revêtement sont soumis essentiellement à 4 contraintes que sont :
– l'usure du revêtement ;
– le poinçonnement (action du mobilier fixe ou mobile, chute d'objet) ;
– l'eau ;
– les agents chimiques (produits de nettoyage).

FOCUS

Le classement UPEC
Le CSTB (organisme certificateur) a effectué un classement des locaux et des matériaux en fonction de ces critères d'usage : le classement UPEC

U = Usure à la marche	de U1 à U4
P = Poinçonnement	de P1 à P4
E = Comportement à l'eau et à l'humidité	de E1 à E3
C = Agents chimiques	de C1 à C3

■ L'indice augmente avec la sévérité d'usage ou avec le niveau de performance. Un revêtement est apte à l'emploi lorsque son classement UPEC est au moins égal à celui du local à revêtir.

2 Les matériaux de revêtement muraux

A. Les principales catégories

Caractéristiques, avantages et inconvénients des différents revêtements muraux

REVÊTEMENT	CARACTÉRISTIQUES	AVANTAGES	INCONVÉNIENTS
Enduits (plâtre, décoratifs)	Les liants sont du plâtre, de la chaux grasse ou hydraulique naturelle	Corrigent facilement les imperfections du support	Difficulté de mise en œuvre
Peintures (acrylique, glycérophtalique, vinylique....)	Composées d'un liant, d'un solvant et de pigments	Pas d'odeur pour les acryliques	Odeur à l'application pour les glycérophtaliques, présence de COV*
Papiers peints	Rouleau standard (10,05 × 0,53 m)	Gamme variée de décors	Support de pose doit être parfaitement lisse
Toiles de verre	· Rouleaux de 25 m ou 50 m · Différents motifs (chevrons...)	· Bonne résistance (chocs, feu...) · Masquent les imperfections du support	· Doivent être peintes · Difficulté de dépose
Textiles muraux	Grande largeur (2,6 à 3 m)	Bonnes qualités d'absorption acoustique	· Retiennent odeurs et poussières · Sensibles à l'humidité
Lambris	· Bois ou plastique · Peut couvrir totalement un mur ou jusqu'à une hauteur d'appui (80 à 130 cm)	Masque les défauts du support (trous, fissures par exemple)	· Prix · Techniques de pose
Carrelage	Carreaux de faïence ou de grès, mosaïque de pâte de verre, marbre...	Bien adapté aux pièces humides (cuisine, salle de bains)	Prix et difficulté de mise en œuvre et de dépose
Plafond tendu, faux plafond	Présence d'une ossature le plus souvent métallique	· Peut masquer les imperfections du support · Encastre les câbles et canalisations	

*COV : composés organiques volatils

B. Exemples de papiers peints

Avantages et inconvénients des différents types de papiers peints

<table>
<tr><th>TYPE</th><th>PRIX</th><th>PIÈCE</th><th>AVANTAGES</th><th>INCONVÉNIENTS</th><th>POSE</th><th>DÉPOSE</th></tr>
<tr><td>Papier classique</td><td>de 4 à 15 €</td><td>Pièce à faible passage et non humide</td><td>Prix</td><td>Fragile, entretien délicat</td><td>Encollage du papier sur support bien préparé</td><td>Décollage par mouillage</td></tr>
<tr><td>Papier peint intissé</td><td>de 5 à 30 €</td><td rowspan="3">Toutes les pièces</td><td>· Pose rapide, propre, sans raccord
· Entretien aisé</td><td>Prix parfois élevé</td><td>Encollage du mur sur support bien préparé</td><td rowspan="3">Décollage à sec</td></tr>
<tr><td>Papier peint vinyle</td><td rowspan="2">de 6 à 40 €</td><td rowspan="2">· Pose simple
· Entretien aisé</td><td rowspan="2">Parfois difficile à décoller</td><td>Encollage du papier sur support bien préparé</td></tr>
<tr><td>Papier peint expansé</td><td>Encollage du papier sur support en présence d'imperfections</td></tr>
</table>

FOCUS

Le papier peint

· Le papier peint qui se décolle à sec est soit strippable (arrachable) soit pelable (par couche).

· Depuis janvier 2011, le marquage CE est obligatoire sur tous les rouleaux de papiers peints produits en Europe ; il vous assure que le papier correspond aux exigences de la réglementation en vigueur.

· Outre ce marquage, vous trouvez inscrits sur le rouleau :
– l'indice de la norme NF EN 233 ;
– le nom du fabricant ou du distributeur autorisé, sa marque d'identification ;
– le type de papier ;
– les dimensions du rouleau ;
– les symboles du papier peint concernant ses caractéristiques.

Les papiers peints de type vinyle, expansé et intissé peuvent avoir des mesures plus importantes en largeur : 1,06 m.

3 Les propriétés d'usage des matériaux de revêtement

- La protection des surfaces verticales et horizontales contre les agents mécaniques (meubles, fixations...), les agents physiques (lumière, bruit, meubles...) et les agents chimiques (produits de nettoyage, vapeur d'eau...).
- L'isolation thermique et phonique.
- La sécurité (non inflammable : M0 ou A1....).
- L'esthétique.

Fiche 76

ENTRETIEN

Les produits d'entretien

Il est nécessaire d'avoir une bonne connaissance des produits afin de les utiliser à bon escient et de ne pas multiplier leur nombre. L'intérêt de connaître les différents produits d'entretien pour le technicien supérieur ESF est de pouvoir participer à l'élaboration de cahiers des charges relatifs à l'entretien des locaux ainsi qu'à la formation du personnel d'entretien.

1 Les détergents

A. La composition chimique

Un détergent est constitué de tensio-actifs qui sont des molécules organiques composées de deux parties :

- une **partie hydrophile** soluble dans l'eau et fuyant les graisses (lipophobe) qui agit sur la tension superficielle de l'eau ;
- une **partie lipophile** se combinant aux graisses mais insoluble dans l'eau (hydrophobe).

B. Les propriétés

Cette structure donne aux tensio-actifs des propriétés particulières que l'on appelle des pouvoirs :

- **pouvoir mouillant** : le détergent, de par sa structure, permet à l'eau (le solvant) de mieux s'étaler ou de mieux pénétrer sur un support gras. C'est ce qui permet le mouillage des fibres ou des supports ;
- **pouvoir émulsifiant** : il correspond à la fragmentation des salissures grasses ;
- **pouvoir dispersant** : il correspond à la mise en suspension des salissures grasses dans l'eau ;
- **pouvoir moussant** : le brassage fait pénétrer de l'air dans la solution entraînant la formation de mousse. Celle-ci n'a aucun pouvoir lavant et peut même devenir gênante au lavage ;
- **pouvoir anti-redéposition** : permet aux salissures de s'entourer de tensio-actifs et d'être ainsi maintenues en suspension et de ne pas se redéposer sur le support.

C. Les différentes catégories

- **Les anioniques** (chargés négativement) : ce sont d'excellents détergents mais ils sont inefficaces en milieu acide et moussent beaucoup. Ce sont les tensio-actifs les plus utilisés. Cependant, ils peuvent dessécher la peau et entraîner des allergies. Exemples : sels d'acides gras, palmitates, oléates, savons...
- **Les cationiques** (chargés positivement) : ils ont un bon pouvoir mouillant et sont insensibles à l'eau dure. Ils ont des actions bactéricides et fongicides et sont donc utilisés comme désinfectant dans le secteur hospitalier et l'industrie agro-alimentaire. Exemple : sels d'ammonium quaternaires.

- **Les non ioniques** (ne portent pas de charge) : ils ont un très grand pouvoir mouillant et peu moussant. De plus, ils n'irritent pas la peau et sont insensibles à l'eau dure. Exemple : saponines naturelles...
- **Les amphotères ou ampholytes** (la charge dépend du pH de l'eau). Peu agressifs pour la peau, ils sont utilisés pour le lavage des mains. De plus, ils possèdent des propriétés désinfectantes. Exemple : acides aminés et dérivés...

D. Le choix d'un détergent

Il dépend du travail à réaliser, de la nature du support et du degré de salissures. Un bon détergent doit :

- être adapté aux souillures à éliminer ;
- être inoffensif pour l'utilisateur et son entourage ;
- ne pas altérer les supports ;
- se dissoudre facilement dans le solvant (ex : l'eau) ;
- se rincer facilement.

MÉMO L'efficacité d'un détergent varie en fonction de la dureté de l'eau.

2 Les abrasifs

Ce sont des substances minérales utilisées pour polir les surfaces par frottement et en même temps éliminer les souillures.

A. Les caractéristiques

Un abrasif se caractérise par :

- sa **dureté** : évaluée selon l'échelle de Mohs de 1 (le plus tendre = talc) à 10 (le plus dur = le diamant). Plus un abrasif est dur, plus il raye ;
- sa **granulométrie** : c'est la dimension des particules abrasives. Plus ces dernières sont fines, plus l'aspect final est lisse.

B. Les différents produits

Il existe plusieurs sortes d'abrasifs :

- les **abrasifs tendres** à base de blanc d'Espagne, de ponce ou de silice. Ce sont des émulsions en crème ou poudre. On les utilise sur des supports sensibles aux rayures comme l'émail ;
- les **abrasifs durs** à base de quartz, de verre ou d'émeri souvent fixés sur des supports (toile ou papier). On les utilise sur des supports durs pour le décapage et le polissage.

C. L'utilisation

Un produit abrasif s'utilise en condition humide mais ne se dilue pas pour ne pas perdre son efficacité. Il ne faut pas utiliser un abrasif régulièrement quand l'action d'un détergent suffit. Certains supports supportent mal l'abrasion qui entraîne une usure rapide et irréversible (ex. : l'inox).

3 Les détartrants

Souvent utilisés pour le détartrage sanitaire (ex. : toilettes, robinetterie des salles de bains) et comme détartrants ménagers notamment sous la forme de sachets de cristaux fournis avec les filtres à café. Ce sont des produits synthétisés à partir d'acide (sulfamique, chlorhydrique), donc dangereux. Ils ne doivent jamais être combinés avec l'eau de javel car il y a un risque de dégagements gazeux nocifs. Ils éliminent les dépôts de carbonate de calcium (tartre) qui sont le support favori de certains micro-organismes. Cependant les détartrants ne possèdent pas d'action désinfectante.

4 Les solvants

■ Le principal solvant dans l'entretien des locaux est l'eau car elle a des effets multiples :
- favorise le contact entre le produit d'entretien et le support (pouvoir mouillant) ;
- diminue la concentration des produits (pouvoir diluant) ;
- permet d'entraîner et d'évacuer les souillures (pouvoir véhiculant) ;
- favorise la dissolution des salissures (pouvoir de dissolution).

■ Les autres solvants pour les composés apolaires (graisses et cires), c'est-à-dire non chargés, sont le white spirit, l'essence de térébenthine, le toluène, l'éthanol.

> **ATTENTION**
> Ces produits solvants s'évaporent lors du séchage et dégagent des odeurs pouvant entraîner des troubles (difficultés respiratoires, brûlures...). Il est donc indispensable d'appliquer ces produits dans des locaux bien ventilés. De plus, certains sont agressifs pour la peau et, par conséquent, le port de gants est recommandé.

5 Les désinfectants

■ Ils ont des propriétés désinfectantes c'est-à-dire qu'ils ont la capacité de tuer ou inactiver des micro-organismes ; on dit qu'ils sont bactéricides, fongicides et sporicides, virucides, levuricides.

■ Ces produits sont souvent combinés avec des détergents. On parle de produits à usage mixte (les désinfectants-nettoyants). Il est **nécessaire de respecter un temps de contact** (quelques minutes) afin d'avoir une désinfection optimale. L'un des désinfectants le plus utilisé est l'eau de javel (hypochlorite de sodium : $NaClO$) car son coût est peu élevé et elle a de bonnes capacités à désinfecter et désodoriser. Attention, l'eau de Javel n'est pas un produit nettoyant !

6 Les produits de protection

Ils permettent de déposer un film sur certains supports. Ce dernier facilite l'entretien, assure la protection ainsi que l'esthétique de la surface. Ce film peut être teinté pour le bois ou transparent. Selon le revêtement, on utilise des cires, des encaustiques, des émulsions ou des bouche-pores.

7 La sécurité

A. Les précautions à prendre au niveau du stockage

■ Le local de rangement doit être :
- **fermé** (inaccessible aux enfants) ;
- **ventilé** (pour éliminer les substances volatiles) ;
- **rangé** (les produits en hauteur sur des étagères et la partie basse pour stocker le petit matériel).

Concernant la rotation des stocks, on procède toujours par « premier stocké - premier déstocké ».

■ Les produits doivent être conservés dans leur emballage d'origine. Il ne faut pas détacher les étiquettes qui contiennent des renseignements utiles sur les dangers et les précautions à prendre lors de l'utilisation de ces produits.

B. Les précautions à prendre au niveau de l'utilisation

Les produits d'entretien sont assez souvent irritants pour la peau et les yeux, il est donc conseillé d'utiliser des gants même si l'étiquette ne le préconise pas. Si l'on veut répartir les produits dans des contenants plus petits, il ne faut pas utiliser de bouteilles alimentaires mais des emballages spécifiques. En règle générale, toute manipulation doit se faire hors de la présence d'enfants.

#info
Le site de l'INRS
foucherconnect.fr/21vesf80

C. Les symboles des substances dangereuses

Les pictogrammes de danger ont changé depuis 2010 pour les substances et depuis 2015 pour les mélanges. Cette réforme est issue d'un règlement européen publié le 31 décembre 2008 au Journal officiel de l'Union européenne (CLP Classification, Labelling and Packaging).

Signification des symboles des substances dangereuses

	**Corrosif** Brûlures de la peau et lésions oculaires graves		**Nocif ou irritant** par contact cutané par ingestion, par inhalation		**Toxique** par contact cutané, par ingestion, par inhalation
	**Danger pour la santé** Risque CMR (cancérogène, mutagène et reprotoxique)		**Inflammable** ou extrêmement inflammable		**Comburant** Peut provoquer ou faciliter un incendie
	**Gaz sous pression** ou gaz réfrigéré Peut exploser sous l'effet de la chaleur ou provoquer des brûlures cryogéniques		**Explosif**		**Dangereux pour l'environnement**

CONSEILS ET ASTUCES

- Éviter de surdoser les produits, ceci entraînant un surcoût, de la pollution et des difficultés au rinçage.
- Éviter les nettoyants ménagers trop parfumés ou persistants qui contiennent généralement des composés allergisants.
- Éviter l'utilisation de lingettes jetables qui ont un coût élevé et qui ne sont pas recyclables, augmentant donc le volume des déchets.
- Privilégier les produits estampillés NF Environnement ou Écolabel européen qui respectent un cahier des charges comportant des critères précis visant à réduire leur impact environnemental de leur fabrication jusqu'à leur élimination.

Le matériel d'entretien

En milieu professionnel, le matériel d'entretien doit être ergonomique, léger, robuste, de conception simple et facilement adaptable à différentes situations, silencieux, peu gourmand en « produits consommables », facilement démontable et nettoyable.

1 Le matériel de dépoussiérage

A. Le dépoussiérage humide

En collectivité, le dépoussiérage du sol est réalisé par balayage humide, pour les sols relativement lisses, afin de limiter la remise en suspension dans l'air des particules et les nuisances sonores. L'aspirateur est utilisé en second choix, quand le balayage humide n'est pas possible.

1. Le balai

Il existe plusieurs types de balais en fonction des surfaces à nettoyer :
- **pour les surfaces lisses**, on utilise le balai trapèze ;
- **pour les surfaces plus irrégulières**, on utilise le balai à franges.

INFO
Le balayage humide ne peut pas être réalisé sur un sol trop irrégulier (macadam).

2. Les gazes et les franges

- Les **franges** du balai à franges sont en matière textile. Elles sont lavables et réutilisables. Grâce à leur épaisseur, elles permettent de fixer les salissures non adhérentes sur un sol avec de légères irrégularités (carrelage avec des joints).
- Les **gazes** sont des bandes de matières textiles tissées ou non, très fines, qui sont soit déjà pré-imprégnées d'un produit agglutinant (gaze jetable), soit à humidifier avec de l'eau (gaze réutilisable).

B. Le dépoussiérage par aspiration

1. Le principe

Le moteur électrique de l'aspirateur entraîne la turbine d'aspiration qui crée un courant d'air à fort débit induisant ainsi une forte dépression au niveau du patin d'aspiration. L'air entraîne avec lui poussière et petits déchets qui sont arrêtés par le conteneur filtrant jetable (le sac). L'air aspiré est rejeté à l'extérieur de l'appareil après une double filtration. Le moteur lui-même est protégé par un filtre anti-poussière, et il est refroidi en permanence par une petite turbine.

2. Les différents types d'aspirateurs

Il existe des aspirateurs avec ou sans sac, des aspirateurs traîneaux, des aspirateurs-balais et de petits aspirateurs portatifs.

3. L'entretien

- Pour garder son aspirateur en bon état longtemps, il faut :
  - vérifier le câble d'alimentation à chaque usage ;
  - réaliser un dépoussiérage humide, voir un lavage, à chaque utilisation ;
  - nettoyer l'intérieur de la cuve et les différents accessoires ;
  - vérifier régulièrement le serrage de la visserie.
- Pour assurer une aspiration optimale, il est nécessaire de :
  - nettoyer le patin d'aspiration à chaque utilisation ;
  - contrôler régulièrement le niveau de remplissage du sac, et de le changer si besoin ;
  - dépoussiérer les différents filtres ;
  - vérifier l'étanchéité du flexible et de la cuve ;
  - vérifier l'absence d'objets coiffés dans le flexible.

4. Les critères de choix

Pour choisir un aspirateur, il faut prendre en compte :
- la valeur de la dépression (kpa) ;
- la puissance consommée en watts ;
- le niveau sonore en décibels ;
- la capacité d'ensachage en litres ;
- le poids et l'encombrement ;
- la longueur du câble ;
- les différents accessoires.

2 Le matériel de lavage des sols

A. Les balais

Il existe deux types de balai pour le lavage du sol :
- le **balai Faubert** constitué d'un manche, d'une pince et d'une frange relativement longue qui permet de nettoyer aisément sous les meubles ou dans les endroits encombrés ;
- le **balai rasant** ou **balai de lavage à plat**, composé d'un manche relié à une semelle par une rotule d'articulation. Il s'utilise avec une bande de lavage à plat.

B. Le chariot de lavage à deux seaux

Il est constitué d'un seau rouge et d'un seau bleu. Une presse qui permet d'essorer les franges ou les bandes de lavage doit être installée au-dessus du seau rouge. Des roulettes lui permettent d'être déplacé facilement.

> **MÉMO**
> La presse doit être adaptée au type de balai pour un essorage optimal.

3 La monobrosse

La monobrosse est une machine électrique porte-outils destinée à l'entretien des sols. Elle est polyvalente et beaucoup utilisée en collectivité. Elle peut servir à nettoyer, récurer, décaper, lustrer, appliquer un produit de protection. Elle est utilisable sur un grand nombre de revêtements de surface (moquette, carrelage, parquet, sol thermoplastique...).

A. Le principe de fonctionnement

Le moteur électrique, alimenté en 220 V, est couplé à un plateau support. Le plateau est interchangeable et peut être remplacé par différentes brosses et disques. C'est grâce à l'action simultanée de la rotation de la brosse en contact avec le sol et de la pression de la machine que l'action de nettoyage, essentiellement mécanique, est possible.

B. Les accessoires

1. Les brosses

Il existe différents types de brosses dont la dureté des poils est adaptée à l'usage (récurage ou shampouinage). Les brosses se fixent directement sur le mandrin de la machine par un système à baïonnette. Un témoin d'usure signale le moment ou la brosse doit être changée. Après chaque utilisation, il faut laver la brosse, la faire sécher et la stocker, soit à plat avec les poils en l'air, soit suspendue.

2. Les disques

Les disques sont composés de fibres synthétiques enchevêtrées sur lesquelles des grains d'éléments abrasifs sont fixés. Il existe un code de couleur permettant de distinguer les disques en fonction de leur degré d'abrasion. Plus la couleur est foncée, et plus le degré d'abrasion est important. Un plateau d'entraînement fixé sur le mandrin de la machine par un système à baïonnette permet, grâce à ses picots, de maintenir le disque abrasif en place. Les disques doivent être jetés dès que le niveau d'encrassement est trop important ou dès qu'il est détérioré. Le plateau d'entraînement et les disques doivent être lavés, séchés et stockés de la même façon que la brosse.

C. L'entretien et la maintenance

- Le bon état du câble d'alimentation électrique doit être vérifié avant chaque utilisation.
- L'appareil doit être dépoussiéré et lavé après chaque utilisation.
- La visserie et la boulonnerie doivent être régulièrement resserrées à cause des vibrations.
- Il faut dépoussiérer régulièrement la turbine de refroidissement du moteur.

D. Les critères de choix

Il faut prendre en compte :

- la vitesse de rotation de la machine. Plus la vitesse est rapide, et plus la machine est puissante, donc capable de récurer ou de poncer, et plus elle nécessite d'être correctement maîtrisée ;
- le diamètre du plateau d'entraînement ;
- la possibilité de l'utiliser avec ou sans eau ;
- les accessoires (réservoir...).

4 Le chariot de lavage

■ Il est composé de deux seaux avec une presse, de systèmes d'accroche pour les différents balais, de bacs de rangement pour les produits, le petit matériel, les recharges de savon ou de papier hygiénique, les réserves de gazes et de lavettes, un sac-poubelle...

■ Il permet de transporter en une seule fois le matériel et les produits nécessaires pour effectuer les travaux de ménage, de collecter les déchets, de constituer un élément de rangement, car, après nettoyage, il peut rester chargé et prêt à l'emploi.

Fiche 78

ENTRETIEN

Les techniques d'entretien

Les techniques d'entretien des locaux professionnels sont rapides, silencieuses et efficaces. Lors de la formation du personnel, l'accent doit être mis sur la sécurité, l'hygiène et l'ergonomie afin de limiter les accidents du travail (chutes) et les maladies professionnelles (troubles musculo-squelettiques ou TMS). L'entretien et la maintenance préventive du matériel permettent de limiter les coûts et d'augmenter l'efficacité.

1 Quelques définitions

A. Le nettoyage

Nettoyer, c'est rendre propre une surface en **éliminant les salissures** sans détériorer le matériau à nettoyer. D'après l'OMS, le nettoyage est l'assainissement régulier et systématique du milieu ambiant. Il permet une bonne qualité de vie et de travail, une meilleure conservation des matériaux, la valorisation du personnel et une bonne image du lieu.

B. Le bio-nettoyage

Le bio-nettoyage consiste à **éliminer les micro-organismes**. Il utilise un désinfectant et il est toujours précédé d'une étape de nettoyage. Il permet d'assurer l'hygiène (préservation de la santé). Le niveau d'hygiène dépend du type d'établissement (EHPAD, crèche...), des usagers accueillis (personnes fragiles ou malades) et du local à nettoyer (chambre, salle de bains...).

C. Les salissures

Une salissure ou une souillure est quelque chose d'indésirable qui altère l'aspect, le toucher et la vue. On distingue les **salissures non adhérentes** (poussières, cheveux, papiers...) qui sont éliminées par dépoussiérage, des **salissures adhérentes** (taches grasses, sauce tomate...) qui sont éliminées grâce au lavage avec un produit détergent.

D. Le cercle de Sinner

- Il permet de caractériser une opération de nettoyage grâce à 4 facteurs : **l'action chimique** de produits d'entretien, **l'action mécanique** d'un appareil, d'un mouvement ou d'un produit abrasif, **l'action de la température** et **l'action du temps**.
- Quelle que soit l'opération, les 4 facteurs représentent un cercle. L'augmentation d'un des facteurs entraîne la diminution d'un autre.

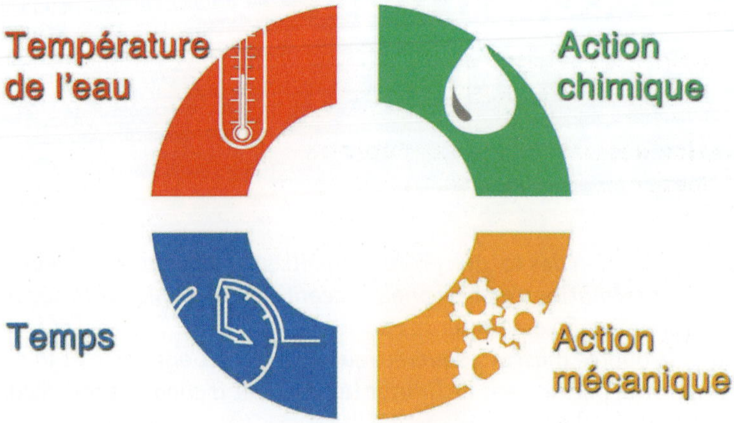

↑ *Le cercle de Sinner*

2 Les recommandations générales

A. L'hygiène du personnel

Le personnel doit disposer d'un vestiaire pour changer de tenue. La tenue de travail se compose d'une veste et d'un pantalon. Elle sert non seulement à protéger les vêtements mais aussi le personnel. Ce dernier doit se laver les mains avant et après le service au minimum afin de ne pas se contaminer avec les micro-organismes (nettoyage des sanitaires) et les produits d'entretien.

B. La sécurité

- Pour l'opérateur et les usagers, il convient de signaler la présence de zones humides qui peuvent être glissantes afin d'éviter les risques de chute.
- Lors de l'utilisation d'appareils électriques, il faut vérifier le bon état du câble d'alimentation. Si l'appareil est utilisé en présence d'eau, il faut vérifier sur son étiquette sa compatibilité (voir fiche 65. Fonctionnement et réglementation de l'électricité).
- Suivant le type d'appareil utilisé, le port de chaussures de sécurité antidérapantes est obligatoire. Enfin, il faut respecter les consignes des fiches de données de sécurité des produits concernant le port de gants et de lunettes de sécurité.

C. L'ergonomie

Il faut veiller à ce que le personnel adopte les postures de travail adéquates afin de limiter les TMS et la fatigue ; garder le dos droit, plier les genoux pour se baisser et éviter les gestes trop amples.

3 Le balayage humide

C'est la **méthode de dépoussiérage la plus efficace** car elle permet d'éliminer, sans bruit, 90 % des salissures non adhérentes.

A. Le principe

Le but est **d'éliminer les salissures non adhérentes** du sol en fixant les poussières les plus fines sur une gaze et en poussant les plus volumineuses.

B. La préparation des produits et du matériel

- Le balai trapèze pour les sols lisses avec des gazes (pré-imprégnées ou à humidifier).
- Le balai à franges pour les sols plus irréguliers avec des franges à humidifier.
- De l'eau (avec un peu de détergent) pour humidifier franges ou gazes.
- Une pelle et un sac poubelle, ou un chariot de lavage équipé.

C. Le mode opératoire

1. Étapes préliminaires

- Débarrasser la pièce du petit mobilier.
- Humidifier la gaze très légèrement ; elle ne doit pas laisser de traces humides sur le sol.
- La fixer sur le balai.
- Détourer la zone à dépoussiérer en poussant le balai devant soi.
- Ne jamais soulever le balai du sol durant toute l'opération.

2. La méthode au poussé

Elle convient aux grandes surfaces sans obstacles :
- avancer en poussant le balai devant soi, faire demi-tour au bout de la pièce, et revenir… ;
- les bandes parallèles doivent se chevaucher.

3. La méthode à la godille

Elle est plus adaptée aux petites surfaces ou aux surfaces encombrées :
- avancer, du côté opposé à l'entrée de la pièce, en poussant le balai devant soi ;
- dépoussiérer une bande de 1 m de large en reculant et en faisant des mouvements en forme de 8 qui se chevauchent ;
- travailler en bandes successives qui se chevauchent.

4. Récupérer les salissures

Lorsque la gaze est saturée, soulever délicatement le balai, replier la gaze sur elle-même et s'en servir pour pousser les grosses salissures dans la pelle. Jeter le tout.

D. Les indicateurs de résultat

Il faut vérifier l'absence de salissures non adhérentes et de traces d'humidité.

4 Le lavage à deux seaux

A. Le principe

Le lavage permet **d'éliminer les salissures adhérentes** sur les surfaces horizontales. Un détergent est utilisé pour le nettoyage, un détergent désinfectant pour le bio-nettoyage. **Le lavage est toujours précédé d'un dépoussiérage**.

B. La préparation des produits et du matériel

- Le balai Faubert et sa frange, ou le balai rasant et sa bande de lavage.
- Un chariot de lavage à deux seaux (un rouge, un bleu), avec une presse.
- De l'eau chaude de préférence et un détergent ou un détergent désinfectant.

C. Le mode opératoire

■ Le seau bleu contient une grande quantité d'eau et de détergent. C'est dans ce seau que l'on va prendre la solution de lavage. Le seau rouge contient une petite quantité de solution de lavage. Il sert à laver les franges avant de les essorer pour reprendre de la solution de lavage propre dans le seau bleu. La presse est toujours fixée au-dessus du seau rouge. Cette technique permet de conserver plus longtemps la solution de lavage propre.

■ Le lavage du sol se déroule normalement en 3 étapes au moins :
- **une première étape** durant laquelle la solution de lavage est étalée sur le sol ;
- **une seconde étape** durant laquelle les salissures, avec la solution de lavage, sont récupérées à l'aide d'une frange essorée à chaque passage ;
- **une dernière étape** de rinçage au cours de laquelle on récupère les dernières salissures et traces de produits.

À chaque étape, il faut détourer la pièce et procéder comme pour le balayage humide à la godille.

D. Les indicateurs de résultat

Il faut vérifier l'absence de salissures adhérentes et non adhérentes, l'absence de trace de pas ou de produits.

5 Le bionettoyage

A. Où faire un bio-nettoyage ?

■ Les zones à désinfecter et la fréquence de désinfection sont définies en fonction du risque infectieux. Pour chaque zone, il existe un type de nettoyage requis.

ZONES	RISQUE INFECTIEUX	ENTRETIEN REQUIS ET FRÉQUENCE	EXEMPLE
Zone 1	Minime	Nettoyage quotidien	Chambre de résident sans soins en EHPAD
Zone 2	Moyen	Bio-nettoyage quotidien	Chambre de résident avec soins en EHPAD
Zone 3	Sévère	Bio-nettoyage quotidien voire pluri-quotidien	Service de réanimation
Zone 4	Très haut risque	Bio-nettoyage pluri-quotidien	Service de néonatologie

■ Dans le cadre de la lutte contre l'épidémie de SARS-CoV2, et même si la transmission du virus par des supports inertes n'a pas été prouvée, les points de contacts (poignées de porte, interrupteurs...) doivent être désinfectés au moins une fois par jour, ainsi que toutes les surfaces régulièrement en contact avec les mains.

B. Quelle méthode pour réaliser un bio-nettoyage ?

1. La méthode en 3 points

- Élimination des salissures non adhérentes.
- Nettoyage et désinfection.
- Rinçage.

REMARQUE

Les produits 2 en 1, détergent et désinfectant, sont souvent utilisés pour un gain de temps. Ces produits ont un bon pouvoir désinfectant mais une faible détergence. Il convient d'alterner leur utilisation avec des produits détergents et des produits désinfectants avec la méthode en 5 points.

2. La méthode en 5 points

- Élimination des salissures non adhérentes.
- Nettoyage.
- Rinçage.
- Désinfection.
- Rinçage.

6 L'entretien et la maintenance préventive du matériel

Avant et après chaque service, il faut vérifier le bon état et le bon fonctionnement général du matériel. À la fin du service, les textiles doivent être débarrassés du plus gros des salissures avant d'être lavés et désinfectés. Le matériel doit être dépoussiéré et désinfecté puis séché avant d'être stocké de façon appropriée.

Le protocole d'entretien

La réalisation de l'entretien des locaux dans le cadre d'une démarche qualité nécessite plusieurs outils : le protocole d'entretien, pour la formation du personnel et pour l'uniformité des méthodes de travail, les outils de communication à afficher pour rappeler les points essentiels, le planning d'entretien, qui récapitule l'ensemble des procédures d'une zone et assure la traçabilité de leur réalisation, et enfin, des documents d'observation pour les évaluations internes qui permettent de vérifier l'application correcte des méthodes de travail.

1 Le protocole d'entretien

Il permet de formaliser les différentes étapes de l'entretien d'un local. Une certaine uniformité est recherchée afin de faciliter la lecture ainsi que son utilisation par n'importe quelle personne. Il doit être à disposition du personnel dans un classeur. Il se compose de six parties principales (objectif, matériel, produits, procédure, contrôle du résultat, entretien et rangement du matériel) auxquelles peuvent s'ajouter des sous-parties sur l'hygiène, la sécurité, la tenue ou l'ergonomie.

PROTOCOLE DE BALAYAGE DES COULOIRS DE L'EHPAD	
Objectif : Éliminer les salissures non adhérentes du sol des couloirs avant l'étape de lavage	
Matériel : · Balai trapèze · Gazes jetables pré-imprégnées · Sac-poubelle et pelle	**Produits :** Néant
Procédure : Étape 1 : Fixer la gaze sur le balai Étape 2 : ...	
Contrôle du résultat : Absence de salissures non adhérentes et de gros déchets	
Entretien et rangement du matériel : Nettoyage humide du balai et rangement la semelle en haut	

2 Les « fiches mémos »

Elles sont affichées aux endroits stratégiques et reprennent les points essentiels du protocole d'entretien ou du fonctionnement d'un appareil. Sa rédaction doit encourager une compréhension rapide (images, pictogrammes, peu d'écritures).

3 Le plan de nettoyage

Il est très utile dans des zones comme la cuisine collective, où plusieurs protocoles coexistent. Il récapitule, selon la méthode CQQCOQP, pour chaque protocole, les différents points importants (fréquence, produit, dosage, temps d'action...). Il est affiché à un endroit stratégique et doit être visé (pour la traçabilité) par chaque opérateur responsable d'une procédure. Il permet ainsi de visualiser sur la semaine, la réalisation effective de l'entretien des locaux.

Exemple de plan de nettoyage en cuisine collective

	MATÉRIEL	PRODUITS	DILUTION	TEMPS D'ACTION	FRÉQUENCE	VISA
Bionettoyage des plans de travail	Lavette blanche	Dyspoon 35	1 bouchon de 5 mL par litre d'eau	5 min	Matin	
					Midi	
					Soir	
Bionettoyage des chambres froides	Lavette blanche	Dyspoon 12	1 bouchon de 5 mL par litre d'eau	10 min	Tous les vendredis	
Nettoyage du sol	Canon à mousse	Tascon 18	Dilution automatique sur la centrale (position 2)	10 min	Matin	
					Midi	
					Soir	
...						

4 L'évaluation

Le document d'évaluation est rempli au cours des évaluations internes. Il doit être rédigé afin de pouvoir être rempli rapidement (cocher ou entourer les bonnes réponses). Il reprend les principaux points du mode opératoire afin de vérifier la mise en adéquation entre la théorie et la pratique. Voici un exemple dans le tableau ci-dessous.

Trame de grille d'évaluation de l'entretien des locaux

OBSERVATEUR :	DATE :		HEURE :
Matériel	Oui	Non	Observations
La préparation du chariot est adaptée à l'entretien à réaliser			
Le chariot est organisé selon le protocole prévu			
Le petit matériel d'entretien est propre			
Le sac poubelle est fixé correctement			
Le sac poubelle ne déborde pas			
Le chariot est propre			

Fiche 80

L'étude fonctionnelle du logement

Choisir un logement, c'est décider d'une implantation, d'une situation dans un site, un quartier, un environnement, des infrastructures, des équipements, d'un voisinage et ce avec des contraintes et des exigences variables selon les situations.

1 Les quatre critères d'un logement de qualité

■ Pour satisfaire la qualité de vie de ses occupants, tout logement doit répondre à 4 objectifs :
- avoir une valeur sociale et culturelle ;
- être suffisamment bon marché pour que le plus grand nombre puisse se le procurer ;
- permettre à ses occupants de se maintenir en bonne santé (tout du moins ne pas contribuer à dégrader la santé de ses occupants) ;
- ne pas nécessiter beaucoup d'entretien.

■ À ces 4 objectifs, on peut ajouter : être inscrit dans le développement durable, donc consommer le moins d'énergie ou d'eau possible, produire le moins de déchets possible et les moins polluants.

2 L'analyse fonctionnelle

A. La notion de logement décent

Le décret n° 2002-120 prévoit qu'un logement décent doit satisfaire à certaines conditions au regard de la sécurité physique et de la santé des locataires.

B. La surface habitable

■ La **surface habitable d'un logement**, définie à l'article R.111-2 du CCH, est égale ou supérieure à 14 mètres carrés. La moyenne des surfaces habitables des pièces principales est de 9 mètres carrés au moins ; aucune de ces pièces n'ayant une surface inférieure à 7 mètres carrés.

■ La hauteur sous-plafond d'une pièce principale est au moins égale à 2,30 mètres pour une surface au moins égale à 7 m^2. Par ailleurs, des normes de surface minimum se trouvent dans les textes relatifs à l'allocation logement. S'agissant de l'allocation de logement à caractère social (ALS), le logement doit avoir une surface habitable d'au moins 9 m^2 pour une personne seule, de 16 m^2 pour un couple, augmentée de 9 m^2 par personne en plus. Pour pouvoir bénéficier de l'allocation de logement (AL), le logement doit présenter une surface habitable au moins égale, pour un ménage sans enfants, à 16 m^2, augmentée de 9 m^2 par personne en plus.

3 Le plan de logement

■ Un plan représente le logement en deux dimensions. Celui-ci doit respecter un certain nombre de normes :
- respect des symboles ;
- nom des pièces ;
- surface des pièces ;
- une échelle s'exprimant en quotient (exemple : une échelle 1/50e : 1 cm sur le plan représente 50 cm dans la réalité) ;
- des cotations : chiffres de plan indiquant les dimensions d'une pièce, bien respecter le sens de lecture et les faire démarrer et aboutir correctement ;
- orientation vis-à-vis des points cardinaux.

■ L'installation des fluides (arrivées d'électricité, de gaz et d'eau), du mobilier et des équipements, des ouvrants (fenêtres, portes), doivent pouvoir être localisés.

4 L'analyse fonctionnelle d'un logement

Exemples des différentes fonctions d'un logement

LES DIFFÉRENTES FONCTIONS	EXEMPLES CONCRETS
Objectif	Construire une maison d'habitation conforme aux souhaits des futurs propriétaires
Fonction d'usage	Accueillir une famille jour et nuit
Fonctions d'usage complémentaires	• Présence d'une zone jour : lieu de repas (cuisine, salle à manger), lieu de détente (salon) • Présence d'une zone nuit (1 chambre à coucher par enfant, 1 chambre à coucher pour les parents) • Présence d'une zone sanitaire : WC, salle de bains
Fonctions d'estime	Répondre au goût des futurs propriétaires (style, forme...)
Contraintes liées aux exigences du public	• Choix des matériaux • Plain-pied ou maison à étages • Surface des pièces • Lieu de construction
Contraintes relatives à l'implantation d'une maison sur un terrain	
Contraintes énergétiques	• Orientation de la maison • Implantation de la végétation • Choix des énergies
Contraintes de confort visuel et sonore	Emplacement de la maison par rapport à la voirie, à la végétation
Contraintes réglementaires = contraintes environnementales = servitudes	• Servitudes de droit privé : clôtures, mitoyenneté, distances de plantations... (par exemple, la loi impose 4 m au minimum entre 2 constructions présentant des ouvertures) • Servitudes de droit public : voiries...
Contraintes d'usage	L'implantation d'une habitation dépend de son raccordement à différents fluides (gaz, électricité, téléphone, eau, chemin...) *Remarque* : le coût le plus important est celui de l'accès puis le raccordement électrique

AMÉNAGEMENT DU LOGEMENT

Le confort thermique

Dans le cadre de la fonction d'expertise et de conseil technique, le technicien supérieur ESF participe à l'amélioration ou au maintien du confort des locaux car il se doit d'intervenir pour loger confortablement les familles et pour assurer le bien-être et la santé des personnes. Généraliste du quotidien, il est l'intermédiaire entre les services spécialisés et le public ou autres professionnels.

1 La notion de confort thermique

A. Définition

■ Le confort thermique correspond à la **sensation de bien-être physique** résultant de l'équilibre thermique du corps. La notion de confort thermique est variable selon la perception de chacun, selon son activité, son habillement et les paramètres liés à la pièce dans laquelle il se trouve.

■ Le corps échange en permanence de la chaleur avec son environnement :
- par convection avec l'air ambiant ;
- par rayonnement avec les parois et les objets environnants ;
- par évaporation par l'intermédiaire de la sueur qui constitue une réfrigération naturelle du corps si les conditions de température et de circulation de l'air le permettent.

B. Les éléments du confort thermique

1. Le maintien en température

Il se fait par le biais de l'isolation thermique et de la régulation de la température par chauffage ou climatisation (voir fiches correspondantes). Les températures de confort dans les logements individuels sont les suivantes :

PIÈCES DU LOGEMENT	TEMPÉRATURE DE CONFORT
Chambre à coucher	15 à 18 °C
Pièce de séjour, bureau	19 à 21 °C
Salle de bains	22 à 24 °C
Cage d'escalier, dégagement, toilettes	15 à 18 °C

2. Le degré hygrométrique

C'est le pourcentage d'humidité de l'air qui doit être aux alentours de 45 % pour un confort optimal :
- en dessous de 30 %, problèmes de santé liés au dessèchement des muqueuses ;
- au-dessus de 75 %, risques de développement de moisissures au niveau des parois, cicatrisation difficile.

3. L'aération et la ventilation

■ Les mouvements d'air doivent être présents mais avoir une vitesse limitée pour limiter la sensation de courant d'air et de refroidissement.

■ Vitesse optimale inférieure à 0,25 m/s en été et à 0,15 m/s en hiver. Si V inférieure à 0,10 m/s : impression de confinement pouvant entraîner des effets sur l'organisme (maux de tête, chaleur, inconfort, vertiges...) ou sur le milieu ambiant (augmentation de la température, de l'hygrométrie, diminution de l'oxygène, augmentation du CO_2, des bactéries qui peuvent devenir pathogènes).

■ Nous avons traité la régulation de la température par l'intermédiaire du chauffage, abordons maintenant la régulation par le biais de l'isolation thermique.

2 La notion d'isolation thermique

A. Pourquoi isoler ?

- Pour diminuer la consommation énergétique due au chauffage des locaux et donc diminuer le coût énergétique ainsi que la production des gaz à effet de serre (GES).
- Pour éviter les phénomènes de condensations conduisant à l'apparition de moisissures par exemple.
- Pour favoriser le confort thermique.

B. Les échanges thermiques dans un logement

1. Les lieux d'échanges thermiques dans le logement

Les échanges thermiques au niveau de l'enveloppe du logement

LIEUX D'ÉCHANGES THERMIQUES	PAROIS OPAQUES	PAROIS VITRÉES	% DE PERTES
Parois obliques	Toitures	Toitures de vérandas	30
Parois verticales	Murs Portes		25
		Fenêtres	13
Système d'aération/ventilation			20
Parois horizontales	Planchers Plafonds		7
Ponts thermiques	Définition : partie de la construction qui présente un défaut d'isolation et constitue un passage important de chaleur		5

2. Les facteurs de variation des échanges thermiques

Les facteurs de variation sont fonction :
- des matériaux qui constituent ces parois ;
- du degré de renouvellement de l'air, indispensable pour assurer la salubrité des locaux occupés ;
- des écarts de température entre l'intérieur et l'extérieur et sont liés au climat, à l'altitude, à la saison.

MÉMO
La France est répartie en 8 zones climatiques, qui sont regroupées en 3 zones hiver (période de chauffage) : H1, H2 et H3, et 4 zones été (période de non chauffage) : a, b, c et d.

Caractéristiques des facteurs de variation des déperditions thermiques

FACTEURS DE VARIATION DES DÉPERDITIONS THERMIQUES	CARACTÉRISTIQUES
Matériaux constitutifs des parois	Parois constituées d'un seul matériau
Caractéristiques des logements	• Logements indépendants : liés à aucun autre logement ou liés par des locaux non chauffés ou liés par une paroi mitoyenne de moins de 15 m^2 • Logements non indépendants non superposés • Logements non indépendants superposés
Renouvellement de l'air	La réglementation précise qu'il doit y avoir présence d'entrées et de sorties d'air dans toutes les pièces principales et de sorties d'air dans les pièces de service (cuisine, salle de bains, toilettes)
Implantation géographique des logements	La réglementation thermique partage la France en zones climatiques permettant de prévoir la qualité des matériaux isolants à utiliser pour limiter les déperditions énergétiques

3 Les isolants thermiques

Le CSTB, Centre scientifique et technique du bâtiment, constitue une source d'information importante concernant l'isolation du bâti.

A. Les caractéristiques techniques des matériaux isolants

1. La conductivité thermique

- Elle se note λ (lambda) et s'exprime en W/m.K. Elle correspond à la quantité de chaleur qui traverse une paroi homogène de 1 m^2 de surface, de 1 m d'épaisseur en 1 seconde pour 1 degré d'écart entre l'intérieur et l'extérieur.
- Plus λ est faible, plus le matériau possède des propriétés isolantes. La conductivité thermique est faible si le matériau contient de l'air immobile ou si de l'air immobile est piégé entre 2 parois.

2. La résistance thermique

- Elle se note $R = e / \lambda$ s'exprime en $m^2.K / W$; avec e = épaisseur de l'isolant en mètres. Elle correspond à la faculté d'une paroi de s'opposer aux échanges thermiques.
- Plus R est grand, plus la paroi s'oppose aux déperditions. L'épaisseur est un critère important dans la valeur de R.

MÉMO
Les matériaux sont dits isolants si :
$\lambda \leq 0{,}065\ W.m^{-1}.K^{-1}$
$R > 0{,}5\ m^2.K.W^{-1}$

3. Les autres critères

- **Certification ACERMI** (classement I.S.O.L.E.).
- **Résistance au feu**. Dans la classification française, la résistance au feu est notée M de M_0 à M_4 : si M est supérieur à 0 ou à 1, il est nécessaire d'ajouter aux panneaux isolants un parement anti-feu. Dans la classification européenne, elle se compose de sept euroclasses A1, A2, B, C, D, E et F suivit ou non de l'indice FL qui signifie « floor » donc spécifique aux revêtements de sol. A1 ou A1FL correspondent aux produits peu combustibles et F ou FFL combustibles. Depuis 2002, les classes A1 à F remplacent M0 à M4, dès lors que le marquage CE du produit concerné entre en vigueur.

- Sécurité d'utilisation.
- Hygiène santé-environnement.
- Stabilité dimensionnelle.

B. La mise en œuvre des isolants

1. L'isolation sous toiture

Trois cas sont possibles.

- **Toiture sur combles perdus** : on dispose ici l'isolant (une ou deux couches) directement sur le plancher, ou sous le plancher, entre les solives. Les matériaux utilisés sont de la laine minérale en panneaux, en rouleaux (2 épaisseurs croisées de 20 cm) ou en vrac, soufflée, ainsi que des panneaux de polystyrène, polyuréthane, etc.
- **Toiture sur combles habitables** : dans ce cas, on peut envisager l'isolation par l'intérieur en posant des panneaux ou des rouleaux d'isolant de type laine minérale avec pare-vapeur ou des isolants synthétiques (polystyrène, polyuréthane) sous la toiture avant la pose d'un parement (plaque de plâtre, bois...). Une isolation par l'extérieur peut aussi être mise en place.
- **Toit-terrasse** : l'isolation du toit-terrasse doit se faire par l'extérieur, les matériaux utilisés doivent permettre une étanchéité parfaite.

2. L'isolation des murs extérieurs

Nous pouvons distinguer quatre catégories de construction :

- **à isolation intérieure** (procédé le plus répandu, durée de vie importante, rénovation des murs intérieurs mais diminution de la surface intérieure et ne supprime pas les ponts thermiques) ;
- **à isolation extérieure** (dite ITE elle est préconisée par la RT 2012 et se développe de plus en plus) ;
- **à isolation répartie** (ce sont les matériaux de construction qui sont isolants comme les blocs perforés de terre cuite dits « monomur » ou bloc de béton cellulaire) ;
- **à structure en bois.**

3. L'isolation du plancher bas

Les techniques d'isolation dépendent du type de construction (vide sanitaire, terre-plein, plancher chauffant). Il faut rechercher la continuité de l'isolation entre le plancher bas et les murs extérieurs pour réduire les ponts thermiques.

4. L'isolation des parois vitrées

Il convient de prendre en compte le matériau du châssis ou du cadre (par ordre croissant d'isolation : aluminium, bois, PVC) ; l'étanchéité des joints ; le type de vitrage : survitrage, double vitrage, triple vitrage, vitrage à isolation renforcée (VIR) : la fonction isolante est assurée par le gaz immobile et sec contenu entre deux vitres) et l'occultation des vitrages la nuit : volets.

Le confort lumineux

L'ambiance lumineuse d'un logement ou d'un local collectif est assurée par un éclairage naturel lié aux ouvertures sur l'extérieur, et par un éclairage artificiel si nécessaire. L'éclairage influence le comportement de l'individu et son travail.

1 L'éclairage artificiel

- L'éclairage artificiel arrive au deuxième rang pour la consommation d'électricité dans l'habitat derrière les appareils à production de froid. En 25 ans, les Français ont multiplié par 3 leur consommation (330 millions d'ampoules sont vendues chaque année). Ceci représente 14 % de la facture électrique d'un ménage avec une moyenne annuelle de 500 kWh par logement.
- D'autre part, l'énergie nécessaire à l'éclairage représente 12 % des émissions planétaires de CO_2 ; c'est donc un élément important à prendre en compte.

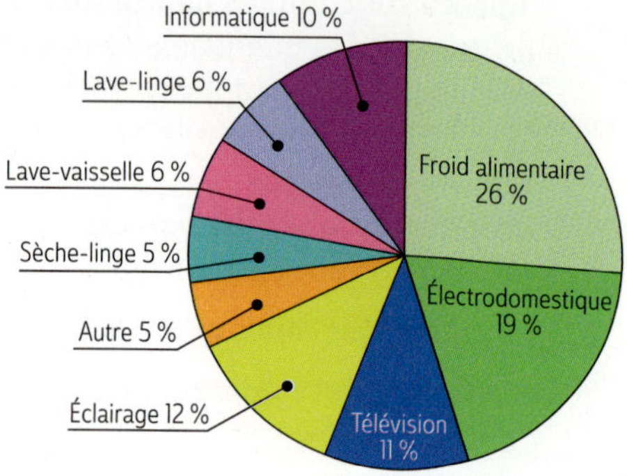

↑ *Part de consommation de l'éclairage artificiel dans l'habitat*

2 Les sources de lumière

A. L'éclairage naturel

L'éclairage naturel est le soleil. Il est suffisant une bonne partie de la journée et a la particularité d'être hygiénique car les UV sont antimicrobiens.

B. L'éclairage artificiel

Il est utilisé lorsque l'éclairage naturel devient insuffisant. Il existe quatre familles de lampes pour réaliser cet éclairage artificiel.

1. Les lampes à incandescence classique

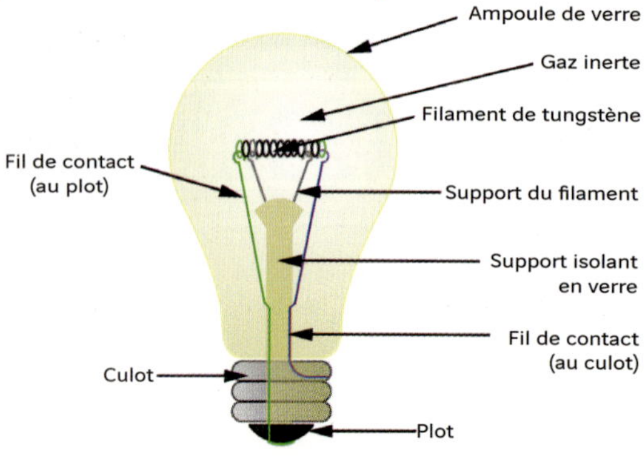

↑ *Lampe à incandescence classique*

> **MÉMO** Ces lampes ne sont plus commercialisées depuis janvier 2013 (Grenelle de l'environnement).

Principe : le passage du courant électrique dans un filament métallique entraîne une augmentation de température ; l'énergie électrique est transformée en énergie calorifique (chaleur) qui engendre une production d'énergie lumineuse. Le filament est chauffé par le passage du courant. Il se consume lentement et se dépose sur le verre. Il perd donc progressivement de la matière et finit par se rompre. Cette rupture s'opère souvent à l'allumage car le filament a une moins bonne résistance thermique à froid que chaud.

> **MÉMO**
> • **IRC** : indice de rendu de couleur.
> • Durée de vie moyenne = 1 000 heures ; IRC = 100 ;
> • Prix = 0,5 à 2 €

2. Les lampes à incandescence aux halogènes

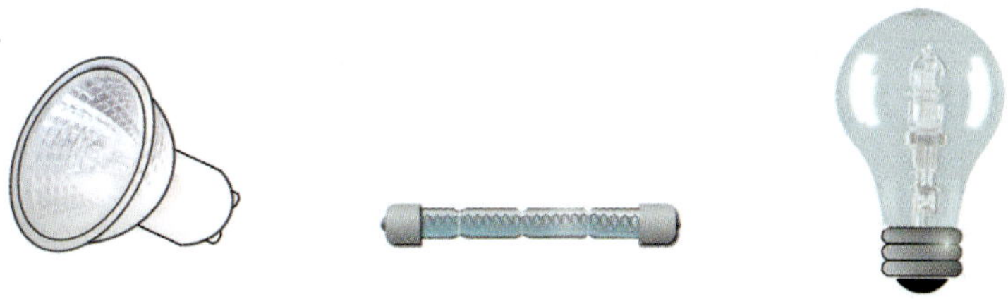

Lampe à incandescence aux halogènes

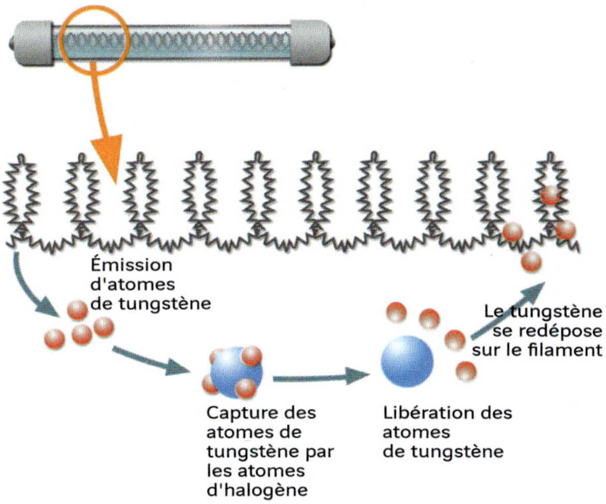

Principe de l'halogène

Principe : on ajoute une petite quantité d'halogène (brome ou iode) au gaz inerte contenu dans l'ampoule. Ceci a pour conséquence de permettre un cycle régénérateur. Le tungstène qui s'évapore va se redéposer sur le filament. Le principal avantage par rapport à une ampoule à incandescence classique est que la durée de vie est augmentée.

> **MÉMO**
> Durée de vie moyenne = 2 000 heures ; IRC = 70 à 90 ;
> Prix = 2 à 15 €

3. Les lampes fluorescentes

Ce sont les lampes fluo compactes ou tubes fluorescents.

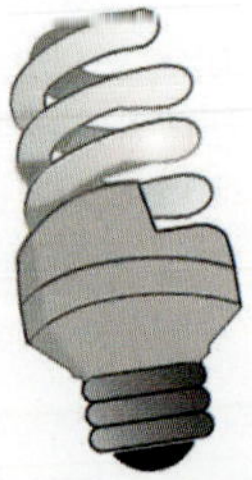

↑ *Lampe fluo compacte*

↑ *Tube fluorescent*

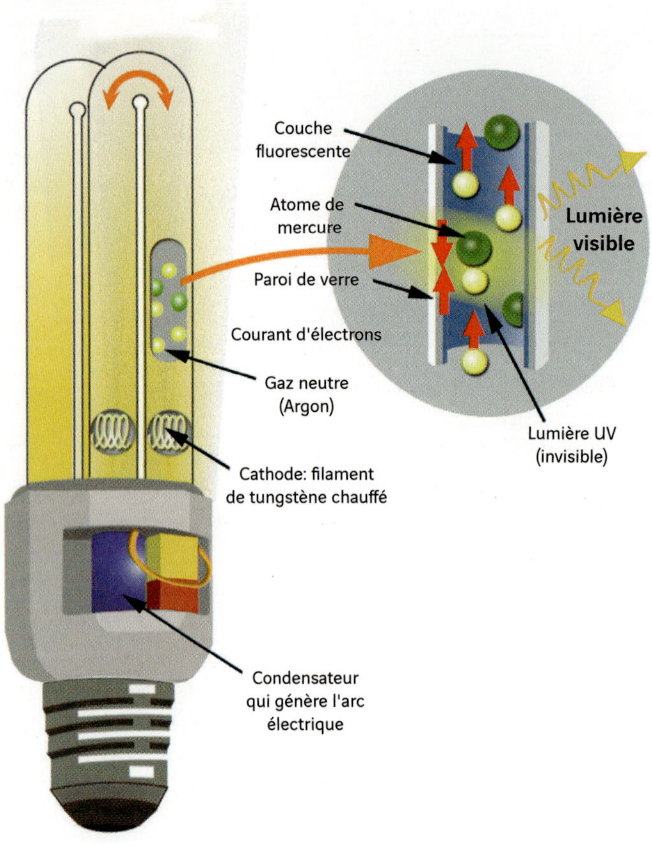

↑ *Principe de fonctionnement des lampes fluorescentes*

Principe : le passage du courant électrique génère une décharge électrique dans une vapeur de mercure produisant un rayonnement UV qui, au contact du revêtement fluorescent, émet de la lumière.

MÉMO

Durée de vie moyenne = 6 000 heures ; IRC = 50 à 90 ; Prix = 3 à 20 €

4. Les lampes électroluminescentes

Ce sont les LED (en anglais pour *light-emitting diode*) ou DEL (diode électro-luminescente). Un dispositif à semi-conducteurs traversé par un courant continu basse tension émet de la lumière.

> **MÉMO** Durée de vie moyenne = 15 000 heures ; IRC = 85 ; Prix = 8 à 15 €

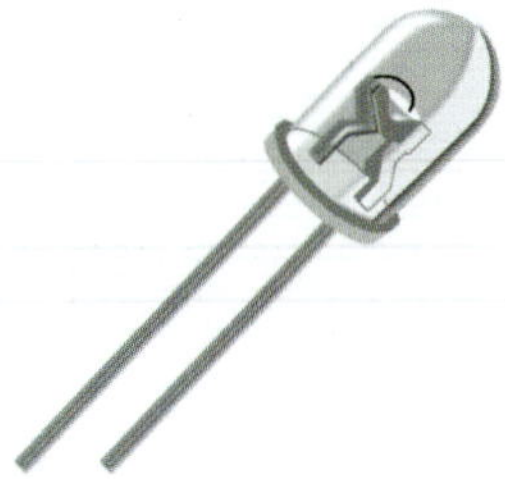

↑ *Lampe électroluminescente ou LED*

❸ Les modes d'éclairage

1 2 3 4 5

1. Éclairage direct. Le flux lumineux est totalement dirigé vers les surfaces à éclairer.
2. Éclairage indirect. La lumière est projetée sur les parois où elle est réfléchie. C'est un éclairage d'ambiance.
3. Éclairage semi-direct. Abat-jour translucide : 80-90 % de la lumière est projetée vers l'objet, le reste vers le plafond.
4. Éclairage semi-indirect. 60 % de la lumière est projetée vers le plafond, le reste vers l'objet. C'est le mode d'éclairage qui présente le meilleur compromis.
5. Éclairage diffus. Système de diffusion qui limite l'éblouissement.

❹ La qualité d'un bon éclairage

A. Un éclairage suffisant

Il est suffisant s'il est adapté aux activités à réaliser, aux publics et à l'environnement. On recommande dans l'habitation :

- pour circuler : 100 lux ;
- pour travailler :
  - peu d'attention 200 à 300 lux,
  - une attention moyenne : 500 à 700 lux,
  - une attention pour des détails : 1 000 à 1 500 lux,
  - une attention prolongée : 2 000 à 3 000 lux,
  - une attention pour des actes minutieux > ou = à 5 000 lux ;
- pour la salle de bains : 100 lux ;
- pour l'éclairage général de la chambre à coucher : 150 lux ;
- pour l'éclairage général de la cuisine : 200 lux ;
- pour l'éclairage de la table de la salle à manger : 200 lux ;
- pour l'éclairage du plan de travail de la cuisine : 300 lux ;
- pour l'éclairage du bureau : 300 lux ;
- pour l'éclairage du miroir de la salle de bains : 300 lux.

> **MÉMO** Les activités d'une personne âgée réclament un niveau d'éclairement plus grand.

■ L'unité de lux indique dans quelle mesure une surface sur laquelle la lumière est diffusée est éclairée. Une lampe de 1 000 lumens, qui répartit sa lumière sur une surface de 1 m^2, éclaire cette surface de 1 000 lux. Les mêmes 1 000 lumens répartis sur 10 m^2 éclairent cette surface de 100 lux. **Un lux est donc égal à un lumen par mètre carré (lux = lumens/m^2).**

B. Un éclairage non éblouissant

Pour cela, il convient :
1. d'éviter les ampoules à verre clair ;
2. d'atténuer la luminosité en plaçant les ampoules dans des diffuseurs ;
3. de choisir emplacement ne se trouvant pas dans l'angle de vision ;
4. d'éviter l'éblouissement indirect provenant de la réflexion de la lumière sur certaines parois (verre, métaux, couleurs claires...).

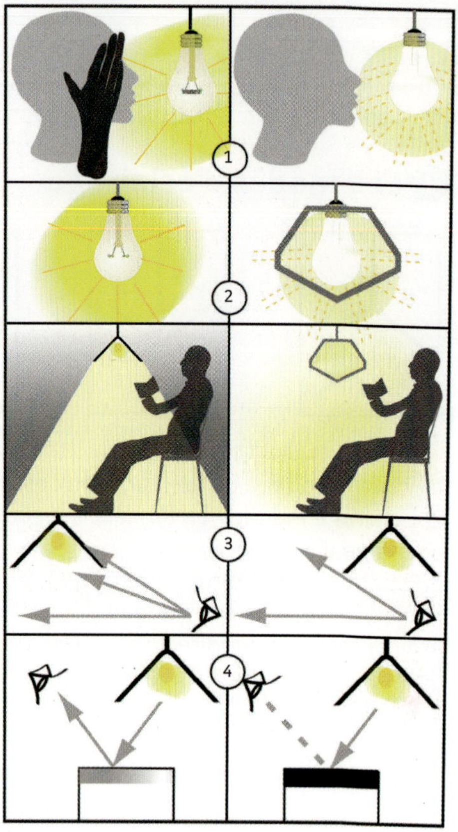

↑ *Bonnes pratiques pour un éclairage de qualité*

C. Le respect des couleurs

■ Les objets dont la teinte correspond à la couleur dominante de la lumière sont mis en valeur. En revanche, ils deviennent ternes si c'est l'inverse.

■ Le rendu des couleurs est mesuré par l'IRC (l'indice de rendu des couleurs) dont la valeur maximale est 100. Un bon IRC varie de 80 à 100.

■ On peut également faire référence à la température des couleurs : si on observe directement une lampe à incandescence, on s'aperçoit qu'elle s'écarte plus ou moins du blanc. La température de couleur apparente est exprimée en Kelvin :
- < 3 300 K : impression visuelle chaude (jaune orangée) ;
- de 3 300 à 5 500 K : impression moyenne (proche du blanc) ;
- > 5 500 K : impression froide (plutôt bleutée).

D. L'effet psychologique adapté

• Un éclairage faible et uniforme facilite le repos mais fait naître la monotonie.
• Un éclairage violent et uniforme fait naître l'agressivité.
• Un éclairage contrasté stimule l'activité s'il est fort et invite au repos s'il est faible.

E. Un éclairage conforme à la sécurité

■ Quel que soit le choix, il doit être conforme à la norme NF ou ENEC. Ainsi, il faut tenir compte de la certification de la lampe à la marque ENEC (marque européenne de certification électrique) permettant d'identifier les luminaires et les composants de l'éclairage qui ont été approuvés par un organisme de certification indépendant conformément aux normes européennes. Ceux qui portent la marque assurent d'une procédure de fabrication.

■ Par ailleurs, ces lampes étant alimentées par l'électricité, il convient de respecter la norme NF C 15-100. Une vigilance particulière doit être apportée à l'éclairage de la salle de bains (voir fiche 65. Fonctionnement et réglementation de l'électricité).

5 Les critères de choix

- Type de lumière émise : incandescence, fluorescence ou led.
- Le flux lumineux exprimé en lumens.
- Puissance exprimée en Watt.
- Tension normale 230 V ou très basse tension : 24, 12 ou 6 V.
- Le culot : E14, 27, B22.
- La durée de vie de la lampe exprimée en heures.
- La nature de la lumière : chaude...
- La suggestion d'utilisation : général, localisé...
- La conformité aux normes.
- La compatibilité avec la sécurité électrique : pièces humides.

FOCUS

Savoir décrypter les étiquettes des lampes

L'étiquette énergie pour toutes les lampes est obligatoire et doit être mentionnée sur leur emballage. Ainsi, elles indiquent :

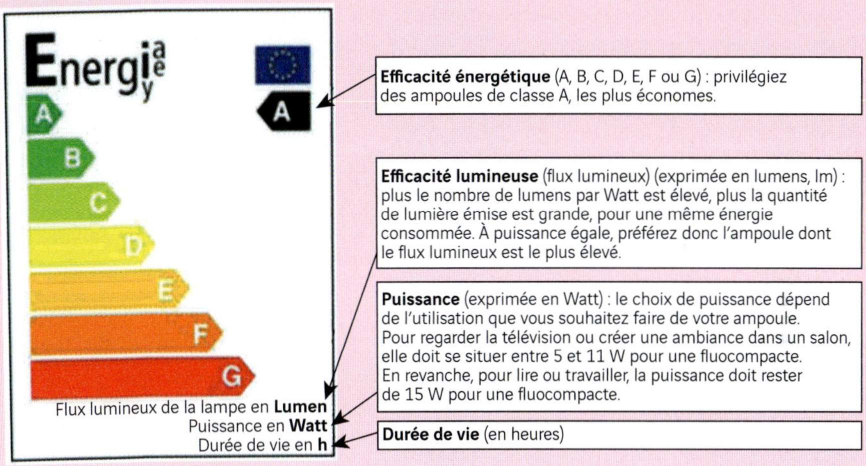

Des indications sont imposées sur les emballages : la température de couleur, le nombre de cycles d'allumages/extinctions possibles, le temps nécessaire à l'obtention de 60 % du flux lumineux, les dimensions de la lampe en mm, la possibilité ou non de l'installer sur un variateur, la quantité de mercure en mg si la lampe en contient.

Le confort acoustique

Depuis la loi de lutte contre le bruit du 31 décembre 1992, les pouvoirs publics n'ont cessé de s'intéresser aux nuisances sonores aussi bien au travail, dans les transports que dans l'habitat. Le bruit est néfaste pour la santé. Aujourd'hui, un Français sur deux est victime de cette nuisance au quotidien. Le technicien supérieur en ESF doit connaître ses propriétés physiques, la réglementation ainsi que ses effets pour savoir comment y remédier.

1 Notions élémentaires

A. L'intensité sonore

Elle s'exprime en décibels (dB).

Exemples d'intensité sonore mesurée en décibels

0 DB	Laboratoire d'acoustique	**Seuil d'audibilité**
10 DB	Conversation à voix basse	
20 DB		
30 DB	Chambre à coucher silencieuse	**Seuil d'endormissement**
40 DB	Appartement normal	
50 DB		
60 DB	Conversation normale	**Bruits gênants**
70 DB	Rue à forte circulation automobile	
80 DB	Aspirateur	**Bruits nocifs**
90 DB	Tondeuse à gazon (moteur à essence)	
100 DB	Niveau sonore maximal autorisé dans les discothèques	**Bruits dangereux**
110 DB		
120 DB	Réacteur d'avion (à quelques mètres), concert de rock en plein air	**Seuil de la douleur**

B. La fréquence

Elle s'exprime en hertz (Hz) et permet de dissocier un son grave d'un son aigu. L'oreille humaine perçoit de 20 à 50 000 Hz.

2 Les différents bruits

Classification des différents bruits

CLASSIFICATION DES BRUITS SELON LA NRA*	EXEMPLES
Bruits aériens intérieurs	Conversations, TV, hifi....
Bruits aériens extérieurs	Rue, trafic routier, gare, aéroport, chantiers, usines, travaux...
Bruits d'impacts	Chute d'objets, bruits de pas
Bruits d'équipement individuels	Lave-linge, lave-vaisselle, chaudière, radiateurs
Bruits d'équipements collectifs	Ascenseurs

*NRA : nouvelle réglementation acoustique

3 La transmission du bruit

■ Toutes les parois d'un local participent à la propagation du bruit. Cette transmission peut être :
- **directe** si elle s'effectue par les parois séparatives (verticale et horizontale) ;
- **indirecte** si elle s'effectue par les parois latérales.

■ La performance d'isolement d'un logement correspond donc à sa capacité à limiter la transmission du bruit vers un local de réception.

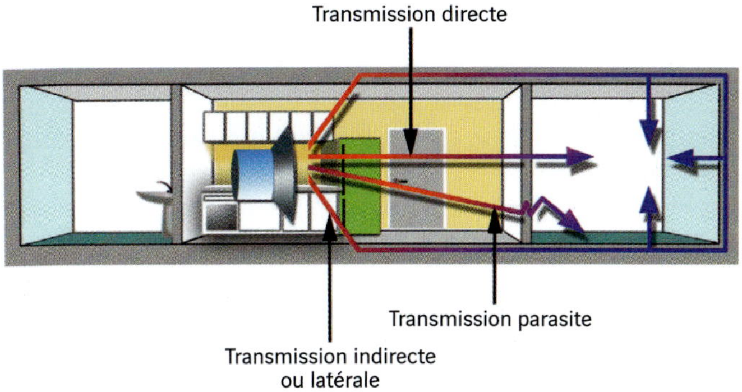

Transmission du bruit dans le logement

4 Comment réduire ces bruits ?

La lutte contre le bruit passe par :
- une réduction à la source ;
- l'orientation du bâtiment ;
- l'éloignement de l'habitation des infrastructures bruyantes ;
- la correction acoustique et l'isolation phonique ;
- la sanction.

A. L'isolation phonique

Il faut tenir compte de 3 principes :

- **la loi de masse** : le principe est qu'à épaisseur égale, un matériau lourd (ex : le béton) est plus isolant qu'un matériau léger (ex. : le plâtre) ;
- **la loi masse-ressort-masse** : avec une cloison « sandwich », on atténue la propagation du bruit (ex. : plâtre-laine minérale-béton) ;
- **la loi d'étanchéité** : là où l'air passe, le bruit se propage. Il faut donc veiller à l'étanchéité du logement (ex. : joint sur le pourtour des fenêtres).

1. Limiter la transmission directe

Le principe masse-ressort-masse est tout à fait adapté afin de réduire la transmission directe du bruit. Les procédés employés sont :

- **le complexe de doublage collé ou isolant sous chape flottante**. Dans ce cas, l'isolant sur lequel est fixé un parement (généralement une plaque de plâtre) joue le rôle de ressort contre le matériau du bâti ;

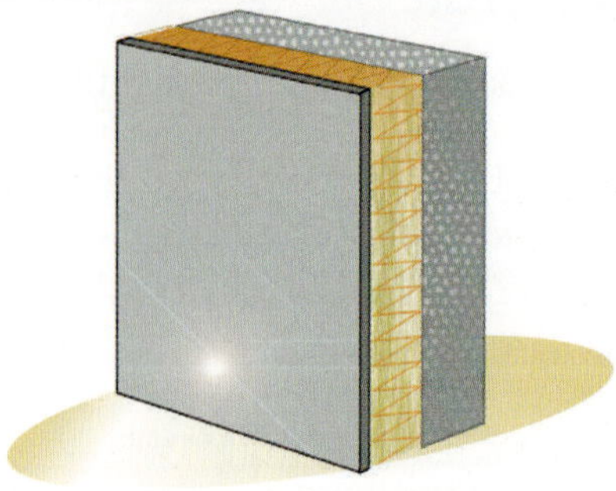

↑ *Complexe de doublage collé*

- **le doublage sur ossature**. Dans ce cas, l'isolant est fixé sur une ossature métallique qui permet de désolidariser l'isolant du support et d'exploiter ainsi pleinement les qualités d'amortissement de l'isolant. Ce principe donne de meilleurs résultats que le précédent en termes d'isolation acoustique.

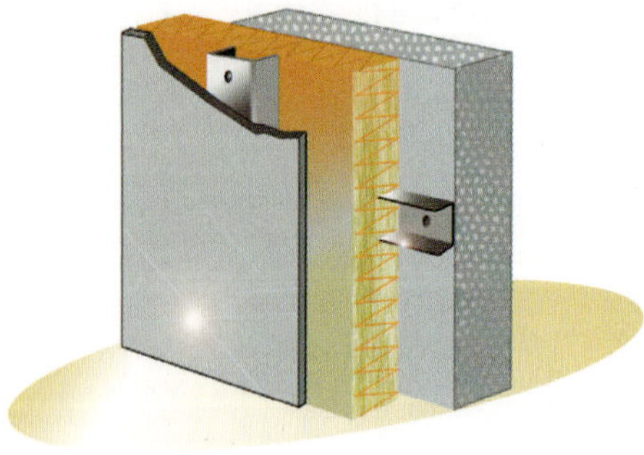

↑ *Doublage sur ossature : système modulable assemblé sur place*

2. Limiter la transmission indirecte

■ Le principe utilisé repose sur le fait d'avoir une continuité au niveau de la jonction mur-plafond et/ou mur-plancher. Les solutions techniques envisageables sont l'isolation sous chape flottante, l'isolation en sous-face, ou l'isolation en cloison refend.

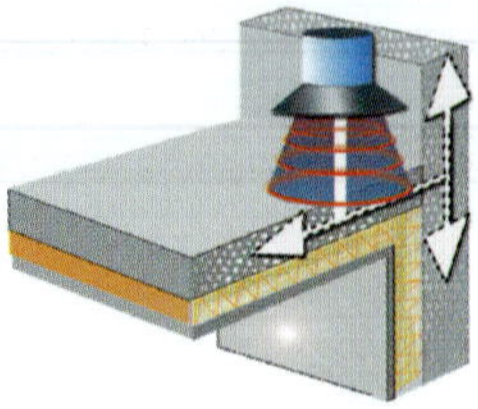

Isolation en sous face

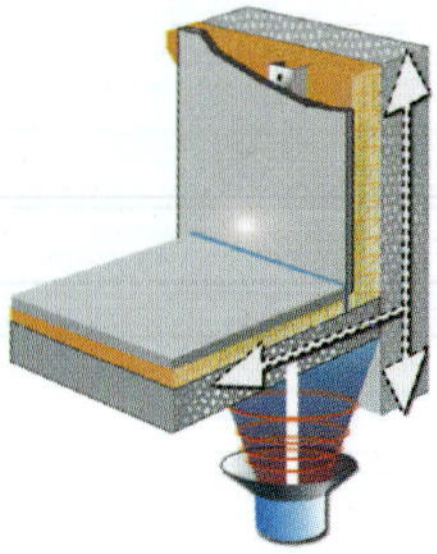

Isolation sous chape flottante

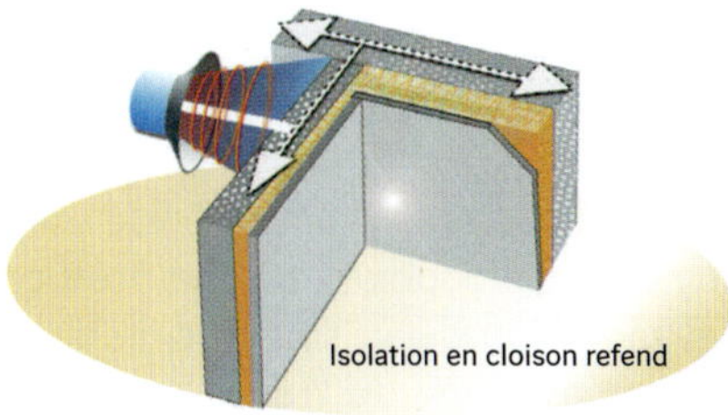

Isolation en cloison refend

■ Il convient également de tenir compte de l'étanchéité du logement et veiller par exemple à bien calfeutrer et étancher les prises de courant et les interrupteurs, les coffres de volets roulants, les points de fermeture des ouvrants et baies.

B. La réglementation acoustique

La nouvelle réglementation acoustique (NRA) fixe, depuis le 1er janvier 2000, des exigences minimales en matière d'isolement par rapport aux tiers. Elle fixe des niveaux admissibles dans le local de réception.

Niveaux de bruit admissibles dans le local de réception

CATÉGORIE DE BRUIT	VALEURS RÉGLEMENTAIRES (NIVEAU À LA RÉCEPTION)
Bruit aérien intérieur (ex. : entre 2 pièces principales)	53 dB
Bruits d'impact	58 dB
Bruits d'équipement (ex. : en pièce principale)	30 dB
Bruit aérien extérieur	30 à 45 dB

REMARQUES

Les exigences en termes de bruits aériens extérieurs peuvent varier de 30 à 45 dB pour certains logements suivant la classe d'exposition au bruit des infrastructures de transports terrestres. Ce classement sonore des infrastructures est ratifié, par arrêté, par le préfet.

 # info
Le site bruit.fr
foucherconnect.fr/21vesf77

 # info
Le site de l'Ademe
foucherconnect.fr/21vesf78

AMÉNAGEMENT DU LOGEMENT

La qualité de l'air

Plusieurs caractéristiques sont à prendre en compte pour apprécier la qualité de l'air : la température, le degré hygrométrique, le renouvellement de l'air et la température des surfaces et parois.

1 La notion de qualité de l'air

Les 4 caractéristiques suivantes sont à prendre en compte.

■ **La température de l'air** : une atmosphère surchauffée provoque une dilatation des vaisseaux sanguins et une évaporation d'eau sous forme de sueur, une augmentation de la viscosité du sang et une augmentation du travail cardiaque et respiratoire. En milieu professionnel, elle provoque un état de fatigue et de somnolence qui peut augmenter la disposition à commettre des erreurs provoquant des accidents du travail. Une atmosphère trop fraîche peut provoquer un refroidissement, un état d'agitation ou de contraction ralentissant aussi la vigilance et une diminution de l'activité mentale. Une température idéale permet d'obtenir le confort mais elle dépend de l'âge, de l'état physiologique et de l'activité.

■ **L'humidité de l'air** : degré hygrométrique : il correspond à la quantité de vapeur d'eau dans l'atmosphère c'est-à-dire le pourcentage d'humidité dans l'air. Si l'humidité est trop élevée, la vapeur se condense et crée de l'humidité sur les murs, le décollement de papier peint, l'apparition de moisissures pouvant ainsi favoriser certaines maladies respiratoires dont l'asthme. Si l'humidité est trop basse, l'atmosphère provoque un dessèchement des voies respiratoires et de la peau, une sensation possible d'étouffement.

■ **Le renouvellement de l'air** : il doit être suffisant ; le débit minimal d'air précisé par la réglementation varie selon le type d'activité. Toutefois, il ne doit pas gêner les occupants du local, ni créer de courants d'air : une vitesse de déplacement de l'air supérieure à 0,5 m/s provoque une sensation désagréable même si l'air est chaud et augmente la vitesse d'évaporation sudale. Une vitesse d'air correcte doit être comprise entre 0,1 et 0,25 m/s.

■ **La température des surfaces et parois** : la différence des températures entre les parois ne doit pas être supérieure à 2 à 3 °C entre la tête et les pieds pour éviter la sensation des jambes lourdes. La subjectivité de ce facteur n'est pas négligeable. Une moquette épaisse chauffée à 20 °C provoque une sensation de confort thermique. Un carrelage à la même température provoque une sensation de fraîcheur.

2 La nécessité de ventiler

Il est nécessaire de bien ventiler pour :
- augmenter l'apport en O_2 et diminuer sa teneur en CO_2 ;
- évacuer les odeurs et les polluants ;
- évacuer l'humidité ;
- permettre un apport en oxygène suffisant au bon fonctionnement des appareils à combustion.

INFO Voir Fiche 64. La ventilation.

3 La réglementation

La loi sur l'air et sur l'utilisation rationnelle de l'énergie (LAURE) adoptée le 30 décembre 1996 vise à garantir à chaque personne le droit à l'information sur la qualité de l'air qu'elle respire.

A. L'impact sur la santé

Les substances peuvent être classées suivant leur impact sur la santé :

Classement des substances en fonction de leur dangerosité pour la santé

NIVEAU 1 : RISQUE TRÈS ÉLEVÉ	NIVEAU 2 : RISQUE ÉLEVÉ	NIVEAU 3 : RISQUE MODÉRÉ	NIVEAU 4 : RISQUE FAIBLE OU NON DÉTERMINÉ
· Radon · Fumée de tabac · CO · Acariens	· Moisissures · Plomb	· COV* · Oxyde d'azote · Particules	· Dioxyde de soufre · Pesticides...

* COV : composés organiques volatils

B. Le débit d'air

Débit minimal d'air extrait (m^3/h) en fonction du nombre de pièces

NOMBRE DE PIÈCES PRINCIPALES DANS LE LOGEMENT	DÉBITS EXPRIMÉS EN M³ PAR HEURE				
	Cuisine	Salle de bains	Autres salles d'eau	Cabinet d'aisance unique	Cabinet d'aisance multiple
1	75	15	15	15	15
2	90	15	15	15	15
3	105	30	15	15	15
4	120	30	15	30	15
5 et plus	135	30	15	30	15

C. Le radon

■ Le radon, gaz radioactif d'origine naturelle, est présent au niveau du sol dans des concentrations variables selon les régions. La réglementation en vigueur détermine les seuils suivants :

– seuil d'alerte : 1 000 Bq/m³ ;
– seuil de précaution : 4 000 Bq/m³.

■ Dans la construction, la valeur guide est de 200 Bq/m³.

D. Les acariens

La norme actuelle est de 100 acariens/gramme de poussière.

INFO

Organismes clés de la qualité de l'air :
- **OQAI** : Observatoire de la qualité de l'air intérieur (www.oqai.fr);
- **RSEIN** : Réseau de recherche santé et environnement intérieur ;
- **ANSES** : Agence nationale de sécurité sanitaire, de l'alimentation, de l'environnement et du travail (www.anses.fr).

4 Les facteurs d'altération, conséquences et précautions à prendre

Facteurs d'altération de la qualité de l'air

FACTEURS D'ALTÉRATION	ORIGINES	CONSÉQUENCES	PRÉCAUTIONS
Tabac	Cigarette	Cancer du poumon, asthme, maladies cardio-vasculaires et allergies	Sortir du logement pour fumer
Radon	Élément radioactif naturellement présent dans le sol en fonction de la nature géologique	Cancer du poumon	· Aérer · Ventiler · Améliorer l'étanchéité du logement vis-à-vis du sol
Monoxyde de carbone (CO)	Combustion incomplète	Maux de tête, nausées, fatigue, coma voire la mort	· Aérer · Faire vérifier les appareils à combustion · Ramoner
Allergènes	· Acariens · Allergènes des animaux · Pollens · Moisissures	Symptômes allergiques : gêne respiratoire, rhinites, asthme, infection des yeux, conjonctivite, eczéma, urticaire…	· Éliminer les poussières avec un aspirateur équipé d'un filtre HEPA (haute efficacité pour les particules aériennes) · Nettoyer et aérer régulièrement la literie · Limiter la présence des animaux et les laver régulièrement
Humidité	· Infiltrations d'eau · Ponts thermiques · Activités génératrices d'humidité (douche, bain, cuisine, séchage du linge à l'intérieur)	Apparition de moisissures (allergène et toxique) sous forme de taches noirâtres ou verdâtres sur les parois (sol, mur ou plafond)	· Rechercher la source d'humidité · Isoler · Aérer et ventiler · Utiliser une hotte · Étendre le linge à l'extérieur · Mettre un couvercle sur les casseroles
Amiante	Matériaux de construction	Cancer du poumon	Vérifier le diagnostic lors de l'achat ou de la location d'un logement
Plomb	Peinture	Saturnisme	Vérifier le CREP (Constat de risque d'exposition au plomb) pour des logements datant d'avant 1949
COV et particules en suspension	Activités de loisirs (modélisme, développement photo, produits cosmétiques de coiffage, bricolage divers, utilisation de colles et de peintures)	· Cancérigènes avérés · Irritants de l'arbre bronchique · Affections respiratoires	· Revêtements et matériaux sans colle · Peintures sans solvant · Produits « écologiques » Ecolabel · Produits d'entretien « maison »

LOGEMENT

Fiche 85

Les critères de choix d'un logement

Un logement sert à combler une partie des besoins vitaux (se protéger), mais il permet aussi d'assouvir des besoins sociaux (recevoir, se reposer et avoir des loisirs) tout en respectant l'intimité de chacun des occupants. Il est donc essentiel de bien formuler ses besoins afin d'établir les bons critères pour choisir le logement le mieux adapté.

1 Logement ou hébergement ?

■ Un **logement** est un local utilisé pour l'habitation. Il est séparé des parties communes, indépendant avec une entrée donnant directement sur les parties communes. Il a un caractère durable et donne droit à des aides au logement. Sa location est encadrée par la loi : un bail est signé entre le locataire et le propriétaire, un **loyer** doit être versé.

■ Il existe des logements ayant des caractéristiques particulières : les logements-foyers pour personnes âgées, les chambres meublées, les habitations précaires ou de fortune (caravanes, mobile home, etc.).

■ L'**hébergement** a un caractère **provisoire** :
- il ne donne pas droit à des aides au logement ;
- aucun bail n'est établi même si un contrat écrit peut être signé ;
- aucun loyer n'est à prévoir même si une contribution financière peut être demandée.

■ Bien souvent, l'occupation d'un hébergement se fait sous conditions (ressources, statut...). L'entrée et/ou la sortie sont conditionnées. Un CHRS ou un centre maternel propose des hébergements.

2 Les différents types de logements

A. Les logements pour tout public

- **Le logement vide** : sa location est réglementée par la loi du 06/07/89 modifiée par la loi ALUR du 24/03/14. Elle fixe un cadre qui protège le locataire avec un contrat de location de 3 ans minimum, un dépôt de garantie de 1 mois de loyer sans les charges maximum, le paiement des charges réellement consommées, la limitation des possibilités d'expulsion....
- **Le logement meublé** : sa location est régie par la loi du 29/07/80 et du 18/01/05 modifiée par la loi ALUR du 24/03/14. Elle permet plus de souplesse avec un contrat de location de 1 an (ou 9 mois pour les étudiants), un dépôt de garantie de 2 mois maximum sans les charges et une période de préavis plus courte en cas de départ que pour le logement vide (un mois au lieu de trois), mais elle protège beaucoup moins le locataire.
- Instauré par la loi ELAN du 24/11/2018, le **bail mobilité** est un contrat de location signé entre le propriétaire

 # exemple
Le bail mobilité
foucherconnect.fr/21vesf74

d'un logement meublé et un locataire considéré comme temporaire (étudiant, salarié en mission temporaire ou en formation professionnelle...). Le bail, d'une durée allant de 1 à 10 mois est non reconductible. Il ne nécessite pas de dépôt de garantie pour le locataire et peut être résilié avec un préavis d'un mois.

- **L'appartement** est en général moins cher que la **maison individuelle** et plus facile à trouver en centre-ville qu'en milieu rural, mais il peut être plus bruyant et dispose de peu d'annexes (garage, jardin, cour, cave...).
- **La colocation** permet de partager les frais du logement à plusieurs. Chaque colocataire possède une chambre et partage les parties communes avec les autres. Depuis la loi ALUR, la colocation est davantage encadrée. Elle peut prendre la forme d'un bail unique signé par tous les colocataires, ou d'autant de contrats de location qu'il y a de colocataires. Dans les deux cas, la colocation obéit à des règles spécifiques. La location d'un logement par un seul couple pacsé ou marié n'est pas une colocation.

B. Les logements adaptés

1. Les personnes à faibles ressources

Le logement social, créé en 1948 sous le nom de HLM (habitats à loyer modéré), est accessible sous conditions de ressources. Les loyers y sont moins chers. La demande de logement social se fait en ligne.

#exemple
Demande de logement social
foucherconnect.fr/21vesf75

2. Les jeunes adultes

- Les **résidences universitaires** sont réservées aux étudiants et sont attribuées sous conditions de ressources. Elles sont bon marché et à proximité des campus universitaires. La demande se fait en ligne par l'intermédiaire du dossier social étudiant (DSE).
- Les **foyers de jeunes travailleurs (FJT)** louent des chambres à des jeunes qui travaillent ou qui cherchent un emploi (voire des stagiaires et des étudiants) âgés de 16 à 30 ans (suivant les structures). Ils sont peu à peu remplacés par des résidences sociales accueillant un public plus large.

#exemple
Dossier social étudiant
foucherconnect.fr/21vesf76

3. Les personnes âgées

- Les **foyers-logements** proposent, aux personnes âgées encore valides, des appartements autonomes avec des services collectifs facultatifs (repas, animation...).
- Les **établissements d'hébergement pour personnes âgées dépendantes** (EHPAD) proposent une prise en charge complète avec l'encadrement médical approprié.

4. Les personnes en situation de handicap ou en situation d'exclusion

Les logements adaptés offrent un accompagnement et un cadre de vie répondant aux besoins du public. On dénombre :

- les **maisons relais** (ou pension de famille) pour les personnes en situation d'exclusion ;
- les **résidences d'accueil** pour les personnes ayant un handicap psychique ;
- l'**habitat inclusif** pour les personnes âgées ou en situation de handicap ;
- les **foyers d'hébergement** pour les personnes en situation de handicap travaillant en ESAT ;
- les **foyers occupationnels ou foyers de vie** pour les personnes en situation de handicap ne pouvant pas travailler ;

– les **foyers d'accueil médicalisés** et les **maisons d'accueil spécialisées** pour les personnes en situation de handicap ne pouvant travailler et nécessitant des soins.

SIGLE
ESAT : établissement et service d'aide par le travail.

3 Quels critères pour faire le bon choix ?

A. La situation géographique

- L'éloignement entre le lieu de travail et le lieu de résidence (éventuel surcoût lié au transport).
- La proximité de transports en commun, rapides et fréquents, la proximité des écoles, collèges, crèche, garderie si le ménage comporte des enfants.
- La proximité des lieux d'approvisionnement : banque, poste, pharmacie, médecin (surtout pour les personnes âgées).
- La proximité d'axes routiers importants.
- La proximité de la famille, la possibilité de loisirs.
- La facilité d'accès même en période hivernale, les possibilités de stationnement.
- Le cadre de vie choisi (ville, mer, campagne…).

B. Le logement

- Les revenus du ménage et leur possibilité d'évolution conditionnent la fourchette de dépenses envisageable pour le loyer ou l'emprunt (pas plus de 30 % des revenus).
- Le nombre d'occupants du logement conditionne le nombre de pièces qui sera nécessaire (voir Fiche 89).
- La taille et la facilité d'aménagement des différentes pièces.
- L'aménagement du logement doit permettre le respect de l'intimité (séparation des zones privatives et des zones communes).
- La présence d'annexes (garage, cave, jardin…), la qualité des prestations.
- L'accessibilité aux personnes en situation de handicap ou à mobilité réduite.
- La qualité de l'isolation acoustique (le bruit est la nuisance la plus importante pour les Français).
- La qualité de l'isolation thermique qui conditionnera les dépenses énergétiques (se référer au diagnostic de performance énergétique, obligatoire pour l'achat et la location).
- Le type d'énergie disponible pour le chauffage et la production d'eau chaude sanitaire.
- L'absence de signes de non-décence ou d'insalubrité.
- L'absence de plomb et d'amiante et le bon état des installations intérieures de gaz et d'électricité (se référer aux diagnostics obligatoires à la location et à l'achat).
- Attention, la présence d'un ascenseur ou d'un concierge peut faire augmenter les charges.

FOCUS
Location ou achat ?
Acheter un bien immobilier nécessite d'avoir des revenus stables, de pouvoir emprunter à une banque, d'avoir un minimum d'épargne, d'être sédentaire (il est plus facile de résilier un contrat de location que de vendre un logement).

LOGEMENT

Fiche 86

Le poste budgétaire du logement

Le confort, la surface et la qualité des logements ont beaucoup augmenté depuis les années cinquante. Cependant, les dépenses liées au logement pèsent de plus en plus lourd dans le budget des ménages.

1 Les coûts liés à l'acquisition d'un logement

ACHAT	LOCATION
• Les frais d'agence (éventuellement) • Les frais d'ouverture de compteur • Les frais de notaire • Les frais d'architecte (en cas de permis de construire) • Les taxes d'urbanisme (en cas de permis de construire) • Les frais d'assainissement autonome (éventuellement) • Les frais de raccordement aux réseaux d'eau, d'électricité, de gaz… (éventuellement)	• Les frais d'agence (éventuellement) • Les frais d'ouverture de compteur • Le dépôt de garantie (1 mois de loyer sans les charges en logement vide, 2 mois en logement meublé)

2 Les coûts liés à l'occupation du logement

Aujourd'hui, 1,21 million de locataires accusent des retards de paiement de loyer ou de charges.

A. Le loyer

Le propriétaire est libre de fixer le loyer qu'il désire à chaque changement de locataires sauf dans les zones de loyers encadrés fixées par la **loi ALUR**. Durant la période de location, le loyer ne peut être augmenté que sous certaines conditions :

- tous les ans à la date anniversaire de la signature du bail sur la base de l'indice de référence des loyers si la clause est prévue dans le bail ;
- à chaque renouvellement du bail : le montant n'est pas libre et doit être justifié et s'appliquer progressivement sur 3 ou 6 ans.

B. Le remboursement de l'emprunt immobilier

Les modalités de remboursement (périodicité et montant) sont fixées par contrat entre l'emprunteur et la banque. Le taux d'intérêt peut être fixe, le montant à rembourser reste toujours le même. Le taux d'intérêt peut être variable, le montant à rembourser peut augmenter ou diminuer suivant un indice de référence.

C. Les différentes charges

■ La liste des charges, dont le propriétaire peut réclamer le remboursement à son locataire, est fixée par le décret du 26 août 1987. Dans le cadre de la location d'un logement vide, le locataire ne paye que les charges réellement consommées (charges réelles). Le bailleur doit estimer le montant de la provision mensuelle des charges qui sont payables avec le loyer. Une fois par an, il procède à la régularisation (sur justificatifs) des charges. Les charges forfaitaires sont interdites pour la location de logement vide mais autorisées pour le logement meublé.

■ Les postes de dépenses à prévoir sont :
- les énergies (électricité, chauffage, production d'eau chaude sanitaire) ;
- l'eau et l'assainissement ;
- les ordures ménagères ;
- la taxe d'habitation payable par les ménages les plus aisés occupant un logement au titre de résidence principale ;
- la redevance audiovisuelle ;
- la taxe foncière qui est payable par les ménages propriétaires de biens immobiliers (résidence principale et secondaire) ;
- l'assurance habitation (obligatoire pour les locataires) ;
- les frais d'entretien et de réparation (chaudière, chauffe-eau, menus travaux…) ;
- les télécommunications (téléphone, internet).

3 Les aides au logement

A. La caisse d'allocations familiales (CAF)

Plusieurs aides sont dispensées par la CAF dans le cadre de la politique « logement et cadre de vie » : les aides au logement, la prime de déménagement, le prêt à l'amélioration de l'habitat, et l'action sociale en faveur des familles. Le montant des aides et les conditions d'attribution changent chaque année (www.caf.fr).

B. L'action logement

L'action logement est la dénomination usuelle de la participation des employeurs à l'effort de construction, instituée en 1953 pour les entreprises du secteur privé non agricole. À l'origine, celles-ci devaient consacrer 1 % de leur masse salariale au financement de la résidence principale des salariés. L'action logement peut financer : le dépôt de garantie (avance loca-pass®) grâce à un prêt à taux zéro, et la caution solidaire (garantie loca-pass® ou garantie visale). Les conditions pour bénéficier de ces aides sont disponibles sur www.actionlogement.fr.

C. Le fonds de solidarité pour le logement (FSL)

■ Un **fonds de solidarité pour le logement (FSL)** est institué dans chaque département. Il accorde des aides financières aux personnes qui rencontrent des difficultés pour s'acquitter des obligations locatives et des charges relatives à leur logement.

■ Les aides peuvent permettre de financer le dépôt de garantie, le premier loyer ou l'assurance du logement, de rembourser les dettes de loyers dont le règlement conditionne l'accès à un nouveau logement, ou les impayés de factures d'eau, d'énergie et de téléphone.

MÉMO Pour les étudiants, il existe aussi le dispositif CLÉ (caution locative étudiant).

Fiche 87

L'accessibilité : l'aménagement des locaux

Le technicien supérieur ESF doit être capable de participer à l'aménagement de locaux en prenant en compte les dispositions légales relatives à l'accessibilité. Cette fiche fait le point sur les normes en vigueur (arrêté du 30 novembre 2007 modifiant l'arrêté du 1er août 2006).

1 La notion d'accessibilité

L'accessibilité repose actuellement sur la loi du 11 février 2005 pour « l'égalité des droits et des chances, la participation et la citoyenneté des personnes handicapées » et est appliquée par le décret du 17 mai 2006 relatif à l'accessibilité des établissements recevant du public (ERP), des installations ouvertes au public (IOP) et des bâtiments d'habitation et modifiant le code de la construction et de l'habitation. Les exigences réglementaires sont établies sur la base d'un fauteuil roulant occupé dont les dimensions d'encombrement sont de 0,75 m × 1,25 m.

2 Les circulations horizontales

A. Le cheminement

■ Le cheminement doit être le plus usuel et le plus direct. Le sol ou le revêtement de sol du cheminement accessible doit être non meuble, non glissant, non réfléchissant et sans obstacle à la roue. Les principaux éléments structurants du cheminement doivent être repérables par les personnes ayant une déficience visuelle.

■ Lorsqu'une dénivellation ne peut être évitée, un plan incliné de pente inférieure ou égale à 5 % doit être aménagé afin de la franchir.

■ Un palier de repos est nécessaire en haut et en bas de chaque plan incliné, quelle qu'en soit la longueur. En cas de plan incliné de pente supérieure ou égale à 4 %, un palier de repos est nécessaire tous les 10 m.

> **MÉMO** Lorsqu'un dévers est nécessaire, il doit être inférieur ou égal à 2 %.

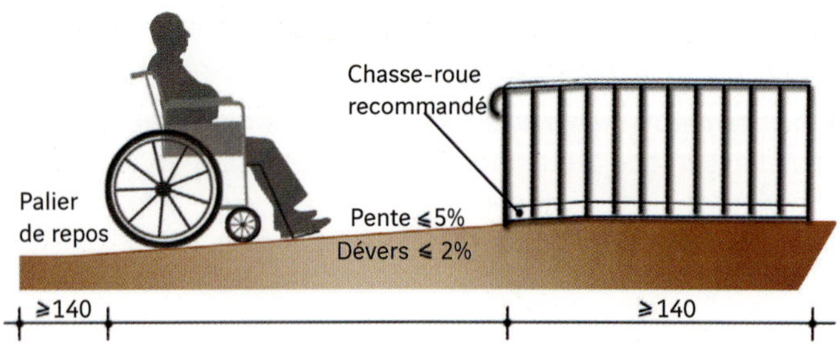

↑ *Cheminement idéal en fauteuil roulant*

B. Les espaces libres de tout obstacle

- Les personnes concernées par le handicap moteur (personnes en fauteuil roulant ou personnes avec des cannes) ont besoin d'espaces libres de tout obstacle pour 3 raisons principales : se reposer, effectuer une manœuvre, utiliser un équipement ou un dispositif quelconque.
- Ces espaces doivent être horizontaux au dévers près (2 %).

Caractéristiques dimensionnelles des différents espaces libres

TYPE D'ESPACE	CARACTÉRISTIQUES DIMENSIONNELLES
1. Palier de repos	
Le palier de repos permet à une personne debout mais à mobilité réduite ou à une personne en fauteuil roulant de se reprendre, de souffler.	Le palier de repos s'insère en intégralité dans le cheminement. Il correspond à un espace rectangulaire de dimensions minimales 1,20 m × 1,40 m.
2. Espace de manœuvre avec possibilité de demi-tour	
• L'espace de manœuvre permet la manœuvre du fauteuil roulant mais aussi d'une personne avec une ou deux cannes. • Il permet de s'orienter différemment ou de faire demi-tour.	L'espace de manœuvre reste lié au cheminement mais avec une exigence de largeur correspondant à un Ø 1,50 m.
3. Espace de manœuvre de porte	
Qu'une porte soit située latéralement ou perpendiculairement à l'axe d'une circulation, l'espace de manœuvre nécessaire correspond à un rectangle de même largeur que la circulation mais dont la longueur varie selon qu'il faut pousser ou tirer la porte.	Deux cas de figure : – ouverture en poussant : la longueur minimum de l'espace de manœuvre de porte est de 1,70 m ; – ouverture en tirant : la longueur minimum de l'espace de manœuvre de porte est de 2,20 m.
Cas particulier des sas d'isolement : ils ont pour fonction d'éviter la propagation des effets d'un incendie provenant de locaux dangereux (parc de stationnement, celliers et caves regroupés, etc.) au reste du bâtiment. Les deux portes s'ouvrent à l'intérieur du sas : lorsqu'un usager handicapé franchit une porte, un autre usager doit pouvoir ouvrir l'autre porte.	Sas d'isolement : – à l'intérieur du sas, devant chaque porte, l'espace de manœuvre correspond à un espace rectangulaire d'au moins 1,20 m × 2,20 m ; – à l'extérieur du sas, devant chaque porte, l'espace de manœuvre correspond à un espace rectangulaire d'au moins 1,20 m × 1,70 m.
4. Espace d'usage	
L'espace d'usage permet le positionnement du fauteuil roulant ou d'une personne avec une ou deux cannes pour utiliser un équipement ou un dispositif de commande ou de service.	L'espace d'usage est situé à l'aplomb de l'équipement, du dispositif de commande ou de service. Il correspond à un espace rectangulaire de 0,80 m × 1,30 m.

C. Les portes

Les poignées de porte doivent être facilement préhensibles et manœuvrables en position « debout » comme « assis », ainsi que par une personne ayant des difficultés à saisir et à faire un geste de rotation du poignet.

Largeur minimale de la porte par rapport au nombre d'occupants ou à la surface d'un local

NOMBRE DE PERSONNES OU SURFACE	PORTE
Plus de 100 personnes	≥ 1,40 m avec un minimum de 0,90 m sur le vantail d'usage
Moins de 100 personnes	≥ 0,90 m
Local de moins de 30 m²	≥ 0,80 m

D. Les couloirs

La largeur minimale est de 1,20 m si le couloir ne comporte pas de mur, de 1,30 m s'il y en a un et de 1,40 m s'il est entre deux murs.

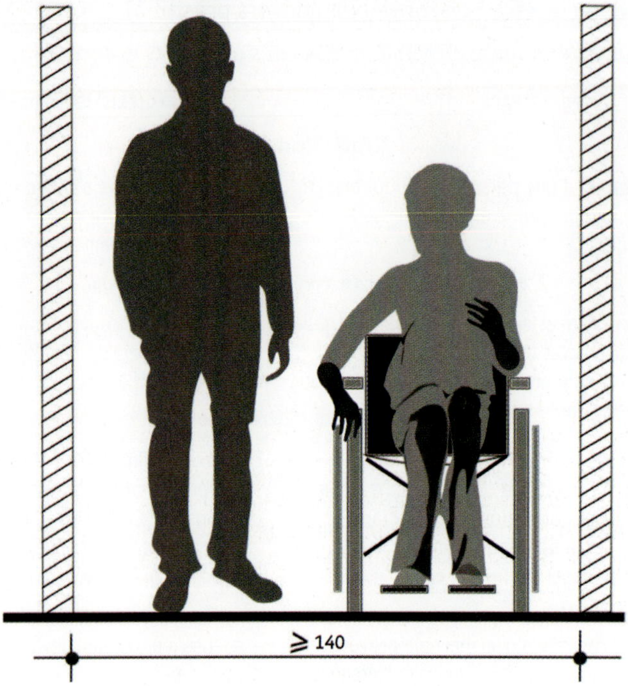

↑ *Largeur réglementaire d'un couloir entouré de deux murs*

E. Les ressauts

- Lorsqu'il ne peut être évité, un faible écart de niveau peut être traité par un ressaut à bord arrondi ou muni d'un chanfrein et dont la hauteur doit être inférieure ou égale à 2 cm. Cette hauteur maximale peut toutefois être portée à 4 cm si le ressaut comporte sur toute sa hauteur une pente ne dépassant pas 33 %.
- La distance minimale entre deux ressauts successifs est de 2,50 m.
- Les pentes comportant plusieurs ressauts successifs, dits « pas d'âne », sont interdites.

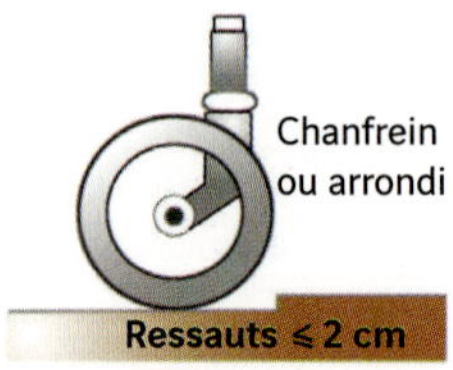

↑ *Ressaut muni d'un chanfrein*

F. Les grilles, trous ou fentes

Les grilles, trous et fentes situés dans le sol du cheminement doivent avoir une largeur ou un diamètre inférieur ou égal à 2 cm.

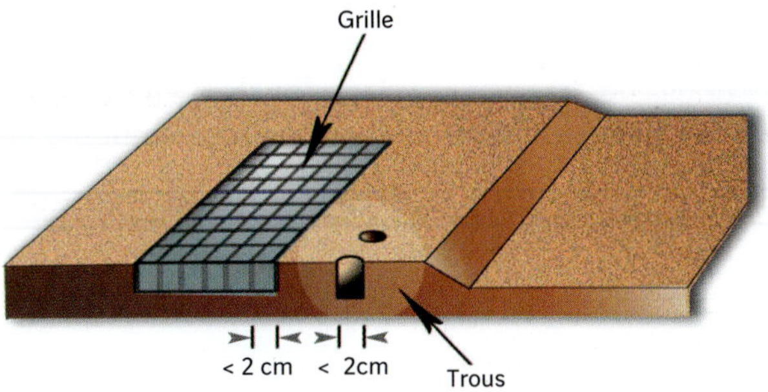

Grilles et trous de taille acceptable pour permettre un cheminement idéal

3 Les circulations verticales

A. Les ascenseurs

Tous les ascenseurs doivent pouvoir être utilisés par les personnes handicapées (norme NF EN 81-70). Les commandes sont à une hauteur maximale de 1,30 m et la précision d'arrêt est de 2 cm au maximum. Un ascenseur est obligatoire :

- si l'effectif admis aux étages supérieurs ou inférieurs atteint ou dépasse 50 personnes ;
- lorsque l'effectif admis aux étages supérieurs ou inférieurs n'atteint pas 50 personnes et que certaines prestations ne peuvent être offertes au rez-de-chaussée.

MÉMO Le seuil de 50 personnes est porté à 100 personnes pour les établissements d'enseignement.

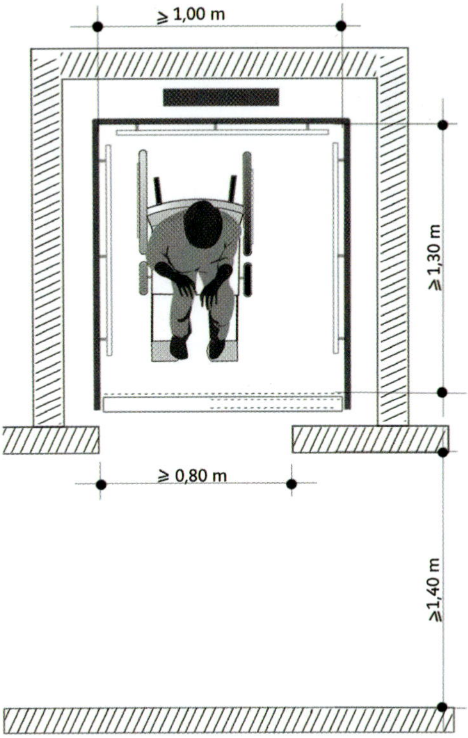

Dimensions idéales d'un ascenseur

B. Les escaliers

■ Ils doivent être utilisables par une personne à mobilité réduite sauf si un ascenseur est présent. La largeur minimale est de 1,20 m s'ils ne comportent pas de mur, de 1,30 m s'il y en a un et 1,40 m s'ils sont entre deux murs.

■ Les marches doivent répondre aux exigences suivantes :
- hauteur inférieure ou égale à 16 cm ;
- largeur du giron supérieure ou égale à 28 cm.

■ Les nez de marches doivent être bien visibles et non glissants. La main courante doit dépasser les premières et dernières marches de chaque volée.

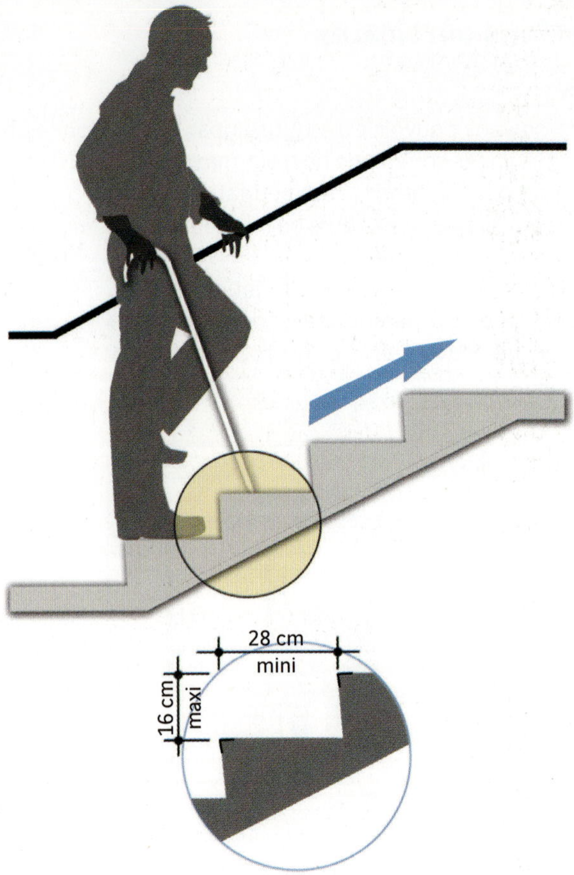

↑ *Conception idéale d'un escalier*

LOGEMENT

L'accessibilité : la réglementation

L'accessibilité aux personnes handicapées est régie par une réglementation au niveau du stationnement, des équipements, des établissements recevant ou hébergeant du public, de l'information et de la signalisation.

1 Les places de stationnement automobile

Tout parc de stationnement automobile intérieur ou extérieur à l'usage du public et dépendant d'un établissement recevant du public ou d'une installation ouverte au public doit comporter une ou plusieurs places de stationnement adaptées pour les personnes handicapées et réservées à leur usage. Les places des parcs de stationnement automobile adaptées pour les personnes handicapées doivent répondre à certaines dispositions.

A. Le nombre

Les places adaptées destinées à l'usage du public doivent représenter au minimum 2 % du nombre total de places prévues pour le public. Le nombre minimal de places adaptées est arrondi à l'unité supérieure. Au-delà de 500 places, le nombre de places adaptées, qui ne saurait être inférieur à 10, est fixé par arrêté municipal.

B. Le repérage

Chaque place adaptée destinée au public doit être repérée par un marquage au sol ainsi qu'une signalisation verticale.

C. Les caractéristiques dimensionnelles

Une place de stationnement adaptée doit correspondre à un espace horizontal au dévers près, inférieur ou égal à 2 %. La largeur minimale des places adaptées doit être de 3,30 m.

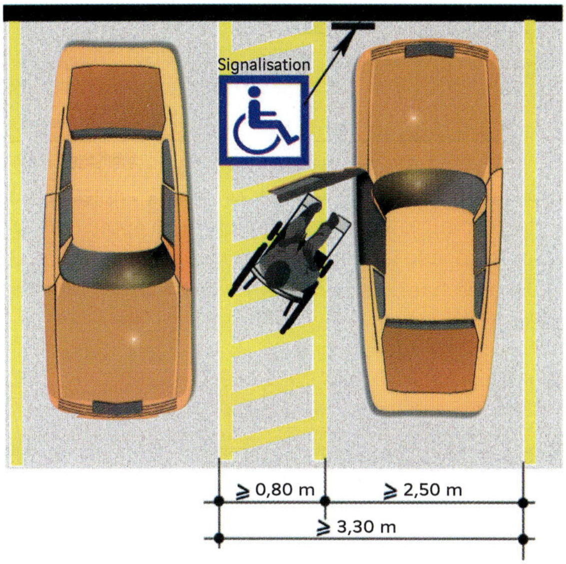

Largeur minimale d'une place adaptée à une personne handicapée →

2 Les équipements

Les systèmes de communication entre le public et le personnel ainsi que les dispositifs de commande manuelle mis à la disposition du public doivent répondre aux exigences suivantes :
- être situés à plus de 0,40 m d'un angle rentrant de parois ou de tout autre obstacle à l'approche d'un fauteuil roulant ;
- être situés à une hauteur comprise entre 0,90 m et 1,30 m.

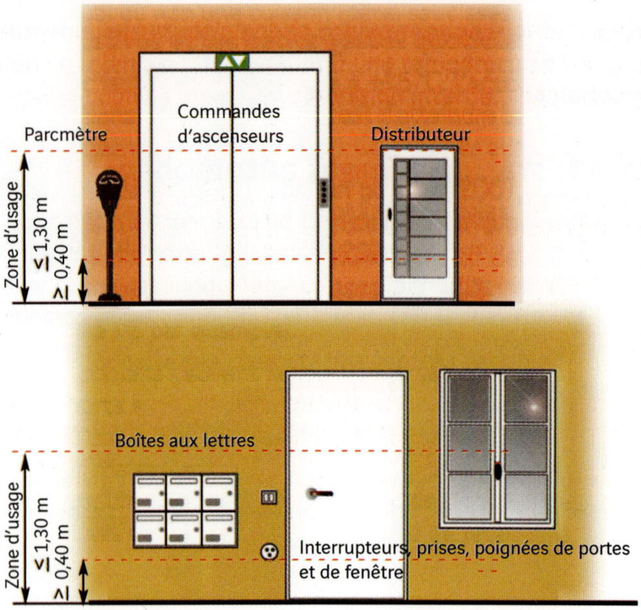

↑ *Dimensions adaptées des équipements publics*

A. Les sanitaires

■ Chaque niveau accessible, lorsque des sanitaires y sont prévus pour le public, doit comporter au moins un cabinet d'aisances aménagé pour les personnes handicapées circulant en fauteuil roulant et comportant un lavabo accessible.

■ Une barre d'appui latérale doit être prévue à côté de la cuvette, permettant le transfert d'une personne en fauteuil roulant et apportant une aide au relevage. La barre doit être située à une hauteur comprise entre 0,70 m et 0,80 m. Sa fixation ainsi que le support doivent permettre à un adulte de prendre appui de tout son poids. Un lavabo accessible doit présenter un vide en partie inférieure d'au moins 0,30 m de profondeur, 0,60 m de largeur et 0,70 m de hauteur permettant le passage des pieds et des genoux d'une personne en fauteuil roulant.

B. L'éclairage

La qualité de l'éclairage, artificiel ou naturel, des circulations intérieures et extérieures doit être telle que l'ensemble du cheminement est traité sans créer de gêne visuelle. Les parties du cheminement qui peuvent être source de perte d'équilibre pour les personnes handicapées, les dispositifs d'accès et les informations fournies par la signalétique font l'objet d'une qualité d'éclairage renforcée.

3 Les établissements recevant du public assis

Tout établissement ou installation accueillant du public assis doit pouvoir recevoir des personnes handicapées dans les mêmes conditions d'accès et d'utilisation que celles offertes aux personnes valides. Le nombre, les caractéristiques et la disposition de ces emplacements sont définis en fonction du nombre total de places offertes.

A. Le nombre

Les établissements publics doivent compter deux places aménagées pour 50 personnes accueillies. Au-delà, on compte une place supplémentaire par tranche de 50. Si la capacité d'accueil est supérieure à 1 000, c'est le préfet qui définit l'aménagement à prévoir.

B. Les caractéristiques dimensionnelles

- Chaque emplacement accessible doit correspondre à un espace d'usage dont les caractéristiques dimensionnelles sont L = 1,30 m et l = 0,80 m.

- Le cheminement d'accès à ces emplacements doit présenter les mêmes caractéristiques que les circulations intérieures.

C. La répartition

Lorsque plusieurs places s'imposent et que la nature des prestations offertes par l'établissement présente des différences importantes selon l'endroit où le public est admis, les places adaptées doivent être réparties en fonction des différentes catégories de places offertes au public.

4 Les établissements avec locaux d'hébergement

Tout établissement disposant de locaux d'hébergement pour le public doit comporter des chambres aménagées et accessibles pour des personnes handicapées.

A. La chambre

Réglementation du nombre de chambres aménagées dans un établissement disposant de locaux d'hébergement

NOMBRE DE CHAMBRES DE L'ÉTABLISSEMENT	NOMBRE DE CHAMBRES AMÉNAGÉES
Jusqu'à 20	1
Jusqu'à 50	2
Par tranche de 50 supplémentaires	+1

- En dehors du débattement de porte éventuel et de l'emprise d'un lit de 1,40 m × 1,90 m ou 0,90 m × 1,90 m (pour une personne), une chambre adaptée doit comporter :
  - un espace libre d'au moins 1,50 m de diamètre ;
  - un passage d'au moins 0,90 m sur les deux grands côtés du lit et un passage d'au moins 1,20 m sur le petit côté libre du lit, ou un passage d'au moins 1,20 m sur les deux grands côtés du lit et un passage d'au moins 0,90 m sur le petit côté libre du lit.

- Lorsque le lit est fixé au sol, le plan de couchage doit être situé à une hauteur comprise entre 0,40 m et 0,50 m du sol.

B. Les cabines et douches

1. Les cabines aménagées

Elles doivent comporter en dehors du débattement de porte éventuel :
- un espace de manœuvre avec possibilité de demi-tour ;
- un équipement permettant de s'asseoir et de disposer d'un appui en position « debout ».

2. Les douches aménagées

Elles doivent comporter en dehors du débattement de porte éventuel :
- un siphon de sol ;
- un équipement permettant de s'asseoir et de disposer d'un appui en position « debout » ;
- un espace d'usage situé latéralement par rapport à cet équipement ;
- des équipements accessibles en position « assis », notamment des patères, robinetterie, sèche-cheveux, miroirs, dispositif de fermeture des portes.

5 L'information et la signalisation

Visibilité, lisibilité, compréhension

VISIBILITÉ	• Les informations doivent être regroupées • Les supports d'information doivent répondre aux exigences suivantes : – être contrastés par rapport à leur environnement immédiat ; – permettre une vision et une lecture en position debout comme en position assise ; – être choisis, positionnés et orientés de façon à éviter tout effet d'éblouissement, de reflet ou de contre–jour dû à l'éclairage naturel ou artificiel ; – s'ils sont situés à une hauteur inférieure à 2,20 m, permettre à une personne mal voyante de s'approcher à moins de 1 m.
LISIBILITÉ	Les informations données sur ces supports doivent répondre aux exigences suivantes : – être fortement contrastées par rapport au fond du support ; – la hauteur des caractères d'écriture doit être proportionnée aux circonstances : elle dépend notamment de l'importance de l'information délivrée, des dimensions du local et de la distance de lecture de référence fixée par le maître d'ouvrage en fonction de ces éléments.
	Lorsque les informations ne peuvent être fournies aux usagers sur un autre support, la hauteur des caractères d'écriture ne peut en aucun cas être inférieure à : – 15 mm pour les éléments de signalisation et d'information relatifs à l'orientation ; – 4,5 mm sinon.
COMPRÉHENSION	La signalisation doit recourir autant que possible à des icônes ou à des pictogrammes. Lorsqu'ils existent, le recours aux pictogrammes normalisés s'impose.

↑ *Pictogrammes normalisés*

LOGEMENT

Fiche 89

La lutte contre l'habitat indigne

Avant 1945, le logement était une affaire privée où l'État intervenait peu, mais au sortir de la guerre, il faut reconstruire. L'État intervient massivement, notamment pour améliorer les conditions de logement des plus démunis.

1 L'évolution des politiques

■ Le manque de logement se fait cruellement sentir au début des années 1950. En parallèle des programmes d'aides à la reconstruction, le gouvernement met en place les « programmes d'action contre les taudis » (PACT) en 1951.

■ En 1963, il instaure la création de la Sonacotra pour supprimer les bidonvilles et reloger les travailleurs immigrés. Dans les années 2000, l'effort se poursuit avec la mise en place :
- de la réforme des procédures de lutte contre l'insalubrité et le péril ;
- de l'instauration du droit à un logement décent (décret sur les critères de décence) ;
- en 2007, la loi DALO (droit au logement opposable) précise la notion de droit au logement décent et indépendant qui doit être garanti par l'État.

■ En 2014, la loi ALUR (loi pour l'accès au logement et un urbanisme rénové) a pour objectif de favoriser l'accès de tous à un logement digne et abordable. Elle prévoit notamment :
- l'encadrement des loyers du parc privé dans les zones les plus tendues ;
- le renforcement des dispositifs en faveur de la prévention des expulsions ;
- la prolongation de la trêve hivernale des expulsions locatives du 1er novembre au 31 mars.

2 L'habitat indigne

L'habitat indigne est caractérisé par l'**insalubrité (mise en danger de la santé des habitants)** et/ou le **péril** (**sécurité publique menacée**). Les arrêtés d'insalubrité ou de péril suspendent automatiquement le paiement des loyers. Dans tous les cas, il y a obligation de reloger les locataires.

A. La procédure de péril

Suivant l'article 551-1 du Code de la construction et de l'habitation (CCH), « le **maire** peut prescrire la réparation ou la démolition des murs, bâtiments ou édifices quelconques lorsqu'ils **menacent ruine** et qu'ils pourraient, par leur effondrement, compromettre la sécurité ou lorsque, d'une façon générale, ils n'offrent pas les garanties de solidité nécessaires au maintien de la sécurité publique (...) ». Cette procédure ne s'applique qu'aux immeubles bâtis. Elle ne peut pas concerner un logement en particulier dans un immeuble.

B. L'insalubrité

■ La lutte contre l'habitat insalubre fait partie des missions du **préfet**. Il intervient sur injonction du tribunal après enquête. L'arrêté d'insalubrité peut concerner un logement ou un immeuble complet.

■ Voici quelques exemples de situations pouvant **mettre en danger la santé des occupants** : les plafonds présentant un risque de chute de matériaux, les escaliers dangereux, les garde-corps descellés, les pièces dépourvues d'ouverture, les canalisations de gaz détériorées, le toit et les fenêtres non étanches, la présence de plomb (peintures) ou d'amiante.

■ D'autres situations peuvent aussi faire l'objet d'un arrêté de péril : les locaux impropres par nature à l'habitation comme les caves, les sous-sols, les garages, les abris de jardins, les pièces dépourvues d'ouverture, la sur-occupation du fait du bailleur, l'utilisation dangereuse des locaux et des installations, les problèmes d'accessibilité.

MÉMO

Depuis la loi ALUR du 24/03/2014, le bailleur doit communiquer au locataire une copie de l'état mentionnant l'absence ou la présence de matériaux contenant de l'amiante et un état de l'installation intérieure de l'électricité et du gaz, en plus du diagnostic de performance énergétique, du constat de risque d'exposition au plomb, de l'état des risques et pollutions et le diagnostic bruit relatif aux nuisances sonores aériennes.

3 Le logement décent

■ Pour être décent, un logement doit être salubre, donc ne pas mettre la santé en danger ou la sécurité en péril. Cependant, un logement salubre n'est pas décent s'il ne respecte pas des **caractéristiques techniques minimales**. La notion de logement décent est réglementée par le décret 87-149 du 6 mars 1987 fixant les conditions minimales de confort et d'habitabilité auxquelles doivent répondre les locaux mis en location et par le décret numéro 2002-20 du 30 janvier 2002 relatif aux caractéristiques du logement décent. Voici les éléments les plus importants :

- **présence d'une pièce principale ayant au moins 9 m²** de surface habitable ;
- **présence d'un réseau électrique** permettant l'éclairage suffisant de toutes les pièces et les accès ainsi que le fonctionnement des appareils électroménagers courants ;
- **les pièces principales doivent bénéficier d'un éclairement naturel** ;
- **présence d'une installation en eau potable froide et chaude** (débit et pression suffisants), des éviers correspondants et des installations d'évacuation des eaux usées ;
- **présence d'une cuisine ou d'un coin cuisine** (séparé des WC) possédant un évier, avec la possibilité d'installer un appareil de cuisson ;
- **présence d'un équipement pour la toilette corporelle** ;
- répondre à un **critère de performance énergétique minimale** (étanchéité à l'air suffisante, aération correcte).

■ C'est au cours de la visite du logement qu'il faut s'assurer du caractère décent de ce dernier. Les litiges relatifs à la décence relèvent du tribunal d'instance. Le juge d'instance, à la demande du locataire, apprécie l'éventuelle non-décence, détermine la nature des travaux à réaliser ainsi que leur délai d'exécution.

MÉMO

Le paiement du loyer ne peut pas être suspendu du fait du locataire et il n'y a pas d'obligation de relogement de celui-ci.

REMARQUE

La notion de surpeuplement d'un logement ne fait pas partie des critères de décence, mais elle permet de caractériser un problème de logement. L'occupation normale d'un logement doit permettre d'avoir (en dehors de la salle de bains et de la cuisine) une pièce de vie, une pièce pour le ou les parents, une pièce par personne de plus de 19 ans vivant seule, une pièce par enfant de plus de 7 ans de sexe différent, une pièce pour deux enfants du même sexe âgés de plus de 7 ans ou de sexe différents âgés de moins de 7 ans. S'il manque une pièce, le surpeuplement est modéré, s'il manque deux pièces, le surpeuplement est accentué.

Partie 3

ORGANISATION DE LA VIE QUOTIDIENNE

Démarche qualité

Aménagement des espaces de vie

#quiz

Des quiz pour réviser toutes les notions du programme

foucherconnect.fr/21vesf83

Fiche 90

La notion de démarche qualité

La démarche qualité a émergé au début du vingtième siècle dans le secteur industriel. Cette préoccupation émerge ensuite dans le secteur de la production de services puis dans le monde sanitaire.

1 Quelques définitions

- **Qualité** : ensemble des propriétés et caractéristiques d'un produit ou d'un service qui lui confèrent l'aptitude à satisfaire des besoins exprimés ou implicites.
- **Démarche qualité** : processus d'augmentation de la qualité des prestations fournies. Démarche collective sur une longue durée afin de conforter les points forts et de diminuer les points faibles. Processus dynamique et participatif où la communication est importante.
- **Évaluation (interne ou externe)** : mesure à intervalles réguliers, grâce à un référentiel, du niveau d'atteintes des objectifs fixés dans le cadre de la démarche qualité. Le constat des écarts conduit à des actions correctives pour améliorer le système.

MÉMO
Ces définitions sont normalisées par l'Association française de normalisation (AFNOR).

2 La qualité pour qui et pourquoi ?

■ La démarche qualité est un processus d'amélioration continue de la qualité des prestations fournies afin de réduire les écarts entre :

- la **qualité voulue** et celle qui est délivrée par le professionnel ;
- la **qualité délivrée** par le professionnel et celle qui est perçue par le client ;
- la **qualité perçue** et celle qui est attendue par le client ;
- la **qualité attendue** par le client et celle qui est voulue par le professionnel.

■ La qualité voulue représente celle qui est imposée par le référentiel.

3 Les étapes de la démarche qualité

- **Étape 1 : informer**. Tout changement est vécu douloureusement par les salariés, la mise en place de la démarche qualité doit le prendre en compte. La **communication** est prépondérante pour la réussite d'une telle entreprise.
- **Étape 2 : former à la démarche qualité**. Il faut constituer une équipe avec un responsable et un représentant de chaque service de l'établissement. Cette équipe devra être formée et **piloter** la démarche sur le long terme.
- **Étape 3 : créer ou s'approprier un référentiel**. Le référentiel peut être :
  - une loi, dans le cadre d'une démarche obligatoire (normes d'hygiène en restauration) ;
  - des normes ou un cahier des charges dans le cadre d'une démarche volontaire (production d'aliments sous le label « agriculture biologique ») ;

- un outil à créer en étudiant les attentes du public dans le cadre de certaines démarches volontaires (amélioration de la qualité sensorielle d'un produit alimentaire).

- **Étape 4 : évaluer**. L'évaluation permet, grâce à des outils, de mesurer les écarts entre la qualité voulue et la qualité existante.
- **Étape 5 : établir un diagnostic**. Il permet de mettre en avant les points forts à conforter et les points faibles à améliorer.
- **Étape 6 : définir les axes d'améliorations**. Les points faibles à améliorer doivent être hiérarchisés, les plus critiques doivent être maîtrisés. Des solutions doivent être trouvées pour les améliorer et les surveiller.
- **Étape 7 : planifier les actions**. Les actions à mettre en œuvre doivent être planifiées dans l'espace et dans le temps.
- **Étape 8 : mettre en œuvre**. Il faut mettre en place les outils, les procédures, les formations nécessaires pour le personnel, remplacer le matériel.
- **Étape 9 : évaluer**. L'évaluation doit être interne (auto-contrôles) et peut être externe, dans le cadre de démarche réglementaire, ou volontaire si elle débouche sur l'attribution d'un label. Comme à l'étape 4, elle permet de mesurer la différence entre la qualité voulue et la qualité servie. Comme la démarche qualité est un cercle vertueux, cette évaluation va être suivie d'un diagnostic, de la définition d'axes d'améliorations...
- **Étape 10 : conserver**. Le stockage de la documentation permet de ne pas refaire les anciennes erreurs.

4 Les différents acteurs

A. Établir les règles

Le référentiel peut être une **loi**. Dans ce cadre, des guides de bonnes pratiques sont réalisés par les professionnels de chaque branche et validés par l'administration. Ils simplifient l'application de la loi en réduisant son champ d'application à un domaine bien précis et donnent des exemples pour l'appliquer. Le référentiel peut être une **norme** établie par l'AFNOR ou par l'ISO (organisation internationale de standardisation).

B. Certifier

■ La **certification** de produits ou de services est la procédure par laquelle un organisme indépendant certificateur donne une assurance écrite qu'un produit, processus ou service est conforme aux exigences spécifiées. La certification est donnée suite à l'évaluation externe.

■ L'**organisme certificateur** doit être accrédité. Suivant l'objet de la certification, l'accréditeur peut être le COFRAC (Comité français d'accréditation), l'ANESM (Agence nationale d'évaluation des établissements sociaux et médico-sociaux). L'accréditation est l'attestation de la compétence et de l'impartialité du certificateur.

Fiche 91

DÉMARCHE QUALITÉ

Les outils de la démarche qualité

En fonction des étapes du processus de démarche qualité, il faut pouvoir détecter les anomalies, trouver des solutions, établir des priorités, surveiller la mise en œuvre du processus, mesurer l'efficacité du système. Pour cela, il existe des outils.

1 Analyser le fonctionnement

■ La méthode des 5M, appelée aussi diagramme de causes et effets ou diagramme d'Ishikawa, est utilisée pour analyser un fonctionnement, un système. Ce dernier est découpé en cinq parties, les 5M, afin de n'oublier aucune cause possible : la matière, la main-d'œuvre, le matériel, le milieu, les méthodes.

■ Dans un premier temps, un tableau est réalisé regroupant, par M, les risques possibles. Dans un second temps, une représentation graphique en arête de poisson permet de hiérarchiser les causes en fonction de l'importance des effets qu'elles peuvent avoir sur le système. Plus la cause est proche de l'arête centrale, plus son effet est important. Chaque arête représente un M.

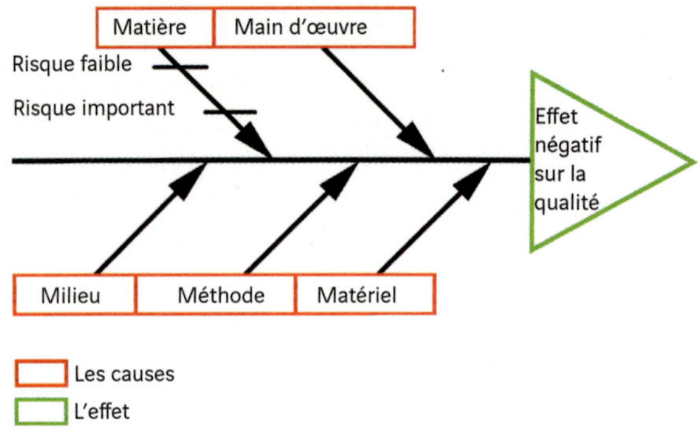

↑ *Diagramme en arête de poisson*

2 Évaluer et faire un diagnostic

■ **La grille d'observation** permet de mesurer les écarts entre la qualité voulue (critères d'évaluation) et celle qui est délivrée. Les écarts, ou non conformités, doivent être classés en fonction du risque qu'ils peuvent faire courir à l'usager.

■ **L'enquête de satisfaction client** permet de mesurer le niveau de satisfaction de l'usager, donc de mesurer l'écart entre la qualité attendue par celui-ci et celle qui est délivrée par l'établissement. Elle valorise l'usager en le mettant au cœur du processus.

■ **La fiche de dysfonctionnement** permet de recueillir l'ensemble des dysfonctionnements vécus par le personnel dans les différents services. Elle peut comporter une partie « suggestions d'améliorations ».

3 Trouver des solutions

- **Les 5 pourquoi**. La méthode permet, en posant une série de questions commençant par pourquoi, de trouver la cause principale d'une défaillance.
- **La méthode CQQCOQP**. Cette méthode empirique propose un questionnement systématique pour collecter toutes les données nécessaires et suffisantes pour analyser et rendre compte d'un problème :

– Comment le fait-on, avec quelle procédure ?
– Qui fait, avec qui, qui vérifie ?
– Quoi, avec quoi le fait-on (produit, matériel...) ?
– Combien de fois, combien de temps, à quelle fréquence ?
– Où le fait-on ?
– Quand est-ce fait, à quelle fréquence ?
– Pourquoi le faire ?

Cette méthode est aussi très utile lors de la conception de document qualité à destination du personnel.

- **Le brainstorming (ou remue-méninges)** permet, à partir d'un problème ou d'une question, de produire, en groupe, un maximum d'idées en un minimum de temps, sans critique ni censure.

4 Planifier

Le diagramme de Gantt est un outil qui permet de planifier l'ensemble des actions prioritaires du plan d'action en les positionnant dans le temps.

QUOI : ACTION À METTRE EN PLACE	QUI : PERSONNE RESPONSABLE DE LA MISE EN PLACE	SEMAINE						
		A	B	C	D	E	F	G
Vérification de l'archivage des documents qualité	M. B							
Mise en place des fiches de surveillance de la température	Mme X							
Formation du personnel	Mme X							

5 Mettre en œuvre

- **La procédure générale** : elle est stockée dans un classeur.
- **Le mode opératoire** (ou instruction de travail) : il complète la procédure générale en détaillant la façon de réaliser une tâche bien précise. Elle peut être rédigée en suivant la méthode CQQCOQP. Les détails sont importants car elle permet, à un nouvel arrivant, de réaliser la tâche correctement. Dans un mode opératoire d'entretien des locaux, par exemple, il ne faudra pas oublier les indicateurs de résultats et la partie entretien, rangement du matériel. Le mode opératoire est stocké dans un classeur.
- **Le planning** : il permet, pour un secteur donné, de récapituler les différentes tâches à réaliser. Il peut être rédigé en suivant la méthode CQQCOQP. Il doit être synthétique et doit comporter, pour la traçabilité, une partie à remplir par l'opérateur qui a réalisé

la tâche. Il est à afficher dans un lieu stratégique (exemple du planning d'entretien de la cuisine) et à archiver.

- **La fiche de vérification** : elle permet de vérifier une donnée mesurable (température, durée...) qui doit être contrôlée absolument pour maîtriser un danger. Elle doit être claire et concise, affichée sur le lieu de la vérification. Elle doit comporter, pour la traçabilité, une partie à remplir par l'opérateur qui a réalisé la tâche (exemple : fiche de vérification des températures des enceintes froides). Elle doit être archivée.

6 Surveiller

- **La fiche action corrective** : elle permet de connaître les mesures à mettre en œuvre si la valeur critique de la fiche de vérification a été dépassée. La valeur critique peut être fixée par le référentiel ou déterminée par le comité de pilotage. Cette fiche peut être affichée ou archivée dans un classeur.
- **La fiche anomalie** : elle permet le recensement de chaque anomalie. Construite suivant la méthode CQQCOQP, elle doit permettre au comité de pilotage d'améliorer le processus. Elle doit être archivée.

7 Les méthodes globales

- **La méthode PDCA** : elle est à mettre en œuvre après les étapes d'évaluation et de diagnostic. Les quatre étapes engagent l'établissement dans un cercle vertueux d'amélioration continue de la qualité en augmentant la satisfaction des usagers et en diminuant les dysfonctionnements internes :
  - **P pour Plan** : il faut planifier les solutions à mettre en œuvre, qui fera quoi et dans quel délai ;
  - **D pour Do** : il faut mettre en œuvre les modifications (procédures, outils, matériels, formation) ;
  - **C pour Check** : il faut vérifier l'amélioration du processus grâce à des évaluations, des indicateurs de performance ;
  - **A pour Act ou Adjust** : il faut réagir, face aux évaluations ou aux indicateurs de performance, ce qui amène à un nouveau projet qui doit être planifié...

On représente cette méthode par la **roue de Deming**. L'archivage des documents représente la cale empêchant tout retour en arrière.

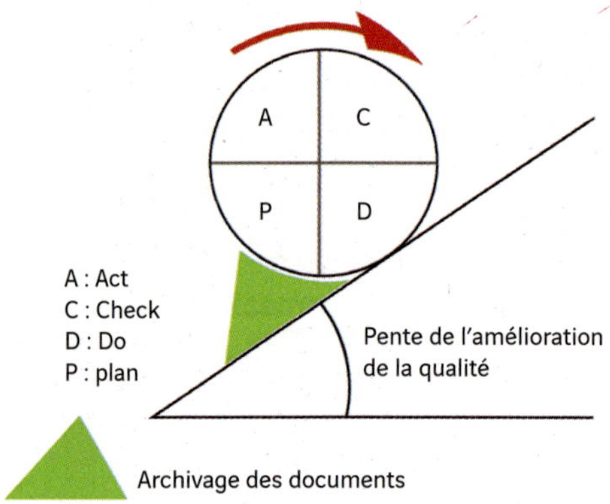

La roue de Deming

- **La méthode HACCP**. C'est la méthode de référence pour maîtriser la qualité sanitaire des aliments. Elle est développée dans la fiche 93. Le circuit des repas.

Fiche 92

Le circuit des repas

L'Union européenne a simplifié sa politique de sécurité alimentaire grâce à la mise en application, le 1er janvier 2006, du « Paquet Hygiène ». Dans la restauration hors foyers (un repas sur cinq), le risque est d'autant plus élevé que le nombre de repas servis est important, notamment dans la restauration collective à caractère social.

1 Les risques sanitaires liés à l'alimentation

A. Les risques chimiques

Les risques chimiques peuvent provenir :
- de substances légalement ajoutées dans l'alimentation (additifs alimentaires) ;
- de substances entrant dans la composition du conditionnement (bisphénol A) ;
- de substances résiduelles utilisées au cours de la chaîne de fabrication (pesticides) ;
- d'allergènes ;
- de résidus de produits d'entretien.

B. Les risques physiques

Les risques physiques sont dus à la présence accidentelle de corps étrangers. Ils peuvent provenir d'un dysfonctionnement de la chaîne de fabrication (débris de verre...), d'un ajout intentionnel ou non (bijoux, prothèses, outils...).

C. Les risques biologiques

Ce sont les risques les plus importants. Ils sont dus à la présence de micro-organismes et/ou de toxines, mais aussi de parasites comme *Toxoplasma gondii*, responsable de la toxoplasmose. Le risque devient danger quand ils peuvent se multiplier grâce à des conditions favorables (température, temps, humidité, pH...). Quand l'ingestion d'aliments contaminés produit des symptômes chez au moins deux personnes, on parle de toxi-infection alimentaire collective (TIAC) (voir Fiche 50. Les micro-organismes et les aliments).

2 La législation applicable en France dans la restauration collective

■ La nouvelle réglementation fixe les objectifs à atteindre par les professionnels en leur laissant le choix des moyens. La mise en place des procédures doit se faire sur le principe de la méthode HACCP (analyse des dangers et contrôle des points critiques pour leur maîtrise). Le recours aux guides de bonnes pratiques hygiéniques (GBPH) est fortement encouragé.

■ Cette réglementation impose :
- **une obligation de traçabilité** qui doit permettre d'identifier tous les acteurs (produits, matières, matériel, personnel) intervenant au cours de l'élaboration du produit ;
- **une obligation d'information** des services de contrôle en cas de TIAC.

3 Appliquer la méthode HACCP à la restauration collective à caractère social

Étape 1. Analyser les risques potentiels de la chaîne alimentaire

Un risque résulte de la présence d'un danger pouvant entraîner un risque pour la santé du consommateur mesuré en fréquence et en gravité. La méthode des « 5M » est privilégiée pour cette analyse :

- la matière première regroupe les denrées alimentaires et les emballages ;
- le matériel rassemble les machines, les outils, les tables, le matériel servant à transporter les denrées ;
- le milieu représente les locaux. Il faut distinguer l'environnement proche et lointain et la conception ;
- les méthodes ont pour but d'éviter l'apport microbien, la multiplication des germes, la re-contamination et de favoriser l'élimination des germes ;
- la main-d'œuvre, à cause de ses flores microbiennes et de ses vêtements, constitue un réservoir très important de germes.

Étape 2. Identifier les points critiques

Un point critique est une opération dont la maîtrise insuffisante peut entraîner un risque inacceptable pour la santé du consommateur ou pour la qualité du produit. Il doit pouvoir se maîtriser pour prévenir un ou plusieurs dangers identifiés auparavant. Le GBPH de la restauration collective à caractère social définit les points critiques suivants :

- les achats, de la réception au stockage des matières premières ;
- la fabrication des produits et leur distribution ;
- le nettoyage et la désinfection des locaux et du matériel ;
- l'évacuation des déchets ;
- le personnel.

Étape 3. Établir des valeurs de référence

Pour chaque point critique, il est nécessaire d'établir ensuite des valeurs de référence utilisées pour distinguer ce qui est acceptable de ce qui ne l'est pas. Certaines sont réglementées (températures de conservation des différentes denrées). D'autres, comme les dates limites de consommation, sont données par le fabricant.

Étape 4. Établir un système de surveillance

Par exemple, pour maîtriser la réception et le stockage des matières premières, il faut :

- une fiche de vérification à réception des denrées (intégrité de l'emballage, conformité des températures, état de fraîcheur, propreté du véhicule de livraison) et un thermomètre ;
- une fiche de vérification de la température des enceintes froides et des thermomètres.

Étape 5. Lister les actions correctives

Il faut ensuite décider des actions correctives à mettre en place si la valeur de référence du point critique n'est pas maîtrisée.

Étape 6. Archiver les procédures

Les procédures et les fiches du système de surveillance sont archivées dans un système documentaire.

Étape 7. Procéder à des autocontrôles

L'efficacité du système est vérifiée régulièrement par des autocontrôles notamment microbiologiques (absence de salmonelles, présence limitée de *Staphylococcus aureus*...).

4 Aménager une cuisine de collectivité respectant la marche en avant

A. L'organisation de l'espace

■ L'implantation d'une cuisine collective doit se faire loin des sources de contamination (stockage de déchets, zones d'élevage, routes…).

■ Les déchets de la cuisine ou de l'établissement doivent être stockés dans un local hermétique.

■ La conception de la cuisine doit respecter la marche en avant (circuit allant du sale vers le propre sans retour arrière ni croisement) dans l'espace ou dans le temps :
- la **zone sale** comprend la zone de réception des marchandises, la zone de stockage des denrées, la zone de stockage des déchets, les vestiaires, les zones dédiées à la plonge ;
- la **zone intermédiaire** comprend la légumerie et la zone de déconditionnement ;
- la **zone propre** englobe les autres zones de préparations ainsi que la zone de distribution des repas.

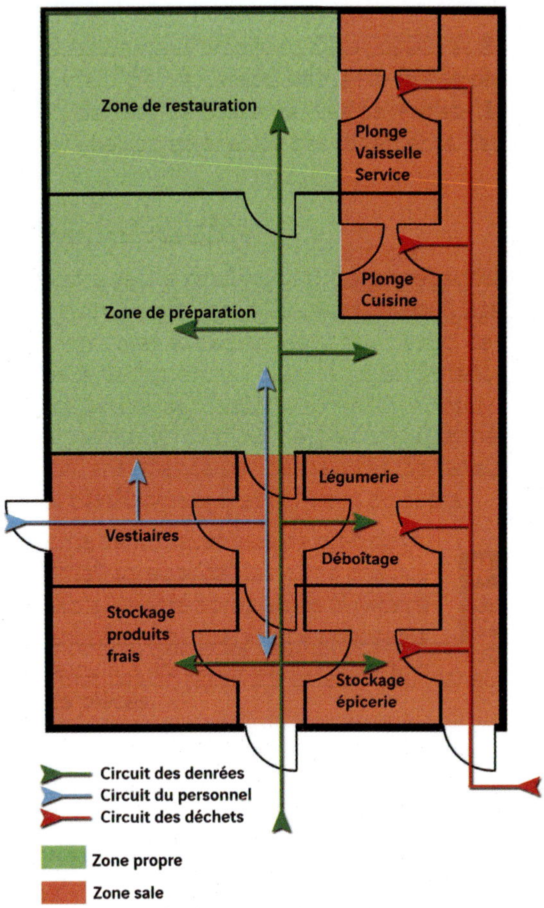

↑ *Plan d'une cuisine idéale*

B. Le choix des matériaux et des équipements

- L'aménagement doit être rationnel avec des formes faciles à nettoyer.
- Les matériaux (sols, murs, plafonds, portes et fenêtres) doivent être étanches, lisses et facilement nettoyables.
- Les murs doivent être munis de plinthes à gorge.
- Les arrivées d'air doivent se faire de façon maîtrisée.
- Les déchets doivent être stockés dans des poubelles fermées et étanches.
- L'eau doit être potable.
- Le matériel doit être facilement démontable, imputrescible, lisse, résistant et étanche.
- Des points d'eau équipés pour le lavage des mains doivent être mis à disposition du personnel à proximité des postes de travail (lavabo à commande non manuelle, savon désinfectant et papier main à usage unique).
- Des douches correctement équipées doivent être à disposition du personnel.

5 Le personnel

■ Le personnel doit disposer d'un **vestiaire** pour se changer. L'établissement doit fournir des **tenues adaptées** (pantalon, veste, tablier, coiffe) et propres, qui doivent être changées à chaque service. Il faut prévoir des masques à usage unique et des gants pour la manipulation des denrées qui seront servies non cuites.

■ Le port de bijoux et de montre est interdit. Les ongles doivent être courts et sans vernis. Les mains doivent être lavées aussi souvent que nécessaire.

■ Il convient de limiter les déplacements du personnel entre les secteurs propres et sales.

■ L'**état de santé du personnel** doit faire l'objet d'un suivi scrupuleux (visite médicale, obligation de signalement de toutes infections cutanées, respiratoires ou digestives...).

■ La **formation du personnel** est un enjeu majeur pour la maîtrise de la sécurité sanitaire. Elle doit être renouvelée pour chaque nouvel arrivant, à chaque modification de procédure et aussi souvent que nécessaire.

6 Le plan de nettoyage et de désinfection

Les locaux sont tenus en parfait état de propreté. Toutes les surfaces et le matériel en contact avec les aliments sont décontaminés avant et après chaque manipulation avec des produits efficaces et agréés pour le contact alimentaire. Le stockage des produits d'entretien se fait à l'extérieur de la cuisine (contamination chimique possible).

7 Les formalités administratives

■ Toute ouverture de restaurant collectif, même provisoire, doit faire l'objet d'une déclaration auprès des services vétérinaires (SV) de la direction départementale de la protection des populations et de la cohésion sociale.

■ Les inspecteurs des SV peuvent, à tout moment, contrôler les locaux et réaliser des prélèvements microbiologiques afin de vérifier la conformité des installations et des pratiques.

■ Toute suspicion de TIAC doit faire l'objet d'une déclaration à l'agence régionale de santé. L'enquête épidémiologique est réalisée par les SV qui analysent les plats témoins (100 g de chaque aliment servi conservés 5 jours à +3 °C) et tous les documents de traçabilité.

DÉMARCHE QUALITÉ

Fiche 93

Le circuit du linge

La norme EN 14065 introduit la méthode RABC (analyse des risques et maîtrise de la bio-contamination) qui permet de limiter la contamination microbiologique des personnes et des articles durant le traitement et le transport du linge et d'en définir la qualité microbiologique. Elle est basée sur les sept principes de la méthode HACCP. Cette réglementation s'applique, entre autres, aux établissements de santé. La mise en place de la norme est facilitée grâce aux guides de bonnes pratiques.

1 Les risques sanitaires liés au linge

Le linge est un facteur majeur de propagation d'infections par des germes pathogènes (bactéries responsables d'infections nosocomiales, moisissures). Il est aussi un vecteur de transmission d'ectoparasites comme la gale, les poux, les puces, eux-mêmes pouvant transmettre d'autres maladies bactériennes.

2 Le linge

A. Les différents types de linge

Le linge d'un établissement peut être regroupé en plusieurs familles différentes :
- le petit plat qui correspond au linge plat de petite taille (taies, torchons…) ;
- le grand plat qui correspond au linge plat de grande taille (draps, alèzes…) ;
- le linge en forme (chemise de nuit, veste de pyjama…) ;
- le linge contagieux ;
- le linge fragile (les couvertures) ;
- le linge des personnes soignées ;
- les tenues du personnel.

B. La propreté

Il existe 2 niveaux de propreté : la **propreté sensorielle** qui correspond à l'absence de tâches, l'absence d'odeur, un toucher agréable et la **propreté hygiénique** qui correspond à un nombre de colonies bactériennes inférieur à 12 pour 25 cm^2 de linge.

3 Appliquer la norme RABC

A. Organiser le circuit du linge

1. Le linge « classique »

Le circuit du linge peut être décomposé en 7 étapes différentes. Pour chaque étape, un niveau de risque est défini. Le niveau de risque correspond à une possibilité de contamination ou de développement des germes. La contamination se fait majoritairement par les mains du personnel, l'air et les surfaces en contact avec le linge. La multiplication des germes nécessite une température et une humidité suffisantes.

Les 7 étapes du circuit du linge

ÉTAPE	NIVEAU DE RISQUE	RECOMMANDATIONS
Le pré-tri du linge sale dans les différents services	Modéré	• Collecte séparée avec des sacs en tissu, propres et équipés de fermeture et des chariots facilement désinfectables. • Collecte par type de linge. • Le chariot ne doit pas rentrer dans les chambres. • Chariots et sacs doivent être nettoyés et désinfectés régulièrement. • La collecte du linge sale ne doit pas se faire en même temps que la distribution du linge propre. • Remplir les sacs aux 2/3 et fermer hermétiquement.
Le stockage et le tri du linge sale avant lavage à la blanchisserie	Modéré	• Temps de stockage le plus court possible, pas plus de 48 heures. • Limiter au maximum les manipulations par le personnel. • Le linge est trié par famille (même finition) afin d'éviter les manipulations après le lavage.
Le lavage	Modéré	• Utilisation de matériel de lavage en configuration barrière (voir aménagement). • Lavage par famille de textiles. • Utilisation de produits bactéricides pour les textiles lavés à moins de 60 °C. • Respect du taux de chargement des machines. • Vérification de la température, du pH, de la dureté de l'eau.
Le transfert du linge lavé vers le séchage	Élevé	• Le linge ne doit pas être trié en zone propre. • Laver en flux tendu afin de limiter le temps de stockage. • Stocker dans des bacs propres.
Le séchage et la finition	Élevé	• Limiter les manipulations du linge à 4. • Respecter les taux de chargement des séchoirs. • Jamais de séchage sur cintre. • Repasser ou plier le linge dès qu'il est sec.
La protection du linge propre et sec	Modéré	• Les articles propres et pliés doivent être protégés par un film micro perforé ou stockés dans une armoire fermée. • Temps de stockage court.
La distribution du linge propre dans les différents services	Modéré	• Le linge doit être transporté dans des chariots houssés. • Le moyen de transport doit être réservé au linge propre et il doit être régulièrement décontaminé.

2. Le linge à risque

■ Le linge à risque est composé :
- du linge de patients en isolement septique (germes multi-résistants ou maladies à déclaration obligatoire) ;
- du linge souillé par du sang ou des liquides biologiques ;
- du linge souillé par des selles diarrhéiques.

■ Le linge ne doit pas être stocké dans les sacs destinés au pré-tri. Il est collecté dans un même sac, sans différenciation et acheminé rapidement vers la blanchisserie. Le pré-tri doit être limité. L'utilisation d'un sac hydrosoluble doublé d'un sac étanche est conseillée.

B. Aménager une blanchisserie respectant la marche en avant

1. L'organisation de l'espace

■ La blanchisserie doit être séparée physiquement en deux parties, la **zone sale** et la **zone propre**, afin d'éviter le risque de contact ou de croisement entre le linge sale et le linge propre. Il est préférable de mettre la **zone sale en dépression** et la **zone propre en surpression**. La séparation physique entre les deux zones est assurée par des machines à laver barrières. Ce type de machine possède deux ouvertures, une pour le chargement du linge sale en zone sale et une pour le déchargement du linge propre en zone propre.

■ Une pièce spécifique est attribuée au **stockage du linge sale** dans la blanchisserie. Elle est équipée d'une station de nettoyage et d'un siphon de sol pour le bio-nettoyage des chariots.

■ Un **sas** doit permettre le passage du personnel d'une zone à l'autre. Si le passage du personnel de la zone propre à la zone sale ne pose pas de problème, le passage de ce dernier de la zone sale à la zone propre doit être strictement encadré. Le sas doit être muni de deux portes étanches, d'un poste de lavage des mains et d'un coin vestiaire pour que le personnel de la zone sale puisse changer de tenue avant de passer en zone propre.

MÉMO
Il est impératif de respecter aussi la séparation des flux de circulation sale/propre lors de la collecte et de la redistribution du linge.

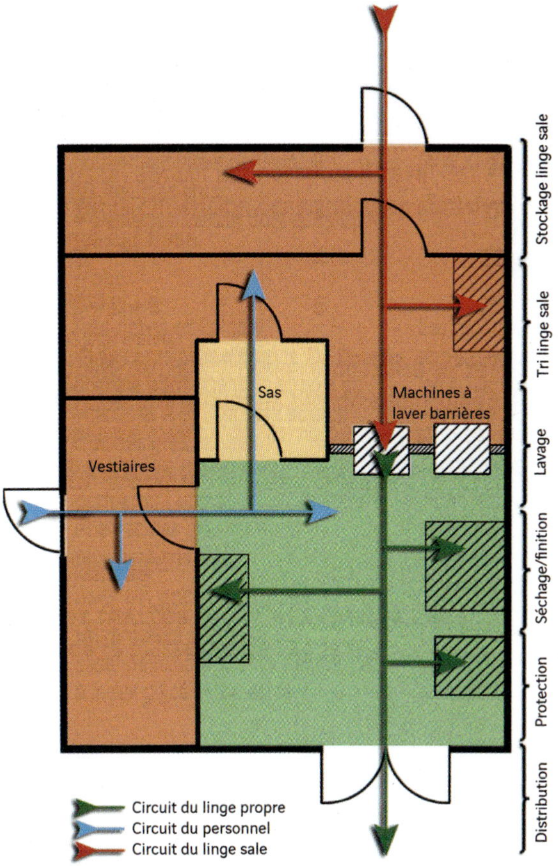

↑ *Plan d'une blanchisserie idéale*

2. Le choix des matériaux et des équipements

- Les surfaces, les chariots et les bacs doivent être imputrescibles et lisses.
- Les murs doivent être munis de plinthes à gorge.
- Les revêtements de sols et de murs doivent être facilement nettoyés et désinfectés.
- Un système de renouvellement de l'air doit être installé pour permettre un renouvellement de 60 m^3 par occupant.
- La température doit être régulée selon les conditions définies par le Code du travail.
- Des points d'eau équipés pour le lavage des mains doivent être mis à disposition du personnel à proximité des postes de travail.
- Des douches correctement équipées doivent être à disposition du personnel.

C. Le personnel

■ L'établissement doit fournir au personnel des **tenues adaptées**, qui doivent être changées tous les jours. La tenue est composée d'un pantalon et d'une veste, de chaussures de sécurité et d'une coiffe. Il faut prévoir des masques à usage unique pour le traitement du linge à risque. Le port de bijoux et de montre est à éviter.

■ **Dans la zone sale**, pour la protection des employés, il est conseillé d'utiliser des gants et de se désinfecter les mains.

■ **Dans la zone propre**, afin d'éviter une recontamination du linge propre, il est conseillé d'utiliser des gants et de se désinfecter les mains.

■ Il convient de limiter les déplacements du personnel entre les secteurs propre et sale. Le déplacement entre ces deux zones ne peut se faire qu'au travers du sas.

■ La formation du personnel est un enjeu majeur pour la maîtrise de la qualité microbiologique du linge.

D. Le plan de nettoyage et de désinfection

Les locaux doivent être tenus en parfait état de propreté. Toutes les surfaces en contact avec le linge doivent être décontaminées avant et après chaque manipulation. C'est aussi le cas des chariots de collecte et de distribution et du matériel de transport (véhicules). Des auto-contrôles de la qualité microbiologique doivent être effectués régulièrement.

4 Les différents acteurs

■ Pour les établissements de santé, c'est la **HAS** (Haute autorité de santé) qui accrédite les certificateurs indépendants et qui évalue les produits. L'ANAES évalue l'ensemble du fonctionnement et des pratiques d'un établissement de santé.

■ Dans le cadre de la lutte contre les infections nosocomiales, le **CLIN** (Comité de lutte contre les infections nosocomiales) est aussi consulté.

Fiche 94

DÉMARCHE QUALITÉ

Le circuit des déchets d'activités de soins à risques

Les déchets d'activités de soins à risques (DASR) doivent être triés pour respecter les règles d'hygiène et assurer la sécurité des personnes. Ils ne doivent pas être mélangés aux déchets ménagers et assimilés. Le producteur de DASR a la responsabilité d'identifier les déchets qui doivent suivre leur propre filière d'élimination.

1 Les différents types de DASR

■ Les déchets d'activités de soins sont « les déchets issus des activités de diagnostic, de suivi et de traitement préventif, curatif ou palliatif, dans les domaines de la médecine humaine et vétérinaire ». On les rencontre surtout dans les établissements de santé, mais aussi chez les particuliers et donc au sein des différentes structures qui peuvent les héberger.

■ Il existe plusieurs types de déchets d'activités de soins :
- les déchets d'activités de soins non dangereux assimilés aux déchets ménagers ;
- les déchets d'activités de soins à risques chimiques et toxiques ;
- les déchets d'activités de soins à risques radioactifs ;
- les déchets d'activités de soins à risques infectieux (DASRI) ;
- les pièces anatomiques.

■ Les DASRI sont les principaux DASR que rencontrera le technicien en économie sociale familiale, ce sont donc eux qui sont développés dans cette fiche.

2 Reconnaître un DASRI

■ Les DASRI sont considérés comme dangereux car ils peuvent contenir des **micro-organismes pathogènes** qui peuvent se multiplier et contaminer l'environnement. Ils doivent être séparés des autres types de déchets et traités rapidement.

■ D'autres déchets sont assimilés aux DASRI du fait de leur nature, même s'ils n'ont pas été en contact avec des germes pathogènes, ceci pour limiter l'impact psycho-émotionnel. On retrouve parmi les DASRI :
- les matériaux piquants ou coupants qui sont entrés, ou non, en contact avec un produit biologique ;
- tous les articles de soins et tous les objets souillés par du sang ou un autre liquide biologique ;
- tout le petit matériel de soins évocateur d'une activité de soin et pouvant avoir un impact psycho-émotionnel (seringue, tubulures, sonde, gants...) ;
- les prélèvements biologiques et les milieux de culture contenant des micro-organismes.

■ Certains déchets nécessitent une évaluation au cas par cas pour décider de la filière par laquelle ils seront éliminés. Cette décision doit être évaluée et validée par le comité de lutte contre les infections nosocomiales (CLIN). Par exemple, les couches pour enfants et les protections pour adultes incontinents sont à éliminer par la filière classique des déchets ménagers.

3 Le conditionnement des DASRI

■ Les conditionnements doivent constituer une barrière physique contre les déchets blessants et les micro-organismes pathogènes pouvant être présents. Ils doivent être adaptés :
- au type de déchets produits (perforants, solides, mous, liquides) ;
- à la taille des déchets à éliminer.

■ Les établissements doivent donc mettre à la disposition des agents au moins deux types de conditionnement :
- des conditionnements durs pour les déchets perforants (seringues...) ;
- des conditionnements souples pour les déchets non-perforants.

■ Les emballages des DASRI sont à usage unique, ils sont munis de fermeture temporaire en cours d'utilisation, et définitive avant leur enlèvement. Ils doivent être jaunes et comporter le pictogramme de danger biologique ainsi que l'identification du producteur.

↑ *Pictogramme signifiant un danger biologique*

4 Le circuit de collecte en interne des DASRI

■ Les principes de base :
- aucun déchet ne doit être entreposé dans les zones dites « propres » ;
- le compactage des déchets d'activités de soins à risques infectieux est interdit pour des raisons d'hygiène et de sécurité ;
- aucun déchet ne doit demeurer dans la chambre du patient.

■ Les emballages étanches sont conditionnés dans des emballages primaires placés dans des conteneurs mobiles étanches rigides et lavables réservés à cet usage. Il est interdit de placer ces déchets en vrac. Les conteneurs doivent être nettoyés et désinfectés régulièrement.

5 Le local d'entreposage

■ Il doit être :
- en retrait des zones d'activité hospitalière et à distance des fenêtres et des prises d'air ;
- facilement accessible par les véhicules de transport ;
- non chauffé et éventuellement réfrigéré ;
- suffisamment ventilé ;
- fermé à clé ;
- protégé contre la pénétration des nuisibles et des animaux ;
- facile à laver et à désinfecter (sols et murs) ;
- équipé de plinthes à gorge ;
- équipé d'une arrivée d'eau et d'une évacuation des eaux usées.

■ Il est interdit de stocker ces déchets à même le sol. La durée d'entreposage d'un DASRI avant son enlèvement et son traitement est réglementée.

Fiche 95

Les espaces et leur fonction

L'espace construit englobe toutes les réalisations architecturales (espaces intérieurs, extérieurs, paysagers). On parle de « l'espace bâti » à propos des villes et des bâtiments, « d'espaces verts » pour désigner des jardins, et « d'espaces intermédiaires » pour qualifier les lieux de transition entre la rue (espace public) et le logement (espace privé). Les usages des lieux sont différents selon que l'espace est urbain, privé ou collectif. Tous ces lieux sont issus d'une démarche de « design d'environnement ».

1 Les espaces publics

■ Les espaces publics sont des espaces de rencontre et de service fréquentés par le public. Ils peuvent être de statut privé mais accessibles au public :
- les espaces de travail : bureaux, accueils... ;
- les espaces de vente : commerces, centres commerciaux, galeries marchandes... ;
- les espaces institutionnels : musées, opéras, hôpitaux... ;
- les espaces collectifs : halls, buanderies, parkings... ;

■ Ils peuvent aussi être libres d'accès et appartenir au domaine public : les espaces urbains qui englobent la ville, les quartiers, les parcs, les places, les jardins publics...

■ Ces espaces induisent un cheminement, donnent des repères, définissent des usages et délimitent les territoires. Les fonctions de ces lieux sont d'accueillir, de promouvoir, d'informer, de signaler...

2 L'espace privé

L'espace privé prend en compte les intérêts particuliers des individus. Il englobe les espaces individuels auxquels l'usager attribue des fonctions diverses : manger, dormir, se laver, travailler, jouer...

3 L'habitat collectif

■ L'habitat collectif est un habitat comportant plusieurs « unités d'habitation » dans un même immeuble. L'espace est subdivisé en espaces privés d'habitation (les logements) et en espaces communs de circulation (les escaliers, le hall, les paliers, le parking). Dans ce type d'habitation, il y a rarement des espaces extérieurs privés.

■ Le concept « d'unité de logement » est à associer au nom de Le Corbusier qui, en 1945, pour pallier les problèmes de logements de l'après-guerre, va repenser l'espace urbain et le logement collectif.

■ Lorsque l'immeuble est inférieur à trois niveaux, on parle d'une « habitation intermédiaire » ou « communautaire » car son organisation est proche de la maison individuelle. Le logement dispose d'un accès individuel et d'une terrasse. Les espaces extérieurs sont souvent communs aux usagers du lieu.

■ La création d'espaces communs tels que des « pièces collectives » ou des « locaux communs résidentiels », a pour fonction de susciter une vie sociale entre les habitants d'un même immeuble.

4 L'habitat individuel

■ Contrairement à l'habitat collectif, l'habitat individuel n'est conçu que pour une seule famille. Caractérisé par la maison individuelle, la villa ou le pavillon, il reflète la réalité sociale et culturelle des individus qui y vivent. Tous les espaces intérieurs ainsi que les espaces extérieurs sont privés.

■ Le coût des terrains incite les municipalités à réaliser des maisons individuelles groupées en « bandes ». Ordonnées d'après un axe, on emploie aussi le terme de « collectif horizontal ». Elles disposent d'un espace intérieur privé et un espace extérieur public (parkings, terrains de jeux).

■ Dans l'habitat individuel, la répartition de l'espace intérieur en zones s'organise de l'espace le plus commun, l'entrée, le séjour, à l'espace le plus intime, les chambres.

Typologie des habitations

TYPOLOGIE DES HABITATIONS		USAGES	SECTEURS	ESPACES
Habitats individuels	Maisons individuelles ou pavillons (de plus petites dimensions)	Habitations principales	Rural ou semi-rural	Privatif : le bâti, le terrain
	Maisons de ville		Groupées en zone urbaine	• Logements privés • Parties communes
	Maisons en bandes		Lotissements	• Privatif : le bâti • Collectif : aire de jeux, parking
	Villas	Habitation secondaire, de loisir	Environnement agréable	Privatif : le bâti, le terrain
Habitats collectifs	Barre d'immeuble HLM (habitation à loyer modéré) > 3N	Concentration de logements	Quartiers prioritaires en zones urbaines et banlieues	• Espaces intermédiaires communs : hall, couloirs, parkings… • Espaces privatifs : logements
	Habitat intermédiaire < 3N	Regroupement de logements avec entrées individuelles	Rural, semi-rural, lotissements	• Espaces privatifs : logement, entrée, terrasse ou jardin • Parties communes : stationnement, lieux de cheminement.

Fiche 96

Les codes de représentation de l'espace

Les plans, les élévations et les coupes sont des représentations graphiques qui permettent de retranscrire avec précision les proportions de l'espace réel à une échelle réduite. Toutes ces représentations sont indispensables à la conception, à la description et à la réalisation d'un projet d'aménagement.

1 L'échelle

■ Elle établit un rapport entre la longueur réelle et celle reportée sur le plan. Ainsi l'échelle 1/50ᵉ indique que 1 cm sur le plan représente 50 cm dans l'espace réel. Le choix de l'échelle est déterminant. Dans l'aménagement des espaces, les échelles les plus couramment utilisées sont :

- les **échelles 1/100ᵉ et 1/50ᵉ** qui permettent une représentation globale d'un espace assez grand (par exemple le plan de distribution d'une maison) et donnent ainsi une vue d'ensemble du projet en indiquant la dimension des pièces, l'articulation entre les pièces et les circuits possibles ;
- l'**échelle 1/20ᵉ** est plus adaptée à la représentation d'une seule pièce et permet une réflexion plus poussée sur la disposition, l'encombrement du mobilier et le cheminement dans la pièce ;
- l'**échelle 1/10ᵉ**, la plus grande, est réservée aux détails de fabrication (mobilier, éléments architecturaux).

■ Le kutch ou règle d'architecte est une règle à échelle qui permet grâce aux graduations de différentes échelles une lecture et une réalisation rapides des plans en évitant de savants calculs de conversion.

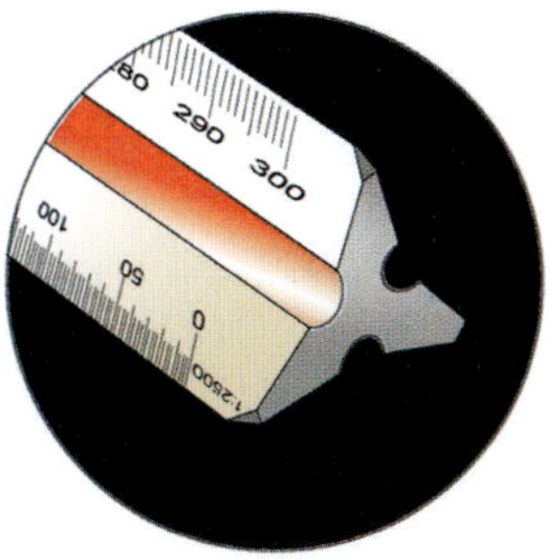

↑ *Règle graduée permettant de lire des longueurs réelles sur un plan*

2 La typologie des dessins en design d'intérieur

A. Le plan

■ Le plan est une représentation graphique en deux dimensions de l'espace réel coupé à 1 mètre du sol. Il comporte des longueurs et des largeurs précises. C'est une vue d'ensemble qui permet de comprendre la structure de l'espace. Hormis l'agencement de la pièce (mobilier), le plan indique l'emplacement des fenêtres, des portes, des radiateurs, des points d'eau, des points lumineux, des structures porteuses... Pour qu'il soit complet et clair, doivent également y figurer :
- l'échelle ;
- les points cardinaux pour donner l'orientation du soleil ;
- les lignes de cotation avec les mesures en centimètres ;
- et une légende permettant la compréhension des symboles utilisés essentiellement pour les fluides et le plan électrique.

■ Caractéristiques graphiques :
- traits épais : pour la structure ;
- traits fins : pour le mobilier.

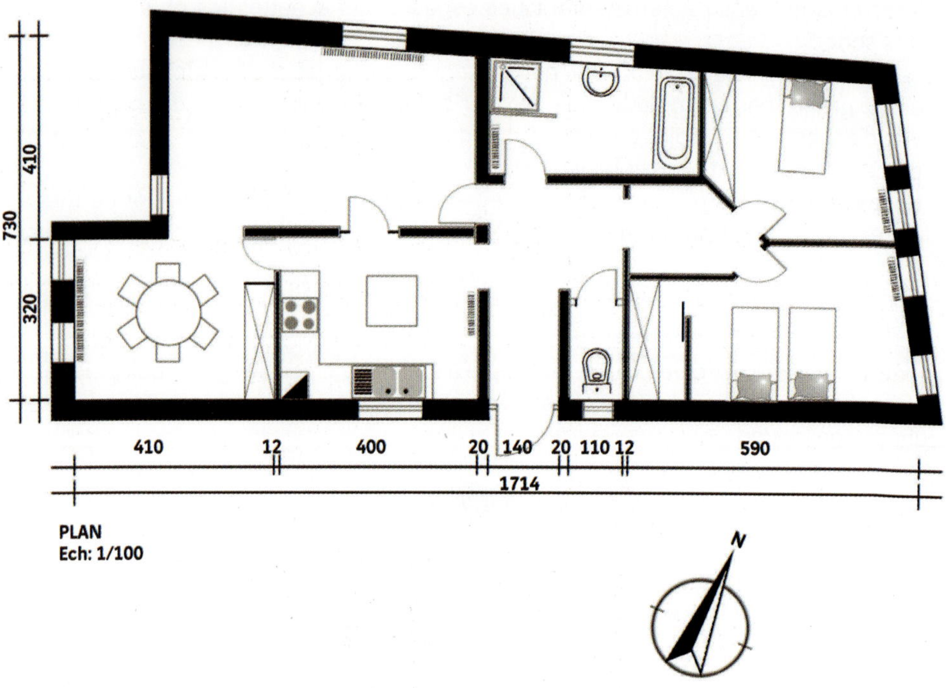

Plan d'une villa à l'échelle 1/100e (réduction)

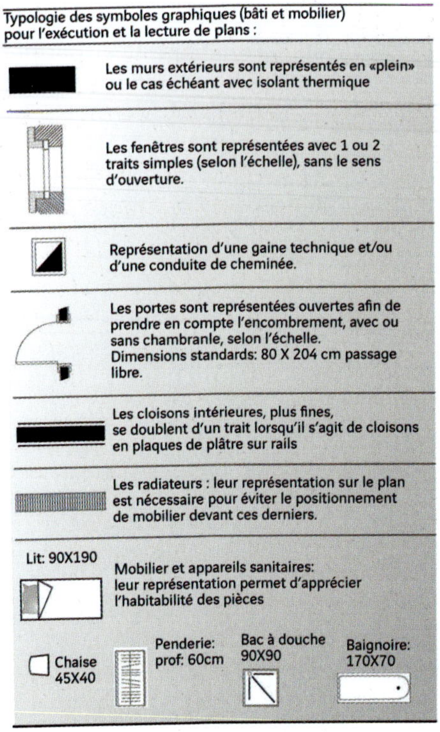

↑ *Les symboles de représentation et de lecture d'un plan*

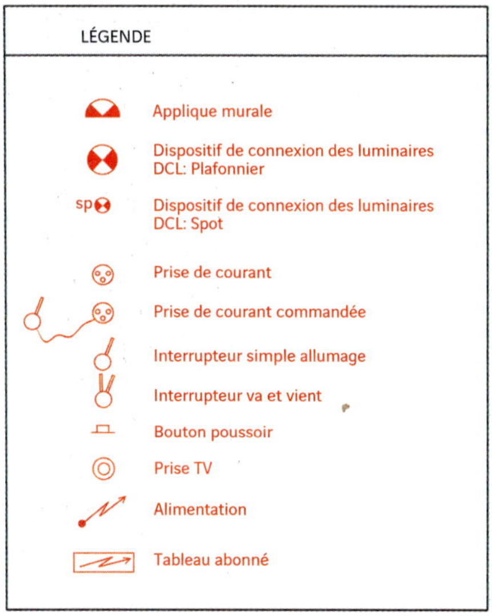

↑ *Exemple d'une légende d'un plan électrique*

B. L'élévation

Elle consiste à représenter à plat et sous forme de projection orthogonale le mur de la pièce. Une élévation représente donc l'espace dans sa **hauteur** sol/plafond et permet de positionner à l'échelle, portes, fenêtres, mobilier, interrupteurs, allèges (hauteur sol/début fenêtre)... Les critères de représentation et l'échelle sont identiques à ceux du plan.

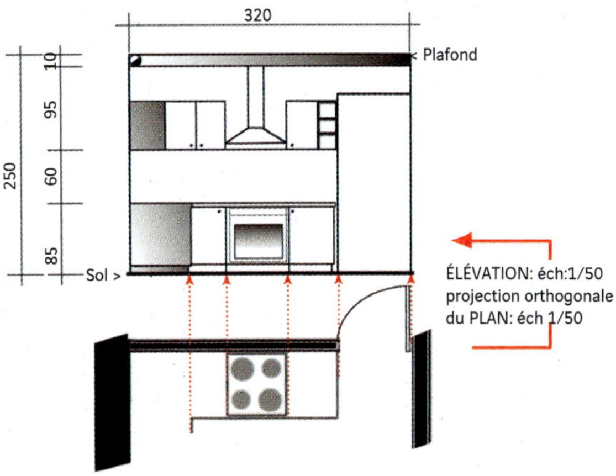

↑ *Le procédé de mise en élévation d'un plan (réduction)*

C. La coupe

Elle correspond en général aux endroits les plus complexes d'un bâtiment et permet la compréhension des volumes internes. En aménagement intérieur elle permet de solutionner des difficultés techniques.

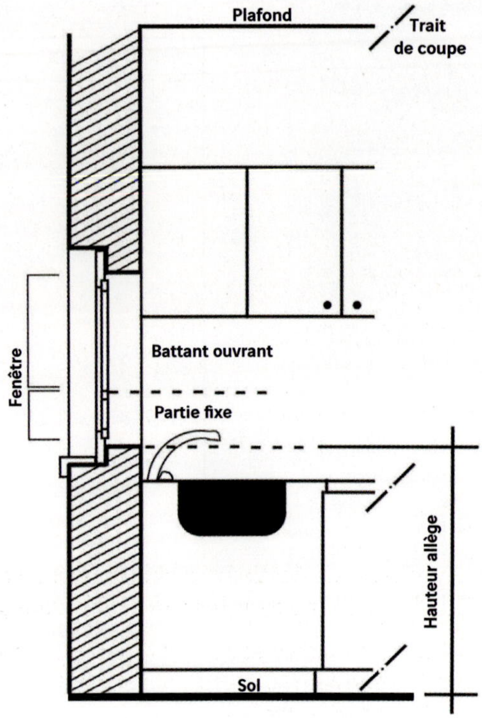

↑ *Coupe d'un élément de cuisine devant une fenêtre*

D. La perspective

■ Elle permet de visualiser l'espace en 3 dimensions sur un support plat. La perspective conique à 1 ou 2 points de fuite est celle qui donne l'image la plus « réelle » de l'espace. Elle utilise comme référence l'échelle humaine, matérialisée par la ligne d'horizon (LH : hauteur des yeux) et fait converger les fuyantes des volumes vers les points de fuite qui se trouvent sur la ligne d'horizon.

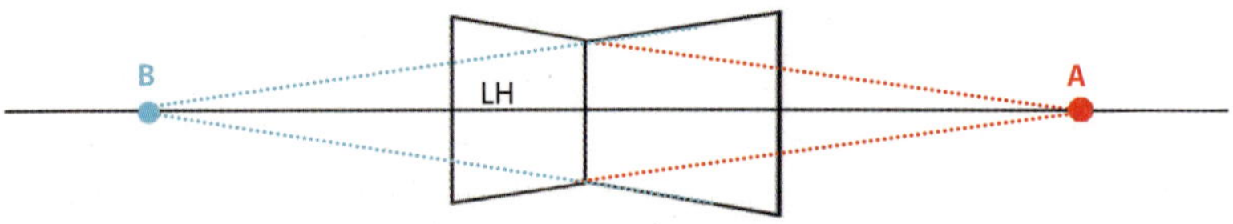

↑ *Principe de construction d'une perspective à deux points de fuite*

■ Lorsqu'il s'agit d'une perspective d'ambiance, le concepteur intègre dans son dessin des effets de matière, de lumière, des harmonies colorées, du mobilier… afin d'être le plus fidèle possible à son projet et à ses intentions. La perspective étant un exercice de construction difficile, les mesures sont rarement réelles.

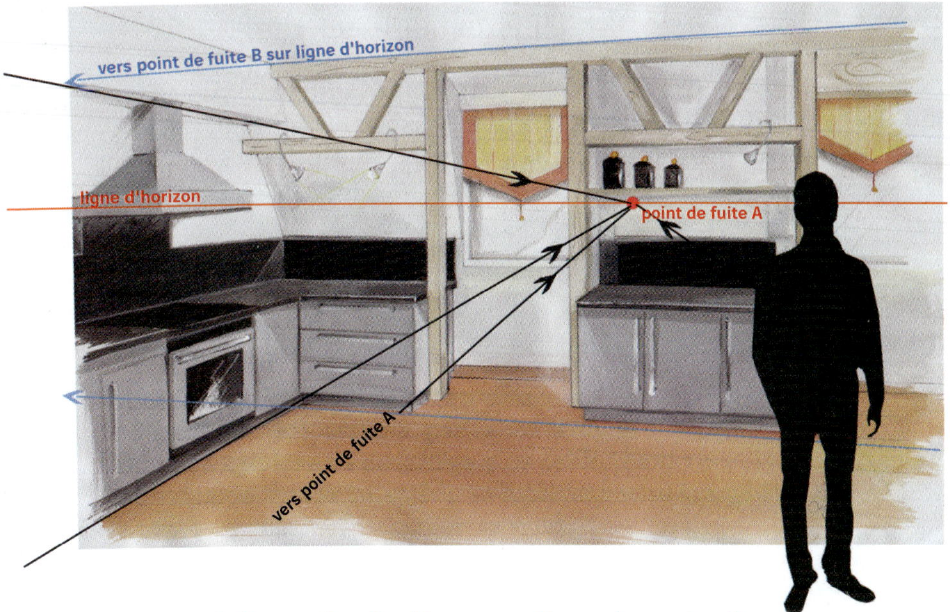

↑ *Perspective d'ambiance avec lignes de construction*

3 L'échelle humaine

■ Quel que soit l'usage, un espace est destiné à recevoir des personnes. C'est pourquoi il faut tenir compte de la taille de l'homme dans les représentations graphiques de l'espace.

■ Prendre en compte les proportions humaines permet de créer un environnement accueillant et pratique, c'est l'ergonomie. L'ergonomie prend en compte la taille des personnes ainsi que le degré d'effort à fournir pour réaliser la tâche.

■ Ainsi, pour faciliter le déplacement des personnes, il est d'usage de prévoir au minimum 60 cm d'espace entre les différents éléments de mobilier ou de bâti au sein d'un logement.

↑ *Prise en compte de l'échelle humaine en élévation. Ergonomie : accessibilité aux étagères, hauteur du plan de travail…*

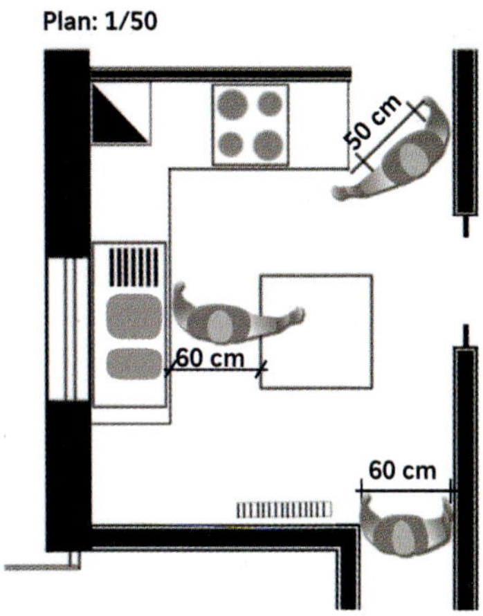

↑ *Prise en compte de l'échelle humaine en plan : largeur des épaules 50 cm*

AMÉNAGEMENT DES ESPACES DE VIE

Organiser l'espace intérieur

Organiser et aménager l'espace intérieur consiste à répartir des espaces de vie selon les besoins et les attentes d'un public.

1 Le cahier des charges

■ Le cahier des charges est un **document écrit qui permet de formaliser et d'expliquer aux différents acteurs du projet les besoins et les attentes de l'usager**. Il s'appuie sur l'analyse critique et fonctionnelle du lieu et propose de nouvelles répartitions conditionnées :
- par la structure existante de l'enveloppe : obstacles, dimensions, ouvertures, aspects techniques ;
- par les activités qui doivent s'y dérouler : manger, dormir, travailler, se laver... ;
- par les ressources techniques et budgétaires ;
- par les modes de vie et les rapports humains envisagés entre les usagers du lieu ;

■ Élaborer un cahier des charges est essentiel afin de décrire les solutions fonctionnelles et esthétiques proposées. Il accompagne les plans.

A. Les solutions esthétiques

■ Il s'agit de proposer un ensemble visuellement harmonieux en équilibrant judicieusement :
- les **volumes** : réfléchir à l'encombrement de la pièce (mobilier), aux rapports de proportions entre les objets ainsi qu'aux liaisons entre les différents espaces (espace clos, espace ouvert) ;
- les **couleurs** : proposer des harmonies colorées adaptées à la dimension, à la luminosité et à la fonction de la pièce ;
- la **lumière** : créer une ambiance lumineuse en jouant avec les sources lumineuses (éclairage naturel, artificiel) et les modes d'éclairage (direct, indirect) ;
- les **matériaux** : proposer des matériaux innovants adaptés au lieu, qui captent la lumière et les couleurs.

■ Accorder un soin particulier au choix du mobilier, des couleurs, des matériaux et de la lumière peut créer une sensation de bien-être en stimulant les sens du toucher (texture), de la vue (matériaux, couleurs, lumière, volumes) et de l'ouïe (insonorisation de l'espace).

B. Les solutions fonctionnelles

Il s'agit de proposer un aménagement et une distribution de l'espace qui soient fonctionnels et ergonomiques. Pour cela, il faut prendre en compte les données techniques existantes :
- l'**emplacement ainsi que le sens d'ouverture des portes** qui permettent d'établir le cheminement dans l'espace ;
- l'**emplacement des fenêtres** qui régit le positionnement du mobilier et le degré de luminosité de la pièce ;

– les **arrivées de gaz, d'eau, d'électricité** ainsi que les **évacuations** qui sont nécessaires pour rendre fonctionnelles certaines pièces particulièrement techniques telles que la cuisine et la salle de bains.

2 Les espaces de vie dans la sphère privée

■ La nécessité qu'éprouve l'individu de vivre en groupe tout en préservant son intimité, conditionne la répartition de l'espace en zones jour et nuit. Ainsi, la cuisine et le séjour sont des lieux de rencontre qu'il faut situer dans la partie jour du logement à proximité de l'entrée. En revanche on isole les chambres dans la partie la plus calme, loin des espaces de réception ; c'est un espace de repos.

■ Le logement se subdivise en pièces principales (séjour, chambres...) et en pièces de service (cuisine, buanderie, salle de bains, dressing, WC, débarras, dégagements...). L'équipement de chaque pièce varie selon la fonction d'usage de l'espace.

A. La cuisine

■ Cet espace technique dédié à la préparation des aliments peut ou non selon sa dimension et le choix des usagers offrir la possibilité d'y prendre certains repas. C'est un espace qui tient une place essentielle dans l'habitat humain et qui évolue en fonction des innovations techniques et des changements sociaux. Qu'elle soit ouverte sur la pièce de séjour ou uniquement consacrée à la préparation des repas (cuisine laboratoire) elle est un lieu de rencontre et d'échange, elle joue un rôle social.

■ Une cuisine doit être ergonomique. Il est donc nécessaire de disposer les trois pôles essentiels : le stockage (réfrigérateur), le lavage (évier et lave-vaisselle) et la cuisson (four et plaque de cuisson) de manière à former un triangle d'activité le plus petit possible pour éviter des déplacements trop longs. Les principales configurations sont les suivants :

– **la cuisine en I** pour un espace réduit dans lequel on ne dispose que d'un mur. Cette configuration ne permet la présence que d'une seule personne. C'est un espace clos isolé du reste du logement.

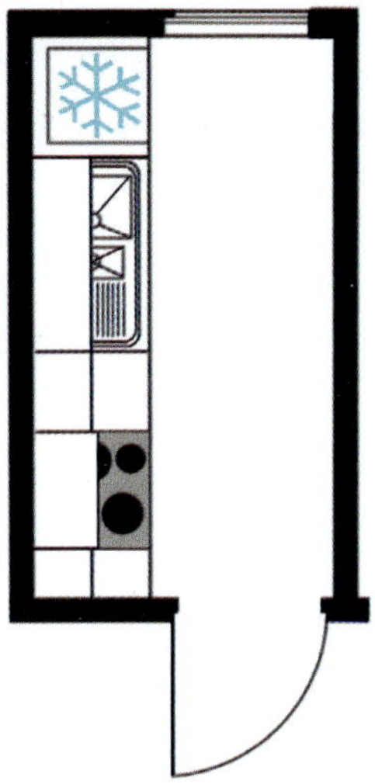

↑ *Cuisine laboratoire, aménagement sur un mur*

– la **cuisine en parallèle** pour une pièce longue et étroite qui induit un sens de circulation car elle dispose d'une ouverture à chaque extrémité (porte et porte-fenêtre). De dimensions plus grandes, cet espace permet une disposition plus ergonomique des trois pôles essentiels ;

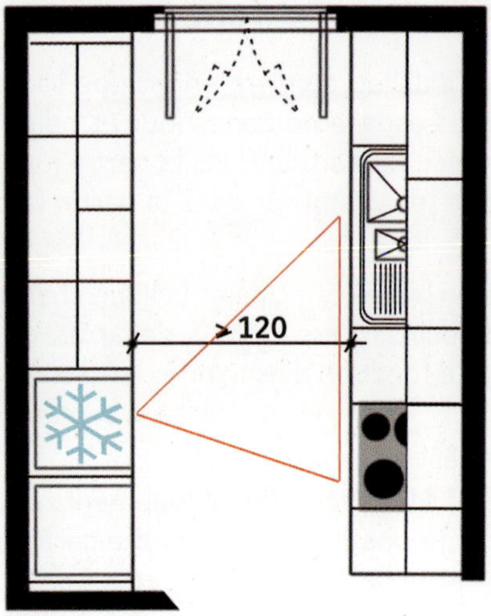

Cuisine en parallèle aménagée sur deux murs en vis-à-vis

– la **cuisine en L (version 1)** occupe 2 pans de murs dans une pièce de dimension réduite. Cette configuration est pratique car elle est compacte. Le point d'eau se situe généralement devant la fenêtre lorsque la hauteur d'allège le permet. Le troisième mur reste volontairement nu afin de faciliter la circulation ;

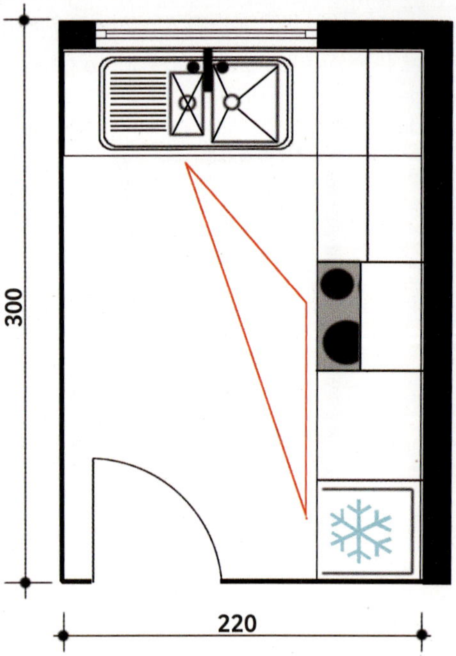

Cuisine en L

– la **cuisine en L (version 2)** : selon le positionnement de la porte, cette configuration peut s'avérer plus spacieuse en offrant un espace libre idéal pour une table et en diversifiant ainsi les usages du lieu (cuisiner, manger) ;

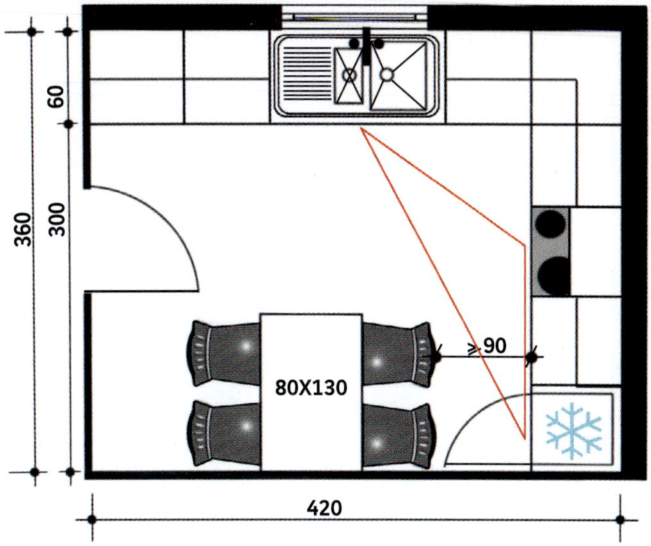

↑ *Cuisine en L avec possibilité d'y manger*

– la **cuisine en U** : c'est avec le mouvement moderne entre les deux guerres que Margarete Schütte-Lihotzky conçoit cette disposition pratique et ergonomique en fer à cheval. Elle dispose d'un grand nombre de rangements et de surfaces de travail. Plusieurs personnes peuvent y travailler en même temps ; cependant elle nécessite relativement beaucoup d'espace. Elle peut être ouverte sur le séjour ;

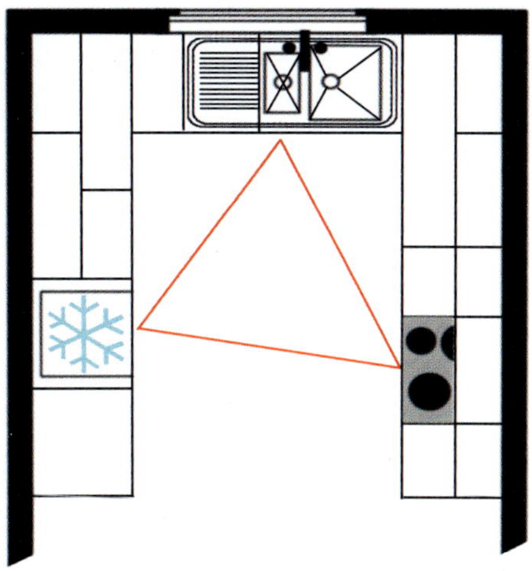

↑ *Cuisine ergonomique en fer à cheval*

– la **cuisine à bloc central** : elle nécessite une grande surface car il est essentiel de pouvoir circuler autour du bloc central de cuisson. Souvent ouverte sur le séjour, une table avec des tabourets prolongent le bloc. Les principales données techniques qui conditionnent le positionnement des équipements, du matériel et du mobilier dans une cuisine sont illustrées dans la figure ci-dessous.

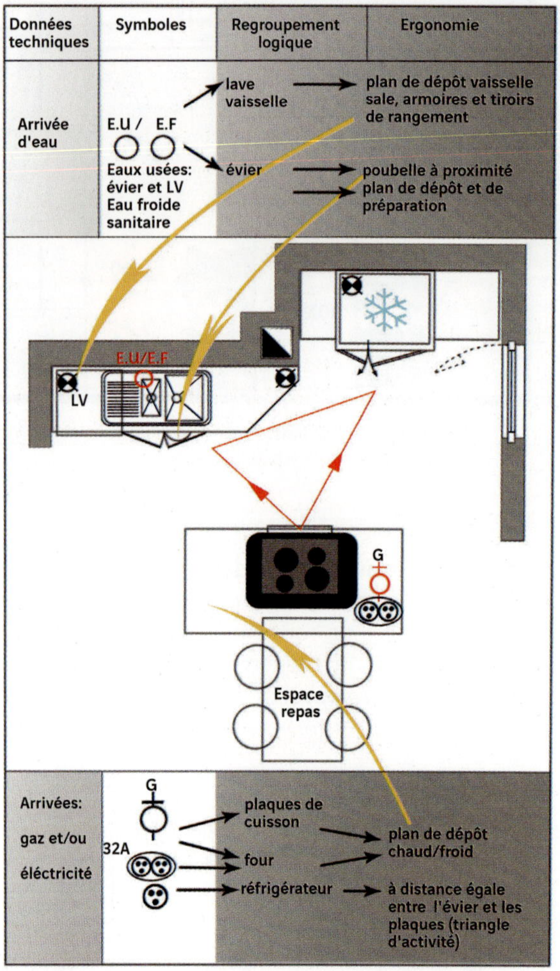

Les données techniques à prendre en compte pour une cuisine à bloc central

B. La salle de bains

Cet espace technique destiné à l'hygiène corporelle est composé d'équipements fonctionnels et ergonomiques : lavabo, baignoire et/ou douche et dans certains cas, les toilettes. Dans la plupart des logements collectifs, cet espace est devenu une pièce souvent sans fenêtre et de très petite surface. Étant donné que l'ensemble des dispositifs nécessite l'eau, il est essentiel d'apporter un soin particulier :

- **au choix des matériaux** : antidérapants et d'entretien facile ;
- **au respect des normes de sécurité** : électricité et ergonomie (voir fiches 65. et 66.).

Fiche 98

L'espace et la couleur

La couleur est indissociable de la lumière et joue au même titre que celle-ci un rôle essentiel dans l'aménagement des espaces. Elle crée l'ambiance du lieu et suscite de nombreuses émotions. Pour réaliser des harmonies colorées, il est nécessaire de comprendre la place qu'occupe chaque couleur sur le cercle chromatique (théorie de la couleur).

1 La couleur

- La couleur se décrit selon 3 paramètres :
  - la **saturation d'une couleur** : une couleur est saturée lorsqu'elle est vive, sans ajout de blanc, noir, gris ou de couleur complémentaire (orange, vert, violet) ;
  - la **luminosité d'une couleur** correspond à sa valeur ou à sa clarté selon qu'elle est plus ou moins additionnée de blanc ou de noir. Le noir et le blanc sont ses limites. Entre les deux, le nombre des valeurs est infini ;

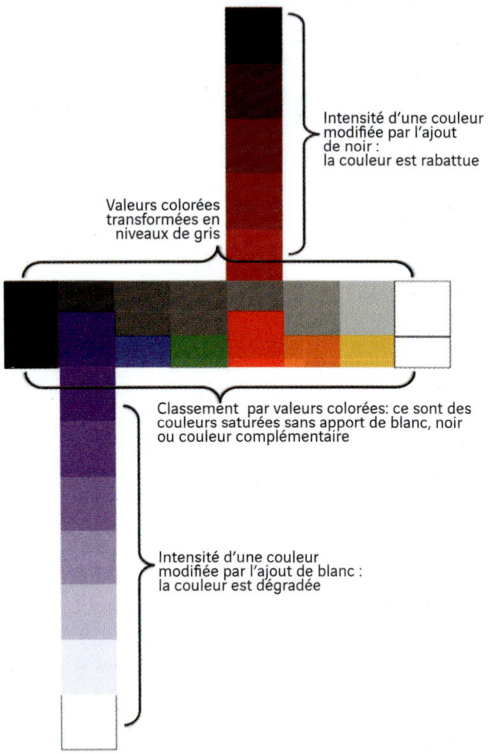

↑ *Saturation et degré de clarté ou d'obscurité d'une couleur*

– la **tonalité d'une couleur** ; il s'agit de la teinte dominante. L'ensemble des tons d'une couleur s'appelle une gamme (gamme de rouges, gamme de bleus...).

Gamme de teintes rouges

■ Le cercle (ou étoile) chromatique est un outil très pratique dont la fonction est de :

– **présenter l'enchaînement des douze couleurs pures** (primaires, secondaires, tertiaires) pour bien définir la place de chacune d'entre elles ;
– **faciliter l'observation des liens qui existent entre les couleurs** : harmonies et contrastes ;
– **faciliter la recherche d'harmonies** en visualisant des séries de couleurs qui s'accordent les unes aux autres.

MÉMO En mélangeant les 3 couleurs primaires, on obtient du noir.

P : primaires : jaune, bleu cyan, rouge magenta.
S : secondaires : vert, violet, orange.
T : tertiaires : jaune orangé, rouge orangé, rouge violacé, violet bleuté, jaune verdâtre, vert bleuté.

Classement des couleurs sur étoile chromatique

2 Les accords de couleurs

A. Les harmonies colorées dans l'aménagement intérieur

■ Créer une harmonie colorée, c'est associer des couleurs qui s'accordent entre elles afin de proposer un intérieur visuellement confortable. La couleur doit véhiculer un sentiment de bien-être. Cet exercice assez subjectif appartient au domaine des sensations et donc du vécu personnel. Cependant, certaines règles sont applicables mais doivent être ajustées en fonction :

– de la dimension de la pièce ;
– de la luminosité qui y règne (éclairage naturel, artificiel) ;
– de la destination de la pièce (local de travail, de repos...).

■ La dominante est la couleur qui va occuper la plus grande surface et servir de support aux autres couleurs. Elle va déterminer la palette de base. C'est donc cette couleur qui doit être choisie en premier.

■ Pour avoir un aperçu de la combinaison retenue, il est essentiel de réaliser une planche « tendance » avec les références des coloris d'après nuancier et d'appliquer les différents coloris sous forme d'aplat (uniformément) sur une perspective ou des élévations.

Palette de couleur	Pour créer un contraste...	Interaction entre les couleurs	Les effets dans l'espace
Harmonie de couleurs froides 	Dominante froide avec apport de couleurs chaudes	Ce contraste chaud/froid a pour effet de rendre les couleurs chaudes plus chaudes lorsque celles ci jouxtent des couleurs froides et vice versa	Les couleurs froides donnent une illusion d'agrandissement d'un espace. Elles sont apaisantes, incitent au repos
 Harmonie de couleurs chaudes	Dominante chaude avec apport de couleurs froides		Les couleurs chaudes donnent une illusion de rétrécissement d'un espace. Elles sont énergisantes et chaleureuses
Les camaïeux  Différents tons d'une même couleur (gamme de rouges)	Le contraste est possible en variant: - la saturation - la luminosité - les textures - et la brillance des matériaux	Pour une même tonalité la texture lisse paraît plus claire que la texture rugueuse	Intérieurs sophistiqués lorsqu'il y a utilisation de textures différentes de mêmes tonalités

Harmonies équilatérales  Ce sont trois couleurs au choix qui se situent à distance égale sur le cercle.	On obtient un contraste de: 2 teintes chaudes et une teinte froide ou inversement	Il n'y a pas de passage progressif entre les couleurs	Ces accords colorés sont plutôt adaptés à des espaces de vie dynamiques. Il est préférable d'opter pour une dominante et une tonique. La dominante sera chaude ou froide selon qu'elle prédomine dans le choix initial. 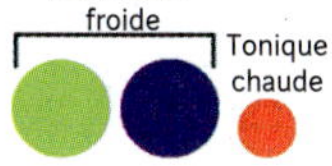

↑ *Les compositions chromatiques*

Les complémentaires  Ce sont les couleurs diamétralement opposées sur le cercle chromatique: - rouge/vert - bleu/ orange - jaune/violet Toute couleur a sa complémentaire.	Lorsque les couleurs sont saturées, elles sont difficiles à mettre en scène. Une monochromie peut être rehaussée par une touche de sa complémentaire	Ce contraste donne du caractère car c'est la plus petite touche (tonique) qui sera la plus visible.	Intérieur qui surprend lorsque la complémentaire est appliquée sur un détail sans importance (cadre de fenêtre, tuyauterie, petit élément de structure...)
Les accords de couleurs consécutives  Ce sont deux ou plusieurs couleurs qui se suivent sur le cercle.	→ Cette composition peut s'accompagner d'une «tonique» de couleur complémentaire (tonique: couleur qui va occuper une surface réduite)  	Ces compositions sont faciles d'utilisation car le passage entre les teintes est progressif (dégragé de couleurs) La tonique donne un coup d'éclat à la composition.	Ces accords créent des ambiances apaisantes. Il est nécessaire d'avoir une dominante.

↑ *Les compositions chromatiques (suite)*

B. Les tons neutres en aménagement intérieur

Les coloris neutres sont le gris, le noir et le blanc. Cependant, en décoration, la gamme s'élargit à toutes les teintes claires dites « passe-partout » (crème, ivoire, ocres clairs...) :

- lorsque le gris est associé à une couleur saturée, ce dernier se transforme visuellement et se charge de la couleur complémentaire de celle-ci ;
- lorsqu'une couleur est associée à du noir, celle-ci paraît plus lumineuse ;
- lorsqu'une couleur est associée à du blanc, celle-ci paraît plus sombre.

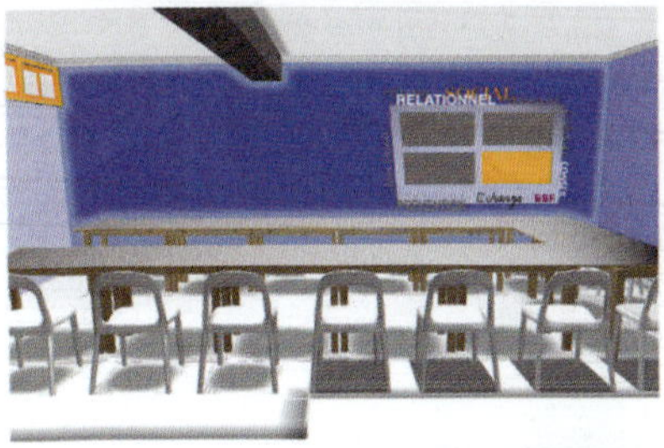

Dominante froide avec apport d'une tonique chaude (complémentaire)

Accord de 2 couleurs consécutives avec apport d'une tonique

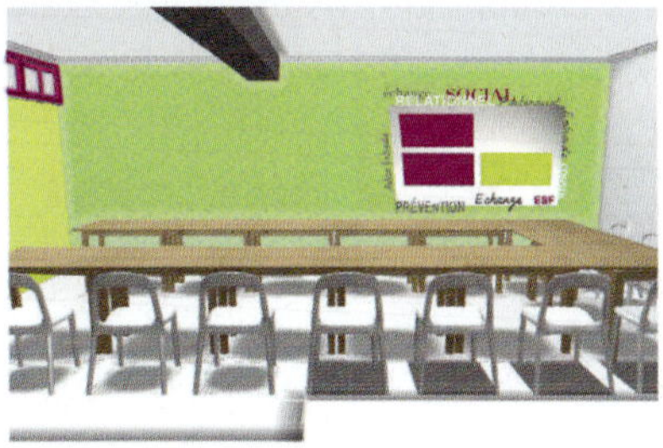

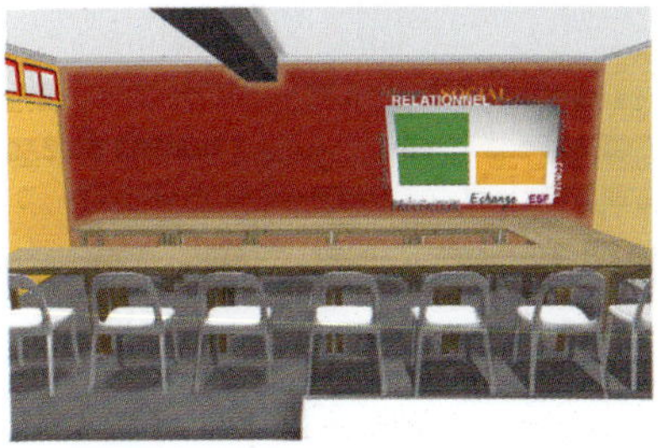

Dominante chaude avec apport d'une tonique froide (complémentaire)

↑ *Mise en scène d'harmonies colorées, outil informatique*

3 Les couleurs et leurs fonctions

- La couleur transforme tout, elle permet :
  - de **créer des illusions d'optique** : agrandissement ou rétrécissement d'un volume, par exemple rabaisser visuellement une hauteur sous plafond excessive ou élargir visuellement un espace trop étroit ;
  - de **délimiter visuellement une zone dans un espace**, par exemple isoler par la couleur un espace kitchenette du restant de la pièce ;
  - de **diriger et d'orienter les déplacements** dans de grandes structures ;
  - d'**humaniser certains lieux** par son apport psychologique (maisons de retraite et hôpitaux) ;
  - de **mettre en garde et de participer à la sécurisation d'un lieu**, par exemple dans une chaufferie ou laverie. La couleur devient fonctionnelle ;
  - de **rompre l'uniformité d'un espace** avec l'apport d'un rythme chromatique.

- Le choix d'une harmonie colorée est à mettre en relation avec la fonction du lieu :
  - dans les **zones de sommeil** : privilégier des tons pastel et des couleurs apaisantes liées au repos ;
  - dans les **zones de restauration et de détente** : privilégier les couleurs de saturation moyenne liées à l'éveil ;
  - dans les **zones de circulation et d'activités physiques** : privilégier les couleurs vives et intenses liées au mouvement.

Le design de produits

Le design de produits englobe toutes les activités liées à la conception et à la réalisation des objets industrialisés et commercialisés. Il a pour mission d'améliorer l'usage des objets ainsi que les comportements et le cadre de vie des utilisateurs. Le design de produits est devenu un enjeu de croissance et de compétitivité pour certaines entreprises (Ikea, Apple, Vitra, Alessi...) qui n'hésitent pas à faire appel à de grands noms pour promouvoir leurs produits.

1 L'objet usuel

■ C'est l'objet qui nous entoure et que nous utilisons au quotidien, celui auquel nous ne prêtons plus attention : le mobilier, les ustensiles ménagers, les vêtements... Tous les objets de la vie courante émanent d'une démarche de design de produits.

■ La diversification croissante de l'offre entraîne d'ailleurs l'utilisateur dans une consommation effrénée en quête d'un style ou d'une mode sans cesse renouvelés et personnalisés.

2 Les différentes fonctions de l'objet

■ Les critères pris en compte lors de l'acquisition d'un produit sont multiples. Ainsi un utilisateur peut privilégier :

- la **fonction d'usage** : qui consiste à améliorer les services rendus par le produit. C'est ce que l'on demande au produit par rapport au besoin de l'utilisateur. À quoi sert-il ? On va donc surtout poser la question de la fonctionnalité qui induit inévitablement une notion d'ergonomie ;
- la **fonction d'estime** : qui établit un lien affectif entre l'objet et l'utilisateur. Quelles sont les raisons personnelles, émotionnelles ou culturelles qui incitent l'utilisateur à choisir cet objet ? ;
- la **fonction esthétique** : qui met l'accent sur l'aspect plastique afin de rendre l'objet toujours plus attrayant (formes, matières et couleurs). L'objet est-il beau ? Cette question renvoie à l'appréciation personnelle de chacun ;
- la **fonction symbolique** : l'objet peut faire référence à la propre culture et à la propre vision des choses de l'utilisateur. Cette fonction relève donc du signe, du symbole, de l'identité, du statut social... de l'utilisateur ;
- la **fonction technologique** : qui consiste à mettre en avant les matériaux et les nouveaux procédés de fabrication ;
- la **fonction écologique** : dans un souci de réduction des déchets et de recyclage des objets.

■ Le coût de l'objet reste un critère de choix essentiel.

Fonctions	Questionnement relatif à l'objet
Fonction d'usage: > fonctionnalité > ergonomie > mode d'emploi	> À quoi sert cet objet? > Est-il à l'échelle humaine? (corps, main..) > Est-il confortable? > Est-il facile à manipuler? > Comment se sert-on de l'objet?
	Bouilloire avec oisillon pour Alessi par Michæl Graves 1985
Fonction d'estime: > affectif, poétique	> À qui est destiné cet objet? > Se dégage-t-il une charge émotionnelle de l'objet? > Quels sont les paramètres plastiques qui le rendent affectif?
Fonction esthétique: > forme, couleur matière	> Quelle est la forme de l'objet? > Agit-elle par contraste avec son environnement ou s'y intègre-t-elle? > Les couleurs évoquent-elles une impression? un code? une tradition? une culture? > Les matières évoquent-elles une impression? (chaud/froid, mat/brillant, dur/mou...)

Fonctions	Questionnement relatif à l'objet
Fonction symbolique: > signification, sens de l'objet pour l'utilisateur.	> À quoi cet objet me fait-il penser? > Cet objet possède-t-il des références? Culture, tradition, comportement de l'utilisateur...
Fonction technologique: > fabrication de l'objet, technologie des matériaux.	> Quel est le mode de production? artisanal/industriel, unique/sériel... > Quels sont les matériaux utilisés? > Quel est le procédé de fabrication? (relatif au matériau)
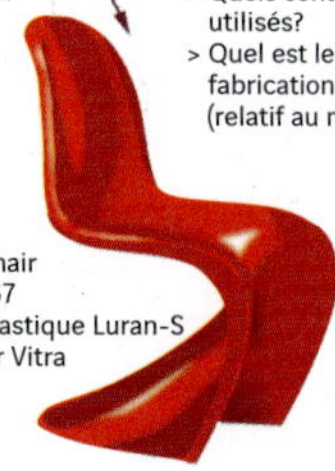	Panton Chair 1960-1967 Thermoplastique Luran-S Editée par Vitra
Fonction écologique: > le recyclage	> Quelle est la matière première qui compose l'objet? > Est-elle recyclable? > Quelle est sa durée de vie?
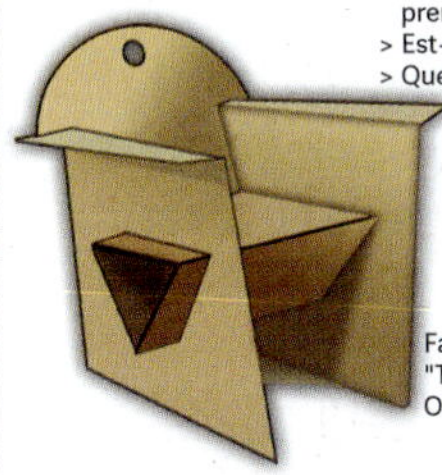	Fauteuil en carton "Tea For One" Olivier Leblois

↑ *Questionnement qui permet de déterminer la ou les fonctions prédominantes d'un objet*

3 Les objets de design : le mobilier

■ Dans la démarche de projet qui consiste à aménager des lieux, la sélection du mobilier prend en compte, avant tout, la **nature du lieu** (espace privé, espace public) et la **fonction** de ce dernier (consommation, travail, accueil...). Ce sont ces données associées à des critères de qualité (matériaux, techniques de réalisation), de budget (coût) et de besoins (attentes) qui vont orienter le choix.

■ Le mobilier doit être en adéquation avec le lieu et la fonctionnalité attendue.

■ En dehors de sa dimension fonctionnelle, le mobilier donne un style à la pièce et crée l'ambiance. Il peut être sur pied ou encastré.

A. Les meubles sur pied

■ Les meubles sur pied, fabriqués industriellement ou en série, sont les plus utilisés car ils ont de nombreux avantages. Ils peuvent :
- être déplacés facilement ;
- permettre un changement de style plus régulier (coût, association de meubles...) ;
- agrémenter l'espace en créant une accroche visuelle et culturelle lorsque le meuble est une pièce originale (pièce unique : fonction d'estime, esthétique ou symbolique).

- Cependant :
  - ils ne permettent pas d'optimiser l'espace ;
  - l'association de meubles divers peut créer un style éclectique sans charme (mélange des styles) ;
  - le choix de meubles aux dimensions inappropriées et variées peut engendrer un risque de disproportion dans l'espace.

B. Les meubles encastrés

- Les meubles encastrés sont réalisés sur mesure le plus souvent par des artisans. Ils ont l'avantage :
  - de s'intégrer parfaitement dans l'espace ;
  - d'être fixés aux murs (il en résulte un aspect sécuritaire) ;
  - de créer une unité dans le style, une harmonie d'ensemble ;
  - de devenir un bien immobilier.
- Cependant :
  - le coût du mobilier sur mesure est bien plus élevé car la main-d'œuvre est spécialisée (ébénistes, ferronniers d'art, peintres décorateurs, doreurs...) ;
  - pour le bon déroulement de la réalisation, l'intervention d'un designer d'espace est nécessaire. Ce dernier se charge des plans d'exécution et du cahier des charges car il s'agit d'adapter le mobilier à l'échelle humaine et à la fonction attendue (ergonomie) ;
  - si la durée de vie plus longue est un avantage, le renouvellement de style s'avère plus complexe.

C. Les meubles standard

Sont des meubles réalisés en grande série d'après des normes de fabrication (mesures standard) et qui peuvent être encastrés par un ajustement. C'est le cas d'une cuisine intégrée.

Fiche 100

Méthodologie pour l'élaboration d'un projet d'aménagement

L'exemple ci-dessous répond aux valeurs et besoins propres d'une structure bien définie. La méthodologie utilisée pour élaborer ce projet d'aménagement intérieur reprend les différentes phases d'élaboration d'un projet afin de parvenir aux réponses les plus appropriées.

1 Étude de cas : le contexte

■ Un technicien supérieur exerçant dans un CHRS accueillant de jeunes mères et leurs enfants en rupture sociale et familiale est chargé, dans le cadre de ses missions, de réorganiser et d'aménager l'espace d'accueil situé à l'entrée de la structure.

■ Pour cela, il prend en compte :
- les **usagers**, qui sont déterminants dans le choix du mobilier, des couleurs, des matériaux... ;
- le **statut et les missions du CHRS**, afin de répondre aux normes d'accueil (pour les personnes handicapées) mais également dans le but de véhiculer l'image de la structure sur le plan stylistique ;
- l'**espace requis pour le projet** ainsi que toutes les contraintes structurelles et techniques qui s'y réfèrent (accès, dégagements, cloisons, sens de circulation, arrivées électriques...) ;
- les **moyens financiers** alloués au projet ;
- la **fonction future de l'espace** en listant les activités visées : accueil et attente des usagers, inscriptions, secrétariat, gestion des clefs, standard téléphonique...

2 L'élaboration du projet

Le processus évolutif, qui permet de concevoir l'ensemble du projet, se découpe en différentes phases et consiste à se projeter dans l'espace futur (état projeté) en partant de l'espace existant (état des lieux). Pour aboutir à cette finalité, il est nécessaire, à chaque étape, de diagnostiquer les besoins tant techniques que fonctionnels.

A. La phase de relevé

Elle consiste à faire un tracé à main levée de l'espace à aménager, puis à relever les mesures réelles à l'aide d'un laser ou d'un mètre. Outre une prise en compte des volumes existants, cette pratique permet de faire un inventaire et un diagnostic technique. Un relevé photographique complète la démarche.

B. La phase de traçage du plan (état des lieux)

En prenant appui sur le relevé, il s'agit de tracer à l'échelle retenue le plan de l'espace à aménager afin de pouvoir évaluer par la suite la faisabilité du projet d'intention.

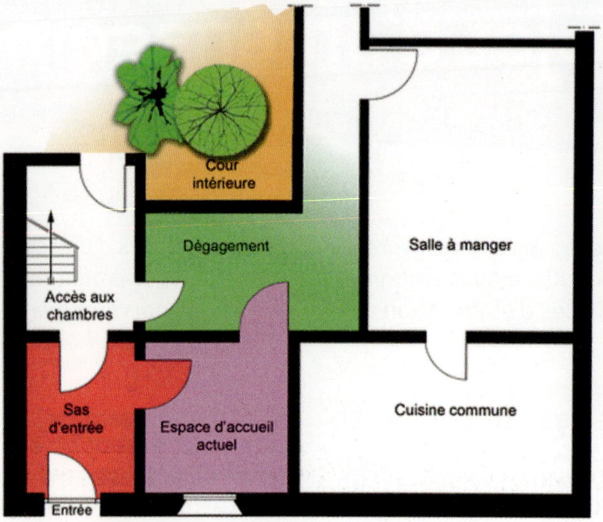

Plan CHRS, état des lieux (hors échelle)

C. La phase de recherche documentaire

Elle consiste à s'inspirer de situations similaires. Il ne s'agit en aucun cas de reproduire des aménagements ou mobiliers existants, mais plutôt de s'en inspirer afin d'élaborer une stratégie adaptée à l'espace et aux valeurs du CHRS.

D. La phase de conception

Elle consiste à trouver une idée générale et phare du projet. Cette dernière découle des **recherches documentaires** ou des **valeurs véhiculées par la structure**.

1. Les recherches documentaires

Elles impulsent l'aspect formel de la banque d'accueil, par exemple sous forme de lignes, plans ou volumes.

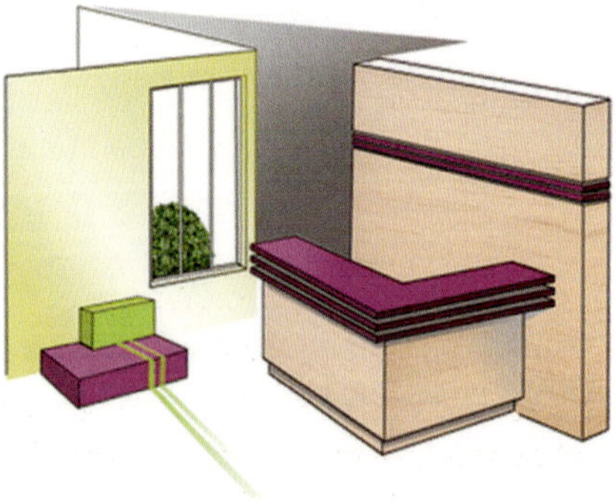

Banque d'accueil avec jeux de lignes

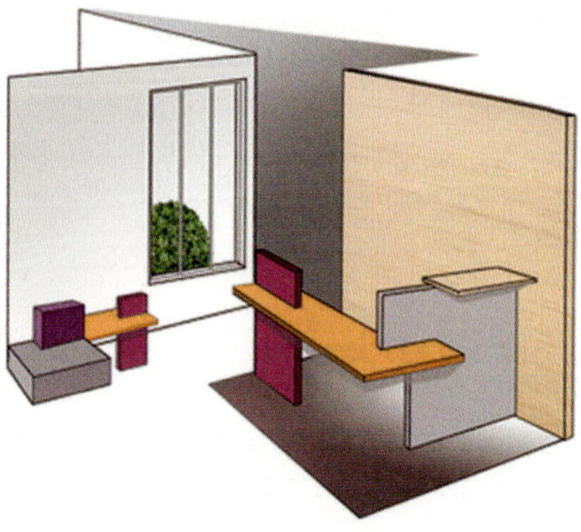

Banque d'accueil, imbrication de plans

↑ *Banque d'accueil, imbrication de volumes*

2. Les valeurs véhiculées par la structure

■ Les **valeurs de « partage et d'échange »** incitent à créer, si possible, un espace plus ouvert, confortable, favorisant le rassemblement et l'échange, et éventuellement multifonctionnel (regroupant des espaces jeux, détente, lecture, collations...). Dans ce cas, le point fort à développer sera la distribution et l'articulation entre ces espaces collectifs.

■ Les **valeurs « d'économies »** incitent quant à elles à se tourner vers un concept de recyclage des matériaux (par exemple des palettes en bois), ou de récupération de mobilier ancien à customiser (esprit vintage).

↑ *Banque d'accueil, recyclage de palettes en bois*

E. La phase de mise en forme (état projeté)

■ C'est la phase qui consiste à formaliser l'organigramme des principes de circulation et d'implantation du mobilier qui semble répondre le mieux aux besoins des usagers.

■ Il s'agit donc de produire les documents aidant à la compréhension et par conséquent à la communication du projet : plans, coupes, croquis et éventuellement maquette en volume.

■ Cette phase s'accompagne généralement d'écrits justifiant les choix opérés tout au long de la mise en place du projet. Il s'agit de la verbalisation du concept.

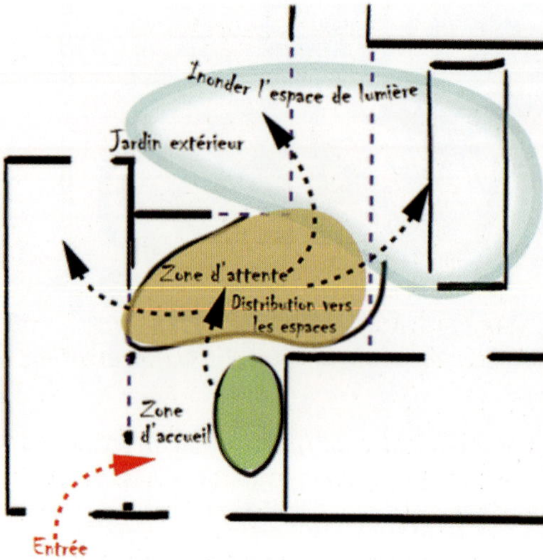

↑ *Organigramme de distribution des espaces*

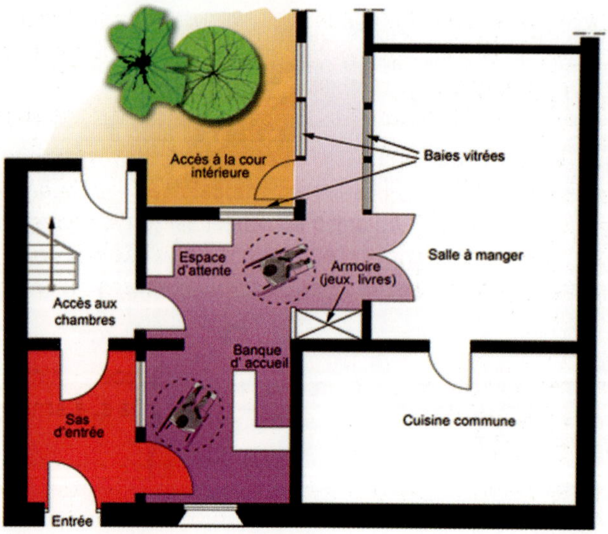

↑ *Plan d'aménagement de l'espace d'accueil du CHRS (hors échelle)*

Conseil et expertise technologiques – U2
Durée : 4 heures
Coefficient : 6

L'ÉPICERIE SOLID'R

■ Vous êtes technicien(ne) supérieur(e) en ESF (TS ESF) dans l'épicerie solidaire « Solid'R ». Cette structure est portée par une entreprise d'insertion et financée en partie par l'État, les industries agro-alimentaires, la grande distribution et des dons de particuliers. Au-delà de sa mission d'aide alimentaire, Solid'R se veut une structure de promotion de la santé et du développement durable.

■ Solid'R est aussi un lieu d'échanges, d'information et de conseil qui propose des ateliers éducatifs concernant l'alimentation (nutrition et santé, cuisine, achats raisonnés), l'écocitoyenneté, la parentalité, l'activité physique...

■ Les clients bénéficiaires sont orientés vers l'épicerie solidaire par un travailleur social. La durée d'accès aux prestations de l'épicerie solidaire est limitée et chaque client bénéficiaire est accompagné afin de travailler son projet personnel à réaliser durant le temps d'accès à l'épicerie solidaire.

■ En tant que TS ESF dans l'épicerie solidaire, vous avez comme fonctions :
- d'animer certains ateliers éducatifs en lien avec la vie quotidienne ;
- de conseiller les ménages dans leur gestion budgétaire ;
- de former les bénévoles en charge de la réception et de la mise en rayon des denrées.

■ Dans le cadre de la loi de transition énergétique pour la croissance verte de 2015, la France s'est fixé des objectifs ambitieux pour passer d'un modèle linéaire « fabriquer, consommer, jeter » à un modèle circulaire qui ambitionne de limiter au maximum l'impact environnemental de nos consommations. Publiée le 23 avril 2018, la feuille de route pour l'économie circulaire propose ainsi de passer à l'action en présentant des mesures concrètes, réparties en 4 thèmes :
- mieux produire ;
- mieux consommer ;
- mieux gérer nos déchets ;
- mobiliser tous les acteurs.

■ Les bénéficiaires de l'épicerie solidaire expriment des difficultés à réaliser des achats raisonnés en termes d'alimentation équilibrée et de développement durable et à gérer leurs déchets.

■ Afin de vous inscrire dans le cadre législatif actuel, vous proposez plusieurs ateliers.

Entraînement

Premier travail

Lutter contre le gaspillage alimentaire (1,5 point)

Avec le vote de la loi sur le gaspillage alimentaire en 2016, les grandes surfaces ont l'obligation de nouer un partenariat avec une association et de lui donner une partie de ses invendus non périmés en échange de déductions fiscales. Une baisse du gaspillage alimentaire a été initiée grâce, entre autres mesures, à la simplification des dates de péremption. Afin d'améliorer la qualité des dons aux bénéficiaires, les produits doivent par conséquent être mieux triés.
Les bénévoles de Solid'R vous demandent des informations afin d'améliorer le tri des aliments.

1.1. Expliquer les différents types de dates de péremption en précisant les aliments auxquels ils s'appliquent.

1.2. Conclure sur les conduites à tenir par les bénévoles en cas de dépassement de ces dates.

Deuxième travail

Atelier « Bien choisir ses denrées pour mieux consommer » (6 points)

Les emballages alimentaires présentent de nombreuses informations mais peu de consommateurs en connaissent l'importance ou la signification. Ainsi, vous mettez en place un atelier « Bien choisir ses denrées pour mieux consommer » qui aura lieu de manière mensuelle avec des bénéficiaires de l'épicerie.
Votre première séance portera sur les emballages.
À titre d'exemple, vous décidez de vous appuyer sur l'emballage du nectar de mangue Ethiquable issu d'un don d'une grande surface.

2.1. Expliquer les informations nutritionnelles et celles relatives au développement durable portées sur l'emballage de ce produit (annexe 1).

Conformément à la loi de modernisation de notre système de santé du 26 janvier 2016, certains produits alimentaires proposent le logo Nutri-Score comme système d'étiquetage nutritionnel.
Certains bénéficiaires observent que le logo Nutri-Score ne figure pas sur l'emballage du nectar de mangue Ethiquable.

2.2. Expliquer l'objectif du Nutri-Score, ses intérêts et ses limites.

2.3. Déterminer le Nutri-Score de ce produit.

2.4. Formuler des conseils argumentés quant à l'achat et la consommation de cette boisson.

Troisième travail

Atelier « Mieux gérer ses emballages » (6,5 points)

Lors du prochain atelier « Mieux gérer ses emballages », vous souhaitez sensibiliser les bénéficiaires sur l'impact environnemental des déchets d'emballages afin de les inciter à une consommation et une gestion plus écoresponsables.

3.1. Expliquer le principe de l'économie circulaire.

3.2. Proposer le matériau d'emballage alimentaire à privilégier au regard de différents indicateurs environnementaux (annexe 6). Justifier.

3.3. Formuler des conseils aux consommateurs, illustrés d'exemples, visant à réduire leur production de déchets d'emballages.

3.4. Expliquer les principes des différentes filières de valorisation des emballages.

3.5. Présenter leurs avantages et leurs inconvénients.

Le retour à la consigne de certains emballages est une piste envisagée par le gouvernement pour améliorer la gestion des déchets.

3.6. Argumenter le fait que la consigne puisse être une solution en faveur du développement durable.

Quatrième travail

Conseils budgétaires et aide à la mise en œuvre d'un projet personnel (6 points)

Mme B. a été orientée vers Solid'R par le centre communal d'action sociale de la ville de G. pour une éventuelle aide alimentaire.
Lors d'un premier entretien, elle vous expose certaines de ses difficultés budgétaires. Certains mois de l'année, des dépenses importantes viennent déstabiliser son budget et se répercutent sur les mois suivants.

4.1. Réaliser le budget prévisionnel mensuel de Mme B. (annexe 8).

4.2. Formuler des conseils de gestion budgétaire à l'attention de Mme B. pour remédier à ses difficultés.

Solid'R a pour vocation principale d'assurer aux ménages défavorisés une aide alimentaire. Cette épicerie propose des denrées de qualité, vendues à un prix inférieur à celui du commerce, c'est-à-dire entre 20 et 30 % de leur valeur marchande.
Pour pouvoir bénéficier de l'aide alimentaire de l'épicerie Solid'R, la situation économique, familiale et professionnelle du foyer doit être prise en compte : son « reste à vivre » doit se situer en dessous de 8 euros par jour et par personne.
D'autre part, l'épicerie est contrainte de limiter le montant des achats par bénéficiaire. Le plafond est fixé par mois en fonction de la situation familiale et du nombre de personnes à charge (annexe 9).

4.3. Montrer que Mme B. est bien éligible à l'épicerie Solid'R.

4.4. Indiquer le montant mensuel du panier alloué à Mme B.

Au critère d'éligibilité du « reste à vivre » s'ajoute une autre condition primordiale qui est la mise en œuvre d'un projet personnel et son aboutissement durant le temps d'accès à l'épicerie solidaire, limité à 9 mois (renouvelable sous conditions).
Mme B. souhaiterait pouvoir financer l'achat d'un nouveau lave-linge, pour un montant maximum de 550 €, le sien étant récemment tombé en panne sans possibilité de réparation.
Le panier alloué à Mme B. par l'épicerie Solid'R lui permettra de couvrir 70 % de ses achats alimentaires actuels, les 30 % restants continueront d'être effectués dans un commerce traditionnel.
Mme B. utilise la totalité du montant du panier alloué.

Avec les économies réalisées sur le poste « Alimentation », Mme B. pourra constituer chaque mois une épargne ce qui, à terme, lui permettra de mener à bien son projet.

4.5. Conclure quant à la faisabilité de son projet personnel. Justifier.

 # corrigés
Retrouvez les corrigés de votre entraînement !
foucherconnect.fr/21vesf81

Liste des annexes

Annexe 1 – Emballage du nectar de mangue Ethiquable

Annexe 2 – Le Nutri-Score
Ministère de l'agriculture. Le calcul du score nutritionnel des aliments. *Dossier de presse Nutri-Score*. En ligne. Disponible sur : https://agriculture.gouv.fr (consulté le 02/11/2019)

Annexe 3 – Dépliant « Le Nutri-Score »
Santé Publique France. *Le dépliant « le Nutri-Score ». Extrait du kit de promotion du dispositif Nutri-Score*. En ligne. Disponible sur : https ://www.santepubliquefrance.fr (consulté le 02/11/19)

Annexe 4 – Nutri-Score de différentes catégories de denrées
MOTET Laura. La bataille de l'étiquetage nutritionnel : que contiennent vraiment nos assiettes ? *Le Monde*. En ligne. Disponible sur : https://www.lemonde.fr, (consulté le 02/11/19)

Annexe 5 – Exemples d'emballages alimentaires

Annexe 6 – Impact environnemental des emballages
La vérité sur l'impact environnemental des emballages. *Notre planète info*. En ligne. Disponible sur : https ://www.notre-planete.info (consulté le 28/06/2019)

Annexe 7 – Le retour de la consigne
Le retour de la consigne en France, c'est pour bientôt ! *L'info durable*.

En ligne. Disponible sur : https://www.linfodurable.fr (consulté le 29/06/2019)

Annexe 8 – Informations relatives à la situation de Mme B

Annexe 9 – Tableau des montants mensuels octroyés pour les achats alimentaires de l'épicerie Solid'R

Annexe 1 – Emballage du nectar de mangue Ethiquable

Annexe 2 – Le Nutri-Score

1) Le calcul du score nutritionnel des aliments

Il est calculé de façon identique pour tous les aliments (1-a. Cas général), sauf pour les fromages, les matières grasses végétales ou animales, les boissons (1-a. Cas général + 1-b. Cas particulier).

1-a. Cas général

Le score nutritionnel des aliments repose sur le calcul d'un score unique et global prenant en compte, pour chaque aliment :

– une composante dite « négative » N ;

– une composante dite « positive » P ;

– la composante N du score prend en compte les éléments nutritionnels dont il est recommandé de limiter la consommation : densité énergétique (apport calorique en kJ pour 100 g d'aliment), teneurs en acides gras satures (AGS), en sucres simples (en g pour 100 g d'aliment) et en sel (en mg pour 100 g d'aliment). Sa valeur correspond à la somme des points attribués, de 1 à 10, en fonction de la teneur de la composition nutritionnelle de l'aliment. La note pour la composante N peut aller de 0 à 40. [...] ;

– la composante P est calculée, en fonction de la teneur de l'aliment en fruits et légumes, légumineuses et fruits à coque, au titre des vitamines qu'ils contiennent, en fibres et en protéines (exprimées en g pour 100 g d'aliment). Pour chacun de ces éléments, des points, allant de 1 à 5 sont attribués en fonction de leur teneur dans l'aliment. La composante positive P du score nutritionnel est la note correspondant à la somme des points définis pour ces trois éléments : cette note est donc comprise entre 0 et 15. [...]

Calcul du score nutritionnel : le calcul final du score nutritionnel se fait en soustrayant à la note de la composante négative N la note de la composante positive P avec quelques conditionnalités décrites ci-après :

Score nutritionnel = Total Points N – Total Points P

La note finale du score nutritionnel attribuée à un aliment est donc susceptible d'être comprise entre une valeur théorique de - 15 (le plus favorable sur le plan nutritionnel) et une valeur théorique de + 40 (le plus défavorable sur le plan nutritionnel). [...]

1-b. Cas particuliers

[...]

Les boissons : le calcul du score pour les boissons est réalisé en prenant en compte les grilles suivantes :

Grille d'attribution des points pour les boissons

POINTS	ENERGIE (KJ)	SUCRES TOTAUX (G)	FRUITS ET LÉGUMES (%)
0	⩽ 0	⩽ 0	⩽ 40
1	⩽ 30	⩽ 1,5	
2	⩽ 60	⩽ 3	> 40
3	⩽ 90	⩽ 4,5	
4	⩽ 120	⩽ 6	> 60
5	⩽ 150	⩽ 7,5	
6	⩽ 180	⩽ 9	
7	⩽ 210	⩽ 10,5	
8	⩽ 240	⩽ 12	
9	⩽ 270	⩽ 13,5	
10	> 270	> 13,5	> 80

2) Classement de l'aliment dans l'échelle nutritionnelle à cinq niveaux sur la base du score calculé selon 1)

2-a. Cas général

Pour la représentation graphique en couleur, les seuils pris en compte sont les suivants :

CLASSE	BORNES DU SCORE	COULEUR
A	Min à –1	Vert foncé
B	0 à 2	Vert clair
C	3 à 10	Orange clair
D	11 à 18	Orange moyen
E	19 à max	Orange foncé

2-b. Cas particulier des boissons

Dans le cas des boissons, les seuils pris en compte sont les suivants :

CLASSE	BORNES DU SCORE	COULEUR
A	Eaux minérales	Vert foncé
B	Min à -1	Vert clair
C	2 à 5	Orange clair
D	6 à 9	Orange moyen
E	10 à max	Orange foncé

Annexe 3 – Dépliant « Le Nutri-Score » (recto) Santé Publique France

Entraînement

Annexe 3 – Dépliant « Le Nutri-Score » (verso)

QU'EST-CE QUE LE NUTRI-SCORE ?

Le Nutri-Score est un logo qui **vous informe sur la qualité nutritionnelle d'un produit**, en le positionnant sur une échelle à 5 niveaux associant des lettres à des couleurs :

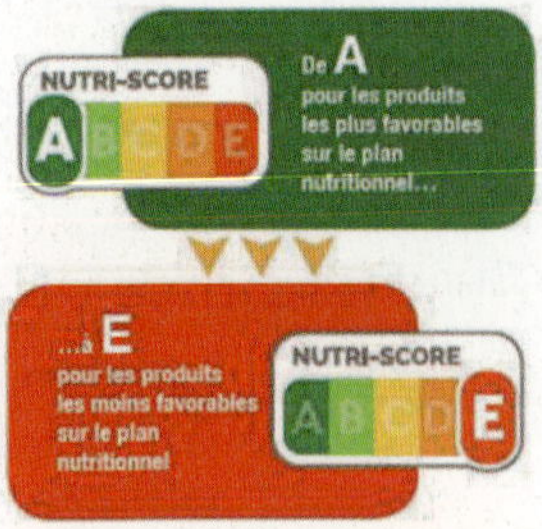

COMMENT LE NUTRI-SCORE VA-T-IL M'AIDER À FAIRE MES COURSES ?

Le Nutri-Score vous permet de **choisir entre plusieurs produits d'un même rayon.**
Les céréales du petit déjeuner, par exemple, peuvent avoir un score compris entre A et E. En un coup d'œil, vous verrez celles qui ont la meilleure qualité nutritionnelle parmi vos variétés préférées.

Le Nutri-Score vous permet aussi de comparer **un même produit de différentes marques.**
Les plats de lasagnes à la bolognaise, par exemple, peuvent être classés A, B, C ou D selon les marques ou les recettes.

BON À SAVOIR

Pour ma santé

Le Nutri-Score permet de choisir plus facilement les aliments de meilleure qualité nutritionnelle. Une alimentation variée et équilibrée aide à rester en bonne santé.

BON À SAVOIR

Pour faire mes courses

Dans le cadre d'une alimentation variée et équilibrée, il est recommandé de choisir le produit qui présente le meilleur score dans un même rayon ou parmi différentes marques. Et de ne consommer qu'occasionnellement et en petite quantité les aliments D et E.

BON À SAVOIR

Pour mon budget

Choisir des produits de meilleure qualité nutritionnelle ne coûte pas plus cher. Une étude basée sur un supermarché en ligne a montré que le Nutri-Score permet de faire de meilleurs choix alimentaires, sans dépenser plus.

Annexe 4 – Nutri-Score de différentes catégories de denrées

Près de la moitié des produits (45,5 %) ont une mauvaise note nutritionnelle (D ou E)

Note des produits présents dans la base Open Food Facts selon leur note Nutri-Score

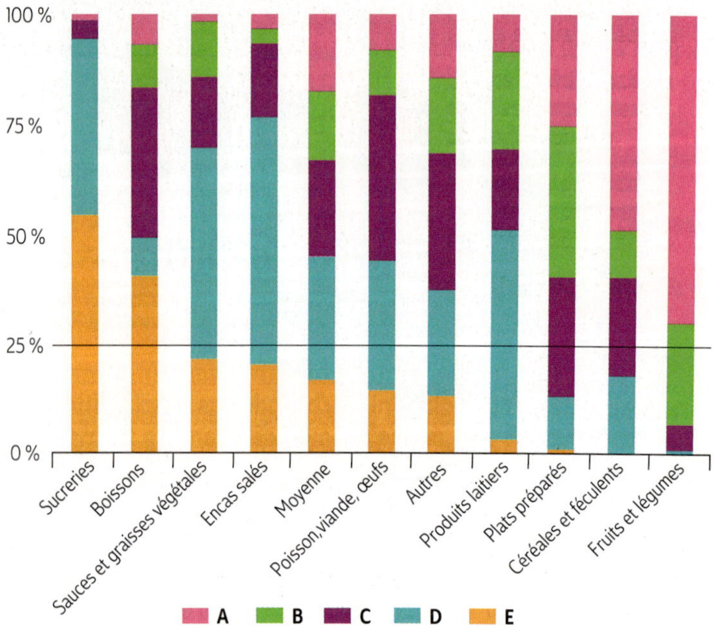

Source : Open Food Facts

Annexe 5 – Exemples d'emballages alimentaires

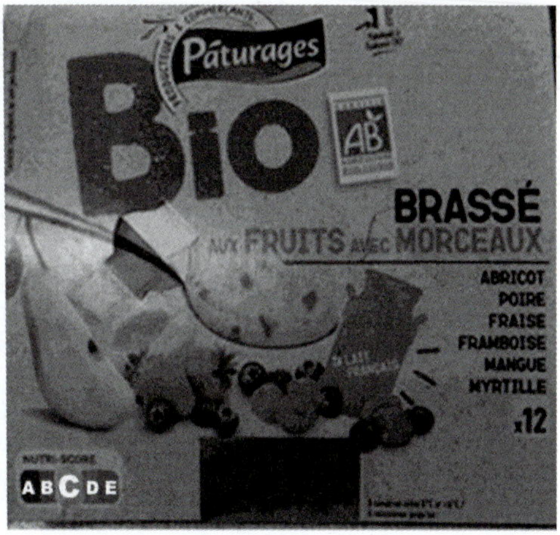

Annexe 6 – Impact environnemental des emballages

L'impact environnemental des emballages pour 1 litre de jus de fruit

Tetra Pak, leader industriel de l'emballage carton, a fait réaliser une étude comparative qui prend en compte l'ensemble du cycle de vie des principaux emballages présents sur le marché français.
Le marché des jus représente un enjeu majeur en termes d'emballages puisque bien souvent tant le contenu que le contenant peuvent être des vecteurs d'innovations importants pour les industriels.
Avec près de 1,5 milliard de litres emballés chaque année, le marché des jus se répartit entre les emballages carton (63 %), le verre (22 %) et le plastique PET[1] (15 %).
Pour plus de lisibilité, les impacts des emballages de Tetra Pak ont été normalisés à 100 % et les impacts des autres emballages ont été exprimés par rapport aux impacts des emballages de Tetra Pak.

Indicateurs environnementaux pour 1 litre de jus emballé

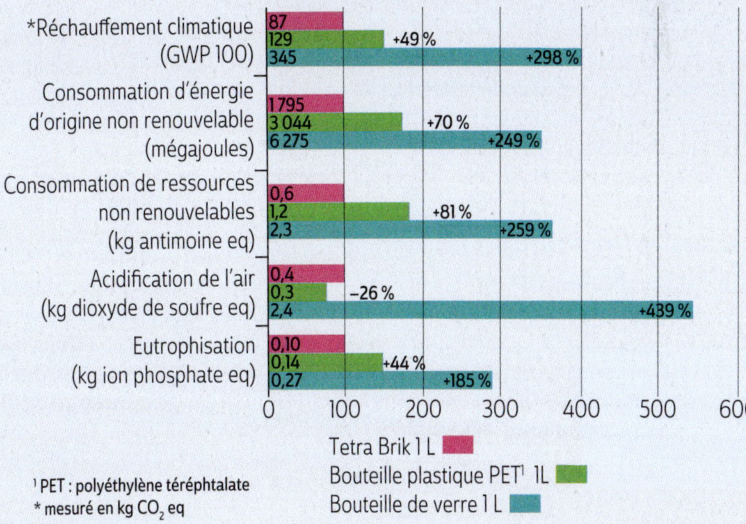

[1] PET : polyéthylène téréphtalate
* mesuré en kg CO_2 eq

Source : ACV Bio Intelligence Service - 2008

Annexe 7 – Le retour de la consigne

Le retour de la consigne en France, c'est pour bientôt !

Le retour de la consigne : phénomène de mode ou modèle viable ? ID2 a posé la question à Clémence Richeux, cheffe du projet chez Locaverre, l'association porteuse du projet « Ma bouteille s'appelle Reviens » auquel nous avions déjà consacré un article.

Le projet, « Ma bouteille s'appelle Reviens » vise à créer un service de consigne des bouteilles en verre de jus de fruits, de bière et de vin, sur le territoire Drôme-Ardèche. Les objectifs sont notamment de réduire les dépenses énergétiques liées au traitement du verre, de laisser de la place aux circuits courts et de sensibiliser les consommateurs et les producteurs à la réduction des déchets. **Clémence Richeux** nous donne plus des précisions…

Comment est né ce projet ?

Cette idée de relancer la consigne sur le territoire **Drôme-Ardèche** est née il y a à peu près deux ans, à l'initiative de brasseurs et de producteurs de jus de fruits. Ils trouvaient dommage d'acheter des bouteilles, de leur faire parcourir des milliers de kilomètres, pour finalement s'en débarrasser. Nous avons donc monté une petite **étude de marché** pour déterminer s'il s'agissait uniquement d'un groupe d'hurluberlus ou si cette idée séduisait d'autres acteurs locaux. Cette idée a été rapidement relayée, aussi bien par les producteurs de bière, de jus de fruits et de vin que par les consommateurs et les commerces. Nous avons ensuite monté une **étude de faisabilité** afin de déterminer le **degré de viabilité** du projet, tant sur le plan technique qu'économique. Résultat ? Nous avons conclu que ce projet était **techniquement réalisable** en observant comment cela se passait dans les pays l'ayant déjà mis en place, tels que l'Allemagne, la Suisse et la Belgique. Économiquement parlant, cela risque d'être un challenge important : nous devons laver 10 % de ce qui est produit et consommé localement afin d'atteindre une viabilité économique, ce qui représente **1,5 million de bouteilles** par an.

Qu'avez-vous réussi à mettre en place à ce jour ?

Nous menons actuellement une **phase d'expérimentation** : près d'une trentaine de producteurs ainsi qu'une quinzaine de magasins partenaires ont accepté de se joindre à nous dans ce cadre-là. Concrètement, les produits consignables sont mis en valeur dans les magasins. Une fois achetés et consommés, ils sont rapportés en magasins. C'est alors que nous entrons en scène : nous collectons les bouteilles, nous les amenons sur notre **unité de lavage**, nous les lavons et nous les faisons livrer aux producteurs afin qu'ils embouteillent leurs produits. Notre **modèle économique** repose sur la vente du produit lavé au producteur. Le projet démarrera réellement en mai, lorsque nous ouvrirons notre unité de lavage. Il s'agit d'un lave-vaisselle de 10 tonnes, qui pourra laver **2 500 bouteilles par heure.** Nous nous sommes aussi dotés d'un petit équipement de lavage pour les pots de yaourt ou de miel par exemple.

En quoi consiste « l'expérience consommateur » ?

Actuellement, dans cette phase d'expérimentation, le producteur est décideur : il peut choisir d'établir une **consigne monétaire** ou non. Dans ce cas-là, le consommateur doit payer entre 50 centimes et 1 euro de plus sur son produit, qu'il récupérera en rapportant le contenant en magasin. Nous mènerons cette réflexion lorsque le projet sera réellement lancé : nous voulons en discuter avec tous les acteurs concernés autour de la table, et choisir ensemble si nous établissons une incitation monétaire ou si nous proposons des **bons d'achat**, etc. Cela pourra toutefois être différent d'un producteur à l'autre.

Quels bénéfices apporterait le retour de la consigne à l'ensemble des parties prenantes du projet ?

Les bénéfices sont nombreux. Tout d'abord sur l'environnement : **l'Ademe** (NDLR : l'Agence de l'Environnement et de la Maîtrise de l'Énergie) a réalisé plusieurs études à ce sujet. La consigne permettrait d'économiser **75 %** d'énergie primaire par rapport au recyclage et laver des bouteilles consomme paradoxalement **33 %** d'eau en moins que la fabrication d'une nouvelle bouteille. Cela permettrait également d'économiser **79 %** d'émissions de gaz à effet de serre. Concernant les producteurs, le bénéfice se situerait au niveau du tarif de la bouteille : nous voulons faire en sorte que le prix des bouteilles lavées soit inférieur au coût que représente la fabrication de nouvelles bouteilles. Il y a également un **atout marketing** pour ces producteurs : participer à ce projet leur permettra de mettre en avant leur action en faveur de la protection de l'environnement et leur implication sur le territoire local. Le consommateur, lui, réduirait son impact environnemental et créerait des liens de proximité avec les commerçants et producteurs locaux. Enfin, cela permettrait de créer une dizaine d'emplois sur le territoire.

La réintroduction de la consigne en France constitue-t-elle un « retour en arrière » ?

Aujourd'hui, la volonté de revenir à une consommation locale et éthique commence à se propager. Le retour de la consigne surfe un petit peu sur ce mouvement-là. Il y a dix ans, on ne consommait presque plus de produits et de boissons locales, mais aujourd'hui ces modes de consommation refont surface…pourquoi pas la consigne alors ?

Le retour de la consigne en France, c'est pour bientôt ! *L'info durable*.
En ligne. Disponible sur : https://www.linfodurable.fr, (consulté le 29/06/2019).

Annexe 8 – Informations relatives à la situation de Mme B

Composition familiale

NOM- PRÉNOM	DATE DE NAISSANCE	SITUATION PROFESSIONNELLE/ SCOLAIRE	LIEN DE PARENTÉ
Demandeur : Mme B Elisa	25/11/1990	En activité	
Autres personnes du foyer : B Louis B Mathis	 05/10/2010 03/03/2015	 Élève Élève	 Enfant Enfant

Entraînement

Adresse

31 rue des Mésanges, ville de G.

Situation familiale

- ☐ Marié
- ☐ Célibataire
- ☒ Divorcé
- ☐ Séparé
- ☐ Veuf

ÉTAT DES RESSOURCES	MONTANTS (€)
- Salaire CDI temps partiel	940 € par mois
- Allocations familiales	131 € par mois
- Pension alimentaire versée par le père	32 € par mois
- Aide personnalisée au logement	142 € par mois
- Prime d'activité	260 € par mois

ÉTAT DES CHARGES	MONTANTS (€)
Charges contraintes (fixes)	
Loyer	520 € par mois
Charges locatives	50 € par mois
Électricité	840 € par an
Eau	180 € par semestre
Assurances (habitation/ mutuelle)	70 € par mois
Taxe d'habitation	Exonéré
Redevance TV	139 € par an
Forfait téléphone + box	40 € par mois
Crédit à la consommation (dernière mensualité : 4 août 2022)	100 € par mois
Charges courantes	
Alimentation	420 € par mois
Transport (carte abonnement transports en commun)	33,40 € par mois
Activités extrascolaires des enfants	65 € par mois
Produits d'hygiène et d'entretien	55 € par mois
Charges occasionnelles et de loisirs	
Habillement	55 € par mois
Équipements divers	40 € par mois
Culture et loisirs	30 € par mois

Annexe 9 – Tableau des plafonds mensuels octroyés pour les achats alimentaires de l'épicerie Solid'R

COMPOSITION DU MÉNAGE	MONTANTS MENSUELS DU PANIER ALLOUÉ PAR MÉNAGE
Personne seule Couple	65 € 78 €
Famille monoparentale 1 enfant 2 enfants 3 enfants 4 enfants 5 enfants 6 enfants	 78 € 80 € 83 € 85 € 92 € 98 €
Couple avec enfants 1 enfant 2 enfants 3 enfants 4 enfants 5 enfants 6 enfants	 81 € 83 € 85 € 92 € 98 € 100 €

FOUCHER s'engage pour l'environnement en réduisant l'empreinte carbone de ses livres. Celle de cet exemplaire est de :
1.4 kg éq. CO_2
Rendez-vous sur www.editions-foucher-durable.fr

PAPIER À BASE DE FIBRES CERTIFIÉES

Maquette intérieure : Hung Ho Thanh
Illustrations : Christine Langlois
Mise en page : IDT
01/ML-JF/SM

IMPRIM'VERT Votre imprimeur agit pour l'environnement

Achevé d'imprimer en Italie par L.E.G.O. S.p.A. (TN)
Dépôt légal : 16130-0/01 - Mai 2021